쿠코츠키의 경우

쿠코츠키의 경우

류드밀라 울리츠카야 지음
이수연 · 이득재 옮김

들녘

차례

1부   007

2부   311

3부   455

4부   721

작가·작품 소개 | 잃어버린 가족을 찾는 여정 740

작가와의 대화 | 우리 모두는 신들의 사는 세계의 '특별한 경우'입니다 749

1부

1

17세기 말부터 파벨 알렉세예비치 쿠코츠키의 부계 쪽 조상들은 대대로 의사였다. 이들 조상 중 맨 윗대인 아브데이 표도로비치는 러시아 황제 표트르 대제의 편지에 언급되어 있는 인물이다. 그 편지는 표트르 대제가 1년 동안 해부학 강의를 들은 적이 있는 해부학 교수 류이쉬[1]에게 1698년에 보낸 것이었다. 편지에는 약제사의 아들 아브데이 쿠코츠키를 제자로 받아달라는 부탁이 적혀 있었다. 언제 어디서 쿠코츠키라는 성이 유래되었는지는 확실하게 알려진 바 없다. 전해오는 이야기에 따르면, 아브데이의 선조는 표트르 대제 시절 모스크바 교외의 외국인 거주지였던 쿠쿠이 지방에서 살았다고 한다.

그때부터 쿠코츠키라는 성은 포상문서에, 그리고 1714년 칙령에 따라 러시아에 세워진 학교의 졸업자 명단에 등장하기 시작했다. 새로이 설립된 이 학교를 마치면 러시아의 '낮은 관직' 출신 젊은이들도 귀족으로 신분 상승할 수 있었다. 관직의 서열이 도입된 후 쿠코츠키 집안은 국가에 봉사함으로써 온갖 명예와 품격을 자랑하는 '가장 훌륭하고

---

1 1638~1731. 네덜란드의 유명한 식물학자이자 해부학자.

가장 높은 귀족' 신분에 올라 있었다.

어려서부터 파벨 알렉세예비치는 살아 있는 생명체의 구조에 깊은 관심을 보였다. 그는 별다른 할 일이 없는 저녁 식사 전 시간을 이용해 가끔 아버지 알렉세이 가브릴로비치의 서재에 몰래 숨어들곤 했다. 잠입에 성공하면 서재 한쪽에 서 있는 스위스제 책장의 무거운 유리문을 열고, 당시 유명했던 의학백과사전 중 세 권을 조심조심 꺼냈다. 파벨은 아버지가 특히 귀하게 여기는 그 책들을 네덜란드제 벽난로와 책장 사이의, 좁지만 쾌적한 공간에 들어가 바닥에 펼쳐놓았다. 백과사전의 각 권 마지막에는 접었다 폈다 할 수 있는 그림이 첨부되어 있었다. 그림은 검고 짧은 콧수염에 뺨이 장밋빛으로 불그스레한 남자와, 태아를 보여주기 위해 자궁이 드러난 만삭의 여자를 묘사한 것이었다. 아마도 이 나체의 여자 그림 때문에 파벨은 의학백과사전에 대한 자신의 깊은 관심을 가족들에게 숨기고 싶었는지 모른다. 음탕한 아이로 오해받을 것이 두려웠던 것이다.

어린 소녀들이 지칠 줄 모르고 인형 옷을 입혔다 벗겼다 하듯, 파벨도 몇 시간이고 앉아서 그림의 인체를 보며 모든 장기(臟器)들과 놀았다. 마분지의 사람들을 통해 피부조직과 붉고 건장한 근육조직, 간장과 허파, 뼈의 구조와 위치 등을 세세하게 살폈다. 뼈는 탁한 누런빛으로 칠해져 있었는데 마치 죽은 것 같았다. 죽음은 겉으로 살아 있는 육신에 덮여 언제나 인간 몸 안에 숨어 있는 것은 아닐까?—이것은 먼 훗날 파벨이 깊이 생각하게 될 문제였다.

어느 날 아버지 알렉세이가 벽난로와 책장 사이에 있는 그를 발견했다. 파벨은 심한 꾸중을 들을 줄 알았다. 그러나 키가 큰 아버지는 파벨을 내려다보며 "흠……" 하는 소리를 내었을 뿐이다. 그러고는 더 좋은 것을 보여주겠다고 약속했다.

며칠 후 아버지는 정말 파벨에게 더 좋은 것을 가져다주었다. 그것은 레오나르도 다빈치의 『해부학, 목록 A』라는 논문집이었다. 그 논문집은 18장 분량에, 자잘한 삽화 245개가 실려 있는 것으로서, 19세기 말 이탈리아의 투린에서 사바쉬니코프에 의해 출판된 것이었다.[2] 책은 놀라울 정도로 화려했다. 발행된 300부 중의 하나임을 보여주는 번호가 손으로 직접 쓰인 채로 남아 있었고, 알렉세이에게 헌사한다는 사바쉬니코프의 친필도 있었다. 알렉세이는 사바쉬니코프의 가족 중 한 명을 수술한 적이 있었다.

열 살배기 아들에게 책을 건네주면서 아버지가 일러주었다.

"자, 봐라. ……레오나르도는 당대 최고의 해부학자였지. 해부도를 그보다 더 잘 그린 사람은 없을 거다."

아버지는 무엇인가에 대해 말을 계속했지만, 파벨은 이미 듣고 있지 않았다. 앞에 펼쳐진 화려한 책에 온통 시선

---

2 다른 자료에 따르면 투린에서 사바쉬니코프가 출판한 것은 『해부학, 목록 B』(1901)이다. 『해부학, 목록 A』는 파리에서 출간된 것이다.

과 마음이 쏠려 있었다. 훌륭하게 인쇄된 그림은 묘사의 완벽함을 배가시켰다. 손, 발 또는 레오나르도가 친근하게 '물고기'라 이름 붙인 물고기 모양의 경골근 등……

"여기 밑에 있는 것들은 자연사, 동물학, 비교해부학에 관한 책이란다. 언제든 와서 읽도록 하렴."

아버지 알렉세이는 책장의 아래 선반을 가리키며 말했다.

아버지의 서재에서 보낸 유년시절과 소년시절은 파벨의 인생에서 가장 행복한 시기였다. 인간의 복잡한 움직임을 가능케 하는 뼈와 근육의 구조에 감탄했고, 지렁이로부터 인간에 이르는 혈액순환의 진화과정을 알았을 때는 경이로움에 눈물이 날 정도였다. 혈액순환의 동력, 인간의 심장은 이제 막 인체의 신비에 눈뜬 학생이 넘어야 할 벅찬 과제였다. 세상 자체가 어린 소년에게는 자체의 힘으로 영원히 움직이는 거대한 엔진이었다.

아버지는 파벨에게 청동으로 만든 조그만 현미경을 선물했다. 물체를 50배 확대시켜 볼 수 있는 현미경이었다. 그때부터 현미경의 슬라이드 글라스 위에 놓고 볼 수 없는 사물들은 파벨의 관심을 끌지 못했다. 현미경으로 볼 수 없는 사물들 중에서 그의 관심을 끌 수 있는 것은 오직 경이로운 해부도에서 볼 수 있는 것들과 일치하는 것들뿐이었다. 예를 들면 근육의 심줄을 연상시키는 식탁보의 문양과 같은 것들……

"여보, 파벨이 의사가 안 되면 어쩌지? 머리가 너무 비상해서……학자가 될지도 모르겠어……."

아버지 알렉세이 역시 의사로서, 교수로서 바쁘게 살아왔다. 전시외과 학부를 이끌며 수술도 집도했다. 러일전쟁후, 알렉세이는 전시외과 교육을 위한 수업을 마련하는 동시에, 향후 일어날 전쟁은 새로운 무기로 인해 전혀 새로운 형태로 이루어질 것임을 예측하고 새로운 군의학의 필요성을 계속 군 수뇌부에 건의했다. 알렉세이는 전쟁발발에 앞서 부상병 치료와 관련된 모든 의료체계가 재정립되어야 한다는 견해를 갖고 있었다. 무엇보다 부상병의 신속한 이송체계가 마련되어야 했고, 전문화된 군병원 설립이 시급했다.

알렉세이가 예견한 것보다 더 일찍 독일과의 전쟁이 벌어졌다. 당시에 많은 사람들이 농담 삼아 이야기했듯이 알렉세이는 '전쟁극'을 상연하는 극장으로 떠났다. 그는 러일전쟁 후 창설하려고 애썼던 바로 그 위원회의 의장으로 임명되었다. 하지만 모든 것이 역부족이었다. 부상자의 수는 너무 많았고, 그가 제안했던 전문병원의 설립은 제안서로만 남아 있었기 때문이다. 전쟁이 일어나기까지 결국 그는 관료주의의 벽을 뚫지 못했던 것이다.

군 수뇌부와 심각한 갈등을 빚은 후, 알렉세이는 위원장 자리에서 물러나 이동식 군병원을 만들었다. 화물기차에다 수술실을 만든 것이다. 알렉세이의 이동병원은 전투병이 아닌 부대원들과 함께 우크라이나로 퇴각했다. 그러나 1917년 초, 포병부대의 폭탄이 이동병원에 떨어졌고, 그때 알렉세이는 환자, 간호사들과 함께 전사했다.

그해, 파벨은 모스크바대학 의학부에 들어갔다. 그러나 다음 해에 퇴학조치를 당했다. 아버지가 제정 러시아 황제 근위대의 대령이었기 때문이다. 한 해 뒤, 파벨은 아버지의 친구이자 산파학 및 산부인과를 이끌던 칼린체프 교수의 청원으로 다시 학생 신분이 될 수 있었다. 칼린체프는 그를 자신의 집무실로 불러 격려해주었다.

도박사가 도박에, 술꾼이 술에 열정을 퍼붓듯, 파벨은 공부에 열정을 쏟았다. 공부에 몰입한 덕에 그는 신동으로 불리기도 했다. 어머니는 파벨이 응석부리던 때를 그리워했지만, 정작 그는 어머니의 빈자리를 거의 느끼지 못했다. 아버지가 돌아가신 후 그는 더 이상 잃을 것이 없다고 믿었다.

1920년 초, 쿠코츠키 저택은 국가재산으로 귀속되어 불하되었다. 그들의 집으로 다른 세 가족이 입주했다. 그나마 다행이라고 한다면, 파벨과 어머니가 예전 자신들의 집 서재에 살 수 있게 되었다는 것이다. 새로운 권력 아래서 간신히 살아남은 대학교수들도 그들을 도와줄 방법이 없었다. 그들 역시 억압당하고 있었고, 혁명의 충격에서 벗어나지 못한 상태였다. 볼셰비키들은, 자신들의 인간적인 삶을 위해 투쟁하는 데 익숙한 부패한 교수들의 기본적인 삶에 단 한 푼의 가치도 부여할 수 없음을 공공연히 보여주곤 했다.

파벨의 어머니 에바 카지미로브나는 쓰던 물건에 대한 애착이 무척 강했다. 거의 모든 가구와 옷, 그릇 등을 끌어다 서재로 옮겼다. 넓고 깨끗했던 아버지의 서재는 곧 물건을 쌓아 둔 창고로 변했다. 파벨은 불필요한 물건들은 버리라고 수차례 어머니를 설득했지만, 에바는 머리를 가로저으며 울음을 터트릴 뿐이었다. 물건들은 붕괴된 삶에서 그녀가 건진 전부였다. 하지만 곧 에바는 물건들을 팔지 않을 수 없었다. 헌옷시장에 신발, 옷, 작은 테이블보로 가득한 수많은 상자들을 하나씩하나씩 내다팔았다. 그럴 때마다 영원한 작별의 눈물을 흘리면서……

어머니와 아들의 관계는 시간이 갈수록 더 냉랭해져갔다. 1년 후, 어머니는 철도청의 하급 관리 출신인 젊은 필립 이바노비치 레프신과 재혼을 했고, 파벨은 집을 나왔다. 아버지의 책은 언제든 이용할 수 있는 권리를 확인받았을 뿐이다.

어머니의 집에 갈 일은 거의 없었다. 학업과 일을 병행하고 있던 파벨은 자주 병원 당직을 섰고, 필요하면 병원에서 자기도 했다. 주로 시트 보관소에서 잠을 잤는데, 파벨의 아버지만이 아니라 할아버지까지 기억하고 있는 나이든 시트 관리원 아주머니가 그곳에서 잘 수 있게 해주었던 것이다.

파벨이 스물한 살이 되던 해, 에바는 아들을 낳았다. 성인이 된 아들은 어머니의 나이를 들먹거리며 핀잔을 주었다. 젊어 보이려고 애쓰던 어머니는 아들의 말에 몹시 불쾌해했다. 결국 아들에게 되도록 집에 오지 말라는 엄포까지 놓았다. 이로 인해 두 사람의 관계는 회복 불가능한 상태로 치닫게 되었다.

몇 년 후, 의학부가 대학에서 분리되고 구조조정이 일어났다. 그 무렵 칼린체프 교수는 세상을 떠났다. 그를 대신하여 학문과는 아무런 상관도 없는 한 당원이 부임해왔다. 뜻밖에도 그 당원은 파벨에게 호의적이었고, 파벨을 학과장으로 임명했다. 새로 부임한 당원은 의학계에서 쿠코츠키라는 성이 피고로프나 보트킨의 명성에 버금가는 것임을 잘 알고 있었다.

파벨이 처음으로 시작한 연구는 임신 5개월에 이르러 자연유산을 일으키는 모세혈관 파괴와 관련된 것이었다. 이것에 흥미를 갖게 된 것은, 당시 파벨이 혈액순환계와 신경계 말단영역에서 일어나는 작용에 대해 연구하고 있었기 때문이다. 그는 말단영역이 중추영역보다 연구하기에 수월할 것이라고 판단했다. 파벨은 다른 주치의들과 마찬가지로 입원환자를 치료했고, 일주일에 두 번씩 외래환자 진료를 했다.

바로 그해, 임신 4, 5개월이 되면 어김없이 자연유산을 하는 여자를 치료하다가 파벨은 믿기 어려운 경험을 했다. 그 여자 환자의 위장에 있는 종양을 보았던 것이다. 이미 간으로 전이된 종양은 매우 크고 뚜렷했고, 폐로 전이된 종양은 다소 약해 보였다. 그는 산부인과 진료를 계속하면서 그녀가 수술을 받을 수 있도록 외과로 보냈다. 그리고 놀라움과 흥분을 가라앉히기 위해 다음 환자의 진료를 잠시 미루고, 한동안 진찰실에 혼자 앉아 있었다. 어떻게 이런 일이 나한테 일어난 걸가? 어떻게 전이된 화려한 암덩어리를 이 눈으로 볼 수 있었을까…….

그날 이후로 파벨에게는 놀라운 재능이 생겼다. 그는 그것을 '내면투시'라고 불렀다. 그는 혹시 동료 의사들 가운데 누군가가 자기와 같은 재능을 가지고 있지는 않은지 은밀히 살폈다. 하지만 아무도 발견하지 못했다.

해가 거듭될수록 파벨의 내면투시 능력은 확실해졌고 강해졌다. 그는 놀라운 것들을 보게 되었다. 어떤 경우에는 세포구조까지도, 마치 식물성 염료인 에를리흐의 헤마톡실린으로 색칠을 한 것처럼 선명히 볼 수 있었다. 악성으로 변화할 때 나타나는 보랏빛 음영, 활발하게 조직이 생성될 때 나타나는 연적자색 등도 보였다. 수정 첫날의 태아는 밝고 푸른 구름 같았다.

'내면투시'가 며칠 또는 몇 주 동안 사라지기도 했다. 이와 상관없이 파벨은 환자들을 진료하고 수술을 했다. 유능한 의사라는 자신감을 잃지 않았다. 파벨은 유물론자였고, 신비주의 사상을 멀리했다. 그래서 강신술이나 자기장에 의한 최면술과 같은 것에 열광하는 어머니를 조롱하곤 했다. 그러나 자신으로부터 '내면투시'가 사라진 동안 마음 한구석에 자리하는 불안을 전혀 부정할 수는 없었다.

파벨은 이 재능을 자신과는 독립된 존재로 간주했다. 수수께끼와 같은 신비 현상으로 여기지도 않았다. 그저 자신의 일을 보완해주는 훌륭한 보조자로 받아들일 뿐이었다. 시간이 지나면서 파벨은 '내면투시'가 자신의 지극히 금욕적인 생활에서 비롯된 것임을 깨달았다. 아침을 지나치게 배부르게 먹기만 해도 그 힘이 약해짐을 느꼈다. 늘 하던 대로 점심 한 끼를 먹거나 저녁 진료를 위해 저녁을 가끔 먹는 경우에는 어떤 변화도 일어나지 않았다. 또한 여자와 육체적 관계를 가진 후에도 투시력의 선명함은 현저하게 떨어졌다.

파벨은 유능한 의사였고, 의술을 펼치는 데 굳이 그런 특별한 재능을 필요로 하지 않았다. 하지만 그 재능은 학문적 연구에 많은 도움이 되었다. 그래서 파벨은 개인적인 삶, 곧 여자들과의 교제를 완전히 배제하기에 이르렀다. 서서히 외과 여자 간호사들과의 관계에 거리를 두었으며, 절제를 생활화하는 데 익숙해져갔다. 이는 파벨에게 결코 고행이 아니었다. 가끔 마음을 끄는 간호사나 젊은 여의사가 있기도 했지만, 그리고 어렵지 않게 그들의 마음을 얻을 수도 있었지만, 파벨에게는 '내면투시'가 더 소중하고 귀했다.

당시 만연된 속물적 관점으로 본다면, 그는 분명 외로운 사람이었다. 하지만 파벨 본인의 관점에서 본다면, 자신은 부유하고 고귀한 사람이었다. 파벨은 자신의 선택을 옹호, 아니 위로했다. 미남은 아니지만, 자신은 매력적인 남자임이 분명했다. 마음만 먹으면 모든 여자들의 마음을 녹일 수 있는 능력을 가진 남자였다. 조금이라도 관심을 보이면 결코 도망칠 수 없도록 모든 여자들이 바로 달려들 게 틀림없다고 믿었다……

그의 몇몇 여자 동료들은 파벨이 남자로서 결정적인 결함을 갖고 있다고 숙덕거렸다. 그들이 내린 결론은 이랬다. 매일 여자들의 은밀한 곳을 예민한 손으로 더듬거려야 하는 직업의 속성상, 그가 여자에 대한 욕망을 모두 빼앗겨 버렸다고……

2

조상 대대로 의학에 몸을 바친 외에 쿠코츠키 집안 남자들은 아주 독특한 공통점을 가지고 있었다. 그들은 전쟁에서 전리품을 취하듯 배우자를 얻었다. 증조할아버지는 포로로 잡힌 터키 여자와 결혼했고, 할아버지는 카프카스의 체르케스 여자와, 아버지는 폴란드 여자와 결혼했다. 전해오는 이야기에 따르면, 여자들은 하나같이 사람들의 혼을 빼앗을 만큼 아름다웠다고 한다. 이처럼 이방인의 피가 섞이는 바람에, 대대로 턱뼈가 높고 완강하며, 일찍부터 대머리가 되었던 남자들의 외모가 조금씩 변해갔다. 파벨의 후손들이 오늘날까지 보존하고 있는 아브데이 페도로비치의 초상화는 유명하지 않은 독일인 판화가가 만든 것인데, 그 초상화는 혼혈로 인한 쿠코츠키 혈통의 변화를 또렷하게 보여주고 있다.

파벨 알렉세예비치 쿠코츠키도 전쟁 중에 결혼했다. 전혀 예상치 못한 가운데 몹시 서둘러 치러진 결혼이었다. 그의 아내가 된 엘레나 게오르기예브나는 포로도, 인질도 아니었다. 파벨이 근무하던 병원은 전쟁을 피해 시베리아의 작은 도시 B로 피난을 갔다. 1942년 11월, 그 병원의 수술대 위에서 파벨은 엘레나를 처음 만났다. 호출을 받은 파벨이 병원에 도착했을 때, 엘레나의 수술은 이미 시작된 상태였다. 모두가 상태의 심각성을 깨닫고 1초의 망설임도 없이 바로 수술준비에 돌입했다. 그러나 때는 이미 늦어버린 듯했다. 회생의 가능성은 너무도 희박했다…….

한밤중에 파벨을 호출한 사람은 부원장 발렌티나 이바노브나였다. 발렌티나는 파벨이 자신을 훌륭한 외과의사로 신뢰하고 있음을 잘 알고 있었다. 하지만 그날 밤만큼은 무엇으로도 설명할 수 없는 불안이 그녀를 엄습해왔고, 어떤 자신감도 가질 수 없었다. 그래서 급히 간호사 한 명을 파벨의 집으로 보냈던 것이다. 파벨이 수술대에 다가섰을 때, 발렌티나는 마침 개복을 하고 있었다.

파벨은 발렌티나 뒤에 서서 환자를 내려다보았다. 파벨의 시선은 그의 의지와 상관없이, 발렌티나가 수술하고 있는 부위가 아닌 여자의 몸을 전체적으로 응시하기 시작했다. 보기 드물게 단아한 체구, 연약한 척추, 가녀린 갈비뼈 위의 좁은 가슴, 보통사람에 비해 조금 높게 위치한 횡격막, 불꽃같이 선명한 피가 도는 연두색 실핏줄에 친친 감겨 서서히 쪼그라드는 심장이 파벨의 시선에 들어왔다.

파벨은 당혹스러웠다. 그때의 묘한 감정을 어찌 말로 다 설명할 수 있으랴. 환자의 몸 구석구석이 너무도 친근하게 느껴졌다. 어린 시절에 걸린 결핵의 흔적처럼 보이는 오른쪽 허파 상층부의 얼룩 부위마저 날마다 잠자는 침대머리 부분의 벽지에 난 얼룩처럼 말할 수 없이 익숙하게 느껴졌다. 오래 전부터 보아왔던 것처럼.

파벨은 환자의 얼굴을 선뜻 보지 못하고 잠시 망설였다. 그러다 흰 시트 위의 얼굴로 급히 시선을 돌렸다. 풍성한 꼬리를 가진 갈색의 긴 눈썹, 좁은 콧구멍이 보였다. 그리고 백묵처럼 새하얀 얼굴도. 왠지 모를 고통이 느껴져, 파벨은 그녀의 얼굴을 오래 쳐다볼 수 없었다. 곧 시선을 아래쪽으로 돌렸다. 진주조개 빛깔의 창자가 물결 모양을 이루며 뭉쳐 있었고, 맹장은 완전히 파열되어 있었다. 고름이 창자의 각 돌기마다 넘쳐흐르고 있었다. 맹장염은 발렌티나의 능력으로도 충분히 해결할 수 있는 것이었다. 그러나 발렌티나는 그 이상의 것은 볼 수가 없었다.

순간, 파벨의 시선에 희귀한 꽃향기를 품은 듯한, 누런 장밋빛의 여린 불꽃이 일었다. 따뜻한 그 시선이 여자를 어루만지기 시작했다. 그의 시선에서 일어난 불꽃이 마치 그녀의 일부가 되어버린 듯했다.

그 시선을 통해 파벨은 감지할 수 있었다. 환자의 대퇴 윗부분이 충분하게 돌출되지 않아, 골반과 대퇴를 연결하는 관절이 매우 연약하다는 것을……. 연약한 정도가 아니라 거의 부전탈구의 형태를 띠고 있다는 것을……. 이런 경우 출산을 하게 된다면 골반의 좌우치골 접합이 늘어나거나 파열될지도 몰랐다. 자궁 상태로 보아 이미 출산 경험이 있어 보였다. 그나마 다행이라고 해야 할까. ……여하튼 지금은 고름덩어리들이 난소의 주변과 자궁을 이미 잠식한 상태였다. 심장은 약하고 느리게 뛰고 있었고, 고름으로 가득한 자궁은 공포를 뿜어내고 있었다. 오래 전부터 파벨은 인간의 모든 생체기관은 각각의 감정을 가지고 있다고 여겼다. ……그것을 어찌 말로 설명할 수 있단 말인가?

유감이지만, 이 여자는 더 이상 아이를 낳을 수 없겠군. ……물론 그때 파벨은 알 수 없었다. 눈앞에서 죽어가는 여자가 누구의 아이를 더 이상 낳을 수 없게 될는지를. 그는 세차게 머리를 흔들어 자신의 시선을 채웠던 선명한 장면들을 쫓아내려 했다. ……그 순간, 발렌티나는 창자를 펼쳐 맹장을 떼어냈다. 보기에도 끔찍하게 고름으로 가득 찬 맹장을…….

"이미 망가진 자궁도 적출해야 해. ……다 제거해야 한다고……."

발렌티나 이바노브나의 손에서 수술도구를 건네받기 직

전, 파벨은 생각했다.

'망설이지 말자. 때로 의사란 저주받은 직업인걸!'

파벨은 미국산 페니실린을 병원장인 가니체프가 가지고 있다는 사실을 알고 있었다. 도둑놈에다 장사치와도 같은 가니체프에게서 페니실린을 가져와야 한다. ……순순히 내어줄까?

3

며칠이 흘렀다. 그동안 엘레나는 죽은 것도 아니지만, 그렇다고 살아 있는 것도 아닌 상태로 칸막이로 분리된 좁고 어두운 공간에 누워 있었다. 그 사이 파벨은 전장에서 부상당한 병사에게 할당된 페니실린을 두 번이나 훔쳐 그녀에게 투여했다. 그녀는 계속 혼수상태였다. 그녀가 처한 무의식의 세계에는 말을 할 줄 아는 인간이자 식물들이 살았고, 모종의 화젯거리가 있었다. 그녀는 그 화젯거리의 주인공이었다. 가지런히 펼쳐진 흰 시트 위에 눕혀진 그녀는 자신을 시트의 일부처럼 느꼈다. 그리고 부드러운 손들의 움직임을 감지했다. 그들은 시트 위에 수를 놓고 있었다. 어떤 경우 바늘이 그녀를 찌르기도 했다. 그러나 그 찔림은 그녀를 즐겁게 했다.

수를 놓는 사람들 외에 게슈타포의 군복을 입은 독일군

도 있었다. 그들은 단지 그녀가 죽기만을 바라지 않았다. 죽음보다 더한 불행을 원했다. 이때 무엇인가가 엘레나에게 귀띔을 해주었다. 이 모든 것은 환상이자 기만이며, 곧 누군 가 진실을 알려주기 위해 그녀에게 올 것이라고. 그 귀띔을 통해 엘레나는 직감할 수 있었다. 지금 자신이 죽느냐 사느 냐의 기로에 서 있는 것은 사실이지만, 자신에게 일어난 일 이 아주 중요한 의미를 가지고 있다는 것을. 그 의미야말로 삶 자체보다 더 절대적인 진실을 알게 하는 열쇠라는 것을.

어느 날 부터인가 엘레나의 의식이 조금씩 돌아왔다. 사 람들의 대화가 들리기 시작했다. 남자의 낮은 목소리가 표 본을 요구했다. 여자의 차분한 목소리가 그 요구를 거절했 다. 엘레나는 남자가 요구한 표본이 무엇인지 알 수 없었 다. 단지 그것이 거대한 산맥처럼 형형색색에 기괴한 모양 으로, 관이 들어 있는, 커다란 유리상자같이 생겼을 것이라 고 혼자 상상했다.

잠시 후, 자연 풍경도, 형형색색의 파이프도, 그리고 상 상의 존재들도 한꺼번에 눈앞에서 사라졌다. 그렇게 엘레나 의 의식은 좀 더 또렷하게 돌아오기 시작했다. 누군가 그 녀의 손목을 두들겼다. 그녀는 눈을 떴다. 너무 강한 빛에 실눈을 뜰 수밖에 없었다. 미소 짓고 있는 왠지 낯익은 얼 굴이 보였다.

"깨어났군요. 엘레나 게오르기예브나……."

말하다 말고 파벨 알렉세예비치는 깜짝 놀랐다. 부분이

전체보다 크게 보이는 경우를 실감했기 때문이다. 그녀의 눈이 얼굴보다 더 크게 보였다.

"전에 당신을 본 적이 있나요?"

엘레나가 물었다. 그녀의 목소리는 얇은 종잇장만큼이나 힘이 없었다.

"예, 언젠가 봤던 것 같소."

"타네치카는 어디에 있죠?"

자신이 던진 질문에 대한 대답을 듣기도 전에, 그녀는 다시 형형색색의 얼룩과 말하는 식물 사이를 헤엄치기 시작했다.

"타네치카, 타네치카, 타네치카……."

그녀의 외침은 노래로 변했고, 잠시 후 진정했다. 안심해도 될 상황이었다.

얼마 후, 그녀의 의식은 완전히 돌아왔다. 모든 것이 선명해졌다. 병, 수술, 입원. 그녀를 살린 파벨 알렉세예비치 박사…….

바실리사 가블리로브나가 그녀를 찾아왔다. 바실리사는 백내장을 앓고 있는 탓에 짙은 색 머릿수건으로 거의 눈썹까지 가리고 있었다. 바실리사는 엘레나를 위해 월귤나무 열매로 만든 음료와 과자를 가져왔다. 그 뒤 두 번은 엘레나의 딸을 데려오기도 했다.

파벨 박사는 처음에는 하루에 두 번씩 엘레나를 진찰했다. 상태가 호전되면서 그녀의 진찰은 다른 환자들과 마찬가지로 아침 회진시간에만 행해지기 시작했다. 엘레나의 병상에 둘러쳐져 있던 칸막이도 치워졌고, 그녀는 혼자서 복도 끝에 있는 세면대까지 갈 수 있을 만큼 회복되어 있었다.

석 달 동안 파벨은 엘레나를 병원에 입원시켰다.

그때 당시 엘레나는 변두리의 낡은 오두막집 방 한 칸을 얻어 살고 있었다. 오두막집 여주인은 보기에는 연약해 보였지만, 트집 잡기 좋아하는 거친 성격의 여자였다. 엘레나 이전에 이미 네 명의 세입자들을 쫓아낸 경력을 가지고 있었다. 전쟁 전, 겨우 5만의 인구가 살았던 시베리아의 작은 도시는 피난민으로 미어터질 지경이었다. 엘레나가 일했던 군수품공장, 병원이 딸린 의학연구소와 두 개의 극장 또한 전쟁을 피해 이 도시로 옮겨졌다. 도시 외곽에 있는 수용소를 제외한다면, 이 도시에는 수년간 주택 건설이 이루어진 적이 없었다. 당연히 피난민들은 통 안의 정어리처럼 모여 살았고, 틈새나 구멍만 보이면 비집고 들어가 자리를 잡았다.

엘레나가 퇴원하기 전 날, 박사는 운전사가 딸린 관용 승용차를 타고 그녀의 집에 들렀다. 여주인은 입구까지 들어온 차에 놀라 헛간으로 몸을 숨겼고, 바실리사 가브릴로브나가 그를 맞이했다. 파벨 알렉세예비치는 그녀에게 인사하고는 집 안으로 들어섰다. 순간, 구정물 냄새 같은 역한 냄새와 불결한 기운이 끼쳐왔다. 현관 안으로 세 걸음 내딛으며 그는 가죽 웃옷을 벗고는 커튼을 젖혀 잽싸게 빈민의 둥지 안을 살폈다. 엘레나의 딸 타네치카는 큰 침대 한구석에 하얀 새끼고양이를 안은 채 겁먹은 듯이, 그러나 호기심이 가득한 눈으로 그를 쳐다보고 있었다.

"빨리 물건들을 챙겨요, 바실리사 가브릴로브나, 당신들은 다른 곳으로 이사 가야 합니다."

파벨의 말은 그 스스로도 예상치 못한 것이었다.

파벨은 단지 기적처럼 살아난 엘레나가 다시 쓰레기통 같은 집에서 살아야 한다는 사실을 용인할 수 없던 것뿐이었다.

15분 후, 커다란 가방과 보따리에 가재도구들이 챙겨졌고, 타냐는 옷을 입었다. 어린 암컷 고양이까지 세 명의 여자가 자동차 뒷좌석에 앉았다.

파벨은 그들을 자신의 집으로 데려갔다. 그의 거처는 병원으로 쓰이는 오래된 저택의 정원에 있는 별관이었다. 이전에 그 별관은 저택 주인의 하인들이 기거하던 곳이었다. 지금은 큰 벽난로가 설치되어 환자들 음식을 준비하기도 하고, 칸막이 공사로 여러 개의 방을 만들어놓았다. 파벨은 그중 방 두 개를 쓰고 있었는데, 그의 거처는 별도의 출입구를 가지고 있었다. 파벨은 엘레나의 가족에게 방 하나를 내주었다. 미래의 자기 가족에게.

그날 밤, 타네치카와 방에 둘이 남게 된 바실리사—엘레나의 퇴원은 내일이었다—는 평상시와 마찬가지로 기도를 올렸다. 그러고는 딱딱한 병원 침대 겸 의자에 잠든 타네치카 옆에 누웠다. 바실리사는 앞으로 일어날 일의 전말을 예견하고 있었다.

'어쩌면 좋아, 엘레나의 남편이 살아 있는데……'

다음 날, 엘레나가 병원 마당을 지나 파벨의 집으로 들어오는 순간, 바실리사는 자신의 예견이 들어맞을 것임을 확신했다. 많이 쇠약해진 엘레나는 창백하고도 어리둥절한, 그러면서도 미안한 마음이 드리워진 얼굴을 하고 있었다. 바실리사가 엘레나의 그런 모습만 보고 자신의 예견을 확신한 것은 아니다. 하지만 며칠 후, 바실리사의 걱정스러운 예견은 현실로 나타나기 시작했다. 남자와 단 한 번의 성관계도 가져보지 않은 숫처녀 바실리사가 엘레나와 파벨 사이에 싹트게 될 사랑을 그리도 정확하게 직감할 수 있었다는 것이 놀라울 뿐이다.

2월 내내 혹한이 이어졌다. 파벨은 벽난로의 불을 세게 지펴 집 안의 온도를 높였다. 엘레나의 가족들이 몇 달 만에 느껴보는 따뜻함이었다. 몹시도 그리웠던 그 따뜻한 온기, 그것이 전에 느껴보지 못한 엘레나의 감정을 불러일으켰는지도 모른다. 그 온기만큼, 파벨에 대한 엘레나의 감정이 뜨겁게 달구어졌을 것이다. 더욱이 안톤과의 결혼생활은 삶에 대한 지식과 가치관이 달라지면서 깊은 권태감을 자아내고 있었고, 진실성을 찾기 힘든 무미건조한 것이 되고 있었다. 엘레나는 애써 남편에 대한 식은 감정을 떨쳐버리려고 애쓰면서, 자신의 슬프지만 솔직한 심정을 터놓고 이야기해야 할 순간을 하루하루 미루고 있던 참이었다. 안톤에 대한 소원한 감정은, 반년이 되도록 편지 한 장 보내지 않는 그의 행동으로 인해 더욱 깊어져가고 있었다. 물론 엘레나 역시 한 달 동안 그에게 한 장의 편지도 쓰지 않았다. 자신의 솔직한 심정을 터놓고 이야기할 수도, 그렇다고 거짓된 감정으로 남편에게 편지를 쓸 수도 없었기 때문이다.

새벽 다섯 시 반, 파벨은 병원의 조리실에서 따뜻한 물을 양동이에 담아 가져왔다. 지금 이만큼 따뜻한 물을 사용하는 건 샴페인으로 반신욕을 하는 것만큼이나 사치스러운 일일 거야. 이런 생각을 하며, 파벨은 엘레나의 목욕이 끝날 때까지 문 앞에서 기다렸다. 엘레나가 몸을 담갔던 물에 파벨은 자신의 얼굴을 씻고 난 후, 바실리사와 타네치카를 위해 다시 따뜻한 물을 가져왔다. 그러고는 아직 꺼지지 않은 벽난로에 장작을 더 집어넣었다. 바실리사는 두 사람이 모두 일하러 나갈 때까지 방에 틀어박혀 자는 척을 했다. 엘레나는 바실리사가 겪고 있는 고통을 이미 알고 있었다. 상처 입은 작은 새처럼, 바실리사가 갈등을 이기기 위해 깊은 밤 애절한 기도를 하고 있다는 것도.

바실리사는 자신이 용납할 수 없는 불편한 진실과 마주하지 않기 위해 방에서 나오지 않았다. 엘레나는 쓴웃음을 지었다. 아침에 그녀는 누구보다 행복할 수 있었다. 하지만 그 행복은 직장으로 가는 동안 조금씩 흔들리다가 저녁이면 흔적도 없이 완전히 사라지고, 오직 죄의식과 수치심만 남곤 했다. 그것은 파벨의 강한 팔에 안기는 순간에 이르러서야 떨쳐버릴 수 있는 것이었다…….

파벨은 마흔세 살, 엘레나는 스물여덟 살이었다. 파벨의 인생에서 엘레나는 자신의 놀라운 능력을 고스란히 지켜준 유일한 여자였다. 엘레나와 첫날밤을 보내고 난 후, 파벨은 어스름한 새벽녘, 팔뚝을 간질이는 엘레나의 머릿결 때문에 잠에서 깨었다. 그리고 생각했다.

'괜찮아. 내가 더 이상 인간의 몸을 꿰뚫어보는 투시능력을 가질 수 없다 해도. 난 이 여자를 절대로 놓치고 싶지 않아…….'

파벨이 가진 투시 능력은 여자를 멀리하는 금욕적인 생활로 얻어진 것이었다. 그러나 엘레나는 예외였다. 그녀와 육체적 관계를 가진 후에도 전과 다름없이 파벨은 몸 안의 다채로운 흔들림을 볼 수 있었다.

'분명해. 나의 이 **내면투시**마저 이 여자를 사랑하고 있는 거야.'

파벨의 결론은 단호했다.

엘레나의 가족이 파벨의 집에 머물기 시작한 지 한 달 반이 지난 때였다. 엘레나의 남편 안톤 이바노비치의 전사 통지서가 날아왔다. 통지서는 엘레나가 공장에 일하러 간 사이에 도착했다. 통지서를 받고 바실리사는 하루 종일 울었다. 그러면서 안톤을 좋아하지 않았던 자신을 힐책했다.

저녁에 바실리사는 공장에서 돌아온 엘레나의 눈앞에 통지서를 내밀었다. 순간, 엘레나는 온몸이 돌처럼 굳어 두 손으로 누런 종이를 받아든 채 멍하니 있었다.

"세상에! 이젠 어쩌지?"

엘레나는 손가락으로 진하게 적힌 안톤의 사망일을 짚었다.

"근데 이 날은……?"

안톤이 전사한 날은 엘레나가 처음으로 파벨의 품에 안긴 날이었다.

그때 의사 가운을 여미는 끈이 늘어진 파벨의 넓은 등이, 깡마른 얼굴에 냉정한 눈매, 꼭 다문 입술을 한, 이미 저세상 사람이 되어버린 안톤에 대한 모든 기억을 메웠다.

그 순간부터 파벨에 대한 엘레나의 사랑에는 가시지 않을 죄책감이 더해졌다. 남편을 배신하던 날, 남편이 죽었다는 사실로 인한 죄책감…….

그러나 바실리사는 사망일을 보며 이미 40일[3]마저 지나버린 것에 깊이 낙망하고 있었다.

"40일도 넘었으니 어쩌면 좋을꼬."

바실리사는 목 놓아 울기 시작했다.

며칠 후, 바실리사는 휴가를 요청했다. 그것은 휴가라기

---

3 우리나라의 49제와 같은 의식이 치러지는 날이다.

보다 세상을 등지기 위해 무작정 떠나는 일과 같은 것이었다. 그럴 때마다 바실리사는 엘레나에게 요청이 아닌 통보를 했다. 바실리사와 여러 해를 같이 살아온 터라, 엘레나는 몇 주 잠적했다가 돌연 다시 나타나곤 했던 바실리사의 돌발적 행동에 이미 익숙해 있었다. 하지만 이번만큼은 바실리사의 통보를 받아들일 수 없었다. 직장에서 휴가를 낼 수 없었을 뿐더러, 군법 상 전시상황하의 여행은 금지되어 있었기 때문이다. 게다가 타냐를 맡길 사람이 아무도 없었다…….

4

의사라는 직업을 가졌고 의술에 자신의 모든 것을 바치며 살아온 명석한 파벨은 자신을 둘러싸고 일어나는 세상사에 대해서도 매우 신중했다. 물론 의사이자 큰 병원의 고위 관리자라는 사회적 지위를 가끔 이용하기도 했다. 이는 의료인으로서 많은 결핍과 부족을 절감해야 하는 상황을 극복하기 위한 궁여지책이었다. 환자와 산모를 위한 식량, 땔감, 의약품, 처치용품 등은 언제나 부족했다. 사실 전쟁이 일어나기 전에도 그 같은 결핍을 늘 실감해온 터였다. 그런데 지금 파벨에게는 왠지 모를 희망이 자리하고 있었다. 전쟁이 끝나면 자신을 괴롭히는 모든 결핍들이 사라지고, 좋은 세상이 올 것 같은 희망……

인간의 한 생명이 태내의 어둠 밖으로 나오기까지 그 고통스러운 과정, 번갯불을 만지는 것과도 같은 긴장되고 드라마틱한 상황을 일상처럼 직면해야 하는 산부인과 의사라는 직업이 파벨의 내면적 외면적 형상, 혹은 삶에 대한 가치관에 깊은 영향을 미친 것은 분명했다. 파벨은 인간이 매우 약한 존재이면서도 그 어떤 생물체보다 믿기 어려운 초자연적 힘을 가진 존재라고 믿고 있었다. 직업상의 연륜으로 그가 얻은 교훈은 인간이 그 어떤 존재보다 탁월한 적응력을 가지고 있다는 것이었다. 의학자와 동물학자들이 공동연구라도 했단 말인가? 확고한 그의 신념이 흥미로울 뿐이다……

'개는 인간이 가진 참을성의 한계를 결코 뛰어넘을 수 없어.'

파벨은 이런 생각을 하며 혼자 웃곤 했다.

파벨은 수없이 질문을 던지는, 학자에게 매우 중요한 자질을 가지고 있었다. 생리학과 발생학 분야의 당대 지식들을 섭렵하면서 파벨은 한 인간의 탄생과 연관된 세밀한 법칙들에 감탄을 금치 못했다. 일주일, 또는 하루가 아니라 분, 초 단위로 생명 탄생의 법칙에 따라 달라지는 태아의 모습은 그를 경이로움에 빠져들게 했다. 생명 탄생을 주관하는 시간의 원리는 한 치의 오차도 허용하지 않는다. 7일 동안 동일한 세포가 원형 형태로 집적된 모양의 수정란은

난할을 거듭하여 여러 세포로 나누어지고, 자잘한 세포들이 모여 산딸기 모양을 이룬다. 그런가 하면 난자를 둘러싼 투명대를 깨고 부화한 다음, 배아로 바뀌어 자궁벽에 착상한다. 이 모든 일들은 믿을 수 없을 정도로 정확하고 일사분란하게, 수백만 번에 걸쳐 동일하게 반복된다. ……이때 파벨이 던진 질문은, 이 믿기 어려운 장관은 누구의 명으로 이루어지는 것일까, 하는 것이었다.

명명할 수도 없는 최고의 예지가 인간 탄생의 법칙 안에 있다. 물레의 축을 닮은 머리, 나선형의 꼬리를 가진 정자와 고요한 움직임으로 헤엄치는 난자로 만들어진 작은 수정란이 50센티미터에 3킬로그램, 울음을 터트리는 인간으로 자라난다는 것, 그 수정란으로부터 천재, 바보, 미인, 악인 또는 성인(聖人)이 결정된다는 것, 이것이야말로 신비의 극치가 아니고 무엇이겠는가…….

파벨은 자신이 관심을 가진 분야에서 당대의 유명한 이론들에 대해 엄청난 지식을 가지고 있었다. 그의 풍부한 지식은 모든 사람이 어떤 우주의 법칙에 따라 만들어진 것일까 하는 의문의 신화적 상상력을 자극하기에 충분했다.

아버지의 서재에는 고대 의학에 관한 책들이 많았고, 파벨은 그것들을 즐겨 읽었다. 오래전에 죽은 자신의 동료들, 고대 의학자라 할 수 있는 고대 이집트의 제사장, 최초의 해부학자, 또는 일정한 대가를 받고 피 뽑아내기, 제왕절개,

티눈제거를 시술했던 중세시대의 숙련의들에 대한 이야기를 읽으면서 파벨은 때로는 기쁨에 넘치기도 하고, 때로는 당혹감을 느끼기도 했다. 그리고 때로는 그들에게 조소를 보내기도 했다.

그밖에도 파벨은 바빌론의 제사장이자 의사인 베로소스의 편지를 읽은 적이 있었다. 그 편지에서 베로소스는 자신의 제자들에게 이전보다 공격적이고 강인한, 마치 창과도 같은 팔을 가진 남자아이들이 태어나기 시작했음을 설명하고 있었다.

베로소스는 말했다.

"놀랄 일이 아니다. 최근 10년 동안 전쟁이 끊이지 않는 상황에서, 그렇게 태어난 아이들이 농부가 아닌 전사가 되는 것은 당연하다. 아마도 여신 라마수[4]가 이 세대 사람들의 운명을 바꾸어놓은 결과일 것이다."

그때 당시 파벨은 독일어 백과사전을 참조하여 세대들의 운명을 바꾼다는 라마수에 대해 알아보았다. 라마수는 태반의 여신이었다. 파벨은 고대로부터 인간의 구체적인 몸의 일부를 신성시했던 것, 하늘과 땅을 비롯한 우주와 인간의 몸이 가지는 연관성을 간파한 고대 의사의 상상력에 감탄하지 않을 수 없었다. 그 상상력을 근대 과학은 상실하고 말았다. 이어서 파벨은 세대마다의 공통된 얼굴이나 성격

---

4 라마수는 사람을 보호하는 동물로, 날개가 달린 황소나 등에 두 쌍의 날개를 가진 사람 머리를 한 사자로 표현된다. 아시리아 유적의 부조에 자주 등장한다.

이 존재한다는 게 반드시 원시적 상상력이기만 한 것일까, 또는 사회적 요인만이 세대적 특징을 규정하는 것일까, 하는 의문을 품게 되었다. 파벨은 별자리, 먹는 음식, 물의 성분 등에 영향을 받아 세대 간의 공통된 특징이 존재할 수 있을 수도 있다는 생각을 했다. 파벨의 스승이었던 칼린체프 교수도 세기 초 유난히 '저혈압증'에 걸린 아이들이 많았던 것을 말한 적이 있지 않았던가. ……칼린체프 교수의 설명에 따르면 그 아이들은 항상 졸음이 가득하고 창백한 얼굴, 두터운 눈두덩이, 반쯤 벌어진 상태의 입, 천사처럼 부드럽지만 전혀 힘을 주지 못하는 손을 가지고 있었다. 분명그 아이들은 꽉 쥔 주먹에 권투선수와 같은 포즈에 단단한 근육질의 요즈음 아이들과는 달랐을 것이다. 이 세대의 고혈압증 아이들, 그들은 주먹을 굳게 쥐고 자신의 머리를 방어하고 있다. 공포에 젖은 아이들, 이런 아이들은 삶에 대한 적응력이 뛰어날 것이다. 다만 무엇으로부터 자신을 보호하려는 걸까? 어떤 공격을 기다리고 있는 것일까? 바빌론의 학자 베로소스, 태반의 여신 라마수는 이 아이들에게 어떤 운명을 부여한 것일까?

공포에 질린 아이들에 대한 상념은 파벨로 하여금 자신과 가까운 사람들의 운명과 관련된 또 다른 상념에 빠지게 했다. 그리고 그들 역시 공포에 떨고 있음을 발견했다. 대부분이 태생과 얽힌 수치스러운 과거나 출신성분을 감추려하거나, 그 비밀을 감추지 못한 경우라면 짓지도 않은 죄로 벌을 받을까봐 초긴장을 하며 살고 있었다. 일례로 부원장 발렌티나는 부유한 상인 집안 출신인 것을, 그리고 또 다른 동료는 자신이 독일 피가 섞인 혼혈아라는 것을 무슨 역병이나 되는 듯 감추고 살았다. 병원 원무과에서 일하는 어떤 직원의 오빠는 1928년에 외국으로 망명했다. 그런가 하면 이제 막 파벨의 인생에 등장한 엘레나의 부모는 수용소에서 돌아가셨다. 엘레나는 부모가 수용소로 끌려가기 전 어느 날, 자신을 양녀로 삼은 할머니 덕분에 극적으로 살아남을 수 있었다고 한다. 이런 사실들은 모두 숨기고 살아야 하는 것들이었다. 지극히 평범해 보이는 바실리사까지도 말하지 못할 비밀을 가지고 있는 게 분명했다. 결국 알고 보면 모두가 감추고 침묵해야 할 무엇인가를 가지고 살고 있었고, 그것이 폭로되지 않을까 하는 두려움에 떨며 살고 있었다.

　전쟁이 일어난 직후, 그 같은 두려움은 더 현실적인 공포에 의해 밀려났다. 죽이지 않으면 죽어야 하는 전장의 공포가 그 두려움을 대신했다. 자신들을 죽이는 독일군이라는 구체적인 적이 나타났던 것이다. 그 적과 맞선 남자들은 단순히 조국만을 위해 싸운 게 아니었다. 자신의 출신성분이나 가족들의 이력에서 비롯된 공포를 극복하기 위해서도 싸웠다. 국가조직은 전쟁 수행에 전념해야 했고, 그래서 돈 많은 할머니, 반동성향의 엘리트 할아버지, 망명한 혈육 등에 대해 눈감아주었다. 전장에서 죽어간 그들 모두에게 동일한 애도를 표했다. 반동분자로 죽은 자의 아이나 전장에서 죽은 군인의 아이나 모두 고아가 되거나, 굶주림과 추위에 고통당하기는 마찬가지였다. 지금 당장은 모든 사람들이 전쟁에서 승리하는 것에만 관심을 쏟았다. 그 후의 삶은 생각하지 않았다. 불붙은 장작과도 같은 사랑을 시작한 파벨과 엘레나는 자신들의 사랑에 깊이 빠져 있었고, 그들 역시 먼 미래에 대한 피할 수 없는 상념들을 제쳐두었다. 그들은 전혀 두렵지 않았다.

5

　파벨은 엘레나와 결혼한 뒤 타냐를 양녀로 맞아들였다. 바실리사의 표현을 빌리자면, '가슴으로 그녀를 낳았다.' 타냐는, 파벨이 자연분만, 제왕절개를 통해서 때로는 출산 시 종종 일어나는 호흡곤란, 두개골 외상, 그 밖의 많은 위험으로부터 구해내어 세상의 빛을 볼 수 있게 해주었던 수천 명의 아이들을 대변하는 듯했다.

　파벨이 수많은 아이들의 출산과 탄생을 위해 온 힘을 다했을지라도 그 아이들은 결국 남의 아이였고, 그들과 함께할 수 있는 시간은 불과 몇 분에 지나지 않았다. 파벨은 아이들이 시간이 지나면서 손가락을 빨거나 부모의 얼굴을 알아보고, 앙증맞은 장난감을 쥐고 기뻐하는 그런 순간들을 한 번도 본적이 없었다.

파벨은 새로운 존재가 삶을 시작하는 첫 순간부터, 그 존재가 드러낼 기질—의지의 강하고 약함, 또는 부지런함이나 게으름—을 알아챌 수 있었다. 물론 이제 막 탄생이라는 위대한 과정을 거치고 새로운 존재로 거듭나 세상을 맞이하는 첫날에, 그 이상의 세밀한 성격이나 기질을 판단하기란 불가능한 일이었다. 파벨은 남의 아이들에 대해서는 많은 걸 알 수 있었지만, 자신의 집에 있는 아이에 관해서는 아는 것이 없었다. 점차 그 아이의 기질을 알아가는 일에 그는 더없이 매혹되어 있었다.

타냐는 이제 갓 두 살이 되었다. 나이로 보자면 파벨은 할아버지뻘이다. 그는 타냐와 같이 있을 때면 말로 다할 수 없는 감동을 느끼곤 했다. 그 감동은 성인과 함께 있을 때면 일어나지 않는, 아이들과 함께 할 때에만 느낄 수 있는, 나이 든 사람이 지금껏 전혀 본 적이 없는 새로운 것과 마주했을 때 느끼는 경탄과도 같은 것이었다. 아이의 손목에 접힌 작은 주름, 허리의 움푹한 부분이 파벨의 시선을 끌었다. 또한 아이의 머리카락 색깔이 결코 똑같지 않다는 사실도 그는 알아냈다. 그 머리카락은 어두운 갈색을 띠고 있었지만 목 뒤쪽에서, 아니면 귀 뒤쪽에서 보면 더 밝은 빛을 띠었고 더 부드럽게 보였다.

날마다 아이가 배워가는 새로운 동작, 새로운 낱말들, 두 살밖에 안 된 인간에게서 일어나는 온갖 지적 성장은 파벨을 감동과 환희의 도가니로 몰아넣었다. 타냐에 대한 파벨의 애정은 누군가가 자신과 닮은 아이를 낳아주기를 바라는 마음을 한시도 품을 필요가 없을 만큼 큰 것이었다.

설혹 엘레나가 자신의 아이를 낳을 수 있다고 해도, 타네치카보다 자신의 친자를 더 사랑할 수 있을지 의심스러웠다. 그는 엘레나에게 다른 아이를 상상할 수도 없으며, 타냐만이 자신들을 위한 진정한 기적이라고 말하곤 했다.

지칠 줄 모르고 쏟아 붓는 부모의 사랑이 좋은 아이를 만드는 것일까? 아니면 반대로 좋은 아이가 부모의 사랑을 불러오는 것일까? 어느 것이 먼저인지 판단하기란 매우 어렵다. 어쨌든 타냐는 파벨과 엘레나의 넘치는 사랑 속에서 자랐고, 세 사람은 행복했다. 바실리사 역시 가족의 성원이었지만, 가족 삼각형의 기하학에서 보자면 보조자였고, 그들의 존재에 보충적으로 안정을 제공하는 구성원일 뿐이었다.

가끔은 타냐가 어른보다 일찍 잠에서 깨어나기도 했다. 그럴 때면 아이는 부모 방으로 살금살금 들어와 사라사의 물고기처럼 그들 사이로 기어들며 꿈꾸는 듯 행복한 목소리로 '안아줘' '뽀뽀해'를 요구했다. 타냐는 아주 일찍부터 말을 시작했다. 그리고 매우 또렷하고 정확했다. 타냐가 "뽀뽀해"라고 말하는 것은 일종의 놀이였다.

"이리 와, 이리, 이리로."

타냐는 손가락으로 자신의 이마와 뺨, 그리고 턱을 가리켰다. 그러고는 되갚아야 할 부채를 파벨에게 돌려주기라도 하듯 우스꽝스러울 정도로 진지한 표정을 지으며, 꺼끌꺼끌한 그의 뺨 어디에 뽀뽀할 것인지 자리를 고르곤 했다.

타네치카가 학교를 가기 시작하면서, 그들의 뽀뽀는 집을 나서기 전의 작별인사가 되었다. 순간에 불과한 접촉이라 아주 사소한 것으로 치부될 수 있는 거였지만, 그것은 그들의 사랑을 튼튼하게 고정시켜주는 작은 나사못과도 같았다.

파벨은 사랑하는 아내 앞에서조차도 행동과 말을 극히 절제하는 편이어서 지나친 애정표현은 거의 하지 않았다. 그러나 타냐에게는 달랐다. 시대에 뒤떨어지는 낡은 애정표현도 서슴지 않았다. 그 예로 파벨은 '달콤한 나의 버찌', '아빠의 작은 참새', '검은 눈의 새끼토끼', '귀가 큰 사과' 등 흔한 식물이나 동물에 비유해 아이를 불렀다. 타네치카는 이들 별명으로 불리는 것을 무척 좋아했다. 그리고 자기 나름대로 파벨에게 사랑스러운 별명을 붙여주었다. '나의 더 좋은 강아지', '하마', '수염이 긴 큰 메기' 등.

파벨은 집에 있는 동안 타냐와 열정적일 만큼 장난을 쳤다. 엘레나가 이리저리 쫓아다니며 그의 열기를 식혀야 할 정도였다. 뿐만 아니라, 파벨은 타냐에게 종류가 얼마 되지는 않지만 진열대에 있는 모든 장난감을 사주기도 했다. 하지만 그의 과도한 사랑이 타냐에게 해가 되지는 않았다. 타냐는 다른 아이들처럼 끝없이 욕심을 부리거나 이기려고 떼쓰는 일이 없었다.

어느 날은 물건을 사면서 파벨은 모든 옷감이 아이의 부드러운 피부에 너무 거칠다고 투덜거리기도 했다. 구두가 조그마한 발을, 목도리가 가느다란 목을 조이지는 않을까 걱정하기도 했다. 그런가 하면 엘레나의 마른 모습을 보며 안타까움을 표현하기도 했다. 그는 두 사람을 세상에서 가장 좋은 천이나 양털, 모피로 감싸주고 싶은 강한 충동을 억제하기 힘들어했다. ······파벨은 외과의로서 매우 엄격하고 만사에 빈틈이 없었으며, 또한 금욕주의적인 생활을 지향하는 사람이었다. 그리고 엘레나는 사람들이 무심하게 넘기는 아주 사소하고도 자연스러운 것들조차 그냥 넘기지 못하는 성향을 지니고 있었다. 바실리사는 아이에게 매우 냉정하고 엄했다. 이들의 관계가 원만할 수 있다는 건 기이한 일이었다.─파벨은 세상의 모든 위험과 거친 것들, 상스러운 것들, 하물며 틈새로 들어오는 바람으로부터도 아내와 딸을 보호하고 싶은 강한 열망에 그들을 유리방 안에 가두고 싶다는 황당한 생각까지 하고 있었다.

1944년 9월, 파벨이 일하던 병원이 모스크바로 다시 이주했다. 모스크바로 이주하면서 엘레나는 할머니와 살았던 트레흐프루드니에 있는 아파트를 염두에 두고 있었다. 하지만 그 아파트에는 이미 인민위원회의 말단관료 두 명이 배정을 받아 살고 있었다. 파벨의 가족은 전쟁 전, 파벨이 혼자 살았던 관사 건물의 방으로 들어가야 했다. 반지하였던 방은 넓기는 했으나 매우 습해서 아이가 살기에는 적합하지 않았다. 걱정했던 대로 타냐는 감기에 걸려 오랫동안 기침에 시달렸다.

파벨과 엘레나는 행복했다. 타냐의 건강에 대한 부부의 근심은 가족 간의 사랑과 애정을 더욱 단단하게 만들었다. 한동안, 퇴근하고 집으로 돌아온 파벨의 첫마디는 긴장된 목소리로 "타냐는? 기침은?" 하고 묻는 것이었다.

그럴 때면 바실리사는 앙상한 어깨를 으쓱해 보였다. 수선도 떠네, 아이들은 아프면서 크는 거지라고 말하는 듯했다.

'냉정한 할망구 같으니라고!'

파벨은 속으로 서운함을 삭히고는 거리의 한기를 가득 담은 외투를 벗으면서 그 차가움이 혹여 복도로 자신을 마중 나온 타냐에게 옮겨갈까 노심초사하며 타냐를 집 안으로 들여보냈다.

6

파벨의 사회적 지위는 소비에트의 고위 관료에 속했다. 고인이 된 아버지가 제정 러시아 시대의 관료였다는 것이 그의 출세에 약간의 장애가 되긴 했지만, 제2차 세계대전의 발발과 함께 아버지의 경력은 더 이상 장애가 되지 않았다. 어쨌든 아버지는 군인이자 의사로서 독일과의 전쟁에서 죽었다. 그것이 반동가족 출신이라는 시대적 오점을 상쇄시켜주었다. 피난지에서 다시 모스크바로 돌아온 직후, 파벨은 산모와 아이의 건강증진을 책임지고 있는 내각의 프로젝트에 참여하여 임무를 맡게 되었다. 전쟁은 끝나가는 중이었고, 프로젝트를 위한 세부적인 위원회가 아직 결성되진 않았지만, 앞으로 파벨이 결성된 위원회를 지휘하도록 예정되어 있었다. 파벨은 100퍼센트 정확한 것은 아니지만, 급격한 인구변화를 보여주는 인구조사 자료를 손에 넣었다. 그 자료에 따르면 남자들이 성비(性比)에서 회복되기 어려울 정도로 죽어나갔고, 그에 따라 출생률은 바닥을 쳤다. 하지만 문제는 그것만이 아니었다. 아이들의 사망률이 높았는데, 특히 갓 태어난 아이들의 경우가 더욱 심했다. 또 한 가지 심각한 상황이 있었는데, 그것은 공식적인 통계자료로 집계할 수 있는 것이 아니었다. 하지만 의사라면 누구나 뻔히 알고 있었다. 임신 적령기의 여성들 다수가 불법낙태로 죽어가고 있다는 사실을. 1936년, 스탈린 헌법이 만들어지면서 낙태가 금지되었고, 출산을 원하지 않는 여성들은 불법으로 시술을 받을 수밖에 없었다.

의사로서 파벨의 심경을 가장 혼란스럽게 한 것은 응급수술이 필요한 환자의 대부분이 음성적으로 이루어지는 낙태시술의 부작용으로 병원에 실려 오는 것이었다. 불법

낙태의 부작용은 위협적이었고, 안전한 피임수단은 없었다. 더구나 의사들은 불법낙태로 인한 여성 응급환자를 치료했을 경우, 그들을 '불법낙태'의 범죄자로 신고해야만 했다. 그런 여성 응급환자들에게는 법적인 제재가 가해졌다. 그래서 파벨은 거의 신고를 하지 않았다. 다만 시술하던 환자가 사망했을 경우에만 그녀의 진료기록에 '불법낙태'라는 폭력적 단어를 기입해 넣었다. 응급수술을 받고 여자가 생명을 건졌을지라도 병력에 그렇게 기입한다면, 그 환자는 건강이 회복되는 즉시 재판정의 피고석으로 호출됐다. 그 때문에 수십만의 여자들이 단지 진단기록만으로 수용소에 갇히기도 했다.

파벨은 일찌감치 전쟁 후 가족구성의 형태가 심하게 변할 것을 예견했다. 많은 가정의 가장이 전장에서 죽고, 편모 가정이 급격하게 늘어날 것임은 자명했다. 파벨은 그런 상황에 대한 대비책을 강구해야 할 필요성을 절감했다. 파벨은 혼자서 아이를 양육하는 여성들에게 세금혜택을 주어야 하며, 그와 동시에 그들을 위한 우선적 조치로서 낙태금지에 관한 1936년 7월의 법조항을 폐지해야 한다고 역설했다.

일이 진척되어감에 따라 파벨의 프로젝트는 그 범위를 확장해나갔다. 그것은 이상세계를 건설하기 위한 대안으로 간주되었다. 그의 프로젝트는 당시로서는 매우 급진적이고도 진보적인 것이었다. 파벨은 모자 보건을 위한 가정방문

의료제도를 마련할 것과 청소년들의 성교육 강화, 고아가 된 아이들이 육체적 정신적으로 건강하게 자랄 수 있는 요양소 격의 고아원 설립을 기획했다. 이런 기획은 교육학과도 연계된 것으로서, 일면 체르니셰프스키의 교육적 관점에 기초하고 있었다. 또한 파벨은 유전의학 분야의 연구에도 소홀할 수 없었다. 이 연구를 위한 조직을 파벨은 그 분야의 전문가인 일리야 골드베르그에게 맡기기로 했다.

당시 보건부 장관은 연륜이 깊고, 나이가 지긋한 여성이었다. 강한 당성을 지닌 그녀는 내각 안에서 유일한 여성이기도 했다. 그녀는 오래전부터 성(姓)에서 비롯된 코냐가라는 별명으로 더 유명했다. 일을 처리할 때 결코 주변을 살피지 않고 정해진 목표만을 향해 내달리는 그녀의 성향과도 아주 잘 어울리는 별명이었다. 본인 자신도 별명을 마음에 들어 했다. 남자들과 코가 비뚤어지게 술을 마시면서 그녀는 종종 다음과 같이 말하기도 했다.

"그래, 그래, 러시아 여자는 불알 있는 말이지. 어떤 어려운 일도 척척 해낼 수 있는 강한 존재라고······!"

코냐가가 국가에서 중요한 역할을 하는 인물이고, 남녀평등의 상징이며, 여성의 날의 화신이라는 사실은 의심할 나위 없었다. 물론 신화적 인물인 로자 룩셈부르크, 클라라 제트킨, 조야 코스모데미얀스카야, 그리고 류보프 오를로바 등과 비교하기는 어렵지만. 코냐가를 포함해 이 여성들의 공통점은 아이를 출산한 경험이 없다는 것이었다.

파벨이 모자 보건 프로젝트를 시작했을 때만 해도 코냐가는 그의 든든한 동조자였다. 하지만 파벨이 기획하는 범위가 점점 커지자 코냐가는 차가운 반응을 보이기 시작했다. 사실 그녀는 두려워하고 있었다. 파벨의 프로젝트는 그녀가 보기에는 너무 급진적이었고, 막대한 재정적 지원을 요구하는 것이었다. 무엇보다 중요한 것은 파벨의 프로젝트에는 위험부담이 컸다. 융통성이라곤 없이 상부의 지시라면 절대적인 순종을 철칙으로 여기는 코냐가는 그 무엇보다 당이 추구하는 무엇인가가 중요했다. 그녀가 파악한 바로는 당은 적어도 산모 보호법이니 산부인과의학, 모성보호, 아이들의 건강 등에는 관심이 없었다.

당의 관심이란 위대한 소비에트를 선전할 황당한 과학의 진보였다. 과학아카데미 회원인 알렉산드르 오파린은 강한 전기충격에 의해 생물이 무기질에서 생성되었다고 말한 바 있다. 하지만 최초의 전기충격이 어떻게 일어나는지에 대해서는 아무 근거도 대지 않았다. 단지 마르크스와 엥겔스, 레닌의 이데올로기를 옹호하기 위한 것에 불과했다. 또 다른 아카데미 회원인 리센코는 자연을 완전히 자신의 휘하에 둔 것처럼 떠들어대는 학자였다. 그의 이론대로라면 자연은 그의 명령에 복종할 준비가 되어 있었다. 그의 명령이라면 강물조차 역류가 가능했다. 세 번째로, 아카데미 여성 회원인 레페쉰스카야는 인간이 거의 노화하지 않을 방법을 알아냈다고 떠벌였다. 그럼에도 왜 사람들은 여전히 늙어 죽어가고 있었던 걸까? 마비된 왼손은 웃옷 앞섶에 감춘 채 오른손으로 '불멸'[5]의 꽃다발을 받는 소비에트 최고 권력자는 이 같은 과학자들의 '경이로운' 이론에 흡족한 미소를 짓고 있었을 뿐이었으니……게다가 그에게 꽃다발을 전달했던 러시아 소녀가 어느 날 갑자기 유대인이 되는 일은 또 얼마나 비일비재했던가!

파벨은 매주 코냐가의 집무실에 들러 자신의 프로젝트가 상부에 상정되었는지 되풀이해서 묻고는 했다. 대답은 늘 부정적이었다. 코냐가는 당시 파벨의 프로젝트를 상부에 보고할 의사조차 가지고 있지 않았다. 상부에서 하달된 명령에만 온힘을 쏟고 있었다. 파벨의 모자 보건 프로젝트는 완전히 그녀의 관심 밖으로 밀려나 있었다. 뿐만 아니라 코냐가는 파벨의 프로젝트가 상부에 보고되지 않도록 철저히 관리까지 하고 있었다. 파벨은 물러서지 않았다. 무익하게 1년을 소비한 뒤, 파벨은 자신의 성향에 맞지 않는 마지막 수단을 강구했다. 정치위원회의 일원으로서 당 중앙위원회에 고발장 형식의 편지를 써서 보낸 것이다. 편지는 정형화된 형식 그대로 '위대한 ○○○의 지도 아래……'와 같은 식상한 문구로 시작하여 완벽한 고어 스타일로 쓰인 것이었다. 그리고 명백한 증거자료들과 직접적 또는 간접적인 의미에서 살인이라고 할 수 있는 낙태의 현실을 보여주

---

5 어린 소녀들에게 꽃다발을 받는 스탈린의 식상한 모습을 작가가 조소하고 있는 표현이다.

는 통계자료도 첨부했다.

물론 편지에서 파벨은 자신이 맡고 있는 프로젝트의 전 내용을 언급하지는 않았다. 그가 생각하기에 가장 시급한 문제, 낙태금지의 문제점을 집중적으로 서술했다.

몇 달이 지나도 아무 답변이 없었다. 파벨은 이미 답변을 포기하고 있었다. 그러던 어느 날 오전 9시, 아침 조회 시간에 상부로부터 전화가 걸려왔다. 파벨은 양해를 구하고 불쾌함 가득한 얼굴로 조회 도중에 나왔다. 그 전화는 누구나 알고 있는 불문율을 깬 것이었다. 일반적으로 아침 9시, 조회시간에 전화하지 않는 규칙을. 그러나 중앙위원회의 호출이었으므로 지체할 순 없는 노릇이었다.

10분 뒤, 관용차는 이미 병원을 출발하고 있었다. 파벨은 운전수 옆 좌석에 어두운 표정으로 앉아 있었다. 예상 밖의 호출이었다. 이런 식의 갑작스러운 호출은 언제나 불길했다. 특히 계획에 없었던 일에 시간을 맞춰 가야 하는 자신의 꼴이 마음에 들지 않았다. 그는 출발하기 전에 다른 준비 없이 필요한 두 가지 일만을 했다. 알코올을 희석시킨 잔을 다 비우고, 이런 경우를 대비해 오래전에 구비해놓은 가방을 챙겼다. 당 중앙위원회가 있는 '옛 광장'으로 가는 길에 그는 생각했다. 집에 들러 가족들과 작별인사를 했어야 하지 않았을까…….

여섯 번째 입구에서 경비원들이 파벨을 제지하며 가방

을 내려놓으라고 했다. 가방에는 밀랍으로 뚜껑을 땜질한 작은 유리병이 있었다. 그 병을 그는 앞으로 닥칠 대화에서 결정적으로 사용할 계획이었다. 경비원들과 지루한 논쟁을 벌이고 난 뒤에야 파벨은 가방을 가지고 입구를 통과할 수 있었다. 파벨은 감시원들과 함께 카펫이 깔린 긴 복도를 걸어갔다. 마치 어둠의 구렁텅이로 끌려가는 듯한 느낌이었다. 파벨은 집에 들르지 않은 것을 한 번 더 후회했다. 파벨을 데려가던 두 명의 감시원은 각각 오른쪽으로, 그리고 왼쪽으로 나누어서 문 앞에 멈추어 섰다.

"들어가시죠."

파벨은 문 안으로 들어섰다. 르누아르 그림 속의 여자들과 같은 얼굴빛의 여비서가 그에게 기다리라고 했다. 그는 나무로 된 딱딱한 긴 의자에 두 발을 넓게 벌리고 앉아, 오래전 아버지가 강연 때마다 들고 다녔던 가방을 다리 사이에 놓았다. ……파벨은 이런 순간을 오래 전부터 기다려 왔다. 2분이 지나자 안에서 그를 불렀다. 방은 쓸데없이 길었고, 커다란 사무용 책상에는 건조한 비누로 빚은 사람처럼 얼굴이 팅팅 부은 작은 사람이 앉아 있었다. 그 얼굴은 5월 초, 봄바람에 흔들리던 플래카드에 있던 얼굴 중의 하나였다.

'신장이 아주 맛이 갔군. 특히 왼쪽 신장이.'

파벨은 간부를 보며 생각했다.

"당신 편지, 잘 읽어봤습니다."

당 간부가 근엄하게 말했다. 그의 목소리, 그리고 애써 감추고 있기는 했지만 뭔가 탐탁지 않은 것이 분명한 그의 표정에서 파벨은 간부와의 만남이 막장이 될 것을 직감했다.

'난 더 이상 잃을 게 없어.'

파벨은 이렇게 생각하고는 천천히 가방 열쇠를 풀었다. 당 간부는 얼음 같은 침묵을 지켰다. 파벨은 김이 서린 직사각형의 유리병을 가볍게 꺼내, 손바닥으로 앞면을 닦고는 의자 위에 세워놓았다. 간부는 의자에 앉아 놀란 표정이 되며, 포동포동한 손가락으로 유리병을 가리키더니 적개심 돋친 말투로 물었다.

"당신, 뭘 가지고 온 겁니까?"

파벨이 내놓은 그것은 적출된 자궁의 액침표본이었다. 여성의 몸에서 가장 위대하고 복잡하게 만들어진 조직. 색깔로 보면 유리병 속의 자궁은 포르말린 때문에 아직 완전히 탈색되지 않아, 갈색과 노란색이 섞인 순무처럼 보였다. 절개된 자궁 안에는 뿌리를 내린 양파가 있었다. 그 광경은 마치 무채색의 실로 단단히 묶인 태아가 바다짐승을 연상시키는 반투명한 육식양파와 처절한 전투를 벌이고 있는 것과도 같았다. 그 양파는 이미 우리가 흔히 수프나 식초를 만들 때 쓰는 그런 양파가 아니었다.

"자, 보시죠. 여기 양파가 뿌리를 내린 자궁이 있습니다. 양파가 자궁벽에 뿌리를 내린 거죠. 뿌리가 자라면서 태아를 관통하고, 그 뿌리에 태아가 단단히 감기게 되면 양파를 꺼내는 것입니다. 그때 태아도 같이 끌려나옵니다. 물론 운이 좋은 경우에 말입니다. 실패한 경우 산모들은 제게 와서 수술을 받거나 아니면 바로 공동묘지로 가게 됩니다. 말할 것도 없이 두 번째 경우가 더 빈번한 것은 너무도 당연⋯⋯."

"아니 지금 무슨 농담을⋯⋯?"

당 간부는 몸을 뒤로 젖혔다.

파벨은 새파랗게 질린 당 간부에게 최대한 정중하게 대답했다.

"믿기 어려우시면 이런 방법에 사용된 양파를 1킬로그램이라도 갖다드릴 수 있습니다. 공식통계로는 도저히 알 수 없는 현실입니다. 하지만 난 이런 현실을 더 이상 묵과할 수 없습니다."

당 간부는 극도로 흥분했다.

"당신 미쳤소? 도대체 제정신을 갖고 어떻게⋯⋯ 뭘 믿고⋯⋯."

"믿는 거 없습니다. 이런 불법낙태 시술 후에 내가 다시 수술을 하게 되는 경우, 나는 그 산모의 진료기록에 '자연유산'이라고 쓸 수밖에 없었습니다. 그렇게 하지 않으면, 나는 그 여자를 감옥으로 보내는 꼴이 되니까요. 때로는 어린아이가 있는 내 이웃의 여자를 감옥에 가게 만들 수도 있지요. 양파를 이용한 낙태방법이 가장 많이 쓰이는 불법시술이긴 하지만, 이것 외에도 다른 위험한 방법들도 많습니다. 철 집게, 카테터, 가위를 이용하거나 자궁 안으로 요오드, 소다, 비눗물을 부어넣는……."

"그만하시오! 파벨 알렉세예비치!"

전쟁 전에 자기 아내도 그런 일을 당했던 것을 기억한 관리가 창백해진 얼굴로 소리쳤다.

"그만 됐어요. 뭘 원하는 겁니까, 나한테?"

"낙태허용 규정이 필요합니다."

"미쳤군요! 국가와 민족의 이익이 걸려 있는 사항이란 걸 모릅니까? 전쟁 때문에 남자 수백만을 잃은 나라입니다. 우리는 출산으로 인구를 채워야 합니다. 당신 요구는 국가의 안위를 고려하지 않은 위험한 생각입니다."

관리는 진정성을 담아 파벨을 설득하려 했다.

파벨은 생각했다.

'병을 갖고 온 것이 헛되지는 않았군…….'

파벨은 대화에서 이득을 보고 있다고 생각했다. 올바른 주제로 대화를 시작했으므로 올바른 요구를 끌어내면서 대화를 맺어야 했다.

"남자 수백만을 잃었죠. 하지만 지금은 여성 천 명을 잃고 있습니다. 올바른 방법의 낙태는 삶에 위험을 주지 않습니다."

파벨은 얼굴을 찌푸리며 말을 이었다.

"삶의 질 향상은 높은 출생률과 밀접한 관련이 있지요."

파벨과 간부의 시선이 마주쳤다.

"생각해보십쇼. 불법낙태로 사망하는 여성들이 많아지면서 많은 아이들이 버려져 고아가 됩니다. 그 고아를 책임지기 위해 국가는 많은 예산을 지출해야 하고요. 그런 측면에서라도…… 낙태금지는 폐지되어야 합니다."

간부는 턱에 깊은 주름이 팰 정도로 입술을 비틀었다.

"이 병을 얼른 치우시오. ……그리고 더 높은 양반들에게 말해보시오."

그는 손으로 위를 가리켰다.

"이 액침표본은 남겨드리겠습니다. 쓸 데가 있지 않을까요?"

간부는 손을 저었다.

"정말 돌았군요! 당장 치우라고요……."

"엉터리일지라도 우리의 통계자료는 1년에 2만 명이 죽는다는 것을 말해주고 있습니다! 그것도 다른 공화국을 뺀 러시아에서만요……."

파벨은 눈을 치켜떴다.

"당신들이 그에 대한 책임을 져야만 합니다."

"주제넘은 짓은 그만둬요."

당 간부는 고함을 질렀다.

파벨은 물러서지 않았다.

"당신들은 당연히 해야 할 일을 회피하고 있습니다."

파벨은 간부의 방에서 나왔다. 자궁 액침 표본을 쓸데없이 크기만 한 책상 위, 주철로 된 프롤레타리아 작가의 두

상으로 장식된 필기도구 세트 옆에 남겨둔 채…….

전쟁 직후, 모든 상황은 파벨에게 매우 유리하게 돌아갔었다. 그가 맡고 있는 학과가 재개되었고, 전쟁이 시작되면서 산파학과 산부인과 전공을 포기했던 유능한 제자 두 명도 돌아왔다. 병원의 병상 수도 두 배로 늘었다. 전쟁기간 동안에도 파벨은 새로운 학문적 발견이나 성과를 이룬 것은 아니지만, 끊임없는 조사와 관찰로 언젠가 획기적인 결과를 얻어낼 수 있는 정보들을 많이 축적할 수 있었다. 이때 파벨이 몰두했던 것은 여성들의 불임원인이 되는 자궁암 치료에 관한 것이었다. 그는 종양이 임신에 미치는 영향에 대한 연구에 몰입했다. 그 결과, 호르몬 분비의 증가를 억제시킴으로써 종양을 치료할 수 있는 가능성을 발견했다. 그것을 발견하기까지 파벨의 내부투시력은 결정적이지는 않을지라도 신체조직의 일반적 특성에 대한 많은 지식을 갖는 데 커다란 도움을 주었다. 하지만 파벨은 국가와 사회의 권력체계에 대해서는 아무것도 아는 바가 없었다. 파벨은 전쟁도 끝났으니 이제야말로 그동안 축적해온 자료와 지식을 토대로 자신의 연구가 구체적인 성과로 빛을 보게 될 수 있을 것이라 기대하고 있었던 것이다.

축적된 연구 자료들을 가지고 고위 간부들을 만날 수 있기는 했지만, 그 만남 이후 파벨이 원하는 대로 일이 진척되는 경우는 거의 없었다. 그때마다 파벨은 그나마 자신에게 호의적이었던 코냐가를 문턱이 닳도록 찾았고, 이제 국민의 건강과 보건을 위한 체계를 바꾸어야 할 때가 되었음을 간곡히 호소했었다. 그때만 해도 코냐가는 파벨의 말을 주의 깊게 들어주었다. 코냐가는 이미 파벨에 대한 명성을 소문으로 들어 알고 있었고, 상부로부터 그에 대한 부정적인 어떤 지령도 받은 바가 없었기 때문에 그를 정중하게 대했다. 더욱이 그녀는 1947년 말 파벨을 의학아카데미 회원으로 천거했을 뿐만 아니라, 새 아파트를 받을 수 있도록 조치까지 해주었다. 마치 국가를 위해 봉사할 일꾼에게 선불을 지불하듯이. 그렇게 받은 아파트는 방 세 개에 부엌 옆에 넓은 창고가 딸린, 매우 과분한 것이었다. 누구보다도 바실리사가 기뻐했다. 그녀의 인생에서 처음으로 자신만의 방이 생겼기 때문이다. 자신의 방으로 쓸 창고를 보고, 그녀는 그만 감동받아 울기 시작했다.

"이게 내 방이야. 여기에 뼈를 묻어도 좋아!"

엘레나는 바실리사에게 큰 방에서 타냐와 함께 살라고 설득했다. 그러나 바실리사는 그녀의 말을 듣지 않았다.

당시 생활수준을 기준으로 그들은 상위층에 속했다. 그런 만큼 파벨은 매우 관대했다. 그 덕분에 여윳돈이라곤 전혀 없었다. 한 달에 두 번 월급이 나오는 날이면, 파벨은 식사를 마치고 엘레나를 불렀다.

"레노치카, 명단 가져와요!"

엘레나는 돈을 보낼 사람들의 명단을 가지고 왔다. 전쟁 전부터 파벨은 두 명의 사촌조카, 아주 먼 촌수의 숙모, 언젠가 함께 일했던 나이 든 외과 간호사, 1932년부터 수용소와 유형지를 전전해야 했던 대학 동창 일리야 골드베르 그를 돕고 있었다.

결혼 전, 파벨은 그저 생각나는 대로 돈을 보냈을 뿐, 따로 명단을 작성하지는 않았다. 결혼 후, 그의 젊은 아내 엘레나가 명단을 작성하기 시작했는데, 그 명단에 엘레나는 남편이 도와야 할 사람 외에도 자신의 먼 친척이나, 타시켄트에 남아 있는 학교 동창, 그리고 바실리사 쪽으로 아는 노파들을 첨가했다. 파벨은 이전보다 많은 사람을 도와줄 수 있는 자신의 월급을 매우 자랑스럽게 여겼다. 매달 도와주는 사람이 늘어났으며, 그 대상이 매달 바뀌는 경우가 있었기 때문에 파벨은 명단을 들여다보며 가끔씩 아내에게 묻고는 했다.

"무샤는 누구야?"

아내가 설명을 해주면 파벨은 고개를 끄덕였다.

돈을 누구에게 보내줘야 하는지에 대한 엘레나의 설명이 끝나고 나면, 바실리사는 바로 낡은 가죽가방을 가져왔다. 각기 정해진 액수대로 세어 놓은 돈을 가방에 넣었다. 아침이 되면 바실리사는 그 돈을 각각 신문지로 싼 다음, 무슨 영문인지 그것들을 다시 낡은 수건으로 돌돌 말았다. 그리고 한 손에 손지갑을 쥐고 다른 손으로는 엘레나의 소매를 잡고 우체국으로 향했다. 창구 앞에서 바실리사는 엘레나에게 돈을 건네주었고, 엘레나는 송금을 신청했다.

바실리사는 입술을 움찔거렸다. 그 모습을 보며, 엘레나는 그녀가 돈을 세고 있다고 생각했다. 하지만 바실리사는 자기가 좋아하는 기도문을 외우고 있는 중이었다. 그녀의 기도는 유창하지 않았다. 「시편」 몇 구절과 몇 가지 암기하는 기도문이 전부였다. 그것만으로도 그녀는 하느님과 충만한 대화를 할 수 있었다. 무엇인가 간절히 원하는 일이 생겼을 때는 성모 마리아에게 기도하기도 했다. '성모 마리아시여, 부디 만사형통하도록 도아 주소서……'

바실리사의 세계는 단순했다. 맨 위에는 하느님과 천사, 성모 마리아가 계시고, 그 다음에는 많은 성인(聖人)들, 그 가운데 파벨이 끼어 있었다. 그녀의 눈에 비치는 파벨은 성인이었다. 악한 자이든 선한 자이든, 신이 그랬던 것처럼 가리지 않고 도움을 주고 있었기 때문이다. 죽어서 마땅할, 아무리 끔찍한 죄를 지은 자라 할지라도……. 그런 바실리사였기에 파벨이 낙태가 법으로 허용되도록 고군분투하고 있는 상황은 상상도 할 수 없는 일이었다. 그녀에게 낙태란 용서받지 못할 죄였다.

7

타네치카는 여섯 살이 되었고, 키가 부쩍 자라 있었다.

갓 태어난 아기 같던 포동포동함이 사라져 얼굴은 갸름해졌고, 눈가로 촉촉하고 파란 음영이 흐르는 듯했다. 기침은 한동안 잠잠하더니 다시 시작되었다. 파벨은 고인이 된 아버지의 동창인 이삭 베니아미노비치 케플러를 불렀다. 그는 1894년부터 루사코프카에 있는 소아과 병동에서 일했다. 이미 80이 넘은 고령으로 연금생활자였지만, 여전히 매일 진료를 하고 있었다. 병원에서 그의 진료실을 계속 남겨두었기 때문이다.

이삭은 이른바 신성한 귀를 가지고 있었는데, 그 생김새가 매우 독특했다. 나이가 들면서 남들보다 긴 그의 귀는 코끼리의 귀처럼 축 처진 데다 쭈글쭈글했다. 그리고 귀 한가운데로 하얗게 센 머리털이 분수처럼 솟아나 있었으며, 크고 긴 귓불은 세로로 난 주름으로 가득했다. 이삭은 청진기를 귀에 꽂고 그것을 타냐의 등에 갖다 대기 전까지는 완전히 귀머거리였다. 하지만 간지러움에 몸을 꼼지락거리는 어린 소녀 환자를 진찰하는 동안 움직거리던 그의 귀는 놀라운 청력을 되찾고 있었다.

이삭은 손가락으로 타냐의 쇄골 밑을 쿡쿡 찌르면서 말했다.

"문제는…… 오른쪽 허파 위쪽이군. 소아과 병동으로 가서 호팀스키 박사에게 사진을 찍어보시게. 살랸카 거리에 있는, 살랸카 거리 말이네……."

파벨은 머리를 끄덕였다. 그는 19세기 초에 세워진 우스티노스키 다리 옆의 오래된 건물을 잘 알고 있었다. 그곳은 유혹에 빠진 시골 처녀, 또는 대도시 모스크바에서 일하던 재봉사와 하녀들이 원하지 않았던, 그래서 어쩔 수 없이 낳아서 버린 아이들을 수용하여 돌보는 고아원이었다.

파벨은 허리까지 알몸이 된 딸을 유심히 살펴보았다. 어린 딸의 피부를 뚫고 몇 센티미터 정도 깊이 들여다보았다. 하지만 그는 투시력을 가지고도 아무것도 찾아낼 수가 없었다. 그저 딸에 대한 걱정이 앞설 뿐이었다.

"유감스럽지만 이 병은 지금 많은 사람들이 앓고 있어."

손가락으로 타냐의 귀 근처, 뺨 아래를 살피듯 만지며 이삭은 중얼거렸다. 그의 시선은 턱에 미쳤다가 겨드랑이 아래의 가장 깊은 곳에 이르러 멈추었다.

"임파선, 임파선…… 갑상선이 많이 커진 것 같아. 그래, 갑상선이……. 식욕은 어때? 물론 좋지 않겠지. 그래, 좋을 리가 없어. 구토는? 구토는 하나?"

엘레나가 고개를 끄덕였다.

"아주 자주 해요. 원하지 않을 때 한 숟가락만 더 먹어도 토해내요. 그래서 절대 더 먹으라고 하지 않아요."

"그렇겠지……."

노인은 만족스러운 표정이었다. 그는 귀를 아이의 배에 갖다 댔다.

"어디 보자. 배에 통증이 있지? 여기?"

이삭은 손가락으로 타냐의 배 어딘가를 찌르며 눌렀다.

"종종 여기가 당기지, 그렇지?"

타네치카는 자신의 아픔을 정확히 진단하고 짚어내는 노인의 말에 기뻤다.

"예, 예. 종종 당겨요."

파벨은 기뻤다.

'정말 대단하시군. 소문대로 대단한 귀를 가지셨어. 눈도 아니고, 손도 아니고······.'

파벨은 정신을 집중했지만 타냐의 병이 무엇인지를 자신의 투시력으로는 알아내지 못했다. 그저 이미 알고 있는 익숙한 인간의 신비하고 복잡한 내부조직만이 보였을 뿐이다.

의기소침해진 파벨은 무심히 타네치카를 진찰하고 있는 이삭을 쳐다보았다. 그때 푸른 기를 띤 짙은 홍색의 종양이 그의 위장을 덮고 있는 모습이 보였다. 위 상층부에서 시작된 종양은 이미 중간까지 전이된 상태였다. 파벨은 얼른 눈을 감고 말았다.

이삭의 권유에 따라 파벨은 소아과에 타냐의 엑스레이 촬영을 요구했다. 타냐의 몸속에서 여러 가지를 발견할 수 있었는데, 피 분석 결과 병의 원인이 밝혀졌다. 고령인 소아과 의사 이삭의 처방은 구시대적인 것이었다. 제정러시아 시대에 일반적이었던, 스위스에 가서 요양하라는 처방과 같은 것으로, 공기 좋은 곳에 가서 잘 먹고 잘 자고 산책하며 요양을 해야 한다는 것이었다. 시골에서 자랐지만 신선한 공기의 효력을 믿지 않는 바실리사는 그 처방에 매우 황당해했다. 맑은 공기 외에도 소아과 의사는 생선 지방을 많이 먹을 것을 권유했다. 한마디로 토마스 만의 『마의 산』에 나온 것과 다를 바 없다. 이삭은 그 책에 대해 들어본 적도 없을 것이다. 이삭은 단지 자신이 알고 있는 최상의 결핵 치료방법을 말한 것이다. 그렇다면 간장을 손상시키고 신장에 부담이 되는 신종 약들을 만드는 건 어리석은 일이 아닐까?

파벨은 이삭의 말을 듣고 난 후, 그에게 위 검사를 해볼 생각은 없는지 물었다.

"물론 없지. 내 나이가 되면 모든 것이 망가지는 건 당연하지 않나. 난 패혈증이나 심장 발작으로 죽을 수 있는 기회를 갖고 있는 거라네……."

'이미 자신의 병을 알고 계시는구나.'

파벨은 생각했다.

파벨은 타냐를 위해 즈베니고로드[6] 근교에 있는 커다란 주택을 임대했다. 그 주택은 엄청난 도둑질을 한 '작은'[7] 죄 때문에 대사관의 직분을 받아 캐나다로 유형을 간 어느 해군장성의 소유였다. 그해 가을, 아카데미에서 시골에 주택을 불하해준다는 공고가 있었고, 파벨은 신청서를 제출하

---

6 모스크바에서 조금 떨어진, 공기 좋고 물 맑은 곳으로 유명한 지역. 많은 사람들이 휴양과 요양을 하러 가는 곳이다.

7 관료들이 엄청난 부패를 저지르고도 경미한 처벌을 받거나 그나마 받지 않는 것을 비꼬는 작가의 조소를 내포하는 표현이다.

라는 제안을 받기도 했다. 그러나 파벨은 신청서를 제출하지 않았다. 그 이유를 스스로도 정확히 설명할 수는 없었다. 다만 직감적으로 시골의 주택을 불하받는 것은 소탐대실이라는 느낌을 받았을 뿐이다. 파벨은 엘레나에게조차 그런 사실이 있었음을 말하지 않았다.

즈베니고로드의 주택으로 타냐와 바실리사가 이사했다. 파벨은 엘레나에게 그녀의 변변치 않은 직업을 이제는 그만두라고 설득했다. 하지만 그녀는 단호하게 거부했다. 일을 버리고 싶지 않았고, 파벨을 주말 전까지 한 주 내내 도시에 혼자 내버려두고 싶지도 않았기 때문이다.

2층으로 된 주택은 매우 컸다. 그 안에는 고딕 스타일의 그릇, 도자기를 비롯해 온갖 잡동사니들이 가득했다. 위층과 아래층의 두 홀에는 오래 쓰지 않아 뻑뻑해진 안락의자와 조각된 등받이의 의자들이 있고, 그 사이에 피아노가 놓여 있었다. 위층의 피아노는 연주회를 위한 것이었고, 아래층의 피아노는 청동 장식물에 갈라진 공명관이 있는 자단나무로 만든 실내용이었다. 피아노는 조율을 하지 않아 소리가 좋지 않았다. 하지만 파벨은 짐꾼과 함께 그 피아노를 앞으로 살게 될 두 개의 방 중 하나로 옮겨놓았다. 타냐를 위해서. 물론 조율도 새로 하고, 즈베니고로드에서 타냐에게 피아노를 가르쳐줄 선생도 찾았다. 피아노 선생은 일주일에 세 번 방문하기로 했다.

몇 주가 지나고 파벨과 엘레나는 벽난로의 장작불로 한

껏 따뜻해진 거실에서, 집 안의 다른 것과 마찬가지로 부정부패의 냄새가 역력한 독일제 안락의자에 앉아 있는 것에 익숙해져 있었다. 그리고 타냐는 매주 새로 배운 곡들을 그들에게 들려주었다.

그렇게 파벨 가족은 2년을 보냈다. 러시아의 겨울은 여름보다 두 배나 길었는데, 타냐에게 겨울은 여름보다 훨씬 더 좋은 계절이었다. 나중에 타냐는, 어린 시절을 병약한 모습의 자신이 아니라 백색의 시절로 떠올리곤 했다. 하얀 도자기 컵에 담긴 염소 우유, 창문 너머 두꺼운 부피로 파도치는 하얀 눈더미, 전나무 가지 등에 축제를 하듯 여기저기 걸린 작고 둥글둥글한 장식등들, 바실리사가 설거지를 하는 동안 타냐 스스로 매일 아침 두드리곤 했던 하얀 건반…… 피아노 연습이 끝나고 나면 바실리사는 타냐에게 나무로 만든 조그만 삽을 주고는 길가의 눈을 치우라고 했다. 바실리사의 말이 떨어지기가 무섭게 타냐는 삽으로 눈을 날랐다. 그러고 나면 타냐에게는 새에게 먹이를 주라는 새로운 과제가 떨어졌다.

파벨의 가족이 살기에는 과분할 만큼 땅은 넓었다. 파벨은 작은 집 모양의 새 먹이통을 네 개나 만들었다. 타냐는 몇 시간이고 가슴이 빨간 피리새와 뺨이 노란 박새가 비스듬한 지붕 아래에서 먹이를 쪼는 모습을 지켜보았다. 때때로 파벨과 타냐는 바실리사와 함께 크고 작은 함석통 두 개를 들고 500미터나 떨어진 우물까지 가서 맛 좋은 물을 길어오기도 했다. 집 가까이에도 우물이 있었지만, 겨울이면 많은 눈에 막혀 물을 길어 올릴 수 없었다. 그리고 둘은 매일 산양유를 구하기 위해, 염소와 검은 강아지들을 함께 키우고 있는 노파의 집을 향해 시골길을 한참 걷고는 했다.

타냐는 늘 분주했다. 그녀에겐 일과 놀이의 차이가 없었다. 무슨 일이든 강압 때문에 하지 않았던 타냐는 참기 힘든 생선 지방 먹는 일도 강아지들이 서로 먹겠다고 달려드는 것을 본 후에는 기꺼이 즐겁게 먹을 수 있게 되었다.

요양 때문에 타냐는 학교에 갈 수 없었다. 1학년 교과 내용은 가정학습으로 이루어졌다. 그녀는 읽고 쓰기와 기본적인 산수도 모두 익혔다. 글씨를 또박또박 쓰는 걸 가장 어려워했던 타냐는 습자 교본처럼 예쁘게 써지지 않아 낙담하고는 했다. 그녀의 건강은 완벽할 만큼 좋아졌다. 타냐의 건강이 완전히 회복되었음을 확인해줄 수 있었을 테지만, 이삭은 이미 이 세상 사람이 아니었다.

가을이 되자, 타냐는 모스크바에 있는 아파트로 돌아왔다. 학교에 입학도 했다. 바로 2학년 과정으로 들어갔다. 모두들 타냐의 입학 준비에 정성을 쏟았다. 수가 놓인 희고 둥근, 그리고 빳빳한 깃이 달린 밤색 교복, 검은 토시, 어깨 끈에 예쁜 주름 장식이 있는 치마를 타냐에게 만들어주었다.

"천사 같네!"

생각에 잠긴 얼굴로 중얼거리며 바실리사는 가만히 한숨을 쉬었다. 바실리사는 아이 같은 마음이 되어 타냐를 부러워하고 있었다. 한 번도 학교를 다녀본 적이 없는 바실리사로서는 낡은 천으로 다시 만든 것이 아닌, 타냐가 입은 새 교복이 부럽지 않을 수 없었다. 그 교복은 뭔가 특별한 것을 의미하고 있었다. 바실리사는 속으로 '바로 관에 누워도 되겠네'[8]라는 생각을 하며 자신의 부러움을 접었다.

교복 외에도 부드러운 분홍색의 얇은 속지[9]가 있는 공책, 연필, 고무, 펜 등 귀한 것들이 들어 있는 향기 나는 나무 필통도 샀다. 여기에 식구 중 누구도 이용해본 적이 없는 제화점에서 구두까지 주문제작 했다.

타냐는 학교생활에 대해 부푼 꿈을 가지고 있었다. 결핵을 치료하는 요양기간 동안 행복하긴 했지만 언제나 부족함으로 남았던 친구들을 마음껏 사귈 수 있을 것이라는 큰 기대를 품고 있었다.

9월 1일, 딸을 학교에 데리고 간 엘레나는 교사를 만났다. 그러고는 무거운 가방과 풍성한 과꽃 다발을 손에 쥔, 새로운 환경에 낯설어하는 타냐를 교실에 남겨두고 집으로 돌아왔다. 타냐와 친구가 되고 싶어 하는 아이들은 참 많았다. 그런데 그 아이들은 매우 소란스러웠다. 타냐는 시

---

8 고인을 아름답게 치장하는 관습에서 온, 더할 나위 없이 아름답거나 멋지게 차려입은 사람을 일컫는 속담.

9 소비에트 시대의 일반적인 노트로 속지에는 레닌의 교훈이나, 이데올로기 선전 문구들이 적혀 있었다.

끄러운 것은 참을 수 있었지만, 관심을 표현하면서 땋은 머리나 앞치마자락을 붙잡고 늘어지는 것은 참기 힘들었다. 심지어 어떤 아이는 타냐의 흰 양말을 끌어내리려 하기도 했다.

교실 풍경은 타냐가 상상한 그대로였다. 선생은 타냐에게 귀 위로 땋은 머리를 올려 묶은 뚱뚱한 여자아이 옆에 앉으라고 했다. 수업 중간에 뚱뚱한 여자아이는 타냐의 팔꿈치를 밀었다. 그 바람에 타냐는 노트의 한가운데에 커다란 잉크 방울을 떨어뜨렸다. 타냐는 당황했다. 전에도 그런 일은 있었다. 즈베니고로드에 있을 때 공책을 잉크로 온통 얼룩지게 한 적이 있었다. 하지만 다음 순간 타냐는 공포감에 질식할 정도가 되었다. 옆에 앉은 아이가 책상 밑으로 몸을 구부려 그녀의 발을 심하게 꼬집었기 때문이다. 순간, 타냐는 그 아이가 고의로 자기 팔꿈치를 밀친 것임을 알아챘다. 타냐는 울음을 터뜨렸다. 선생님이 다가와 무슨 일이냐고 물었다.

"저, 집에 가면 안 돼요?"

타냐는 울음에 잠긴 목소리로 작게 말했다.

"4교시 끝나고 가렴."

선생은 단호했다.

타냐는 인생에서 처음으로 타인의 요구, 가장 약한 형태이기는 했지만 외부의 강제력에 맞닥뜨린 셈이었다. 조금 전까지는 주위사람들이 바라는 것과 자신의 바람이 행복할 정도로 잘 맞아, 다른 상황이 있을 수 있다고는 생각조차 해보지 않았다. ……타인의 요구에 복종하는 것, 그것은 어른이 되는 과정일까? 순간, 타냐가 분명하게 깨달은 것은 다시 행복해지려면 어른들이 요구하는 걸 마치 내가 하고 싶어 했던 것처럼 만들어가야 한다는 생각이었다. 전에는 단 한 번도 생각해보지 않던 것이었다. 그러나 타냐는 이제 서서히 그런 생각들로 포위되기 시작했다.

4교시가 끝날 때까지 타냐는 멍하니 앉아 있었다. 쉬는 시간에도 꼼짝하지 않았다. 좋은 친구를 기대했지만, 타냐에게 반의 여자아이들은 사악한 원숭이만 같았다. 타냐의 주변을 맴돌듯 서성이면서 그녀의 땋아 늘인 머리를 잡아당기고 쿡쿡 찌르면서 아이들은 공연히 웃어대곤 했다. 타냐는 왜 저들이 자기를 싫어하고 미워하는지 알지 못해 안타까웠을 뿐, 그런 식으로 관심을 표하고 있다고는 생각지도 못했다. 그러므로 타냐는 몇 달 후, 이 아이들이 자신과 당번을 하거나 단순히 복도로 나갈 뿐인데도 함께 하려고 서로 싸우게 될 거라고는 상상할 수조차 없었다.

타냐는 아주 독특한 버릇을 가지고 있었다. 머리를 묶은 리본을 잡아 비비 꼬거나, 공책을 돌돌 말았다 펴거나, 손을 씻고 나면 팔을 세차게 흔들어 손의 물기를 털어냈다. 그리고 가끔 코에 주름을 잡으며 미소를 지었다. 이런 그녀의 행동은 아이들의 눈에 특이하게 각인되었고, 그들의 마음을 끌었다. 타냐는 학급 아이들의 모방 대상이 되었다. 땋은 머리끝을 이빨로 물고 깊은 생각에 잠기곤 하는 타냐의 행동까지, 많은 아이들은 따라 하게 되었다.

여자아이들의 많은 관심을 받게 되었지만, 타냐는 결코 학교를 좋아하지 않았다. 타냐의 관심과 우정을 얻은 열 명의 아이들은 늘 타냐를 둘러싸고 있었다. 하지만 타냐는 즈베니고로드에 있을 때보다도 더 큰 외로움을 느꼈다. 그 반에는 타냐보다 더 외로운 아이가 있었다. 토마 폴로히수나였다. 언제나 위축된 모습에 입술 주변에 하얗게 버짐이 피어 있는 토마는 반에서 꼴지를 하는 열등생이었다. 학급의 아이들 어느 누구도 토마 옆에 앉으려 하지 않았다……

토마는 타냐를 부러워하는 무리의 축에도 끼지 않았다. 부러워할 수도 없을 만큼 타냐와 토마의 사이에는 행성간의 거리만큼 떨어진, 측정하기도 힘든 거리가 있었다.

8

엘레나는 남들이 보기에 대단하지 않은, 지극히 평범한 직업을 선택한 것에 대해 전혀 후회하지 않았다. 그녀는 조명 달린 작업용 책상, 제도기, 그리고 다양한 트레이싱 페이퍼, 세미 와트만지, 회청색의 매끄러운 염색 페이퍼를 이용하는 자신의 일이 마음에 들었다. 석판 냄새, 연필을 쓸 때나는 사각거리는 소리, 단순한 일이지만 나름 기술을 요하는 연필 깎는 일까지도 그녀의 마음에 들었다.

엘레나는 자신의 직업이 단순노동의 계열에 속한다는 건 학교를 다니면서 이미 깨달은 바 있었다. 그러나 해가 거듭될수록 엘레나는 자기 일의 많은 매력을 발견하게 되면서 더 깊은 애착을 갖게 되었다. 일을 할수록 알게 된 중요한 사실은 세 가지 측면에서 사물을 관찰하면, 그 사물의 있는 모습 그대로를 완벽하게 그릴 수 있다는 것이었다. 사물의 있는 모습 그 자체를 완벽하게 그릴 수 있다는 것을⋯⋯.

때때로 엘레나는 모든 사물처럼 다양한 현상들도 정면에서, 측면에서, 그리고 위에서 내려다본 모습을 묘사할 수 있다고 여겼다. 탱크 엔진의 부속품뿐 아니라, 공기 중의 바람도, 복통도, 그리고 모든 단어들까지도.

엘레나의 스승은 첫 남편인 안톤 이바노비치 플로토프였다. 그는 예술이라고 할 수 있는 제도(製圖) 분야의 큰 장인이었다. 둘은 누추하고 초라한 공간에서 진행되었던 제도의 교육과정에서 학생과 선생으로 만났다. 그는 사려 깊은 외모로 연륜이 있어 보였지만, 당시 나이 스물아홉에 불과했다. 마른 체격의 그는 언제나 단정한 옷차림이었고 깔끔했다. 반면 엘레나는 모스크바 근교에 있는 기독교 공동체를 막 벗어난 열일곱 살의 소녀였다. 그녀가 어린 시절을 보낸 농촌 공동체는 톨스토이주의에 입각한 공동체로, 그녀의 아버지 게오르기 이바노비치 먀코틴이 관리를 맡고 있었다.

톨스토이주의 공동체라는 일반적이지 않은 환경에서 자란 탓에 엘레나는 어린 나이 때부터 소젖 짜기, 밭매기, 밥하기 등 힘겨운 노동을 해야 했다. 톨스토이 동화책으로 글을 배운 엘레나는 비베카난다와 칼 마르크스에 관한 논쟁이 벌어질 때면, 아무 말 없이 그저 듣기만 했다. 민요나 민중가요에 나오는 흔한 가사처럼 엘레나는 모스크바에서 살고 있는 자신이 낯설었으며, 언제나 자신을 위험한 세상을 살아야 하는 고독한 인간이라고 느끼고 있었다. 할머니 예브게니야 표도로브나는 그녀가 경계심 없이 편안하게 만날 수 있는 유일한 사람이었다.

안톤과 엘레나, 이들을 하나로 만든 건 사랑보다는 두 사람이 가진 고립적인 성격 때문이었다. 두 사람은 죄지은 바 없는 쾌활하고 친절한 사람들이 만든 사회에 쉽게 적응하지 못하는 자신들에 대해 설명하기 힘든 모종의 죄의식을 가지고 있었다. 두 사람은 자신들의 비사회적 성향을 너무나도 잘 알고 있었다. 하지만 두 사람 모두 그것을 감추기 위해 정치적 활동에 적극적으로 참여하거나, 자신의 이력에 누가 되는 부모의 이력 등에 대해 원망을 하지는 않았다. 그저 조용히 파묻혀 지내며, 드러나지 않는 평범한 삶을 살고자 했다.

안톤은 뛰어난 설계사와 건축가를 배출한 망명 가족의 일원이었다. 그에게 남겨진 유산이라면, 제도사라는 직업이

전부였다. 혁명 때문에 어린 시절 그는 가족 대대로 받아온 독일식 전문 제도교육을 받지 못했다. 하지만 그는 최고의 제도사로서 큰 공장에서 일했고, 공장에 딸린 노동자교육 센터에서 제도에 관한 교육을 하고 있었다.

세심하고 신중한 안톤은 엘레나를 가까이하기 전에 1년 동안 주의 깊게 관찰했다. 그런 다음 다시 1년 동안 일요일마다 그녀를 만났다. 불꽃같은 연애는 하지 않았지만, 신중하게 심사숙고하며 사귄 지 3년 만에 두 사람은 결혼했다.

엘레나의 부모는 결혼식에 참석하지 않았다. 아버지 게오르기 이바노비치는 논밭에 씨를 뿌리느라 바빴고, 어머니는 아버지가 결혼식에 가는 것을 허락하지 않았다. 결혼식 뒤 아버지는 딸과 사위가 자신들이 살고 있는 알타이로 이주해 살기를 바랐다. 그 무렵 공동체는 여전히 정부 당국과 갈등을 빚고는 있었지만, 그것이 공동체 존폐와 관련하여 심각한 정도는 아니었다. 당국 입장에서도 앞으로 몇 년 후 공동체 회원 모두를 체포하여 경작지로 일굴 수도 없는 척박한 땅으로 유형을 보낼 계획은 하고 있지 않았다.

결혼한 안톤과 엘레나는 할머니의 아파트에서 평화롭고 조용하게 살았다. 둘의 월급은 소박한 생활을 꾸리기에 충분했다. 그런 소박한 생활 외에 풍족하게 살아본 적이 없는 엘레나에게는 결혼 후의 생활이 톨스토이의 공동체 생활보다 편하고 자유로웠다. 그리고 무엇보다 제도사라는 직업이 그녀를 만족스럽게 했다.

직장의 상사들은 엘레나를 열성적이고 재능 있는 여직원으로 평가했고, 그녀에 대한 칭찬을 아끼지 않았다.—이것은 그녀의 이력서에 공동체 출신이라는 내용만 적혀 있었기 때문이다. 만일 그 공동체가 톨스토이 공동체라는 것을 알았다면 그들의 태도는 완전히 달라졌을 것이다.—그들은 그녀에게 공장 부속의 노동자학교에서 학업을 계속하라는 권유를 하기도 했다. 하지만 그녀는 그 권유를 받아들이지 않았다. 현재 자신이 하고 있는 일로도 만족할 수 있었기 때문이다. 일에 대한 그녀의 열정에는 안톤도 다소 놀랐다.

어느 날, 엘레나는 안톤에 관한 꿈을 꾸었다. 꿈속에서 안톤은 그녀에게 일상적이고도 평범한 무슨 말인가를 했다. 그런데 엘레나는 그 말을 모종의 형태가 있는 사물로 보고 있었다. 마치 사람의 얼굴을 정면으로 보기라도 하듯이. 그 말의 형태는 물고기의 좁은 얼굴처럼 가볍게 흔들리면서 위가 뾰족한, 길게 늘어진 삼각형 모양을 하고 있었다. 꿈에서 깨어난 엘레나는 안톤이 했던 말을 전혀 기억하지 못했다. 하지만 꿈 자체는 매우 선명하게 남았다. 그 후 엘레나는 모든 말이 기하학적인 도형으로 표현될 수 있으며, 그 도형의 형태를 알아내기 위한 노력이 필요한 건 아닐까 하는 생각을 하게 되었다.

오랫동안 엘레나는 일상 언어가 가지는 도상학적(圖像學的) 특징에 대해 고민했다. 세상에 존재하는 모든 것은 도상학으로 표현할 수 있었다. 그러나 그 진실을 말로 설명할 수는 없었다.

그 문제에 대해 엘레나는 안톤과 이야기하고 싶었다. 그래서 말을 꺼냈으나 안톤은 고개를 저을 뿐이었다.

"환상일 뿐이오, 엘레나."

그 환상과도 같은 꿈은 자주 반복되었다. 의미를 찾기도 힘들었고, 꿈의 내용을 다른 사람에게 이야기해줄 수도 없었다. 그러나 분명한 것은 꿈을 꾸고 나면 뭔가 전혀 새로운 것을 본 듯 아주 유쾌한 기분이 든다는 사실이었다.

남편 안톤이 세상을 떠난 지도 벌써 몇 년이 흘렀다. 엘레나는 타냐가 파벨이 친아버지가 아니라는 사실을 알아채지 못하도록 안톤의 사진을 보이지 않는 곳에 숨겨두었다. 그녀는 작업대에 앉을 때마다, 낡은 독일제 제도기를 열 때마다, 죽은 안톤을 떠올렸다. 그것은 그에 대한 죄책감을 털어버릴 수 없는 자신의 마음이자 버릇일지도 몰랐다. 그런데 그 이상한 꿈은 시간이 흐르면서 더욱 자주 반복되었다. 왜일까? 무슨 의미일까?

파벨은 엘레나가 하는 일을 좋아하지 않았다. 그는 쭈그린 자세로 작업하는 게 도대체 왜 좋은지 이해할 수 없었다. 그의 물음에 엘레나는 늘 자신의 일을 변호했다.

"재미있는 일이에요. 내가 잘할 수 있는 일이고요."

파벨은 진정으로 놀라워했다.

"뭐가 좋은지 통 모르겠군."

"당신한테 어떻게 설명할 수가 없군요. 이건 예술이에요."

"그래요?"

파벨은 능글맞게 대응했다. 그러고는 조롱이 섞인 어조로 덧붙였다.

"아주 단순한 일이 예술이라니요?"

엘레나는 화가 났다.

"여보, 지금 뭐라고 한 거죠! 그렇게 간단한 게 아니라구요. 가끔씩 아주 어려운 작업도 필요해요!"

파벨은 엘레나가 평소와 다른 표정을 짓는 그 순간을 놓치지 않았다. 그녀는 머리를 흔들어 이마 옆으로 늘어져 있는 부드러운 머리카락을 물결치게 하며 입술을 삐죽댔다.

파벨은 엘레나에게 집게손가락을 들어 보이며 말했다.

"난 그저 당신이 하는 일이 아주 기계적인 일이라는 말을 한 거요. 어떻게 그런 일이 신비롭거나 흥미로울 수 있을까 하는……. 당신이 그린 많은 도면보다 한 사람의 손가락이 더 많은 신비로움을 가지고 있단 말이지, 내 말은."

엘레나는 파벨의 손가락을 확 잡았다.

"아마도 당신의 손가락만 신비롭겠지요. 다른 사람의 손가락에는 그런 거 없어요. 도면에 신비로움이 없을 수는 있죠. 그러나 진실은 있어요. 가장 기본적인 진실의 전부는 아니더라도 일부, 십 분의 일, 아니면 천 분의 일의 진실이 있단 말이죠. 그리고 난 믿어요. 모든 사물이 보이는 것 이상의 뭔가를 가지고 있다는 것을 말이에요. 하지만 설명하기는 어렵네요."

엘레나는 잡았던 파벨의 손을 놓았다.

파벨은 피식 웃었다.

"그건 어디서 많이 들어본 말이군. 플라톤이 한 말과 같은 것 아닌가? 모든 사물이 에이도스, 곧 자신의 완전한 이상적 형태를 가지고 있다는 것 말이오."

"알 게 뭐예요. 그런 말은 너무 현학적이네요."

엘레나는 손을 내저었다. 하지만 파벨의 말이 계속 머릿속을 맴돌았다. 그런 철학적인 이야기……. 공동체에서 살 때도 그런 말을 들은 적이 있었다. 하지만 당시 그녀는 그런 말들을 이해하기엔 너무 어렸다.

파벨은 부드러운 시선으로 아내를 응시했다. 아내는 그런 사람이었다. 단아하고 조용해서 꼭 필요한 말만 하는 여자, 그러나 뭔가 설득해야 할 때면, 똑 부러지게 말할 줄 아는 여자.

엘레나는 가끔 세상의 모든 것이 가지는 도상학적 특성에 대하여, 시간이 흐르면서 더 자주 반복되는 자신의 꿈, 말이나 질병, 심지어는 음악도 형태를 보여주는 그 꿈에 대해 말하고 싶었다. 하지만 도저히 말로 설명할 길이 없었다.

이렇게 각자의 비밀스러운 세계를 가진 두 사람이 함께 살고 있었다. 한 사람에게 세상은 물질적인 것이었으며, 다른 한 사람은 물질적인 것 외에 다른 무엇인가가 세상에 있다는 것을 믿었다. 두 사람은 서로에게 자신의 생각을 고집하지 않았다. 그것은 상대방을 믿지 못해서가 아니라, 세상의 모든 지식에는 그 나름의 진위성과 한계가 있음을 잘 알고 있었기 때문이다.

9

파벨의 관심을 끌었던 과학적인 문제는 자연유산 방지, 불임의 해결, 자궁절제, 또는 태아가 올바른 자세로 있지 않을 때 필요한 제왕절개의 새로운 방법과 같은, 언제나 구체적인 의학적 문제와 연관되어 있었다.

신문에 자주 등장하는 '부르주아 학문'이라는, 괴상한 어휘 조합은 언제나 파벨에게 쓴웃음을 자아내게 했다. 경험상 그에게 학문은 계급적 맥락에서 이해할 수 있는 게 아니었다.

하지만 그런 표현이 가지는 세속적인 의미를 잘 알고 있는 파벨은 소비에트 시대에 전문인으로 살면서, 논문이나 저서를 쓸 때 그 시대가 요구하는 전형적 형식을 전혀 무시할 수 없었다. 예를 들어 '스탈린 시대의 눈부신 과학 분야에는……' 또는 '당과 정부, 그리고 스탈린 동지의 지속적인 배려로……'와 같은 아부 형식의 문구들을 사용했다. 그 문구들은 파벨에게 은어와 다를 바 없었다. 이 같은 번거로움 속에서도 파벨은 자신의 연구 내용을 정확하게 기술할 수 있었다. 파벨은 논문을 쓰면서 치러야 하는 그런 불편함을 오래전에 사용되었던 '자애로운 주인님'처럼 소비에트 시대의 한 예절 방식으로 받아들였다.

1949년 초, 파벨은 신문에서 세계주의와 전쟁이 시작되었다는 소식을 접하고 정신이 번쩍 들었다. 도대체 소비에트에 건전한 사고란 존재하지 않는단 말인가? 파벨이 보기에 그 전쟁은 유전학과 우생학에 타격을 입힌 지난날의 전 소련농업정책에도 비견될 수 없을 정도로 우매하고 야만적인 것이었다. 더욱이 파벨은 자신의 높은 사회적 지위로 인해 그러한 정책을 지지한다는 입장을 표명하도록 강요당했다. 소비에트 고위 관료들은 오랫동안 서랍 속에 묻혀 있는 파벨의 프로젝트를 재검토할 수도 있다는 걸 미끼로 파벨을 회유하기도 했다.

파벨은 압박이나 회유에 조금도 흔들리지 않았다. 그런 행동은 자존감을 포기하는 일이며, 상식을 벗어나는 행위라고 굳게 믿었기 때문이다.

역사적으로 러시아의 인문학적 경향은 프랑스로부터 많은 영향을 받았다. 그리고 과학과 기술 분야에서는 표트르 시대부터 독일의 영향이 컸다. 파벨은 비교적 자유로운 독일식 교육을 그대로 모방한 전통교육을 받았고, 그의 모든 사고는 독일식 사고틀에 맞춰져 있었다. 따라서 라틴 식으로 해석한 보편주의 사상은 그의 관심을 끌었다. 요컨대 그는 세계주의를 배척하는 소비에트의 정치적 행보를 받아들일 수 없었다.

아카데미 대회를 앞둔 늦은 봄의 어느 일요일, 파벨은 상의할 일이 있어 의학자이자 유전학자인 일리야 이오시포 비치 골드베르그가 있는 말라호프카에 갔다. 일을 진행하기 위해 적당한 사람을 찾는 일은 그다지 어렵지 않았다.

소위 유대인 돈키호테라 할 수 있는 골드베르그는 자신이 하고 있는 일로 체포되어 재판을 받기도 전에 엉뚱한 일로 감옥에 가곤 했다. 당시 골드베르그는 비록 작은 형량—당시 기준으로 볼 때—이긴 했지만, 두 번의 수감생활을 마치고, 세 번째 투옥이 되기 전이었다. 골드베르그는 수감되어 있는 동안 자신에게 닥칠 커다란 불행을 비껴갈 수 있는 행운을 얻기도 했다.

그가 처음으로 투옥된 것은 1932년이었다. 이유는 3년 전인 1929년, 그가 소규모 세미나에서 했던 발표 때문이었다. 그 세미나는 오래 전에 사라진 자유로운 철학자 모임의 잔재였다. 그때 그가 행한 연설은 유전학과는 아무런 관련도 없었다. 서구 잡지 독식광인 골드베르그는 〈네이처〉 또는 〈사이언스〉에서 알버트 아이슈타인이 쓴 시공간에 관한 논문을 열심히 찾아 읽었다. 그는 그 논문이 지닌 수학적인 철저함이 마음에 들었다. 이전에 그는 철학적인 개념을 수학적으로 풀어낸 논문을 전혀 접한 적이 없었다. 그래서 그는 새롭게 안 지식을 세미나에서 발표했던 것이다.

그 결과는 참으로 어처구니없었다. 골드베르그는 3년형

을 선고받았다. 만일 그가 당시 대중 유전학을 연구하고 있었던 것이 알려졌다면 몇 년 형을 받았을까?

3년형을 마치고 나온 골드베르그는 생물의학연구소에서 잠시 일을 했다. 그동안 그는 집단유전학에 관한 논문을 발표했다. 그런데 그의 불같은 성격이 그 논문으로 인해 겪게 될 불행에서 그를 다시 구해주었다. 논문 때문에 그는 학교에서 쫓겨나기 전 심오한 학문적 문제를 가지고 저명한 한 연구원과 심하게 논쟁을 벌였다. 논쟁은 격해져서 주먹다짐으로 변했다. 이를 지켜본 연구소 직원들은 그보다 더 재미있는 육박전은 찾기 힘들 거라며 쑥덕거렸다. 치고 박고 싸우면서 골드베르그는 상대방의 이가 나가게 했고, 모욕당하고 멸시받은 상대방은 그를 고소했다. 그 결과, 그는 단순폭행죄로 징역 1년형을 선고받았다.

그로부터 2주 후, 연구소 소장이자 유명한 유전학자인 레비트와 몇 명의 저명한 연구원들이 구속되는 사건이 일어났다. 그 가운데는 골드베르그와 싸워 이빨이 나간 연구원도 포함되어 있었다. 골드베르그와 논쟁을 벌였던 연구원과 레비트는 1937년 총살당했다. 반면, 소비에트 시대의 풍운아 골드베르그는 정확히 1년 후, 형을 마치고 풀려났다. 결국은 소비에트 당국이 그를 총살에서 구해준 셈이었다.

골드베르그는 그 후 행해진 체포도 용케 피할 수 있었다. 그는 1년형을 마치고 나오자마자 중앙아시아로 떠났다. 그곳에서 그는 자신이 연구한 적이 없는 새로운 분야에 도

전했다. 그것은 유전학과 관련한 목화씨 우수품종개량이었다. 당시는 유전학에 대한 반감이 극심했던 때로, 유전공학 실험실이 대거 철폐되는가 하면 얼마나 많은 연구원들이 총살당하게 될지 아무도 예측할 수 없던 시기였다. 목화씨와 관련된 작업은 더욱 위험한 일이었다. 목화는 군수산업의 원자재였기 때문이다. 그가 일하기 시작한 연구소는 모든 실험을 비밀리에 하고 있었는데, 행정 당국의 태만한 근무태도와 무식함으로 인해 그 비밀은 유지될 수 있었다. 비록 긴 시간은 아니었지만 행정당국의 감시를 피할 수 있었던 기간 동안 골드베르그는 성실한 동료인 발렌티나 포프코바와 결혼도 했다. 그리고 1939년, 그들 사이에서 유전학 분야의 전통적 연구 대상인 일란성 쌍둥이가 태어났다. 골드베르그는 아이들에게 여러 가지 의미가 담긴, 비탈리이와 게나디이[10]라는 이름을 직접 지어주었다.

골드베르그의 가족은 전쟁이 시작되기 전 몇 년 동안 비밀실험실이 있는 통제구역에서 살았다. 전쟁이 발발한 후, 골드베르그는 파벨과 함께 1920년대 초에 의학부를 졸업했다. 하지만 그는 파벨과는 달리 병원에서 의료행위를 하는 의사로 일을 하지 않았다. 졸업 후, 다른 전공을 위한 단기과정에 등록했다. 그리고 실험실 소장이라는 직책을 가지고 군병원에서 일하기 시작했다. 그는 군의관으로서 전쟁

---

10 비탈리이는 라틴어 bitalic에서 유래한 것으로 '삶'이라는 의미이며, 게나디이는 고대그리스어 genadic에서 유래한 것으로 '귀족', '명문'의 의미이다.

터를 휩쓸고 다녔다. 그러면서도 상처 하나 입지 않았고, 심지어는 독일군이 점령한 도시에서 부상병들을 무사히 구출해낸 공으로 '붉은 별' 훈장을 받기까지 했다. 그렇게 된 전말은 코믹 그 자체였다. 그런 코믹한 상황은 그의 삶에서 흔하게 일어났다. 그가 병원장과 싸운 뒤 마지막으로 실험실 도구들을 차에 싣고 있을 때, 그는 도시가 이미 완전히 독일군에게 점령되었다는 사실을 몰랐다. 그리고 그는 부상당한 참모부 대령을 대피시켜야 하는 유일한 사람이었다. 대령의 대피를 위해 차가 오기로 되어 있었다. 그러나 이미 도로가 차단된 터라 차는 오지 않았다.

골드베르그가 트럭에 짐을 다 실었을 때 독일 탱크의 행렬이 보였다. 어두워지기를 기다리면서 그는 실험실의 도구들과 대령을 태운 트럭의 운전석에 앉아 있다가 도시를 아무런 방해 없이 유유히 빠져나왔다. 그의 발끈하는 영웅주의 성향을 뒤로 하고, 고도의 침착함을 발휘한 것이다. 그때 그가 보여준 침착성은 쉽게 광분하고 폭발하는 그의 성향으로 보아 도저히 믿기 어려운 이례적인 것이었다.

골드베르그의 행운은 여기서 끝나지 않았다. 전쟁이 끝나가는 막바지 무렵, 군사위원회 위원 자격으로 그는 해방군의 명예로운 이름을 단 소비에트 군인들과 장교들이 독일 시민에 대해 약탈과 강간 등의 불법행위를 한 사실을 알리는 항의편지를 썼을 때도 체포되지 않았다. ……병원장이 이 단순하고 과격한, 영웅심에 가득한 인간이 그런 편지를 썼다는 정보를 입수하고는, 아는 특수부대 병사에게 부탁해 우편물 더미에서 그의 편지를 낚아채게 했던 것이다. 그 편지를 입수하자 병원장은 즉각 폐기처분해버렸다. 그러고는 골드베르그가 즉시 의가사제대를 할 수 있게 조치한 후, 어디든 되도록 멀리 오지로 떠날 것을 명령했다. 순진한 골드베르그는 자신의 고마운 상사가 한 일에 대해서는 아무것도 모른 채, 자신이 보낸 항의 편지에 대한 답변을 요구하는 편지를 군사위원회에 보내기도 했다.

골드베르그는 오지에서 죽고 싶지는 않았다. 모스크바에 온 그는 페르가나 가족의 일원으로 거주 등록을 한 후, 자신의 전공에 맞는 직업을 찾기 시작했다. 얼마 후, 그는 자신이 관심을 가지고 있는 학문은 거의 존재하지 않는다는 사실을 알게 되었다. 일없이 얼마 동안 빈둥거리다 마르가리타 이바노바 루도미노라는 부인이 만든 외국자료 도서실에 취직했다. 그녀는 할 일이 없어진 유전학자 골드베르그를 도서관의 주임사서로 고용했다. 그는 그곳에서 약 3년 동안, 독일어, 영어, 폴란드어, 리트비아어, 라틴어로 된 자료들을 통독할 수 있었다.

크렘린에서 5분 정도 떨어진, 라진 거리에 있는 도서관은 어떤 검열도 받지 않았다. 도서관에서 일하는 동안 골드베르그의 학문적 관심에 변화가 생겼다. 그는 역사전집을 읽으며 역사적 인물들이 유전적으로 이어받은 천재성에 대해 관심을 가지기 시작했다. 천재성이 무엇인지에 대한 규정은 간단한 게 아니었다. 반면 유전학은 매우 정확한 학문에 속했다. 수적인 것이 아닌 질적인 현상을 우선으로 하는 학문이었다. 훌륭한 자질과 천재성의 차이점을 어떻게 규정할 수 있을까? 골드베르그는 모든 시대와 민족에 관한 방대한 자료를 대조하면서, 초기 작업단계로 자료에서 언급된 천재(영웅)들에 대한 리스트를 작성했다. 그 목록의 객관성을 어떤 방법으로 입증할 수 있을까? 그는 한 세기에 100번 이상 언급된 인물들을 추렸다. 그가 선택한 시기는 아테네의 황금시대에서 이탈리아 르네상스, 러시아 문학의 황금기에 이르기까지 폭넓었다.

다음 단계는 천재성을 대변하는 어떤 상징이나 표시 같은 걸 찾는 것이었다. 골드베르그는 어떤 상징이나 표시는 분명히 나타난다고 확신했다. 문제는 그것을 어떻게 찾느냐에 있었다. 오른쪽 어깨에 점이 있는 자가 선견지명이 있다거나, 왼손잡이에게 당뇨가 있다거나 하는 식으로. 그는 천재들과 그들의 부모와 자녀들이 앓았던 병, 신체적 특징, 장애와 성향을 찾기 위해 천재들의 전기적 기록을 열성적으로 파헤쳤다.

만일 스탈린의 총애를 받았던 트로핌 데니소비치 리센코를 죽자고 반대하기 위해 전 소련농업정책회의에 열불 나게 쫓아다니지만 않았어도, 골드베르그는 이 귀한 자료를 모은 책을 9년 전에 이미 출판할 수 있었을지도 모른다. 그는 그 이전에도 그 이후로도 전혀 써본 적이 없는, 전장에서나 쓰는 심한 육두문자를 날린 탓에 결국 그 유명한, 카나트치코바 별장 회의에서 바로 끌려나오는 신세가 되고야 말았다…… 그때 그는 한동안 자신의 천재들을 젖혀두고, 고발장을 써놓은 상태였다. 그 고발장은 명백한 증거를 바탕으로 리센코를 향한 혹독한 비난을 주 내용으로 한 것이었는데, 당 중앙위원회 과학분과와 스탈린에게 개인적으로 직접 송부하기 위해 두 개가 준비되어 있었다…….

그때도 역시 골드베르그는 운이 좋았다. 회의에서 끌려나온 그는 '응급처치' 요망 환자로 취급되어 정신과로 이송되었다. 정신과 전문의 수브니코프는 무모한 영웅처럼 보이는 그에게 특별한 관심과 호의를 느껴, '정신분열증'에 장애 3급이라는 진단을 해주었다. 덕분에 그는 풀려날 수 있었다.

골드베르그가 300쪽에 달하는 고발장을 상부의 고위층 관료에게 보낸 지 몇 달이 지났다. 그는 그것을 보낸 후, 다시 천재들과 그들의 유전병에 몰두하면서 고발장에 대한 답변을 기다리고 있었다. 체포가 그를 기다리고 있으리라고는 까맣게 모른 채…… 그즈음 '당면한 문제'를 논의하기 위해 파벨이 찾아간 것이다.

골드베르그는 나무로 된 2층짜리 가건물 형태의 집에서 가족들과 함께 살고 있었다. 이전에 그곳은 공장 기숙사였다. 공장이 문을 닫게 되자 노동자들이 떠났고, 그 건물은 아파트처럼 사람들에게 팔렸다. 그 가운데 하나를 전장에서 돌아온 골드베르그가 샀다. 사실은 파벨이 사두었던 집이었다. 골드베르그는 돈이 관련된 문제에 심할 정도로 분명한 태도를 취하는 편이었다. 하지만 파벨이 주는 도움은 거절하지 않았다. 이유는 파벨이 자신을 돕는 건 결국 인류를 돕는 일이 되기 때문이었다. 골드베르그는 자신의 연구가 인류를 구원할 만한 가치가 있는 것이라고 굳게 믿고 있었다.

유물론자인 파벨은 가끔 위대한 이상주의자인 골드베르그에게 조소의 감정을 내보이곤 했다. 그것은 그들의 대화가 조용한 가운데 이루어질 때 가능한 일이었다. 하지만 그런 경우는 극히 드물었다. 골드베르그는 자신을 반대하는 의견을 참지 못했으며, 자신의 황당한 이상을 변호하는 데 열을 올리다가 결국은 학문적인 범위를 벗어난 주제로 말다툼을 벌이기 일쑤였다. 이런 그의 태도는 인내심이 많은 파벨조차도 냉정함을 잃고 머리끝까지 화가 치밀도록 만들기에 충분했다. 그래서 대부분의 경우 그들의 만남은 말다툼, 고함, 결국 꽝 닫히는 문소리로 끝나버리곤 했다. 골드베르그는 파벨을 기회주의자라 비난했고, 그 비난에 대해 파벨은 세계는 아니지만 수십 명, 아니 수백 명의 임산부와 아이를 돕고 있는 자신의 일이 가치가 있는 일이라며 맞섰다.

골드베르그에게 파벨의 일은 사소한 것으로 보였다. 더

높은 가치를 추구해야 한다는 게 그의 생각이었다. 그는 유전학의 올바른 도입으로 세상을 완전히 바꿀 수 있다고 믿었다. 그의 예언에 따르면, 약 20년 후에는 유전자를 벽돌처럼 간편하게 사용할 수 있게 되어 우성적 형질을 가진 식물과 동물을 복제 생산할 수 있으며, 인간조차도 새로운 유전자 체계를 갖게 됨으로써 전혀 다른 인간이 탄생할 수 있다는 것이었다.

"어떻게 전혀 다른 생명이 된다는 거지?"

파벨은 신중한 태도를 보였다.

골드베르그가 격하게 손을 흔들었고, 그 바람에 가느다란 몇 가닥의 머리칼이 위로 치솟았다.

"원하는 대로지! 인류는 게놈으로부터 천재들을 만드는 특별한 유전자를 분리해내는 방법을 찾게 될 거야. 그렇게만 된다면 앞으로 수학자, 음악가, 예술가를 필요한 만큼 탄생시킬 수 있게 될 거라고. 이건 유전학의 르네상스야!"

파벨이 골드베르그의 말을 막았다.

"잠깐, 그건 결국 우량품종개발과 다를 게 없잖아. 천재가 많을 필요는 없어. 그들은 체포당하거나 총살당하게 될 테니까."

"파벨, 지금 우리는 최악의 시대를 살고 있어. 반드시 이 순간은 지나갈 거야. 미래는 학자들, 바로 우리들의 손에 달려 있어. 세계를 구할 다른 힘은 없어."

골드베르그는 가늘고 야윈 손으로 허공을 향해 휘저었

다. 돌출된 회색 눈은 타버릴 듯 이글거렸다. 노란 매부리
코, 주름 가득한 목젖이 튀어나온 목, 앙상하게 굽은 등, 이
것이 세계를 구원할 자의 모습이었다!

파벨은 머리를 저으며, 이맛살을 찌푸렸다. 더 이상은 말
을 하지 않으려고 애썼다.

'광신자, 성스러운 광신자, 철없는 돈키호테 같으니라
고……'

이번만큼은 다른 때와는 달리 논쟁은 오래 지속되지 않
았다. 골드베르그는 내내 침울했다. 보드카 한 병을 다 마시
고 나더니 혼잣말을 하기 시작했다.

"우리는 시간을 버리고 있어. 재능을 썩히고 있단 말이
지! 최근 미국은 상당히 중요한 몇 가지 연구를 진행했어.
알프레드 스테르테반트가 새로운 유전자 생성에 대한 연구
에 많은 진척을 보이고 있지. 칼초프, 세트베리코프는 도대
체 어디 있는 거야? 자바도프스키는! 바빌로프는! 그리고
천재 레프 페리는! 자넨 정말 지금 상황이 얼마나 심각한
지 모른단 말야? 리센코가 주장하는 것은 정말 말도 안 되
는 거라고! 세계주의 척결을 원하는 그의 주장은 제국주의
와 다를 바 없어. 파벨! 리센코와 그 패거리들은 아주 교활
한 방법으로 소비에트 과학을 망치고 있어. 과학은 인류에
봉사해야 해. 하지만 제국주의자들의 손에서 과학은 헛된
것이 되고 있다고……"

처음에 골드베르그의 목소리는 쩌렁쩌렁했지만, 물기가 차츰 말라가는 것처럼 낮아졌다. 붉은 핏줄이 선 눈이 촉촉해지더니, 눈물이 안경 밑으로 떨어졌다…….

파벨은 골드베르그가 눈물까지 흘리는 어이없는 상황에 무척 당혹스러웠다. 무슨 말이든 해야 했지만 한마디도 할 수가 없었다. 그저 빈 술잔만 만지작거렸다. 골드베르그의 침묵을 견디지 못한 파벨은 결국 주머니를 뒤져 손수건을 찾아 불쑥 내밀었다.

"이봐, 자네는 너무 과장하고 있어. 세계주의와의 전쟁이 그리 대단한 건 아냐. 아주 단순할 뿐이지. 이 나라 주인이란 사람이 그저 유대인의 목줄을 조이고 싶어 하는 것뿐이라고."

깡마른 몸매의 소녀에서 결혼 후 펑퍼짐한 아주머니가 되는 듯싶더니 다시 심하게 말라버린 발렌티나가 감방을 연상케 하는 남편의 좁은 방으로 얼굴을 내밀었다. 그녀는 "여보, 아이들 좀……" 또는 "여보, 옆집에서……" 등의 부탁을 하거나, 아니면 "골드베르그, 조금만 조용히 해 줘……" 하며 두 사람의 조용한 대화에 끼어들었다. 파벨과 골드베르그는 술 한 병을 더 마셨고, 조용했던 대화는 여느 때처럼 심한 말다툼으로 끝났다. 두 사람의 가치관 차이는 좀처럼 좁히기 힘든 것이었다. 골드베르그는 세계 정의를 위해 죽을 각오가 되어 있는 사람이었고, 파벨은 그런 거창한 정의보다 여자들의 출산을 돕거나 역겨운 수술을 통해 여자들을 구하는 게 더 중요한 사람이었다. 역겨운 수술, 곧 낙태에 대해 키케로가 원로원에서 외친 것을 골드베르그가 지적했다. 파벨의 표정이 달라졌다. 바닥을 드러내지 않는 골드베르그의 박식함이 새삼스러웠기 때문이다.

"키케로가 무슨 말을 했는데?"

골드베르그가 목소리를 높였다.

"뭐라 하긴. 〈낙태를 하는 여자들은 모두 처형을 해야 합니다. 그들의 행위는 국가로부터 군인을 훔쳐가는 반역입니다!〉 키케로의 말은 골백번 맞는 말이지. 그렇고말고!"

화가 나 얼굴이 하얗게 질린 파벨이 자리에서 벌떡 일어섰다. 그는 외투를 잡으면서 악의에 찬 목소리로 말했다.

"그래. 자네는 아주 비상한 놈이야. 하지만 정말 유감일세. 말할 수 없이 멍청한 놈이기도 해. 한마디로 똑똑한 바보지. 자네가 보기에는 여자들이, 단지, 잔인한 인간들이 고기 분쇄기[11]로 보낼 인력을 낳아야 한다는 거야?"

파벨은 문을 쾅 닫고는 밖으로 나왔다. 썩을 놈! 귀신이 잡아갈 놈! 많이 취했지만, 파벨은 키케로의 말을 다시 떠올리며 분을 삭이지 못했다.

그다음 날, 골드베르그는 체포되었다. 리센코를 비방하는 그의 보고서가 결국 사달을 일으켰다. 골드베르그의 체

---

11 러시아어로 '고기 분쇄기'는 전쟁이라는 의미가 있다.

포 사실을 파벨은 일주일이 지난 뒤에야 알았다. 발렌티나가 여러 번 고민한 끝에 전화로 알려주었던 것이다.

말라호프카에서 골드베르그와 싸우고 헤어진 파벨은 기차역을 찾아 한참을 헤맸다. 자정이 다 되어서야 집에 도착했는데, 술 마시며 무슨 일이 있었는지 기억조차 잘 나지 않았다. 아침에도 몸 상태가 영 좋지 않았다. 해장술을 마셨다. 해장 후, 마음이 좀 가벼워지는 듯했다. 그 가벼움은 평소 그의 성격에서 찾기 힘든 거의 무사태평함과 같은 것이었다. 잔인한 내용으로 도배된 신문기사, 그 기사를 쓰고 읽는 사람들에 대해 전혀 아랑곳하지 않을 수 있었다.

밤늦게 술에 취해 돌아온 남편 때문에 잠을 설치기는 했지만, 엘레나는 언제나처럼 아침 일찍 일어나 이미 출근 준비를 마치고 현관에서 낡은 구두를 신고 있었다. 파벨은 전쟁 때부터 입었던 군인 내복 차림으로 복도로 나와 손을 흔들면서 소리쳤다.

"여보, 오늘 마구간에 가는 건 어떻소? 말을 보러 말이야!"

아직 취중인 듯한 남편의 모습에 엘레나는 어이가 없었다. 아침까지 취해 있는 남편의 모습이 너무 낯설었다.

"무슨 일 있어요?"

이미 교복도 다 입고 머리 정돈까지 마친 타냐는 즐거운 듯 큰 소리로 말하면서 파벨의 팔에 매달렸다.

"아빠, 최고!"

파벨은 딸을 두 팔로 안았다.

"우리 오늘 놀러가자!"

그는 딸에게 윙크하면서 말을 이었다.

"여보, 당신은 회사에 전화해 오늘 아파서 못 나간다고 해요. 아님 월차를 써도 좋고.. 아님 다른 핑계도 좋고."

파벨답지 않은 모습이었다. 늘 진지하고, 책임감 강하고, 정직하고 성실한 사람이었다. 그래서 그를 따르고 존경할 수 있었던 건데……. 엘레나는 파벨의 말에 웃음을 지어 보이며 조심스럽게 말했다.

"마구간은 무슨……. 갑자기 왠 말을 보러 가자고……."

그러면서도 엘레나는 이미 수화기를 집어 들고 있었다. 오늘 출근하지 못할 것 같다고 알리기 위해서였다.

파벨은 엘레나가 입은 회색 모피코트를 잡아당겼다.

"말 사육연구소에 가는 거야. 프로쿠딘이 오래 전부터 말 구경 하러 오라고 했거든. 자, 얼른 가자. 타냐! 넌 스키 탈 때 입는 옷 입어라."

"정말?"

타냐는 뛸 듯이 기뻐했다. 현관에서 벌어지는 어수선함에 바실리사가 부엌에서 나왔다.

"바실리사! 계란 후라이 좀 해주세요! 코롤료프스카야도요!"

파벨의 목소리는 들떠 있었다. 평소와는 다른 파벨의 태도가 바실리사에게도 낯설기는 마찬가지였다. 그녀는 부탁한 음식을 만들기 위해 곧바로 부엌으로 들어갔다. 양파와 감자를 볶아서 만드는 코롤료프스카야는 주로 시골에서 먹었던 음식인데, 파벨은 일요일 아침마다 그것을 먹었다. 평일에는 아침을 먹지 않았는데…….

"저도 코롤료프스카야 주세요."

신이 난 타냐도 덩달아 소리쳤다.

평일에는 아침식사를 하지 않았던 가족은 일요일마다 먹었던 음식으로 모두 함께 월요일 아침식사를 했다. 파벨은 보드카까지 한 잔 마셨다. 그가 아침에 술을 마시는 일은 거의 없었다. 그의 행동은 엘레나를 다시 한 번 어리둥절하게 했다.

모든 것이 전과는 다른 아침 풍경에 엘레나는 뭔가 불길한 것을 직감했다. 그녀는 지체 없이 물었다.

"여보, 오늘 과학원에서 회의 있는 날이잖아요. 꼭 가야 하는 거 아니에요?"

파벨은 딱 잘라 말했다.

"꼭 가야 하는 건 아니야. 누구도 무언가를 꼭 해야 할 의무는 없어. 모두…… 개자식들이야!"

그의 입에서 나온 욕은 그의 온 몸무게를 담고 있는 것처럼 강하고도 단단했다. 황소처럼 굵은 목에는 검붉은 힘줄이 불거져 있었다.

"당신 왜 그래요? 진정하세요."

파벨은 잠잠해지며, 그녀를 끌어안았다.

"미안하오."

따뜻하게 옷을 입은 세 사람은 타냐의 썰매도 챙겼다. 현관에서 파벨은 바실리사에게 말했다.

"전화 오면 내가 과음을 했다고 하세요."

바실리사는 이해가 안 된다는 얼굴로 그를 쳐다보았다.

"그냥 과음했다고 말하면 돼요."

바실리사는 무슨 영문인지 알 수 없다는 표정이기는 했지만, 머리를 끄덕였다.

이 날 파벨의 일탈은 괜한 객기가 아니었다. 그날 아프다는 핑계로 과학원에 나오지 않은 사람은 파벨만이 아니었다. 하지만 그로 인해 무사한 사람은 파벨 혼자뿐이었다. 이후로 파벨은 2주 동안이나 병원에 출근하지도 않았고, 그가 술에 중독되었다는 소문이 확실히 퍼지기까지 넉 달 동안이나 과학원에 나가지 않았다.

이전에 파벨은 논문심사, 가족기념 행사, 기일 같은 특별한 날에만 술을 마셨다. 그러나 지금은 심하게 긴장하거나, 어떤 지지나 서명, 대중연설을 요구 받았을 때 등등 온갖 핑계로 술을 마셨다. 그것도 인사불성이 될 때까지. 이런저런 추측 외에는 남편의 갑작스러운 변화가 무엇 때문인지 알 수 없었던 엘레나는 파벨이 폭음으로 인사불성이 된 날이면 "파벨이 또 술로 정신을 못 차리네요. 이미 알고 계시다시피……" 하는 말로 스스로 알아서 병원에 그의 결근을 통보하곤 했다.

파벨은 주체할 수 없이 기분이 울적하거나 불쾌한 날에도 출근하지 않았다. 아침부터 보드카를 마시고, 타냐랑 놀아주고, 바실리사에게 만두 만드는 법을 가르쳐주기도 했다. 그런가 하면 엘레나가 써놓은 작은 메모지에 적힌 내용을 훑어보면서 집 안을 어정어정 돌아다녔다. 그녀의 메모는 항상 '잊지 말아야 할 것'이란 말로 시작했다. 그러고는 '사과 사기, 이불 세탁소에 맡기기, 가방 수리 맡기기……' 같은 내용이 이어졌다. '사과, 세탁소, 수리' 등 계속 반복되는 말 등 무척 많은 말들이 적힌 메모지를 살펴보면서 파벨은 재미있다고 생각했다.

파벨은 엘레나가 살림꾼은 아니라는 사실을 익히 알고 있었다. 이렇게 메모를 하면서 자기가 해야 할 일을 잊지 않으려고 노력하는 모습이 오히려 더 감동으로 다가왔다. 그에게는 아내의 장점은 물론이고 단점까지도 감동할 만한 것이었다. 이런 모습이 그들 결혼생활의 진면목이었고, 그래서 그들은 매순간 행복했다. 서로에 대한 깊은 이해심은 두 사람 모두 선천적으로 말이 없고, 차분한 성격인 데다, 자신의 주장을 끝까지 고집할 수 없는 환경에서 자라고 교육 받은 것에서 비롯된 것일 수도 있다. 수다스러운 사람들이 하는, 말로 하는 맹세란 빈말일 뿐이다.

처음 파벨의 폭음은 원치 않는 일을 피하기 위한 궁여지책이었다. 하지만 이제는 더 이상 남들에게 보여주기 위한 가식적 행동이 아니었다. 엘레나는 젊지 않은 남편의 건강을 걱정하면서도 그를 제지할 수 없다는 것을 직감으로 알고 있었다. 그러나 엘레나는 남편이 탈출구를 찾기 위해 술을 마시면서 받을 수 있는 위안이 어떤 것인지 이해할 수 없었다.

파벨이 술에 절어 있을 때면, 엘레나는 휴가를 내어 그와 함께 시골에 가곤 했다. 가을에 한 번, 겨울에 두 번 그렇게 휴가를 갔다. 그 시간들은 엘레나의 삶에서 가장 행복했던 날들에 속했다. 그때 파벨은 자신이 짊어진 숱한 책임들을 완전히 벗어놓고 오로지 엘레나에게만 충실했다.

파벨은 술을 마시고 모든 것을 잊고 싶었다. 가끔은 신비한 액체의 도움으로 모든 것을 잊을 수도 있었다. 하지만 물잔을 들 힘도 없이 온몸의 진이 빠지는 순간 결코 넘을 수 없는 현실의 벽은 더 크게 다가왔고, 결국은 자신의 괴로움을 술로 해결할 수 없음을 인정해야 했다. 그러나 이런 절망감을 벗어나는 유일한 방법은 또다시 술밖에는 없었다.

세 번째 시골로 휴가를 가던 날, 엘레나는 파벨이 술을 끊지 않기를 바라는 속셈이 자신에게 있음을 깨달았다. 파벨이 술을 마시고, "자, 이제 시골로 갈까?" 하고 말해줄 아침을 간절히 기다리고 있었던 것이다. 엘레나는 그런 자신이 두려웠다.

그러는 동안 파벨은 과학원에서 자유로워질 수 있었다.

술에 중독되었다는 사실이 그에게 일종의 면죄부가 된 셈이었다. 다른 비도덕적 행위와는 달리 술중독자라는 결함은 관대하게 받아들여졌다. 황제, 성직자, 학자, 심지어 훈련된 앵무새까지도 술을 마시는 러시아에서만 가능한 일이었다.

10

5월 20일, 그 무렵부터 때 이른 무더위가 찾아왔다. 무더위 때문에 정상적으로 진행되지 않는 일들이 많아졌다. 학기가 끝나려면 아직 며칠 더 기다려야 했지만, 모든 프로그램은 이미 끝난 상태였다. 학기말과 연간 성적도 다 매겨져 있었다. 누가 우등생이고 누가 유급을 당했는지도 이미 알려졌다. 모든 과정이 일찍 끝나버리자, 교사들과 학생들은 남은 시간을 지루하고도 무기력하게 보내고 있었다.

학기 마지막 날, 엉덩이가 처진 늙은 말과 흡사한 나이 많은 선생 갈리나 이바노브나는 새 원피스를 입고 학교에 왔다. 우중충한 갈색의 여름 원피스였다. 그것은 연속적이지 않은 검은 선이 어디선가는 끊어지고, 어디선가는 비뚤어진 가지를 쳐 다시 만나는 문양의 것이었다.

갈리나 선생은 벌써 4년째 한 반을 맡고 있었는데, 자신이 알고 있는 모든 것, 쓰기, 산수, 미술 과목을 가르쳤다.

학생들은 4년 동안 갈리나 선생의 회색과 자주색의 모직으로 된 겨울 원피스, 회색 고양이털이 묻은 파란색의 화려한 정장을 질리도록 보아온 터였다.

첫 시간부터 미래의 5학년 학생들은 갈리나 선생의 새 옷차림에 대해 평판을 하기 시작했다. 버클이 없는 단순한 허리띠, 기모노 식으로 재단된 소매 등등을. 대부분의 학생들은 나이가 열한 살이었다. 그 나이는 각기 다른 성장 상태를 보여주는 나이이다. 어떤 아이는 이미 음모가 나 처녀티를 물씬 풍기는가 하면, 물어뜯은 손톱에 깨진 무르팍으로 아직 어린 티를 벗지 못한 아이도 있다. 그렇지만 갈리나 선생의 새 옷은 그들 모두의 공통된 관심을 끌어내기에 충분했다.

누구보다 새 옷에 신경을 쓴 사람은 갈리나 선생 자신이었다. 그녀가 새 옷을 입은 것은 단지 이전 옷들이 낡아서가 아니었다. 방과 후에 있을 그녀의 40주년 교사 생활 기념식 때문이었다. 쉬는 시간에 갈리나 선생은 화장실에 가서 자신을 거울에 비추어보며, 옷깃을 다시 정돈했다. 그녀는 이미 자신의 경력에 적합한 직분은 받았으나, 메달이나 훈장으로 표창 받게 되기를 고대하고 있었다.

마지막 넷째 시간에 갈리나 선생은 보조교재 읽기를 시켰다. 순서대로 여학생들이 읽었는데 하나같이 더듬거렸다. 더듬지 않는 아이들은 내용 파악이 불가능할 정도로 아무 생각 없이 그저 빨리 읽었다. 아이들의 읽기에서 하나하나

잘못을 지적해주다 지쳐버린 갈리나 선생은 결국은 책을 들고 자신이 직접 읽기 시작했다. 그녀의 목소리는 거구의 몸집에 어울리지 않게 약간 높았고, 비음이 좀 섞여 있었다. 그러나 표현력은 풍부했다. 특히 카쉬탄카[12]가 낯선 거리에서 추위에 떨고 있는 부분을 읽을 때는 진한 감동과 연민이 파도처럼 일어나게 했다.

수업이 몇 분 남지 않을 때였다. 조급한 학생들은 이미 달그락거리며 조용히 가방을 챙겼다. 태양의 뜨거운 열기가 창으로 쏟아졌고, 모직 원피스를 입은 학생들은 겨드랑이가 젖을 정도로 땀을 흘리고 있었다.

'이런 더위에 얼어 죽는 강아지는 어떤 동정도 받지 못할 거야.'

타냐는 생각했다. 그 순간 교실 어디선가 흐느끼는 소리가 들렸다. 소매로 입을 막고 내는 듯한 소리였다…….

갈리나 선생은 읽기를 멈추었다. 학생들은 모두 교실 구석 쪽으로 고개를 돌렸다. 마지막 줄 책상, 그곳엔 4년 동안 모든 것에 냉담했고, 누구의 관심도 받지 못했던 토마가 앉아 있었다. 아마도 추위로 죽어가는 카쉬탄카의 슬픈 운명때문에 흐느끼는 것 같았다.

학생들은 우당퉁탕 책상을 움직이며 자리에서 급히 일어났다.

---

12 안톤 체홉이 쓴 「카쉬탄카」라는 단편의 주인공이다.

"수업 아직 끝나지 않았다, 얘들아!"

갈리나 선생님이 학생들에게 주의를 주며 수업시간임을 상기시켰다. 그러고는 의도적으로 웃음을 지으며 토마에게 눈길을 돌렸다.

"토마야, 너 집에서 책을 읽어오지 않았구나. 그 다음 부분에서는 다 괜찮아진단다."

그녀는 토마를 달래주었다.

"아니에요, 선생님, 아니라구요."

토마는 책상에서 얼굴을 들더니 교복 앞치마로 코를 훔치면서 더욱 서럽게 흐느꼈다.

토마는 반에서 가장 체구가 작고, 못생긴 아이였다. 공부도 못하고, 모두가 따돌리는 참새, 질경이[13]였다.

마침내 종이 울렸다. 갈리나 선생은 단호하게 책을 덮었다. 순간 학생들은 졸음에서 확 깨어났고, 견디기 힘든 뜨거운 날은 상쾌한 날로 바뀌었다. 성질 급한 학생들은 재빠르게 망아지나 새끼염소처럼 교실 밖으로 튀어나갔다. 그리고 한 명씩, 두 명씩 또는 몇몇이 어울려 밧줄놀이를 하거나, 특별한 도구가 없어도 그저 신나게 뛰기 위해 서둘러 밖으로 나갔다.

타냐가 다가갔을 때 토마는 지저분한 교과서를 챙기면서 여전히 코를 훔치고 있었다. 타냐는 왜 자신이 토마에게

---

13 소위 왕따를 일컫는 말. 반대되는 말에, '귀한 귀족 아가씨, 투명한 잠자리'가 있다.

다가서고 있는지 스스로도 알지 못했다.

"무슨 일 있었니?"

타냐가 물었다.

타냐는 참새도 질경이도 아니었다. 그와 반대로 타냐는 귀한 귀족 아가씨, 투명한 잠자리였다. 두 사람 모두 자신들의 처지에 대해 아주 잘 알고 있었다.

그날, 토마에게는 타냐에게 일어난 적도, 일어날 수도 없는 끔찍한 일이 일어났다. 그런데 그 일로 인해 두 사람은 동등한 처지가 될 수 있었다. 아니, 그보다는 자신의 이야기를 누구에게도 하지 않았고, 누구의 관심도 받지 못했던 토마가 드디어 세상 밖으로 나오게 되었다고 해야 할 것이다. 토마가 입을 열었다.

"엄마가 죽어가고 있어. 집에 가기가 무서워!"

"내가 데려다줄게."

타냐가 용감하게 나섰다.

만약 전날 타냐가 집에 데려다준다고 했으면, 토마는 기뻐서 어쩔 줄 몰랐을 것이다. 하지만 지금 토마에게는 타냐의 친절과 도움도 별 의미가 없었다.

토마와 타냐는 학생들이 즐겁게 뛰어놀고 있는, 녹음으로 짙푸른 학교 운동장을 가로질러, 아치 지붕 통로를 두 번 통과했다. 울타리도 넘었다. 그리고 '파테라' 입구에서 멈추었다. 토마의 어머니는 그들이 사는 집을 '파테라'라고 불렀다. 그 집은 전쟁 직전, 1944년도에 전사한 그녀의 남편이 받은 것이었다. 토마는 들어가지 못하고 발을 동동거렸다. 타냐가 힘껏 문을 열었다.

후각을 통해 타냐에게 충격이 덮쳐왔다. 쉰 냄새, 소변 냄새 그리고 석유냄새. 뭔가 썩고 부패한, 죽음을 부르는 듯 역한 냄새……. 공중에 걸린 두 개의 밧줄에는 젖은 속옷들이 널려 있고, 벽면의 긴 창문 아래에는 커다란 가족용 침대가 놓여 있었다. 옛날 벽난로 위에서 모든 식구가 함께 잠을 잤던 것처럼, 이 침대에서 토마와 어머니, 두 남동생이 함께 잠을 잔 모양이었다.

언뜻 침대가 비어 있는 것 같았다. 그러나 방의 어둠에 익숙해지자 베개 위, 두꺼운 수건을 두른 작은 머리가 보였다. 침대 옆에는 진한 밤색의 속옷이 든 세숫대야가 있었다. 토마와 타냐가 다가갔다. 참을 수 없이 역한 냄새가 풍겨왔다.

"엄마, 엄마."

두터운 수건 밑으로부터 신음소리가 들려왔다.

"뭐 먹을 거나 마실 거 줄까?"

흐느끼며 토마가 물었다. 하지만 아무런 대답이 없었다. 신음소리도 끊겼다.

토마는 이불을 걷었다. 토마의 어머니는 붉은 시트 위에 누워 있었다. 타냐는 그게 피 때문이라는 것을 바로 알아차리지 못했다. 세숫대야에 있던 밤색 속옷도 모두 피에 젖어, 공기 중에 색깔이 변했던 것이다.

"응급차를 불러야 해."

타냐가 단호하게 말했다.

토마가 나지막하게 말했다.

"엄마가 부르지 말라고 했어."

"왜? 피를 흘리시잖아. 피!"

피를 확인하고 타냐는 놀랐다.

"알아. 아기를 긁어내서 그래."

토마는 타냐가 이해할 수 있을 거라고 확신하진 못했지만 말을 이었다.

"엄마는 남자들을 데려오곤 했어. 그리고 저렇게 아이를 긁어내고 또 긁어냈어."

토마가 흐느꼈다. 타냐는 눈을 감았다. 굉음이 울리고, 뭔가 깨지고 무너지고⋯⋯. 벽이 흔들리고, 바닥이 솟구치고, 고약한 냄새를 풍기며 깊은 굴이 열렸다. 모든 삶이 파탄을 맞고 있었다. 타냐는 이 순간 이후, 더 이상은 예전처럼 살 수 없음을 깨닫고 있었다.

"우리 아빠를 불러야겠어."

"안 오실 거야."

"잠깐만 기다려!"

5분 만에 타냐는 집에 도착했다. 어머니는 집에 없었고, 바실리사가 문을 열었다.

"너 왜 그렇게 얼이 빠진 거니?"

타냐는 대답도 하지 않고, 바로 전화기 쪽으로 갔다. 파벨에게 전화를 했다. 오랫동안 통화가 되지 않았다. 결국 다른 사람이 그는 수술 중이라고 알려주었다.

"무슨 일이 있어?"

바실리사가 물었다.

"할머니는 이해 못 할 거예요."

타냐는 바실리사를 피했다.

타냐는 이런 끔찍한 사실을 어느 누구에게도 알릴 필요가 없다고 판단했다. 만일 알게 된다면, 그 사람의 삶도 몽땅 무너질 거라고 여겼다. 자신처럼. 그래서 비밀을 지켜야 했다.

"곧 올게요!"

타냐는 문턱을 넘어서며 외치고는 급히 계단을 타고 달려 내려갔다.

트롤리 버스를 기다릴 시간도 없어 타냐는 지하철역으로 뛰어갔다. 그리고 문화공원에서 내려 다시 피로고프스키 거리를 뛰었다. 어떻게 뛰었는지 기억도 없었다. 다만 끝나지 않을 것 같은 오랜 시간의 달리기였다. 병원 입구에서 누군가가 그녀를 저지했다.

"아빠 만나러 왔어요. 파벨 알렉세예비치요."

병원에서는 타냐를 바로 들여보내주었다. 타냐는 2층으로 올라가 유리문을 밀었다. 순간, 하얀 가운을 입고 동그란 모자를 쓴 아버지 파벨과 마주쳤다. 다른 의사와 학생들이 둘러서 있었고, 아버지는 가장 앞쪽에 있었다. 아버지는 키가 제일 컸고, 몸집도 가장 컸으며, 짙은 눈썹에 홍조를 띤 얼굴로 서 있었다. 파벨은 타냐를 쳐다보았다. 마치 대기의 공기가 양옆으로 갈라져 그들에게 길을 터주는 것 같았다.

"무슨 일이냐, 타냐?"

"토마의 엄마가 죽어가고 있어요. 굶어내서 그렇대요!"

타냐가 단숨에 모든 걸 쏟아내듯 말했다.

파벨은 고함을 질렀다.

"이게 뭔 일이야? 누가 널 들여보낸 거야? 아래층으로 가! 면회실에서 기다리고 있어! 알았지!"

타냐는 눈물을 삼키며 아래층으로 내려갔다.

의연하려고 했지만 파벨은 쉽게 진정할 수 없었다. 누군가 타냐의 말을 듣고 밀고라도 한다면, 여지없이 감옥행이 될 것이었다.

3분쯤 지난 뒤, 파벨이 타냐가 있는 면회실로 내려왔다. 타냐는 뛸 듯이 반기며 아버지에게 달려들었다.

"아빠!"

파벨은 어린 딸 타냐를 진정시키는 차분한 눈길로 내려다보며 말했다.

"진정해라. 무슨 일인지 차근차근 말해봐."

"아빠, 토마 엄마가…… 곧, 돌아가실 것 같아요……."

"누구네 엄마?"

파벨은 스스로를 진정시키려는 듯 나직한 목소리로 되물었다.

"청소부 아줌마 있잖아요. 리자 아줌마. 차고에 사는 사람 말이에요. 긁어냈대요. ……급해요, 정말 끔찍해서…… 피가 얼마나 많이 나는지……."

파벨은 안경을 벗고, 미간을 찌푸렸다. 타냐의 입에서 '긁어냈다'는 말이 나오다니……

"그러니까 아빠, 빨리 걔네 집으로 가요."

"지금? 어떻게?"

"예, 지금요. 왔던 그대로 되돌아가면 돼요, 아빠."

타냐는 믿기지 않았다. 갑자기 아버지가 다른 사람으로 바뀐 것만 같았다. 자기에게 단 한 번도 그렇게 차가운 목소리로 이야기한 적이 없는 아버지였다.

풀이 죽어, 타냐는 어깨를 움츠린 채 거리로 나왔다.

30분 뒤, 파벨은 조수 빅토르와 함께 토마의 집에 도착했다. 그들이 타고 온 병원차의 운전사는 내리지 않고 차에 남아 있었다.

파벨은 토마의 집에 도착하자마자 무슨 일이 일어났는지 한눈에 파악할 수 있었다. 토마의 어머니는 전쟁미망인이거나 아니면 단순한 미망인일 터였다. 그도 아니면 알코올 중독에다 헤픈 여자이거나……. 파벨은 그녀의 차가운 손을 만져본 후, 손가락으로 눈꺼풀을 벌렸다. 그가 손쓸 수 있는 일이라곤 아무것도 없었다. 침대 옆으로 나란히 아이 세 명이 서 있었다. 남자아이 두 명과 여자아이 한 명이 었는데, 그들은 그에게서 눈을 떼지 않고 있었다.

"토마가 누구지?"

파벨이 물었다.

"제가 토마인데요."

파벨은 토마를 주의 깊게 바라보았다. 그는 처음에 그 아이가 일곱 살 정도 되었을 거라고 생각했는데, 자세히 보고 나서 타냐와 같은 학년이라는 걸 알았다.

"토마야, 지금 바로 동생들을 데리고 12호 아파트로 올라가거라. 회색 건물. 알지?"

토마는 고개를 끄덕였다. 하지만 움직이지는 않았다.

"어서 가거라. 바실리사가 문을 열어주면 파벨 알렉세예비치가 보냈다고 하고, 내가 곧 도착할 테니 밥을 차려달라고 하렴."

"엄마는 병원으로 데려 가는 거예요?"

파벨은 이미 이 세상 사람이 아닌 여자가 누운 침대를 자신의 몸으로 가릴 수 있는 만큼 힘껏 가렸다.

"그냥 가거라. 필요한 건 내가 알아서 할 테니……"

아이들이 나갔다.

"골치 아픈 상황이네요. ……영안실로 데리고 가야겠지

요."

질문인 듯 아닌 듯 조수 빅토르가 말했다.

"아니야, 빅토르! 영안실로 데려갈 수 없어. 내가 지금 바실리사를 보낼게. 바실리사가 구급차와 경찰을 부를 거야. ……우리는 여기 없었던 거야……."

파벨은 얼굴을 찌푸리며 말을 이었다.

"알잖아. 죽지 않았다면 당연히 병원으로……."

빅토르는 즉시 파벨의 의도를 파악했다. 모든 의사들이 그렇듯, 이런 경우 형사법이 어떻게 적용될 것인지 뻔히 알고 있었다.

토마의 어머니, 청소부 리자의 죽음은 온 동네를 발칵 뒤집어놓았고, 많은 사람들을 흥분시키고 다투게 했다. 바실리사가 구급차와 경찰을 불렀고, 죽은 리자의 시체는 부검실로 옮겨졌다. 그녀의 죽음과 관련된 의혹은 크게, 그녀가 살던 집은 어떻게 처리될 것인가, 그녀가 어떤 병으로 죽어갔는가 하는 두 방향으로 갈라졌다.

리자가 세상을 떠난 뒤, 세 사람이 파테라를 노렸다. 그들 가운데 첫 번째는 관리인 코스티코프였다. 코스티코프는 3년째 딸과 함께 자신의 집에 살고 있는 누이를 차고인 파테라에 살도록 할 궁리를 하고 있었다. 누이가 일하는 공장의 집은 차지할 가망이 없어 보였기 때문이다. 기다렸다는 듯 리자가 세상을 떠난 바로 그날, 코스티코프는 서류상으로 누이를 리자의 상속인으로 만들었다. 그러고는 이제 그 집은 다른 누구에게도 넘어가지는 않을 거라고 생각했다. 두 번째 사람은 관리소의 전기 기사인 콘스탄틴이었다. 그는 세 자녀와 9평방미터의 비좁은 공간에서 생활하는 데 지쳐 있었다. 게다가 네 번째 아이의 출산을 기다리는 중이기도 했다. 그리고 세 번째 사람은 기숙사에서 가장 큰 방을 차지하고 있는 구역 경찰관인 쿠렌노이였다. 곧 결혼을 앞둔 그는 리자의 집을 차지하기 위한 싸움에 만반의 태세를 갖추었다. 그밖에 가건물에 사는 몇 사람이 리자가 살던 집을 탐냈지만, 그들에게는 기회가 주어지지 않았다.

의료적 측면에서 리자의 죽음은 더 복잡했다. 부검 결과 리자는 자궁천공으로 인한 출혈로 사망했다. 그런데 더 끔찍한 것은 불법낙태 시술자가 적합하지 않은 도구로 아이만이 아니라 리자의 창자를 반 이상이나 끄집어낸 것이었다.

형사법에 따르면 이런 불법시술의 경우 3년에서 10년의 형량을 받는다. 형량의 차이는 시술자가 얼마나 낙태수술을 해왔는가에 달려 있다. 그에 반해 환자를 사망에 이르게 한 의사는 10년형을 받는다. 거의 두 배가 되는 형량이다. 이게 공정하다고 할 수 있을까?

동네에서 리자가 받은 불법시술을 할 만한 사람으로 수라 노파와 몰다비아 출신의 여자 도라가 있다는 것은 누구나 다 알고 있는 사실이었다. 수라 노파의 시술은 간단하고 가격도 저렴했다. 자궁에 필요한 액체를 부어넣은 후 카테터를 끼워 넣는 방법이었다. 이건 일반적으로 사용되는 방법이기는 했다. 하지만 체력이 좋거나 출산경험이 없는 여자들한테는 전혀 좋은 방법이 아니었다. 결과가 좋지 않을 경우 수라 노파는 돈을 받지 않기도 했다.

도라는 병원 직원이었다. 그녀는 부작용을 일으키지 않게 하기 위해 정석대로 시술했다. 전쟁 후, 그녀는 키쉬네프에서 모스크바로 이주해왔다. 의심은 많았지만 통찰력이 없는 이웃사람들은 부리부리한 눈에 검은 피부의 이 여자를 유대인이라 생각했다. 그도 그럴 것이 그녀는 유대인으로 생각할 만한 자질을 가지고 있었다. 애가 딸려 있었음에도 소령을 꼬여 결혼에 골인했고, 처음 모스크바에 왔을 때도 감자를 어디서 구해야 하는지 금방 알아낼 정도였다. 또한 가짜 간호사 학위, 더군다나 러시아어로 된 것도 아닌 학위로 병원 간호사 일자리를 구하기도 했다. 그리고 집에서는 마취약까지 써가면서 불법으로 낙태수술을 해주었다. 대신 수술비를 비싸게 받았다. 그래서 형편이 넉넉한 사람이라면 당연히 도라에게 수술을 받았다.

리자는 돈이 있을 리 만무했기에 수라 노파에게 시술을 받았을 것이고, 그 때문에 죽었을 거라고 사람들은 단정하고 있었다.

둘째 날, 형사가 동네를 수색했다. 하지만 특별한 것을 찾아내지 못했다.

"찾아보쇼. 뭔가는 남아 있겠지."

사람들은 비웃었다. 목이 가는 젊은 수사관은 이웃 주민들을 심문하면서 얼굴이 뻘게졌다. 마을 사람들은 모두 침묵했다. 하지만 어딜 가든 밀고자는 있게 마련이었다. 수라 할멈과 가장 가까운 이웃 주민인 나탈리야는 선천적으로 정의감에 불타는 사람이었다. 그녀는 더 이상 벽 뒤에 숨어 있지만은 않았다.

"난 모르는 사실은 말하지 않아요. 리자를 직접 보진 못했어요. 하지만 수라 할멈이 다른 여자를 시술했다는 건 알아요."

나탈리야는 수사관에게 속삭였다.

"직접 노파를 찾아가 목격한 적이 있나요?"

수사관은 호기심을 드러내며 물었다.

"난 그럴 필요가 없는 사람인걸요."

그 말을 하고는 나탈리야는 입을 다물었다.

"그럼 그걸 어떻게 알았죠?"

그러자 나탈리야는 수사관을 베니어합판으로 된 벽으로 데리고 갔다. 그리고 손톱으로 베니어합판 벽을 두드린 다음, 기다렸다.

"나탈리야? 왜?"

"그냥."

나탈리야는 또렷하게 대답하고는 수사관에게 속삭였다.

"들었죠? 아주 작은 소리도 다 들린다구요. 이웃집의 한

숨소리도, 방귀소리도 숨기기가 쉽지 않죠."

수사관은 노트에 무언가를 적고는 나갔다. 그는 뭔가 감을 잡은 듯했다.

수사, 논쟁, 반목의 여파는 평화로웠던 파벨의 집에도 미쳤다. 리자의 주검을 옮기던 그날부터 검은 그림자가 드리우기 시작했다. 그날 밤, 파벨의 가족은 리자의 아이들을 타냐의 방에 재웠고, 타냐는 안방에서 재웠다.

아이들을 재우고 난 후, 늦은 저녁을 위해 어른 셋이 식탁에 모였다. 바실리사는 같이 식탁에 앉는 것을 편해하지 않았다. 그것은 특별한 때가 아니면 하지 않는 드문 경우였다. 명절이나 그날처럼 무슨 일인가 일어났을 때, 바실리사는 자기 방에서 조용히 기도를 드리며 식사하는 것을 더 좋아했다.

식사를 마치고 파벨은 그릇을 한쪽으로 치우더니 엘레나를 보면서 입을 열었다.

"이제 이해하겠소? 내가 왜 그렇게 법적 승인을 위해 그동안 많은 시간을 고군분투하며 보냈는지……?"

"뭐에 대한 승인이요?"

다른 생각에 빠져 있던 엘레나가 되물었다.

"낙태 승인 말이오."

바실리사는 주전자를 놓칠 뻔했다. 세상이 무너져 내렸다. 그렇게 존경했던 파벨이 알고 보니 끔찍한 죄인이자 살인자의 편에 있었다니. 그런 범죄자들을 위해 그렇게 분주히 뛰어다녔던 거라니⋯⋯. 아니, 그 자신도 살인자였다니⋯⋯. 도저히 상상도 할 수 없는 일이다. ⋯⋯어떻게 이런 일이?

파벨은 확고한 어조로 자신의 말을 이어나갔다.

바실리사는 검은 입술을 깨물고는 아무 말도 하지 않았다.

엘레나는 고개를 떨어뜨리면 말했다.

"끔찍해요, 너무!"

"뭐가 끔찍하다는 거요?"

"모두 다요. 리자의 죽음도, 당신이 하는 말도. 난 인정할수 없어요. 유아 살인을 합법화하다니. 그건 어른들 살인보다 더 나쁜 범죄라구요. 아무 방어능력도 없는 어린것들에게 어떻게⋯⋯. 그걸 법으로 보호한다구요?"

"물론 당신은 그렇게 생각하겠지. 톨스토이주의자, 채식주의자에다 아주 금욕적이시니까."

엘레나는 톨스토이주의라는 말에 버럭 화를 냈다.

"그거랑 채식주의가 무슨 상관이죠? 톨스토이가 말하려고 한 건 그게 아니었잖아요. 그리고 지금 타냐 방에서 자고 있는 세 명의 아이들은 뭐죠? 만약 진즉부터 낙태가 허용되었더라면 저 아이들도 죽었겠네요. 리자가 결코 원하지 않았을 아이들일 테니까요."

"짧은 생각으로 아무렇게나 말하지 말아요. 아마 저 아이들이 세상에 태어나지 않았더라면, 지금 저렇게 불운한 세 명의 고아도 없었을 거요. 가난과 기아로 고통 받고, 그러다가 감옥으로 갈 아이들 말이오."

두 사람이 결혼한 지 10년 만에 처음으로 하는 격한 말다툼이었다.

"대단하시군요. 당신은 어떻게 그런 말을 할 수 있어요? 그래요, 전 똑똑하지 못해요. 하지만 모든 걸 머리로만 판단할 순 없어요. 아이들을 죽이는 일을 어떻게 허용할 수 있다는 거죠?"

"그렇게 하지 않으면 여성 자신과 아이를 둘 다 죽일 텐데 어떻게 허용 안 할 수 있겠소! 도대체 어떡하란 말이오."

파벨은 벽 쪽을 가리켰다. 거기엔 낙태시기를 놓쳐 어쩔 수 없이 태어난 가여운 아이들이 자고 있었다.

"저 아이들한테 뭘 해줄 수 있겠소?"

"모르겠어요. 제가 아는 건 죽이면 안 된다는 거예요."

남편의 말에 대해 이제 그녀는 무조건 반발하는 마음뿐이었다. 물론 파벨도 낙태를 반대한 적이 있었다. 그러나 반대만으로 문제를 해결할 수는 없었다. 파벨은 자신의 마음을 펴 보일 수 없는 답답함에 온몸을 부들부들 떨었다.

"불쌍한 여자들에 대해 한번 생각해봐!"

파벨이 던지듯 말했다.

"그런 걸 왜 생각해야 하죠? 여자들이 자기 자식을 죽이는 일은 범죄예요."

엘레나는 입술을 깨물었다.

파벨의 얼굴이 돌처럼 굳었다. 엘레나는 병원 직원들이 왜 그를 두려워하는지 이제야 알 것 같았다. 그녀는 지금처럼 굳은 그의 표정을 결코 본 적이 없었다.

"당신은 말할 자격이 없소. 당신은 자궁이 없으니까. 당신은 여자가 아니야. 당신은 임신을 할 수 없으니 이렇다 저렇다 말할 자격이 없소."

그는 싸늘하게 말했다.

순식간에 그들 가족의 행복은 가볍고 하찮은 것이 되고, 그들을 둘러쌌던 친밀함과 믿음은 한꺼번에 날아가 버렸다. 하지만 파벨은 미처 그 사실을 깨닫지 못하고 있었다. 바실리사는 그런 파벨을 한쪽 눈으로 쳐다보았다.

엘레나는 벌떡 일어나 떨리는 손으로 찻잔을 개수대에 넣었다. 길게 금이 간 오래된 찻잔이 개수대 바닥에 떨어지며 깨졌다. 깨진 찻잔조각을 그대로 둔 채 엘레나는 부엌에서 나가버렸다. 바실리사는 고개를 숙인 채 자기 방으로 갔다.

파벨은 엘레나의 뒤를 따르려다가 멈추었다.

'아니다. 그럴 필요 없어. 길거리에 버려진 고양이는 불쌍히 여기면서 어떻게 리자에게는 일말의 동정도 가질 수 없는 거지? 자신의 잘못을 알도록 좀 더 생각하게 내버려두는 게 좋을 거야……'

엘레나는 밤새도록 생각했다. 울다가 생각하고 다시 울었다. 옆에 늘 함께 있던 남편의 자리에는 타냐가 누워 있었다. 파벨은 서재로 가버리고 없었다.

바실리사도 잠을 자지 않았다. 그녀는 아무런 생각도 하지 않고, 기도하면서 눈물만 흘렸다. 이제 파벨은 그녀에게 죄인이 되어버렸다.

파벨은 자다 말고 몇 번이고 잠에서 깨곤 했다. 그리고 이상한 꿈도 꾸었다. 밤새 몸을 뒤척였다.

아침은 아주 일찍 시작되었다. 바실리사는 파벨이 부엌에 나와 주전자를 가스레인지에 올리는 소리를 듣자마자 방에서 나와 거두절미한 채 떠나겠다고 말했다. 처음 있는 일은 아니었다. 무슨 일엔가 마음이 상한 바실리사가 집을 나갈 테니 일한 값을 계산해달라고 한 적은 여러 번 있었다. 그리고 마음의 불안을 심하게 느낄 때면, 며칠이고 집을 나갔다가 돌아오곤 했던 바실리사였다.

어제 저녁의 기분을 털어버리지 못한 파벨 역시 중얼거리듯 차갑게 말했다.

"편하실 대로 하세요."

파벨은 자신의 처지가 몹시 짜증스럽고 역겨웠다. 얼른 찬장을 열고 술병을 찾았지만 없었다. 너무 이른 아침이기도 했다. 그는 술 대신 차를 마시러 서재로 갔다. 엘레나는 침실에서 나오지 않았다. 바실리사는 짐을 꾸렸다. 리자네 아이들은 타냐 방에 있는 낯선 장난감을 신기해하며 아침 식사를 기다리고 있었다. 토마는 동생들에게 조용히 하라고 주의를 주었다.

엘레나가 아이들을 위해 아침 스프를 끓이러 부엌으로 나왔을 때, 바실리사가 못 보던 옷을 입고서는 슬프면서도 준엄한 얼굴로 그녀 앞에 섰다.

"엘레나, 나, 떠나."

엘레나는 버럭 화를 냈다.

"지금 그건 좀 심하잖아요. 어떻게 나를 놔두고?"

크고, 마르고, 엄격한 두 사람은 선 채로 서로를 바라보았다. 첫 번째 여자는 나이가 들었지만 실제보다 더 나이 들어 보였고, 두 번째 여자는 마흔 살이었지만 겉보기에는 스물여덟으로 보였다.

"잘 알 거야. 난 더 이상 파벨과 살 수 없어."

바실리사는 딱 잘라 말했다.

"그럼 전 어떡해요?"

엘레나는 간절하게 애원하는 말투였다.

"너한테는 남편이잖아."

바실리사가 얼굴을 찌푸리며 말했다.

"남편이요? ……이미 제정신이 아닌 걸요"

엘레나가 바실리사의 말을 받았다.

엘레나는 바실리사가 없는 생활은 상상도 하지 못했다. 전혀 예상치도 않게 고아들과 함께 지내게 된 지금의 상황에서는 더더구나 그러했다. 엘레나는 떠나지 말라고 바실리사를 설득했다. 리자 아이들이 어떻게 될지 모르니, 그 일이 마무리될 때까지만이라도 떠나는 걸 미뤄달라고 부탁했다.

"그럼 그렇게 하지 뭐."

썩 내키지 않은 듯했지만, 바실리사는 엘레나의 요구에 순순히 응했다.

"리자 장례식이 끝나면 떠날 테니 다른 사람을 찾아봐. 나는 파벨하고는 같이 못 살아."

부검 후 사망원인이 분명하게 밝혀진 후, 곧 리자가 죽은 지 엿새째 되는 날 그녀의 장례식이 거행되었다. 장례식에 참석하기 위해 리자의 친척들이 왔는데, 친척들 대부분은 여자들이었다. 어머니, 두 언니, 그리고 다양한 촌수의 할머니들……. 유일한 남자는 시숙뿐이었다. 타냐는 토마와 함께 토마의 집에 한 번 들렀다가 많이 모인 사람들을 보고 놀랐다. 타냐는 토마에게 그들이 어떤 사람들인지 물었다.

장례식을 위해 온 친척들은 대부분 트베리 출신들이었고, 친가와 외가 쪽 사람들이었다. 토마의 친아버지는 전사했고, 남동생들은 아버지의 자식이 아니었다. 동생들은 아버지가 누구인지 정확히 알지 못했고, 그래서 죽은 아버지의 성을 그대로 쓰고 있을 뿐이었다. 이 점에 대해 친가 친척들은 달가워하지 않았다.

친척들은 서로에게 매우 적대적이었다. 시끄럽게 다투었고, 전쟁 이전에 있었던 일로 서로를 헐뜯고 잘잘못을 따지며 울부짖었다. 그들은 마치 다른 언어로 이야기하는 듯했다. 타냐는 어른들이 자신들만의 게임을 하고 있다고 생각했다. 뭔가 장난으로 시작했는데 그것이 기정사실화되는 그런 게임······.

엘레나는 타냐를 장례식에 데려갈 채비를 하고 있었다. 하지만 파벨이 타냐에게 가지 말라고 했다. 엘레나는 타냐가 토마 때문에라도 장례식에 같이 있어야 한다고 생각했다. 이런 일상의 사소한 의견 충돌로 인해 그들의 무언의 싸움은 골이 더욱 깊어졌다. 파벨은 타냐를 집에 두도록 강요하며 버럭 화를 냈다.

"타냐는 예민한 아이야. 왜 얘를 모든 일에 끌어들이려는 거지? 어리석은 짓이야! 바실리사의 경우는 이해할 수있어. 하지만 타냐가 거기서 뭐 할 게 있다고 데려가려는 거지?"

"당신은 당신한테만 말할 권리가 있다고 생각해요?"

늘 온순하고 순종적이었던 엘레나였지만, 자신도 모르게 파벨에게 결정적인 충격을 가했다. 어떻게 그런 말을 할 수 있었는지 자신도 알 수 없었다.

"당신, 타냐의 아빠가 아니잖아요······!"

이것은 엘레나의 비열한 보복이었다. 하지만 그 효과는 결정적이었다. 이로써 그들은 결투에 참가한 두 사람 모두

118

살아남지 못한 매우 희귀한 결투를 한 셈이었다.

어찌 되었건 타냐는 리자의 장례식에 가지 못했다. 고열로 집에 있어야 했다.

장례식 다음 날, 리자의 큰언니 뉴라가 조카 두 명을 데리고 먼저 떠났다. 합의대로라면 리자의 여동생 페냐가 조카들을 데리고 가게 되어 있었다. 하지만 페냐는 조카들을 데려갈 수 없었다. 토마가 타냐에게 이야기해준 바에 따르면, 페냐는 화관을 바꿔야 한다고 했다. 시골에서 축제 때 여자들이 국화와 카모마일로 만든 화관을 두르고 춤을 추다가 서로 서로 화관을 바꾸는 것이 토마를 데려갈 수 없는 이유와 무슨 상관이 있는지, 타냐는 전혀 이해할 수 없었다.[14] 얼마 안 있어 페냐가 왔다. 그녀는 큰 몸집에 검은 머리칼, 죽은 리자처럼 성기고 흰 눈썹을 갖고 있었다. 보기 드물게 못생긴 여자였다.

페냐는 바실리사, 엘레나와 함께 한동안 부엌에 앉아 있었다. 울다가도 무엇 때문인지 웃다가 하면서 두 주전자나 되는 차를 다 마셨다. 세 사람은 페냐가 시골집 수리를 끝내고 나면 곧 토마를 데려갈 것에 동의했다. 그들이 얘기하는 동안 토마는 어깨를 움츠린 채 책가방을 안고 서서 자신의 거취에 대한 결정이 나기만을 기다렸다.

---

14 화관을 뜻하는 러시아어 'venets'는 집을 지을 때 쓰는 통나무라는 또 다른 뜻을 가지고 있다. 즉 페냐는 집을 수리해야 한다는 핑계를 댄 것이지만, 타냐는 화관 이외의 뜻을 알지 못한 것이다.

저녁 늦게 모두가 흩어진 뒤 토마는 슬그머니 바실리사의 부엌방으로 갔다. 토마는 가정부로 일하는 바실리사와 같이 있는 것이 타냐를 포함해 다른 가족들과 있는 것보다 한결 편했다. 토마는 바실리사의 성한 한쪽 눈을 응시하며 그녀의 옷자락을 잡아당겼다.

"바시 할머니, 나 바닥 청소랑 빨래도 할 수 있어요. 벽난로에 장작불도 지필 수 있고……. 페냐 이모랑은 살고 싶지 않아요. 이모네도 자기 식구만으로도……."

바실리사는 토마의 머리를 감싸 안으며 말했다.

"아이구, 우둔하긴. 이 집에 벽난로는 없단다. 바닥 청소는 우리가 안 해. 청소부가 따로 와서 문질러주거든. 암튼 걱정 말아라. 그것 말고도 할 일은 많으니까……."

엘레나는 장례식 때문에 정신이 없었던 탓에 바실리사가 떠난다고 한 말을 잊고 있었다. 그동안 남편과의 싸움은 살짝 보자기로 덮어놓은 듯 소강상태였다. 두 사람은 거의 서로에게 말을 하지 않고, 꼭 필요한 경우에만 말을 했다. 리자의 아이들을 데려왔던 날, 엘레나는 서재에 남편의 잠자리를 준비해주고, 자신은 타냐와 같이 잤다. 데려온 세 아이를 재우기 위해 그때는 어쩔 수 없는 일이었지만, 심하게 다툰 후 두 사람은 일주일 내내, 리자의 장례식 날까지 계속 그렇게 지냈다.

만일 그날 파벨의 잠자리를 서재에 마련해야 할 필요가

없었더라면, 심하게 다투었다 할지라도 파벨은 화해를 위해 무슨 말이나 행동을 했을 것이고, 엘레나는 남편의 사랑을 확인하고는 믿음직한 가슴에 얼굴을 묻고 울었을지도 모른다. 그러고 나면 모든 것이 이전으로 되돌아갈 수 있었을지도 모를 일이었다.

장례식 다음 날 아침, 엘레나는 부엌에서 크리스마스 선물로 받은 실크 숄을 두르고 새 신발을 신은 바실리사를 발견했다. 바실리사는 의자에 곧은 자세로 앉아 있었고, 그 옆에는 천으로 된 작은 가방, 침대 시트와 베개가 들어 있는 커다란 보따리가 있었다.

엘레나는 바실리사의 옆에 앉아 눈물부터 쏟았다. 바실리사는 성한 한쪽 눈의 시선을 떨어뜨리고 굳게 입을 다물었다. 손은 성찬식 때처럼 가슴에 모아 대고 있었다.

"어디 가시게요?"

엘레나는 바실리사가 이렇게까지 단호하게 나올 줄은 몰랐다.

바실리사는 준엄한 어조로 말했다.

"왔던 곳으로 가야지. 엘레나, 하느님이 보살펴주실 거야!"

바실리사는 똑바로 고개를 들었다. 한쪽 눈은 하얀색, 다른 한쪽 눈은 하늘색이어서, 언뜻 보기에 흉측하기까지 했다.

'정말 우리를 떠나려는 건가?'

엘레나는 두려웠다. 지갑을 열고 있는 돈을 모두 꺼내 아무 말 없이 건넸다.

바실리사는 작별인사를 하고 자기의 짐을 챙겨 떠났다…….

'그게 그렇게 간단한가. 20년을 같이 살았는데 말이야. 파벨과 타냐와는 작별인사도 없이. 뒤도 한번 돌아보지 않고 떠날 수 있단 말인가.'

11

바실리사는 인간이 어디에서 와 어디로 가는지를, 그러니까 흙에서 와 흙으로 간다는 사실을 정확하게 알고 있었다. 오늘날의 표현을 빌리자면, 그녀는 자신에게 부여된 임무를 수행하고 나면 원래의 일터로 돌아가야 하는 출장 중인 삶을 살고 있었다.

바실리사는 출생할 때부터 축복받지 못한 아이였다. 생모는 바실리사가 원하지 않았던 늦둥이로, 집안의 불행이며 기구한 운명의 장본인이라고 말하곤 했다.

바실리사의 오빠와 언니 여섯 명 또는 일곱 명—그녀의 어머니는 정확한 숫자도 기억하지 못했다—은 영아 때 흙으로 돌아갔다. 그렇지 않고 제대로 자란 언니와 오빠도 일찌감치 일찍 집을 나가 부모의 곁을 떠났다.

바실리사에게 첫 번째 불운은 아주 어렸을 때 찾아왔다.

두 살 때였다. 몰골도 흉하고 울지도 못하는, 어머니가 기르는 유일한 수탉 한 마리가 훌쩍 뛰어오르더니 그녀의 눈을 쪼았다. 어린아이는 자지러지게 울었다. 그러나 아무도 신경 쓰지 않았다. 수탉에게 쪼인 후 눈의 흰 점은 점점 자라났고, 일곱 살이 될 무렵 바실리사의 눈은 완전히 하얀 막으로 덮여버렸다.

바실리사의 부모는 해를 거듭할수록 점점 더 가난해졌고, 병에 시달리기까지 했다. 그녀가 열한 살이 되었을 때, 아버지는 이 세상을 떠났다. 홀로 된 어머니는 1년을 힘겹게 버티다가, 좀 더 넉넉하게 살고 있는 아들 세르게이가 있는 곳으로 이사했다. 아들 가족은 그들을 군식구 취급을 했고, 목욕탕 옆에 살게 했다. 식사에 부르지도 않았다. 바실리사와 어머니는 텃밭에서 일하며 근근이 먹고살았다. 세르게이는 명절이나 와인을 마시고 기분이 좋을 때만 빵을 가져오곤 했다.

바실리사가 사는 곳에서 약 40킬로미터 떨어진 곳에 유명한 오프티나 푸스틴 수도원이 있었다. 당시 종교 행사는 일종의 잘 팔리는 상품이었다. 그 덕분에 높은 수익을 올리는 사람들이 있었다. 특히 하숙이나 식당을 하는 사람들이 그랬다. 러시아 전역에서 수천 명의 사람들이 수도원을 찾아오는데, 수도원의 방은 그들을 수용하기에 턱없이 부족했다. 걸어서 오는 사람들도 있었다. 수도원까지 걸어가려면 바실리사의 오빠가 사는 마을을 지나야 했다. 오빠는 자신이 살고 있는 곳의 지리적 장점을 이용할 만큼 융통성 있는 사람이 아니었다. 오히려 끊임없이 밀려드는 가난한 순례자들 때문에 짜증이 나 있었다. 순례자들은 하룻밤 재워달라고 부탁하거나 음식을 구걸했거나 혹은 잘 간수되지 않은 물건들을 호시탐탐 노리다가 훔쳐가곤 했다. 걸어서 수도원을 찾아오는 순례자의 행렬에는 거지와 가짜 수도사들도 끼여 있었다. 바실리사의 오빠는 이들을 증오했다. 인간쓰레기, 무위도식하는 기생충 같은 인간들이라고 욕설을 퍼부었다. 오빠는 단 한 번도 수도원에 가본 적이 없었다. 1년에 세 번 마을에 있는 사원에 가는 것이 전부였다. 그가 가장 중요하게 생각하는 신앙생활의 원칙은 중요한 종교 축일에는 절대로 일하지 않는다는 것뿐이었다.

바실리사는 오빠를 무서워했다. 그는 바실리사와 전혀 얘기를 하지 않았다. 어머니를 통해, 오빠가 젊은 시절에 가수였고 미남 무용수였다는 사실을 알았을 뿐이다. 어머니 말로는, 사랑에 빠진 여자가 그를 거절한 후부터 성격이 변하기 시작했다고 한다. 어머니는 그런 그를 가엾게 여겼지만, 그는 누구도 불쌍하게 생각하지 않았다. 애교 없는 아내, 친자식은 물론이고, 장애를 가진 바실리사에게는 더더욱 그랬다. 바실리사의 어머니는 겨울, 계속 감기를 앓다가 그만 저세상으로 떠났다. 바실리사는 오빠에게 방해만 될 뿐인 가족으로 남겨졌다.

어머니가 세상을 떠난 뒤 옆집 아주머니는 바실리사를

오프티나 푸스틴 수도원에서 열리는 종교 행사에 데려갔다. 교회로 가는 길에 다리를 다친 그녀는 긴 시간 이어지는 예배를 간신히 버텨냈다. 어떤 영혼의 기쁨도, 안식도 찾을 수 없었다. 그러나 돌아오는 길에, 그녀에게 기적이 일어났다. 동행한 사람들이 잠시 쉬어가자고 했고, 바실리사는 길에서 10미터쯤 들어가 개암나무 숲에 자리를 잡고 누웠다. 깜박 잠이 들었는데, "계속 걸어라!" 하는 소리에 잠에서 깨어났다. 그녀가 잠든 사이, 흐렸던 날씨는 맑게 개어 있었다. 눈을 떴을 때 먹구름이 흩어지며 막 가시고 있었고, 강렬한 태양 빛이 마치 육중한 통나무처럼 먹구름 사이를 뚫고 바로 그녀 앞에 떨어졌다. 햇빛은 대지 위의 원을 환하게 비추었다. ……분명 이것은 기적이었다. 바실리사는 그 원이 예수 그리스도이시며, 그리스도는 살아 계시고, 자신을 사랑하고 계신다는 것을 깨달았다. 바실리사는 자신의 두 눈으로 이 모든 광경을 분명히 보았다고 확신했다. 그 광경은 그녀가 본 어떤 것과도 비교할 수 없었고, 너무도 또렷했다.

길을 걸으면서 바실리사는 소리 없이 계속 울었다. 마음씨 고운 옆집 아주머니는 다리가 아파서 운다고 생각하고, 머릿수건을 벗어주며 발을 감싸라고 했다. 바실리사는 거부하지 않았다. 그리고 절뚝거리며 걸었다. 발을 수건으로 싸는 바람에 신이 작아서 발을 조였기 때문이었다.

바실리사는 세르게이 오빠네 집에서 간신히 겨울을 보

냈다. 봄이 되자, 오빠는 그녀를 언니 두샤가 있는 모스크바로 보냈다. 언니는 바실리사에게 일거리를 만들어주고 싶어 했다. 두샤는 바실리사를 내의 봉제소에 수련생으로 써달라고 간곡히 부탁했다. 그 봉제소는 독일 태생의 동정심 많은 리젤로타가 운영하는 곳이었다. 리젤로타는 바실리사의 눈을 보자마자 그녀가 훌륭한 재봉사가 되기는 어렵다고 판단했다. 유능한 여공 두 명도 20년간 작업장에서 일하는 사이 시력이 극도로 나빠졌기 때문이다. 하지만 리젤로타는 거절하지 않고, 바실리사를 수련생으로 받아주었다. 바실리사는 겨우 열네 살이었지만, 거친 시골 생활로 손가락이 굵고 투박해져 있었다. 그 탓에 작은 바늘과 가느다란 실을 잡기가 쉽지 않았다. 다림질을 하게 해보았으나 그것 역시 쉽지 않았다. 다른 여자아이들은 작은 증기다리미를 가지고 손가락을 벨 수 있는 정도는 아닐지라도 사시나무 잎사귀처럼 날카롭고 고른 주름을 잘 만들어냈다. 그러나 바실리사의 주름은 고르지 않았다. 물을 뿌려 다시 다림질하는 일이 되풀이되었다. ……바실리사는 손으로 하는 모든 일에 서툴렀다. 착한 주인 리젤로타는 생각다 못해 바실리사에게 봉제소 청소 일을 시켰다.

그러나 바실리사는 먼지 쌓인 곳을 잘 찾아내지 못했다. 일일이 청소할 곳을 손가락으로 지적해주어야 했다. 스스로 청소할 곳을 찾아내면 깨끗한 정도가 아니라 문드러질 때까지 비볐다. ……이뿐만이 아니었다. 빗자루를 물에 살

126

짝 적신 후 쓸어야 한다거나, 빗자루 질을 하기 전에 바닥에 물을 조금씩 뿌려야 한다는 기본적인 청소법도 알지 못했다. 사실, 지금껏 흙바닥 집에 살았던 그녀가 이것을 알리 없었다. 그래서 바닥에 얼마만큼의 물을 뿌려야 할지 가늠하지 못하고 너무 많이 뿌리는 바람에 걸레로 물을 닦아내야 하는 일이 벌어지기도 했다.

리젤로타는 바실리사를 오래 머물러 있게 할 수 없었다. 하지만 쫓아내기도 안쓰러워, 초등학교 동창인 예브게니야와 그녀의 문제를 상의해보기로 했다. 리젤로타는 바실리사를 그 친구에게 데리고 갔다. 그녀는 의지할 곳 없는 착한 바실리사를 모른 척해서는 안 된다고 생각했다.

큰 키에 긴 다리, 가녀린 몸매, 뭉툭하고 거친 손마디, 항상 가슴에 얹고 다니는 키에 비해 짧은 팔, 갸름한 얼굴형, 선하고 애처로워 보이는 눈빛, 얼굴에 비해 기다란 코, 에나멜을 칠한 듯 매끄러운 홍조 띤 피부. 바실리사는 결코 시골 처녀다운 생김새가 아니었다. 비잔틴 미술에 자주 등장하는 초상과 흡사했다

"특이한 외모야."

바실리사가 밥을 먹고 있는 동안 리젤로타가 예브게니야에게 말했다.

"순수한 러시아 혈통이 아닌 게 분명해. 외모가 특이하잖아. 가여워. 한쪽 눈을 못 쓰게 되었으니 말야. ……그래도 아주 부지런한 아이야. 한번 잘 생각해봐. 우리 집에는 맞지

않지만, 적당한 일만 찾으면 잘 적응할 수 있을 거야. 내 생각엔 가정부 일도 그리 잘할 것 같진 않아."

커피를 마시는 동안, 이 두 명의 초등학교 동창은 또 다른 동창인 아네치카 타타리노바에게 도움을 청하기로 했다. 학교 졸업 후, 약혼자가 죽자 아네치카는 수도원에 들어갔다. 지금은 H현의 작은 수녀원에서 수녀원장을 맡고 있었다.

바실리사는 일단 예브게니야의 집에 있기로 했다. 일주일 뒤, 예브게니야는 아는 친척들이 아나톨리야 수녀원장을 만나러 간다는 말을 들었다. 예브게니야는 그들에게 바실리사를 데리고 가달라고 부탁하고는, 친구 아네치카 앞으로 편지를 써주었다. 편지 내용은 다름 아닌 불쌍한 고아의 운명을 굽어 살펴달라는 것이었다. '운명을 굽어 살피소서'라는 표현을 세 번이나 반복했다. 간곡한 부탁의 어조가 절절이 배어 있었다.

바실리사는 낯선 사람들과 함께 기차를 타고 수녀원으로 향했다. 예브게니야는 바실리사에게도 칸막이에다 의자가 비로드 천으로 싸인 좌석에 앉을 수 있도록 비싼 기차표를 사주었다. 기차를 타고 가는 동안, 바실리사는 의자를 싸고 있는 비로드 천을 손가락으로 매만지며 그 보드라운 감촉을 한껏 만끽했다. 차가 제공되기도 했다. 동행한 친척들은 바실리사에게도 차를 권했다. 바실리사는 쭈뼛쭈뼛

하며 찻잔을 받았다. 그러다 그만 놓치고 말았다. 뜨거운 물이 쏟아졌고 바실리사는 다리를 데었다. 하지만 바실리사는 아픔을 느낄 새도 없었다. 덴 상처로 인한 아픔은 그녀 앞에 펼쳐진 참혹한 광경을 보고 느낀 공포에 비하면 아무것도 아니었다. ……떨어진 찻잔이 깨진 것이다. 친척들은 괜찮다고 바실리사를 진정시켰지만, 바실리사의 온몸은 두려움에 빳빳이 굳었다. 마치 실수로 살인이라도 저지른 사람처럼 겁에 질려 있었다.

저녁이 다 되어서야 그들 일행은 눈으로 덮인 고풍스럽고 아름다운 마을 H현에 도착했다. 그들은 기차역 주변의 호텔에서 하룻밤을 보내야 했다. 호텔을 처음 본 촌뜨기 바실리사는 또다시 눈이 휘둥그레졌다. 귀족은 아닐지라도 단순한 평민처럼 보이지 않는 젊은 여자와 한 방을 쓰게 되었다. 방 안에는 자신이 더럽힐까봐 걱정될 정도로 눈부시게 흰 시트의 침대가 놓여 있었다. ……처음으로 접하는 호화로운 상황에 바실리사는 기쁘기보다 오히려 겁이 났다.

다음 날 아침 일찍, 그들 일행은 짐을 꾸려 다시 길을 나섰다. 그들은 썰매 두 대에 나누어 탔다. 화려한 썰매와 말은 시골의 세르게이 오빠가 가지고 있는 것과는 사뭇 달랐다. 기차보다 썰매로 이동하는 것이 바실리사에게는 친숙했고, 그래서 기분까지 좋아졌다. 수녀원은 아직 20베르스타 떨어진 곳에 있었다. 그날 날씨는 겨울 날씨 중에서도 가장 좋았다. 그다지 춥지도 않았고, 이른 봄 햇살을 느끼게 하는 청명한 날씨였다. 햇살에 눈이 부시고, 콧등에 느껴지는 따스한 기운이 감미로웠다. 마침 그날은 성촉절(聖燭節, Candlemas)[15] 전야였다.

마치 따사로운 햇빛을 즐기기라도 하듯 말들은 가볍고 경쾌하게 평탄한 길을 따라 달렸다. 뜨거운 찻물에 덴 곳이 쑤셔왔지만, 그 아픔이 자신과는 별개의 것이라고 느낄 만큼 바실리사는 새롭게 펼쳐지는 주변의 황홀한 모습에 깊이 빠져 있었다.

길을 돌자마자 수도원이 보였다. 온통 눈으로 덮인 언덕 위에 서 있었다. 마치 그릇에 담긴 쿠치야[16]처럼 보였다. 수도원의 건물도 눈처럼 희고, 황금색 종탑은 푸른 하늘을 보기 좋게 가르고 있었다. 눈앞에 펼쳐진 아름다운 광경에 바실리사의 긴장은 순식간에 사라지며, 두 눈에서 눈물이 쏟아졌다. 비록 왼쪽 눈은 볼 순 없었지만 울 수는 있었다.

썰매는 굳게 닫힌 문 앞에서 멈추었다. 문지기가 뛰어나와 손을 흔들며 웃음을 지었다.

"수녀원장님의 처소에 머물 곳을 마련해두었습니다."

---

15 마리아가 유대교의 율법에 따라 예수를 낳은 지 40일 만에 정결예식을 치르고 하느님께 봉헌하기 위해 예수를 예루살렘 성전으로 데려간 날을 기념하는 축일이다. 구력으로 2월 2일이며 이른바 12 대제일의 하나다.

16 껍질을 벗긴 보리에 꿀이나 건포도를 넣은 것으로, 교회 축일이나 장례식, 제사 때 만든다. 세 가지 명칭이 있는데, 부활절 전의 금식기간에 만드는 것은 '단순한 쿠지야', 새해에 만든 것은 '배고픈 쿠지야', 성탄절 세례식에 만드는 것은 '부유한 쿠지야'라고 불린다.

수도원을 찾는 대부분의 사람들은 수녀원의 작은 방에 머물지만 가까운 지인, 친척 들은 수도원 옆에 있는 수녀원장의 처소로 안내되곤 했다.

　일곱 살 소녀가 썰매에서 내리자마자 젤리를 달라고 떼를 썼다. 문지기가 미소 띤 얼굴로 다가서더니 아이의 모피 모자를 쓰다듬으며 달랬다.

　"식당에 가보렴. 꼬마 아가씨를 위해 요리하시는 수녀님이 젤리와 빵을 남겨두셨어."

　그때 현관 앞으로 비로드 천 두건을 쓰고 검은 모직의 헐렁한 수사복을 입은 작고 마른 여자가 나왔다. 사람들은 조용해졌다. 조금 전까지 젤리를 달라고 응석을 부리며 떼를 쓰던 여자아이도 얌전해졌다. 바실리사는 금방 그 여자가 수녀원장이라는 걸 알아차렸다.

　일행은 일렬로 줄을 지어 현관까지 이어진 좁은 길을 따라 걸었다. 바실리사는 맨 뒤에서 걷고 있었다. 수녀원장은 친척들과 인사를 나누다가 온몸이 떨리는 것을 느꼈다. 초라한 행색에 구부정한, 그리고 투박하지만 예쁜 손을 가슴에 대고 오는 바실리사를 보았기 때문이었다.

　수녀원장은 손짓으로 바실리사를 가까이 오도록 했다. 바실리사의 볼 수 있는 한쪽 눈이 두려움 때문에 깜박였고, 보이지 않는 다른 한쪽 눈은 하얗게 빛나고 있었다. 수녀원장은 자신이 끼고 있던 검은 털장갑을 벗어 바실리사에게 주었다. 바실리사는 떨리는 마음에 장갑을 받지 못하고 눈 위로 떨어뜨리고 말았다. 옆에 서 있던 일곱 살 꼬마가 외투 깃에 얼굴을 묻고 키득키득 웃었다.

이래서 바실리사는 열네 살 때 수도원 생활을 시작했다. 처음 2년 동안은 단지 고용인으로서 일하다가, 그다음에 수녀가 되었다. 수녀가 된 후에도 그녀는 주로 부엌일, 소외양간 치우는 일, 밭일 등을 했다. 성가대를 시켜보려 했지만 목소리가 적합하지 않았고, 수도원 장식 용품을 위한 금세공을 맡기기에는 여자들이 일반적으로 가진 섬세함이 떨어졌다. 바실리사는 이전과 달라진 바 없이, 자신을 아무것도 아닌 존재, 중요하지 않은 존재, 값어치 없는 존재, 먹을 것만 축내는 존재로 생각했다. 바로 이런 점이 수녀원장의 마음을 움직였다. 바실리사의 수녀원 생활이 3년째 되던 해에, 원장은 다른 사람들 눈에 들 만한 장점이라곤 전혀 갖고 있지 않은 그녀를 더욱 가깝게 대했다.

수녀원장은 바실리사에게 읽는 걸 가르치기 시작했다. 먼저 러시아어, 그리고 교회 슬라브어를 가르쳤다. 바실리사를 가르치는 일은 매우 어려웠다. 그녀를 가르치는 데는 무한한 인내심이 필요했다. 자신의 단점을 인내심 부족이라 여기고 있던 원장은, 한없이 착하기는 하지만 정말로 둔한 바실리사를 가르치는 일을 자신의 단점과 벌이는 싸움이라 여겼다. 하루에 한 시간씩 아침 미사를 드리고 나서 바실리사는 원장의 방으로 갔다. 책상 끝에 파란색 공책을 놓고 늘 존경과 긴장이 섞인 시선으로 아나톨리야 원장을 쳐다보았다. 하느님의 말씀 외에 세상 지식을 위한 공부를 죄처럼 여기면서도 여러 가지 언어를 어려서부터 공부했던 원장은 인간의 능력이 이렇게도 다를 수 있다는 것에 새삼 놀라고 있었다. 바실리사는 단지 학습 진도가 좀 느리다고 할 수 없을 정도로 정말 우둔했다. 바실리사를 보기 전까지, 원장은 사람이 단어를 완벽하게 쓰거나 발음하려면 같은 실수를 수없이 반복해야 한다는 사실을 상상조차 해본 적이 없었다.

"바실리사! '드네스'라는 말이 무슨 의미지?"

아나톨리야 원장은 이런 질문으로 수업을 시작했다.

바실리사는 보이는 눈을 치켜뜨고 천장을 응시하며 자신 없는 목소리로 이미 다섯 번째 똑같은 대답을 하고 있었다.

"낮이요?"

원장은 고개를 저었다.

"어제요?"

학생은 얼굴이 빨개지며 대답을 다시 했다.

"드네스는 현재, 지금, 바로 여기……라는 뜻이랬잖니."

원장은 짤막한 기도를 외우며, 최대한 화를 가라앉히고 나서 설명을 이어갔다.

"'처녀가 지금 성령으로 잉태하니……'라는 문장에서 배운 거야!"

수업은 늘 이런 식이었다. 정답을 알고 난 후, 바실리사는 기쁘게 고개를 끄덕였지만, 다음 날이면 머릿속에 다시 흰 눈이 내려앉은 듯 '드네스'의 뜻을 겨우겨우 찾아냈다.

원장은 너무 답답할 정도로 둔하고 기억력이 없는 바실리사를 보면서 혹시 지능 장애가 있는 것은 아닐까 하는 생각을 하기도 했다. 20년간의 수도원 생활을 통해 그녀가 터득한 것은 인간은 누구에게나 부족한 점이 있다는 것이었다. 그 부족함은 육체적인 것일 수도, 지능과 관련된 것일 수도, 또는 양심과 도덕의 부재에서 오는 것일 수도 있었다. 어쩌면 부족한 사람이 태반인 안타까운 현실, 과장해서 말하자면 그 현실이 우주의 법칙일 수도 있다. 그렇다면 어떤 면에서는 부족함이 없는 사람이 오히려 그 우주 법칙에서 벗어난 비정상일 수 있었다.

원장은 뒤떨어진 지능 외에도 바실리사가 원시적 신앙, 미신을 신봉하는 무지몽매한 사람이라는 것도 간파했다. 미신에 대한 그녀의 확고한 신념은 뿌리는 밑으로, 잎은 위로 자라야 하는 식물 성장의 법칙처럼 절대적인 것이었다. 이 문제에서 있어서만큼은 바실리사는 웬만해서는 꺾을 수 없는 고집불통이었다. 그러나 원장이 발견한 바실리사의 고운 품성은 그러한 단점을 상쇄시켜주었다. 바실리사의 영혼에는 마르지 않는 감사의 샘물이 있었다. 바실리사는 자신에게 보여준 아주 작은 선행이라도 결코 잊지 않았지만, 자신이 당한 모욕은 빨리 잊어버렸다. 그녀는 자신이 받는 모욕과 욕설을 보상받을 수 있는 고난으로 받아들였다.

수도원의 삶에도 폭력과 탄압, 죄악의 가능성이 드러나지 않은 형태로 늘 도사리고 있다. 그 점은 원장도 잘 알고 있었다. 먹고사는 일에 집착하며 살아가는 세인들은 수도원의 비리와 비행을 잘 알지 못한다. 수도원에서의 인간관계는 복잡하고 훨씬 더 미묘했다. 호감, 반감, 시기, 질투, 증오 등의 모든 감정은 엄격한 규율의 압박으로 인해 절대 겉으로 드러내선 안 되는 것들이다.

아나톨리야 수녀원장은 수녀들이 교묘하게 바실리사를 놀리고, 괴롭히고, 학대한다는 사실을 잘 알고 있었다. 하지만 어수룩한 바실리사가 불평하는 것은 한마디도 들은 적이 없었다. 바실리사는 멈추지 않는 감사의 화신이었다. 깊은 신앙의 경지에 이른 원장은 그러한 바실리사의 순수한 내면을 일찌감치 투시하고 있었고, 볼품없어 보이는 바실리사에게 '감사의 은사'가 임했음을 알고 감탄했다. '겸손한 영혼!' 원장은 바실리사를 원장의 시중꾼으로 결정했다……

이제 바실리사는 현관 옆이자 수녀원장의 침실 옆인 문간방에서 지내게 되었다. 밤에 아이가 울면 재빨리 깨어나 젖을 먹이는 어머니처럼, 처음에 바실리사는 10분마다 잠에서 깼다. 잠에서 깨어나면 그녀는 원장의 방 앞으로 달려가 원장이 내놓은 오물 양동이를 내다버리거나, 짚을 쌓아놓기도 했다.—원장의 처소에 있는 벽난로는 장작이 아닌

짚으로 불을 지피는 것이었다.—젊어서부터 깊은 잠을 잔적이 없고, 잠귀가 밝은 원장도 자주 잠에서 깨어났다. 원장은 바실리사에게 무서운 꿈 때문에 잠에서 자주 깨는 것이라면, 자기 전에 성모 마리아님께 올리는 기도문을 세 번읽고, 그런 다음 제자리 뛰기를 하고 자라고 일러주었다. 그러나 바실리사는 언제나 문 옆에서 자면서 소소한 소리에도 깨야 했던 지난날의 습관 때문에 깊이 잠들 수 없었던것이다. 깨고 나서야 바실리사는 비로소 원장이 일러준 말을 떠올리곤 했다.

모든 일에 서투르고 느려터진 바실리사였지만, 이제 그녀는 형형색색의 암탉 털로 먼지를 털고, 창문은 광채가나도록 닦으며, 차를 아주 맛있게 끓일 수도 있게 되었다.

바실리사가 수도원에 온 지 4년째 되던 해에 수도사 생활을 오래한 나이 많은 사제 한 분이 세상을 떠났다. 그 뒤를 이어 새로운 사제 바르소노피가 수도원에 들어왔다. 나이는 서른 살 정도였지만, 실제보다 더 나이가 들어 보였다. 비잔틴 사람 같은 검은 눈동자, 두터운 쌍꺼풀, 거북등처럼거친 피부, 가는 입술에 마른 체구를 가진 사제의 학력은대단했다. 바르소노피 사제는 젊은 시절부터 수도 생활을해왔는데, 대개 주교들은 이런 사제들 중에서 선출되었다.

바르소노피 사제는 동네 신학교에서 교회 역사와 문학을 가르치고 있었다. 수도원에는 가끔씩 들렀다. 힘든 학기중에는 한 주나 두 주 동안 오지 않는 경우도 있었다. 수녀원장은 새로 온 사제에게 많은 관심을 가지고 있었고, 그 관심은 존경심마저 깃들인 것이었다. 그래서인지 평소에 말수가 적고 폐쇄적인 바르소노피 사제였지만, 수녀원장과는 자주 차를 마시며 담소를 나누었다. 귀족 신분으로 태어난 수녀원장은 철도 인부인 아버지와 농사꾼 어머니 사이에서 태어난 바르소노피 사제의 출신 성분에는 아랑곳 하지 않고, 그를 매우 높이 평가하고 있었다. 또한 최근 들어 수도원 담 너머의 세상사에 관심을 가진 사제를 만날 수 있다는 것에 매우 흡족해했다.

수녀원장은 수도원에 있었지만 세상사에 관심이 많았다. 세상사에 관한 책들을 읽었으며, 친구들이 보내주는 문학 잡지를 읽기도 했다. 그녀는 분리파교도[17]—수녀원장은 필라레트 모스코프스키 사상에 심취해 있었다—로 알려져 있었고, 러시아어 성서 번역을 지지하고 있기도 했다. 이러한 수녀원장의 성향 때문에 몇몇 높은 직위의 교인들은 그녀가 루터교 성향과는 맞지 않는다고 생각했다. 젊은 사제는 수녀원장보다 더 진보적이었다. 젊은 사제는 가톨릭을 받아들이지 않으려는 그 어떤 루터교적 관점도 받아들이지 않았다. 그런 관점을 가진 사제들은 의무적으로 새로운 종교서적을 읽으면서 자신들의 거대한 적수, 솔로비요프에 대한 부정적인 측면만을 찾아내는 데 혈안이 되어 있었다.

---

17 17세기 아바쿰의 주도 아래 러시아에서 일어난 니콘의 종교개혁에 반대한 사람들을 일컫는다.

바실리사는 차 시중을 들면서 수녀원장과 사제가 나누는 대화를 경청할 수 있었다. 문가의 작은 의자에 앉아 그들의 대화를 들을 수 있다는 것이 믿겨지지 않을 만큼 행복했다. 신이 왜 자신을 이 축복의 장소로 데려왔는지 의문이 들 정도였다. 어린 나이에 감당하기 힘들었던 노동, 손과 허리의 통증, 수도원에 오기 전까지 계속되었던 복통, 굶주림, 특히 6월에서 8월까지의 짧은 여름을 제외하면 결코 벗어날 수 없었던 무서운 추위에 대한 기억은 지금도 또렷하게 남아 있었다.

전쟁이 일어나기 전 마지막 여름에, 바르소노피 사제는 3개월 동안 성지순례를 떠났다. 그는 팔레스타인을 방문하고 있을 때 전쟁이 발발했다는 이야기를 들었다. 그는 마지막 증기선을 타고 바다를 건너 모국으로 돌아왔다. 성지에서 받은 인상은 강했다. 특히 깊은 인상을 준 것은 고대의 지리적 명칭에서 유래된 각 성지를 찾을 때마다 했던 기도를 올리며 게네사렛 호수의 주위를 돌 때였다.

문가에 앉아 있던 바실리사는 성지순례에 대한 바르소노피 사제의 이야기를 듣고 전율에 휩싸였다. 갈릴리 호수, 하느님이 계셨던 가버나움 유대교 성당의 폐허를 직접 눈으로 본 사람이 바로 자신의 눈앞에 있다니…… 책에서만 보았던, 멀게만 느껴졌던 것들의 형체를 보고, 바로 그 냄새를 맡고 있는 듯했다. 냄새로 말할 것 같으면, 실제로 바르소노피 사제한테서는 냄새가 났다. 향료 냄새가 밴 옷, 자주 씻지 않은 몸, 그리고 그가 치통을 가라앉히기 위해 씹는 단 묵 등의 냄새가 섞인 것이었다. 바실리사는 바르소노피 사제가 여행할 때 입은 낡은 코트자락에서 실 한 오라기를 슬그머니 빼냈다. 그리고 사제가 여행할 때 신었던 고무덧신의 밑창을 긁어 은색 종이로 고이 싼 뒤 성물처럼 간직했다. 그러자 마치 자신이 성스러운 땅을 직접 보고 온 순례자처럼 생각되었고, 귀한 사람이 된 듯했다.

바짝 긴장한 쥐처럼 문가에 앉아 있던 덕분에, 최근 2년 사이 바실리사는 러시아 역사에 대해 많은 것을 알게 되었다. 실패한 군사작전, 황제의 퇴위 등에 대해서, 그밖에 대성전 건축이나 총주교 선출, 완수된 혁명 등에 대한 내용까지도 알았다.

1917년 여름, 바르소노피 사제는 모스크바로 전입되었다. 하지만 수녀원장은 그를 잊지 않았고, 매번 편지를 보냈다. 1918년 초, 사제는 인편으로 수녀원장에게 장문의 편지를 보내왔다. 편지에는 가을에 모스크바와 페트로그라드에서 있었던 사건과, 주교 선출, 그리고 니콜로 보로비요브스키 성당에서 선출된 티혼 총주교와 함께 드린 미사에 관한 내용이 담겨 있었다. 전날 있었던 주교 안수에 대한 내용은 간략하게 쓰여 있었는데, 이 마지막 소식을 수녀원장은 바실리사에게 말해주었다.

"사도, 예수님의 제자가 주교보다 높아요?"

특유의 천연덕스러움을 무기 삼아 바실리사가 물었다.

"물론 사도가 주교보다 높지……."

원장의 대답에는 피곤함이 역력했다. 원장은 바실리사의 어린아이 같은 생뚱맞은 질문이 어이없기도 했다.

몇 달 후 원장은 새로운 주교로부터 큰 봉투를 받았다. 그 봉투 안에는 편지 말고도, 흉측한 정자법[18]으로 인쇄된 혁명적 개혁에 관한 보고서가 들어 있었다. 검은 끈이 달린 작은 안경을 쓰고 꼼꼼히 읽었지만, 원장은 소비에트 언어가 전하려는 의미를 제대로 파악할 수 없었다. 다만 손으로 쓴 달필의 편지에서 수녀원장은 다음의 구절을 읽었다.

'잔인한 박해가 시작될 것입니다. 우리는 그 박해의 증인이 되어야 합니다. 기뻐하십시오.'

다음 날 아침, 수녀원장은 마을로 내려가 대주교를 찾아갔고, 그로부터 최근에 일어난 소식을 들을 수 있었다. 소비에트 권력과 교회의 갈등, 페트로그라드의 난, 성직자 표트르 스키페트로프와 블라디미르 대주교 살해 사건 등을……."

"수도원이 모두 폐쇄될 거요."

수녀원장을 배웅하면서 대주교는 조용히 말했다.

그 말을 듣는 순간, 아나톨리야 원장은 소름이 쫙 끼쳤다. 믿을 수 없는 일이었다. 수도원으로 돌아온 후 그녀는 수도원의 살림 규모를 축소하고, 앞으로 다가올 비극적인

---

18 혁명 이후 개정된 정자법에 대한 수녀원장의 부정적 태도를 보여주는 것이다.

상황에 대비했다. 하지만 다가올 재앙의 정도는 전혀 예측할 수 없었다. 할 수 있는 한 일을 신속히 처리했다. 복음서의 교훈대로 꼭 필요한 것만 남겨두고 농민들에게 비밀스럽고 치밀하게 수도원의 재산을 나누어주었다. 그리고 제단 밑을 파고 비밀장소를 만들어 성물이 담긴 철제 상자를 보관했다. 귀한 고문서는 급사를 시켜 대주교의 관할구역에 있는 도서관으로 보냈다. 원장은 수도원의 폐쇄에 대비해 이것저것 분주하게 준비를 하긴 했지만, 이런 유서 깊은 수도원이 진짜 폐쇄될 수 있다는 것은 정말 상상하기조차 힘들었다.

원장은 수녀와 여사제들을 불러 모은 후, 박해가 시작되기 전에 수도원을 떠날 것인지 말 것인지 생각해보라고 말했다. 네 명의 수녀가 부모의 집으로 돌아가기로 했고, 수도승들은 모두 남기로 했다. 원장은 그들에게 세상은 변했고, 자신의 죄와 가까운 사람들의 죄로 인해 많은 고통을 겪어야 할 것이며, 앞으로 가는 길이 평화 속에 줄기차게 뻗어가기를, 그리고 서로가 서로에게 자매가 되어주고 그리스도의 신부로 남게 되기를 바란다고 말했다.

아나톨리야 원장은 더 이상 아무 일도 할 수 없었다. 수도원이 폐쇄되기 며칠 전에 체포된 것이다. 그녀는 N마을의 감옥으로 끌려갔다. 바실리사는 그녀와 같이 가게 해달라고 부탁했다. 소비에트 권력이 내린 판결은 의외였다. 수녀원장은 더 혹독한 형을 받게 될 거라고 생각했지만, 왠일인지 3년간 볼로고드 현으로 유배 되는데 그쳤다. 그로부터 일주일이 지난 뒤, 바실리사는 뜻밖에도 눈치 빠른 민첩함을 발휘했다. 수도원으로 달려가 수녀원장의 물품을 챙겼다. 컵 두 개, 알코올램프, 커피 분쇄기, 이불 몇 점, 게다가 오래전 리젤로타의 봉제소에서 만들었던 이니셜이 새겨진 베갯잇까지. 그러고는 수도원을 떠났다.

유배지로 가는 원장 일행의 여정은 생각과는 달리 유쾌했다. 일등석 기차칸에 네 명의 수녀와 두 명의 시골 사제들이 함께 했다. 그 두 사제는 대주교 관할 구역 도서관의 사서와, 수도원이 폐쇄될 거라고 통보해준 주교였다. 그들은 자신들이 새로운 권력에 어떤 죄를 지었는지조차 모르는 채 끌려가고 있는 중이었다. 붉은 군대의 군인 한 명이 그들을 호송했다. 군인은 농민 출신으로, 아직은 혁명 사상에 깊이 물들지 않은 청년이었다. 그는 자신이 호송하는 사람들을 그들의 신분에 맞게 최대한 정중히 대했다.

설마 했지만 역시나 3년의 유배는 11년으로 늘어났다. 그 11년은 고령의 수녀원장에게는 혹독하고 고통스러운 세월이었다. 하지만, 바실리사에게는 더 없이 감사한 시간이었다. 수도원에서 오래 살아 시골생활에 적응하기 힘든 사제들에게, 누구보다 시골생활에 익숙한 바실리사가 그들의 양육자이자 보호자이며 수호천사가 될 수 있었기 때문이다. 그들은 세 차례나 유배지를 옮겼고, 점점 더 북쪽으로 올라갔다. 마지막 유배지는 아나톨리야 수녀가 78세로 숨을 거둔 작은 시골마을 카르고폴이었다.

숨을 거두기 며칠 전, 아나톨리야 원장은 자기가 죽고 나면 이곳에 남아 있지 말고 모스크바에 있는 예브게니야에게로 돌아가라고 지시했다. 그리고 바실리사를 축복해주면서, 아무것도 두려워하지 말라고 했다. 바실리사는 스승이 남긴 유언대로 했다. 장례식을 치르고 40제를 지낸 뒤, 바실리사는 길을 떠났다. 그녀는 10루블짜리 지폐 두 장이 들어 있는, 원장이 남겨준 빨간 벨벳 지갑과 팔레스타인 성지 순례자에게서 몰래 모았던 것을 싼 은종이를 소중히 간직했다.

바실리사가 예브게니야의 집에 도착한 것은 12월 말이었다. 예브게니야는 바실리사를 따뜻하게 맞아주었다. 주택위원회에는 네차예프를 기억하는 사람들이 일하고 있었다. 그중 한 사람이 한쪽 눈을 잃은 바실리사를 거주자 명단에 기입해주었다. 그 대가로, 순례자의 성물이 든 벨벳 지갑은 추억으로만 남게 되었다. 그때부터 바실리사는 예브게니야 집에서 엘레나와 함께 살았고, 나중에 안톤 이바노비치가 들어왔다. 그녀는 몸에 익은 대로 익숙하게, 아침부터 밤까지 어떤 잡생각이나 잠깐의 쉬는 시간도 없이 일을 했다. 처음에는 예브게니야를, 나중에는 엘레나와 타냐를, 그리고 함께 사는 모두를 위해 일하는 것이 자신에게 부여된 종교적 사명이라고 여겼다.

단, 바실리사에게는 이상한 습관이 하나 있었다. 1년에 두 번 정도 일주일 아니면 한 열흘 정도 모든 것을 팽개치고 사라지는 것이었다. 두 번 중 한 번은 봄에 부활절이 끝나고 나서 행해졌는데, 아무 예고도, 아무 설명도 하지 않은 채 그녀는 사라지곤 했다.

"그리운 자유를 찾아 또 떠나셨군!"

파벨은 약간은 조롱이 섞인 웃음을 짓곤 했다.

그랬다. 짧은 여행은 바실리사가 누리는 유일한 즐거움이었다. 바실리사는 자신의 영혼이 이끄는 대로 시골 카르고폴로 향했다. 그러고는 아나톨리야 원장 무덤에 가서 풀을 뽑고, 무덤을 둘러싼 울타리에 칠을 하고, 수녀원장과 대화를 나누었다. 수녀원장은 그녀의 유일한 친 혈육과도 같았다. 그 외의 사람은 한 다리 또는 두 다리 건너는 먼 친척일 뿐이었다……

12

방학이다. 때 이른 무더위가 기승을 부리고 있었고, 자주 비가 내렸다. 파벨의 가족은 시골집으로 갈 채비를 하고 있었다. 엘레나의 간절한 설득에도 불구하고 바실리사는 떠났고, 그래서 엘레나는 망연자실한 상태였다. 바실리사가 떠나고 나니 시골집으로 가는 일은 말할 것도 없고, 생활 전체가 뒤죽박죽이었다. 시골집으로 갈 때면 바실리사가 언제나 짐 챙기는 일을 돕곤 했었다. 지금 엘레나는 설탕, 소금, 마카로니를 얼마나 챙겨 어디에 넣고 어떻게 싸야 할지 전혀 감을 잡을 수가 없었다.

토마는 가족들에게, 특히 타냐에게 잘 보이기 위해 애썼다. 그전에 토마의 눈에는 타냐가 올려다 볼 수도 없는 나무로 보였다. 하지만 며칠을 같이 살면서 토마는 타냐가 자신과 별반 다르지 않다는 것을 깨달았다. 그래서 타냐를 위해 기도할 생각까지 하게 되었다.

파벨은 가족을 시골집으로 데려다주었다. 가족들이 여름 내내 머무는 동안 자신은 주말에만 가끔 들렀다. 파벨은 처음에는 아내와의 다툼에 그다지 신경 쓰지 않았다. 하지만 불화의 불씨는 점점 더 거세어졌다. 파벨이 여자로서의 치명적인 단점을 지적한 말이 엘레나의 마음에 가시로 박혀, 극복하기 어려운 상처가 되었던 것이다. 그 뒤로 쭉 엘레나는 폐쇄된 테라스의 소파에서 잠을 잤고, 파벨은 집에 오면 대부분의 시간을 서재에서 보냈다. 그들의 침실은 아무도 사용하지 않았다. 파벨 역시 엘레나의 말에서 표현할 길 없는 모멸감을 느꼈다. 엘레네가 했던, 당신은 타냐의 아버지가 아니라는 말이 자꾸만 떠올라 그를 괴롭혔다.

두 사람 모두 괴로움에 짓질려 있었고 화해하고 싶은 마음이 전혀 없는 것은 아니었을 것이다. 하지만 그들은 자신들이 상대에게 준 상처가 얼마나 큰 것인지를 제대로 알지 못했다. 자신들이 부당하게 받은 모욕에만 갇혀 있었다. 따라서 두 사람의 화해는 쉽지 않았다. 게다가 그들은 부부의 성생활에 대해 터놓고 이야기할 줄 몰랐고, 또한 원하지도 않았다. 그렇게 서로에 대한 소원함은 깊어만 갔다.

파벨은 일요일마다 일찍 일어나서는 아이들을 깨워 강가로 데리고 갔다. 점심 전까지 아이들과 놀면서 수영하는 법을 가르쳤다. 그리고 집에 돌아와 점심을 먹었다. 토마는 접시를 포크로 긁지 않으려 노력했고, 빵을 마구잡이로 집어먹지 않으려 자제하고 조심했다.

내면적 갈등은 깊어지고 있었지만, 가족이란 자동차는 여전히 평탄한 길을 달리고 있는 듯했다. 파벨은 많은 돈을 벌어왔고, 엘레나는 그 돈을 정리해 송금하고, 소포를 보냈다. 하지만 바실리사가 없는 탓에 남을 돕는 일마저 그다지 즐겁지 않았다. 별 의미 없는 일처럼 느껴지기도 했다. 금이 가기 시작한 파벨과 엘레나의 관계는 토마가 그들의 가정에 출현했을 때부터 시작되었다. 우연으로 치부할 수도 있는 일이었지만, 어쨌든 그 두 가지 일은 함께 일어났다. 엘레나는 토마에 대한 원망을 깊이 감춘 채, 토마를 타냐의 어깨 위로 어렵사리 올라간 생쥐 같은 아이로 바라보았다.

여름이 끝나갈 무렵이었다. 바실리사가 아무 일도 없었던 것처럼 태연하게 돌아왔다. 테라스에서 그녀가 오는 모습을 본 순간, 엘레나는 뜨거운 눈물을 터뜨렸다. 바실리사도 눈물을 흘렸다. 바실리사는 함께 지낼 때보다 더 말라 있었고, 얼굴이 까맣게 타 있었다. 그녀는 아무 말도 하지 않았고, 엘레나 역시 아무것도 묻지 않았다. 그러나 두 사람 모두 더없이 행복했다.

다음 날, 토마의 이모한테서 편지가 왔다. 성탄절까지만이라도 토마를 좀 더 데리고 있어달라는 부탁의 편지였다. 바실리사는 그 말의 진의를 알겠다는 듯 고개를 끄덕였다. 두 사람은 아무 말도 하지 않았다. 바실리사는 커피를 끓였다. 커피는 바실리사에게 없어서는 안 될 것 중의 하나였다. 유랑 생활을 하는 동안 무엇보다도 커피 생각이 간절했었다. 그녀는 큰 컵에 진한 갈색 커피를 따르면서, 참고 미뤄두었던 이야기를 꺼냈다.

"어쨌든 토마 문제를 해결해야 해. ……강아지새끼도 고양이새끼도 아니고, 페냐도 데려가기 싫어하고. 고아원으로 보내든가 아니면 여기 남겨두든가."

"생각 중이었어요."

엘레나는 침울했다. 그녀는 토마에게 아무 애정도 느낄 수 없었다. 그러나 애정이 있고 없고는 중요하지 않았다. 토마는 이미 한 식구로 살고 있고, 더구나 그 애가 기댈 만한 피붙이 하나 없지 않은가.

"그냥 데리고 있어야 할 것 같아. 근데 내 생각에 토마는 아주 안 좋은 애야."

앞뒤가 맞지 않는 바실리사의 말에 엘레나는 어이가 없어 힐책하듯 물었다.

"바실리사, 지금 무슨 말을 하는 거예요? 나쁜 아이니까 데리고 있어야 한다니요?"

"엘레나, 어떤 사람이 저 아이를 원하겠어? 다른 사람한 테 가면 제대로 먹지도 입히지도 않을 거야. 십중팔구 학교도 다니지 못하겠지. 우리 집에 있으면 배부르게 먹고, 공부도 하고, 옷도 잘 입을 거 아니야. 타냐한테도 좋을 거야. 그 선함을 하늘이 알아주시겠지…… 그 다음은 우리일이 아니야."

"그렇다면 토마를 입양해야 한다는……?"

엘레나가 체념한 듯 고개를 떨어뜨렸다.

"그 사람하고 한번 이야기해봐."

바실리사는 집으로 돌아온 뒤로 파벨을 이름 대신 '그 사람'이라고 불렀다.

파벨과 이야기를 나눈 결과, 그는 이미 오래전에 토마의 후견인이 되는 절차를 생각하고 있었던 것으로 드러났다.

'그래, 왜 그 생각을 하지 못했을까.'

엘레나는 한시름 놓은 듯 안심을 했다. 눈곱만큼의 애정도 느낄 수 없는 아이의 엄마가 되는 것은 끔찍한 일이었다. 바실리사도 만족해했다. 그녀는 후견인이 되는 것과 입양하는 것이 법적으로 어떻게 다른지, 그 미묘한 차이에 대해서는 알고 싶어 하지도 않았다.

타냐도 기뻐했다. 그녀에게 토마는 돌봐주어야 할 대상이었다. 말할 줄 아는 강아지처럼, 아주 귀한 애완동물 같은 존재라고나 할까? 그녀의 인생에서 토마는 특별한 자리를 차지하고 있었다. 토마가 없으면 타냐는 과자를 잘 먹지 않았고, 언제나 토마에게 좋은 것을 주려고 했다. 하지만 가끔은 그녀도 토마의 말없고 내성적이고 소심한 성격이 답답해, 혼자 산책하러 가거나 이웃집으로 놀러갈 때도 있었다. 토마는 무슨 일에도 화를 내지 않았고, 타냐의 뒤를 그림자처럼 따라다녔다. 그리고 타냐가 안 보이면 겁에 질려 두리번거리곤 했다.

시골집을 떠나기 직전에, 파벨은 토마에게 성인이 될 때까지, 그리고 학업을 마칠 때까지 자기 집에서 함께 살 것을 제안했다.

"좋아요. 그럴게요."

토마는 나름 정중하게 파벨의 제안을 받아들였다. 그러나 마음 깊은 곳에서는 섭섭함을 느꼈다. 토마는 파벨이 타냐의 아버지인 것처럼, 자신에게도 아버지였으면 좋겠다고 생각했던 것이다.

9월쯤 파벨의 가족은 모스크바로 돌아왔다. 토마의 문제도 결정 났고, 모든 것이 이전처럼 흘러갔다. 그러나 엘레나와 파벨의 관계는 더 악화되어갔다. 부부관계를 회복시키기 위해 파벨이 했던 서투른 시도들도 효과가 없었다. 특히 그가 했던 마지막 시도는 그야말로 끔찍한 것이었다. 인사불성이 되도록 술을 마시며 지내던 어느 날 밤, 파벨은 엘레나의 침실로 들어갔다. 그는 엘레나가 몸부림치며 욕설을 내뱉는지도 모르고 그녀와 강제로 성행위를 했다. 아침이 되어서야 그는 간밤에 일어났던 일을 기억하고는 경악을 금치 못했다.

파벨은 용서를 구하려고 했다. 그러나 엘레나는 고개를 들지도 않고 목만 끄덕이면서 정확하게, 아무 억양도 없이 말했다.

"아무 말도 하지 마세요. 앞으로는 더 이상 그런 일이 없기를 부탁할 뿐이에요."

파벨은 엘레나의 묶은 머리 사이로, 이마에서 귀로 늘어진 윤기 나는 머릿결을 보았고, 이어 광대뼈와 코끝을 내려다보았다. 그러고 있는 동안, 발끝에서 머리끝까지 수치심과 욕망이 차올랐다. 예전과 같은 단순하면서 가벼운 행복으로 돌아갈 수 있다면, 자신이 가지고 있는 투시능력을 포기해도 좋았을 것이다.

얼마 전만 해도 파벨은 그 행복한 순간을 만끽할 수 있었다. 아내의 부드러운 머리다발 밑에 있는 보조개에 집게손가락을 대고, 목에서 아래로 등을 따라 곧게 뻗은 좁은 척추를 따라서 돌출된 천골을 만지고─'Os sacrum은 천골이다⋯⋯. 근데 왜 이게 천골일까?'─, 그 밑으로 평평하게 압축된 Musculus glutaeus maximus(대둔근)가 나뉘어 봉긋해진 봉우리를 지나 비밀의 습곡 Perineum(회음부)으로 미끄러진다. 살짝 늘어져 있는 Labium majus(대음순)와 겁 많은 Labium minor(소음순)가 벌어진다. 손가락은 Vestibulum vaginae(질 전정)에서 잠시 멈춘다. 윤기 있고 축축한 점액을 건드려본다―그는 이런 모든 해부학, 형태학, 조직학을 알고 있었다―. 손가락으로 약간 긴 씨 Corpus clitoridis(음체)를 어루만진다―공백, 여백, 심장의 고동……. 다음은, 다음은―. Mons pubis(치구) 굴곡을 덮고 있는 드문드문 나 있는 털을 지나간다. 두 번 재봉되어 있는 예쁜 봉선을 통해 건너 들어간다―자신을 위해 노력한다는 것을 모르고 있었다―. 부드러운 깔때기를 가지고 작은 배꼽 쪽으로 올라간다. 다른 방향으로 퍼진 채 부풀어 올라 있는 가슴을 지나간다. 그리고 손바닥 아래에서 Clavicula(쇄골)가 갈라지도록 쇄골의 웅덩이에서 멈춘다. 쇄골의 괄호 모양…….

파벨은 얼굴을 찡그리며 신음소리를 냈다. 모든 것이 완전히 망가져버렸다. 그는 말없이 침실에서 나와 서재를 지나서는, 커튼 뒤에서 뜯지 않은 술병을 꺼내 병을 땄다. 그는 컵에 술을 따라 단숨에 마셔버렸다. 그러고는 허탈하게 웃었다.

"십여 년 전에 곪아서 잘라낸 자궁이 내게 복수하고 있는 거군. 우라질!"

파벨은 아무리 화가 났더라도 어떻게 그런 바보 같은 말을 입 밖으로 내뱉었는지 이해할 수가 없었다……. 엘레나에게 "여자가 아니야! 자궁이 없잖아!" 하고 말하도록 악마가 유혹한 게 분명했다. 그건 여자에게 가할 수 있는 모욕의 경계를 한참 넘어선 것이었다. 자궁은 여성의 결정체다. 그 자체가 완전함의 절정이다. 모든 게 끝났어. 다시는 되돌릴 수 없어. 그는 술을 반 잔 더 마셨지만, 잠이 오지 않을 것을 알고 있었다. 책상 위의 낮은 상자에서 파란 글씨로 '프로젝트'라고 적혀 있는, 자신이 아끼는 자료 뭉치를 꺼냈다. 그것을 펼치고는 첫 장을 읽었다. 스탈린의 이름이 두 번이나 언급되어 있었다. 파벨은 다시 얼굴을 찌푸렸다.

'나는 괜찮은 사람이라는 자아도취에 빠져, 늙을 때까지 얼마나 더 얄팍하게 굴 것인가?'

잔인한 질문을 파벨은 스스로에게 던졌다. 그리고 자료의 첫 장을 끄집어냈다. 그것을 네 번 접었다. 네 번 접은 첫 장을 두 번에 걸쳐 고르게 찢어버렸다. 고르게 찢긴 조각들을 휴지통에 넣었다. 그러고 나서 서류 끝 페이지까지 훑어보았다. 더 이상 총서기장의 이름은 언급되지 않았다. 그는 하품을 하고 고개를 흔들었다. 혼란스러운 마음을 털어버릴 수 없었다. 잠드는 것 말고는 달리 방법이 없다고 생각했다.

파벨은 더 이상 아내에게 어떤 시도도 하지 않았다. 그역시, 엘레나처럼 더 이상 현재의 비극적 상황을 벗어나려고 애쓰지 않았다.

엘레나는 세상 어느 누구보다 남편을 믿었다. 그런데 그 믿음이 무너지고 상상조차 하지 못한 일이 일어났다. 그 뒤로, 그녀의 깊숙한 곳에서 강한 회오리가 일어났고 모든 것이 달라졌다. 그녀가 받은 모욕감은 너무도 깊었다. 무엇을 어떻게 해야 할지 그저 막막할 뿐이었다. 파벨이 화가 나서 내뱉은 말은 그녀 안에 있는 모든 욕망을 뿌리째 뽑아버렸다. 단지 남편하고의 문제가 아니다. 여자로서 부드러운 스킨십이나 애무를 원하는 원초적 본능마저도 사라지게 했다.

시간이 흐르면서 엘레나가 받은 모욕감은 더 커지지도 줄어들지도 않았다. 몽고반점이나 혹처럼 처음 그대로의 모습대로 엘레나의 의식 깊은 곳에 자리했다.

엘레나의 겉모습도 변해갔다. 전혀 생기를 찾아볼 수 없었고, 점점 여위어갔다. 차분하고 미끈한 움직임, 고개를 약간 숙여 옆으로 돌리는 동작. 가구 한 구석에 몸을 밀착시키면서 의자나 침대에 고양이처럼 앉는 귀여운 자태—이것은 언제나 파벨을 매혹시키는 그녀만의 독특한 포즈였다—. 이 모든 모습들을 파벨은 더 이상 볼 수 없었다.

지난날 엘레나의 얼굴에 잘 어울렸던 둥근 옷깃에 주름진 소매, 긴 목이 드러나도록 적당히 파인 옷들은 이제 유행에 뒤처진 것이었다. 엘레나는 자신이 입었던 밝은 색 꽃무늬 원피스를 타냐와 토마를 위해 수선했다. 그리고 교사 분위기를 풍기는 정장을 여름, 겨울용으로 구입했다.

일요일, 가족이 모여 식사를 했다. 엘레나 옆에 앉은 파벨은 뭔가 익숙하지 않은, 아주 고약한 냄새가 나는 것을 느꼈다. 바실리사의 맛없는 음식에서 나는 것으로 생각했다. 하지만 그것은 엘레나에게서 나는 것이었다. 예전에 그녀에게서는 꽃향기가 났다. 그런데 이제는 홀아비, 먼지, 식물성 기름에서나 맡을 수 있는 그런 냄새가 났다. 바실리사처럼. 아니다. 적어도 바실리사에게서는 땀이나 기름때에 찌든 헌 옷에서나 맡을 수 있는 섞은 냄새는 나지 않는다. 파벨은 아내에게서 눈길을 돌려, 타냐를 보고는 미소를 지었다.

'얼마나 예쁜 아이인가. 제 엄마와 같은, 아니, 옛날의 엘레나를 닮은 아이……'

파벨과 엘레나의 행복한 결혼생활은 이미 산산조각이 났다. 단지 남들보다 물질적으로 여유로웠을 뿐, 무미건조한 결혼생활만 남았다. 하루하루, 한 해 한 해 기쁨도 행복도 느끼지 못하면서 그저 습관처럼 기계적으로 살고 있는 다른 부부들과 전혀 다를 게 없었다.

두 사람은 지난 10년 동안 자신들이 헤엄치며 놀았던 행복의 바다로 더 이상 들어갈 수 없다는 것을 너무 잘 알고 있었다……

엘레나는 깡마른 생쥐 같은, 악의 없고 온순하며 딱하기도 하지만 가정 파탄의 간접적인 원인제공자이기도 한 토마를 쏘아보았다. 그녀에게 행복했던 결혼생활의 파탄은, 지금껏 자신이 겪었던 불행, 부모와 할머니, 남편의 죽음, 생사를 넘나들던 병, 심지어 전쟁보다 더 가슴 아픈 일이었다. 토마와 함께 사는 것이 말할 수 없이 괴로웠다. 하지만 그렇다고 그 아이를 친척들에게 돌려보내거나 고아원에 넘길 수도 없는 노릇이었다. 그때 바실리사가 마치 벽에 대고 말하듯 조용히 중얼거렸다.

"그게 그렇게 간단할 거라고 생각했어? 결코 간단하지가 않다고. 어쩌겠어. 노력해야지. 죄는 쉽게 용서되는 것이 아니니까……."

바실리사는 엘레나의 어떤 죄를 염두에 두고 말한 것일까? 바실리사의 죄에 대한 개념은 독특했다. 때때로 황당하게 여겨질 수도 있었다. 하지만 전혀 틀리다고 할 수도 없었다.

13

엘레나의 첫 번째 노트

내 삶 자체는 그다지 특이하다고 할 만한 것이 없다. 나자신도 그리 특별하지 않다. 만약 한 가지 사건이 없었더라면 뭔가를 써야겠다는 생각이 내 머릿속에 떠오르지도 않았을 것이다. 결코 믿고 싶지 않지만, 내 기억력이 점점 나빠지고 있다. 기억으로 이어지는 추억을 불러일으킬 만한 냄새, 소리, 사물, 표시, 서신과 같은 무언가가 필요하다. 아마도 그게 이 노트가 되겠지. 기억이 전부 사라졌을 때, 이노트를 뒤적거리면 조금씩 기억을 되살릴 수 있을까……. 이상하게도 사람은 성장하면서 현명해진다. 그리고 지난 일에 완전히 다른 의미와 깊이, 신의 섭리가 있음을 알게 된다. 고고학자가 깊이 파묻혀 있는 지층을 하나하나 벗겨내어 과거를 밝혀내듯, 나에게 그리고 나의 삶에 도대체 무슨 일이 일어나고 있는지, 내 삶의 더께를 하나씩 벗겨내어서라도 그걸 알고 싶다. 내 삶이 어디로 기울어가고, 무슨 의미를 갖는지, 나는 전혀 알지 못한다. 그걸 이해할 능력도 없다. 무엇보다 끔찍한 사실은 나의 뇌가 마치 전체에 금이 간 낡은 자기(瓷器) 찻잔처럼 느껴진다는 것이다. 언제부턴가 생각이 갑자기 겹치고 여러 가지 것들을 잊고 만다. 나는 오랫동안 생각의 실마리를 찾으려 애를 쓴다. 무언가가 빠져나간 것 같다. 가끔 사람의 모습이 이름과 따로 놀기 시작했다. 친척, 그리고 오랫동안 가깝게 지내온 지인들의 이름이 긴가민가하다가 엉뚱하게 튀어나오고, 결국 그 지인의 이름을 생각해내지 못한다. 때로는 반대로 무심결에 어떤 이름이 생각나기도 하는데, 알고 보면 그건 내가 알고 있는 그 누구의 이름도 아니다.

이런 일들을 잊어선 안 된다는 걸 잊지 않기 위해, 나는 틈이 날 때마다 기록을 하고 있다. 그 노트를 잃어버렸다가 최근에 찾은 적이 있는데, 내 손으로 적은 노트의 내용을 훑어보면서 나는 너무 놀랐다. 오, 맙소사 글씨체 하며, 단어도 빼먹고, 철자도 잘못 쓰여 있지 않은가……

나는 이게 어떤 무서운 병의 징후는 아닌지 의심하고 있다. 직접 손으로 쓰면서 그렇다는 것을 최종적으로 확신했다. 너무 끔찍하다. 생각해보면 할머니의 언니가 나이 들면서 어린아이의 상태로 돌아간 경우가 있었지만, 그 외에 친척 중에 이런 병을 앓은 사람은 없었다. 자신의 삶을 힘겹게 살아왔고 또 현재 살고 있어도 아무 의미가 없다는 것은 끔찍하다. 사람이 자신의 일생에 대한 모든 것, 가족, 자식, 사랑, 모든 기쁨, 모든 어려움을 다 잊어버린다면 도대체 왜 산단 말인가? 요즘 나는 예브게니야 할머니를 떠올리곤 한다. 하지만 할머니의 부칭[19]이 무엇이었는지 기억할 수 없었다. 완전히 잊어버린 듯했다. 그래서 너무 화가 났다. 이틀 만에 우연히 할머니의 부칭이 표도로브나였다는 것을 기억해냈다.

자신을 위해 전부를, 모든 것을 써야 한다. 그리고 타냐를 위해서라도. 타냐는 지금 엄마의 손길을 그리 필요로 하지 않는다. 공부에 열중하고 있고, 아빠가 그랬듯이 자기가 공부하는 생물학 분야의 일인자가 되고 싶어 한다. 사실 타냐와 남편은 서로를 매우 좋아한다. 그러나 그는 나처럼 타냐와 깊은 공감대를 갖지 못한다. 타냐의 머리나 배가 아플 때면 나는 정확하게 어떻게 아픈지 안다. 그래서 타냐가 내 삶이 별 볼일 없다고 느끼고 아빠에게 더 많은 관심을 갖게 되는 것은 아무렇지도 않다. 타냐에게는 아직은 내가 더 필요하다고 확신한다. 그리고 내가 알고 있는 모든 것을 타냐

---

19 러시아의 이름은 자신의 이름과 성 중간에 아버지의 이름이 들어간다. 이것을 부칭이라고 한다. 예를 들어 예브게니야 할머니 부친의 이름은 표도르이다.

도 알 필요가 있다. 아주 사소한 것까지도 알아야 한다. 사소한 것이라고 치부하여 별 의미를 두지 않았던 것이, 시간이 지나고 난 후 그게 얼마나 중요하고 큰 의미를 가진 것이었는지 판명되지 않았는가. 특히 내 꿈처럼……. 나는 항상 꿈을 꾼다. 그것도 선명한 꿈을. 어릴 때 꾼 꿈과 오래 전에 있었던 일이 서로 얽혀 있어, 어떤 것이 꿈이고 어떤 것이 사실인지 정확하게 이야기하지 못한다. 아직 내 기억이 살아 있고, 망각의 구멍이 더 커지기 전에, 타냐가 내 모든 것을 알아야 한다. 예를 들어 지금 처음으로 떠오른 다음과 같은 기억들이다. 나는 혼자 큰 방에서 벨벳천의 초록색 소파에 등을 기대고 있었다. 촉감이 부드러웠다. 정면에는 하얀 타일로 된 네덜란드 난로가 있었는데, 나는 그걸 만져보고 싶었다. 매끈매끈하게 윤기가 흐르는, 호감이 가는 난로였다. 나는 힘을 모았다. 그런데 누군가의 도움 없이 가까이 가는 것이 두려웠다. 하지만 뛸 수 있다고 생각하고, 눈을 감고는 소파에서 일어나 뛰어 내렸다. 거의 날다시피. 손바닥으로 타일을 짚었다. 그렇게 뜨거울 수가 없었다. 나는 소리쳤고, 어디서인지 검은 얼굴에 콧수염이 난 듯 코밑이 거무스레한 덩치 큰 아주머니가 나타나 나를 안아 주었다. 그런데 이 일은 어디서 일어났던 걸까? 아마 모스크바 할머니 아파트에서 일어났던 일 같다. 어머니는 내가 돌도 되지 않아서 걷기 시작했다고 이야기해주었다. 그 나이의 아이가 뭔가를 기억할 수 있을지는 의문이다. 아니면 꿈인가,

현실인가? 물어볼 사람도 없다……

비범한 사람이자 몽상가, 비상한 능력으로 자신의 생각을 관철시키는 데 천부적이고, 게다가 세상물정 잘 모르는 철학자인 나의 아버지 게오르기 이바노비치는 청년시절부터 열렬한 혁명가에다 테러범들과도 잘 알고 지냈다. 하지만 1905년 사건[20] 이후, 아버지는 톨스토이 사상에 몰두했다. 그때부터 아버지는 톨스토이주의자가 되었고, 다른 모든 사상에 깊은 회의를 갖게 되었다. 농사만이 그의 종교가 되었다. 그 후부터 아버지는 도시에 살지 않았다. 농촌 곳곳에 톨스토이 농업공동체를 조직했다. 그러나 트로파레보의 공동체를 제외하고는 모두 와해되었다.

젊은 시절 아버지는 매부리코에 검고 선명한 눈이 인상적인 미남이었다. 아마도 그리스 또는 카프카스 피가 섞인 것 같다. 반대로, 어머니는 결혼 전 사진을 보면 그렇게 예쁘지 않았다. 큰 얼굴에 작은 눈, 코는 감자처럼 뭉툭했다. 하지만 시간이 지나고 내가 더 많은 것을 이해할 수 있는 나이가 되었을 때 어머니는 훨씬 예뻐졌다. 살이 많이 빠졌고, 얼굴 이목구비가 뚜렷해졌으며, 더 기억에 남는 얼굴이 되었다. 아버지는 지칠 줄 모르는 열정의 사나이였다. 토론가였고, 화도 잘 냈고, 성격이 급하긴 했지만 아주 착했다. 정확히 말하자면 착한 게 아니라, 자기 실속만 챙기는 그런

---

20 1905년 궁정광장에서 일어난 '피의 일요일'을 의미한다.

사람이 아니었다. 내 기준에서는 아버지야말로 소비에트가 이론상으로 떠드는 미래에 가장 적합한 사람이었다. 기질적으로 아버지는 '파'(파벨)와 어떤 면에서 공통점이 있다. 아버지는 전혀 자기 이득에 대한 생각을 하지 않았다. 아무래도 그게 뭔지도 몰랐던 것 같다. 모든 걸 다른 이를 위해 주려고만 했다. 책 외에는 가진 것이 없었다. 그나마 아버지의 책들은 언제나 공공의 것이었다. 꼬불꼬불한 선으로 된 그의 장서표에는 '게오르기 먀코틴의 공동 서적'이라는 글자가 적혀 있었다.

또한 아버지는 비폭력주의자였고, 그 신념을 그대로 이행했다. 하지만 이제야 비로소 진솔하게 판단하건대, 아버지는 사회적인 생활에서는 비폭력 지지자였지만 집 안에서는 굉장한 독재자였다. 여하튼 아버지는 자신의 주장을 관철시키는 데 탁월한 능력을 가지고 있었고, 그 전염성은 대단했다. 톨스토이처럼 아버지에게도 제자와 추종자가 많았다. 나는 사실 어머니가 아버지가 가진 사상의 희생자라고 생각한다. 어머니는 아버지가 가는 곳마다 따라다녔고, 모든 면에서 아버지를 믿었다. 아버지의 신념에 급작스러운 변화가 일어났을 때도, 어머니는 그것을 이해하기 힘들었지만 개의치 않았다. 가장 중요한 것은 어머니는 아버지를 전폭적으로 지지하고 사랑했기에 아버지를 위해 음악교사로서의 자랑스러운 삶을 버리고 시골로 들어갔다는 사실이다. 시골에서 어머니는 음악을 가르치지 않았다. 10인분의 음식을 만들었고, 청소하고 우유를 짰다. 어머니는 모든 것을 처음부터 배워야 했다. 그 모든 것은 그녀에게 매우 버거운 것이었다. 그럼에도 어머니는 아버지를 위해 노력했고, 게다가 아버지의 가장 훌륭한 제자가 되고자 했다. 출산하기 위해 친정으로 갔고, 갓난아이를 친정부모에게 맡긴 것 말고는 아버지의 모든 말에 순종했다. 아이들이 웬만큼 자랄 때까지 어머니는 친정집에 갓난아이들을 남겨두었다. 나는 그중 막내이자 세 번째 아이였다. 아버지는 이 일 때문에 화를 심하게 냈다. 왜냐하면, 다른 톨스토이주의자들은 자녀를 자연과 더불어 흙에서 키웠기 때문이다. 하지만 어머니는 양보하지 않았다. 나는 네 살이 될 때까지 할머니와 살았다. 그 후에는 결국 아버지의 고집 때문에 농장으로 갔다.

시간이 지나면서 소비에트 당국은 처음과는 달리 농촌 공동체를 적대적으로 대하기 시작했다. 농촌공동체가 그들이 모든 나라에 건설하고자 하는 집단농장의 가장 이상적인 형태임에도 불구하고 말이다. 농장집단화가 시작된 첫해에는 심지어 농촌공동체를 운영한 경험이 있는 아버지에게 집단농장의 관리자 직분을 제안하기도 했었다. 물론 아버지는 거절했다.

"우리 공동체는 자발적입니다. 그것 때문에 유지되고 있습니다. 그러나 지금 저에게 제안하시는 일은 강제적인 원칙에 입각해 있습니다. 그건 저의 소견과는 맞지 않습니다." 하고 아버지는 당 임원에게 거절 이유를 상세하게 설명했었다.

처음에 당국은 농촌공동체를 가만히 놓아둔 채 지켜보기만 했다. 하지만 그런 태도가 오래 가지 않을 것임을 공동체 사람들은 예견하고 있었다. 그래서 심사숙고하여 논의한 끝에 공동체를 세울 새로운 장소를 도심에서 더 멀리 떨어진 곳에서 찾기로 했다. 트로파레보 마을은 수도에서 너무 가까운 곳에 있었다. 1930년부터 찾기 시작해 1932년에 적합한 장소를 찾아냈다. 알타이 산기슭에 최초의 통나무집들을 짓기 시작했다. 그곳으로 이주하기 전에 어머니는 나를 모스크바에 남겨달라고 아버지에게 간청했다. 그때 나는 열다섯 살이었고, 할머니는 나를 입양했다. 할머니의 성은 네차예프였고, 나는 그 성을 따랐다. 아마도 그 덕분에 부모님이 체포되었음에도 불구하고 나는 체포되지 않았던 것 같다.

알타이의 솔로나치카에서 아버지와 어머니, 그리고 나의 오빠들은 참혹한 생활을 했다. 그때부터 나는 그들 중 누구도 보지 못했다. 세르게이 오빠는 징집명령을 거부했다. 손에 무기를 들지 말아야 한다는 사상적 신념 때문이었다. 결국 재판에서 총살 선고를 받았다. 세르게이 오빠도 아버지처럼 의지가 굳고 강한 사람이었다. 큰오빠에 비해 작은 오빠 바샤는 여리고 귀여운 남자아이였다. 사람들은 그를 양치기 소년이라고 불렀다. 우리 형제들 중에서 누구보다 자연을 사랑한 아이였다. 바샤는 농사일을 이론으로만, 겉으로만 받아들인 게 아니라, 기꺼운 마음으로 받아들이고 느꼈다. 가축들은 그의 말을 잘 들었다. 미시카 소는 새끼처럼 그를 따라다니기도 했다. 그런데 작은오빠도 군대 영장을 받고 닷새 뒤 오비 강에 투신했다. 바로 그 다음 날 훈련소가 있는 다른 도시로 떠나야 했기 때문이다. 1934년 일이었다. 그 후 얼마 되지 않아 부모님도 체포되었고, 10년 동안 소식을 전혀 알 수 없었다. 예브게니야 할머니는 나의 부모를 찾으려고 애썼다. 전쟁이 일어나기 전까지 할머니는 여기저기 줄을 대가며 두 분의 소식을 알아내려고 했다. 하지만 희망이 될 만한 아무런 대답도 받지 못했다. 할머니는 말로 하진 않았지만, 아버지가 모두를 파멸시켰다고 생각했다. 모든 톨스토이주의자들이 차례로 죽어갔다. 나는 이전에 채식주의자 식당이 있던 마로세이카에 가 본 적이 있었다. 하지만 그곳은 알아보지 못할 만큼 변해 있었다. 출판사도, 식당도, 거기엔 아무것도 남은 것이 없었다……

정말은 다른 이야기를 하고 싶었는데……. 나는 어린 시절 나를 둘러쌌던 풍경에 대해 이야기하고 싶었다. 언젠가 나는 큰 책상에 앉아 있었는데, 내 바로 앞에 산열매가 가득한 양푼이 있었다. 산딸기 하나가 거의 계란 크기만 했다. 나는 열매 중간에서 통통하고 하얀 봉을 잡아 빼 큰 찻잔에 넣었다. 그리고 먹는 부분은 마치 불필요한 쓰레기를 버리듯 양동이에 던졌다. 나에게는 먹을 수 없는 열매의 가운데 부분이 더 좋게 여겨졌기 때문이다. 산열매의 향기는 온 공기를 자신의 빨갛고 파란 빛으로 물들일 만큼 강했다. 순간 무언가 힘들고 심각한 생각이 내 마음에서 소용돌이 쳤다. 그것은 내게 가장 소중한 것이 남들에게는 필요 없는 쓰레기, 폐기처분해야 하는 것이 될 수도 있다는 생각이었다. 그게 꿈이었을까?

그런 경우가 많았다. 풀이 담긴 그릇을 작은 토끼장으로 가지고 가면, 제일 힘센 녀석이 먼저 먹고, 그 다음에야 약하고 운 없는 나머지 아이들이 먹게 된다. 나는 약한 녀석들을 골라내어 다른 철망 안으로 떼어놓아야 했다. 강한 아이들이 약한 아이들을 더는 괴롭히지 못하도록 말이다. 이건 꿈이 아닌 것 같다. 아니면 꿈인가? 왜냐하면 우리의 초라한 공동체에서 그런 배려를 할 수 있었을 거라고는 생각하기 힘들기 때문이다. 그곳의 삶은 정말 무자비했으니까……

총천연색으로 살아나는 모든 작은 일들이 뒤죽박죽이 된다. 게다가 지난날에 대한 기억은 점차 사그라지고 있다. 내가 네 살 때부터 살았던 모스크바 근교의 트로파레보 공동체는 작은 규모였다. 모두 합해서 열여덟에서 스무 명이 같이 살았다. 열 명 정도의 아이들이 있었고, 나이는 제각각이었다. 공동체에는 자체 학교가 있었다. 우리는 톨스토이가 쓴 교본을 가지고 읽는 법을 배웠다. 처음으로 읽은 책도 물론 톨스토이의 책이었다. 자두 씨앗에 관한 책의 내용은 거짓말 하면 안 된다는 교훈을 주는 것이었고, 할아버지를 위해 만든 나무접시에 관한 이야기는 부모를 공경해야 한다는 교훈을 담은 것이었다. 음식은 거의 언제나 부족했지만, 공평하게 나누었다. 가끔 음식이 풍족할 때도 있었지만, 그럴 때라도 많이 먹는 것을 부끄럽게 생각했다.

나는 어렸을 때 '어린이를 위한 성경책'을 읽었다. 그러다가 한참 후에야 4복음서 전체를 읽을 수 있었다. 할머니 집에서……. 공동체 어른들은 단순히 톨스토이를 좋아한 것만이 아니다. 그들에게 톨스토이는 거의 신에 가까웠다. 하지만 나는 어렸을 때부터 톨스토이 소설들이 혐오스러웠다. 말하기 우습지만, 전쟁이 끝난 뒤에야 읽을 생각을 했다. 어렸을 때 그의 논문과 토론 내용을 질리도록 읽은 탓에 『카자크인』, 『안나 카레니나』, 『전쟁과 평화』와 같은 책들은 손에 잡기도 싫어했었다.

또 옆길로 새나갔다. 다른 이야기를 하려 했는데. ……어린 시절부터 나는 가끔 현실 세계를 벗어나는 경험을 하곤 했다. 물론 내가 아닌 다른 많은 이들도 그런 경험을 하고 있을 거라고 생각한다. 하지만 이런 현상은 너무 복잡해서, 우리의 빈곤한 언어로는 그 실상을 전달하기가 불가능하다. 그래서 어느 누구도 다른 사람에게 자신의 이런 경험을 이야기하려 하지 않는 것이다. 나는 이와 같은 경우를 여러 번 목격한 적이 있다. 아이가 장난감을 가지고 놀다가 갑자기 움직이지 않는데 자세히 보면, 눈이 풀리고 뿌옇게 흐려 있다. 하지만 잠시 후 아이는 생기 있게 다시 트럭을 굴리거나 인형을 가지고 논다. 아이는 잠깐 동안 어딘가에 다녀온 것이다. 나는 모두들 시간이 사라지면서 혼미해지는 이런 느낌을 경험했을 거라고 확신한다. 이런 과정을 과연 글로 생생하게 표현할 수 있을까? 나는 작가도 아닌데? 그런데 나는 왜 이게 중요하다고 생각하는 것일까? 아마도 내가 겪은 일에 대한 나의 기억을 완전히 믿지 않기 때문일 것이다.

내가 지금껏 살아오면서 가장 무섭고 가장 표현하기 어려운 일이 바로 이 '경계'를 넘어가는 것이었다. 내가 여기서 말하는 경계란 일상적인 생활과 뭔가 다른 세계, 마치 죽음처럼 알고는 있지만 설명이 불가능한 그런 세계 사이에 놓인 것이다. 아직 한 번도 죽지 않은 사람이 과연 죽음에 대해 말할 수 있을까? 나는 현실에서 벗어나는 잠깐의 순간, 조금이나마 죽음을 경험할 수 있다고 생각한다. 내가 제도사라는 직업을 좋아하는 것은 거기엔 정확한 법칙이 있고, 그 법칙에 따라 모든 것을 만들 수 있기 때문이다. 거기에는 하나의 대상에서 다른 대상으로 이동할 수 있는 열쇠가 있다. 하지만 경계를 넘는 일에는 이동은 있지만, 어떤 법칙에 따라 그것이 일어나는지는 알 수 없다. 그렇기 때문에 두려운 것이다.

오, 주여! 다른 세계로의 여행은 어떤 것일까? ……그 세계는 다양하겠지. ……가장 두려웠던 다른 세계로의 이동을 나는 할아버지가 돌아가시고 난 후 경험할 수 있었다.

그 경험을 이해시키기 위해 나는 가족에 대해 더 자세한 이야기를 해야 한다.

할아버지를 아버지, 어머니 모두 무서워했다. 내가 할아버지를 왜 무서워했는지 이해할 수 있을지 모르겠다. 나는 사람들이 말하는 겁 많은 아이였다. 할아버지가 돌아가셨을 때, 나는 일곱 살이었다. 1922년의 일이다. 할아버지는 건축 하청업자였고, 엄청난 부자였지만, 혁명 전에 모든 걸 잃었다. 나는 가족사에 대해 잘 알지 못한다. 특히 이 부분에 대해서는 더더욱 잘 모른다. 할머니 이야기에 따르면, 할아버지가 설계하고 진행했던 역사(驛舍)가 붕괴되었고, 몇 명이 사망했다고 한다. 할아버지도 다쳐 다리를 절단했다. 그리고 소송에 휘말린 할아버지는 파산하고 말았다. 할아버지는 이 일을 겪은 후 원래의 상태로 돌아오지 못했다. 하루 대부분의 시간을 할아버지는 의자에 등을 대고 창문을 바라보며 앉아 있었다. 빛을 싫어했던 할아버지의 얼굴에는 언제나 어두운 그늘이 내려앉아 있었다. 특히 해가 나 있는 시간에 더 그러했다. 할아버지와 할머니는 트료흐프루드니 거리에 있는 '볼로츠키의 집'[21]에서 살았는데, 할아버지는 그 건물을 1911년쯤에 지었다. 맨 위층에 다락이 있는 형태의 건물이었다. 엘리베이터는 한 번도 작동한 적이

---

21 트료흐프루드니 11-13번가로 1911년부터 볼로츠키 공작의 주문으로 지어진 건물이다. 현재는 고급아파트가 되었다. 이 집이 있는 거리는 시인 츠베타예바가 어린 시절 살았던 거리로도 유명하다.

없었고, 오랫동안 넓은 계단을 이용해 오르내렸다. 할아버지는 집 밖으로 나오려 하지 않았다. 언제나 몸이 아팠고, 목이 쉬어 거친 숨을 쉬며, 냄새나는 담배를 태워댔다. 그리고 방 안을 두 개의 지팡이에 의지해 다녔는데, 지팡이가 없으면 소파를 짚고 걸었다.

그 당시—트로파레보의 농촌공동체에 있었던 때—, 우리는 소를 키웠고 칼루즈스키 대로를 이용해 제1시립병원에 우유를 배달하고 있었다. 수레는 공동체 소유의 말이 끌었다. 어머니는 가끔 나를 데리고 갔는데, 우리는 배달이 끝나고 나면 마로세이카에 있는 채식주의자 식당에 들르곤 했다. 사카린이 들어간 당근 차와 콩으로 만든 크로켓이 생각난다. 그곳에는 출판사와 톨스토이 공동체 회원들이 있었다. 아버지는 그곳의 책임자와 관계가 좋지 않았다. 이상한 일이지만 지금은 그런 맥락을 웬만큼은 이해할 수 있다. 톨스토이주의자들은 언제나 다투었고, 서로에게 무언가를 제안했다. 아버지는 할아버지에게도 어떤 정치적인 문제에 관한 한 굉장한 적대감을 가지고 있었다. 또한 한 번도 다툰 적은 없지만, 할머니의 종교인 러시아정교를 약간 무시하고 있었다. 그래서 할머니에게 톨스토이주의 식의 믿음을 가져야 한다고 강조하며, 그 내용을 알려주려 했다. 아버지는 톨스토이처럼 기적이나 모든 미신을 인정하지 않았다. 아버지에게 중요한 것은 인간의 도덕성이었다. 그리스도는 그에게 도덕성의 모델일 뿐이었다. 지금 나는 그러한 아버지의 생각을 그냥 웃어넘길 수 있다. 왜냐하면 내 눈앞에 바실리사가 있기 때문이다. 바실리사는 도덕성이 무엇인가에 대해 단 한 번도 고민하지 않는다. 단지 그녀에게 선과 악이란, 하느님의 뜻에 적합한가 적합하지 않은가, 하는 감성에 의해 판단된다. 그에 비해 아버지는 이성적 판단에 의한 철저한 논리를 가지고 있었다.

어머니는 할아버지와 할머니를 언제나 몰래 찾아갔다. 물론 나는 트료흐프루드니에 가는 것을 아버지에게 굳이 말할 필요가 없다는 것을 직감으로 알고 있었다. 이것은 어머니와 나만의 비밀이었다. 또 하나의 비밀이 있다. 어머니는 엄청난 위험을 감수하고 내다팔 우유를 몰래 숨겼다가 할머니와 할아버지한테 갖다 주곤 했다. 우유는 공동체 모두가 먹을 수 있는 것이 아니었다. 오직 환자들과 갓난아이들을 위한 것이었다.

할머니는 언제나 우리를 입구 바로 옆의 부엌에서 맞이하곤 했다. 부엌에서 좀 떨어진 방에 있는 할아버지가 부엌에는 거의 오지 않았기 때문이다. 그때는 할머니가 우리가 오는 것을 할아버지에게 숨기고 있다는 것을 몰랐다. 할아버지는 아버지에 대한 증오를 어머니에게도 갖고 있었던 것이다. 어머니와 나를 보면 할아버지는 심하게 역정을 냈다. 언제나 냉정했고, 성질이 불같았다. 손자들에게도 별다른 애정이 없었다.

어머니로부터 할아버지가 오랫동안 고통스러워하다가

마지막 순간까지 욕을 하며 모두에게 저주를 퍼붓고 신을 모독하면서 돌아가셨다고 들었다. 할아버지의 장례식은 나를 데리고 갈 수 없을 정도로 몹시 추운 날이었다고 한다. 그 뒤로 시간이 흘렀다. 내 생각에 대략 한 달 반 정도 지났던 것 같다. 어머니는 나를 고난주간 즈음에 할머니 댁으로 데려갔는데, 내가 그만 수두에 걸려 나를 거기에 남겨두었다. 나는 앓는 동안 할아버지가 지냈던 방에서 잠을 잤다. 침대는 방 한가운데 놓여 있었다. 아마도 할아버지가 돌아가시기 한 달 반 동안 전혀 거동을 못하게 되자, 양쪽에서 할아버지를 돌보기 위해 침대를 그렇게 옮겨놓은 것 같았다. 거구였던 할아버지를 할머니 혼자 시중들기에는 아무래도 너무 힘들었을 것이다.

수두에 걸린 나는 사흘 동안 고열에 시달렸고, 그 후엔 딱지가 앉기 시작한 수두자국이 몹시 가려워 참기 힘들었다. 할머니는 가려움증을 진정시키는 약을 주었다. 내 기억으로 그 약 때문에 낮밤 가릴 것 없이 잠만 잤던 것 같다. 어느 날 한밤중에 옆집에서 나는 것 같은, 두드리는 소리가 들렸다. 깜짝 놀라 나는 잠에서 깨어났다. 한밤중에 못이라도 박는 건가? 그 소리는 점점 더 커졌다. 나의 미간 사이를 직접 내리치는 것 같았다. 꿈이다. 깨어나야 해. 하지만 난 깨어날 수 없었다. 잠시 후, 그 충격은 송곳으로 파고드는 것처럼 바뀌었다. ……진동은 점점 더 깊이 파고들어 도저히 참을 수 없게 했다. 마치 회오리처럼 돌아가는 검은 벨벳의 심연이 나를 끌어당기는 것 같았다. 이건 분명 꿈이 아니었다. 뭔가 다른 것이었다. 그런 느낌은 두 가지를 분명하게 깨달을 수 있을 정도로 오랫동안 지속되었다. 첫 번째로 깨달은 것은 내가 느끼고 있는 고통이 육체적인 것이 아닌 뭔가 다른 것이고, 두 번째는 나의 미간 중앙에서 회오리가 솟구쳐 나를 현실세계에서 벗어나게 하고 있다는 것이었다. 속이 몹시 매스꺼웠다. 그때 만일 내가 모든 것을 토해냈다면, 아마도 그것은 나 자신이었을 것이 분명하다. ……통증이 사방에서 내 몸을 습격했다. ……통증은 나보다 더 크고, 훨씬 오래전부터 존재했던 것이다. 나는 끝나지 않는 폭풍 속의 작은 모래알에 지나지 않았다. 나는 나에게 일어나고 있는 일이 바로 '영원함'이라고 불린다는 것을 깨달았다.

이런 이야기는 처음으로 하는 것이다. 그때는 너무 어렸기 때문에 어떻게 표현해야 할지 전혀 알지 못했다. 기억을 떠올리고 있는 지금 이 순간, 그때의 메스꺼움까지 그대로 살아나고 있다.

얼마 후 송곳으로 후벼 파는 느낌은 사라졌다. 그런데 줄무늬 벽지가 있고 반원의 앙증맞은 창문이 있던 할아버지의 방도 사라졌다. 나는 분명 할아버지의 방에 누워 있었는데……. 그 방과는 완전히 다른 어떤 낯선 곳에 내가 있었다. 희뿌연 갈색 조명에 비쳐진 좁은 공간, 천장과 벽은 어둠에 묻혀 보이지 않았다. 어쩌면 그것은 방이 아니라, 머리 위에 펼쳐진 지옥과 같은 곳이었는지도 모른다. 그곳에는 기분 나쁜 것들이 많이 있었다. 여러 해 동안 구체적으로 무엇이 있었는지 기억을 되살리고 싶지 않았다. 물론 그건 지금도 마찬가지다. 왜냐하면 그 기억이 떠오르면 바로 몸이 안 좋아지는 걸 느끼기 때문이다.

그곳에는 그림자처럼 흐릿한 사람들이 많았다. 그들 중에는 할아버지도 있었다. 그들은 목적 없이 어디론가 이동하면서 서로 욕설을 퍼붓고 있었다. 나에 대해서는 아무도 관심을 보이지 않았다. 나 역시도 그들이, 특히 할아버지가 나를 알아보지 않았으면 했다. 할아버지는 살아 계실 때처럼 절뚝거리고 있었는데, 지팡이는 짚고 있지 않았다.

무력증과 애수가 너무 깊었고, 살아 있는 것들과 너무도 대립되어 있었기에, 나는 그런 상태가 죽은 것이 아닐까 하는 추측을 했다. 생각이 여기에 미치자 곧 트로파레보 공동체에 있던 우리 집 뒤편에 서 있는 내가 보였다. 나는 화창한 여름 낮, 강렬한 태양이 쏟아지는 숲 속 그늘에 서 있다. 태풍으로 쓰러진 큰 포플러나무가 길을 가로막고 있다. 나는 쓰러진 포플러 나무 위를 걷는다. 깊이 파인 옹이를 건너뛰고, 때로는 젖은 나무 몸통에서 미끄러지기도 했다. 시들어가는 나뭇잎들의 강한 초록 냄새를 들이마셨다. 그 순간 모든 것이 되살아났다. 내 작은 몸에 깔린 나무기둥, 그리고 말라가던 나뭇잎들 모두가. 꿈에선 세월이 반대로 흐르는지도 모른다.

할아버지가 있는 곳에는 빛도 그림자도 전혀 없다. 하지

172

만 트로파레보에 있는 우리 집 뒤편, 태풍으로 쓰러진, 올라가면 미끄러지던 나무가 있는 곳에는 그림자도, 빛도 있었다. 할아버지가 있는 곳은 어둡고 희미하지만 또렷한 현실로 느껴졌고, 어린 시절 내가 서 있던 집 뒤편은 현실이 아니었다. 지금 내가 있는 곳엔 그림자가 없다. 어둠뿐인 곳에 어찌 그림자가 있을 수 있단 말인가. 그림자는 빛이 있을 때만⋯⋯.

나는 마비된 것처럼 누워 있었고, 입으로 소리를 낼 수도 없었다. 할머니가 나에게 알려준 대로 성호를 긋고 싶었지만, 과연 손을 올릴 수나 있을지 자신이 없었다. 다행히도 내 손은 가볍게 올라갔고, 나는 성호를 긋고는, "하늘에 계신 우리 아버지⋯⋯" 하고 기도문을 외우기 시작했다.

질그릇을 만드는 점토로 된 가면을 쓴 사람이 나에게 다가와 나를 일으켰다. 가면의 눈구멍을 통해 짙은 파란색의 눈이 나를 쳐다보았다. 그 눈은 그곳에서 유일하게 색깔을 가진 것이었다. 파란 눈의 사람이 비웃는 듯했다.

나는 기도문을 잘 외우고 있었다. 하지만 나의 기도는 약했다. 어떤 효과도 없었다. 그곳에서 그 힘을 상실한 것이다. 그 세계는 신의 세계와 아주 멀리 떨어져 있기 때문이다. 빛이 닿지 않는 곳이었다. 그때 생각했다. 빛이 없는 기도는 물 없는 물고기와 다름이 없다고⋯⋯.

음울하게 울리는 사람들의 대화가 들려왔다. 그 목소리엔 기력이 하나도 없었다. 그리고 화를 내며 투정을 부리는 어조였다. 바로 할아버지의 목소리였다. 내가 **명령**했지. ……당신이 **명령**했지. ……나는 **명령**하지 않았어. ……**명령**했어. 이것이 대화의 전부였다…….

점토 마스크를 쓴 사람이 내 앞에서 몸을 숙이더니 말을 하기 시작했다. 뭐라고 말했는지는 전혀 기억나지 않는다. 의외로 말투가 거칠고 투박했으며, 어법도 틀렸던 것은 기억한다. 그는 버럭 화를 내면서 나를 비난했다. 그의 말도 얼굴을 덮은 점토 마스크처럼 또한 가면이었다.

그 사람은 다른 식으로 말할 수 있었다. 그는 나를 속이고 있었던 것이다. '사기꾼!' 내가 속으로 이 단어를 말하자마자 그는 없어졌다. 내 생각이지만, 내가 그의 실체를 벗겨냈던 것 같다.

그림자들이 이리저리 흔들리기 시작했다. 그 흔들림은 내가 그곳에 벽이 없다는 것을 알아차릴 때까지 계속되었다. 그 공간은 폐쇄되어 있지 않았다. 단지 암흑이 짙고도 단단하게 깔려 있을 뿐이었다. 좁고 어두운 공간은 무한하리만큼 거대했으며, 스스로에 의해 모든 것을 채우고 있었다. 그 공간을 제외하면 아무것도 존재하지 않았다. 그곳은 출구가 없는 함정이었다. 나는 무서웠다. 나 자신 때문이 아니라 할아버지 때문에. 나는 갑자기 소리를 질렀다.

"할아버지!"

할아버지가 나를 쳐다본 것 같다. 아는 건지 모르는 건지, 아니면 전혀 알고 싶지 않은 건지, 할아버지는 나를 갈색 눈으로 응시하며 혼자서 계속 중얼거리고만 있었다. 내가 **명령**했어, 그 사람이 **명령**했어……

그러고 나서 모든 것들이 옆으로 움직이는가 싶더니 사라지기 시작했다. 들판에 깔려 있던 먹구름의 그림자가 걷히듯이 어두운 공간도 움직였다. 그러자 줄무늬 벽지가 발린 벽의 일부가 보이기 시작하더니, 잿빛 새벽안개 속에 있는 할아버지의 방 전체가 보였다.

나는 잠에서 깬 것이 아니다. 잠을 잔 게 아니었으니까. 평소 때는 기분 나빴던 새벽녘의 어둠이 살아 있는 진주의 찬란한 광채, 위대한 계시처럼 황홀했다. 어둠은 곧 빛의 다른 모습이기 때문이다. 할아버지가 계신 곳에서 나는 빛이 없는 세상이 얼마나 비참한지 보지 않았는가. 그곳이 곧 죽음의 안식처……. 그곳의 어둠 끝자락이 방에서 완전히 자취를 감추어 어디론가, 아마도 북쪽으로 사라지자, 나는 또렷하고도 생생한 목소리를 들었다.

"여긴 중간세계야."

이 모두가 무엇을 의미하는지 난 아직도 모른다. ……다만 한 가지, 할아버지가 고통스러운 얼굴을 한 채, 그림자 무리들 속에 있다는 것을 알려주기 위해 내게 보여준 것이라고 믿는다.

어느 정도 나이를 먹고, 복음서와 바울의 편지를 읽으면서, 나는 그곳에서 본 할아버지를 떠올렸다. 그리고 생각했다. 모든 인간이 구원받을 수 있는 게 아니라, 절대 구원받을 수 없는 사람들도 있다는 것. 지은 죗값을 꼭 치러야 한다는 것. 반드시 벌을 받게 된다는 것을 사도는 알고 있을까? 할아버지를 내가 심판하려는 것은 아니다. 가족끼리 누가 누구를 심판한단 말인가? 하지만 어머니는 할아버지가 맡았던 기차역 건설현장에서 일어난 사고의 원인에 대한 수사 결과, 할아버지의 죄를 증명할 만한 증거는 찾지 못했지만, 분명한 것은 할아버지가 질 나쁜 자재를 쓰는 편법을 썼기 때문에 기둥이 무너지고 많은 인부가 사망했으니, 그에 대한 책임을 면할 수는 없다는 입장이었다. 절도 또는 뇌물…… 이것은 러시아에서 늘 일어나는 일이다. 그런데 할아버지는 왜 용서받지 못한 것일까? 사도들이 말하는 죄로부터의 자유, 구원은 죄가 없는 자들을 위한 약속이었던가? 그건 아닐 텐데, 알 수 없는…….

기억상실증에는 어떻게 대처해야 하는가? 만약 내가 그렇다면? 사실 난 지금 많은 것들을 잊어버리고 있고, 그래서 확실히 내 죄도 잊어버리고 있다. 지은 죄를 잊어버린다면 회개하거나 용서도 빌 수 없지 않은가? 만약 죄가 없다면 용서를 구할 필요가 없겠지만.

물에 씻겨 내려간 듯, 완전히 지워진 인생의 한 부분이 있다. 그 텅 빈 자리는, 인간은 아니지만 매우 똑똑한 누군가와 중요한 대화를 나누는 꿈을 꾸기는 했는데 깨고 나면 대화의 내용을 아무것도 기억할 수 없고, 그냥 꿈꾼 사실만 남을 때 만들어진다. 이때의 참담한 기분은 뭔가 귀중한 것을 외딴 방에 놓아두었는데 그 방에 들어갈 수 없게 되었을 때와 같은 것이다. 가끔은 똑같은 꿈이 반복되기도 한다. 같은 사람과 이전의 대화를 이어서 하곤 한다. 꿈속에서 상대방은 이전의 꿈에서도 그랬듯이 빛처럼 귀한 말들을 쏟아낸다. 그러나 깨어났을 때—다시금 텅 빈 평평한 자리만 남을 뿐이다.

그와 같은 텅 빈 자리는 내가 안톤을 배신한 날부터 생기기 시작했다. 오래전부터 나는 후회도 죄의식도 느끼지 않았다. 나는 이미 스스로를 용서했는지도 모른다. 정말이지 내가 안톤을 아무 걱정이나, 망설임, 고민도 없이 쉽고 간단하게 배신할 수 있었을까? 전쟁기간 동안 많은 사랑을 받았던 콘스탄틴 시모노프[22]의 『기다려, 꼭 돌아올게』라는 시가 있다. 이 시는 다음과 같이 끝난다. "오직 너와 나만이 알 거야. 기다림이라는 뜨거운 불꽃으로 너는 나를 구했어." 그러나 난 기다림 대신 파멸을 선택한 것뿐이다.

내가 '파'를 사랑하게 된 것은 첫눈에 반해서가 아니었다. 태어나기 훨씬 전부터 그를 사랑한 것 같다. 옛사랑을 다시 찾은 것이다. 반면 안톤은 쉽게 잊었다. 마치 그는 이웃이거나, 같은 반 친구 또는 동료와 같았다. 친척으로도 느껴

---

22 1915~1979. 소설가, 시인. 수차례 레닌과 스탈린 훈장을 받았다. 스탈린 사망 후, 그의 업적을 추앙하는 소설을 쓰는 것이 작가들의 임무라는 내용의 글을 〈문학신문〉에 기고했다가 흐루시초프의 미움을 사기도 했다.

지지 않았다. 안톤과 살았던 시간은 많지도, 그렇다고 적지도 않다. 5년이었다. 내 유일한 딸의 아빠. 타냐야, 바로 너의 생부란다. 그런데 너는 생부를 별로 닮지 않았단다. 오히려 '파'를 더 많이 닮았어. 이마, 입, 손, 몸짓, 얼굴 표정, 행동, 습관은 두말할 것도 없이 그대로 빼닮았지. 그런데 '파'가 네 친아빠가 아닌 건 너에게 말할 수 없어. 안톤을 배신하고 그에게서 너마저 빼앗은 꼴이 되었단다. 타냐야, 날 용서해줄 수 있겠니?

타냐한테 '파'는 나보다 더 중요한 사람이라고 나는 확신한다. 또한 그는 나에게도 나 자신보다 더 중요한 사람이다. 비록 지금 우리의 관계는 파경에 이르렀지만, 객관적으로 파벨이 점잖고 현명하고 선한 사람이라는 것은 부정할 수 없다. 하지만 누구보다 훌륭한 사람이 세상에 존재하는 가장 추악한 죄를 지을 수 있다는 것은 이해하기 어렵다. 훌륭한 인품과 사악한 마음이 어떻게 공존할 수 있단 말인가? 피난 시절 그가 고양이를 버렸을 때, 내 영혼은 이미 모든 걸 감지하고 있었는지도 모른다. 처음에 나는 '파'가 고양이를 데리고 나가 물에 빠뜨렸을 거라고 믿지 않았다. 하지만 지금은 그가 일부러 빠뜨린 거라고 확신한다. 그는 한 문장으로 모든 사랑을, 우리의 행복한 10년의 시간을 몽땅 지워버리고 파괴시킨 사람이니까. 나를 파멸시켰으니까. 잔인한 사람! 지금은 파벨 이야기를 할 때가 아니다. 지금 나에게서 사라지는 기억들, 나의 삶에 '파'가 등장하기 훨씬 전부터 중요했던 나의 꿈이라든가 오래된 기억들을 재생해 내는 것이 지금은 더 중요하고도 필요한 일이다.

내가 꿈에서 보고 들은 것은 내가 종이에 옮긴 것과는 비교할 수도 없이 훨씬 더 풍부하고 깊은 뜻을 가지고 있다. 나는 뛰어난 공간적 상상력, 어느 정도는 전문적이라 할 수 있는 재능을 지니고 있다. 어쩌면 나는 공간적 개념에 특히 예민한 것 같다. 그렇기 때문에 특별히 내가 공간의 비밀스러운 곳, '중간세계'라고 하는 곳을 보게 되었는지도 모른다. 동시에 나는 대상을 아주 정확하고 세밀하게 보여주어야 하는 제도 작업을 그 어떤 일보다도 사랑한다.

나의 꿈들이 일상의 삶과 깊이 연관되어 있음은 분명하다. 그 연관성을 새삼스럽게 설명하지는 않을 것이다. 현실의 삶을 꿈속에서도 볼 수 있음은 의심의 여지가 없다. 그러나 꿈속에 나타난 현실은 실제의 현실과는 아무런 상관이 없다. 꿈은 그저 꿈으로 남게 될 뿐이다. 그런데 내가 저 세상과도 같은 이상한 곳을 여행한 것을 꿈이라 하기 어렵다. 그것은 지금 우리를 둘러싼 실제 세계와 너무도 똑같기 때문이다. 내가 경험한 중간세계는 학기가 끝나자마자 타냐가 버린 종합장에 글을 쓰고 있는 지금의 나를 비롯하여 집, 거리, 나무, 찻잔 등 모든 사물이 똑같이 존재하는 현실세계이다.

황당무계한 소리로 들릴 것이다. 들어가는 열쇠는 있지만 문이 없는 방에 대한 이야기처럼 말이다. 내가 본 중간

세계에서 문과 창문은 아주 중요한 의미를 가진다. 이것은 아마도 내가 사춘기 때 가장 중요한 문을 보았기 때문이 아닐까 한다. 언제 보았는지는 정확하게 말할 수 없다. 언제나 그랬듯이 내가 본 것들을 순차적으로 기억할 수 없기 때문이다. 내 기억 속에서는 더 오래전의 일과 덜 오래전의 일이 늘 겹치곤 한다. 그래서 무엇인가를 일단 기억해내면 그 기억의 꼬리를 물고 다른 기억들도 딸려 나온다. 비록 그 시간적 순서는 엉망일지라도.

내가 처음 본 아주 중요한 문은 암벽에 나 있었다. 하지만 내가 먼저 본 것은 눈부시게 밝은 석회암 암벽이었다. 환한 태양이 강렬하게 비추고 있어서 석회암의 둔탁한 모양, 까칠한 겉면, 오래전 문명의 흔적이 남아 있는 작은 암석동물의 형상들이 마치 돋보기로 보는 것처럼 선명하게 드러나 있었다. 나의 눈은 새롭게 만들어진 기구처럼 민첩하게 돌아가기 시작했다. 그 순간, 가벼운 파도가 암벽을 훑었다. 이때, 암벽의 돌출된 부위에서 문을 보았다. 그와 함께 문에 그려진 그림을 보았다. 그림이 선명하지는 않았다. 부드러운 선이 서로 얽히고 연결되면서 한데 뒤섞여 있었다. 나는 그 그림을 뚫어지게 응시했다. 마침내 나는 그림의 내용을 파악했다. 천상의 높은 곳, 가느다란 손을 겸손하게 모으고 흐르듯이 그려진 형상, 고개를 숙인 넓은 이마의 유대인들, 그들 위의 아기 예수를 안은 마리아…….

갑자기 문이 열리려 했다. 그림자가 암벽의 갈라진 틈을 따라 움직였다. 그 문으로 들어가라는 소리가 들렸다. 나는 그만 공포에 질리고 말았다. 나의 공포를 알아채고 문은 다시 흰 암벽의 부조로 바뀌었다. 암벽은 이전보다 더 평평해졌다. 그 위로 돌덩이의 흰 고기들이 무성하게 자라났다. 그리고 사라졌다.

나는 그곳으로 들어갈 생각이 전혀 없었다. 그곳에 들어감으로써 내가 무언가를 잃는 것은 아니었다. 다만 나는 준비가 되어 있지 않았을 뿐이다. 나는 아직 준비가 되어 있지 않다!

마치 누군가가 나에게 "떠나거라. 모든 일상에서 너의 공포가 사라지게 하라. 너의 고통, 슬픔, 알고자 하는 욕망이 두려움보다 클 때 다시 오너라." 하고 말하는 것 같았다.

나는 문가에 선 채로 대충 그런 말들을 들었다. 온화한 말투였다. 그 말투는, 많은 시간 나와 부드럽게 이야기를 나누었던 것처럼 친근했다.

다른 문을 본 적도 있다. 그 문은 한 장소에서 다른 장소로 들어가게 하는 것이 분명했는데, 문을 사이에 둔 두 공간에는 벽도, 그 어떤 것도 없었다. 다만 문이 있을 뿐이었다. 문이라기보다 조금 큰 구멍쯤 되는 것이었다. 그 구멍으로 공기와 물, 그리고 사람들이 보였다. 순간 참을 수 없을 정도로 그곳으로 들어가고 싶었다. 하지만 구멍은 나에게 매우 적대적이었고, 나를 들여보내주려 하지 않았다. 노력해도 소용없을 것 같았다. 나는 돌아섰다. 하지만 시도는 해봐야 한다는 돌연한 생각에 다시 돌아섰다. 그러나 이미 그 구멍은 없어져버렸다. 어떤 공간도 보이지 않았다. 사라져버린 가능성이 남긴 대기 속의 가벼운 파문만이 남았을 뿐이다.

할머니가 어떻게 돌아가셨는지 나는 아직도 뚜렷하게 기억하고 있다. 대개 종교에 심취해 있는 사람들이 그러하듯, 할머니는 당신의 최후의 날을 알고 있었다. 바실리사는 할머니가 돌아가시기 전, 잠시 어디론가 떠나 있었다. 그녀는 가끔 그렇게 어디론가 떠나갔다가 돌아오곤 했다. 그녀는 할머니의 임종 전에 돌아왔다. 일주일 동안 할머니는 일어나지 못한 채, 물만 조금 넘겼을 뿐 아무것도 먹지 못했다. 내가 아는 한, 할머니는 딱히 어딘가가 편찮으셨던 건 아니었다. 할머니는 평생 어디가 아프다는 말을 한 번도 한 적이 없다. 할머니는 아무 말도 하지 않았다. 묻는 말에도 대답하지 않았다. 머리만 흔들었다. "싫어." 모든 것에 싫다가 전부였다. 바실리사는 할머니 곁에 앉아 기도문을 외웠다. 지금 생각해보면 그것은 떠나는 영혼을 위한 성경 구절이었던 것 같다. 물론 다른 것이었을 수도 있다. 할머니는 80세가 될 때까지 정정하셨다. 비록 고대 이집트의 미라 같았지만, 그럼에도 할머니는 매우 아름다웠다. 거의 임종에 가까워 할머니는 눈을 뜨지 못했지만, 그녀의 얼굴에 의식은 또렷했다. 오히려 중요한 일을 하는 사람처럼 진지한 표정을 하고 있었다.

할머니가 운명하기 전날, 이웃집 젊은 여자가 술잔을 빌려달라고 왔다. 마침 그 여자의 생일이라고 했다. 나는 찻장을 열고 몇 개의 술잔을 꺼냈다. 그 가운데 황금 칠 그림이 벗겨진 오래되고 예쁜 잔 하나가 있었다. 이웃집 여자는 그 잔을 보더니 탄성을 올리며 감탄했다. 옆방에 죽음을 앞둔 할머니가 누워 있는데, 잔을 두고 호들갑을 떠는 모습이 꼴불견이긴 했다.

"어머나, 이렇게 예쁜 잔을 어디서 구하셨을까? 지금은 어디서도 구할 수 없을 텐데! 여기다 꼭 술을 한번……."

그때였다. 갑자기 할머니는 또렷하고도 쩌렁쩌렁 울리는 목소리로, 눈을 뜨지도 않은 채 준엄하게 말했다.

"이보게나, 너무 시끄럽군……."

할머니는 세상을 떠나기 전 2주 동안, 의식이 없다고 생각될 만큼 누구와도 이야기를 하지 않았다. 그런데 마지막 순간, 그 침묵의 진지한 시간을 깨고 할머니는 입을 열었다. 무엇이 그렇게 하도록 만들었는지는 알 수 없다…….

해가 저물 무렵, 안톤, 바실리사, 그리고 내가 함께 앉아 있을 때였다. 한동안 들을 수 없었던 할머니의 목소리가 또렷하게 울렸다.

"문! 문……!"

바실리사는 낡은 슬리퍼 뒤꿈치로 마룻바닥을 딱딱 때리며, 긴 복도를 지나 현관으로 재빨리 움직였다. 그녀는 급히 잠금 고리를 젖히고 문을 활짝 열었다. 현관문을 열자 작은 창문이 열려 있던 탓에 부드럽고도 차가운 맞바람이 불어 닥쳤다.

나는 할머니 쪽으로 눈길을 돌렸다. 할머니는 크게 숨을 내뱉을 뿐, 더 이상 들이마시지 않았다. 바람이 되돌아 나갈 때, 할머니의 숨도 함께 사라진 것 같았다. 현관문이 저절로 닫혔고, 작은 창이 흔들렸다. 반사되어 떨어진 햇빛 자리는 할머니의 얼굴에서 흔들리는 창유리로 돌진했다. 햇빛 자리는 황금의 응결처럼 단단했고, 깨끗한 유리에서 반짝거렸다. 그리고 진동과 함께 유리에 금이 가는 소리가 들려왔다.

안톤이 작은 창을 통해 밖을 살폈다. 모든 상황을 간파한 바실리사는 성호를 그었다. 나는 모든 게 끝났다는 것을 믿지 못한 채 할머니 곁으로 다가갔다.

죽음은 평온했다. 그 죽음은 이 세상과의 결별, 모든 고통과 환난의 영원한 종식, 죄에서 벗어나는 자유를 의미하는 그리스도인의 죽음이었다. 하지만 나는 당시 이를 뭐라고 불러야 하는지 몰랐다. 그러나 바실리사는 알고 있었다.

할머니의 얼굴은 경건하고, 행복해 보였다. 푸른빛이 도는 성긴 백발 사이로 연한 분홍빛 두피가 보였다. 빗은 듯한 이마와 코는 질 좋은 도자기처럼 매끈했고, 검고 짙은 눈썹은 미간으로 모아져 단정했다. 바로 그 순간, 나는 내가 할머니를 많이 닮았다는 것을 깨달았다. ……할머니 다리 위에 누워 있던 흰 고양이가 일어나 침대 끝으로 가더니 바닥으로 뛰어내렸다.

안톤은 깨진 작은 창문을 살피고 있었다. 그는 아직 할머니가 돌아가신 것을 모르는 듯했다.

안톤은 오래된 페인트칠 조각을 긁어내면서 말했다.

"맞바람 때문에 작은 창이 흔들리면서 유리가 깨졌나봐. 계단에 깨진 커다란 유리가 있는데, 잘라서 쓸 수 있지 않을까? ……잘됐지, 뭐. 정사각형 모양의 다른 유리들은 여기에 끼워 넣기가 힘들어……."

사실 그랬다. 작은 창은 위쪽이 반원형이고, 격자 틀은 비대칭이었다. 경기가 좋을 때 할아버지가 새로운 양식으로 지었던 것이었다…….

창문과 문, 창문과 문……. 아이에게도 그 차이는 분명하다. 문은 경계다. 그 문으로 들어가면 다른 공간이다. 그곳으로 들어가면 자신도 변한다. 변하지 않을 수 없다. 반면 창의 기능은 일시적이다. 한 번 들여다보고는 곧 잊어버린다. 한 번 꾸고 나면 곧 잊는 나의 꿈처럼.

할머니가 세상을 떠나신 뒤 바실리사의 시간이 도래했다. 바실리사는 죽음에 관한 한, 모든 것을 알고 있었다. 죽은 이를 씻기고 치장하는 일, 뭘 입혀야 하고, 어떤 기도문을 읽어야 하며, 무엇을 식사로 내어야 하고, 무엇을 먹으면 안 되는지, 뭐가 필요한지 등등. 나는 주저 없이 그녀가 하라는 대로 따랐다. 그 점에서는 안톤도 마찬가지였다. 바실리사는 모든 것을 제대로 알고 있었다. 우리는 그녀를 온전히 따랐다.

저녁 무렵, 접이식 식탁을 넓게 펴고 그 위에 할머니를 반듯하게 눕혔다. 할머니의 팔은 가슴에 포개어져 낡은 스타킹으로 고정되어 있었고, 마방굴레처럼 네 번 접힌 수건이 턱을 받치고 있었다. 그리고 표면이 닳아빠진 5코페이카짜리 큰 동전이 감긴 두 눈 위에 놓여 있었다. 그 동전을 바실리사가 어떻게 구했는지는 알 수 없다.

할머니 머리맡에는 등잔불이 밝혀져 있었다. 성화 앞에서 바실리사가 천천히 교회 슬라브어로 된 기도문을 읽었다. 나는 등받이 없는 작은 걸상에 앉아 할머니와 작별인사를 했다. 그때 내 나이 스물네 살이었다. 오빠도, 아버지와 어머니도 이미 계시지 않았다. 하지만 부모님의 사망 소식은 그 후 몇 년이 지나서야 듣게 되었다. 당시 우리는 누구도 '서신 없는 10년'[23]이 무엇인지 알지 못했다.

할머니의 죽음은 내가 처음으로 목격한 죽음이었다. 하지만 크게 두렵지는 않았다. 나는 깊은 경외심을 가지고, 이성으로도 감정으로도 이해할 수 없는, 산 자와 죽은 자를 갈라놓는 죽음이란 사건을 이해하려고 노력했다. 조금 전만 해도 따뜻하게 살아 있던 할머니가 한 순간 다시는 볼

---

23 10년 동안 가족이나 지인들에게 어떤 소식도 전하지 못하게 하는 형벌. 스탈린 시대에 만들어진 것으로, 특히 정치범을 세상과 완전히 고립시키기 위한 목적으로 고안된 것이다.

수 없고, 더욱이 땅에 묻어야 하는 대상으로 변해버린 사실을 받아들이려고 애썼다. 바실리사가 아니었다면 싸늘하게 식어버린 할머니의 주검 앞에서 나는 아무것도 할 수 없었을 것이다. 그녀의 노련한 준비와 능숙한 행동이 나를 무척이나 안심시켜주었다. 흰 셔츠, 수의, 새 가죽 실내화 등. 그런데 바실리사는 새 가죽 실내화를 영 탐탁지 않게 여겼다. 아마도 저승길을 쉽게 가기 위해서는 금속 테두리의 구멍이 있어 끈을 맬 수 있고, 두터운 양말을 신고도 신을 수 있는 단화가 더 편했을 것이라고 생각을 했던 모양이다.

안톤은 할머니의 장례식을 위해 관을 교회로 옮기기보다 집으로 사제를 부르자고 했다. 교회에 대한 당국의 감시가 두려웠기 때문이다. 바실리사는 입을 다문 채 말없이 고개를 끄덕였다. 그러더니 할머니의 장례식 전날 늦은 시간에, 자기가 사랑했던 주의 종을 편안히 하늘나라로 보내줄 수 있으리라 여겨지는 작은 노인을 데려왔다. 안톤은 그날 밤 친척집에 가고 없었다. 망명자 가족 출신임에도 공장에서 높은 직위에 있던 안톤은 당국이 제재하는 기독교식 장례식에 굳이 참여하고 싶지 않았던 것이다.

바실리사가 모셔온 노인은 옷차림이 남루하다 못해 거지를 연상케 했다. 그는 가방에서 옷과 견대, 십자가를 꺼내더니 사제의 모습을 갖추기 시작했다. 바실리사가 깨끗하게 닦아놓은 탁자 위에, 그는 경건한 태도로 수놓은 천을 깔았다. 그것은 성찬포였다. 그로써 사제는 성찬식을 거행했다. 그것은 내 인생에서 처음으로 본 미사였다. 나는 교회에 한 번도 간 적이 없었다. 아버지는 나를 교회에 보내지 않는다는 조건으로 할머니 집에 살도록 허락했던 것이다. 우리가 배웠던 톨스토이주의의 그리스도교는 종교적인 모든 의식을 거부했다. 교회도, 사제도, 성화도, 마리아도 전혀 인정하지 않았다. 그때 나는 할머니를 천국으로 보내기 위한 미사의 성찬식에 참여하고 싶었지만, 그런 마음을 표하지 못했다. 성찬식이 끝난 후, 추도가를 부르는 장례미사가 거행되었다. 비밀스럽게 치러진 예배가 끝나자, 노인은 한밤의 어둠 속으로 조용히 사라졌다. 그 이후 그 노인을 다시 본 적이 없다.

장례식을 치른 날 밤, 나는 문득 잠에서 깨어 부엌으로 갔다. 왜 부엌으로 갔는지 모르겠다. 아마 목이 말랐을지도 모른다. 그런데 할머니가 늘 앉던 자리에 풀 먹인 빳빳한 레이스의 파란색 외출복을 입고 앉아 계셨다. 식탁에는 컵 걸이에 받친 유리잔이 놓여 있었다. 할머니는 차를 마셨다. 모든 게 평소처럼 느껴졌다. 갑자기 할머니의 죽음이 꿈이었나 하는 생각이 들었다. 그때였다.

"차 마실래?"

할머니가 내게 물었다. 나는 고개를 끄덕였다. 찻주전자는 뜨거웠다. 끓는 주전자에는 싱싱한 찻잎이 떠 있었고, 특이한 향기가 났다. 나는 차를 따르고 나서 할머니 옆에 앉았다.

"할머니, 돌아가신 게 아니었군요. 그렇죠?"

할머니는 미소를 지었다. 고르고 하얀 이가 반짝 빛났다. 할머니가 이를 새로 했다고 생각했다. 하지만 할머니가 당황해하실 것 같아 아무것도 묻지 않았다.

"죽었느냐고? 얘야, 죽음이란 없단다. 죽는 건 없는 거야. 너도 곧 알게 될 거다."

나는 차를 다 마셨다. 우리는 가만히 있었다. 아주 기분이 좋았다.

"가서 자거라."

할머니가 말했고, 나는 더 이상 아무것도 묻지 않고 일어나 침실로 돌아왔다. 그리고 잠꼬대를 하는 안톤 옆에 누웠다.

잠깐 잠이 들었다. 이게 꿈인가, 생시인가? 아니면 이도 저도 아닌 그 무엇? 꿈도 생시도 아닌, 세 번째의 그 무엇? 그걸 뭐라고 해야 할지……. 그 세 번째의 상태는 꿈과 실제로부터 똑같이 먼 거리에 떨어져 있다.

몇 년이 흐른 지금, 나는 할머니와 나눈 짧은 대화 외에 분명 또 무엇인가 이야기했다는 것을 기억해냈다. 그러나 무엇을 이야기했는지는 기억할 수가 없다. 다만 내가 기억하고 있는 것은 그때 깨달았던 것이다. 그것은 꿈속에 있을 때 모든 일상적 삶이 꿈으로 변한다는 것, 곧 현실과 꿈은 한 천조각의 앞면이자 뒷면이라는 것이다. 그렇다면 세 번째의 상태, 그것은 무엇일까? 내가 제도 작업을 할 때 위에서 보는 모습이라고나 할까?

해를 거듭할수록 경험이 쌓이면서, 나는 거의 정확하게 그것들의 차이점을 구분할 수 있게 되었다. 현실에서 대부분의 사물은 신비로움이나 최초의 실제 모습을 상실하게 된다. 물론 비싼 찻잔이 깨지면 너무 아까워 고쳐보려 한다. 비싼 것이 아니더라도 자주 쓰던 물건이 망가지면,—우리는 가난해서기도 하고 생활습관이기도 하지만—다시 고쳐서 쓰곤 한다. 깨진 찻잔은 붙이고, 낡은 코트는 깁고, 냄비는 땜질하고. 물론 더 이상 고칠 수 없을 때는 내다버린다……

반면, 꿈속의 사물은 실체가 아니다. 꿈에서 컵은 항상 물을 담을 수 있는 물건이 아니다. 마치 물을 담아본 적이 없는 것처럼, 물을 담으려 해도 담을 수 없다. 기본적으로 꿈속에서 사물은 필요성이 있을 때만 나타난다. 그 필요성이 사라지고 나면, 사물도 지체 없이 사라져버린다. 다시 말해서 어떤 물건에 대해 생각하지 않으면, 그 물건은 구체적 형태로 제 모습을 드러내지 않는다. 예를 들어, 어떤 컵에 어떤 그림이 그려져 있다고 생각해야만, 그림이 그려져 있는 컵이 나타나는 것이다. 꿈속의 사물들은 절대 낡거나 상하지 않는다. 그것들은 독립적인 존재가 아니다. 내가 생각한 것은 여기까지다.

하지만 세 번째 상태는 완전히 다른 것이다. 사물이 어떻게 보이느냐에 따라서 바로 내가 세 번째 상태라고 명명하는 것과 꿈을 쉽게 구별할 수 있다. 예를 들면, 돌아가신 후에 나타났던 예브게니야 할머니가 손에 쥐고 있던 유리컵은 흔히 볼 수 있는 것이 아니었다. 그것은 할머니처럼 하나의 개성이었다. 그 유리컵은 내가 알지 못하는 고유한 이름도 가지고 있을 것이다. 매우 단단해 보였고, 매우 컸다. 그 유리컵이 들어가 있는 컵걸이도 매우 컸다. 유리컵도 그 컵걸이도 특별주문해서 만들어진 것이 분명하다. 컵걸이는 러시아에서만 볼 수 있는 특별한 물건이다. 모스크바에서처럼 차를 컵걸이에 받쳐 유리잔으로 마시는 곳은 어디에도 없다. 컵걸이는 은으로 도톰하게 만들어졌으며, 표면은 나무껍질처럼 보였다. 나무의 그루터기와 흡사했다. 손잡이는 도끼 모양이었는데, 위로 뻗은 나뭇가지에 박혀 있는 모습이었다. 나뭇가지에는 자잘한 잎사귀와 잎사귀줄기들이 붙어 있었는데, 잎사귀줄기는 거의 남아 있지 않았다. 오랜세월 동안 닳아버렸거나 '파베르제'[24] 공장 보조기술자의 미숙한 솜씨 탓일 것이다.

고풍스럽거나 세련된 멋은 없고 그저 화려하게만 만들어진 컵걸이는 선물용으로 적합한 것이었다. 아니나 다를까, 아래쪽의 반들반들하고 평평한 부분에 '사랑하는 바실리이 티모페예비치에게'라고 새겨져 있었다.

---

24 러시아뿐만 아니라 유럽에서도 유명했던 보석세공사 페테르 파베르제(1846-1920)의 이름을 딴 보석 세공 공장. 황실과 귀족들을 위해 만든 71개의 '파베르제 달걀'은 정교한 보석세공기술의 진수를 보여주는 작품으로 평가되고 있다.

할머니는 살짝 미소를 지으며, 향기로 가득한 황금빛 맑은 차를 할아버지의 유리컵으로 마시고 있었다. 그런데 '사랑하는 바실리이에게'라는 글귀가 없었다. 어디로 사라진 것일까? 그 대신 한때 동료가 썼던 우스운 글귀가 쓰여 있었다. '나는 차를 마시고파! 누구는 산딸기, 누구는 꿀, 바샤 삼촌은 꽈베기빵[25]과 함께 마시지!' 자세히 들여다보니 컵걸이는 지금까지도 남아 있는 할아버지의 것보다 더 고급스러워 보였다. 세 번째 상태에서 사물은 실제의 모습보다 훨씬 더 좋아 보인다. 적어도 일반적인 것과 분명하게 구분된다. 차도 마찬가지였다. 할머니가 마시던 차는 이국적인 향기를 뿜어내고 있었는데, 그것은 평생 할머니가 마신 누런 빛깔의 연한 차—이 차를 할머니는 부유했던 친정에서 살 때도 마셨다—와 완전히 다른 것이었다. 할머니는 진한 차를 좋아하지 않았었다.

세 번째 상태에서 모든 사물은 아무리 보잘것없던 것이었을지라도 완벽한 모습으로 탈바꿈한다. 마치 보이지 않는 장인(匠人)의 손이 그 사물의 본질적 가치와 특징을 되돌려주기 위해 분주히 움직인 듯이. 오래전 할머니가 입었던 화려한 원피스는 그런 생각에 확신을 갖게 한다. 죽은 할머니를 본 다음 날 아침, 나는 일어나자마자 제일 먼저 옷장 문을 열고 할머니의 원피스를 꺼냈다. 원피스는 등 부

---

25 독일의 브레첼과 같은 모양의 빵.

위가 누렇게 바래 있었고, 구겨진 옷깃은 여기저기 기워져 있었다. 하지만 전날 밤, 차를 마시던 할머니가 입고 있었을 때는 아주 빳빳한 옷깃의 새 원피스가 분명했다. 맹세할 수 있다……

그리고 차도 따뜻했던 걸 난 똑똑하게 기억한다.

돌아가신 할머니가 나를 다시 부른 것은 1941년 봄이었다. 타냐야, 그때 넌 태어난 지 2개월이 되었단다. 넌 아주 약했고, 자주 칭얼거렸어. 나와 바실리사는 파김치가 되어 있었지. 그날 밤 바실리사는 나한테 편하게 자라고 한 뒤, 너를 데리고 갔단다. 잠이 들었던 나는 코끝을 스치는 차 향기 때문에 잠을 깼다. 나는 곧 그게 일반적인 차 향기가 아니라는 걸 알 수 있었다. 부엌으로 갔지. 할머니가 식탁에 앉아 있었어. 주전자는 뜨거웠고, 은색의 컵걸이가 할머니 앞에 놓여 있었다. 할머니는 차를 마시지 않고 나에게만 권했다. 그런데 할머니의 차림새가 이상했다. 베레모를 쓰고 있었는데, 그 베레모는 시골 아낙들이 주로 쓰는 수건으로 덮여 있었다. 외투는 여기저기 기워서 누더기 같았는데, 그 단추 구멍에는 새 천이 박아져 있었다. 내가 들어서자마자 할머니는 일어섰다. 할머니의 손에는 커다란 자루가 쥐어져 있었다. 내 앞에서 자루를 풀더니 머리를 흔들며 할머니는 말했다.

"아니야, 이건 너무 커."

자루가 저절로 작아졌다. 나는 자루가 저절로 작아지는

데도 전혀 놀라지 않았다. 원하는 것은 무엇이든 말 한마디면 충분했다. 줄어든 자루에 할머니는 그릇을 하나씩 주의 깊게 살피면서 담기 시작했다. 숟가락 셋, 찻잔 셋, 접시셋. 작은 냄비, 프라이팬, 아기 이유식용 국자, 그리고 소금과 곡물까지.

할머니는 진지하고 슬픈 표정을 하고 있었다. 컵걸이에서 유리잔을 빼고는 안에 들어 있던 차를 개수대에 쏟아버렸다. 향긋한 차 향기가 진하게 퍼졌다. 그리고 할머니는 외투의 단추를 풀더니, 외투 깃에 있던 황금 브로치를 빼서 컵걸이 속에 넣었다. 브로치는 화살 모양에 에메랄드가 박힌 것이었다. 브로치가 든 컵걸이도 자루로 들어갔다. 할머니는 뭔가 하고 싶은 말이 있는 것 같았지만, 끝내 아무 말도 하지 않았다. 그저 물건을 집어넣은 자루를 가리킬 뿐이었다.

나는 이 사실을 바실리사에게 말했고, 그녀는 고개를 끄덕이더니 성호를 그었다.

"엘레나, 우릴 잡으러 올 거야……."

하지만 그런 일은 일어나지 않았다. 대신에 기억하기로는, 3개월 후 피난이 시작되었다. 바실리사는 재빠르게 모든 준비를 끝냈다. 그녀는 피난 갈 때 필요한 물건이 무엇인지 잘 알고 있었다. 이해되지 않았던 것은, 왜 할머니가 바실리사가 아니라 내 앞에 나타났느냐 하는 것이었다. 바실리사가 나보다 더 잘 이해할 수 있었을 텐데……. 그랬다.

194

바실리사는 나와는 비교도 할 수 없는 삶의 연륜을 가지고 있었다. 물론 그때까지도 심한 풍파를 겪은 그녀의 삶은 베일에 싸여 있었다. 자신의 삶에 대해 상세히 이야기한 적이 없었다.

안톤은 자신의 직위 때문에라도 전쟁에 징집되지 않을 거라고 믿고 있었다. 실제로 많은 설계사들이 징집에서 제외되고 있었다. 그러나 원칙도 기준도 없는 군부의 행정 탓에, 그는 징집 대상이 되었다. 오히려 안톤보다 일을 못하는 사람들이 징집을 피해갔다. 이는 아마도 안톤의 비사교적인 성격 때문인지도 모른다. 그는 친한 사람도, 믿는 사람도 없었다. 그러고 보면 타냐와 안톤은 닮은 점이 별로 없다……

우리는 작별인사도 제대로 하지 못했다. 공장은 심한 공황을 겪고 있었고, 6월 말에는 피난을 가야 한다는 소문이 돌았다. 진행 중인 작업의 일부를 자료실로 보내야 했기 때문에, 각 부서는 산더미처럼 쌓인 서류와 설계도면과 씨름을 했다. 직원은 이미 반으로 줄어들었고, 모든 것이 엉망진창이었다. 게다가 타냐, 너는 그때 몹시 아팠단다. 바실리사가 너를 하루에 두 번씩 공장의 방문객 접수실로 데리고 왔고, 나는 잠시 뛰어나와 너에게 젖을 먹이곤 했단다. 하지만 젖이 잘 나오지 않아 너는 보챘고, 나는 젖이 아예 나오지 않을까봐 걱정이 태산이었지.

엎친 데 덮친 격으로 아픈 아이까지 돌봐야 하는 힘겨운 상황에서, 나와 안톤은 작별을 했다. 징집된 군인들의 훈련소가 미트나야 거리에 있었다. 안톤은 전장으로 떠나는 날, 나를 오지 못하게 했다. 그래서 바실리사가 그를 배웅했다. 그렇게 안톤이 떠나고 난 후, 나는 어쩌면 우리 사이에 무슨 일이 벌어질지 이미 예감하고 있었던 것 같다.

타냐, 너는 밤새 울다가 잠이 들었단다. 나는 네 옆에 쓰러져 누워 있었는데, 아주 더운 날이었다. 우리는 아파트 지붕 바로 아래에 살았는데, 여름에는 정말 참기 어렵게 더웠다. 해가 진 뒤에도 열기가 쉽게 가시지 않았어.

땅이지만 땅이 아니었다, 완전히 낯선 곳이다. 붉고 마른 흙, 돌과 먼지. 선인장과 흡사해 보이지만, 커다란 나무 같은 이상한 식물이 자라고 있었다. 그 식물에는 파란색 철로 된 날카롭고 움직이는 가시가 돋쳐 있었다. 이상한 식물들은 그 가시로 숨을 쉬고 있었는데, 그럴 때마다 가시는 부풀었다 다시 오그라들었다. 멀리, 가시 돋친 식물 사이를 안톤이 걷고 있었다. 아주 옛날 모양의 이상한 군복을 입고 있었다. 사슴가죽의 군복은 몸에 착 달라붙었고, 소매는 짤뚝했다. 안톤은 말랐지만 단단한 소년처럼 보였다. 만일 타냐와 안톤이 닮은 점이 있다면, 신체 조건일 것이다. 가는 허벅지, 기다란 목과 턱. 그러고 보니 전에는 미처 생각하지 못한 것이네.

안톤이 어디론가 떠나려고 했다. 나는 황급히 그의 뒤를 쫓았다. 안톤은 걸음을 멈추지 않았다. 내가 쫓아가는 걸

196

알면서도 기다리지도 않았다. 움직일 수 없는 식물의 특성 대로 선인장처럼 생긴 이상한 나무는 제자리에 있고, 나는 되도록 그것과 멀리 떨어지려고 애를 썼지만, 식물은 계속 해 나를 낚아채어 가시로 할퀴었다. 나는 빨리 걷고, 안톤 은 아주 천천히 걸어가는데도, 나와 그의 거리는 점점 멀어 졌다. 마음이 다급한데도 나는 소리를 지를 수가 없었다. 이 유는 알 수 없다. 다만 절대 소리를 지를 수 없다는 것, 금지 되어 있다는 것만 알고 있었다. 안톤은 점점 더 멀어져갔는 데, 마지막에 그는 걷지 않고 말을 타고 있었다. 그는 내 시 야에서 완전히 없어질 때까지 아주 가볍게 나무들 사이를 달려 나갔다. 그때 가시 돋친 나무들의 가시가 오그라들기 시작했고, 점차 작아지더니 창가에 흔히 있는 알로에, 또는 칼랑코에에 속하는 식물의 크기로 변했다. 마치 나에게 집 으로 가도 된다는 허락이라도 하는 듯했다. 붉었던 흙도 일 반적인 흙색으로 변했고, 풀들도 더 이상 이상할 것 없이 아주 부드럽고 가늘었다.

바실리사는 가끔 해몽을 잘한다. 그런데 이 꿈에 대해 서는 아무 이야기도 하지 않았다. 단지 이렇게만 말했다.

"모든 사람이 주어진 운명대로 사는 거지……."

바실리사의 해몽이 아니더라도 나도 짚이는 점이 있었

다. 그 첫째는 안톤의 전사다. 검은색[26] 군복, 선인장, 가시 등을 보면……. 그런데 왜 소리를 지를 수 없었을까? 여기에 중요한 사실이 숨겨져 있을 것이다. 다행인 것은, 모든 것이 결국 밝혀지게 되어 있다는 것이다. 나는 우연이나 의미 없이 일어나는 일은 없다고 굳게 믿고 있다.

그렇기는 하지만 이해할 수 없는 게 너무 많다. 사람들이 확실하게 인지하고 있는 삶은, 논리적이고 필연적으로 과거, 현재, 미래로 나누어진다. 우리의 감정과 생각들도 그 시제에 익숙해 있다. 언어도 똑같은 시제를 가지고 있다. 그런데 현재의 매 순간을 같이할 수 있다는 것은 경이로운 일이다. 두 사람이 같은 방 안에 있다. 그들의 과거는 서로 다르다. 한 사람이 방을 나간다면 둘의 미래는 달라진다. 오로지 같은 방 안에 있는 순간, 그들은 같은 현재를 사는 것이다. 이런 순간은 그다지 드문 게 아니다. 그리고 아주 강한 인상을 남긴다. 그 순간을 떠올린다는 것은 그 순간을 다시 살아나게 하는 것이며, 새로운 문법을 갖게 하는 것이다. 우리의 언어에는 존재하지 않는 문법을……. 이를 좀 더 구체적으로 설명하기가 너무 어렵다. 아니, 솔직히 설명할 재간이 없다…….

이해하기도, 설명하기도 힘든 사건들은 너무도 많이 일어난다. 예를 들면, 시베리아에서 병원에 입원해 수술을 받

---

26 안톤이 입은 군복은 사슴가죽으로 만든 것으로, 일반적으로 검은색이었다.

고 있을 때, 내가 살아 있는 건지 아닌지 불분명했을 당시, 나의 의식은 어떤 습지에서 헤매고 있었다. 누군가가 나를 거기서 꺼내주었다. 나는 흰 천으로 치장을 하고 철로 된 침대에 누워 있었다. 그때 '파'가 나타났다. 그리고 내가 방금 헤엄친 곳이 엉킨 물이었음이 분명해졌다. 그건 이미 과거다. 하지만 대머리에 이마가 둥글고 미간이 넓은 파벨은 현재다. 그는 나의 과거에도 있었고, 미래에도 있을 것이다. 물론 '파'는 나의 현재에 속해 있다. 바로 지금 이 순간에 있다. 이런 생각을 하니 그 어느 때보다 내가 현재에 있다는 것이 강하게 느껴진다. 왜냐하면 '파'는 내가 현재에 머물 수 있게 하는 특별한 힘이기 때문이다.

우리는 현재 속에서도 불평등을 겪고 있다! 많은 것들이 자취도 없이, 그야말로 아무 흔적도 없이 사라진다. 한 번도 있던 적이 없는 것처럼. 반면, 어떤 다른 것들은 벌 받는 학생에게 글자 하나 놓치지 말고 다 외우라고 하는 것처럼, 천천히, 명확하게, 선명하게 남는다. 나는 요사이 내가 가장 중요한 것을 잊어버릴 수 있다는 생각에 문득 두려워지곤 한다. 그래서 나는 조급한 마음으로 뭔가를 쓰기 시작한 것이다. 쓴다 해도 결국 모든 것을 잊게 되리라는 것을 잘 알면서도 말이다. 그리고 내가 앞으로 쓸 것들이 단지 내가 보고 느낀 것의 그림자에 지나지 않는다는 것을 잘 알면서도 말이다……

나의 **위대한** 물의 체험—또는 환상? 아니면 세 번째의 상태?—은 가장 중요한, 그러나 현재에 절대 종속될 수 없는 영역과 관련된 것이다. 위대한 물의 체험이라고 명명한 것은 상태든 사건이든—이들이 별 차이는 없지만—나에게 일어난 현상을 언어로 지칭할 필요가 있기 때문이다. 아무튼 '콰'는 그때 없었다. 그를 만나기 전에 일어난 일이다. ……그를 만나기 전에도 나는 여러 곳을 쏘다녔다. 물론 위대한 물에도 있었다. 그러나 그때 나의 모습은 지금과는 사뭇 달랐다. 그때는 흐릿하고 아주 작았다. 아이라고 할 수 있을까, 아니면 아직 지능이 덜 발달된 상태라고 할까? 그때 나는 장님이었던 것 같다. 기억 속의 여기저기를 돌아다녀보아도 남아 있는 그림이라든지 떠오르는 영상이 없기 때문이다. 그 곳에는 딱딱하거나 단단하고 모서리가 있는 것들은 전혀 없었다. 그저 축축한 물 같은 것만 있었다. 그것은 나를 에워싸고 있었고, 비켜 흘러내리기도 했다. 마치 내가 단단한 육체가 있는 생물이 아니라 물처럼 느껴지게 했다. 이 물은 사방으로 퍼지는 게 아니라, 끈적끈적한 젤리나 해변의 물거품 속에 있는 해파리처럼 덩어리져 있다. 볼 수는 없지만 내가 받은 인상은 대단한 것이었다. 아직 완전하게 만들어지지 않은 내 몸의 표면들로 그 인상을 받아들일 수 있었다. 그리고 진짜 '나' 자체는 중심의 깊이 숨겨진 곳에 자리하고 있었다. ……무엇보다 강한 인상으로 남은 것은 먹는 것과 관련된 것이다. 맛있는 것, 맛없는 것, 부드러운 것, 시럽처럼 끈적끈적한 것, 때로는 달콤하고 오한

과 한기를 일으킬 만큼 매운 것, 그냥 단 것이 아니라 절대 멈출 수 없을 정도로 단 음식이었다. 그 단 것들은 마치 나를 전부 빨아들여 어디론가 데리고 갈 것만 같았다. 그리고 다양한 동작도 있었다. 그것은 수영과 비슷한 것 같기도 했지만, 그보다 더 힘든 것이었다. 움직일 때마다 부드러우면서도 아주 강하게 흐르는 다양한 물줄기들을 만날 수 있었다. 물줄기들은 빨아들였다 놓아주었다 하면서 나를 부드럽게 어루만져주었다.

제일 중요한 것은 배고픔, 갈증, 접촉, 액체 속에서의 편한 움직임, 이런 것들이 충족되는 것이었다. 아마도 이것은 구체적인 상대가 필요하지 않은, 가장 기본적인 성적 만족의 한 형태라 할 수 있을 것이다. 이것은 내가 타인 안에, 타인이 내 안에 용해됨으로써 생기는 소중한, 축복받은 환경이다……

모든 것이 행복했다. 그러나 길고 특별한 고통의 실이 이 축복의 상태로 들어와 움직임을 만들어냈다. 그 새로운 움직임은 또다시 새로운 행복을 만들고……

거의 그렇게 이어지다가……

끔찍한 시간이 찾아왔다. 빛 한 줄기 보이지 않는, 절대적인 어둠이 다가왔다. 암흑기의 도래라고 말하고 싶을 정도였다. 어둠은 그 어떤 의식보다 강했고, 물과 대기에 스며들었다. 그것은 야생의 자연처럼 길들일 수 없는 것이었다. 요동치는 신체의 중심에 있는 작은 나의 '나'는 공포에 대한 두려움 때문에 경련을 일으켰다.

이는 시작과 끝이 있고, 때로는 심했다가도 약해지는 인간의 고통이 아니었다. 내가 겪은 암흑은 측정할 수 없는 것이었다. 마치 기하학적인 점과 같이 절대적이었다. 그 모든 점은 나를 겨냥하고 있었다. 지금은 세상을 떠난 할아버지의 생활공간에서 어린 시절, 나는 이와 유사한 느낌을 경험했다.

나는 심한 구역질이 났다. 위경련이 일어난 것도, 뭔가 잘못 먹어서도 아니었다. 나의 '나' 자체가 몸으로부터 떨어져 나가려 했으나 곧장 출구를 찾을 수 없었고, 그로 인해 심한 경련이 일어났다. 연약한 내 몸 속에 있으면서 외부의 충격, 추위, 더위, 시고 매운 것, 엄청나게 단 것 등으로부터 보호받고 있던, 만져본 적도 없는 소중하고 신비스러운 나의 '나'는 점점 더 심하게 요동쳤고, 고통스럽게 부들부들 떨었다. 반면 묵처럼 연한 살과 끈적끈적하고 시큼한 액체를 머금은 작은 입, 몸 안에서 생성된 액체를 밀어내는 틈새를 가진 복잡한 구조의 나의 몸은 있는 힘껏 웅크리면서, 몸을 감싸고 있는 대양에서 일어난 폭풍의 공포로부터 벗어나고자 했다. ……공포는 몸의 표면에서만 일어난 것이 아니라, 몸의 내부를 향해 뚫고 전진하는 것 같았다…….

밖으로 나오려는 나의 '나'와 점점 내부로 웅크리며 들어가려는 나의 몸이 보이는 상반된 두 욕망은 격하게 충돌했다. 그 순간, 더 이상 참을 수 없는 고통이 엄습했고, 모든 것이 극한까지 수축되면서 마치 죽어버린 듯했다…….

참기 힘든 고통이 나를 산산조각 냈지만, 그 지옥 같은 고통 속에 미묘한 감동이 넘쳤다.

처음에는 간신히 느낄 수 있을 정도로 약했던 미세한 진동은 점점 더 강해져갔고, 달팽이모양으로 휘말려, 밖에서 나를 빨아들이기 시작했다. 그로 인해 절정에 도달한 어둠은 더더욱 진해졌다. 이 이상의 고통이 있을까? 그 강도는 더욱 강해졌고, 나와 함께 세상이 완전히 뒤집어지는 듯했다…….

살이 찢기는 고통이었지만, 그것은 희망이기도 했다. 나는 그 사건의 능동적 참여자였다. 그런 과정에 자신의 육체와 정신 모두를 동원하는 세상의 모든 산모들처럼……. 물론 산모의 도움 없이도 나는 태어났을 테지만……. 그렇다면 좀 더 오래, 좀 더 힘들었겠지만……. 나는 산모처럼 물속을 자유롭게 떠다니던 나의 모든 늘어진 기관을 안으로 감추고, 나의 신비스러운 '나'를 밖으로 밀어냈다. 할 수 있다는 자신감에 충만해 있었다. 더 이상 두려움은 없었다. 이전에 알지 못했던 전혀 새로운 감동이 물결쳤다. 나는 서둘렀다. 이 새롭고도 벅찬, 아직 그 전부를 느껴보지 못한 감동 속에서 내가 느낀 것은 시간이었다. 이미 그것은 째깍째깍 흘러가고 있었다. 나는 다시 한 번 힘을 모았다. 보이지 않는 어떤 막이 아주 요란한 소리와 함께 터지는 것 같았다. 그렇게 나는 밖으로 나왔다.

축복, 그것은 고통이 없는 상태다. 따라서 고통이 무엇인지 모르면, 축복과 은혜가 무엇인지도 알 수 없다. 이제 두려움도, 아픔도, 그와 비슷한 또 다른 무엇도 더 이상은 없었다. 온 세계가 달라졌다. 나도 달라졌다. 다만 아주 미약한 나의 '나'만이 변하지 않았다. 그것은 자기 스스로를 지킬 수 없을 정도로 연약했다. 곧 해체되고 소멸될 위기의 경계에 놓여 있었다.

위대한 변화는 미약한 나의 '나'를 감싸고 있던 몸이 안으로 스며들고, 반대로 중심에 있던 나의 '나'가 표면으로 나와, 이제 막 형성되기 시작한 자신의 표피로 세상의 미세한 흐름과 가벼운 움직임을 느끼고 있다는 데 있었다. 그러나 외부로부터 필요한 것들을 채취하는 데 익숙했던 나의 몸은 완벽하게 내면으로 돌아가 제자리를 찾지 못한 것이 분명했다. 적어도 나의 몸 표면에 커다란 구멍이 남았고, 그것은 스스로 열렸다. 그 구멍을 통해 습기도 아니고 물도 아닌 것이 나의 몸을 가득 채웠고, 몸은 가볍게 부풀어 올랐다가 다시 가라앉았다. 숨쉬기 시작한 것이다. 그때 나는 축복에도 모든 통증처럼 단계가 있다는 것을 의식적으로 깨닫기도 전에, 또 하나의 새로운, 더 깊은 감동을 주는 축복을 직감했다. 내 몸 표면에 새로운 구멍이 또 열렸고, 빛을 보았다. 내가 볼 수 있단 말인가? 아니면 세상에 무슨 일인가가 일어난 것인가? 알 수 없다. 분명한 것은 빛이 만들어졌다. 눈을 뜬 것이다. 순간 나는 다시 눈을 감았다. 축복의 최고 단계는 고통인 것을…….

나는 누구에게, 그리고 왜 이 '광인 일기'를 쓰는 것일까? 나 스스로가 자신을 완벽하게 믿고 있지 않다면, 누가 나를 믿겠는가? 타냐, 넌 이 글을 끝까지 읽을 거니? 아니면 누군가가 과연 이 글을 끝까지 읽을까? 왜? 그럴 필요가 전혀 없을지도 모른다. ……아무튼 지금은 타냐, 너에게 쓰고 있단다. 나는 시간이 지나면 지날수록 잊어버리고 녹아 없어지지 않도록 머릿속에 떠오르는 대로 그것을 쓸 뿐이다.

어제 회사에서 집으로 돌아오니, 바실리사가 나에게 전화가 왔다고 얘기해주었다. 5분 후, 나는 이미 바실리사가 이야기해준 전화했다는 사람의 이름을 기억하지 못했다. 나는 바실리사에게 되물었다. 바실리사가 다시 그 이름을 말했다. 오늘 아침, 나는 그 이름을 다시 잊어버렸다. 어제 전화로 친구 누군가하고 이야기를 한 것 같다. 그런데 누구와 이야기를 했는지 기억할 수가 없다. ……심상치 않은 주의력 결핍과 건망증. 나는 아무도 눈치 채지 못하도록 노력하고 있다. 이 불행한 기억상실의 증상이 회사에서는 그나마 덜 심각한 편이다. 회사에서 나는 거의 아무것도 잊지 않고, 혼동하지도 않는다. 다만 새로 온 제도사의 이름을 기억할 수가 없었다. 그래서 메모를 하여 연필꽂이에 꽂아놓았다. '발레리야'라고. 아, 기억이 났다. 누가 어제 전화를 걸어왔는지 기억이 났다. 발렌티나였다. 일리야 골드베르그의 아내. 그녀가 무언가를 말했는데, 길거리 공중전화여서인지 알아듣기가 힘들었다. 나는 그녀가 뭐라고 했는지 제대로 이해하지 못했다. 그녀는 '파'가 무슨 일인가를 도와주기를 바란다는 말을 했던 것 같다. 나는 그것을 까맣게 잊고 '파'에게 전하지 못했다……

  '파'가 나에게 뭔가 문제가 있다는 것을 알아차린 듯하다. 나는 가끔 그가 자신의 투시력으로 나를 보고 있다는 것을 알고 있다. 청소부 리자가 죽은 날로부터 반년이 흘렀다. 우리 관계는 회복될 가능성을 완전히 상실한 상태다. 몇 번인가 그는 나와 이야기를 하려고 시도하기도 했다. 망가진 우리 관계 때문에 그가 무척 괴로워하는 것도 알고 있지만, 나는 아무것도 할 수 없다. 언젠가는 잊어버릴 수도 있겠지만, 당시 그가 내뱉은 끔찍한 그 말이 언제나 우리 사이를 가로막고 있다. "당신은 여자가 아니야. 당신은 그것도 없잖아." 그는 사실을 말했을 뿐이다. 하지만 그 말이 왜 그렇게 모욕적이었을까?

  집안 분위기는 말이 아니었다. 모두가 힘들었다. 오직 새로 들어온 우리의 입양아만 신이 났다. 버터를 바른 흰 빵에 설탕을 잔뜩 뿌려 먹는다. 하루에 흰 빵 하나를 혼자 먹어치운다. 그것도 무아지경에 빠진 행복한 얼굴로. 그러면서도 빵을 먹을 때마다 죄지은 사람처럼 몰래 눈치를 보곤 한다. 살도 포동포동 올랐다. 한편 타냐는 토마를 공부하는 쪽으로 이끌려고 했다. 나로서는 모든 게 참기 힘든 것이었다. 토마 때문에 나는 '파'를 잃지 않았던가.

타냐! 내가 이것을 왜 너한테 쓰고 있을까? 넌 지금 고작 열두 살인데! 너도 자라면 누군가를 사랑하게 될 것이고, 그러면 이 모든 바보 같은 일들을 용서해주겠지.

그는 술을 많이 마셨다. 그에게서는 언제나 보드카 냄새가 풍겼다. 때로는 신선하게, 때로는 역겹게. 그의 표정은 늘 어두웠지만, 그게 전부 우리의 냉담해진 관계 때문만은 아니었다.

구정에—바실리사는 오직 구력(舊曆)으로만 새해를 지냈다—그녀는 양배추가 든 파이를 만들었다. 언제나 그랬듯이 파이는 두껍고 볼품없었다. 햄을 넣은 감자 샐러드, 보쌈도 만들었다. 온종일 돼지고기 끓이는 냄새가 집 안에 진동했다. 오랜 시간의 금식주간이 끝난 것이다. 저녁이 차려진 식탁에 앉으며, '파'는 내 앞에 신문을 놓았다. 살인마 의사에 관한 신문기사에 표시가 되어 있었다. 기사에 나와 있는 명단을 보니 절반이 '파'의 친구들이었고, 대부분이 유대인이었다. 컵에 보드카를 따르더니, 안주로 파이를 먹었다. 타냐에게 윙크를 하고 토마의 머리를 쓰다듬었다. 토마의 얼굴에 화색이 돌았다. 그런 다음 그는 서재로 갔다. ……나는 이야기를 하고 싶었지만, 뜻대로 되지 않았다.

잠자리에 들기 전에 나는, 우리에게 무슨 일이 일어나고 있는지, 그리고 앞으로 무슨 일이 일어날 것인지 알게 해달라고 신에게 간구했다. 하지만 그날은 기도에 대한 어떤 응답도 일어나지 않았다.

14

1953년 1월 13일, 그때부터 파벨은 거의 언제나 술에 만취해 있었다. 그러나 술에 취해 했던 애정표현이나 시골로 휴가를 가는 일은 더 이상 없었다. 말수가 없어진 파벨의 인상은 음산하기까지 했다. 그는 전화를 받지도 걸지도 않았다. 병원에는 일주일에 세 번 이상 출근하지 않았고, 오후 두 시 즈음에 퇴근했다. 집에서 파벨과 자주 시간을 함께 했던 타냐는 이제 거의 언제나 토마와 시간을 보냈다.

파벨과 타냐는 토마를 혼자 두거나, 토마의 기분을 상하게 하지 않으려고 마음을 썼다. 그래서 타냐는 이른 아침에만 서재로 가서는 잠깐씩 아버지와 농담을 주고받으며 유쾌하게 웃고 떠들었다. 어릴 때의 유치한 별명 하나를 귀에 대고 소곤거리기도 했다.

그 무렵, 두 명의 아이들이 집에 자주 들르곤 했다. 그들은 다름 아닌 골드베르그와 발렌티나의 쌍둥이 형제 게나디이와 비탈리이였다. 약간 모자란 듯하고, 깨질 것 같은 목소리에 말랐으며, 얼굴엔 여드름이 잔뜩 나 있는 이들은 하루가 멀다 하고, 아니 거의 매일 와서 점심을 먹었다. 그들 가족이 얼마나 힘들게 사는지 잘 알고 있는 엘레나가 그들을 초대했던 것이다. 1949년부터 골드베르그는 수감되었고, 발렌티나는 최근에 체포된 유대인 의사의 실험실에서 일하다가 하루 만에 해고되었다. 직장을 잃은 뒤 발렌티나는 병이 들었다. 한 번의 심장발작이 다음의 심장발작을 불러왔다. 그녀는 그 사이사이 골드베르그의 면회를 다녀오곤 했다.

거칠지만 자애로운 손으로 수백 번의 송금과 소포를 보낸 바실리사였지만, 점심시간에 손님이 오는 것은 달가워하지 않았다. 그녀의 생각에, 자선은 빵과 적은 푼돈으로 베푸는 것이지 진수성찬으로 베푸는 것이 아니었다. 엘레나는 바실리사가 그들을 반기지 않는 이유를 짐작하고 있었지만, 모른 척했다……

분노한 국민들이 전국 방방곡곡에서 집회를 가졌고, 국가보건기관에서도 특별한 관심을 가지고 대책 마련에 나섰다. 그 결과, 웬만큼 유명한 사람들이면 책임을 져야 했고, 죄인이라는 낙인을 감수해야 했다. 처음에 파벨은 단순히 모든 의사들을 죄인 취급하여 모욕하려는 것이라고 판단했다. 그 자신도 전혀 죄가 없는 의사가 있다고는 믿지 않았다. 파벨은 심한 우울증을 겪었고, 살아오면서 처음으로 자살을 생각해보기까지 했다. 빨간 가죽양장의 두꺼운 몸젠의 『로마사』는 늘 그의 책상에 놓여 있었는데, 그 책의 내용에 따르면 파벨이 흠모하는 후기 고대 사회에서는 자살은 죄가 아니었다. 오히려 명예와 위엄을 유지하기 위한 것이자 진퇴양난에서 벗어나는 용감한 결정이었다. 파벨은 자신의 처지를 생각하며 그 사상에 유혹되기도 했다.

아내와의 엇갈린 행보는 점점 더 깊어지고 그를 지치게 했다. 사랑스러운 딸은 그의 대화 상대가 되기에는 너무 어렸다. 가까운 친구들은 대부분 소비에트 당국에 의해 체포되었다. 유전학자 일리야 골드베르그, 병리해부학자 야코프 사피로, 안과의사 페탸 크리포세이……. 대학교 동료로 오래전에 이미 의료계를 떠난 뒤 공무원이 되어 유대인들의 압제자가 된 사샤 마크라코프를 제외하고.

뜻하지 않은 일이 파벨의 집에서 일어나기도 했다. 소비에트 권력에 대해 깊은 적개심을 품고 있는 바실리사가 난생 처음으로 그 권력의 낚싯바늘에 걸려든 것이다. 예수를 부정하는 비밀스러운 적, 교활한 유대인 의사는 중세시대를 열망하는 바실리사에게도 비판의 대상이었다. 그런 탓에 그녀는 소비에트 권력과 현실에 대한 공통된 그림을 그릴 수 있었다. 그것은 유대인들이 혁명을 일으켰고, 차르를 죽였으며, 교회를 파괴했다는 것이다. 그리스도를 십자가에 못 박은 사람들에게 무엇을 기대할 수 있단 말인가?

바실리사는 공포에 질려 있었고, 탄식하며 늘 간절하게 기도했다. 또한 그녀는 거리에서 또는 가게 앞에 줄을 선 사람들로부터 의사들에 대한 흥미진진한 이야기를 듣고 왔다. 그 이야기는 유대인 의사들이 환자를 죽은 자의 피로 감염시키고, 신생아를 눈멀게 하고, 무지한 러시아 환자들을 암에 걸리게 했다는 등등의 내용이었다. 당시 이런 이야기들이 사람들 사이에 많이 퍼져 있었다. 사람들은 유대인 의사한테 치료받기를 꺼렸고, 독살되거나 불구자가 될지도 모른다는 공포심에 떨고 있었고, 깊은 적대감과 증오심을 품고 있었다…… 유대인 의사에 대한 해직, 숙청, 유형이 이어졌다. ……리디야 티마수크[27]는 레닌 훈장까지 받았다…….

그즈음의 몇 달 동안 바실리사는 파벨에게 대화 상대자, 그보다는 파벨의 말을 경청하는 유일한 사람이었다. 엘레나는 직장으로, 두 소녀는 학교에 가 있는 시간, 파벨은 부엌에서 식품을 구하기 위해 사투를 벌이고 돌아올 바실리사와 그녀가 가져올 커피를 기다렸다. 집으로 돌아온 바실리사가 가방에서 사온 것들을 꺼내 정리하는 동안, 파벨은 무심하고 냉담한 태도로 그녀의 의사나 이해능력에 아랑곳하지 않고, 차 또는 술을 준비해놓고는 강의할 태세를 갖추었다…….

본래 그의 강의는 교육수준이 더 높은, 많은 청중들 앞에서 하려고 준비된 것이었다. 그러나 지금은 소용이 없어졌다. 의학 문제와 상관없는 자신의 역사적인 탐구에 대하

---

27 1898~1983. 심장전문의. 쥐다노프를 부당하게 치료한 의사들을 고발한 티마수크의 편지는 유대인 의사들의 탄압에 이용되었다. 1948년 몇 번에 걸친 그녀의 편지는 아무런 관심도 받지 못했다. 오히려 편지로 인해 지방병원으로 좌천되기도 했다. 그러나 1952년 문서실에 묻혀 있던 그녀의 편지는 국가안전부의 주목을 받게 되었고, 당시 쥐다노프의 별장에서 치료를 담당했던 의사들은 모두 체포되었다.

여, 그리고 반유대주의 역사와 그것의 종교적 경제적인 뿌리가 무엇인가에 대하여 관심을 보이는 학생들은 이미 어디에도 없었다. 파벨의 강의 내용은 독일의 역사가 몸젠의 저서를 원천으로 요셉 플라비에와 재능 있는 고대 작가들에 대한 탐구, 성 아우구스티누스, 그밖에 몇몇 교회 성인들의 저서를 탐독하면서 얻은 것들이었다. 그는 중세의 가치관을 토대로 하여 책들을 읽었는데, 모든 기독교 문명이 반유대주의로 점철되어 있다는 것을 알고는 놀라지 않을 수 없었다.

바실리사는 언짢은 기분을 알리려는 듯 일부러 칼로 당근 다듬는 소리를 크게 냈다. 그리고 수수와 메밀을 고르고 양배추를 잘랐다. 그녀에게 파벨의 훌륭한 강의는 다른 언어로 들려오는 먼 나라 이야기일 뿐이었다. 다만 그녀가 강의를 통해 이해한 것은 파벨이 유대인이 간교하다는 것을 믿지 않고, 반대로 유대인을 차별하는 사람들을 저주한다는 사실이었다. 파벨은 열을 올리며 라틴어, 때로는 독일어로 된 말들을 인용하기도 했다. 그때마다 바실리사는 더더욱 당황스러웠다. 혹시 파벨은 유대인이 아닐까? 얼마 전까지 그녀는 파벨을 신처럼 여겼다. 하지만 정부가 영아살해를 합법화하는 데 파벨이 온갖 노력을 기울이고 있다는 고백을 들은 뒤, 그를 어떻게 대해야 할지 난감했다. 이름조차 없는 아이들, 자궁에 있는 태아를 떼어내면서 돈을 얼마나 받았는지, 그렇게 얼마나 많이 죽였는지……. 그렇다면 그는 이미 그리스도인의 적이 아닐까? 분홍색과 초록색은 고사하고 검은색과 흰색도 구분할 줄 모르는 양, 바실리사는 양파를 볶으면서 강한 저항의 의미로 무거운 침묵을 고수했다.

두 시간 정도, 독백에 가까운 강의를 하면서 보드카 한 병을 다 비운 파벨은, 바실리사가 자신이 직접 끓인 커피를 마시지 않은 걸 보며 농담을 했다.

"바실리사, 커피 안 마셨어요? 독약이라도 탔을까봐요?"

"아, 그게……."

바실리사는 얼버무렸다.

파벨은 웃었다. 그 웃음에 목이 메었다. 취한 사람들이 대개 그렇듯, 그는 갑자기 온몸의 기운이 빠지는 걸 느꼈다. 삶에 대한 염증이 엄습해왔다. 그는 음산한 표정으로 축 늘어져버렸다.

"위대한 민족이라, 엿이나 먹어라……."

바실리사는 성호를 긋고, 나직이 기도문을 암송했다. 마치 악귀라도 쫓으려는 듯. 파벨은 이제 바실리사에게 그런 존재였다.

15

스탈린 시대는 3월 5일 막을 내렸다. 오랫동안 사람들은 그 종말을 예측하지 못했다. 이른 아침, 당국은 라디오를 통해 스탈린 총서기장의 죽음을 공표했다. 그러나 스탈린은 며칠 전에 이미 사망했다. 그 며칠 동안 소비에트 권력층은 스탈린이 병 때문에 치료 중이라고 거짓 보도를 했다. 이 과정에서 그들은 도둑이 제 발 저리는 식으로 지나치게 상세하게, 일반인들이 잘 이해하기도 힘든 어려운 의학용어들을 들먹이며 이미 송장이 된 사람의 건강에 대해 알렸다. 그들이 사용했던 '소변 표준분석'과 같은 용어는 강철 권력을 가진 스탈린도 바지춤을 내려 엄지와 검지 사이로 음경을 잡은 뒤 소변을 본다는 사실을 새삼 깨닫게 해주었다. 아무리 질이 틀리다고 해도 오줌은 오줌일 뿐이지! 실제 이것은 스탈린 개인숭배에 가해진 첫 번째 일격이라 할 수 있다. 그와 함께 새로운 권력자들에게는 영원한 권력은 존재하지 않는다는 진리를 다시금 상기할 수 있는 시간이기도 했다.

국민들의 반응은 대단했다. 통곡, 실신, 심장마비로 쓰러지는 사람이 있는가 하면, 안도의 한숨을 쉬거나, 속으로 기뻐하는 사람도 있었다. 심지어 죽은 지도자의 비밀스러운 적인 유대인들조차—물론 오래전부터 그에게 드러난 적은 없었지만—망연자실해했다.

파벨의 집에서도 반응은 다양했다. 자신의 어머니 장례식 때에도 무덤덤했던 토마는 갑자기 슬픔에 목이 메었다. 이틀 동안 그녀는 잠을 자다가도, 식사 중에도 울음을 터뜨리곤 했다. 성경에 나오는 말 그대로 그녀의 빵은 거의 눈물로 범벅이 되어버렸다.

타냐는 이질감과 불편함을 느꼈다. 자신은 토마가 보여주는 그런 엄청난 슬픔을 전혀 느낄 수 없었기 때문이다. 자신의 냉담함을 부끄럽게 여기면서, 타냐는 토마의 슬픔을 흉내라도 내고 싶었다. 그래서 타냐는 우는 데 열중했다. 자신에 대한 연민을 생각하며 시도한 결과, 잠시 다른 사람들의 슬픔에 동화될 수 있었고, 눈물 몇 방울도 흘릴 수 있었다.

파벨은 큰 위안을 느끼면서 사회 각계각층에 변화가 올 것을 기대했다.

'그래, 이젠 의료계에도 변화가 있어야지.'

의사와 관련된 황당한 사건은 종결될 것이라고 믿으면서, 그는 그동안 책상 서랍에 방치해놓았던 파란색 글씨의 '프로젝트' 파일을 꺼냈다…….

오래전부터 당국에 불만을 품어왔던 바실리사는 스탈린의 사망 소식이 전해진 첫날에는 매우 고소하게 생각하는 것 같더니만, 그 다음 날은 돌연 우울해지더니 마비증상을 보이기도 했다. 그녀는 양모로 짠 검은 스카프를 쓴 머리를 연신 흔들어댔다.

"앞으로 어떻게 될까요?"

파벨은 그녀가 낙망하고 있음을 느끼고는 조용히 웃었다.

"뭘요. 이제 신의 도움으로 살게 되겠지요."

파벨의 대답을 들으면서 엘레나는 웃었다. 그녀는 무신론자인 파벨이 바실리사에게 신의 도움, 자비에 대해 이야기하는 것이 우스웠다.

'사태가 조용해지면 다시 한 번 찾아봐야지.'

엘레나는 결심했다.

1938년부터 엘레나의 부모에 관한 소식은 계속 미궁 속에 있었다. '서신 없는 10년'은 이미 폐지된 지 오래였다. 하지만 1949년에 부모 소식을 듣고 싶어 접수시킨 요청서에는, 부모 및 친척이 아닌 자격으로는 청구할 수 없다는 답변만 돌아왔다. 탄압을 피하기 위해 어쩔 수 없이 할머니 성을 따른 엘레나는 가족도, 친척도 될 수 없었다. 자신의 목숨을 구해준 선택으로 말미암아 이제는 알타이에서 잃어버린 부모의 생사조차 확인할 기회조차 빼앗긴 것이다.

"앞으로 더 좋지 않은 일들이 생길 거야. 더 나빠질 거야……."

바실리사는 여전히 머리를 흔들며 중얼거렸다. 그 말에 엘레나는 늘 그랬듯이 고개를 저었다.

"이보다 더 나빠지진 않을 거예요. 그럴 거예요……."

국장(國葬)이 치러지는 날에 일을 하는 것은 신성모독이었다. 출근을 하기는 했지만, 직장인들은 국장에 참여하는 모임에 동원되었다. 최고위층 상사로부터 최하급 말단사원들에 이르기까지 모두가 애도의 뜻을 나타내는 말을 한마디씩 쏟아냈다. 그들의 말은 밀죽과 산딸기잼을 반반씩 섞은 것이었다.[28] 통곡을 하기도 했다. 소비에트 당국—모스크바, 크렘린—에 보내기 위한 애도의 전보를 준비했다. ……그리고 침울하고 애통한 표정으로 차를 마셨고, 정신이 몽롱해질 때까지 담배를 피워댔고, 다시 두서없이 진심을 담아 애도의 말을 반복했다. 그러고는 다시 통곡했다. 그러나 이것은 직장 내에 마련된 분향소에서가 아니라, 흡연구역에서 이루어진 일이다. ……몇몇 사람들은 다른 이들의 슬픔에 공감하지 못하는 자신이 무안해서 눈길을 돌리기도 했다. 하지만 그들의 눈물샘에도 눈물이 고이기는 했다.

수업은 없었지만 아이들도 학교에 동원되었다. 수업 대신 견딜 수 없이 무료한, 쓸데없는 짓으로 시간을 보냈다. 하루 종일 스탈린 찬양시를 읽었고, 확성기에서 흘러나오는 베토벤을 들었다. ……타냐는 온통 맥을 풀리게 했던 그 지루한 순간을 기억하고 있다. 그 순간은 일반 학교 교육의 획일성이 주는 악마 같은 권태로움과 숨 막히는 답답함으로 가득한 시간이었다. 감탕나무 잎으로 만든 화관과 조화들이 줄줄이 달린 스탈린의 흉상 근처에는 의장을 갖춘 소년단원들이 엄숙하게 보초를 서고 있었다. 꼼짝도 하지 않는 소년단원들은 죽은 지도자의 흉상과 다를 바가 없었다. 깡마른 소냐 카피타노바는 흉상 받침대 부근에서 통곡하다 쓰러지는 바람에 단단한 제단에 관자놀이를 부딪히기도 했다.

---

28 단지 애도를 표하는 말에 그치지 않고 스탈린을 찬양하는 말을 늘어놓은 것에 대한 작가의 비웃음을 함축하는 표현이다.

그녀는 마른 탓에 인간 피라미드를 만들 때 통상 맨 윗자리에 서곤 했다. 바로 얼마 전에는 보다 튼실한 아래 줄에 있는 아이들의 흔들리는 어깨에 서서 "행복한 어린 시절을 선사하신 스탈린 동지께 감사드립니다!"라고 감격에 찬 말을 외치기도 했던 아이였다.

상급반 여학생들의 선망의 대상이면서 유일한 남자 선생이었던 건장한 체육선생은 소냐를 안고 양호실로 갔다. 여선생들은 '구급차'를 부르러 뛰어다녔다. 여학생들은 놀라서 양호실 앞에 몰려들었다. 그러나 타냐는 화장실 창문 옆에 서서, 창 너머로 보이는 아직 녹지 않은 희뿌연 눈더미를 뚫어져라 쳐다보며 우울함에 빠져 있었다.

다음 날 열두 시부터 고인을 보내는 전 국민 고별행사가 '돔 사유즈[29]'의 '기둥 방'에서 시작된다는 것은 모두가 다 아는 사실이었다. 여교장은 첫날에는 못 가겠지만, 모든 학생들을 데려가겠다고 말했다. 학생들은 그 약속이 지켜지지 않을까봐 불안해했다. 그때 토마는 제때에 줄을 서기 위해 아침 일찍 혼자 가겠다는 굳은 결의를 하고 있었다. 교장이 상급생이나 우등생만 데리고 갈 속셈임을 잘 알고 있었기 때문이다.

토마는 타냐의 도움에도 불구하고 공부에는 전혀 소질

---

29 18세기 고전주의 스타일로 지어진 것으로, 현재까지 잘 보존되고 있는 건물이다. 국가나 기관의 중요한 공식행사, 연주회 또는 전시회 같은 문화행사 등이 열린다. '기둥 방'은 건물에 있는 여러 방 중의 하나다. 모스크바 시내 중심에 위치해 있다.

이 없었다. 그러나 살아가는 데 필요한 동물적 육감은 남달랐다.

토마는 화장실에 있는 타냐를 찾아냈다. 그녀는 타냐의 귀에 대고 속삭였다.

"이바노브나가 그러는데, 내일 모두가 '기둥 방'으로 간대. 고별하기 위해서 말야. 관도 갖다놨대. 가고 싶은 사람은 가도 된다는데, 우리 가볼까?"

타냐가 고개를 저었다.

"안 될 거야. 아빤 무조건 못 가게 하셔."

"비밀로 하면 되잖아. 학교에 가는 것처럼 하고 가면 되지……."

타냐는 토마의 제안에 솔깃했다. 죽은 스탈린의 모습이 보고 싶었던 것이다. 게다가 그녀는 토마의 어머니 장례식 때 못 간 일을 되풀이하고 싶지도 않았다. 하지만 한 번도 가족을 속여본 적이 없었기에, 어떻게 해야 할지 당황스럽기만 했다.

둘은 같이 학교를 나섰다. 집으로 가는 길에 작은 여우 같은 토마가 멈춰서더니 말했다.

"넌 어떻게 할 거야? 난 지금 바로 그쪽으로 가서 상황을 살필 생각인데……."

1년쯤 함께 생활하면서 토마가 독립적으로 자신의 결정을 내린 것은 이번이 처음이었다. 그녀는 모든 일에서 타냐가 하는 대로 따라했다. 타냐는 제자리에서 발을 굴렀다.

결국 둘은 서로 다른 방향으로 헤어졌다. 타냐는 여느 때와 같이 집으로, 토마는 시내 방향으로 향했다.

집에는 바실리사만 있었다. 바실리사는 토마가 보이지 않았지만, 어디 갔느냐고 묻지도 않았다. 토마는 여섯 시가 다 되어서야 돌아왔는데, 그녀의 부재는 누구에게도 크게 느껴지지 않았다. 자기 전에 토마와 타냐는 밤늦게까지 소곤거렸다. 토마는 시내 거리는 트럭과 군인차량으로 통제되고 있고, 사람들은 이미 저녁 무렵부터 고별식장으로 모여들고 있다는 사실을 전해주었다.

타냐는 잠을 설쳤다. 계속되는 악몽에 시달렸다. 깨어나고 싶었지만 깨어날 수도 없었다. 그녀를 괴롭힌 악몽은, 잠에서 깨어나면 뭔가 중요한 일을 회피하는 거라는 질책이었다. ……그 중요한 일이란, 무엇인가를 어디론가 갖다놓는 일이었다. 하지만 무엇을 갖다 놓아야 했는지는 기억할 수가 없다. 다만, 그것이 주먹만 한 크기였고, 모양도 없고, 게다가 보이지도 않는 이상한 물건이었다는 것은 분명하게 기억한다. 밤새 꿈속에서 그녀는 텅 빈 계단을 따라 올라갔고, 통로와 엘리베이터를 찾아 헤매었다. 어떤 주소의 집을 찾아야 했는데, 집의 호수는커녕, 호수가 적힌 문조차도 찾을 수 없었다. 그녀는 몹시 서둘렀다. 꿈속에서의 조건은 그 이상한 것을 신속하게 전달해야 한다는 것이었다. 그런데 그녀가 마주친 사람들은 그녀에 대한 두려움, 아니면 알 수 없는 악의를 가지고 있었다. 누구도 그녀와 이야기를 하려고 하지 않았다…….

이른 아침, 토마가 타냐를 깨웠다. 토마는 푹 잘 자고 일어난 얼굴이었다. 시골 사람들처럼 토마는 언제나 업어 가도 모를 정도로 잘 자는 아이였다. 토마와 타냐는 소리를 죽이며 부엌으로 들어갔다. 바실리사는 아직 방에서 나오지 않았다. 그렇다면 여섯 시 반도 되지 않았다는 뜻이다.

둘의 은밀한 반항, 학교를 땡땡이치고 놀러 가기 위한 준비가 시작되었다. 타냐는 샌드위치를 만들었고, 어머니의 작업실에서 가져온 파란색의 파지로 그것을 쌌다. 그 파지는 집에서 무엇이든 싸는 데 쓰이는 것이었다. 타냐는 파벨이 늘 어디 멀리 갈 때면 갖고 다니는 보온병을 찾았다. 하지만 허사였다. 토마는 물을 끓였고, 그들은 어제 먹었던 차를 다시 우려 마셨다. 그때 바실리사의 중얼거리는 소리가 들려왔다. 서둘러야 했다. 일곱 시가 되기 전에 바실리사는 아침 기도를 마치고 나올 것이다.

"메모 남겨놔야지."

타냐는 토마에게 종이를 내밀면서 작지만 단호하게 명령조로 말했다.

"뭘 써야 하는데?"

"오늘 학교에 일찍 가봐야 한다고."

"네가 써. 글은 네가 더 잘 쓰잖아."

토마가 우겼다.

타냐는 토마의 손에 연필을 슬쩍 쥐어주었다.

"내가 쓰면 거짓말이라는 걸 바로 알아차리실 거야. 네가 쓰는 게 나아."

둘은 서둘러 외투를 입었다. 토마는 최근에 산 새 외투를, 타냐는 다른 양털을 이어서 수선한 낡은 외투를 입었다. 토마는 덧신이 있는 장화에 발을 집어넣었고, 타냐는 윗부분의 가장자리가 곱슬곱슬한 털로 된 부츠의 끈을 단단히 맸다. 빨간색의 폼 나는 이 부츠는 아무나 갈 수 없는 수제화 전문점에 주문해서 만든 것이었다. 어디에서도 그런 디자인의 부츠를 볼 수 없다. 그래서 부츠를 볼 때마다 파벨은 너무 눈에 띤다는 이유로 못마땅해 하곤 했다. 하지만 그날만은 파벨이 못마땅하게 여겼던 부츠가 톡톡히 제 몫을 하게 될 줄이야…….

5분 후, 토마와 타냐는 밑으로 내려와 히터에 책가방 두 개를 감추었다. 준비한 샌드위치는 이미 외투 호주머니에 넣어둔 상태였다. 아파트를 나와 노보슬로보츠키 지하철역으로 향했다. 하지만 지하철로는 벨로루스키 역까지만 갈 수 있었다. 시내로 가기 위한 환승역이 폐쇄되어 있었기 때문이다. 그들은 지하철 밖으로 나왔다. 완전히 통제된 고리키 거리에 이르렀다. 그곳에서 거리를 가득 메운 수많은 붉고 검은 깃발을 보았다. 가사노동을 해본 토마는 이 많은 깃발들을 언제 다 바느질했을까를 생각하며 놀랐다. 그들은 계속 걸어서 다시 노보슬로보츠키 거리로 돌아와, 칼랴예프스키 거리를 따라 체호프 거리로 갔다.

푸시킨 광장에 가까워질수록 달리는 차량은 줄었지만 인파는 늘어났다. 차도를 걷던 사람들은 푸시킨 광장 근처에서 멈추었다. 고리키 거리로 가는 길을 군인들이 막고 있었다. 시내를 좀 더 잘 아는 토마는 타냐를 어디론가 이끌었는데, 그들은 어쩌다 보니 푸시킨 거리에 밀집해 있는 침묵의 인파에 섞여 있었다.

줄 서는 것이라면 이골이 난 도시에서 그렇게 긴 줄은 누구도 본 적이 없었다. 사람들은 흐트러지지 않은 행렬을 유지하면서 조금씩 앞으로 움직였다. 때때로 서로 다투기도 했다. 그들로부터 고약한 냄새가 나기도 했다. 여하튼 그 행렬은 모두에게 후세에 길이길이 전할 명장면으로 기억되어야 하는 엄청난 책임을 짊어지고 있었다. ……소비에트 역사에서 이 행렬이 가지는 무엇보다 특별한 의미는 배급되는 빵, 비누, 등유 1리터 또는 20킬로그램이 조금 안 되는 밀가루 등 생활필수품과 식료품을 받기 위해서가 아니라, 군중의 자발적 의지로 만들어졌다는 데에 있다. ……그 행렬은 시민으로서의 의무를 다하기 위해, 분향하기 위해, 깊은 애도를 표하기 위해, 자신의 슬픔을 표하기 위해 등등의 이유로 어젯밤부터 모여든 사람들이 만든 것이었다. 혹은 산불이나 지진을 예감하고 뛰쳐나와 무리지어 모이는 야생 동물처럼, 생명에 대한 본능적인 민첩함을 가진 사람들이 만든 것인지도 모른다. ……한편 타냐처럼 이 역사적인 행렬에 끼일 마음이 우러나지 않은 대부분의 사람들은 집에 남아 있었다. 그러나 타냐는 집에 남아 있는 대신, 집단의 법칙에 굴종하고 노예근성이 몸에 밴 단순한 토마에 의해 거리로 끌려나와 있었다.

이 행렬은 흔히 보아왔던 조작된 시위행렬이 아니었다. 아무도 이 행렬을 조직한 사람은 없다. 더구나 군의 투입으로 일정 부문 통제권을 상실한데다가 시 지도부의 통일되지 않은 명령체계 때문에 우왕좌왕하고 있던 경찰로서는 도저히 이 행렬을 통제할 수도 없었다.

토마와 타냐는 사람들 사이를 비집고 들어가 최근에 보았던 발레 〈백조의 호수〉가 공연되었던 극장을 지나쳤다. 위대한 지도자의 죽음 앞에서 발레란 세상에 둘도 없는 어리석은 짓에 불과하다는 사실을 생각할 겨를도 없었다. 토마와 타냐는 서로 손을 잡고 스톨레쉬니코프 거리까지 뚫고 나갔다. 하지만 작은 꽃가게 근처에 이르러서는 더 이상 갈 수 없었다. 반지하인 꽃가게의 유리 진열장은 매우 낮았다. 진열장 바로 옆에 배수관이 50센티미터 정도 더 아래로 길게 밀려나와 있었고, 배수관 끝은 흔하지 않은 주석 철창으로 막은 사각형 맨홀을 향하고 있었다. 조금씩 굼뜨게 나아가던 인파가 돌연 움직임을 멈추었다. 그 순간, 푸시킨 거리 쪽 어디에선가에서 괴상한 소리가 물결처럼 밀려왔다. 그것은 아우성과 통곡, 긴 신음과 억제된 비명의 중간 정도 되는 소리였다…….

그 소리는 가까워지면서 점점 더 커졌다. 마치 바람 또는 빗소리처럼, 인파 속에서 나는 소리 같지 않았다. 토마와 타냐는 서로의 손을 더 단단히 잡았다. 잠시 멈추었던 군중이 움직이기 시작했다. 순간, 두 소녀는 인파에 밀려 곧장 진열장 옆의 배수관에 부딪혔다. 그들 앞에 있던, 넓은 여우 털목도리를 두른 여자가 몸을 비틀면서 격하게 울부짖었다. 마치 배수관이 그녀를 반 토막이라도 낸 듯 자지러지게 비명을 질렀다. 그녀는 배수관에 매달렸다. 그러나 계속 뒤에서 밀려드는 사람들은 그녀의 하체를 맨홀로 밀어 넣었다. 쿵 하는 요란한 소리와 함께, 그녀는 맨홀 아래로 떨어졌다. ……떨어지는 순간, 그녀는 자신이 걸친 목도리의 털 주인이었던 여우처럼 이미 죽어 있었다.

두 소녀는 다시 인파에 휩쓸려 거리 반대편, 화물차들이 일렬로 서 있는 곳까지 밀려갔다. 바로 전, 토마와 타냐는 인파가 여우 목도리의 여자를 짓밟는 걸 목격했다. 그들은 자신들도 이 거대한 인파에 밀려 그렇게 될 수 있다는 위험성을 실감했다.

"엎드려!"

토마가 소리쳤다. 이때 그들이 유일하게 취할 수 있는 동작은 바로 밑으로 피하는 것이었다. 그들은 잽싸게 차 밑으로 들어가, 땅바닥에 바짝 엎드렸다. 다다다닥 엉킨 다리, 옷자락들이 왼쪽 오른쪽을 모두 막았다. 어두웠다. 답답하고 무서웠다. 토마가 갑자기 울음을 터뜨렸다.

"울지 마."

타냐가 말했다.

토마는 타냐의 하얀 얼굴 쪽으로 몸을 돌렸다.

"스탈린 동지가 불쌍해⋯⋯."

"정신 나갔구나!"

타냐는 어른처럼 어이없다는 투로 말했다.

타냐는 스탈린이 조금도 불쌍하지 않았다. 오히려 토마의 바보 같은 행동에 오히려 화가 났다. 그런데 그 어리석음에 이끌려 학교까지 땡땡이치다니. 게다가 거짓말까지 하고. 타냐는 부끄럽고 불쾌했다. 특히 아버지한테⋯⋯. 아마 집안사람들은 이미 토마와 타냐가 학교에 가지 않았다는 사실을 알고 있을 것이고, 바실리사는 점심을 차려놓고 기다리면서 당황하며 놀라고 있을 것이었다.

화물차 밑에 토마와 타냐는 꽤 오랫동안 엎드려 있었다. 쓰레기, 자동차 기름, 휘발유 냄새가 진동했다. 어느 순간, 신발과 너덜너덜 해진 바지자락, 외투자락의 숲이 흔들리는가 싶더니 움직였다. 그리고 그 숲의 밀도는 점차 헐거워졌다.

"한번 나가보자."

타냐가 화물차 밑에서 토마를 바깥쪽으로 밀었다.

그 순간, 광명을 만난 듯했다. 토마와 타냐는 은신처에서 기어 나왔다. 그런데 그들은 화물차 밑에 있는 동안 군중 속에서 얼마나 쉽게 서로를 잃어버릴 수 있는지 잠시 잊고 있었다. 서로를 힘없이 잡고 있다가, 결국은 팔을 놓치고 말았다. 둘은 각기 다른 방향으로 인파에 먼지처럼 휩쓸려갔다. 어디로 흘러가는지 모르는, 강물에 떠가는 나무 토막처럼……

서로를 잃어버린 뒤, 토마와 타냐는 공포 때문에 공황상태에 빠졌다. 토마는 무리에 밀려 어느 건물의 벽면까지 끌려갔다. 그 건물의 일층은 모피가게였다. 그 진열대는 판자로 가려져 있었고, 거리로 난 출입문도 판자로 막혀 있었다. 토마의 가슴 높이에 박힌 출입문 판자가 부서져 있었고, 부서진 문의 잔해들이 여기저기 뒹굴고 있었다. 인파 때문에 토마는 널빤지 쪽으로 강하게 밀리면서 어깨가 부서진 판자에 짓눌렸다. 판자가 더 부서져 틈이 생기면서, 토마는 판자와 출입문 사이의 좁고 어두운 공간으로 밀려들어갔다. 그 안에서 옷장에 숨어든 느낌으로 쪼그려 앉은 토마는 안정을 되찾을 수 있었다.

몇 분 또는 몇 시간이 지났는지 알 수 없었다. 토마는 몸을 웅크린 채 판자 사이의 틈으로 더러운 신발들이 재빠르게 스쳐가는 것을 지켜보고 있었다. ……그때 그녀의 눈에 낯익은 빨간색 부츠가 들어왔다. 토마는 아래 부분의 판자를 힘껏 밀쳐내고 그 사이로 손을 내밀어 털로 감싸인 부츠 윗부분의 다리를 움켜잡았다. 그리고 있는 힘을 다해 소리를 질렀다.

"타냐! 타냐!"

타냐는 개가 자신의 다리를 물었다고 생각했다.

'아니, 개가 어디서 나타난 거야?'

그런 생각을 하는 순간, 토마의 목소리가 들렸다.

"타냐, 이쪽으로, 빨리!"

토마는 젖 먹던 힘까지 동원해 판자를 뜯어냈다. 타냐는 가까스로 판자 안쪽으로 비집고 들어갈 수 있었다.

타냐와 토마는 헤어졌다 만난 연인들처럼 한동안 얼싸안은 채 움직이지 않았다. 그 순간만큼은 진정한 자매가 된 듯했다. 타냐는 늘 자신의 우월함 때문에 토마에 대해 너그럽고 관대해야 한다는 생각을 하고 있었고, 토마는 비굴할 정도로 타냐에게 순종하고 감사해했다. 노예근성에서 나오는 아부도 잘했다. 이러한 두 사람의 태도는 그들을 진정한 자매로 만들어줄 수 없었다. 하지만 지금 이 순간, 둘은 예전에는 확신하지 못했던 참된 자매애를 경험하고 있었다. 일생 동안 토마와 타냐는 이 순간을 기억했다. 압사로부터 자신들을 구해준, 그 작은 공간에서 했던 긴 포옹에 대한 기억은 평생 사라지지 않았다. 그 뒤로, 그들에게 죽음은 답답하고 어두우며 악취가 나는 공간에 있는 것과 같은 것이 되었다. 그 공간은 사람들이 얼굴을 알아볼 수 없을 정도로, 종국엔 영혼마저도 빼앗길 정도로 억압되고 짓밟히는 곳이었다.

갑자기 토마가 고함을 질렀다.

"타냐, 아직 아파트 아래층 히터 뒤에 우리 책가방이 있어!"

"샌드위치는? ······내 샌드위치!"

토마의 말에 타냐는 샌드위치를 떠올렸고, 심하게 찌그러진 샌드위치를 호주머니에서 꺼냈다. 순간, 토마와 타냐는 숨이 넘어갈 만큼 웃어댔다. 찌그러진 샌드위치가 그렇게 참지 못할 정도로 우스운 것은 아니었는데도 말이다. 죽음의 공포에 짓눌렸던, 그 공포를 더는 견디기 힘들었던 아이들에겐 그만큼 웃음이 절실하게 필요했는지도 모른다.

한편, 그 시간 바실리사는 타냐와 토마의 이름을 부르며 이미 어두워진 집 주변을 뛰어다니고 있었다.

"타냐! 토마! 어딨니?"

엘레나는 전화기에 붙어서 떨리는 손으로 다이얼을 돌리며 여기저기 전화를 걸고 있었다. 모든 곳이 통화중이었다. 경찰서도, 영안실도, 119도······. 4시경에 미아 신고를 하러 간 파벨에게서도 아직 소식이 없었다. 그는 배급받은 술을 군용 물병에 담아 호주머니에 넣고는 시내로 가는 길을 헤집고 다녔다. 가는 곳마다 군과 경찰 병력이 진을 치고 있었다. 파벨은 대도시 한복판에서 '호드인카'[30]가 일어날 수 있는 가능성을 고려하지 않은 고별식 조직위원들의 안일함에 분통을 터뜨렸다. 군중은 가느다란 물줄기조차 흘러나오지 못할 만큼 밀집해 있었다. 하지만 그는 아이들이 그

---

30 밀집한 군중으로 인해 일어나는 대참사를 말한다. 1896년 5월 모스크바 교외의 호드인스키 지역에서 열린 니콜라이 2세 대관식 당일에 일어난 참사에서 유래된 말이다.

군중 속에 있으리라고는 꿈에도 생각하지 않았다. 그것은 절대 상상할 수도 없는 일이었다.

파벨은 칼랴예프스키 거리와 오루제이늬 거리가 교차하는 곳의 우유가게 벽에 기대어서서는 마지막 남은 술을 털어 넣고 빈병을 주머니에 넣었다. 그때 갑자기 누군가가 그의 팔꿈치를 잡아당겼다. 커다란 눈에, 수단이 좋아 보이는 남자아이가 그의 눈을 올려다보고 있었다.

"아저씨, 제가 데려다줄까요?"

"어디로?"

파벨은 아이가 무슨 말을 하는지 이해할 수 없었다.

"길을 알거든요."

아이가 애매한 몸짓으로 카레트니 방면을 가리켰다.

파벨은 손을 저었고, 아이 곁을 떠났다. 갑자기 울적해졌다. 벨로루스키 기차역 부근에서, 파벨은 길게 서 있는 구급차 행렬을 보았다. 구급차들은 바리케이드에 막혀 꼼짝도 하지 못하고 있는 상태였다.

"이건 대학살과 다른 바 없어. 대학살……!"

이 말이 자신도 모르게 입 밖으로 튀어나왔다. 이 말이 사실이 되리라고는 그때는 알 리가 없었다.

16

파벨은 '옛 광장'의 고위당원 집무실로 들고 간 자궁의 액침표본이 어떻게 되었는지 알 길이 없었다. 그때 신중한 성격의 고위당원은 무모한 의사와 표본에 대해 깊은 인상을 받은 건 사실이었다. 하지만 그런 문제는 신중해야 했으므로 섣불리 정치국 최고위원회에 보고할 수는 없었다.

그 표본은 종이에 싸인 채 몇 년 동안 집무실의 캐비닛 맨 아래에 처박혀 있다가, 5월 1일 노동절을 대비한 대청소 때 청소부에 의해 지하실 쓰레기더미로 내다버려졌다.

파벨이 만났던 멀끔한 얼굴의 당 간부는 매우 감상적이었다. 그는 스탈린이 사망하고 몇 개월이 지난 후, 낙태허용 법안을 조심스럽게 제기했고, 그로 인해 당국은 그 문제를 다시 검토하기에 이르렀다. 그 결과, 35년의 집권기간 동안 불쌍한 시민들의 생명을 수없이 앗아갔던 권력은 아직 이름을 갖지 못한 생명에 대한 결정권을 여성들에게 일임하기로 했다. 이에 대한 근엄한 서명이 이루어지고, 낙태를 허용한다는 지령서가 각지의 병원으로 송부되었다.

한편, 파벨이 만났던 간부는 자신이 오를 수 있는 최고의 자리에 올랐다. 그는 죽을 때까지, 자신이 고귀한 수많은 인간의 생명을 구한 영웅이라는 착각 속에 살았다. 그러나 파벨은 자신이 가져간 그 끔직한 유리병이 어떤 영향력을 행사했는지 전혀 알지 못했다.

낙태는 허용되었지만, 불행한 운명의 인질이 된 여성들의 삶은 파벨을 계속 고민하게 했다. 파벨은 예전과 같이 모성과 아동보호에 관련된 모든 세미나, 학회에 참석했다. 출산원과 아동기관의 환경이 극도로 열악한 마당에, 낙태허용만으로 자신이 승리한 건 아니라고 파벨은 생각했다. 그는 자신이 하고자 했던 프로젝트를 다시 시작했고, 국민건강보건을 위한 예산 수립의 원칙이 재고되어야 한다는 주장을 가지고 또다시 당 지도부를 설득하는 힘겨운 싸움을 시작했다. 그리고 환경보호와, 다음 세대의 건강을 악화시키는 주요 요인에 대해 뜨거운 연설을 하고 다녔다. 그의 연설 내용은 '생태학'과 관련된 것으로, 당시는 그 단어조차 사용되지 않던 시기였다.

50년대 중엽, 파벨의 연구는 예상 밖의 방향으로 흘러갔다. 그는 불임에 관한 연구를 하면서 달의 주기와 관련하여 이전에 알려지지 않은 중요한 단서를 발견했다. 또한, 수년 동안 임신을 하지 못하다가 출산하게 된 여성들에게 관심을 집중했다. 이렇게 태어난 아이들을 일컬어 '아브라모브'라고 했다. 그는, 수년 동안 아이를 원치 않았지만 처음 임신으로 아이를 출산한 여자들의 사례에 대해 깊이 연구했다……

동시에 파벨은 잘 알려진 치젭스키[31] 연구를 토대로 우주 자연주기, 생체리듬에 관한 연구에도 몰두했다. 발생학 연구를 통해 배아의 세포분열이 갖는 시간의 정확성은 이미 잘 알려진 바다. 낮과 밤에 따라 여성의 몸에서 이루어지는 변화의 속도를 비교한 자료를 가지고, 파벨은 밤에 임신을 할 수 없는 여성들이 몇 퍼센트 정도 존재한다는 결론을 내렸다.

이러한 결론은 현대 과학이론이 받아들이기 힘든 직관적인 경향이 아주 농후하기는 했다. 하지만 그의 연구 밑바탕에는 일반적인 난자와 달리 활동기간이 특별히 짧은 난자가 존재한다는 이론이 깔려 있었다.

1953년 말, 파벨에게 젊지는 않지만 아름다운 한 쌍의 부부가 찾아왔다. 그들은 카라바흐 지역에서 온 아제르바이잔인들이었다. 남편은 양탄자 제조로 유명한 집안 출신의 화가였고, 거무스름한 피부에 마른 체형이었다. 부인은 남편을 축소해놓은 듯 두 사람은 서로 많이 닮아 있었는데, 그녀의 얼굴은 얼핏 보면 페르시아인 같았다. 그녀는 붉은 연보라색 견직물 원피스에 에메랄드 빛 숄을 걸치고, 어두운 빛깔의 낡은 은으로 장식하고 있었다.

파벨은 필요한 검사를 모두 시행했다. 두 사람은 지극히 건강했지만, 무려 20년 동안 아이를 가지지 못했다. 단

31 1897~1964. 우주 생물학, 태양생물학, 전기혈류역학을 중점적으로 연구한 생물물리학자. 철학자이자 시인이기도 하다.

한 번의 임신을 한 적도 없었다. ……그래서 부인은 절망하고 있었다.

파벨은 무례할 정도로 오랫동안 그들을 진찰했다. 그들은 불평하지 않았다. 파벨을 그들에게 추천한 지인의 충고가 있었기 때문이다.

파벨은 엄중한 목소리로 말했다.

"당신은 태양이 절정에 다다를 때 부인과 잠자리를 가지세요. 그리고 1년 후에 다시 오세요."

1년이 아닌, 1년 반이 지난 후 부부는 다시 왔다. 그들은 불룩한 뱃속에 아름다운 공주님을 데리고 기쁨에 젖어 파벨을 방문한 것이었다. 그 공주는 물론 파벨이 받아주었다. 2년 후 그들 부부는 아들을 데리고 다시 파벨을 찾아왔다.

그 뒤로 아제르바이잔인, 아르메니아인, 중앙아시아인 환자들이 찾아오기 시작했다. 이어 러시아인도 찾아왔다. 그러나 많은 경우 희망이 없었고, 그런 경우 파벨은 그를 찾아온 사람들에게 더 이상 도와드릴 수 있다고 말하곤 했다. 몇 쌍의 부부에게는 동쪽에 위치한 노보시비르스크나 하바롭스크에서 몇 년 동안 살아보기를 권하기도 했다. 그는 자연의 리듬과 시간, 대지의 위치와 관련된 자신의 사상을 실험했던 것이다. 파벨의 연구실 책상은 분석 자료보다 점성술 카드를 방불케 하는, 그 자신을 제외하고는 아무도 알 수 없는 그림들이 수북하게 쌓여 있었다.

'아브라모브'라고 불리는 아이들은 더욱 많아졌다. 이들

아이 하나하나는 파벨에게 매우 소중한 존재들이었다.

'내가 너희를 낳았단다. 한낮의 아이들, 여명의 아이들, 석양의 아이들아⋯⋯!'

파벨의 집에는 선물들로 가득 찼다. 비싼 양탄자, 중국식 화병과 프랑스식 청동조각⋯⋯. 그는 한 번도 사례를 요구한 적이 없었지만, 선물을 거절하지도 않았다. 아주 먼 옛날부터 약사와 사제들은 식료품으로 보수를 받았다. 파벨의 환자들은 생활이 비교적 넉넉한 사람들이었다. 아이가 없어 완전한 행복을 이룰 수 없던 사람들이었다. 가난한 불임부부가 의사를 찾아오는 일은 드물다. 어쩌면 다른 병이 있어도 아예 의사에게 가지 않을지도 모른다⋯⋯.

파벨은 유명한 서구의 의학서적이나 현대 의학서적에 더 이상 큰 흥미를 느끼지 못했다. 그 대신, 역사 도서관과 외국 도서관에서 중세와 고대의 논문과 고대 사제들의 번역본을 읽으면서 많은 시간을 보냈다. 그는 그 고서들에 나오는 예언자들의 비유에서 무언가를 찾아내곤 했다. ⋯⋯ 잉태의 비밀, 그것이야말로 그의 가장 큰 관심 분야였다.

파벨의 아내는 모든 시간, 침실의 문을 잠갔다. 그는 이미 오래 전부터 단절된 부부간의 대화를 회복하려는 노력을 전혀 하지 않았다. 아내는 심한 모욕감을 느낀 후, 스스로를 여자라고 생각하지 않았다. 그녀의 나이 이제 40을 바라보고 있었다. 성숙한 중년 여자의 아름다움은 시간이 갈수록 두드러졌다. 그녀의 얼굴은 유능한 화가가 다시 그린 듯했다. 입과 목 주위에 있던 작은 부스럼이 사라졌고, 눈빛도 달라졌다. 외부가 아닌 내부로 향하는 진지한 시선이라고나 할까……. 시간이 지날수록 남편의 일상적인 질문에도 그녀는 무언가 다른 것을 생각하곤 했다.

그들 부부 사이가 나쁘다고만은 할 수 없었다. 왜냐하면 그들은 서로가 원하는 것을 짐작할 수 있었고, 눈빛만으로도 서로의 생각을 읽을 수 있었기 때문이다. 하지만 문제는 서로 시선을 맞추는 일이 매우 드물다는 것이었다. 엘레나는 그의 목 부분을, 파벨은 그녀의 양미간을 바라보며 살았다…….

17

타냐는 부모에게 기쁨이었다. 파벨은 딸의 모든 응석을 받아주는 더 없이 다정한 아빠였다. 딸에 대한 그의 사랑은 마음속 깊이 간직한 아내에 대한 사랑까지 더해진 것이었다. 엘레나도 그걸 느꼈으며, 그 점에 대해 그에게 감사했다. 그런 감사의 보답으로 엘레나는 토마에게 더 많은 관심과 애정을 가지려 노력했고, 감정의 균형을 유지하려 애썼다. 바실리사는 접시에 똑같이 음식을 나누어주는 것으로써 타냐와 토마에 대해 똑같은 마음을 표현했다. 그러나 바실리사의 노력은 별 의미가 없는 것이었다. 음식은 늘 풍부했고, 바실리사를 제외하고는 어느 누구도 음식이 일정하게 나누어진다는 사실을 의식조차 하지 못했기 때문이다.

타냐는 매우 아름답고 건강하며, 모든 분야에서 남다른 재능을 보이는 숙녀로 자랐다. 그녀는 음악, 미술, 기타 학문 분야에 두루 능통했다.

타냐는 9학년[32] 말에 접어들었고, 전공을 선택해야 하는 시점에 이르렀다. 전공을 향한 그녀의 관심은 여러 번 바뀌었다. 토마와 함께 살기 전까지 타냐는 음악 전문학교에 입학할 생각이었다. 그런데 토마가 함께 살기 시작한 뒤로 음대에 가는 것을 포기했다. 타냐가 음악을 포기한 건 파벨에게 큰 실망을 안겨주었다. 파벨은 타냐가 악기를 연주할 때 스웨터 밑으로 가녀린 견갑골이 움직이는 귀여운 등을 보는 것을 큰 기쁨으로 여기고 있던 터이다. 파벨은 왜 타냐가 음악학교를 포기하려 하는지 알고 싶어 했지만, 타냐는 아무런 대답도 하지 않았다. 그 대신 파벨의 목을 끌어안고는 귀를 간질이며, 귀가 큰 코끼리에 관한 이야기를 종알거리고는 깔깔대고 웃기도 하고, 돼지 멱따는 소리로 노래를 부르기도 했다. 그러나 한마디도 알아들을 수 없었다.

뒤늦게 파벨과 엘레나는 타냐에게 무슨 일이 일어났는지 짐작함으로써 그녀의 선택을 이해했다. 타냐가 음악적으로 성공하면, 제대로 된 음악교육을 받지 못한 토마가 모

---

32 러시아는 대학에 입학하기까지 초등, 중등, 고등학교의 구분이 없다. 1학년부터 10학년까지 한 학교에서 배운다.

욕감을, 불행을 느끼게 될 것이라는 것이 그 이유였다…….

파벨의 서재는 타냐에게 언제나 굉장한 흥미를 불러일으켰다. 파벨은 늦게까지 병원에서 진료를 했고, 퇴근하면 말이 없는 바실리사나 진지한 엘레나와 서둘러 저녁을 먹었다. 그러고 나면 파벨은 자신의 서재로 들어갔는데, 그곳에서 양손에 각각 고양이와 책을 쥐고 가장 편안한 자세를 취하고 있는 타냐와 마주치곤 했다. 타냐 옆에는 열두 살치고는 키가 작은 편인 통통한 토마가 불편한 자세로 의자 끝에 엉덩이를 붙이고 앉아 베갯잇에 십자수를 놓고 있었다. 라일락다발이나 과일로 넘쳐나는 바구니 그림이 대부분이었다. 이미 오래전에 잊어버린, 이미 굶주림과는 먼 생활을 하면서도 여전히 가난한 사람들에게 선망의 대상이 되는 것들이 그녀의 관심을 끌고 있었던 것이다…….

소녀들은 서로에게 강한 애착을 느꼈고, 이에 대해 둘 다 놀라워했다. 타냐는 뻣뻣한 천을 뚫는 바느질을 재미있어하는 토마를 이해할 수 없었고, 토마는 반나절 이상 지루한 책을 읽는 타냐를 이해할 수 없었다.

파벨은 완전히 다른 두 소녀―언제나 사랑스러운 타냐와 가정불화의 원인이 된 작은 악마와도 같은 무뚝뚝한 토마―를 유심히 관찰했다. 그의 관찰은 모든 현상을 과학적 관점에서 벗어나 이해하고자 하는 자기 방식에 따른 것이었다. 그는 한 가지 견해를 갖고 있었다. 그것은 아직 공식적으로 인정된 건 아니었지만, 실제로는 존재하는 자연법칙이라 할 수 있었다.

파벨은 수정된 순간부터 태아가 매 분, 매 시간마다 단계별로 정확하게 분화하고 변하는 것과 마찬가지로, 태어난 아이들의 복잡한 정신물리학적 변화 역시 엄격하게 정해진 시간과 순서에 따라 일어난다고 판단했다. 씹는 행위는 절대로 빠는 행위보다 먼저 할 수 있는 게 아니다. 그런데 그 각각의 행위를 일으키는 동기는 외부로부터 주어진다. 예를 들어 탄생 첫날, 고무젖꼭지나 다른 우연한 사물, 시트의 끝이나 자신의 손가락 등과 접촉하면 그것을 빨고 싶은 욕망이 생긴다. 그런데 이가 나려고 부푼 잇몸에 딱딱한 음식물이 닿으면 씹으려는 욕망이 일어난다. 생후 6개월 만에 그렇게 된다.

이를 토대로, 파벨이 집안의 성장기 소녀들을 관찰하면서 알아낸 것은 일정한 시기에 요구되는 외부의 자극이 없다면 그로 인해 발달되는 신경활동이나 욕구가 약해질 수밖에 없다는 것이었다. 아니, 사라져버릴 수도 있었다. 따라서 자극이나 동기가 이미 주어진 본능에 우선한다고 할 수도 있었다.

'라마르크주의자라고 비난받겠군.'

파벨은 속으로 웃었다.

'입술에 앞서 속삭임이 태어날 수 있으며, 나무가 없는

곳에서 낙엽들은 날아올랐다.'[33] ······이런 시구가 이미 존재
하고 있었다. 이 시를 쓴 작가는 수용소에서 목숨을 거두었
다. 시인이 이 시를 쓰면서 파벨이 한 생각을 깨달았던 것은
결코 아닐 것이다. 하지만 분명한 것은 이 시가 파벨의 생각
을 아주 명료하게 표현하고 있다는 것이었다. 마치 과학 지
식을 시로 번역해놓은 것처럼.

누워 있는 것이 지겨워진 아이는 앉고 싶어 한다. 몸을
꼬며 칭얼댄다. 그런 아이에게는 손을 내밀어 첫발을 뗄 수
있는 가능성을 열어주어야 한다. 아이는 그 손을 잡고 무
언가 아직 알지 못하는 것을 갈망하며 행하게 된다. 그래서
앉게 된다. 아이는 걷기 위한 단계를 거치며 어른이 된다.
그렇게 하나하나의 과정을 거치지 않으면, 그 아이는 동물
들 사이에서 성장한 것처럼 두 발로 걷는 것을 익힐 수 없
어 짐승처럼 네 발로 걸을 수밖에 없을 것이다.

아이가 춤추려 하면 음악을 들려주고, 아이가 그림 그리
기를 원하면 연필을 주어야 한다. 어른이 되어 정보를 얻
으려 할 때······ 새로운 능력, 새로운 욕구가 내부로부터 발
산될 때, 비극적이게도 시간은 기다려주지 않는다. 세상은
필요할 때마다 필요한 만큼 진보하는 건 아니다. 오히려 진
보가 필요할 때 제동이 걸리고, 심지어 완전한 봉쇄가 일
어나기도 한다.

---

33 1891~1938. 오시프 만델스탐의 시.

토마의 어머니는 토마가 두 살이 넘을 때까지 포대기에 싸서 침대에 방치했다. 불쌍한 토마의 어머니는 일을 나가야 했고, 어린 딸을 돌봐줄 사람도, 아이를 맡길 여력도 없었다. 토마가 걷기를 원할 때 손을 제때 내밀어 주지 못했을 것이고, 아이는 걷고 싶은 마음을 포기했을 것이다. 그리고 걸레를 작은 언덕 삼아 한구석에 구겨 박히듯 앉아 걸레를 가지고 놀았을 것이다. 그리고 토마는 일곱 살에 학교에 입학해 처음으로 책이란 걸 만져보았다. 토마는 모든 걸 늦게 접하고 늦게 배운 가여운 소녀였다…….

　하지만 토마는 그런 자신의 불행은 인지하지 못한다. 지금 그녀는 행복한 티켓을 손에 넣을 수 있다는 자신감에 차 있다. 토마는 쿠코츠키 집안에서 1년 정도 지내는 동안 잠시 페냐 이모의 부탁으로 여름에 시골로 내려간 적이 있었다. 토마는 그때까지 한 번도 페냐 이모집에서 여름을 보낸 적이 없었는데, 그 시간은 그녀가 진심으로 시골에서의 삶을 증오하는 계기가 되었다. 그녀는 가난, 더러움, 그리고 무엇보다 매일매일 반복되는 노동에 치를 떨었다. 그녀는 이모 집에서 타냐의 다차에서처럼 편히 지낼 수 없었다. 밤낮으로 새끼돼지에게 사료를 주고, 3개월 된 페냐 이모의 아이를 돌보아야 했다. 그리고 찬물로 더러운 걸레를 빨았다. ……토마는 묵묵히 그 많은 일들을 했지만, 결코 페냐 이모에게 순종하기 위해서는 아니었다. 두 번 정도 토마는 버스를 타고 멀리 떨어진 시골에 사는 형제들을 찾아갔다. 그녀는 불결한 맨발의 시골 사람들인 형제들이 창피했다. 그들은 일상에서 아무것도 아닌 일로 자주 그리고 거칠게 서로 욕하고 싸웠다. 토마는 그들에게 어떠한 연민이나 동정도 느끼지 못했다. 사랑이란 단어는 더더욱 생각조차 할 수 없었다.

토마는 도시로 돌아오는 길에 다시는 이모네를 찾지 않을 것이고, 쿠코츠키 집안에 남기 위해서라면 무슨 짓이라도 할 수 있고, 해야 한다고 마음을 다졌다.

토마는 새로운 가정에서 사랑을 받지 못한다 해도 상관없었다. 자신에게 주어진 공간이 있다는 것에 만족했다. 그 공간은 애완동물이 차지하는 공간과 같은 것이다. 하지만 이것이 토마에게 어떤 모욕감도 주지 않았다. 애완동물을 기르는 집이라면 개를 아침이 되면 산책시켜야 하고, 고양이에게는 오직 그것이 원하는 물고기를 주어야 하는 배려와 책임을 질 수밖에 없기 때문이다.

타냐와 함께 방을 쓰는 토마는 책상 뒤에 자신의 침대를 갖고 있었다. 엘레나는 요즘 들어 타냐가 가지고 있는 물건들을 낯설게 살펴보곤 했다. 그것들은 타냐가 엘레나 자신과 함께 잘 때에는 못 보던 물건들이었다. 그리고 자신의 빗과 칫솔, 또는 욕실에서 사용하는 가운과 수건이 낯선 물건들 사이에 있는 걸 종종 목격하기도 했다. 엘레나는 전혀 놀랄 일이 아닌 것처럼, 이 모든 것에 대해 한 번도 타냐에게 또는 토마에게 묻지 않았다. 하지만 엘레나는 타냐에 대해 많은 의문을 느끼고 있었다. 장난이 지나치다거나, 자주 학교에 지각을 한다거나, 아니면 단정치 못한 옷차림 등에 대해서. 토마는 타냐의 잘못을 덮어주려 애썼다. 욕실 바닥에 고인 물을 닦거나, 차를 마시고 그대로 남겨둔 찻잔을 씻기도 했다. 가끔은 학교에서 늦게 오면 자기 때문이라고 변명을 해주었다.

"할머니! 제가 문제를 다시 풀어야 해서 남아서 공부를 해야 했어요. ……그래서 타냐가 저를 지금까지 기다린 거예요."

바실리사는 다시 밥을 차려야 하는 번거로움에 짜증은 났지만, 토마에게 거짓말한다고 호통을 치지는 않았다.

타냐와 토마의 학업성적은 큰 차이가 났다. 타냐는 우등생이었다. 그녀는 계속해서 5점 받으려고 노력했다. 그에 반해 토마는 점점 열등생으로 굳어갔다. 타냐가 4점을 받은 것에 대해선 아무도 만족스러워하지 않았지만, 토마가 4점을 받아오는 날이면 모두 기뻐해주었다. 엘레나와 파벨은 집안 구성원 사이의 평등을 원칙으로 삼고 있었다. 이는 두 소녀에 대한 특별한 교육방법이랄 것도 없었다. 특히나 톨스토이 공동체에서 자란 엘레나에게 서로 간의 평등 문제는 결코 벗어날 수 없는 일상의 철칙이었다. 그런 면에서 성적을 두고 타냐와 토마를 차별하는 일은 하지 않았다. 하지만 바실리사는 달랐다.

"타냐는 특별한 아이야. 하지만 토마는 아니야."

이런 관점에서 바실리사는 토마에게 집안일을 시키는 일을 당연시했다.

"양배추를 어떻게 발효시키는지, 두꺼운 핫케이크를 어떻게 잘 구울 수 있는지, 토마, 내가 하는 걸 잘 보렴. 넌 내가 많이 도와줘야 해. 그렇게 하지 않으면, 토마 넌 할 수 있는 게 없을 거야."

바실리사는 타냐가 음식이나 집안일을 못하는 것에는 아무 문제도 삼지 않았다. 그녀는 자신이 평생 해온 일을 계승할 사람으로 토마를 주목했다. 그래서 다른 가족에게는 이야기하지 않는, 자신의 골방 안에서 이루어지는 삶의 일부를 토마에게 들려주곤 했다. 그녀는 토마에게만 가장 중요한 기도문을 두 개 알려주었고, 어려울 때 신에게 기도하라고 가르쳐주었다.

"할머니, 그럼 수학도 잘 할 수 있어?"

토마의 천진한 질문에 바실리사는 그녀가 측은해졌다.

"신은 고아들을 돌본단다, 얘야."

바실리사가 토마에게 그녀의 보호자들에 대해 설명하면, 순박한 토마는 흥미를 가지고 물었다.

"그러면 성스러운 왕비 타마라는?"

토마는, 이전에 바실리사가 세례를 받았을 때의 감동을 말해주면서 타마라에 대해 이야기한 걸 기억하고 있었다.

바실리사는 잘 알지는 못했지만, 아는 만큼 열심히 설명해주었다. 그러면서 슬쩍 면박을 주는 것도 빼놓지 않았다.

"어떻게 너는 하나부터 열까지 이해를 못하니!"

쿠코츠키 집안에서 토마는 교육을 잘 받은 수양딸처럼 행동해야 했다. 쿠코츠키 집안은 그녀에게 안락한 환경을 제공해주었다. 토마는 그것들을 잃게 될까 두려웠다. 그래서 모두들 자신이 필요하다고 느끼도록, 그리고 그들의 마음에 최대한 들 수 있도록 노력했다. 자주 입에 발린 소리를 했고, 생활필수품을 제공해주는 파벨을 신처럼 생각했다. 타냐를 진심으로 좋아했다. 그러나 왠지 엘레나는 무서웠다. 엘레나에 대한 두려움은 토마의 마음속 깊이 자리하고 있었다.

바실리사와 토마의 관계는 더욱 복잡했다. 바실리사는 한편으로, 토마와 마찬가지로 좋은 가정의 출신이 아니라는 공통점을 가지고 있었다. 다른 한편, 바실리사는 토마의 속마음을 꿰뚫어보고 있었다. 가는 노끈으로 귀에 걸어둔 안경 너머로, 그녀는 토마의 음흉하고 교활한 심성을 훤히 알고 있다는 듯 곱지 않은 시선을 보냈다. 그럼에도 늙은 가정부와 어린 입양아 사이에는 묘한 친근함이 형성되었다. 바실리사는 어리석게도 토마에게 집안일뿐 아니라, 자신이 가진 신앙의 비밀까지 전해주고자 했다. 그러나 신앙의 경우만큼은 바실리사의 뜻대로 이루어지지 않았다. 만일 토마가 처음부터 바실리사의 말에 순종하여 기도문도 암기하고, 앞뒤가 맞지 않는 바실리사의 성경 말씀이나 설교를 참고 들었다면 열다섯 살이 된 토마는 바실리사를 더 이상 가까이 하려 하지 않았을 것이다. 바실리사가 보석이라고 여기는 신앙의 기쁨이 자신에게는 전혀 필요 없다는 것을 일찌감치 깨닫고 거부했을 것이다. 그리고 그들의 묘하지만 친근한 관계도 끝났을 것이었다. 토마는 오로지 타냐만 따라다녔다. 타냐가 파벨의 서재에 들러 책장을 구경할 때도, 극장이나 연극공연 또는 콘서트에 갈 때도. 아이들이 어울려 놀러 다니는 이유는 단순히 문화생활을 즐기기 위한 것이 아니다. 그 무리 사이에는 반드시 남자아이들이 끼게 마련이다. 이 점이 특히 토마를 설레게 했다.

타냐와 함께 있을 때 토마는 남학생들 사이에서 별 볼일 없는 아이에 불과했다. 그러나 토마에게는 정해진 짝이 필요하지 않았다. 그녀가 마음에 들어 한 것은 어디를 가든지 남자아이들과 같이 갈 수 있다는 조건이었다. 그녀는 기름과 설탕에 구운 샌드위치와 칫솔, 잠옷과 같은 물건으로 자신만의 시간을 즐겼다. 지금은 남자아이들이 사주는 공연 티켓과, 식당에 가서 레몬에이드와 피로그[34]를 대접받는 것이 즐거웠다.

남자아이들은 타냐와 어울리기 위해서는 싫지만 어쩔 수 없이 토마를 끼워주어야 한다고 생각했고, 이런 생각을 토마에게 직접 표현하기도 했다. 하지만 토마는 그런 놀림

---

34 주로 고기, 사과, 양배추, 산딸기잼 등을 속에 넣고 구운 빵.

에 전혀 아랑곳 하지 않았다. 남자아이들 중 누구도 그녀에게 특별했던 것은 아니었다. 그녀는 단지 그들과 어울림으로써 대극장이든 소극장이든 예술극장이든, 어딜 가든지 정중한 대접을 받을 수 있고, 게다가 공짜로 사탕이나 초콜릿 등의 선물까지 받을 수 있는 것을 즐겼을 뿐이다.

눈에 띄게 아름다운 곱슬머리 타냐의 마음을 끌어보려는 남자애들 중 가장 믿을 만한 사람은, 1953년 지독한 겨울에 파벨의 집에 사료를 주기 위해 찾아와 지금까지 타냐 곁에 붙어 있는 골드베르그 쌍둥이 형제였다. 사료는 지금도 가져오고 있다. 그 형제의 어머니 발렌티나는 일리야가 석방된 후 얼마 안 되어 세상을 떠났다. 나이 든 유전학자 일리야 골드베르그는 거짓 서류에 서명하지 않고 당당한 태도로 마지막 수감생활을 감수했지만, 마흔 살에 아내의 죽음을 맞이한 뒤로는 기가 많이 꺾여 있었다.

골드베르그의 몸은 몹시 쇠약해져 있었다. 처음 수감되던 때처럼 수척했다. 그는 아무것도 재지 않고 닥치는 대로 일했다. 자신의 글을 받아주기만 하면 어떤 잡지든 상관없이 글을 기고했다. 동시에 천재성과 관련된 자신의 독창적인 저서를 집필했다. 집안 꼴은 엉망이었다. 몇 번이나 가정부를 바꾸어야 했다. 누구는 집안 물건을 훔쳤고, 누구는 술주정꾼이었다. ……세 번째 가정부는 지적인 유대인 여자였는데, 일주일에 세 번 왔다. 그는 그녀가 KGB 요원이 아닐까 의심이 들어 내보냈다. 한마디로, 아내가 없는 상황에서 그가 좋아하는 볶은 감자와 커틀릿은 맛이 형편없거나, 더 심하게는 독약을 넣은 것일 수도 있었다. 여하튼 독이 없으면 맛이 없고, 맛있으면 독이 들었을지도 모른다는 의심을 해야 할 만큼 골드베르그는 마음에 드는 가정부를 찾을 수 없었다.

골드베르그 형제의 방문에 바실리사는 예민하게 반응했다. 가끔 그들을 위해 만드는 타냐의 커틀릿에 경쟁심을 품기도 했다. 그러나 골드베르그 형제들은 개의치 않고 주말뿐만 아니라, 평일에도 파벨의 집을 방문했다.

골드베르그 형제는 구분이 되지 않을 정도로 닮았음에도 불구하고, 타냐는 그들 중에서 의사인 비탈리이를 더 좋아했다. 일요일 밤, 그들은 때때로 점심부터 저녁까지 함께 있곤 했다. 그때 비탈리이는 의학에 심취한 사람답게 의학 공부의 어려움과 매력, 해부학에 대한 열정, 생리학의 비밀에 관해서 불에 기름을 부은 듯 열을 올리며 이야기했다. ……동생 게나디이는 꿰다놓은 보릿자루처럼 있으면서 형의 열띤 이야기를 경청하는 것에 만족했다. 그는 내내 말없이 있다가 가끔씩 토마가 던지는 불명확한 질문에 대답해 주곤 했다. 토마는 게나디이가 자신의 질문에 성실히 대답해줄 거라고 굳게 믿었다.

9학년을 마치고 마지막 여름이 찾아왔다. 그 여름을 파벨의 가족들은 크리미아 반도에 있는 얄타 휴양지에서 보내기로 결정했다. 파벨도 함께 떠날 계획이었지만, 생각지도 못한 불임학회에 초청을 받아 스위스로 떠나야 했다. 바실리사가 파벨을 대신해 얄타로 가야 했다. 바실리사는 되도록 이런 일을 피하려 했고, 그래서 엘레나와 이 문제로 작은 말다툼을 하기도 했다. 결국 바실리사는 출발하기 전 3일 동안 어디 좀 다녀오는 조건으로 함께 가겠다고 했다. 그리고 떠났다.

파벨의 가족은 정해진 날보다 하루 늦게 휴양지에 도착했다. 바실리사가 돌아오기로 한 날 돌아오지 않았기 때문이다. 하지만 그녀의 지각은 앞으로 흑해 해변에서 보낼 나머지 23일에 대한 벅찬 기대와 흥분으로 너그럽게 용서되었다.

가족들은 처음으로 바다를 보았다. 그들은 각기 자신만의 바다를 보았는데, 바실리사에게 바다는 위대한 하느님의 존재를 증거 하는 창조물이었다. 바다보다는 산에서 하느님의 거룩함을 더 크게 느낀 그녀였지만, 산이든 바다든 그 거대함은 창조주에 대한 찬양을 불러일으키기에 충분했다. 평소 울지도 않는 냉정한 바실리사가 뭉친 손수건으로 눈물을 찍어냈다. 요리, 세탁, 청소를 할 필요가 없는 휴양지에서 바실리사의 일상은 테라스에 앉아 전혀 흔들리지 않는 시선으로 하염없이 먼 산을 바라보는 일이었다. 마치 그 산 너머로 자신에게만 보이는 무엇인가가 있는 듯했다. 시간이 지나면서 바실리사는 황홀경에 빠져 중얼거리는 일이 잦아졌다. 오래전부터 바실리사의 기도를 들어온 엘레나는 그 중얼거림이 평소 바실리사가 유일하게 확실히 알고 있는─나머지 부분은 드문드문 대충 알고 있었을 뿐이다─시편 50편[35]의 한 부분을 읊조리는 것이며, 성령이 충만하여 드리는 기도라는 것을 이해했다.

'하늘로 들어가거나 지옥으로 내려가거나 바다로 이주하여 노을의 날개를 잡고 여기에서 너는 산다. ……태어난 아이와 젖먹이의 입술에서…… 너는 자신에게 신을 찬양하고…… 신의 위대한 선물과 자비로움에…… 그가 말하고 거센 바람이 일어나도다…….'

휴양지에서 제공되는 식사는 매우 풍족했다. 바실리사에게 죄책감을 불러일으킬 정도였다. 바실리사는 아침과 점심을 먹으러 식당에 가지 않았고, 저녁만 모두와 함께 먹었다. 그들에게 배정된 작은 식탁에 앉아 종업원들의 서비스를 즐겼다. 여종업원들이 그녀 앞에 음식을 내려놓으며, 왜 점심 먹으러 오지 않았는지, 무엇을 더 내놓을지 물었다. 바실리사는 그런 대접을 받는 것이 한편으로는 기분이 좋기도 했지만, 다른 한편으론 거북하고 어색하기도 했다. 비록 유식하지는 않지만, 남다른 눈치로 바실리사는 풍족해서 버리는 사람이 있는가 하면 없어서 굶주리는 사람이 있다는 것, 세상이 부조리하다는 것을 잘 알고 있었다. 그래서 자신이 누리는 최초의 호사스러운 휴양생활이 결코 편한

---

35 한글 번역 성경에서는 시편 51편이다.

것만은 아니었다. 그러한 심경 때문에, 바실리사는 엘레나에게 만일 지금 당장 자신에게 천국에 가라고 한다면, 양심상 갈 수 없을 것 같다는 고백까지 했다.

그런데 토마에게는 바실리사가 말하는 그 양심이 없었다. 세상에 갓 태어난 새끼인 양 아무 생각 없이 토마와 타냐는 태양과 바다를 바라보며 즐거워했고, 물장구를 치고, 해수욕을 즐기고, 일광욕을 했다. 휴양지에서 새롭게 드러난 사실은 모든 남자들에게 타냐가 아주 인기가 많다는 것이었다. 젊은 남자는 물론이거니와 농가에서 직접 만든 치즈나, 카프카스식의 끈적거리는 사탕, 그루지야의 단것들, 생소한 꽃 등 이국적인 식품이나 물건을 사기 위해 들렀던 가게의 나이 지긋한 판매원 아저씨, 그리고 바로 옆에 위치한 군 휴양지에서 휴가를 즐기고 있는 젊은 장교들에게까지 타냐의 인기는 하늘을 찔렀다.

저녁마다 타냐와 토마는 춤을 추러 식당이나 해변으로 향했다. 타냐는 춤을 추었고, 토마는 구석에 앉아 있거나, 앉을 의자가 없을 때는 그냥 서 있었다. 그렇지 않으면 자신과 마찬가지로 인기가 없는 여자아이들 두세 명과 어울려 있곤 했다. 토마는 오로지 타냐를 위해 거기에 함께 간다. 그녀 혼자서는 이렇게 재미없고 지루한 곳에 올 이유가 없었다. 한편으로, 토마는 우등생인 타냐가 경쾌하고 빠른 폭스트롯이나 느린 탱고에 흥미를 가지고 있다는 사실이 새삼 놀랍기도 했다.

저녁 열한 시가 되면 엘레나는 타냐와 토마를 재우기 위해 젊은이들이 댄스를 즐기는 곳으로 찾아가기도 했다. 타냐는 때때로 춤 잘 추는 남자와 데이트를 했다. 그럴 때면 자정이 될 때까지 기다렸다가 몰래 창문으로 빠져나갔다. 그들은 두 개의 2인용 방을 쓰고 있었는데, 토마와 타냐의 방에는 테라스가 없었다.

사람을 잘 믿는 엘레나는 딸의 감쪽같은 이성교제를 미처 생각하지 못했다. 그래서 타냐는 단 한 번도 한밤중의 몰래 데이트를 엄마에게 들키지 않았다. 그렇다고 몰래한 데이트, 해변의 첫 키스가 타냐에게 깊은 인상을 남긴 것은 아니다. 다만 그것은 강한 냄새를 가진 면도용 비누, 또는 잊을 수 없는 시프레[36]의 향으로 남았거나, 막연하게 구두약 냄새, 군인의 절도 있는 행동에서 느껴지는 추상적인 인상을 남겼을 뿐이다. 타냐는 모두와 잘 어울렸지만, 남자들은 그녀의 미모에 지레 겁을 먹고 우물쭈물하기 일쑤였다. 결론적으로 태양의 나라, 남쪽 휴양지에서 길이 기억될 진한 사랑은 이루어지지 않았다.

반면, 토마는 남쪽나라, 크리미아 반도에서 죽을 때까지 계속될 진한 사랑을 찾았다. 휴양지에 있으면서 니키트스키 식물원 견학을 갔을 때였다. 여자들이 백마 탄 왕자를 꿈꾸듯 토마는 한 식물학자에게 완전히 반해버렸다. 거의

---

36 소비에트 시대에 흔하게 쓰인 향수의 일종. 에틸알코올이 70% 이상 함유되어 있어 가끔 알코올 중독자에게 애용되기도 했다.

휴양이 끝나갈 무렵이었다. 이틀 후면 그들은 떠나야 했다. 식물원까지 가는 길은 매우 고됐다. 언제나 그렇듯이 기차는 연착했고 버스는 고장 나서, 그들은 한동안 길에 서 있어야 했다. 날씨마저 변덕이 심해, 비가 온 것은 아니지만 갑자기 흐려지더니 한낮임에도 태양이 보이지 않았다. 태양의 나라, '남쪽'에 대한 환상이 와르르 무너져 내리는 순간이었다.

겨우 식물원에 도착하여 안내원을 기다렸다. 그는 토마 일행을 기다리다가 늦는 것을 알고 다른 일을 보고 있는 중이었다. 토마 일행은 어두운 청동 팻말 가까이에 서 있었다. 팻말에는 '식물원은 1812년 상트 페테르부르그 의학 아카데미를 졸업한 X.X. 스체벤에 의해 설립되었음'이라고 적혀 있었다. 일행 중 누구도 스체벤이 파벨의 직계 조상인 니키타 쿠코츠키의 친한 친구였다는 사실을 몰랐다. 국가적 차원에서도 중요한 의미를 갖는 두 사람의 우정은 1808년 함께 카프카스를 여행하면서 시작되었다. 니키타는 이곳 크리미아에 있던 스체벤을 자주 방문했고, 그럴 때면 두 사람은 크리미아 반도 이곳저곳을 며칠에 걸쳐 탐사하곤 했다. 타브리체스키 현의 7천 종이 넘는 식물도감 중에서 많은 부분이 쿠코츠키의 손에 의해 수집되었다.

마침내 약간은 니키타 흐루시초프와 닮은 듯해 보이는 뚱뚱한 안내자가 왔다. 그는 금색 안경을 끼고 우크라이나 문양을 수놓은 셔츠를 입고 있었고, 매우 친절해 보였다. 안내자는 그들을 그늘이 짙은 가로수 길을 따라 아래로 데리고 갔다. 서늘하고 흥미로운 곳이었다. 안내자는 풍부한 크리미아 반도의 식물계에 대해, 크리미아에서만 예외적으로 살고 있는 식물과 풍토병에 대해, 그리고 식물들과 관련이 있는 고대 신화에 대한 이야기를 들려주었다.

토마는 도시 소녀였고, 시골을 경멸했다. 물론 개인적인 이유에서였다. 여름방학 때 시골에 있는 동안, 그녀는 자연의 아름다움을 전혀 느끼지 못했다. 모든 것이 천편일률적으로, 지겹게 가난하고 볼품없는 것들뿐이었다. 숲, 들, 연못은 모두 힘겨운 노동을 부르는 것들이었다. 숲에서는 시장에 내다팔기 위해 열매를 따야 했고, 들에서는 추수꾼들을 도와주어야 했다. 연못은 빨래를 하기 위한 곳이었다. 그런데 이곳 크리미아, 그리고 식물원에서 느낀 자연은 달랐다. 무엇보다 어떤 노동도 요구하지 않았다. 짠 바닷물을 길어올 필요도 없었다. 오로지 수영과 잠수를 즐기기만 하면 그만이다. 이곳의 자연은 오직 기쁨만을 주는 것들이었다.

토마는 종이와 같은 윤이 나거나, 보송하게 솜털이 자잘하게 났거나 마른 나뭇잎을, 그리고 바늘처럼 뾰족한 나뭇잎을 슬그머니 어루만졌다. 손끝의 감촉은 전에 느껴보지 못한 묘한 즐거움을 선사했다. 지금은 물질적 어려움 없이 살고 있긴 하지만, 어린 시절 토마는 애정 어린 접촉이나 사랑을 받아본 적이 없었다. 그게 없을 경우 고통을 받다가 마침내 죽음에 이르게도 하는 사랑을. 어쩌면 그녀의 작은 키는 그런 사랑의 부재를 입증하는 것인지도 몰랐다. 마치 필수 비타민을 섭취하지 못한 것처럼…….

흐루시초프를 닮은 안내자는 매혹적인 목소리의 소유자였다. 그는 마치 동화를 들려주는 것처럼 말했다.

그는 노란색 꽃이 활짝 피어 있는 나무를 가리켰다.

"이것이 바로 아카시아입니다. 거목에 속하는 것 중의 하나지요. 고대 이집트 신앙에 따르면 해와 별들을 낳는 이집트의 여신 하트호르는 거대한 암소로, 태양과 별을 낳았답니다. 고대 이집트의 신앙에서, 여신은 아카시아 나무, 삶과 죽음의 나무처럼 생겼다고 해요. 아카시아는 중동 지역의 풍년과 관련된 위대한 여신들 가운데 하나였죠. 우상숭배를 거절한 고대 유대인들조차 그녀에게 매혹당하기도 했답니다. 고대 유대인들은 이 아카시아를 '싯딤나무'라고 불렀답니다. 그리고 이 나무로 노아의 방주를 만들었다는 설도 있고요."

이 수수께끼 같은 이야기 속에서 토마가 유일하게 이해한 단어는 딱 하나였다. 암소! 나머지는 모두 이해하기 힘든 것이었다. 하지만 너무 재미있었다. 세상에 존재하는 모든 나무들, 모든 관목들, 그리고 가장 작은 꽃에 이르기까지 모든 것들이 이국적인 이름과 역사, 고향, 그리고 놀랍게도, 자신의 존재에 대한 전설을 가지고 있다는 것이 토마는 놀라웠다. 그러나 토마 자신에게는 그런 것들이 없었다. 자신은 전나무나 또는 캐모마일만큼의 의미도 갖지 못했다.

토마는 문득 사람들의 시선을 끌지 못한다는 점에서 자신을 닮았고, 그래서 좋아할 수 있는 식물이 있을까 생각했다. 이것은 체계적인 사고를 할 능력이 없는 토마에게 생각이란 양념이 쳐진 단순한 감정, 느낌과 같은 것이었다.

'꼭 있을 거야. 이들 중에 나와 닮은 것이……. 만일 내가 그것을 보았다면 금세 알아봤을 텐데…….'

토마는 이런 생각을 하며 걷다가, 철쭉과 회양목을 살짝 건드렸다.

타냐와 토마는 생각이나 감정이 일치한 적이 한 번도 없었다. 만일 일치했다고 한다면, 그것은 오로지 타냐에게 맞추기 위해 자신의 생각과 느낌을 포기한 토마 덕분이었다. 그런데 이때 그들은 같은 생각을 하고 있었다. 만일 내가 식물이었다면 나는 어떤 식물이었을까?

타냐가 가진 돈을 생각 없이 빨리 쓰는 편이라면, 토마는 선뜻 쓰지 못하고 만지작거리는 편이었다. 그랬던 토마가 식물원에서 나오는 길에 크리미아 반도의 식물을 보여주는 엽서 두 묶음과 『크리미아의 식물들』이란 지루한 책을 샀다.

토마가 무엇을 전공해야 할지 파벨과 엘레나는 지금껏 고민하던 중이었다. 바실리사 혼자만, 토마가 자신의 뒤를 이어야만 한다는 망상을 하고 있었다. 하지만 그날로 토마가 무엇을 전공할 것인가의 문제는 해결되었다.

자신이 선택한 전공을 공부하기 위해 대학에 가기까지

는 아직 한 학년이 남아 있다. 이제는 자신이 원하는 대학을 가기 위한 준비를 해야 한다. 타냐는 생물학을 선택했다. 파벨은 의학 외에 딸의 다른 진로를 생각해본 적이 없기에 매우 당혹스러워했다. 하지만 타냐는 최고 신경계의 활동이나 의식 연구에 대한 관심을 조잘조잘 떠들며 자신의 선택을 옹호했다. 타냐의 관심은 골드베르그 형제들이 열심히 날라다준 미국의 SF소설 덕분이었을 것이다. 물론 타냐가 선택한 길이 매일매일 생사의 갈림길에 서야 하는 의사라는 직업보다 낭만적일 것임은 분명했다. 한편, 식물에 관심을 보이는 토마를 파벨은 티미랴제프스키 아카데미[37]로 데리고 갔다. 아카데미 측은 그들을 매우 정중하게 맞아주었다. 그리고 그들에게 연구용 옥수수와 콩이 심어진 초지와 실험실을 보여주었다. 인공적으로 기후 조건을 맞춘 실험실은 토마에게 남쪽 나라에서 보았던 식물원을 생각나게 했다. 그러나 그 외의 것들은 윤작, 욕설, 지루함을 대변하는 집단농장에서의 생활과 다를 바가 없었다. 집으로 돌아오는 길에, 토마는 파벨에게 티미랴제프스키 아카데미에 가고 싶지 않으며, 자신이 원하는 것은 남쪽 식물들을 기를 수 있는 곳이라고 말했다. 파벨은 대학을 졸업하면 식물원이든 약용식물 연구소든 또는 다른 곳이든 일할 수 있다고 설명해주었다. 그러나 토마는 아무 말도 듣지

---

37 1865년에 건립된 역사가 깊은 유명한 농과대학이다.

못하는 귀머거리처럼 침묵했다. 토마는 식물원에서 일하는 데 왜 교육이 필요한지 이해가 가지 않았다. 그녀는 단순히 예쁜 식물들을 보고, 돌봐주고, 가끔 손으로 만져주고, 냄새를 맡을 수 있는 것으로 충분했다. ……구체적인 결정이 나기 전까지 그녀는 레몬과 오렌지 종자를 심은 여러 가지 크기의 화분을 창가 가득히 갖다 놓고 그것을 돌보느라 매우 분주했다…….

18

타냐는 10학년을 마치고 바로 대학에 가지 못했다. 경쟁률이 높기도 했지만, 영문 모를 시험에 대한 공포가 실력을 마음껏 발휘하는 데 큰 장애가 되었다. 1년 후, 전 해와 똑같은 경쟁률과 두려움을 극복하고 타냐는 대학에 입학할 수 있었다. 한편, 토마는 10학년을 마치고 모스크바 시의 도시환경과가 주관하는 원예수업에 등록했다. 정확히 반년 후 자신의 전공을 입증하는 하얀색의 증명서를 받기 위해서였다.

타냐는 1점이 부족해 주간대학에 가지 못했다. 학교 측은 타냐를 야간대학 입학생에 포함시켰다. 학기가 시작되는 9월 전까지 증명서를 제출하기 위해 타냐는 전공과 관련된 일을 찾아야 했다.[38] 파벨은 학교 행정에서 핵심적인 자리에 있는 인물들, 즉 자신과는 다른 부류의 사람들에게 전화를 건다 해도 타냐를 도울 수 없을 거라고 여겼다. 그래서 의사이자 학자로서 아동의 뇌손상을 치료하는 병원과 뇌 발달 연구의 실험실을 책임지고 있는, 오랜 동료 간소프스키에게 일자리를 부탁하기 위해 전화를 했다. 파벨은 공손하게 생물학부의 야간 학생인 자신의 딸을 실험실 조교의 자리에 써줄 것을 부탁했다. 간소프스키 교수는 헛기침을 하면서, 내일이라도 찾아오라고 했다.

파벨은 며칠 뒤, 자신의 보물, 타냐를 데리고 갔다. 타냐는 어렸을 때부터 우스치인스키 다리 근처에 있는 그 건물을 알고 있었다. X레이 사진을 찍으러 가기도 했고, 심장내과 진료를 받으러 가기도 했었다. ······그런데 그날은 번호판이 덕지덕지 붙은 검은 게시판이 달린 통로를 지나 병원 뒤쪽의 낡아빠진 문으로 들어갔다. 어릴 때와는 완전히 다른 느낌이었다. 일자리를 부탁하기 위해 가는 것이니 그럴 만도 했다······.

간소프스키 교수는 거의 1년 내내 자신의 시골집에서 살았다. 그래서 매일 병원에 출근하지 않았다. 그날은 파벨과 그의 딸을 만나기로 약속이 되어 있기도 했고, 자기 휘하에 있는 책임 연구원의 한 명인 마를레나 세르게예브

---

38 당시 야간대학에 입학하기 위해서는 낮에 일한다는 것을 반드시 증명해야만 했다. 현재는 그렇지 않다.

나 코느이셰바가 자신의 두터운 박사논문 초본을 가져오기로 되어 있었다.

노교수 간소프스키는 여자 동료들과 매우 난잡한 관계를 맺고 있었다. 나이는 일흔이 넘었고, 대머리였다. 헨나와 바스마[39]를 반반씩 섞어 염색을 했는지 두피가 전체적으로 밝은 색조를 띠고 있었다. 하지만 양쪽 귀 밑에만 남아 뒤통수 일부를 덮고 있는 머리카락의 끝부분은 짙은 밤색이었다. 눈썹은 자연산 검은색이었다. 그래서 그의 조수들은 그가 눈썹을 염색한 건지 안한 건지를 두고 토론을 벌이기도 했다. ……일반적인 남자들의 성향과 위배되는 머리 염색에도 불구하고, 그는 매우 남자다웠다. 영역 다툼을 위한 것도 교미를 위한 것도 아닌 그의 염색은 보는 이로 하여금 비웃음보다는 안타까움을 자아내게 했다. 키는 작은 편이었으나, 가슴이 넓고, 볼에 둥근 작은 점이 있는 간소프스키는 몸집이 나이 든 권투 선수와 비슷했다. 물론 그 모습 역시 짐승 같다는 의미다. 그는 모든 여직원들 위에 군림하고 있었다. 청소부 마리야, 위생사 라이스카, 그리고 두 명의 박사 과정생(한 명은 오세티야, 다른 한 명은 투르크멘 출신이다. 이들은 자신들에 대한 책임자의 비호감을 인종 차별이라 간주했다)을 제외한 모든 여직원들은 그의 힘 있고도 기형적으로 긴 손을 거쳐 갔다. 그러나 인정해야 할

---

39 염색약의 일종으로 짙은 파란색이기 때문에 보통 헨나와 섞어서 사용한다.

것은, 불만족스러워했던 여자는 아무도 없었다는 것이다. 파벨은 간소프스키의 여성 편력에 대해서는 전혀 모르고 있었다. 그에 대한 소문을 알려면 어쨌든 그에게 조금이라도 관심이 있어야 했다. 그런데 파벨은 간소프스키에 대한 기본적인 정보도 가지고 있지 않았다. 그의 첫 번째 부인이 평생 동안 실험실에서 살았다는 것, 더 젊은 두 번째 부인은 여기서 박사과정을 마치고 이 병원에서 주임의사로 일한다는 것, 또 부인은 아니지만 중년의 아름다운 실험 조수인 지나라는 한 여자가 있다는 것—간소프스키는 평생 동안 지나가 아들을 양육하는 데 도움을 주었다—, 그리고 인형처럼 생긴 얼굴에 꺽다리인 갈랴도 있었다. 그녀는 2년 동안 사적으로 고용된 조수였다. 엄청나게 추잡한 스캔들을 일으키고 떠났는데, 오래전 그 스펙터클을 본 사람들은 여전히 갖가지 세세한 사항들에 관심을 가지고 있었다. 그러나 파벨은 태내의 뇌형성과 관련한 간소프스키의 연구를 높이 평가하고 있었고, 그래서 타냐에게 적합한 선생으로 생각했다.

간소프스키는 타냐를 서재로 데리고 갔다. 서재에는 비싸 보이는 책들로 채워진 책장, 알 수 없는 누군가를 조각한 청동 반신상, 나선형으로 고정된 유아의 비누색 뇌가 든 커다란 유리병들이 있었다. 창문 사이의 벽에는 검고 붉은색의 도표와 풍경 사진들이 걸려 있었다. 사진 속의 풍경에서 강은 가느다란 실핏줄처럼, 해변은 가로놓인 줄무늬 근육조직의 선처럼 보였다. 산들이 첩첩이 쌓여 있었고, 작은 계곡들이 펼쳐져 있었다.

"타치야나 파블로브나,[40] 자네를 나의 제자 마를레나에게 부탁하겠네. 자네에게 조직학에서 알아야 할 기본 지식을 가르쳐줄 걸세. 마를레나는 조직표본들을 만드는 데 뛰어난 솜씨를 가지고 있다네. 바로 시작하지. ……거기로 가보도록 하세……."

간소프스키가 일어서자, 타냐는 그가 자신보다 머리 반 정도 더 키가 작고 다리가 짧다는 걸 알았다. 그러나 그는 테니스공처럼 재빠르고 민첩했다. 자신을 따라오라며 손을 흔들었다.

실험실은 낡은 건물에 있었는데, 2층으로 되어 있었다. 1층과 2층 사이 어느 구석진 곳에는 바닥과 가까운 것 같기도 하고, 천장과 가까운 것 같기도 한 창문이 있었다. 마치 이전의 두 층을 세 층으로 나눈 것 같았다. 두 명의 학생들이 늘씬한 곱슬머리 타냐를 정중히 안내했다. 타냐는 심장이 멈추는 것 같았다. 동물사육장에서 나는 냄새, 뭔가 화학적이고, 삶거나 끓인, 역하고 강한 온갖 냄새들 때문이었다. 타냐는 자신이 무대에 서기 위해 처음으로 무대 뒤로 가고 있는 여배우처럼 느껴졌다…….

복도는 유리문 안쪽에 똬리를 튼 뱀처럼 꼬여 있는 소방

---

40 타냐의 원래 이름과 부칭이다. 공식적인 만남이나 관계에서는 이름과 부칭을 불러주는 것이 예의다.

호스 근처에서 꺾어졌다. 그들은 성스러운 곳으로 들어갔다. ……그곳은 크리스털 유리로 막혀 아주 투명하고 아름다웠다. 실험실 책상은 비석으로나 쓰일 법한 대리석으로 표면이 덮여 있었다. 육중한 이동식 유리가 딸린 폭 넓은 장식장, 반짝거리는 도구들이 들어 있는 작고 투명한 장식장, 화학용 접시와 살균용 내장이 정리되어 있는 선반, 앙증맞게 작은 유리관, 주둥이가 길고 좁은 공 모양의 플라스크 등등…….

일반 책상들 위에는 낮고 작은 철 받침대, 재물대, 날카로운 면도날처럼 예리한 삼각날의 현미경용 세편표본절단기들이 세워져 있었다. 구리로 만든 부품들과 다양한 나사들로 반짝거리는 현미경들은 당당하게 자신의 뿔을 치켜들고 있었다. 아래쪽으로 갈수록 두터워지는 유리로 된 투명한 원형덮개 밑에서 토로스 저울이 빛나고 있었다. 그밖에도 타냐의 시선을 끄는 처음 보는 물건들이 무척 많았다.

실험실 책상 곁에는 검회색 스타킹을 신고, 눈이 작고 별로 예쁘지 않은, 코끝과 윗입술 사이가 지나치게 좁고 키가 큰 여자가 서 있었다. 그 얼굴에는 까다로움, 청결함, 섬세함, 그리고 타냐의 눈길을 사로잡는 특별한 매력이 있었다. 그 매력은 딱히 뭐라고 설명하기 어려운 것이었다. 그녀의 실습복은 고산지대의 백설처럼 하얗고, 손은 수술 전의 의사들처럼 씻긴 상태였다. 그 손으로 뭔가 아주 미세한 작업을 하고 있었다.

마를레나는 잠시 타냐를 돌아본 뒤, 몇 분 뒤에나 일을 마칠 수 있다고 미안해하며, 다시 세밀한 작업에 몰두했다.

"오래된 독일 기구군요."

파벨은 기구들을 살펴보며 말했다.

간소프스키 교수가 의기양양한 표정으로 거들먹거리는 태도로 말했다.

"네, 모든 것이 전쟁 전 거예요. 독일에서 가져왔어요. 아직까지 누구도 더 좋은 물건을 발명하지 못했죠. 아시겠지만, 예맨 광학은 졸린게노프 강철로 이루어지죠. ……제가 가져왔습니다. 여기 있는 기계들은 훔볼트 대학에서 가져온 거예요."

타냐는 그들이 말하는 내용을 전혀 듣고 있지 않았다. 그녀는 마를레나가 아주 작은 세련된 모양의 가위와 가는 핀셋으로 현미경의 슬라이드글라스에 놓인 분홍빛 기포를 건드리고 있는 모습에서 눈을 뗄 수 없었다. 그와 비슷한 것이 들어 있는 유리막들이 책상에 나란히 열을 지어 깔끔하게 놓여 있었다.

간소프스키 교수는 활기차게 말했다.

"마를레나 세르게예브나, 당신에게 우리의 존경하는 쿠코츠키 박사의 딸을 맡기겠소. 젊은 생물학자지. 당신에게 견습생으로 보내는 거요. 내가 파벨 알렉세예비치를 실험실로 안내할 동안 아가씨와 이야기를 나누고 있어요……."

그들은 타냐를 남겨두고 실험실에서 나갔다. 마를레나

는 그녀에게 머리를 끄덕여 인사했다.

"좀 더 가까이 와서 내가 하는 것을 보도록 해."

타냐는 마를레나에게 다가갔다. 타냐의 우상이 될 여성 학자는 손톱소제용 작은 가위로 분홍빛 주머니 위를 약간 베어내고 있었다. 그것은 새로 태어난 쥐새끼의 아주 작은 머리였다. 자른 부분을 핀셋으로 펴고는 아기 손톱 두께만 한 아주 얇은 막의 두개골을 벗겨냈다. 동물의 조직 가운데 가장 복잡하고 연한, 그리고 세계를 창조하는 뇌조직이 손상되지 않도록 아주 조심스럽게.

마를레나가 얇은 두개골을 벗기자 두 개의 긴 반구와 앞으로 돌출된 두 개의 후각엽이 보였다. 두 겹의 낟알 같은 뇌조직에는 작은 긁힘도 상처도 없었다. 그것은 진주조개의 빛을 띠고 있었다. 마를레나는 핀셋으로 등골과 연결되어 있는 긴 숨골을 정확하게 끊고는, 작은 삽처럼 생긴 특별한 도구로 빛나는 진주와 같은 뇌를 들어올렸다. 뇌가 그 작은 삽에 놓인 순간, 타냐는 눈으로 식별하기도 어려운 혈관의 가느다란 그물망을 보았다. 마치 하나의 건축물을 보는 듯했다. 투명한 액체가 가득한 패트리 접시[41]에 꺼낸 뇌를 놓고, 크롬 처리가 된 작은 삽으로 굵은 액체 방울을 떨어뜨렸다.

마를레나가 말했다.

---

41 유리로 만든 납작하고 투명한 원통형 용기. 작가는 이 용기를 표현하기 위해 러시아어가 아닌 독일어를 사용했다.

"여기서 많은 주의력과 세심함이 필요해. 뇌의 측면을 잘라내야 하거든. 우리에게 필요한 건 뇌의 겉 부분이 아니라 그 속의 조직층이니까."

그녀는 나무상자를 덮고 있던 가제수건을 들어올렸다. 그 속에는 갓 태어난 생쥐 몇 마리가 뒤범벅되어 엉켜 있었다. 그것들의 뇌는 이미 고상하고 잔인한 학문의 신에게 제물로 바쳐졌다. ……따뜻한 체온을 가진 살아 있는 생명이지만, 두개골 절제수술로 뇌가 없어 장님처럼 우왕좌왕하는, 아무것도 모르는 실험용 생쥐들의 모습에 구역질이 올라오는 걸 느꼈다. 타냐는 재빠르게 침을 삼켰다…….

"내 생쥐들이야."

학구적인 여성은 정답게 속삭이면서 두 손가락으로 생쥐를 쥐고는 그 척추를 쓸어내렸다. 그리고 다른 손으로 나무함 오른쪽에 놓인 가위를 집어 생쥐의 머리를 정확하게 잘랐다. 가볍게 전율하는 생쥐의 몸통을 나무함에 던지고는, 머리를 유리판 위에 놓았다. 그러고는 타냐를 유심히 쳐다보며, 자부심이 깃든 어조로 차분하게 물었다.

"그래, 이렇게 할 수 있겠어?"

"할 수 있어요."

잠시의 주저도 없이 타냐는 대답했다. 하지만 실제로 할 수 있을지에 대해서는 확신하지 못했다.

타냐는 해야 한다고 자신을 부추기며, 치밀어 오르는 구토를 억지로 참아내면서 왼손을 더듬어 따뜻한, 갓 태어난 생쥐를 잡았다. 그리고 오른손으로는 차가운, 손에 잘 쥐어지는 가위를 집어 들었다. 학문을 향해 솟구치는 계몽된 이성으로 타냐는 어리석은 불멸의 영혼을 억눌렀다. 그녀는 엄지손가락으로 가위 손잡이를 눌렀다. 유리판 위로 생쥐의 머리가 떨어졌다.

"잘했어."

마를레나는 부드러운 목소리로 칭찬했다.

희생물은 바쳐졌고, 타냐는 시험에 통과했다. 이로써 그녀는 젊은 학자의 길에 입문했다.

19

해가 거듭될수록, 파벨은 고대 역사가들의 저술을 읽으며 심오한 의미들을 이전보다 더 많이 깨닫게 되었다.

"요즘 내가 신문에 나오는 최근 사건들에 냉정할 수 있는 건 오로지 이것 덕분이야."

그는 『12인의 로마 황제』라는 책의 가죽 표지를 요오드가 묻은 딱딱한 손톱으로 가볍게 두드렸다.

바실리사는 파벨의 연구실을 청소하고 있었다. 파벨은 월중행사로 치러지는 바실리사의 청소가 끝나기를 기다리면서 타냐와 토마의 방에 앉아 있었다. 타냐는 놀란 표정으로, 유전적으로 숱이 많은 가느다란 눈썹을 치켜떴다.

"아무런 연관성도 없어 보이는데요, 아빠……?"

"어떻게 설명해야 하나? 자, 들어보렴. 율리야 황제는 스탈린보다 군사령관으로서의 자질이 더 뛰어났어. 아우구스트는 비할 데 없이 명석했고, 네로는 잔인했지. 칼리굴라는 온갖 더럽고 혐오스러운 짓들을 하는 데 능했고. 이 사람들의 일생은 전부 다 피로 얼룩져 있지만, 동시에 추앙을 받기도 하지. 그들은 역사에 길이 남을 인물이 되었단다."

타냐는 베개에서 얼굴을 들었다.

"모순이네요. 그 시대 사람들의 희생이 무의미하다는 걸 생각하면 너무 슬퍼요."

파벨은 가벼운 미소를 지으며 손으로 다림질하듯 소중한 책의 가죽 표지를 어루만졌다.

"어떤 희생? 희생은 아무것도 없었어. 단지 자기합리화에 대한 본능만 있을 뿐이야. 때로는 어리석고, 때로는 의미 없는, 대부분은 잔인하고 사리사욕을 채우려는 행위에 대한 정당화만 있을 뿐이지. 그런 정당화 때문에 희생자는 없는 거야. 아마 천 년 후, 아니 오백 년 후, 나와 같은 늙은 산부인과 의사—아마 세상이 아무리 발전해도 의사라는 직업이 없어지진 않을 거야—들은 20세기 러시아 역사를 읽게 되겠지. 스탈린에 대해 두 페이지 정도, 흐루시초프에 대해 한 단락 정도를 보게 되겠지. 일화들도 몇 가지 있을 거고. 결국 그들도 역사에 남는 인물이 되는 거야."

"그렇지 않아요, 아빠. 아흐마토바, 츠베타예바, 파스테르

나크에 대해서도 사람들은 알게 될 거예요. 그리고 스탈린과 흐루시초프가 기억되는 건, 오로지 그런 사람들을 박해했다는 사실 때문일 거구요."

"그런 건 공산주의 사회에서나 일어날 걸요."

토마는 병들어 흉물스럽게 변한 식물을 꼼꼼하게 씻은 뒤, 생각에 잠긴 표정으로 끼어들었다.

파벨은 기분이 좋았기 때문에 농담할 여유가 있었다.

"아니야, 토마, 그건 공산주의 이후에……."

'다음에 타냐한테 파벨이 무슨 말을 하는 건지 물어봐야겠어.'

토마는 결심했다. 공산주의 이후 무슨 일이 일어날지 아무도 그녀에게 말해주지 않았다. 하지만 그때는 이미 우리가 존재하지 않을 텐데, 아무렴 어떤가. ……지금 토마의 심각한 걱정은 오직 하나였다. 식물의 잎사귀에 흰 반점이 생기더니 그 위에 마치 무른 촛농 같은 막이 생긴 것이다. 그녀는 손가락 끝으로 잎사귀의 표면을 부드럽게 어루만졌다. 그녀의 생각에, 그런 반점은 진기한 유카에서나 볼 수 있는 것이었다.

'혹시 바이러스에 감염된 건 아닐까?'

순간, 토마는 공포에 사로잡혔다. 공산주의 따위의 문제는 완전히 잊어버렸다. 이미 그녀는 경험이 풍부한 모스크바 도시환경과의 직원으로서, 두 번이나 바이러스에 오염된 식물들을 본 적이 있었다. 처음 것은 볼쇼이 극장 근처의 공원에 있는 식물이었다. 두 번째는 시청에 모종을 공급하는 온실의 식물들이었다. 두 번 모두 바이러스에 오염된 식물들을 구해내지 못했다. 많은 수국과 마촐라가 죽었다. 어쨌든 그것들은 국가 소유의 식물이었다. 하지만 지금은 자신의 식물이다. 그것도 소중하게 아끼는 식물. 토마는 심각한 표정으로, 왼손 엄지손가락을 입에 넣고는 손톱 뿌리를 물어뜯기 시작했다. ……그러고는 자신의 정글을 탐사하기 시작했다. 50년대 말 파벨의 아파트는 완전히 변해 있었다. 발 디딜 틈 하나 없이, 사철나무가 심긴 화분과 병들로 가득 차 있었다.

처음에 엘레나는 단단한 초록 잎을 보는 게 좋았다. 그러나 시간이 지나자, 사철나무가 심어진 깡통이나 오래된 냄비와 전쟁을 벌여야 했다. 엘레나는 깡통과 냄비 대신 화분과 화분 가리개를 구입했다. 하지만 더러운 깡통들은 계속 늘어났다. 반들반들한 깡통 부대는 창문턱을 빽빽하게 채우더니, 탁자와 책상을 점령했고, 드디어는 바닥까지 침범했다. 한때 타냐의 유아 방으로 썼던 작은 방은 이미 오래전에 꽃가게 창고가 되어 있었다.

타냐는 토마의 식물들이 공간을 점령하는 것에 별로 신경 쓰지 않았다. 집에 있는 시간이 없었기 때문이다. 아침 일찍 쥐와 토끼, 조직표본이 있는 일터로 갔고, 일이 끝나면 학교로 달려갔다. 그리고 밤 열한 시 반이 되어서야 녹초가 되어 집에 돌아왔다. 수업이 없는 날이면 손님으로 초대받아 가거나 여흥거리를 찾아 집을 나섰다. 토마는 차츰 타냐의 저녁 외출에 동행하기를 그만두었다. 타냐에게는 새로운 친구들이 생겼다. 그 바람에, 골드베르그 형제들은 타냐를 자신들보다 더 재미있고 유쾌한 젊은 친구들에게 양보해야 했다. 하지만 그 새로운 친구들은 타냐의 집에 온 적이 없었다.

엘레나는 보통 여섯 시가 조금 넘은 시간에 직장에서 돌아왔다. 그녀는 타냐 대신에, 아이들의 장난감 국자를 들고 화분들 앞에서 헤죽거리는 토마를 봐야 했다. 토마의 근무시간은 네 시 반이면 끝나기 때문에, 늘 일찍 집에 돌아왔다. 바실리사는 식구들이 따로따로 돌아오는 통에 식사를 몇 번이나 차려야 한다며 구시렁거리고는 했다.

파벨은 극도의 긴장을 요하는 일을 하는 만큼 2교대 근무를 했다. 그는 대학과 병원 일 외에도, 전문의로서의 자격 승급을 원하는 사람들에게 강의도 하고 있었다. 사람들은 그에게 경탄과 함께 모종의 불만을 내비쳤다. 일주일에 세 번씩, 시골의 산부인과 의사나 나이 든 산파들에게 강의를 한다는 것은 아카데미 회원이 할 일이 아니었기 때문이다. 더욱이 그가 가르치는 사람들은 어디선가 의료교육을 받기는 했지만 어디서 받았는지 기억도 못 하는 부류들이었다. 그에게 쏟아지는 비난은 아카데미 회원으로서 본분을 망각하고 있다는 것, 아카데미 위원회 모임에 불참하고 상부의 지시를 따르지 않는다는 것이었다. 그와 함께,

그가 알코올 중독자인 데다가 드디어 이상한 행동을 하고 다니는 정신 나간 사람이 되었다는 소문이 퍼지기도 했다.

보건성 장관은 이미 바뀐 지 오래였다. 코냐가의 후임으로 수의학을 전공한 국가안전보장 위원회 출신이 임명되었다. 그다음으로는 지독한 출세주의자에다 도둑놈인 유명한 외과의사가 임명되기도 했다. 파벨은 보건 개혁에 관한 자신의 위대한 계획을 유감없이 포기했다. 개혁은 그의 참여 없이 이루어졌다. 그러나 파벨 자신도 잊어버린 그의 방대한 자료들은 여전히 새 장관의 금고에 고스란히 보관되어 있었다. 새 장관은 가끔씩 그것들을 훑어보곤 했는데, 이는 그에게 결코 무익한 일이 아니었다……

파벨의 의학적인 영향력은 상부와의 냉랭한 관계에도 불구하고 놀라울 정도로 큰 것이었다. 전국 방방곡곡에서 많은 여자들이 파벨을 찾아왔다. 그들은 파벨로부터 출산을 돕기 위한 산파들의 고전적인 방법과 유산을 예방하기 위한 새로운 조치, 임신 중독증 치료, 산후조리에 대해 많은 것을 배우고 갔다. 파벨은 정식 산부인과 의사가 아니었다. 자지만 그는 여성들의 임신과 출산을 돕는 의료진들이 보다 높은 의학적 지식을 가질 수 있도록 하기 위해 불임과 관련된 저서를 몇 권 집필하기도 했다. 그는 평소에, 여성들의 출산을 돕는 산파들의 사회적 직위가 부당하게 폄하되는 현실을 개탄하고 있었다.

그러나 파벨이 그 무엇보다 많은 관심을 쏟는 대상은 환자였다. 이미 손상되기 시작한, 결함이 있는, 상태가 심각한 자궁을 가진 수많은 여성들. 그들과의 만남은 다양한 형태로 이루어졌다. 매주 정해진 진료 시간에, 또는 지인의 부탁으로, 또는 개인적으로 파벨을 찾아오는 환자도 있었다. 오래전에 고위층 정치인을 위한 크레믈린 병원이 개원했음에도 불구하고, 그들의 아내와 딸들은 개인적으로 파벨을 찾아왔다. 누구는 출산을 위해. 누구는 수술을 받기 위해서.

어떤 병원의 한 부서는 '검진과'라는 완곡한 명칭을 쓰고 있기는 했지만, 사실은 임신중절 수술을 하는 곳이었다. 물론 중절수술을 하는 도중에 검진하는 일도 있었겠지만……. 이 병원은 중절수술을 하는 동안만큼은 환자를 마취시키는 유일한 병원이었다. 그러나 수술 전후 과정의 모든 처리는 아주 무자비했다. 원하지 않는 아이로부터 벗어나려는 못된 결정을 했으니 극심한 고통쯤은 당연히 참아야 한다는, 일종의 단죄라도 하려는 것이었을까? ……이 부서에는 네 명의 외과의사와 네 명의 간호사들이 있었다. 그들은 열여섯 개의 손가락으로 쉬지 않고 긁어내고 또 긁어냈다. 마취를 했다고는 하지만 사용된 마취제는 아주 불량한 것으로, 불법 제조된 마약이거나 노보카인 등이었다. 수술은 25분 만에 해치워졌고, 그런 다음 배 위에 얼음주머니를 얹어주면 그만이었다. 그 후 여자들의 몸은…….

파벨은 몇 번 그 병원에 가본 적이 있다. 그의 생각에 낙태수술은 산부인과 수술 중에서도, 의사에게나 환자에게

나 윤리적인 측면에서 가장 어려운 수술이었다. 그런데 과연 이 병원에서는 사람과 동물이 구별되고 있기나 한 것일까? 종족번식이 동물의 본능이라는 게 생물학적 원칙이라지만, 인간은 과연 그것을 넘어설 수 있는 권리와 가능성을 전혀 갖지 못한 것일까? 인간이 동물과 다를진대, 자신의 후손을 자신의 의지에 따라 결정할 수는 없는 것일까? 이것이야말로 인간의 선택과 자유에 대한 권리를 대변하는 것은 아닐까?

이런 생각을 목숨이라도 걸듯 완강히 반대한 사람이 바실리사였다. 그녀가 파벨에 대한 숭배를 가차 없이 버린 후부터, 그는 그녀를 더욱 진지하게 대하게 되었다. 의사인 파벨의 관점에서 보면, 그녀는 어리석고 무지하며 인간애가 부족했다. 하지만 자신만의 확고한 도덕적 원칙을 가지고 있다는 점은 인정할 만한 것이었다. 그런데 안타까운 것은 낙태를 반대하는 그녀의 맹목적 신념이 엘레나에게도 영향력을 행사하여, '교회—기독교'[42]의 배타성을 주입시켰다는 것이다. 바실리사는 단순한 사람이다. 그런 만큼 그녀의 시각은 단편적이고 편파적일 수 있다. 그러나 엘레나는? 어떻게 그녀에게 설명을 해야 할까? 자신이 몰로흐[43]에게 복종하지 않고, 부조리한 세상의 가여운 사람들을 돕고 있다

---

42 소비에트의 종교 부정이나 무신론을 파벨이 동조한 것은 아니지만, 교회라는 조직에 의한 기독교 본질의 왜곡에 대해 파벨이 가진 반감을 드러내기 위한 표현이다.

43 인간의 희생을 요구하는 잔악한 힘을 의미한다. 알렉산드르 소쿠로프의 유명한 영화 제목이기도 하다.

는 사실을. ……더욱이 파벨 자신은 직접 낙태수술을 해본 적이 없었다. 파벨이 낙태에 관심을 갖는 것은 이론적으로 귀한 자원의 재활용과 같은 것이다. 이는 혈액학 분야에 속하는 것이기도 했다. 파벨의 유능한 제자들이 이 분야에서 중요한 연구를 하고 있었다. 파벨은 그들에게 중요 연구 과제를 제안하기도 했다. 낙태 후 여성의 몸에서 어떤 호르몬 변화가 일어나는가 하는 과제를. 이에 대해서는 아직 연구된 바가 없었다. 파벨은 낙태 후, 자궁을 원상태로 회복시키기 위한 호르몬 변화와 작용에 대해 그 무엇보다 깊은 관심을 가져왔다.

파벨의 이성적이고 전문적인 활동과 그가 집에서 부딪히는 벽창호 같은 배타성─무지한 바실리사가 아니라 아내에게서 비롯된─간의 갈등은 파벨을 깊은 사색에 빠지게 했다. 그는 엘레나와의 갈등을 잊기 위해 항상 자신의 생각을 짧은 글로 남겼는데, 그것은 의학의 기본적인 철학이 무엇인가에 대해 의학적 경험들을 바탕으로 쓴 매우 추상적인 글들이었다. 파벨은 이 복잡한 생각들을 간단명료하게 공식화하여 남에게 보이려는 시도를 하지 않았다. 이는 어쩌면 골드베르그를 보면서 갖게 된 태도일 것이다. 골드베르그는 굉장한 생각이 떠오를 때마다 그것을 친구들에게 알리기 위해 깨알 같은 글씨로 적은 셀 수도 없을 만큼 많은 메모 뭉치를 남겼다. 하지만 파벨은 골드베르그가 뭔가 전우주적이고 전 세계적인 개념이나 계획을 세우려는 것을 보며 공허함만 맛보았다.

　새로운 사상이나 학문에 몰입할 때마다 마른 장작에 불 붙듯 하는 골드베르그와는 달리, 파벨은 수년간 한 가지 일에만 몰두했다. 그는 고무장갑을 낀 왼손으로 정확히 알지 못하는 문을 찾아 열었고, 거울을 집어넣어 무한한 세계의 틈을 세밀하게 관찰했다. 그곳으로부터 살아 있는 모든 것이 생성되었다. 그곳이야말로, 그를 믿고서 그의 앞에서 다리를 벌린 모든 여자들이 미처 생각지 못한, 영원으로 향하는 진정한 문이었다.

　불멸, 영원함, 그리고 자유…… 이 모든 것은 바로 이 틈과 관련이 있다. 이는 파벨이 도저히 읽을 수 없었던 마르크스, 천재적인 거짓말로 도배된 프로이트의 어떤 이론보다도 우선했다. 프로이트도 의사였다. 그 역시 자신의 손으로 축축한 상태로 울음을 터트리는 셀 수 없이 많은 생명을 보았을 터다…….

　오래전, 그러니까 두 번째 감옥 생활에서 풀려난 후, 골드베르그가 왓슨과 크릭이라는 너절한―이는 골드베르그의 표현이다―영국 학자들이 DNA의 구조를 발견했다는 이야기를 하면서 우리, 그러니까 소비에트를 앞질러 간 것에 분개한 적이 있었다. 그때 파벨은 크고 주름 많은 손바닥으로 턱을 받치면서 그가 더욱 펄펄 뛰도록 화를 돋우었다.

　"이봐, 골드 선생, 뭔 귀신 씻나락 까먹는 소리야. 그저 여자들 아래나 들여다보는 사람이라 이해 못 하겠네. 뭐가 그렇게 길길이 날뛸 일이지? 자네에게는 이방인이겠지만, 그들이 DNA 이중나선구조를 발견한 것은 당연한 일이야. 그들에게는 탄탄한 재정 지원이 있었으니까. 헌데 우리 병원의 기구들은 스위스제야. 그것도 1904년산. 자네 실험실의 원심기는 몇 년 산이지?"

"내 말이! 만일 우리에게 그들처럼 돈만 있다면 우리는 그들을 다시 앞지를 수 있다고. 우리의 젊은 연구원들은 대단하니까. 잠재력이 무한하다고!"

한순간, 골드베르그의 말투가 부드럽게 바뀌었다.

"근데, 우리 아들 비탈리이 머리가 아주 비상하다는 걸 아나? 대단한 수재야! 전공이 생물학인 게 정말 유감이야. 블룸[44]의 꼬임에 넘어가서 말이지. ……진짜 우리한테 그 돈만 있었어도……."

"그런데 그들은 어디서 그 돈이 난 거지?"

파벨은 살살 약을 올렸다. 골드베르그는 덥석 걸려들었다.

"그거야, 식민지! 식민지를 착취한 제국주의 정책으로 번 돈이겠지. 뭐야, 애들처럼 그걸 몰라서 묻는 건가? 놀랄 일이군!"

파벨은 고개를 끄덕였다.

"그래 맞아. 난 애야, 애……. 그러는 자네도 마찬가지야. 자넨 낡은 풍차와 싸우는 애지. 자네에게 Spiritus vini(술을

---

44 블룸 레온. 유대인으로서는 첫 프랑스 정치가였다.

말함)를 처방해주지. 하루에 세 번 먹게. 150그램씩. 어떻게 수용소에 8년 동안이나 갇혀 있었던 사람이 그 끔찍스러운 제, 국, 주, 의란 단어를 아무렇지도 않게 말할 수 있는지 놀랍기만 하군."

파벨은 아주 정확하게 150그램을 술잔에 따랐다. 그리고 두꺼운 비곗덩어리[45] 한 조각을 역시 두껍게 자른 빵조각 위에 얹었다. 바실리사는 언제나 고기도 빵도 두껍고 먹음직스럽게 자르는 것을 좋아했다. 이때 파벨과 골드베르그가 만난 곳은 파벨의 서재였다. 그 무렵만 해도 골드베르그는 자주 쿠코츠키 집을 방문했다. 당시 그가 살고 있던 말라호프카는 그의 실험실에서 가깝지 않았다. 그래서 그는 실험실에 늦게까지 남아 일하다가 모스크바에 있는 친구들 집을 찾아가 자곤 했다.

골드베르그가 갑자기 벌떡 일어나는 바람에 의자가 쓰러졌다.

"자네는 자네대로 나는 나대로 사연이 참 많았지……."

화가 난 듯 골드베르그는 술을 들이켰다.

"우리 아버지는 스위스 은행에 계좌를 가지고 있었어. 아버지는 재목상이었지. 집은 모이카에 한 채, 류반카에 또 한 채 있었어![46] 얄타에는 별장이 있었지! 한마디로 당시의 사회적 의미로 말하면, 난 반동 가족 출신이야. 하지

---

45 '살라'라고 하는 음식으로, 보드카를 위한 최고의 안주로 꼽히는 것 중의 하나다.
46 모스크바만이 아니라 상트 페테르부르크에도 집이 있었다는 말이다.

만 난 우리 부모님들에게 레닌주의의 원칙을 어겼다고 말할 수 없었어. 누가 내 심정을 알기나 할까? 난 평생 이 나라의 죄인이야."

"그래, 자네는 죄인이라 치고. 나는 왜 죄인인가?"

파벨은 알면서도 천연덕스럽게 물었다.

"몰라서 물어? 자네 아버지는 제정 러시아의 장성급 고위관료였잖은가. 그러니까 죄인이지……."

피곤해진 파벨은 하품을 하며 머리를 흔들었다. 그리고 엘레나에게 골드베르그를 위한 잠자리를 준비해달라고 부탁했다. 엘레나는 이미 모든 걸 준비해둔 뒤였다. 그녀는 일리야를 좋아했고, 안쓰럽게 여기고 있었다.

피곤과 알코올에 패배를 당한 일리야는 간이침대 위에서 코를 골았다. 파벨은 3화음의 코골이음악 때문에 쉽게 잠들지 못하고, 꼬리에 꼬리를 무는 상념에 빠져 있었다. 어떻게 골드베르그에게는 높은 도덕성과 도저히 어떻게 할수 없는 어리석음이 공존할 수 있는 걸까? 유대인이 가진병일까? 러시아 애국주의의 증후군인가? 피부건선증이나희귀병인 고셔병 같은 것일까?

파벨은 얼마 전 자신을 찾아온 환자를 기억해냈다. 고셔병을 앓고 있으면서도 두 번째 아이를 낳은 젊은 유대인 여자였다. 고셔병은 유전으로 인한 희귀병이다. 언젠가 골드베르그는 근친상간이 빈번했던 고대인들에게 열성유전자가 점점 증가되어 유전되었다는 사실을 이야기한 적이 있었다. 그리고 다른 종(種)과의 결혼이 인류의 건강을 회복하는 길임을 이야기하기도 했다. 그럼으로써 새로운 인종이 나타날 거라는 실없는 소리를 하기도 했다. 사실 자세히 보면 모두가 아픈 사람들이었다. 파벨을 도와주는 고르시코프는 장모에 대한 증오심으로 하여 아팠다. 그는 장모에 대해 얘기할 때는 목소리까지 변했다. 그녀를 가리켜 쨍알거리는 늙은이, 심장병 환자, 당뇨병 환자라고 했다. 간호사 베라 안토노브나는 세균에 대한 피해망상을 가지고 있었는데, 자기 속옷을 의료용 도구 소독기에 끓였다. ……엘레나는 어떤가? 꿈을 꾸고…… 꿈속에서 본 것들만 보고 있지는 않은가? 그녀에게 뭔가를 물으면, 그녀는 마치 꿈에서 깨어난 듯한 얼굴을 하고 있다. 그 얼굴에는 언제나 경악, 긴장이라고 쓰여 있다. 토마는 화분의 식물들과 속삭이고 있고, 바실리사는 전기레인지를 켜기 전에 세례를 베푼다. ……정신병원이나 다름없다. 타네치카만 정상적인 행동을 하는 건강한 사람이다. 그러나 최근에는 그녀의 안색이 좋지 않다. 창백하다. 눈 밑으로 어두운 그림자가 짙게 드러나 보였다. 너무 피로해서일까? 아니면…… X레이 사진이라도 찍게 해볼까?

'일요일에 타냐와 말을 해봐야겠어.'

파벨은 속으로 다짐했다.

일요일 아침, 식구들 모두 자신의 일들을 보러 나갔다. 바실리사는 어제 도시를 떠나 어디론가 순례를 떠났다. 교회에 가지 않던 엘레나도 파벨에게 반항을 하려는 듯 최근에 사원에 나가기 시작했다. 그렇지만 바실리사가 다니는 사원은 아니다. 그녀는 아스타젠카에 있는 오래된 모스크바 사원을 찾았고, 건축가였다가 사제가 된 사람과 자신의 꿈에 대한 이야기를 나누었다. 토마는 식물원 공원으로 만병초와 협죽도 등의 식물들을 보러 갔다.

별다른 볼일이 없는 타냐와 파벨은 일요일 아침, 집에 있었다. 그들은 같이 아침을 먹고 세상의 이런저런 일들, 문학, 정치에 관한 이야기를 나누었다. 파벨은 밤마다 오래된 램프 '텔레푼켄'을 들었다. 모든 것이 적대적인 목소리들이었다. 타냐는 사미즈다트[47] 첫 호를 통해 유명한 시인들이나 갓 데뷔한 작가들의 알려지지 않은 시들을 읽었다. 가끔 그녀는 아버지에게 자기가 특히 좋아하는 작품을 건네기도 했다. 이렇게 서로가 서로에 대해 모든 것을 얘기하는 것은 그들에게 매우 중요한 일이었다. 정치적인 이야기도 나누지만, 두 사람에게 가장 흥미로운 것은 혈관이나 실핏줄에 관한 것이었다.

타냐는 조직학 조교의 일을 금방 배웠다. 그 일은 세밀함과 꼼꼼함을 필요로 했다. 이 점이 타냐의 마음에 들었다. 그녀는 거의 중세시대부터 사용되었던 오랜 방식을 이용해 염료를 끓인다. 끓인 것을 몇 시간 정도 그대로 놔두었다가

---

47 구소련시대 있던 지하출판사와 출판물을 뜻한다.

걸러낸다. 타냐가 파벨에게 자신의 일에 대해 얘기하면, 그는 가볍게 미소 지었다. 아무것도 예전과 달라진 것은 없었다. 그가 학생일 때도 에를리흐의 염료와 쿨치츠키의 유동액 등으로 염색한 표본을 가지고 공부했었다.

타냐는 표본 만드는 일을 좋아했다. 떼어낸 쥐의 뇌를 고정액에 넣는 순간부터 포르말린 고정액이 침투된 조직을 자르는 순간까지, 정밀성을 요구하는 모든 과정이 흥미로웠다. 조직 슬라이드를 만들기 위해 조직을 잘게 자르고, 자른 조직을 슬라이드 위에 잘 다듬어 바르게 펼쳐 접착제로 붙인다. 그리고 3일 동안 만든 헤마톡실린으로 염색을 한다. ……간소프스키의 개인 조수인 중년의 비케르스만이 타냐보다 훌륭한 표본을 만들 수 있었다. 하지만 그녀는 50년 동안 그 일을 해온 사람이다. 그리고 혼자서 새로운 방법을 고안해낼 만한 인물도 아니었다. 그에 반해 타냐는 흥미와 열정으로 언제나 새로운 방법들을 생각해내곤 했다.

타냐는 아버지에게 자신이 하는 모든 일과 마를레나에게서 얼마나 신기하고 어려운 것을 배웠는지 세세하게 말해주었다. 그 모든 일들은 인간이 겪는 병의 원인을 찾아내 그 치유를 위한 도정이 되어야 하는 것이었다.

타냐는 자신이 습득해가는 전문성에 흡족해했고, 어떤 명령이나 지시 없이도 스스로 일을 찾아 했다. 그리고 일을 손에서 놓고 싶지 않을 만큼 몰입했다. 타냐의 이야기를 들으며 파벨은 딸에게서 자신과 닮은 점을 보았다. 완벽주의

자들이 일에 갖는 열성과 같은 성향을 타냐에게서 발견한 것이다. 한편 타냐가 의학을 공부하지 않은 것에 대한 안타까운 마음도 스스로에게 굳이 감추려 하지 않았다.

파벨은 그날의 비밀일기에 이렇게 썼다.

'말뿐인 사람들의 세상이 되었어. 많은 사람들의 직업이 단지 거짓을 말하는 것이 되어버린 세상. 말하는 사람과 일하는 사람으로 딱 분리되어 있어. 모든 기관과 관직은 말만 하는 사람들이 득실거리는 끔찍한 병균이야. 정말 다행이지 않은가. 타냐가 일하는 사람의 부류에 속한다는 사실은. 열정을 바칠 수 있는 직업은 인생의 큰 버팀목이니까.'

실험실에서는 뇌의 구조와 발전에 관한 연구를 했다. 형태학자와 조직학자들은 뇌 모관(毛管)들의 작은 가지들이 자라나는 것을 간단한 현미경의 대안렌즈를 통해 관찰하고, 상처나 감염된 세포를 대신해 뇌에 새롭게 형성되는 조직의 신비한 발생과정을 연구하고 있었다. 그들은 혈액순환 시스템에 먹물을 주입하는 방법을 이용했다. 주입된 먹물은 피와 섞이게 되고, 그렇게 되면 먹물로 선명해진 혈관들은 현미경 렌즈를 통해 더 잘 보이게 된다. 이 먹물 방법이 더 효과적으로 나타나는 경우는 먹물을 살아 있는 동물에게 실험했을 때다. 먹물이 주입된 뒤 얼마 동안, 심장은 먹물이 피를 완전히 몰아내기 전까지 계속 뛴다. 그러다가 차츰 산소 부족으로 힘을 쓰지 못해 심장박동이 느려지고 결국 정지하게 된다. 그러나 보통은 죽은 동물을 상대로 한 다양한 실험에 먹물 방법이 이용된다. 이때 실험은 훨씬 간단하지만, 혈관에 먹물이 잘 흐르지 않는 애로사항이 있다. 그래서 다양한 필수 도구들이 꼭 있어야 한다. 바로 이 사소한 이유로 타냐의 운명은 커다란 전환점을 맞이하고 있었다.

어느 일요일, 타냐는 자신이 실험실 관리사무소 책임 조교로 지명되었으며, 실험실의 비싼 기구들을 보관하는 캐비닛 열쇠를 건네받았다는 소식을 아버지에게 자랑스럽게 알렸다. 이제부터 반지하의 표본제조실로 가는 사람들은 외과용 가위 모양의 핀셋, 조립쇠, 외과용 메스와 톱—이상하게 생긴 빨간 절단기구와 피부를 자르는 톱—을 받기 위해 타냐에게 도구들을 청구해야 했다. 표본제조실에서는 쥐 외에 고양이, 개, 토끼 등의 표본을 만든다. ……타냐는 더욱 섬세한 조직표본들을 주로 만들었고, 이 일을 매우 능숙하게 해냈다.

1960년 봄, 타냐는 우수한 성적 덕분에 주간학부로 옮기라는 학교의 제안을 받았다. 그러나 그 제안을 거부했고, 가족들에게는 그런 제안이 있었던 사실조차 이야기하지 않았다. 저녁수업은 정말 힘들었지만, 그녀는 실험실을 떠나고 싶지 않았다. 그녀의 삶은 증류기, 쥐, 동물표본, 그리고 마를레나 세르게예브나와의 친밀한 교류가 전부였다. 간소프스키는 그녀를 유심히 살폈다. 나이 많은 비케르스 부인은 곧 정년퇴직할 때가 되었다. 그는 타냐가 그 자리를 대신할 수 있을지 깊이 생각했다. 타냐를 아끼는 마를레나 세르게예브나는 간소프스키의 의중을 읽고, 타냐가 곧 주간학부로 옮길 거라고 그에게 기회 있을 때마다 상기시켜주었다. 그리 심각한 것은 아니었지만, 직장에서 흔히 일어나는 음모가 진행되고 있었다. 물론 타냐는 아무것도 몰랐다.

실험실 부속의 어린이 병동은 통상 여름기간 동안에는 문을 닫았다. 심각한 병을 앓는 환자 병동과, 태어나서 부모에게 버림받은 건강한 아이들을 돌보는 보호소만 계속 일을 했다. 보호소의 아이들은 '정상적인' 아동의 발달을 연구하는 소아과와 생리학자들의 관찰대상이 되다가, 세 살이 넘으면 고아원으로 보내졌다. 병원이 문을 닫는 여름은 대학원생들과 연구원들이 박사 논문에 반드시 포함시켜야하는 '실증적 실험에 의한 결과보고서'를 준비하기 위해 다양한 실험과 관찰에 집중할 수 있는 시기이기도 했다. 실험실의 일은 늘 많았고, 매일매일 빡빡한 일정이 이어졌기 때문에 논문을 위한 실제 실험을 할 시간이 없었다. 타냐가 맡은 일의 양은 점점 더 늘어났다. 타냐는 실험실 도구의 살균과 교부를 맡고 있었다.

타냐의 삶을 송두리째 바꾸어놓은 운명적인 사건은 너무도 시시하고 평범한 계기에서 시작되었다. 어느 날 척수회백질염, 후천성 소아마비로 다리를 절긴 하지만 귀엽게 생긴 조교 라야가, 잦은 살균으로 누렇게 변한 천으로 덮인 나무함을 꼭 쥐고는 먹물 따르는 도구세트를 내줄 수 있는

지 타냐에게 물었다.

"어디다가 먹물을 따를 거지?"

타냐가 사무적으로 물었다.

"인간의 태아."

라야가 대답했다.

타냐는 열쇠를 달그락거리며 값비싼 작은 금속제 도구들을 보관하는 캐비닛의 문을 열었다. 그리고 망가진 소독기[48] 안에서 핀셋과 외과용 메스, 고정기를 꺼내어 일일이 하나씩 센 후에 다시 모아서 건네며 사무적으로 물었다.

"살아 있는 거야, 죽은 거야?"

"죽은 거야."

순해 보이는 라야가 침착하게 대답했다. 그리고 조그만 공책에 서명을 한 후, 절뚝거리며 가파른 계단을 따라 반지하로 내려갔다.

잠시 후, 타냐는 자신이 라야에게 했던 질문이 무엇이었는지를 깨달았다. 그때 이미 라야는 후당탕거리며 자신의 일을 마치고 벽의 소등 스위치를 내리고 있었다. ……타냐는 사무실 열쇠를 제자리에 두고 하얀 가운을 벗어 옷걸이에 걸어놓은 후, 실험실을 나갔다. 그리고 타냐는 더 이상 그곳으로 돌아가지 않았다. 학교에도 돌아가지 않았다. 그 순간 이후 영원히, 그녀는 학문과의 인연을 끊어 버렸다.

---

48 비싼 도구들을 보관하는 캐비닛 안의 망가진 소독기는 그다지 좋지 않았던 실험실 환경, 비효율적 물품 관리에 대한 작가의 조소 어린 태도를 보여준다.

20

타냐는 일주일 동안 가족들에게 아무 말도 하지 않았다. 평소처럼 아침에 집을 나와 눈길 닿는 대로 시내로, 마리나 숲으로, 티미랴제프스키 아카데미로 내키는 대로 걸으며 돌아다녔다. 그렇게 시간을 보내기는 난생 처음이었다. 늦은 여름 이미 7월이 끝나고 있었지만, 공원의 녹음은 상큼했고, 울창했으며, 라임나무는 뒤늦게 꽃을 피우고 있었다. 특히 도시의 골목들과 오래 된 통나무집들이 정겹고 다정하게 느껴졌다. 타냐는 지칠 때까지 돌아다니다가, 빵과 바르는 치즈와 따뜻한 레모네이드 한 잔을 사서는 편하고 외진 곳에 자리를 잡았다. 때로는 장작 보관소 옆, 때로는 끊어진 철길 옆, 때로는 공원 벤치에 앉았다.

타냐는 극도의 이상 상태, 분열 상태에 빠져 있었다. 그녀는 아무 생각도 하지 않는 사람처럼 보였다. 그저 걸으며 이곳저곳을 바라볼 뿐이었다. 하지만 그녀의 머릿속에서는 생각들이 사방으로 흩어지고 있었다. 한쪽에서 다른 쪽으로 방향을 틀었고, 애매모호한 추상적인 생각들이 맴돌았다. 그런 생각들은 타냐를 사건의 진실로 치닫게 했다. 어디에 먹물을 쓸 것이냐고 묻자 라야는 인간의 태아라고 대답했다. 그때 타냐는 산 것인지, 죽은 것인지를 물었다. 만일 라야가 살아 있는 것이라고 대답을 했다면, 그녀는 라야에게 살아 있는 대상에게 적합한 도구들을 주었을 것이고, 결국 그것은 살아 있는 태아에게 먹물을 주입하여 죽게 만드는 결과가 되었을 것이다. 쥐도 고양이도 토끼도 아니고, 이름과 성, 생일이 있는 아이를 죽일 수도 있었던 것이다. ……누구에게나 살인이란 건 그렇게 가까이 있는 것일까? 아니면 오직 자신에게만 일어난 특별한 경우일까?

타냐는 아침부터 저녁까지 이곳저곳을 배회하다가 집으로 돌아와 저녁을 먹고 잠을 자려고 누웠다. 그러나 금방 잠들었다가 곧 깨어났다. 그리고 다시는 잠들지 못했다. 어느 날 한밤중에 그녀는 불면증의 헛헛증을 이기지 못해 옷을 입고 조용히 거리로 빠져나왔다. 지금은 큰 극장의 옆면으로 변한, 외곽의 낯익은 마당을 지나쳤다. 달이 떠올라 하늘을 뛰어다니다가 부티르스카야 감옥 위로 떨어졌다. 바람이 불기 시작했고, 하늘은 밝아졌다. 토마의 어머니 리자 대신 새로 고용된 청소부가 마른 빗자루로 마당을 쓸자 먼지구름이 피어올랐다.

그러던 어느 날, 여섯 시 반경에 타냐는 집으로 돌아와 눕더니 잠이 들었다. 토마가 그녀를 깨웠을 때, 그녀는 오늘 아무 데도 가지 않을 거라고 투덜거렸다. 이어 엘레나가 그녀 쪽으로 몸을 굽히며 물었다.

"타냐, 무슨 일 있니? 아픈 건 아니지?"

타냐는 시트를 머리 쪽으로 끌어올리며 낭랑한 목소리

로 대답했다.

"아프지 않아. 자는 중이야. 날 좀 조용히 내버려둬."

엘레나는 당황스러웠다. 저런 대답은 뭘까? 한 번도 저렇게 무례한 적이 없었는데……

타냐는 잠에서 깨어 밥을 먹으러 갔다. 집에는 아무도 없었다. 심지어 바실리사도 어딘가에 가고 없었다. 타냐는 아무에게도, 아무 일도 설명할 필요가 없었다. 기분이 한결 가벼워졌다. 다시 목적 없이, 아무런 생각 없이 시간을 보내러 돌아다녔다. ……팔리하, 사마테카, 메샨스키 거리……. 통나무집이 있는 도시 외곽의 동네…….

타냐는 아버지에게 이 모든 걸 얘기할 준비가 되었고, 아버지가 무슨 말을 하든지 다 들을 마음이 되어 있었다. 자신한테 제일 소중하고, 제일 현명하고, 제일 박식한 아버지……. 하지만 아버지는 잠깐 동안 출장을 간 상태였다. 타냐는 화가 났다. 그래서 아버지에게 줄 독설 하나를 생각해냈다.

'아빠가 필요할 때, 아빠는 늘 내 곁에 없었어. 수술실에, 진료실에, 아니면 프라하나 바르샤바에 있었어…….'

비탈리이 골드베르그와도 얘기할 수 있었겠지만, 그는 코스트롬스카야 집단농장에 가 있었다. ……타냐는 어머니 엘레나나 토마나 아니면 바실리사나, 심지어 고양이하고도 얘기하고 싶었다…….

그러나 타냐가 집에 돌아왔을 때 토마는 잠을 청하고 있었고, 어머니는 집에 없었으며, 바실리사는 부엌에 앉아서 메밀을 만지고 있었다.

"뭐 좀 먹을래?"

바실리사가 물었다.

타냐는 먹고 싶지 않았다. 그녀는 차를 따라서 바실리사 맞은편에 앉았다. 그리고 질문을 던져 그녀를 어리둥절하게 만들었다.

"할머니! 영혼은 정확히 언제 생기는 거예요? 임신이 된 순간? 아니면 태어난 뒤요?"

바실리사의 성한 한쪽 눈이 휘둥그레졌다. 그러나 곧 일말의 주저함도 없이 대답했다.

"그야 당연히 임신한 뒤지."

"그건 교회에서 가르쳐준 건가요? 아니면 할머니 생각인가요?"

바실리사는 이마에 주름살을 지었다. 그녀는 머뭇거렸다. 바실리사는 자신의 생각은 언제나 종교적인 가르침에 따른 것이라 생각해왔다. 그런데 이 순간 의심이 들기 시작했다. 그녀에게 타냐의 두 번째 질문은 첫 번째 질문보다 더 어려웠다.

"갑자기 웬 뜬금없는 소리로 날 정신없게 하니? 네 아빠한테나 물어봐. 아빠라면 아주 잘 아실 거다."

바실리사는 갑자기 화를 버럭 냈다.

"아빠가 오면 물어볼게요."

타냐는 뜨거운 차를 식탁 위에 남겨둔 채 자리를 떴다.

바실리사는 눈을 감고 깊이 생각했다. 단순한 일은 아니다……. 왜 갑자기 타냐가 그런 질문을 한 걸까? 엘레나에게 살짝 물어볼까? 그러나 바실리사가 보기에도 엘레나는 그걸 상의할 만한 상태가 아니었다.

21

파벨은 선물들로 가득한 가방을 들고 폴란드에서 왔다. 여느 때와 같이 그는 맨 먼저 눈에 띄는 상점에 들어갔고, 가방과 함께 상점의 모든 걸 거의 다 샀다. 우연히 들른 그 상점은 신혼부부를 위한 전문상점이었다. 모든 상품들이 흰색으로, 레이스가 달려 있었고, 생각보다 야했다. 바실리사와 토마는 예쁜 물건들을 보며 감탄했다. 타냐는 엘레나와 이미 알고 있다는 듯 서로를 보며 미소를 지었다. 아빠는 또 틀린 치수를 사왔을 거야. ……그러나 다행히 엘레나의 발에도 타냐의 발에도 흰색 신발은 꼭 들어맞았다. 파벨이 돌아오기를 기다리는 동안, 타냐는 무작정 돌아다니면서 어리석고 추악한, 엿 같은 세상을 부정하는 생각에만 빠져 있었다. 심지어 타냐는 이런 세상에 사는 것을 거부하고 싶기까지 했다.

아침식사를 하는 동안 그녀는 파벨에게 실험실에서 마

지막으로 있었던 중요한 사건에 대해 이야기했다. 그녀는 과장하지 않고 정확하게 말했다. 그 순간, 파벨은 다른 생각은 모두 제쳐두고 타냐의 말에만 집중했다. 그는 타냐가 하는 말의 핵심을 알아차렸다.

"다음은 내가 무슨 말을 할 것 같아, 아빠?"

그녀는 자신의 이야기를 끝냈다.

파벨은 침묵하며 앉아 있었다. 타냐는 그가 무슨 말을 할지 말없이 기다렸다. 파벨은 불행한, 그러나 이미 성숙한 딸을 세 살 때, 다섯 살 때와 비교해보았다. 그리고 어렸을 때 그녀가 가졌던 갖가지 별명들을 기억해냈다. '달콤한 작은 버찌', '아빠의 작은 참새', '검은 눈의 새끼토끼', '귀가 큰 사과'…… . 방법이 정녕 없는 걸까? 딸애가 포기하는 걸 이대로 보고만 있어야 하는 걸까?

"너는 네가 전문성이 없다고 생각하는 거니?"

파벨이 딸에게 물었다.

그녀는 고개를 끄덕였다.

"바로 그거예요."

"근데 전문성이란 양면을 가지고 있어. 어떤 일에 전문성이 있다는 건 그 일만 잘한다는 것이 되기도 해. 그 일과 관련된 것이 아니면 전혀 모른다는 것이 되기도 하고."

"아빠, 난 친위대원 밑에서 일한 의사들에 대해 읽어봤어요. 그들은 낮은 온도나 화학적인 요소가 인간에게 어떤 영향을 끼치는지 알아보는 실험을 했죠. 그들은 총살형에 처해질 포로에게도 그 실험을 했어요."

"그래, 그래, 알아. 끔찍한 일이야. 나중에 그들을 뉘른베르크 전범재판에 회부되었지. 네가 옳아. 그런 갈등은 원칙적으로 존재하는 거야."

그는 피곤함을 느끼며 눈을 끔벅거렸다.

"하지만 얘야, 어떤 의미에서 보면 의사든 환자든 모두에게 이미 정해진 길이 있다는 것을 잊지 마라."

타냐는 눈썹을 치켜 올렸다.

"그 말은 모든 사람들이 죽어도 된다는 건가요? 만약 그걸 인정한다면 더 끔찍해지네요. 산다는 게 눈곱만큼의 의미도 없다는 뜻이 되니까요. 우리 병원 병리학과에 아기가 있었어요. 몸이 아주 작고 머리는 지름이 90센티미터인 아이였지요. 축 처진 피부박막에 물집이 보였어요. 어떤 실험 결과로도 그 아이를 구할 순 없어요! 그렇다면, 아빠 말대로라면, 차라리 그 아이를 실험 대상으로 써서 죽여도 된다는 거잖아요!"

"그건 고려할 만한 문제가 아니다. 비생산적인 논쟁일 뿐이야."

파벨 알렉세예비치는 어깨를 움츠렸다. 파벨은 타냐가 가족력이라 할 수 있는 고집을 피우고 있다고 생각했다. 하지만 여기서 대화를 끝낼 수는 없었다.

"타냐야, 우리 일에선 말이다. 책임감을 가지고 있는 전문가는 자기가 가지고 있는 가능성들 중에서 가장 타당한 것을 선별해야 해. 때로 그것은 삶과 죽음의 선택이기도 하지. 의학에는 의학의 윤리가 있어. 히포크라테스를 보자. 그 사람도 윤리에 대한 글을 썼지. 하지만 우위에 두는 것들이 있어. 예를 들어, 나는 아이의 생명과 어머니의 생명 중에서 선택해야 할 때, 대개의 경우 어머니의 생명을 택하지. 이런 일은 아주 드물게 일어나는 게 아냐. 타냐, 네 입장에서 보면 이 문제는 정말로 우스울 수도 있어. 잠시겠지만, 나도 살인자가 될 수 있겠구나 하는 기분이 들었을 거야. 하지만 그건……"

타냐는 아버지의 말을 끊었다.

"아빠, 난 몰랐어요. 도대체 내가 2년 동안 무슨 짓을 하고 있었는지. 쥐들을 죽였죠. 쥐들을 산더미처럼 죽였어요. 아무 거리낌 없이 간단하게요. 그러면서 난 조금씩 부서져가고 있었던 거예요. 아주 조금씩……. 그러다가……이제 눈에 씌워진 콩깍지가 벗겨져서 알게 된 거라구요……."

"아니야, 아니야! 타냐, 그건 아냐! 세상의 가치엔 위계가 있어. 물론 인간의 생명이 가장 상위에 있지. 한 사람의 생명을 구하기 위해, 한 사람의 질병을 고치기 위한 것이라면, 실험실에서 수만 마리, 그래, 필요한 만큼 동물들을 죽일 수도 있어. 거기에 문제는 없어."

"아빠, 내가 말하는 게 그게 아니란 걸 아시잖아요? 난 쥐 이야기를 하는 게 아니에요. 나 자신에 대해 얘기하는 거예요. 내게 무슨 일인가가 일어났다구요!"

타냐는 놀라울 만큼 마른 자신의 손을 들어 올려 내저으며 소리쳤다.

"무슨 비극적인 일이 일어났다고는 생각하지 않아. 단지 일의 특성상 일시적인 갈등이 생겼을 뿐이지. 일시적인 침체기는 있는 거야. 그런 일은 언제나 있을 수 있어."

"그냥 단순한 침체가 아니라구요. 아빠! 이해하지 못 하겠어요? 난 연구라는 핑계로 쥐들을 광주리에 한 가득 넣고 자르고 또 잘랐어요. 사람들을 위해, 거기에서 뭔가를 알아내기 위해서, 누군가를 치료하기 위해 말이죠. 그러면서 가장 기본적인 원칙, 개념을 상실하고 있었던 거예요. 쥐와 사람이 다르다는 가장 단순한 사실조차 아예 잊고 있었어요. 그러니 인간의 태아에 필요한 먹물을 달라고 하는데, "산 거, 죽은 거" 하고 아무 생각 없이 물었던 거예요. 정말이지 있을 수도 없는…… 난 더 이상 쥐들을 죽이면서 좋은 딸이 되고 싶지는 않아요!"

타냐는 거의 비명에 가까운 소리를 질렀다. 파벨은 벗겨진 이마 위로 주름살이 모일 정도로 얼굴을 찌푸렸다.

"그럼 앞으로 뭘 하고 싶은 거니?"

타냐는 이미 눈물을 뿌리고 있었다. 파벨은 그 눈물을 참을 수 없었다.

"난 무엇도 자르지 않는, 나쁜 딸이 되고 싶어요!"

"골드베르그 아저씨와 이야기해보렴. 그 친구는 철학자야. 너한테 모든 게 물질이라는 걸 증명해줄 거야. 그리고 너와 우리, 쥐들, 초파리, 모두 하나라는 걸 알려줄 거다. 나는 철학에는 문외한이다. 실질적인 문제에 익숙할 뿐이야. ……나는 거창한 철학적 문제들은 잘 몰라. 그런 대단한 문제들에 이 나라 절반의 학자들이 매달리고 있기는 하지. 하지만 그에 대한 책임감은 별로 없어. 거창한 일을 하는 사람은 반드시 책임감도 가져야 한다. 근데 대부분의 사람들은 아무것도 하지 않으려고 해."

"난 그런 책임을 원하지 않아요!"

화가 난 타냐의 볼에 눈물이 흘렀다. 그녀는 아버지에게서 동정과 이해를 기대했지만, 그에게서 그러한 것은 하나도 발견하지 못했다. 파벨은 그녀를 타인을 대하듯, 동의하지 않는다는 시선으로 쳐다보았다.

"그럼 피아노를 배우든지, 아니면 토마처럼 선인장 옮겨 심는 일을 배우든가. 그도 아니라면, 그리고 네가 원한다면, 도면을 그리거나……. 공부 말고 말이야."

"난 아무것도 하지 않을 거예요. 그게 전부예요. 됐어요. 난 모든 걸 포기했어요."

타냐는 천천히, 머뭇대는 동작으로 식탁의 찻잔을 개수대로 가져갔다.

파벨은 불쾌한 감정을 누르며 타냐의 긴장으로 굳은 등을 바라보았다.

'그래, 딸아이에게 상처를 입혔어. ……멍청한 늙은이 같

으니라고! 엘레나에게도 그랬었지.'

모욕당한 타냐는 느리고 어정쩡한 몸짓으로 식탁에서 찻잔을 치우고 있었다. 파벨은 타냐에게 다가가 그녀의 가느다란 어깨를 포옹했다.

"타냐! 그까짓 일로 비극을 만들 필요는 없어."

파벨의 가슴에 안기며, 눈물에 젖은 얼굴로 타냐는 조용히 말했다.

"아빠도, 그 누구도…… 이해하지 못해요."

타냐는 문을 닫고 부엌에서 나갔다. 홀로 남은 파벨은 통증과 함께 깊은 슬픔을 느끼는 한편 당황스러웠다. 자신이 사랑하는 딸에게 모욕적이었을 뿐 아니라 황당한 사람으로 느껴졌던 것일까? 파벨은 커다란 탁자 옆의 자기 자리에 앉아 머리카락 없는 머리에 두 손을 얹었다. 그는 생각에 잠겼다. 사람들을 서로 가깝게 지내지 못하게 하는 많은 원인들이 있다. 부끄러움, 간섭의 두려움, 무감각, 육체적 혐오. 그러나 그 반대편에는 완벽할 정도의 친근함에 도달하게 하는 매혹적인 끌어당김이 있다. 이 경계는 어디에 있을까? 그것은 얼마나 현실적인가? 정해진 마법의 원을 그린후, 크든 작든 각자는 한정된 자신의 새장 안에서 살면서, 각자의 방식으로 관계를 맺는다. 어떤 사람은 자신의 상상속 공간을 터무니없이 높게 평가하고, 다른 어떤 사람은 고통스러워하고, 또 어떤 사람은 그 공간에 사랑하는 사람이 들어오기를 원한다. 반면에, 어떤 사람은 들어오려는 사람을 내쫓기도 한다…….

파벨이 아는 많은 사람들은 어떤 자기고립도 견디지 못했다. 홀로 남는 것을 두려워했다. 고독 속에 남겨지지 않기 위해 누군가와 기꺼이 차를 마시고, 이야기하고, 이런저런 일을 하려고 노력했다. 불편하고 고통스럽고 고생스럽더라도, 사람들과 같이하는 일이기만 하면, 사람들 사이에 있을 수만 있다면, 전혀 상관하지 않았다. 이런 사람들에게는 '세상에선 죽음도 아름답다'[49]고 하는 속담이 아주 유용할 것이었다. 그러나 생각이 깊고 창조적인 사람은 많은 사람들이 추구하는 그 방어지대에서 벗어나고자 한다. 이 무슨 역설인가? 스스로 사람들로부터 고립되기를 원하는 사람들에게 일어나는 가장 큰 비극은 가까운 사람들과도 삶을 공유하지 못하고, 자신의 내적 혹은 외적 개성의 반경에만 머문다는 것이었다. 전자의 사람들은, 남편에게 아내가 '당신, 오늘 왜 그렇게 안색이 안 좋아?' '당신 기분이 어때?' 등등의 질문을 다섯 번 정도 하는 것을 당연하게 여긴다. 하지만 후자의 사람들은 그러한 질문을 과도한 관심 또는 자신의 자유를 침해하는 간섭으로 받아들일 것이다.

파벨은 생각했다.

'우리는 이상한, 아주 이상한 가족이 아닌가! 오직 두 사람, 엘레나와 타냐만이 혈연으로 이루어져 있고, 나머지 가

---

49 '개똥밭에 굴러도 이승이 좋다'는 우리의 속담과 같은 의미이다.

족들은 운명의 장난으로 모이게 된 탓일까? 혁명의 바람 때문에 오게 된 초라한 바실리사, 누구에게도 사랑받지 못하고 오로지 사철나무에만 빠져 있는 토마……. 언제나 우울한 엘레나, 이유 없는 반항으로 몸부림치는 타냐……. 이들 모두가 각자의 소소한 비밀을 가지고 결코 침입할 수 없는 자신만의 새장 안에 갇혀 있지는 않은가…….'

파벨은 오늘 무엇을 할지 계획을 세워놓았다. 미국 잡지 읽기, 2주 동안 미루어두었던 논문 평 쓰기 등이었다. 그 논문은 자신이 알지도 못하는 누군가의 아들이 쓴 논문이었다. 아는 사람으로부터 좋은 평을 써달라는 청탁을 받았다. 그 일을 할 생각을 하자 파벨은 갑자기 몹시 불쾌해졌다. 찬장 문을 열고—병은 제 자리에 있었다—병의 양철 뚜껑을 땄다.

'모두 내 잘못이야. 쓸모없는 늙은이 같으니. 내가 모두를 화나게 했어. 엘레나도, 타냐도, 바실리사도…….'

22

한편 타냐는 집에서 나와, 거의 뛰다시피 사벨로프스크 기차역으로 갔다. 어떤 때는 오른쪽으로 또 어떤 때는 왼쪽으로 허둥거리면서, 복잡한 뒷골목과 마당을 가로지르며 미나예프스키 시장 뒤편 여기저기를 둘러보았다. 불쏘시개

로나 알맞은 부서진 나무로 만들어진 흔들거리는 판매대, 산처럼 쌓인 쓰레기, 썩은 채소, 깨진 유리…….

노을이 지기 전, 태양은 마지막 힘을 다해 불타고 있었다. 아직도 가슴을 채우고 있는 파벨에 대한 서운함에, 타냐의 눈에서는 눈물이 흘러나왔다. 그녀는 헛간 벽 옆에 자리를 잡았다. 일곱 살 난 아이들 세 명이 카드놀이를 하고 있었다. 그들 중 한 아이의 입술은 토끼 같았고, 두 번째 아이의 오른손은 그루터기 같았다. 마지막 아이는 그럭저럭 평범해 보였으나 얼굴에 부스럼이 많이 나 있었다. 아이들은 카드 패를 던지면서 서로 욕을 하며 다투었다. 아이들을 오래 쳐다보는 건 민망했다. 타냐는 시선을 돌렸다.

시선이 닿은 곳에 술 취한 두 사람이 앉아 있었다. 그들은 상상할 수 없을 정도로 지저분했고, 더운 여름날인데도 땀복 바지에 밑창이 너덜너덜한 겨울 부츠까지, 옷을 엄청 껴입고 있었다. 실실 웃고 있는 모습이 정상은 아닌 것처럼 보였다. 게다가 여자인지 남자인지 구분하기 어려울 정도로 더러웠다. 그들 앞에는 텅 빈 병이 놓여 있었다. 얼큰하게 취한 게 기분이 좋아 보였다. 또 잿빛의 긴 빵과 연한 치즈도 마분지 박스 위에 놓여 있었다. 장밋빛 증기 같은 흡족함이 그들을 휘감고 있었다. 그들은 타냐를 보더니 뭔가 자기들끼리 이야기를 주고받았다. 그들 중 하나가 타냐에게 손짓했다. 타냐가 그들을 향해 몸을 똑바로 돌리자, 그는 넝마 같은 가방에서 싸구려 포도주병을 꺼내 들

어 올렸다……,

그 사람은 얼룩 때문에 본래의 색이 사라진, 털로 만든 스키 모자를 이마까지 당겨 눌러 쓴 탓에 머리카락이 전혀 보이지 않았다. 다른 사람에 비해 체구도 더 작았다. 면도하지 않은 뺨을 보고 나서야 타냐는 그가 남자임을 알았다.

"이리 와, 한잔 따라줄게."

남자가 타냐에게 말했다.

그제야 나머지 한 사람은 여자라는 것을 알았다. 얼굴은 주근깨투성이였고, 눈 밑에는 오래된 멍 자국의 검푸른 빛이 자글거렸다.

타냐는 더 가까이 다가갔다. 여자는 더러운 손으로 열심히 컵을 닦더니 술을 넘치도록 따랐다. 타냐는 그 잔을 받아들고 단숨에 마셨다. 여자는 만족스럽다는 듯이 웃기 시작했다.

"저 사람이 네가 마시지 않을 거라고 하더라고. 그래 내가 말했지. 술은 아무도 거부 못 하는 거라고!"

타냐는 자기가 실험 대상이 되었다는 느낌이 들었지만, 기꺼운 웃음으로 대답을 대신했다. 포도주는 무척이나 맛있었다. 바로 취기가 올라왔다. 일주일 전 실험실 문을 나온 그 순간 이후 처음으로, 그녀는 몸이 가벼워지는 것을 느꼈다.

"고맙습니다, 정말 좋은 포도주네요."

타냐는 잔을 돌려주며 감사를 표했다.

주정뱅이 여자는 몸을 부르르 떨었다.

"꼬마 아가씨, 포도주 마시지 마."

'이(e)'가 아니라 '야(a)' 발음을 강하게 하는 걸로 보아 그녀는 모스크바 사람이 아니었다.

"예, 그러죠."

타냐는 그녀를 향해 고분고분 대답했다. 순간, 표정이 선한 남자가 무슨 영문인지 화를 벌컥 냈다.

"아니, 그러면서 너는 술을 그렇게 털어 넣냐? 목에 걸리지도 않나?"

"이 사람 신경 쓰지 마. 멍청이니까."

여자가 눈짓을 하며 말했다. 그러자 여자의 동반자는 더욱 심하게 화를 냈고, 파랗고 큰 손을 천천히 꺼내 주먹을 쥐려고 했다. 부어오른 손가락들은 잘 구부려지지 않았고, 곤두서듯이 돌출되었다. 남자는 여자 코밑으로 손을 들이댔다……

여자는 예기치 않게 아양을 떨며, 그의 손을 쳤다.

"놀랬잖아!"

"까불면 혼나!"

남자가 위협했다.

"아, 여기……"

여자는 화해하려는 듯, 뒤로 물러나 민첩한 손놀림으로 더러운 잔에 술을 따라서는 남자 코앞에 대주었다.

"진작 그럴 것이지. 이제야 좀 정신이 드나보네."

그는 꺼칠꺼칠한 손으로 잔을 잡아들더니 한꺼번에 다 마셔버렸다. 남자는 무슨 생각을 하는지 느린 동작으로 타냐가 전에 먹어본 적도 없는 음식 옆에 잔을 놓고는 타냐를 쳐다보았다.

"왜 그러고 앉아만 있어? 있으려면 ……아, 뭐래도 가져와야지."

타냐는 일어섰다.

"뭘 말인가요?"

"뭘 말인가요!"

남자는 타냐의 말투를 흉내 냈다.

"핀란드산 샴페인이라도 사라고! 돈 있는 대로, 되는 대로……. 어디서 파는지는 알아? '나뭇조각'이라는 가게야. 다른 가게는 문을 다 닫았거든!"

타냐는 달지 않은 '그루지야' 포도주 한 병을 사왔다. 그러나 좋은 선택이 아니었다. 술주정꾼 남자가 술이 좋지 않다고 화가 나 손을 들어올렸다. 그럼에도 그들은 그 포도주를 다 마셔버렸다. 가게가 문을 닫기 바로 전, 타냐는 포르투갈산 포도주 두 병을 더 사왔다. 이번에는 선택이 좋았다. 그들이 그루지야와 포르투갈 와인을 마시고 있는 사이에 경찰이 와서 그들을 헛간 옆에서 내쫓았다. 그들은 그곳에서 그다지 멀지 않은, 우엉과 그 밖의 식물이 마구 자라난 널찍하고 조용한 마당에, 집이라고 하기 힘들 정도로 폐허가 된 세 채의 건물들 사이에 자리를 잡았다.

그들은 기분이 더 좋아졌다. 두 사람은 타냐에게 특별히 주의를 기울이지 않았다. 남자는 내내 감탄사와 세 마디 말밖에 말하지 않았다.

"좋은 여름이야. 따뜻해……"

털모자 밑의 더러운 얼굴 위로 목욕탕 증기 같은 땀이 흘러내렸다. 여름날은 길었다. 이는 게으름도 무위도식도 아니었다. 그저 휴식이었다.

20년을 살아오는 동안 타냐는 한 번도 이처럼 행복한 자리에 있어본 기억이 없다. 이곳에서는 해야 할 일, 걱정거리, 책임감, 조급함 같은 것들이 없었다. 이 술 취한 주정꾼 부부는 넘치는 자유를 만끽하고 있었다.

여자는 신발을 벗고는 맨 발을 내밀었다. 두 발을 벌리더니 따뜻한 풀 위에 놓았다. "좋다." 하고 소리치고는 두 걸음 옆으로 내딛더니 바지를 내렸다. 엉덩이가 눈이 부실 정도로 하얗게 빛났다. 남자는 큰 소리로 여자를 향해 말했다.

"시원하겠네."

남자도 일어나더니 땀복 바지의 허리띠를 늘이고는 작은 도구를 꺼냈다. 강한 햇빛에 우엉 줄기가 흔들렸다.

타냐는 기분이 좋았다. 취할수록 기분이 더 좋아졌다. 그러다가 물기 머금은 커다란 잎사귀 아래의 그늘에서 그만 잠이 들었다.

문득 타냐는 잠에서 깼다. 날은 이미 어두워 있었다. 구역질이 심하게 올라왔다. 그녀는 자기가 어디에 있는지 알아차리지 못한 채 자리에서 일어나 무릎을 꿇었다. 그러고는 심하게 토하기 시작했다. 그녀는 거친 잎사귀로 입을 훔쳤다. 술주정꾼 부부는 어디로 갔는지 보이지 않았다. 어서 이 자리를 떠나야 했다. 그녀는 몸을 움직였다. 다시 구역질이 났다. 이번에는 구역질이 그녀의 몸을 호되게 후려치는 듯했다. 마치 위가 조각이라도 난 듯 통증이 심했다. 토하고 나서, 그녀는 창문 너머 조그맣게 빛이 비치는 어두운 마당을 지나갔다. 한 사람, 또 다른 사람. 그녀는 세 번째 사람을 지나쳤다. 멀지 않은 곳에서 트램 소리가 났고, 그녀는 그 익숙한 소리를 따라갔다. 거리는 낯이 익었다. 티흐빈스크 거리였다. 집에서 아주 가까운 곳이었다.

타냐는 다시 기분이 좋아졌다. 마치 뭔가 멋진 일이 일어난 것 같은 기분이었다. 아, 이 온갖 근심과 걱정에서 자유로운 방랑자들! 아름다운 인생이란 얼마나 단순한가! 그런데 난 지금까지 뭘 한 거지? 계속 부수고 자르고! 더 이상은 하지 않을 거야! 이제 더 이상 새끼 밴 쥐, 뇌수종, 자라고 있는 모세혈관 따위는 필요 없어!'

타냐에게 마음의 고요가 찾아왔다. 그 술 취한 부랑자 부부들의 머리 위에서 빛나던 만족과 기쁨의 순간이…….

23

엘레나는 교회 뒤편의 좁은 나무벤치에 앉아 평소 알고
지내는 사제를 기다리고 있었다. 예배는 이미 끝났다. 신도
들은 뿔뿔이 흩어져 집으로 돌아갔다. 교회 청소부가 양동
이를 덜그럭거리는 소리가 났다. 양철통에서 나오는 작은
울림이 사원의 고요를 깼다. 수도원 식당에서 사제들, 장로,
성가대 지휘자가 점심을 먹었다. 볶은 양파 냄새가 엘레나
에게까지 풍겨왔다. 밝은 사원의 모습은 정말 장관이었다.
높은 창을 통해 육중한 기둥처럼 쏟아지는 태양빛이 어둠
을 몰아내고, 잘 닦인 성화의 금속 틀은 그 빛을 눈부시게
반사하고 있었다. 태양빛이 닿지 않는 곳에 있는 구리 촛대
의 촛불은 신비스러운 영상을 이루며 아른거렸다. 크게 일
렁이는 촛불의 마지막 동요가 빛을 흔들고 있었다. ……엘
레나의 마음은 편안하고 고요했다. 그녀가 사원에 오는 것
은 바로 이런 순간을 위해서였다. 사원에 오면 근심은 보잘
것없는 것이 되고, 문제들은 사라졌다. 그래서 오래 기다려
온 상담이 오히려 민망하고 거북해지고는 했다. 쓸데없이
블라지미르 사제와의 만남을 부탁한 건 아닐까? 그 누구에
게도 이 사실을 말할 필요가 없었는지도 모른다. 어떻게 이
야기해야 한단 말인가? 세상이 와르르 무너져 내리고 있다

고 말할까? 그러나 그녀 자신이 누구보다도 더 잘 알고 있었다. 무너져 내리고 있는 것은 세상이 아니라, 바로 그녀의 의식이라는 것을. 의식 속에 있던 인생의 지식, 기억, 습성의 귀한 파편들이 산산조각 나고 있었다. 만일 부서지는 의식의 틈새로, 이 세상에 속하지 않는 결코 표현할 수 없는 얼굴들과 음성들이 지속적이고도 분명하게, 초자연적인 형상으로 스며들지 않았다면, 아마도 그녀는 사제가 아니라 신경전문의, 또는 심리학자를 찾아갔을 것이다. ……자신에게 일어나고 있는 일들을 신기한 일이라 여겨야 할까? 아니면 망상에 불과한 것이라고 치부해야 할까? 도대체 이 현상을 어떻게 설명해야 할까?

사제가 다가오고 있었다. 그는 걸으면서 바둑판무늬의 손수건으로 콧수염과 구레나룻 때문에 보이지 않는 입을 닦고 있었다.

"사랑하는 자매님, 무엇을 도와드릴까요?"

그의 말투는 매우 의례적이었다. 오래전, 도면 작업 때문에 모스크바 건축물 건립과 관련한 '모스프로젝트'에 참여하고 있던 그를 만났을 때와 전혀 달라진 것이 없었다.

"문제가 뭡니까?"

엘레나의 문제는 유쾌하게 사무적으로 처리할 수 있는 것이 아니었다.

"딸아이 문제로……."

엘레나는 겨우 입 밖으로 소리를 냈다.

엘레나는 타냐에 대해 이야기할 생각은 전혀 없었다. 하지만 분명하고 구체적인 문제를 찾아야 하는 상황에서, 자식에 대한 고민보다 더 적당한 것은 없었다. 타냐에 대한 미안함이 엄습했다. 타냐는 자신의 문제를 누구와 상의하는 걸 결코 원하지 않았을 것이기 때문이다. 그러나 이미 엎질러진 물이다. 엘레나는 말을 이어갔다.

"딸애는 똑똑한 아이였어요. 공부도 잘했죠. 그런데 지금은 갑자기 직장을 그만두고, 아무것도 하지 않고, 아침부터 밤까지 돌아다니기만 해요……."

"그 아이가 몇 살이죠? 스무 살인가요?"

블라지미르 사제는 딱한 일이라는 듯 관심을 표하며, 두껍고 못생긴 코를 문질렀다. 미간으로 쏠린 눈썹 아래의 눈에 동정의 빛이 역력했다.

"내 경우와 다른 게 없군요. ……콜랴는 대학을 때려치웠고, 나토치카는 이혼했지요. ……우리는 자녀들을 신앙 없이 양육했고. 그래서 그런 비참한 결과를 맞게 된 거지요……."

엘레나는 참을 수 없이 지루했지만, 바로 일어나 나갈 수는 없었다. 그래서 그들은 20분 정도 더 무신론적인 양육의 해악에 대해, 어릴 때부터 아이들을 교회에 보내야 할 필요성에 대해, 복음서 독서의 유익성에 대해, 기도와 그 밖의 좋고 올바른 일들에 대해 이야기를 나누었다. 사제의 이야기들은 평소 바실리사가 했던 말들과 다를 것이 없었다. 단지 사제에게는 바실리사보다 훨씬 유창하게 말할 수 있는 기술이 있었을 뿐이다.

네 시경 엘레나는 거리로 나왔다. 태양은 아직 뜨거웠고, 여느 때와 다르지 않은 여름날이었다. 그런데 돌연 거리의 모든 것이 낯설게 느껴졌다. 마치 아이가 기차역 인파 속에서 어머니를 잃었을 때와 같은 두려움이 밀려왔다. ……그녀는 잠깐 동안 서서 기다렸다. 그 순간은 금방 지나갈 것이었기에……. 그런 순간은 자주 일어났지만, 일식이나 월식처럼 금방 사라지곤 했다. 그러나 갑작스러운 망각의 순간은 점점 길어지고 있었다. 그녀는 거기에 적응해야 했다.

엘레나는 스스로에게 말했다.

"여기는 시내야. 나는 모스크바에 있어. 지하철을 타고 여기로 왔지. ……트램을 타고 왔나? 어쨌든 주변 가까이에 지하철이 있는지 물어봐야겠어. ……집 근처에는 지하철이 있으니까. 그런데 역 이름이 뭐였더라? 채색된 유리 진열장들이 있었는데……. 나한테는 집이 있어. 집에는 전화도 있고……. 그런데 번호가…… 기억나지 않아. ……내가 방금 이야기를 나누었던 사람에게 물어봐야 하나……?"

하지만 그녀는 방금 누구와, 그리고 무엇에 대해 이야기를 나누었는지 기억할 수가 없었다.

희끗희끗한 머리에 정장차림, 연한 하늘색 실크 목도리를 두른 훤칠한 키의 여자가 사원 바깥에 서 있었다. 그녀는 조금 전까지 형형색색의 섬세함과 고유의 이름을 가진 것들로 가득 찼던, 그러나 지금은 텅 빈 의식의 거울 속에서 하다못해 사소한 무엇 하나라도 찾으려고 안간힘을 쓰고 있었다. ……그러다가 천천히 길을 따라 걷기 시작했다. 낯설지만 정겨운 곳을 하염없이 걸었다. 건널목을 건너고 싶지는 않았다. 두려웠다. 피곤함에 길가 작은 공원의 벤치에 앉았다. 옆에 앉은 낯선 여자에게 몇 시인지 묻고 싶지만, 어떻게 물어야 할지 알 수 없었다. 단어도 발음도 기억나지 않았다. 그때 누군가 그녀의 어깨를 건드렸다. 익숙한 얼굴이었다.

"엘레나 게오로기예브나? 무슨 일 있어요?"

걱정스러운 여자의 목소리. 누구일까? 엘레나는 평생 기억해낼 수 없었다. 이 천사는 그녀를 집까지 데려다주었고, 열쇠로 문을 여는 것까지 도와주었다. 벌써 늦은 저녁이 되어 있었다. 그날의 모든 것은 완전히 지워졌다. 백지처럼. 엘레나는 부엌에 있는 안락의자에 오랫동안 앉아 있었다. 그리고 잠이 들었다. ……집에는 두 사람이 더 잠들어 있었다. 파벨은 서재에서, 토마는 예전 타냐의 놀이방에서. 파벨의 머리맡에는 빈 술병이 놓여 있었고, 토마는 손에 흙을 묻힌 채로, 불을 켜 놓은 채 잠들어 있었다. 바실리사는 그날 저녁, 집에 돌아오지 않았다. 타냐 역시 돌아오지 않았다. 그러나 엘레나는 아무것도 알지 못했다.

2부

1

바람에 휩쓸린 모래가, 금방이라도 부서질 듯 말라버린 앙상한 초목의 줄기에 부딪치면서 날카롭게 윙윙거렸다. 사방은 연기로 가득 차 있었고, 하늘에는 어떤 빛의 흔적조차 없었다. 작은 회오리바람이 낮은 언덕 주위를 맴돌며 사라졌다가는 다시 생겨났다. 모래는 마치 물기 없는 강물처럼 흐르며 이곳에서 저곳으로 천천히 옮아갔다. 그러나 창백한 대지의 풍경은 거의 변하지 않았다.

낮은 언덕의 어느 한 곳, 한 여자가 모래에 몸이 반쯤 덮인 채 눈을 감고 누워 있었다. 손가락으로 모래 속을 더듬어 한 줌 움켜쥐었다가, 가는 줄기로 주르르 흘려버렸다.

'난 눈을 뜰 수 있을 거야.'

여자는 생각했다. 잠시 망설이다가 눈을 떴다. 반쯤 밝아온 부드러운 여명이 그녀를 기분 좋게 했다. 그녀는 잠깐 동안 더 누워 있었다. 그런 다음 팔꿈치로 몸을 괴고는 앉았다. 옷에서 흘러내리는 모래가 간지러웠다. 그녀는 작은 녹색 꽃들로 장식된 하얀 셔츠의 소매를 쳐다보았다.

'이건 새 건데. 파키스탄 식이군. 누군가 내게 선물한 거겠지. 내가 사지는 않았으니까.'

그녀는 생각했다. 물방울무늬가 놓인 흰 두건의 매듭이

그녀를 불편하게 했다. 두건은 시골 여자들이 매는 방식으로 턱 밑으로 묶여 있었다. 그녀는 미소를 지으며 두건을 벗었다. 그녀는 다리를 세워 무릎을 거의 턱 밑까지 끌어올렸다.

'정말 아름다워. 정말 편안해!'

그녀는 셔츠자락 아래로 손을 뻗었다. 다리가 참 거칠다고 느끼면서 장딴지를 쓸었다. 모래가 부슬거리면서 떨어졌다. 셔츠를 젖혀 다리를 보고, 그녀는 깜짝 놀랐다. 다리 피부가 거칠게 갈라져 있었다. 갈라진 피부 주변이 바짝 말라버린 소라빵처럼 돌돌 말려 있었다. 그녀가 그것을 두드리자 오래된 마네킹의 페인트가 떨어져나가는 것처럼 툭툭 떨어졌다. 그녀는 재미있어하면서 그것들을 긁어내기 시작했다. 더러운 석고 가루가 날렸다. 하지만 곧 새살이 드러났다. 엄지발가락은 특히 더러웠다. 발가락은 암황색의 나무껍질 같았고, 발톱은 나무에서 자라는 버섯처럼 솟아나 있었다.

'뭬, 역겨워!'

그녀는 구역질을 하면서 거의 석회처럼 퇴적된 더께를 문질렀다. 더께는 신기하게도 쉽게 떨어졌고, 순식간에 모래 속으로 사라졌다. 발가락은 이제 편해졌다. 분홍빛의 아기 발 같았다. 갑자기 어디선가 그녀에게 너무나 낯익은, 뿔단추가 달린 올리브색 즈크 구두가 나타났다.

'그래, 맞아. 이건 할머니가 외국 상점에서 구입한 거지.

할머니는 금목걸이와 반지를 내주고는, 내게는 구두를, 엄마에게는 파란 모직 재킷을 사주셨지.'

다리만이 아니었다. 그녀의 팔과 손도 먼지가 엉킨 메마른 껍질로 덮여 있었다. 그녀는 그것을 문질러 닦았다. 그러자 그 아래에서 손가락이 모습을 드러냈다. 손가락은 가늘고 길었으며, 부풀어 오른 마디도 없었다. 장갑을 벗었을 때처럼 불거진 실핏줄도 없었다.

그녀는 생각했다.

'정말 아름다워. 이제 난 새로 태어난 거나 마찬가지야.'

그녀는 조금도 놀라지 않았다. 그녀는 일어났다. 그리고 키가 더 커졌음을 알아차렸다. 나머지 낡은 피부들이 작은 모래 벽돌처럼 떨어졌다. 얼굴과 머리카락을 만져보았다. 모든 것은 자신의 것이 분명했다. 그러나 모든 것은 달라져 있었다. 발아래서 모래가 뽀드득거리면서, 구두 굽이 모래 속으로 빠졌다. 날씨는 춥지도 덥지도 않았다. 빛은 더 어두워지지도 더 밝아지지도 않았다. 여명이 온 세상을 지배하고 있었다. 마치 이곳에서는 그 무엇도 변하지 않을 것처럼 보였다.

'난 이제 완전히 혼자야.'

그 순간, 발아래에서 무언가 부드럽게 움직이는 걸 느꼈다. 옆구리에 어두운 나선형 줄무늬가 있는 잿빛 털의 집고양이가 그녀의 맨다리를 스쳤다. 그녀가 언제나 자기 주위에 두었던 많은 고양이 중 한 마리였다. 그녀는 몸을 구부려 활 모양이 된 고양이의 등을 쓰다듬었다. 고양이는 그르렁거리며 응답했다. 갑자기 모든 것이 변했다. 그녀 주위의 공기가 무거워지는 듯하더니 공기 속에서 열의 움직임이 감지되었고, 뭐라 규정하기 힘든 무엇인가의 변화가 일어났다.

'살아 있는 공기, 내게 반응하는 거야. 호의적인 것 같아.'

그녀는 공기를 들이마셨다. 그러자 친숙하고 반가운, 하지만 먹을 수 없는 무엇인가에서 풍기는 냄새가 났다. 그 냄새의 기억이 어디로부터 오는 것인지 알 수 없었다.

여자는 작은 언덕 꼭대기에 올라 고만고만한 모래톱들을 내려다보았다.

'정말 단조롭네.'

그녀는 정처 없이 걷기 시작했다. 그곳에서는 방향의 의미가 없었다. 눈길 가는 대로 무작정 걸었다. 고양이가 마른 모래에 발을 빠져가며 여자 옆에서 걸었다.

걷는 것은 힘들지 않았다. 그녀는 젊고 몸도 가벼웠다. 비록 그녀가 오랫동안 준비했던 것과 완전히 일치하지는 않았지만 모든 게 마음에 들었다. 일어나고 있는 모든 일이 그녀가 망각한 것, 또한 기대했던 것에 부합하지 않았다. 교회의 늙은 여신도들의 통속적인 생각과 각양각색의 신비주의자들이나 공상가들의 난해한 이론과도 맞지 않았다. 하지만 그녀의 어릴 적 천진난만한 생각과는 잘 들어맞았다. 부풀어 오르고 뻣뻣한 관절, 오그라들고 굽은 척추, 빠진 이, 시력과 청력의 감퇴, 변비, 이 모든 육체적 고통이 사라졌다. 그녀는 자신의 가벼운 걸음걸이, 넓어진 시야, 주변 세계와 자기 육체의 불가사의한 일체감을 마음껏 누렸다.

'그곳에 있는 그들은 어떻게 지낼까?'

그러나 '그곳'은 사람이 없는 불모의 장소였다. '그래, 맞아. 생각할 필요도 없지.' 그녀는 누군가에게 동조했다. 그 누군가는 자신의 모습을 조금도 그녀에게 보여주려 하지 않았다. 그리고 '그들' 또한 누구를 말하는지 풀리지 않는 암호일 뿐이었다.

그녀는 손에 무언가를 쥐고 있었다. 솔기를 따라 곱게 접힌, 검은 레이스로 만든 두건이었다. 새것처럼 빳빳했다. 두건을 펼쳤다. 레이스 모양이 눈에 익었다. 종 같기도 하고 꽃 같기도 했다. 도라지꽃이었다. 도라지꽃은 꼬불꼬불한 촉수들에 의해 서로 엮여 있었다. 눈에 보이지 않는 벽이 순간적으로 뚫리는 것처럼, 어디에선가 기억이 나타났다. 여자는 미소를 지었다. 드디어 찾았구나. 정말 다행이야. ……이것은 할머니가 돌아가셨을 때, 그녀가 애타게 찾았던 바로 그 두건이었다. 그 두건과 함께 묻어달라는 할머니의 유언이 있었다. 그러나 하도 깊숙한 곳에 넣어두어 아무도 그 두건을 찾을 수 없었다. 사람들은 할머니 머리에 흰 두건을 씌우고 묻어야 했다. ……그녀는 두건을 머리에 얹고 능숙하게 목 뒤로 매듭을 묶었다. 그녀는 오래 걸었다. 풍경이나 시간, 그 어떤 것도 바뀌지 않았다. 그녀는 피곤한 줄도 몰랐다. 단지 몹시 지루했을 뿐이다. 그녀는 고양이가 없어진 걸 알아차렸다. 동시에, 갑자기 어디서 나타났는지 모닥불 근처에 앉아 있는 사람들을 보았다. 희고 푸른 투명한 불꽃은 거의 보이지 않았지만, 불꽃 주변의 공기는 선명하게 흔들리고 있었다.

그녀는 그쪽으로 다가갔다. 그러자 유대인으로 보이는, 번쩍이는 대머리에 마르고 키가 큰 남자가 그녀에게 친근한 미소를 보내며 일어났다.

그는 친절하게 말했다.

"오셨군요. 새로운 여인님. ……이리로 오세요, 이리로. 우린 전부터 당신을 기다리고 있었어요……."

모닥불에 둘러앉아 있던 사람들이 그녀에게 자리를 내주기 위해 당겨 앉았다. 여자는 그들 곁으로 가까이 다가가 모래바닥에 앉았다. 유대인이 그녀 옆에 서서 마치 오래 전부터 아는 사이인 양 그녀에게 미소를 지었다. 그가 자신을 어떻게 아는지 그녀는 알 수 없었다. 그래서 그 사람의 미소가 거북했다. 그는 손을 그녀의 머리 위에 놓고 말했다.

"반가워요, 정말 반가워요. 새로운 여인님……."

여자는 '새로운 여인'이 이제 자신의 이름이라는 것을 깨달았다. 그리고 그의 이름은 유대이였다. 모닥불에는 남녀 합쳐 거의 열 명쯤의 사람들이 앉아 있었다. 몇몇은 아는 얼굴 같았다. 하지만 이미 익숙해진 대로 그녀는 기억해내려고 애쓰지 않았다. 그녀는 기억나지 않은 것을 애써 기억하려고 애쓰는 것이 얼마나 무익하고 고통스러운 것인지 잘 알고 있었다. 그녀는 손을 내저었다.

'이 사람들 역시 기억해낼 수 없을 거야.'

새로운 여인은 추측했다. 한 남자가 약간 떨어진 곳에서 양반다리를 하고 있었다. 새로운 여인은, 삭발 때문에 강인한 인상을 주는 그가 호기심에 찬 눈으로 주의 깊게 자신을 보고 있는 것을 알아차렸다. 그리고 두 마리의 개와 이제껏 한 번도 본 적이 없는 이상한 생물체가 보였다.

"앉아요. 편히 쉬어요……."

유대이가 새로운 여인에게 권유했다. 모닥불 곁에서 일어나는 일은 그녀에게 기이하기만 했다. 그들은 일광욕을 하는 것처럼 보였다. 여명 속에서, 희미한 빛 속에서 하는 일광욕……. 머리부터 발끝까지 목욕가운을 뒤집어 쓴 한 덩치 크고 뚱뚱한 여자가 옆구리를 불쪽으로 돌렸다. 음울한 표정의 나이 든 남자는 손바닥을 불 쪽으로 뻗었다. 사제들이 쓰는 검은색 두건으로 얼굴을 가린 큰 키의 노파는 불쪽으로 바짝 다가앉았다…… 모닥불은 온기 외에도 편안한 무언가를 발산하고 있었다…… 개 한 마리가 몸을 뒤집어, 드문드문 흰 가죽이 보이는 털이 무성한 배를 드러냈다. 잡종개의 얼굴에 꾸밈없는 행복감이 드리워졌다. 또 다른 개, 털이 덥수룩한 셰퍼드는 사람처럼 앞발을 겹친 채 앉아 있었다.

318

아무도 말을 하지 않았다. 잠시 후 유대이는 손을 불꽃 위로 가져가더니, 마치 무언가를 구기듯 주먹을 쥐었다. 그러자 불이 꺼졌다. 새로운 여인은 불이 탔던 곳에서 재나 숯을 본 게 아니라, 모래에 곧장 섞여버린 가벼운 은빛유해를 보았다.

사람들은 일어서서 옷의 모래를 털었다. 유대이가 앞장서 걸었고, 다른 사람들은 한 사람씩 혹은 짝을 지어 그의 뒤를 느릿느릿 따라갔다. 그러나 새로운 여인은 그대로 모래에 앉아, 눈으로 그들을 쫓았다. 그들 모두는 방향을 정하지 않았는데도 어떤 목적지를 향해 가고 있는 듯했다. ……마지막에 외다리가 지팡이에 의지해 절름거리며 따라갔다. 지팡이와 다리가 모래에 빠졌지만, 그는 뒤처지진 않았다.

혼자 남을 수 없다고 새로운 여인이 생각했을 때, 그들은 이미 상당히 멀리 가고 있었다. 그녀는 재빨리 그 순례자들을 따라잡았다. 외다리와 두건을 쓴 노파를 추월했고, 빌려온 듯 기이한 제복 재킷을 입은 군인을 지나쳤으며, 동물이라기보다는 사람에 가깝지만 결코 원숭이는 아닌 기이한 생물을 추월했다. 이윽고 그녀는 유대이 옆에 도착했다.

"잘 생각했어요……."

그가 말했다.

2

시간이 좀 지나고 안 사실이지만, 이곳의 시간은 낮과 밤, 그리고 계절의 순환에 따라 바뀌지 않는다. 시간은 오직 모닥불 가의 휴식, 사건의 잇단 발생에 따라 계산되었다. 새로운 여인에게 그 모든 사건들은 이상하기만 했다. 그러나 다른 사람들은 전혀 이상하게 생각하지 않는 듯했다. 새로운 여인 역시 기이하고 다양한 사건들을 있는 그대로 받아들이는 데 익숙해져갔다. 일어나는 사건의 핵심을 모두 이해할 수는 없었지만, 분명한 것은 하고 싶지 않은 일은 할 필요가 전혀 없다는 것이었다. 때때로 큰 긴장감을 불러오는 상황이 있기도 했다. 그러나 대부분의 경우, 그녀가 쉬고 싶다고 생각하는 순간, 반드시 모두가 함께 휴식을 취하곤 했다.

새로운 여인은 느리기는 하지만 결코 산책이라고 할 수 없는 모래 언덕을 걷기 때문에 피로해지는 것이 아님을 익히 알고 있었다. 이곳에서의 피로는 흰 불꽃이 발산하는 특별한 온기가 부족할 때 생겨나는 것이었다.

지형학적인 풍경은 극히 단조로웠다. 모두가 뚜렷한 목적지를 향해 가고 있는 것처럼 보이지만, 실제로는 계속 원을 그리고 있는 것은 아닐까 하는 의심이 들기도 했다.

'그래. 이곳엔 일반적인 좌표와는 다른 뭔가가 있어.'

이것을 깨달은 순간 새로운 여인은 매우 기뻤다. 손에 잡힐 듯 가까이에 있지만 마치 자물쇠가 채워진 것 같은 과거에서 실오라기가 나와 그녀의 생활 속 기억으로 이어질 때 느꼈던 그런 기쁨이었다. 그녀에게 과거란 이곳의 메마른 초목들, 눈에 들어가 점막을 자극하여 계속 아프게 하는 작은 모래와 같은 실체가 아니라, 믿어야 하는 대상이었다.

한번은 유대이가 그녀 옆에 앉아 손을 그녀의 어깨에 올려놓았다. 그녀가 관찰한 바에 따르면, 그는 자주 모든 사람들의 머리, 어깨, 때로는 이마에 손을 갖다 대곤 했다.

"내게 뭐 묻고 싶은 것 있습니까?"

"네, 여기엔 다른 좌표계가 지배하고 있지요?"

그는 놀라며 그녀를 쳐다보았다.

"완전히 다른 좌표계지요……."

"삼차원 좌표계는 아니지요?"

"아닙니다. 다차원입니다. 모두가 자기 자신의 좌표를 갖고 있지요."

그는 가는 입술에 미소를 떠올렸다. 귀 위쪽과 벗겨진 정수리 아래에 남은 성긴 잿빛 머리카락이 바람에 휘날렸다.

"우리 모두가 자신의 공간에 있다는 건 자신만의 좌표계를 갖고 있다는 뜻인가요?"

"모두는 아니지요. 난 당신이 어디에 있는지, 혹은 다른 사람이 어디에 있는지 알고 있습니다……."

유대이는 빡빡이를 가리켰다.

"하지만 여러분이 내 공간으로 들어오기 전까지는……. 그렇다고 내 공간에 들어오는 것이 최종적인 건 아니지요. 여기엔 최종적인 것이란 없습니다. 모든 것은 변하지요. 그것도 아주 빠르게요."

"아하, 그러니까 여기에도 시간이란 게 있는 거군요."

"도대체 무슨 생각을 한 겁니까? 물론입니다. 하나의 시간만 있는 게 아니에요. 대단히 많은 시간이 있습니다. 그것도 완전히 다른 시간들이. 뜨거운 시간, 차가운 시간, 역사적 시간, 역사를 초월한 시간, 개인적 시간, 추상적 시간, 강조된 시간, 거꾸로 된 시간. 이것들과 다른 더 많은 시간들이 있습니다. 유쾌한 대화였어요."

그는 일어섰다.

그는 다른 자리로 갔다. 새로운 여인은 그대로 앉아 온몸으로 빛을 흡수했고, 몸 안에 힘이 생기는 것을 느꼈다. 시들시들한 모닥불이 모두에게 힘을 불어넣어준 것이었다. 메마르고 황량한 이 불모의 땅은 그녀가 처음에 예상한 것보다 훨씬 더 흥미로웠다. 유대이가 말한 시간의 개념은 여전히 풀기 힘든 수수께끼 같았다. 하지만 그녀 역시도 이미 알고 있었는데 잊어버렸던 것뿐이라는 생각이 들기도 했다. 그 생각에 이르자 화상을 입은 듯한 아픔이 느껴졌다.

새로운 여인은 주위를 둘러보았다. 가는 모래, 과묵한 사

322

람들, 천편일률적인 풍경들뿐이었다.

'난 여기와는 다른 많은 것들을 알고 있었어. 다른 공간, 다른 사람들을. 하지만 그들에 대해 기억해낼 수가 없어. 그 다른 모든 것들이 일어났던 과거의 시간에서 내가 떨어져 나온 걸까?'

그녀는 체념했다. 그녀가 할 일이라고는 희미한 모닥불의 온기를 즐기고 고운 모래 위를 끝없이 걷는 것뿐이었다.

몇몇 동행자는 몹시 내성적이고 말수가 적어서 새로운 여인에게 정신병원 환자를 연상시켰다. 그들은 유대이의 지시를 마지못해 따랐다. 유대이는 그들을 어린아이처럼 부드러우면서도 엄하게 다루었다. 대부분은 서로 아는 사이였지만, 이야기를 나누는 일은 거의 없었고, 나눈다 하더라도 탐탁지 않은 표정들이었다. 하지만 가끔 모닥불 주위에서 낮은 소리로 즐겁게 담소를 나누는 사람들도 있었다.

때로 새로운 사람이 나타났고, 누군가가 사라지기도 했다. 사라짐은 눈에 띄지 않게 일어났다. 모두가 보는 앞에서 떠난 사람은 여자 한 명뿐이었다. 그 여자는 머리가 하얗게 세었고, 다리가 심하게 굽었으며, 두 개의 가방에 배낭까지 메고 있었다. 어느 날, 아침이라 할 수 있는 시간에 모두는 다시 출발준비를 하고 있었고, 모닥불은 이미 꺼져 있었다. 그 여자는 유대이에게 다가가더니 배낭을 벗고는 터질 정도로 빵빵한 가방 두 개를 그의 발 앞에 놓은 뒤 몸을 구부려 유대이의 손에 입맞춤을 했다.

유대이는 손을 빼내 그녀의 어깨를 정답지만 강하게 토닥거렸다. 그가 미소를 거두고 말했다.

"그래요, 가세요. 오래전부터 당신을 기다리고 있을 테니까요. 아무것도 걱정하지 마세요……."

그때 고개를 들었던 사람들은 갑자기 두 개의 장엄한 녹색 광선이 나타나 그녀 위를 비추는 것을 보았다. 동시에 음악 같은 것이 울려 퍼졌다. 그 울림은 알려지지 않은 전파에서 흘러나오는 짧은 신호들과 이 세상에 없는 어떤 악기를 배우기 시작한 연주가들이 연습하면서 내는 소리의 중간 어디쯤에 속하는 듯했다. 그 여자는 아무렇게나 놓인 가방들과 끈질기게 수직으로 불면서 서서히 약해지는 회오리바람만을 남긴 채 사라졌다. 잡종개는 흥분해서 짖었고, 회오리가 일어난 곳으로 달려가다가 밝은 빛깔의 머리를 하늘로 향한 채 의문스러운 듯 낑낑거렸다. 덩치가 크고 털이 덥수룩한 다른 개는 신음을 하면서 앞발로 눈을 가렸다……

이어 모두는 다시 어딘가를 향해 걷기 시작했다. 바람은 하얀 모래를 가득 품고, 더 이상 누구에게도 필요 없는 사라진 여자의 가방 쪽으로 불었다……

그 여자가 사라진 바로 다음 휴식 때, 새로운 남자 한 명이 나타났다. 긴 머리의 청년이었다. 그는 이쪽 무리를 만나기 전, 붉은 갈색의 카우보이 장화를 신고 모래에 빠져가며 완벽한 고독 속에서 상당히 오랜 기간 이 불모의 창백한 황무지를 헤매었다. 그는 괴상한 형태의 작은 가방을 끌고 다녔다. 그리고 외제라면 무엇이든 사들이는 소비자의 무모한 호기심으로, 자신이 어디로 흘러가고 있는지에 대한 생각에 골몰해 있었다. 그의 기억은 깨끗하게 지워져 있었다. 그는 자신에 대해 최소한 세 가지만은 알고 싶었다. 자신은 어디에 있는가? 왜 이 너절한 짐, 괴상하고 불편한 가방을 들고 다니는가? 그 가방은 괴상한 형태여서 바로 세우지는 못하고 옆으로 눕혀놓아야만 했다. 마지막 세 번째는 그가 가장 견디기 힘들어하는 것으로, 때때로 자신을 덮치는 검은 회오리의 정체가 도대체 무엇인가 하는 것이었다. 이 생물체와도 같은 회오리는 그의 머리카락 속으로, 옷깃 아래로 파고들었는데, 어떤 때는 너무 뜨거웠고, 어떤 때는 너무 차가웠으며, 불쾌하게 치근거렸고, 그에게 무언가를 요구하는 듯, 애원하는 듯, 칭얼대는 듯했다. 뿐만 아니라 회오리는 대단히 중요한 무엇인가를, 지금 소유하고 있는 모든 것과도 바꿀 수 없고 그 어떤 것보다 고귀한 그 무엇을 상실했다는 우울한 느낌을 끊임없이 갖게 했다. 하지만 도대체 무엇을 잃어버렸는지 도저히 알아낼 수가 없었다.

남자는 더 이상 걷고 싶지 않았다. 모래 위에 쓰러져서 머리를 흔들었다. 그의 머리카락에서 하얀 모래가 툭툭 떨어졌다. 그는 가방을 베고 누웠다. 입 안에서는 모래가 서걱거렸고, 모래로 인해 몸 여기저기가 콕콕 쑤셨다. 그때 그의 오른쪽 어디선가 다시 검은 회오리가 일어나, 좀 떨어진 곳에 잠시 머물더니 그에게로 다가왔다. 장발남은 극도로 과민해져서 속으로 중얼거렸다.

"꺼져버려!"

회오리바람은 하늘로 솟구치더니 그 자리에 멈추었다. 그때 장발남은 회오리바람이 자신의 기분에 반응한다는 것을 알았다. 만약 바람을 내쫓는 데 정신을 집중하면 그렇게 할 수 있을 것 같았다. 지금까지 있었던 일 중에서 유일하게 기분 좋은 경험이었다. 그는 손바닥으로 가방에 묻은 모래를 쓸어내고 눈을 감았다. 잠이 든 것은 아니었다. 모종의 근육마비증이 그를 엄습해온 것이다. 그는 아직 의식이 남아 있는 상태에서 스스로에게 다짐했다.

'이곳엔 다시 오지 않을 거야, 이곳으로는 절대…….'

그는 그런 자기암시가 때때로 도움을 준다는 걸 이미 경험으로 알고 있었다.

그러나 그가 의식을 되찾았을 때, 머리 밑에 있는 괴상한 가방의 딱딱한 모서리 때문에 목이 뻣뻣해진 것 말고는 어떤 것도 달라져 있지 않았다. 그는 목을 문지르면서 잠시 그대로 누워 있었다. 그가 눈을 떴을 때, 그의 주위에 사람들이 말없이 앉아 있었다. 그들은 음산해 보였고, 무능한 화가가 그린 그림 같았다. 그나마 잘 그려진 사람은 훤칠한 키의 대머리 남자였다. 대머리는 메마른 줄기 끝을 향해 몸을 구부리고 있었다. 그가 마른 가지에 손을 내밀었다. 그 순간 가녀린 불꽃이 일어났다. 성냥이나 라이터 없이 저절로 일어난 불이었다. 그 불로 인해 장발남은 마음이 많이 누그러졌다. 그는 인과관계라는 이름의 가소로운 논리를 맹신하는 작은 존재들의 자만심이 불과 물과 바람에 의해 비웃음을 당하는 그런 곳에 이미 가본 적이 있기 때문이었다.

장발남은 불을 갖고 노는 유대인이 여기서 대장이라는 걸 직감했다.

유대이는 그에게 다가가 검은 가방을 두드렸는데, 이미 모든 것을 알고 있다는 태도였다.

"여기서는 이 물건이 당신에게 거의 필요 없을 겁니다."

장발남은 어깨를 으쓱 치켜 올렸다.

"하지만 전 이걸 내버릴 수가 없는데요."

"물론 버릴 수 없겠죠."

"이 안에는 대체 뭐가 들었나요?" 제가 끌고 돌아다니는 이 가방 속에 뭐가 들었죠?"

장발남은 첫 질문을 던졌다.

"열어서 살펴보세요."

장발남은 놀라서 그를 뚫어져라 쳐다보았다. 어떻게 그 생각을 하지 못했을까? 그는 그 생각을 한 번도 하지 않았다. 고양이들도 꾼다는 단순한 꿈에서처럼, 움직이고 싶고, 뛰어 달아나고 싶고, 안전한 곳으로 가고 싶고, 물 한 잔 마시고 싶지만 몸이 전혀 말을 듣지 않듯이 말이다.

가방에는 두 개의 자물쇠가 있었다. 장발남은 어떻게 해야 자물쇠를 열 수 있을지 금방 알아내지 못했다. 그가 정교한 용수철 자물쇠의 구조를 알아내려 애쓰는 동안, 그의 손이 저절로 옆면에 있는 고리를 눌렀고, 가방 뚜껑이 확 열렸다. 그것은 단순한 여행용 가방이 아니었다. 귀한 보석을 보관하는 보석함 같았다. 장발남은 가방 안을 살펴보다가 숨이 막혔다. 나팔 모양의 금속으로 된 관. 그 금속은 따뜻한 금도 차가운 은도 아닌 고상한 느낌의 노란 금속이었고, 매끄럽고 광채가 났다. '셀머(SELMER)'라는 길고 작은 글자가 타원형의 레테 도장에 새겨져 있었다. 장발남은 곧 그 글자를 알아봤다. 그 단어를 속삭이자, 입에 달콤함이 번졌다. 그러고 나서 나무로 된 리드를 손가락으로 어루만졌다. 나무는 계집아이의 피부처럼 부드럽고 연약했다. 굴곡을 이루는 부분은 흥분을 자극하는 여자의 몸을 연상시켰다. 장발남은 마치 벌거벗은 여자를 무심코 본 것처럼 당황스러워했다.

"정말 멋있는……."

그는 다음 말을 찾지 못해 잠시 입을 다물었다. 그리고 적합한 단어를 찾기 시작했다. 장난감? 기계? 그냥 물건? 모든 것이 어울리지 않았다. 그는 단어 찾기를 포기하고 단호한 어조로 말했다.

"정말 멋지다!"

그는 그걸 가지고 뭔가를 하고 싶었지만, 무엇을 해야 할지 알지 못했다. 잠시 후, 그는 자신의 격자무늬 양모 셔츠의 옷자락을 찢어내더니, 붉은색과 녹색이 섞인 그 옷자락으로 부드럽고 따뜻한 입김을 불어가며 금빛의 불룩한 표면을 정성스럽게 문질러 닦기 시작했다.

이제 그는 다른 사람들과 함께 걸었다. 누군가에게는 아무 의미도 없거나 단조롭게만 여겨지는 그들의 여행이 이젠 그에게도 중요한 의미가 되었다. 그는 검은색 보석함에 들어 있는 그 굉장한 물건을 들고 걸었다. 보석함은 그 굉장한 물건의 부드럽고 우아한 곡선을 그대로 드러내고 있었다. 그는 그 물건을 모든 가능한 위험들, 특히 막무가내로 달려드는 검은 회오리로부터 보호했다. 회오리는 약간의 거리를 두고 그들을 따라왔는데, 애끊는 비명소리를 내며, 호시탐탐 그를 덮칠 순간을 노리고 있었다. 회오리는 특히 검은색 보석함에 관심을 가진 것 같았다. 회오리는 끊임없이 가방을 건드리려고 했다. 장발남은 이마를 찌푸리면서 새를 쫓아내듯 "어이! 어이!" 하고 되풀이해 소리쳤다. 그러면 회오리는 깜짝 놀라 옆으로 비켜났다. 장발남은 휴식 때마다 청바지 뒷주머니에서 격자무늬의 헝겊을 꺼내 정성스럽게 금속 부분을 닦아 광을 냈다.

그는 가끔 키가 크고 깡마른 한 여인의 시선을 느끼곤 했다. 여인은 검은 두건을 숱 많은 머리 위에 두르고 있었다. 그는 언제나 호감이 가는 여자들에게 웃음을 지었듯이 그녀에게도 미소를 지어 보였다. 그의 눈빛에는 더할 수 없는 행복, 무덤까지 가는 사랑, 원하는 것이면 무엇이든 해줄 수 있다는 맹세가 어려 있었다. 장발남은 그녀의 아름다운 얼굴이 걱정에 싸인 것 같다고 생각했다.

3

　그들은 다시 모래 언덕을 올라갔다. 유대이가 잠시 멈추
어서더니 자신의 발아래를 한참동안 내려다보았다. 그러고
는 쪼그려 앉아 모래를 파헤치기 시작했다. 곧 모래 밑에서
사람 모양의 마네킹이 나왔다. 대충 만들어져 곳곳이 망가
진 잿빛 마네킹이었다. 가슴에 난 구멍으로부터 파란 밧줄
이 삐져나와 있었다. 유대이는 마네킹의 가슴 위를 눌러보
고, 목을 더듬고, 알아보기 힘들 정도로 파손된 눈 주위를
만졌다. 그리고 모래 한 줌을 마네킹의 얼굴 위에 뿌렸다.
다른 사람들도 마찬가지로 모래 한 줌을 뿌렸다.
　빡빡이가 유대이에게 말했다.
　"어쨌든 우리가 시도는 해봐야겠지?"
　"하지만 아무런 이득도 없는 일이야. 우린 운반하지 못해."
　유대이가 대꾸했다.
　"시도는 해봐야 해. 우린 수가 많으니 해낼 수 있을 거야."
　빡빡이가 간청했다. 그는 희망에 차서 깡마른 여자 쪽
으로 향했다.
　"어떻게 생각하십니까, 수녀님?"

수녀는 두건을 들어 올리지도 않고 유감스러워하며 고개를 흔들었다.

"내 생각에 그 사람은 아직 성숙하지 않았어요."

새로운 여인은 사람 인형을 좀 더 보고 싶었지만, 모래가 뚱뚱한 그 모습을 가려버렸다.

유대이는 갑자기 새로운 여인에게로 몸을 돌렸다.

"당신은 어떻게 생각합니까?"

"전 이걸 파냈으면 해요."

그녀가 말했다. 그리고 그녀 자신이 똑같은 모습으로 차가운 언덕의 꼭대기에 누워 있었던 것을 생각해냈다.

"그럼 책임질 겁니까?"

유대이가 웃으며 말했다. 그러나 모욕적인 웃음이 아니라, 정이 담긴 웃음이었다.

빡빡이가 유대이에게 핀잔을 주었다.

"뭐, 그렇게 무안을 주는 말을 하다니 창피하지도 않나? 아무튼 썰렁한 유머에 일가견이……."

유대이는 쭈그려 앉아 개처럼 잽싸게 마른 모래를 긁어냈다.

"좋아, 좋아. 자네의 전등을 켜서 이쪽을 비춰봐. 하지만 만약 일이 잘못되면 자네 책임이라는 걸 잊지 말게."

"볼복스[50]를 생각해봐. 그것이 뭘 말해주지?"

---

50 볼복스는 원생동물로부터 고등동물로의 진화경로를 유추하는 데 매우 중요하게 여겨지는 생물체다.

빡빡이는 모른 척 딴청을 피우며 말했다.

수녀는 가슴에 손을 대고 누르고 있었는데, 거의 울 것 같은 표정이었다. 새로운 여인은 유대이 옆에 앉아 마네킹의 발끝 부분 모래를 파냈고, 빡빡이는 정수리 부분의 모래를 파냈다.

모래 밑에서 곧 모습을 드러낸 마네킹의 다리는 얼마 전에 새로운 여인이 그랬던 것처럼 온통 균열이 나 있었고, 마른 물감은 갈라져 있었다.

새로운 여인은 말라서 갈라진 물감을 긁어냈다. 그 속에는 딱딱한 층이 있었는데, 찰흙처럼 거칠었다. 새로운 여인이 자신의 몸에서 더께를 긁어냈을 때 나타났던 선홍빛의 새 피부와는 완전히 달랐다. 빡빡이는 피부도 아니고 종이도 아닌 너덜너덜한 누더기를 머리에서 벗겨냈다.

"몸을 좀 따뜻하게 해줘야겠어."

유대이는 빡빡이를 부드럽게 옆으로 밀쳤다.

빡빡이는 고개를 끄덕였다.

"그럼…… 군인 양반, 우리에게 땔감을 좀 모아주시오."

제복 상의를 입은 남자가 고개를 끄덕이더니, 곧 몇 개의 마른 나뭇가지를 가져왔다. 그는 나뭇가지들을 포개어 한 더미가 되게 쌓았다. 유대이는 손을 그 위에 대고 약간 구부리면서, 얇은 입술을 움직였다. 순간, 나뭇가지들은 푸르스름한 흰색 불꽃을 내며 타올랐다. 잠시 후 마네킹의 모습이 완전히 드러났다. 그 모습은 형편없었다. 얼굴은 겨우 윤곽만 있었고, 팔과 다리도 성한 데가 없었다. 성별은 비교적 알아보기 쉬웠는데, 전체적으로 남성적인 몸매였다. 넓은 어깨, 손, 다리, 그의 사지는 불균형하게 보일 만큼 컸다. 어디에도 생명의 징후는 없었다.

"볼복스."

빡빡이는 불특정다수를 향해 말했다.

유대이는 마네킹의 목을 조심스레 만져보고, 배를 건드리더니 이마를 찌푸렸다.

"이건 무의미한 일이야. 가망 없어."

빡빡이는 얼마 동안 말을 하지 않고 생각에 잠겨 있었다. 그는 새로운 여인이 듣지 못하게 낮은 소리로 유대이에게 말했다.

"자네는 유대인 특유의 지나친 신중함으로 내 일을 방해하는군. 난 의사고, 환자를 구하기 위해 할 수 있는 모든 일을 해야만 하네."

유대이는 웃으면서 빡빡이의 배를 권투하듯 쳤다.

"얼간이! 의사란 타락한 성직자라고 늘 자네에게 얘기했잖아. 평생 동안 했던 세속적인 의술이 여기서도 먹힐 것 같나?"

"자네도 똑같은 얼간이야. 자네와 같은 창조론자들은 의사라는 직업이 가진 의무감을 이해 못 해. 모든 것을 신에게 떠맡길 줄만 알지. ……자네들에겐 볼복스가 단지 에너지원에 불과하겠지."

"좋아, 좋아. 더 이상 반대하지 않겠네."

유대이는 미소를 지으며 동의했다. 새로운 여인은 두 사람이 정말 가까운 친구라는 걸 알아냈다. 분명 두 사람의 관계는 다른 모든 사람들끼리 맺고 있는 관계와는 달랐다.

새로운 여인은 바람이 더 강해졌다는 걸 얼굴로 느꼈다. 모래알들이 목과 이마를 때렸고, 머리카락 속으로 파고들었다. 바람은 모래뿐 아니라, 가시가 난 잎사귀들, 꺼칠꺼칠한 식물 섬유소들, 마른 이끼들로 만들어진 미세한 실타래와 얇은 풀줄기도 몰고 왔다. 모닥불은 금방이라도 꺼질 듯했지만 계속 타고 있었다.

마네킹은 불 옆에 놓여 있었고, 사람들은 때를 기다리면서 그 주위에 빙 둘러섰다. 빡빡이는 거칠고 질긴 실 뭉치 하나를 주머니에서 꺼내 끝을 꽉 붙잡고는 옆에 서 있던 군인에게 넘겼다. 실타래는 옆 사람들을 넘고 넘어서 한 바퀴를 빙 돌아 빡빡이에게 되돌아왔다. 모두들 그 실을 두 손으로 꽉 붙잡았다. 새로운 여인의 오른쪽에는 수녀가, 왼쪽에는 외다리가 서 있었다. 바람은 더욱 강해졌다. 방향도 일정하지 않았다. 바람은 사방에서 불었고, 점점 더 많은 초목의 부스러기들을 몰고 왔다. 모두들 미동도 하지 않았다. 마른 풀줄기, 미세한 섬유소뭉치, 사방으로 날리는 이름 모를 초목의 씨앗들이 머리카락과 옷 속에 점점 쌓여갔다. 바람이 강해지면서, 그들은 초목의 부스러기로 만들어진, 위쪽만 터진 둥근 울타리가 되어 서 있었다. 그들의 발치에서

펄럭이는 깃발처럼 타고 있는 모닥불 옆에 조잡한 마네킹은 꼼짝 않고 누워 있었다. 유대이는 머리 위로 팔을 올렸다. 그리고 그들이 만든 원의 중앙으로 향했다. 원은 옥죄어지며 작아져갔다. 마침내 원의 위쪽도 막혀 닫히고, 일종의 낡은 움막이 생겨났다. 새로운 여인은 자신이 다른 사람들과 박자를 맞춰 호흡을 하고 있지 않다는 것을 느꼈다. 그녀는 짧게 숨을 멈추었다가, 공동의 리듬에 맞추었다. 그러자 호흡만이 아니라, 모두의 맥박과 생각이 일체를 이루고 있다는 것을 깨달았다. 그런 일체감으로 모두는 아무런 감정도 없는 통나무, 곧 마네킹에 집중하고 있었다. 마네킹은 마치 모두에게 저항을 하고 있는 듯했다. 적어도 온전하게 자신에게 집중되어 있는 모두의 긴장에 반하는 몇 가지 움직임을 보이기도 했다. 그것은 모종의 효과가 있음을 증명하는 것이었다. 그녀 옆에 서 있는 수녀에게서 아주 강한 맥박소리가 들려왔다. 반면 외다리는 참여하는 시늉만 하고 있었다. 가장 강력한 힘의 원천은 유대이와 빡빡이였다.

바람은 더욱더 강해졌다. 가만히 서 있기도 어려워졌다. 실은 가늘었지만 매우 견고했고, 그곳으로부터도 힘이 흘러나왔다. 실이 빛나기 시작했다. 그 빛은 모닥불의 불꽃과 같은 담청색이었다. 새로운 여인은 그들의 작은 원이 땅에서 이륙하여 공중에 떠 있는 것을 느꼈다. 그때 땅에 누워 있던 마네킹이 경련하듯 몸을 움직이기 시작했다.

빡빡이가 만족스러운 어조로 말했다.

"보세요. 우리의 뜻이 이루어지고 있어요. 이제 우리는 그에게 숨을 불어넣어주어야 합니다."

그들은 온힘을 다해 마네킹에게 숨을 불어넣었다. 그 때문에 원도 부풀었다가 다시 줄어드는 것처럼 느껴졌다. 바람은 그들을 알 수 없는 곳으로 몰아가고 있었지만, 새로운 여자는 잘했다는 칭찬을 받은 어린아이처럼 마냥 행복했다.

마네킹, 허수아비는 생명체로 바뀌고 있었다. 깊은 숨을 들이쉬자 흉부가 위로 올라갔고, 성기도 확실하게 발기되었다. 마네킹은 숨을 쉬기 시작했다. 순간, 바람이 누그러졌다. 그들의 원도 하강하기 시작했다. 곧 그들 모두는 땅에 닿았다. 그들은 여전히 실을 잡은 채 마네킹 주위로 원을 그리며 서 있었다. 마네킹은 손을 움직였고, 손가락으로 가슴을 더듬었다. 머리를 빗듯이 자신의 평평한 머리도 매만졌다. 그리고 기침을 했다.

유대이가 물었다.

"어떤가?"

"폐호흡, 주먹을 쥐는 동작, 발기……."

빡빡이가 대답했다.

"흡족할 만한 정도는 아니지만, 전혀 성과가 없는 것은 아니군."

유대이가 놀란 어조로 말했다.

유대이와 빡빡이는 마네킹을 불쪽으로 더 가까이 끌고

갔다. 마네킹의 표면은 부드러운 피부처럼 보였고, 자고 있는 사람을 닮아 있었다.

새로운 여인은 자신의 힘이 사라지는 것을 느끼며 땅바닥에 주저앉았다. 주위를 둘러보니 다른 사람들도 모두 기진맥진해 있었다. 유대이는 성냥갑에서 가루 연료를 꺼내 불 속에 던졌다. 불은 사람들에게 힘과 생기를 공급하는 빛으로 활활 타올랐다.

4

대기의 상태는 다양했다. 때로는 가볍고, 건조했다. 이를 두고 새로운 여인은 '호의적'이라는 표현을 썼다. 그런가 하면 때로는 무겁고, 짙고, 칙칙한 습기로 가득 차 있는 듯하기도 했다. 이때 행렬의 움직임은 더욱 더디어졌고, 빨리 지쳤다. 한시도 멈추지 않는 바람은 어떤 때는 얼굴 정면에서 불었다가, 어떤 때는 측면, 어떤 때는 목덜미를 휘감곤 했다. 하지만 빛은 언제나 똑같았다. 그것은 무엇보다 견디기 힘든 단조로움을 만들어냈다.

"이곳이 지겹지 않나?"

유대이가 빡빡이에게 나지막하게 물었다. 쉴 때마다 가능하면 두 남자 가까이에 머물렀던 새로운 여인은—그들과 가까이 있으면 안정과 보호 속에 있다는 느낌을 받았다—유대이의 묻는 소리는 들었지만, 그쪽으로 고개를 돌리지는 않았다.

"무슨 재미있는 일이라도 만들어주려고?"

빡빡이가 무심히 되물었다.

"잠시 가던 길에서 벗어나 가벼운 탐험을 하는 방법이 있긴 하지."

"그게 가능한가? 그렇다면 좋겠군. 난 우리가 가는 길이 최선이라고 생각하고, 그걸 벗어나서는 안 된다고 생각하고 있었거든."

빡빡이는 일관된 단조로움을 자아내는 몽롱한 빛에 이미 많이 지쳐 있었다. 그 몽롱한 빛은 곧 짙은 어둠이나 혹은 태양이 떠오를 것이라는 기대를 품게 하지만, 그것은 기만에 불과했다. 사막, 사막으로 이어지는 천편일률적인 풍경은 그럭저럭 참을 만했을 것이다. 만일 태양이라도 환하게 비춰준다면…….

"그럼 가지."

유대이는 모닥불 주변에서 졸고 있는 무리들에게 눈길을 돌려 새로운 여인을 찾았다. 그녀는 아주 가까이에 있었다.

"새로운 여인도 데려가도록 하지."

그녀는 감사의 미소를 지었다.

"다른 사람들은?"

정의, 적어도 공평성을 중요시하는 빡빡이가 놀라며 말했다.

유대이는 웃었다.

"이건 모두에게 공평하게 분배되어야 할 휴가가 아니네. 다른 사람들에게는 별 흥미가 없는 일이야. 날 믿게나."

빡빡이는 어깨를 움찔했다.

"그럼 그렇게 하지."

"자, 그럼 출발해볼까요."

유대이는 부드럽지만 명령하는 어조로 새로운 여인에게 말했다. 그녀는 일어나서 옷의 모래를 털었다.

그들 세 명은 다리가 푹푹 빠지는 모래 위를 걸었다. 이곳에서 거리란 자의적이었고, 측정될 수 있는 것이 아니었다. 거리의 측정은 피로한 정도와, 벌어지는 사건을 기준으로 이루어진다. 빡빡이가 지평선에서 빛기둥을 본 순간 그들의 탐험은 시작되었다고 할 수 있다. 빛기둥은 점점 더 선명해졌고, 금속성의 광채를 뿜어내고 있었다. 그 빛기둥이 스스로 그들에게 가까이 온 것인지, 그들이 그것을 따라잡은 것인지는 알 수 없다. 빛기둥의 받침대 부분에 이른 그들은 그 받침대가 밝고 투명한 금속으로 만들어진 궁형의 벽으로 점차 변해가는 것을 보았다. 결국 벽이 빛기둥을 둘러쌌고, 벽 안쪽의 빛기둥은 마치 물줄기 같았다.

그때 유대이가 허공에 대고 어지러운 손동작을 하면서 "자, 준비."라고 말했다. 벽 표면의 일부가 직사각형으로 움푹 들어가는가 싶더니 그 주위로 번개처럼 빠르게 사각의 테두리가 생겼고, 곧 문이 나타났다. 유대이가 손가락 끝으로 그것을 눌렀다.

'언젠가 저런 식으로 문이 만들어지는 걸 본 적이 있어.'

새로운 여인은 신기함에, 혼자 기뻐했다.

그들은 안으로 들어갔다. 그 순간, 문은 마치 녹아버린 듯 흔적 없이 사라졌다.

그들이 들어간 곳에는 화창한 태양이 빛나고 있었다. 초여름, 그리 이르지 않은 아침이었다. 거대한 열대 나무들이 벽처럼 서 있었다. 나무들은 제 멋대로가 아니라, 배열과 관련한 모종의 규칙을 암시하고 있었다. 새로운 여인은 그 규칙을 간파했다. 그것은 노란색이랄 수 없이 창백한 것에서부터 성가를 연상시킬 만큼 무겁고 진한 녹색에 이르기까지 초록의 정도에 따른 것이었다.

새로운 여인은 황홀경에 빠져 눈을 깜박였다.

빡빡이의 눈은 오랜만에 보는 아름다운 풍경으로 환희에 차 있었다.

'눈이 너무나 행복하군.'

그의 눈은 다른 사람들의 신체 내부를 투시할 수 있는 능력을 지니고 있었다.

젊은 여자가 두 그루의 삼나무 사이에 쭈그리고 앉아 있다가, 유대이를 보더니 일어나 다가왔다. 두 사람은 다정한 입맞춤으로 인사를 나누었다.

'그는 모든 것을 알고 있어. 글자 그대로 모든 것을……'

빡빡이는 경탄했다. 그는 그들의 재회를 방해하지 않기 위해 새로운 여인과 함께 멀찍이 떨어져 있었다.

"풍경이 있는 건축, 이게 내가 언제나 꿈꾸던 것이었지요. ……난 마지막 학년을 마칠 수 없었어요. 두 번의 시험을 거부했고, 학위논문을 쓰지 않았거든요. 하지만 여기서 난, 당신도 알겠지만, 여기서 난 모든 것을 배웠어요……."

여자는 삼나무를 어루만졌다. 삼나무도 마치 붙임성 있는 고양이처럼 그녀의 손에 몸을 비벼댔다.

"여기 두 나무는 계속 다투고 있어요. 서로에게 익숙해질 수 없죠. 그래서 난 언제나 이 두 나무를 달래줘야 해요."

그녀의 얼굴은 못생기긴 했지만 매력적이었다. 깊이 눌린 콧등, 들창코, 큰 입……. 하지만 커다란 회색의 눈, 특히 홍채 주변의 검은 테두리와 남자 같은 넓은 눈썹 밑, 숱이 많고 검은 속눈썹이 만드는 또 하나의 테두리가 묘한 매력과 강한 인상을 주었다.

그녀는 빡빡이와 새로운 여인에게로 향했다.

"내가 당신들에게 모든 것을 보여줄게요. 전 카챠예요."

새로운 여인은 카챠가 소매 없는 남자 티셔츠를 입고 있다는 것을 문득 알아챘다. 그것은 권투선수들이 입는 셔츠였는데, 크고 탱탱한 젖가슴 위로 팽팽히 당겨져 있었다. 여러 줄의 산호목걸이가 그녀의 목을 덮고 있었다. ……그러나 빡빡이는 화려한 산호들이 무엇을 가리고 있는지 꿰뚫어보았다. 그것은 해부 후에 아무렇게나 봉합하여 생긴 흉측하기 그지없는 흔적이었다…….

카챠는 등지고 서 있는 나무 두 그루를 가리켰다.

"난 나무들을 잘 다룰 수 있어요. 우린 서로 말을 주고받지요. 이 삼나무들은 제가 아끼는 것들이에요. 꽃말을 붙이는 유치한 장난을 아실 거예요. 노란 수선화는 배신을 의미했고, 붉은 장미는 격정적인 사랑을, 물망초는 죽을 때까지의 변치 않을 맹세를 의미했지요……."

그녀가 웃자 가지런한 이빨이 드러났다.

"진짜 재미있는 건, 사실 약간은 그렇기도 하다는 거죠. 꽃말에 맞게 꽃을 심을 필요도 있어요. 이곳은 이름 없는 아이들을 위한 정원이에요."

'이름 없는 아이가 뭐지?'

빡빡이와 새로운 여인은 서로를 쳐다보았다.

조금 떨어져 걷던 유대이가 혼자 중얼거렸다.

"왜 그러나, 빡빡이. 자네는 귀띔 없이도 스스로 그걸 캐낼 수 있을 텐데. 자네 아이들도 있으니까……."

삼나무 가로수는 아래쪽 호수가로 이어졌다. 물은 보이지 않았지만, 후각으로 알 수 있었다. 그것은 동물들이 10여 킬로미터 떨어진 곳에서도 맡고 달려갈 정도로 강력했다.

호수는 작고 동그랬는데, 마치 볼록거울처럼 보였다. 호수의 표면에는 푸른 물결이 반짝거리며 일렁이고 있었다.

"뭔가 투시할 수 있다는 것, 힘드시죠?"

카챠는 빡빡이의 능력을 알고 있었다.

"익숙해질 때까지 저도 무척 힘들었답니다. 뭐든지 자세히 말고 설렁설렁 볼 필요가 있죠. ……이제, 좀 더 다가가 볼까요?"

마지막 카챠의 말은 유대이에게 한 말이었다.

유대이는 고개를 끄덕였다. 카챠는 연못 위로 나 있는 활 모양의 단출한 다리 위로 올라가, 배를 대고 누운 다음 두 손을 물속에 넣었다. 그녀는 이리저리 물속을 휘저으며, 나지막한 목소리로 중얼거렸다. 그리고 일어섰는데 손에 뭔가가 쥐어져 있었다. 언뜻 보아 유리로 만들어진 물건 같았다. 그것은 반짝반짝 빛나고 있었다. 카챠는 이 빛과 물, 푸른색이 혼합된 덩어리를 빡빡이에게 내밀었다. 빡빡이는 양손을 모아 그것을 받아들고는 속삭였다.

"아기잖아요."

새로운 여인에게는 아이가 보이지 않았다.

유대이는 다리 위에 앉아 엄숙한 어조로 말을 하기 시작했다.

"아이는 건강하고 아름다운 부모에 의해 완벽하게 건강하게 태어났으나 일주일 후 유전된 병으로 죽었다네. 죽기 전 아이는 계속 울면서 고통스러워했지. 아이 아버지는 돌의 도시[51]에서 가장 좋은 집, 유일한 나무집을 나와 땅 위에 누워 먹지도 마시지도 않고 가장 높으신 분께 간절한 기도

---

51 현재 탄자니아 잔지바르 지역에 있었던 고대 도시를 의미한다.

를 올렸지. 아이에게 생명을 주십사 하고 말이네. 그러나 가장 높으신 분은 자신의 사랑하는 자녀의 기도를 이번에는 들어주지 않았어. 두 마리의 온순한 새끼 양 같은 가슴을 가졌더라도, 길리앗 산에서 내려오는 산양 같은 머리털을 가졌더라도, 남의 아내를 탐하지 말았어야 했거든. ……그 외에도 이미 여러 명의 부인이 있음에도 아름다운 여자의 남편을 죽음으로 내몰았지. ……어떤가?"

"무슨 말인지 모르겠군."

빡빡이는 고개를 저었다.

"모르다니 말도 안 되지. ……죽은 아이는 세례도 받지 못했어. 그런데 죄악을 저지른 남녀는 아이를 낳았고, 그 아이는 잘 자랐어. 그렇게 태어난 아이의 이름이 솔로몬이지."

빡빡이가 웃기 시작했다.

"그걸 어떻게 알았지? 성경책을 읽은 적도 없잖아?"

"무슨 소리. 읽어는 봤지. 물론 통독을 한 건 아니네. 하지만 자네도 알다시피 난 유대인이야. 유대인과 성경책은 떨어지려야 떨어질 수 없는 사이지. 설혹 그것이 마음에 들지 않더라도……. 그래서 뭔가 중요한 순간에는 결국 나와 성경은 하나가 되지. 앞서 말한 두 번째의 이기적이고, 한심하고, 치사한 그런 악질을 도와주는 내용이 있음에도 말이야."

유대이는 반짝이는 공 모양의 물체 위로 몸을 굽히며 웃음을 지었다. 빡빡이가 응수했다.

"이보게나, 이 아이는 예루살렘에 첫 번째 사원을 지은 솔로몬의 형 아닌가? 그렇다면 2천 7백 년을⋯⋯?"

"이 아이는 시간에 종속되어 있지 않아요. 단지 상태로 존재할 뿐이지요."

그들이 잊고 있었던 카챠가 끼어들었다.

"좋아요, 그렇다고 합시다. 그런데 다른 아이들은요? 다른 아이들은 누굽니까?"

빡빡이는 공 모양의 반짝이는 물체를 카챠의 손에 넘겨 주었다. 그녀는 다리 중간까지 가서 다시 무릎을 꿇고, 한 마리의 고양이처럼 몸을 쭉 펴서 그 수수께끼 같은 창조물을 아이들의 정원, 호수 속으로 가라앉게 했다. 그러고는 다른 사람들에게 오라고 손짓을 했다.

호수는 좀 전에 본 모양의 공들로 가득했다. 푸른빛으로 부글부글 끓고 있었다. 새로운 여인의 뇌리에 어린 시절의 마분지 상자가 떠올랐다. 그 상자 안에는 크리스마스트리 장식품이 보존되어 있었는데, 장식품들 중에는 그녀가 가장 아끼는 공이 하나씩 종이에 포장되어 있었다⋯⋯.

'그래, 그거야. 모든 게 들어맞아.'

새로운 여인은 흥분했다. 하지만 뭐가 들어맞는지 그녀는 설명할 수 없었다.

"여기엔 태어나지 못한 아이들, 낙태당한 아이들도 있습니다. ⋯⋯그 아이들이 다 성장해서 다시 떠오르기도 해요."

카챠가 사무적으로, 무덤덤하게 설명했다.

"바로 여기 있네요."

그녀는 물속에 손을 넣어 무엇인가를 건져 올리려 했다. 하지만 그 무엇인가는 그녀의 손에 잡히고 싶지 않은 듯했다.

"우리 두 사람은 철학책을 상당히 많이 읽었어요."

유대이가 입을 열었다. 하지만 빡빡이가 그의 말을 가로막았다.

"아니네, 난 역사에 관심이 더 많은 사람이야."

"그렇군. 자네는 라이프니츠의 단자론(單子論)을 기억하나? 저 물체가 그 이론에 부합함을 인정해야 할 거야. 성 아우구스티누스도 저런 물체에 대해 예견을 한 바 있고…… 카발라 교도[52]들의 이야기는 굳이 하지 않아도 되겠지. 하지만 이들 모두의 공적을 인정할 필요는 있어. 온갖 참기 힘든 방법들로 많은 것을 알아내기는 했으니까. ……그런데 자네의 도스토예프스키는 불쌍한 아이들과 관련해 무슨 말을 했었지? 하늘의 최고자에게 인간애가 부족하다는 지적이라도……."

한편 새로운 여인은 카챠로부터 눈을 뗄 수 없었다. 그녀는 오렌지 크기의 투명한 공 모양의 물체를 건져내어 입김을 불고 손바닥에 올린 다음 기다렸다. 공 모양의 물체는 통통 튀면서 움직이기 시작했다. 그러더니 위로 올라가려

---

52 중세 유대인의 신비주의 교리를 신봉한 사람들을 말한다.

는 소심한 시도를 했다. 그런 다음 마치 놀란 것같이 다시 카챠의 손에 착 달라붙었다.

"무서운 거니, 아가야?"

카챠는 행복한 듯 미소 지으며 말했다.

"아이들 모두는 지금 두려워하고 있죠. ……힘든 일을 이 겨내야 해요. 누구는 훌륭한 인간이 되겠지만, 누구는 비열한 인간이 되겠지요. ……여기 이 아이는 좋은 사람이 될 것 같아요……."

"나쁜 아이도 있나요?"

새로운 여인이 깜짝 놀라 물었다.

카챠는 한숨을 쉬었다.

"아이들은 모두 다르죠. 겁에 질린 아이, 치유할 수 없는 마음의 상처를 입은 아이……. 많은 공포를 경험하고 참은 아이일수록 악한 품성을 더 많이 갖게 되죠……."

설득력 있는 말이었다. 새로운 여인은 고개를 끄덕였다. 그녀는 자신도 이런 사실을 이미 알고 있었다는 느낌을 받고 있었다.

"아이를 한번 받아봐."

유대이가 빡빡이에게 말했다.

빡빡이는 그 공 모양의 물체를 만지고 싶은 욕구를 느꼈다. 그는 카챠의 손에 착 달라붙어 있던 공을 자신의 손바닥으로 살짝 감쌌다. 카챠는 공을 빡빡이의 손바닥에 조심스레 건네주었다. 빡빡이의 손바닥에 공의 무게, 따스한 체온, 불안감과 신뢰감이 전해졌다. 아이였다. 사내아이.

유대이가 말했다.

"자, 아이에게 자네의 축복을 내려주게나."

"그건 내 일이 아니라, 자네 같은 유대인들이 하는 일이 잖아. 난 못 해."

빡빡이는 공 안에 갇혀 있는 생물체를 바라보며 미소를 지었다. 그 생명체는 아이가 되기로 정해져 있었다.

"그 아이는 자네가 모르는 아이가 아니야. 물론 나도 아 는 아이지. 축복이 어려우면, 그저 훌륭한 의사가 되라는 당부라도 하게."

빡빡이는 즉시 동의했다.

"그건 어렵지 않지. ……좋은 의사가 되거라!"

공 모양의 물체는 손바닥에서 떨어져, 물속의 공기방울 처럼 뜨더니 가볍게 위로 떠올랐다. 그리고 어딘가 보이지 않는 막에 닿을 때까지 허공을 헤엄쳐갔다. 그곳에 다다르 자 움직임이 느려지더니 막에 몸을 대고 온힘으로 그 막 을 뚫고 사라졌다. 막이 터지는 소리와 함께 그 생명은 두 세상의 경계를 극복한 자신에 대한 기억을 깊이 새기게 되 었을 것이다.

5

빡빡이는 어려운 상황에 직면해 있었다. 마네킹은 앞으로 나아가려 하지 않고, 그저 한곳에 머물러 있으려고만 했다. 그리고 걸어가다가도 잠에 빠져들곤 했다. 그래서 빡빡이는 마치 자루처럼 마네킹을 어깨에 메거나 등에 업고는 힘들게 끌고 갔다. 유대이가 여러 번 돕겠다고 나섰지만, 그 때마다 빡빡이는 희귀한 고슴도치 또는 공처럼 둥근 머리를 흔들면서 힘겹게 콧김을 내뿜었다.

"자네가 할 일은 이미 했네."

그는 마네킹을 계속 끌고 갔다. 그들은 이제 더 자주 쉬었는데, 그게 마네킹 때문이라는 것은 분명했다. 마네킹은 모닥불의 빛을 쐬고 나면 생기를 좀 찾았고, 그래서 혼자서 조금 걷기도 했다. 새로운 여인이 휴식시간에 마네킹 옆에 앉았을 때였다. 그녀는 마네킹이 제대로 된 입이 아니라 단지 표면에 윤곽만 그린 입술을 가지고 있고, 귀 또한 올바른 형태로 되어 있지 않으며, 눈썹은 가파르게 그은 가느다란 선이고, 눈은 거의 장님과 마찬가지라는 것을 알아차렸다. 유대이는 그녀의 눈빛을 우연히 보고는 마치 그녀에게 충고를 구하려는 듯 말했다.

"우리 힘만으로는 그를 제대로 구해줄 수 없어. 위로부터 도움을 받아야 하지 않을까 생각해."

　새로운 여인 옆에 서 있던 빡빡이—그녀는 유대이가 자신이 아니라, 빡빡이를 보고 말했다는 것을 알았다—는 마네킹 앞에서 무릎을 꿇고 그 손목을 어루만졌다. 그리고 강한 손가락 두 개를 목에다 대고는 눈에 단단히 달라붙어 있는 눈꺼풀을 위로 밀어 올리려 했다. 그렇지만 그의 시도는 실패했다.

　빡빡이는 조금도 흥분하지 않고 동의했다.

　"그래, 그래야 할 것 같아. 우리는 다른 방법을 찾아야 해."

　유대이는 활기찬 동작으로 허공에다 기호를 그렸다.

　그들은 다시 걷기 시작했다. 늘 그랬던 것처럼 단조롭게 늘어서서, 황량한 모래지대를 겉보기에는 정해져 있지 않은 방향으로 하염없이 걸었다. 조금씩 공기가 신선해지고 시원해졌다. 언덕들도 높아졌다. 그리고 황량한 모래벌판 대신 갈색의 땅이 보이기 시작했다. 게다가 여기저기 초록의 식물들이 자라고 있었다. 특별할 것 없는 단순한 풀밭이었지만, 여행자들은 모두 기뻐했다. 그들은 이제 사막이 아닌 산악지대를 걷고 있었다.

　대기가 차가워졌을 때 산 뒤로 건물이 하나 나타났다. 큰 헛간처럼 보이는 건물이었다. 모두 놀라서 멈추었다. 오랫동안 인공 건축물을 보지 못한 그들에게 그 어떤 대리석 궁전도 이 헛간보다 더 강렬한 인상을 주지는 못했을 것이다.

　유대이는 주저 없이 앞으로 걸어갔다. 그러나 빡빡이는

이미 오래전에 뒤처져 있었다. 육중한 마네킹을 오는 길 내내 지고 와야 했기 때문이다. 외발이조차도 그를 추월할 수 있었다.

가까이서 보니 헛간은 오히려 고풍스러운 저택과 비슷했다. 두 짝으로 된 문은 크고 높았다. 마치 성문처럼. 그들은 안으로 들어가서 다시 한 번 놀랐다. 넓은 내부는 합동 숙소, 기숙사의 공동침실 또는 병사들의 숙소를 연상케 했다. 그 안에는 나무침상이 아니라, 많은 침대가 놓여 있었다. 침대 머리맡은 벽에 닿아 있었다. 뭔가 흰 것이 덮여 있었는데, 하얗고 조잡한 침대시트도, 얇은 담요도 아니었다. 왼쪽 벽에는 연푸른색 네덜란드제 타일이 박힌 커다란 벽난로가 자리하고 있었고, 중앙에는 긴 나무탁자가 놓여 있었다. 그리고 왼쪽 벽에 두 개의 문이 있었는데 그중 하나에는 화장실을 의미하는 '00'이라는 기호가, 다른 하나에는 물줄기를 뿜고 있는 샤워기 꼭지가 그려져 있었다.

새로운 여인은 경탄스러운 시선으로, 누구나 알고 있는 기호를 바라보았다. 그리고 그녀가 여태껏 한 번도 씻지 않았고, 화장실에도 한 번도 간 적이 없다는 것을 비로소 깨달았다. 어떻게 가장 기본적인 생리현상조차 잊고 있었던 것일까? 바로 그 순간 그녀는 방광이 가득 찬 것을 느꼈고, 이내 화장실 문을 밀치고 들어갔다. 하얀 변기가 놓여 있었다. 벽에는 세면대가 있고, 그 곁에는 수건이 걸려 있었다. 짙은 비누 향이 가득했다.

'내가 얼마나 많은 걸 잊고 살았나.'

그녀는 황당해하면서 변기 위에 앉았다. 모든 용무가 너무도 순조롭게 이루어졌다. 심지어 두루마리 휴지까지 준비되어 있었다. 그녀는 변기 손잡이를 누르고, 세면대로 가서 거울을 찾았다. 그러나 거울을 발견하지는 못했다. 그녀는 놋쇠로 된 구식 수도꼭지를 틀었다. 힘찬 물줄기가 그녀의 손 위로 쏴아 쏟아졌다. 강하면서도 묵직한 물줄기였다. 느낌이 너무 강렬해, 눈물이 새로운 여인의 눈에서 흘러내렸다.

'어떻게 지금껏 가장 기본적인 인간의 생리현상을 잊고 있었던 걸까? 맞아. 물도 마셔본 적이 없어. 물 없이는 단하루도 견디기 힘들 텐데. 그렇다면, 지금까지 견딘 걸 보면물 없이도 살 수 있다는 말인가? 더욱이 물을 먹고 싶다는생각조차 해본 적이 없으니 말이야.'

그녀는 두 손을 포개 물을 받았다. 물은 무겁게 느껴졌다. 그녀는 얼굴을 씻었다. 엄청난 황홀감! 그녀는 씻고 또씻었다. ……샤워를 할 수 있다면 더 좋을 텐데…….

새로운 여인은 화장실에서 나왔다. 빡빡이는 마네킹을침대에 눕혀놓았는데, 팔이 약간씩 움직였다. 나머지 동행자들도 여전히 어리둥절해하며 긴 탁자 주변에 둘러서 있었다. 유대이가 무슨 말을 했지만, 새로운 여인은 다 알아듣지는 못했다.

"……여기서 오늘 밤을 묵기로 하겠습니다. 우리는 오랫동안 자지 못했으니 오늘 여기서 편안하게 자도록 합시다."

새로운 여인은 주위를 둘러보았다. 그녀는 지금 정말 샤워실에 가고 싶었다. 그러나 아무리 눈을 크게 뜨고 아까 보았던 곳을 다시 보아도 샤워실은 보이지 않았다. 그 사이 화장실도 사라지고 말았다. 그곳에는 단지 빈 벽밖에 없었다. 그리고 그 벽에는 여전히 두 개의 낮은 문이 있었다. 그녀는 어찌할 바를 모르고 가장 가까이에 있는 침대에 앉았다.

'누구한테 물어서라도 화장실에 대해 알아야 해. 반드시!'

믿기 어려운 일에 대해 더 깊은 생각을 하기도 전에, 유대이가 다가와 귀에 대고 소곤거렸다.

"그건 나중에 설명해줄게요. 그건 실수였어요. 여기엔 샤워실도, 화장실도 없어요. 사소한 실수였어요."

유대이는 얇은 입술로 웃음을 지어 보였다.

그런데 유대이의 얼굴은 왜 이렇게 낯이 익을까? 그건 아마 우리가 이미 오랫동안 같이 있었기 때문일 거야. ……졸음이 쏟아지기 시작했다. 그녀는 딱딱하고 하얀 침대에 누웠다. 없어진 화장실과 욕실에 대한 의문도 사라지고, 더없이 편해졌다. 이것이 그녀가 생각할 수 있는 전부였다…….

그녀가 있는 곳에 반은 인간이요 반은 식물인 말하는 존재가 있었다. 그리고 그녀가 주인공으로 나오는 흥미진진한 이야기들이 있었다. 하얗고 넓은 침대보에 세심하게 눕혀진 그녀는 자기 자신조차 스스로를 침대보처럼 느끼고 있었다. 가벼운 손들이 무엇인가를 하고 있었는데, 그것은 시트 위에 수를 놓는 일이었다. 어떤 경우 바늘이 그녀를 찌르기도 했다. 그러나 그 찔림은 즐거운 일에 가까웠다. 꿈속에서 그녀는 자신에게 일어나고 있는 모든 일이 그녀의 삶과 죽음과 연관되어 있지만, 일어나는 일 이면에 더 중요한 무엇인가가 있고, 그 무엇이야말로 삶 자체보다 중요한 절대적인 진실을 알게 하는 열쇠임을 깨달았다.

그녀가 잠에서 깨어났다. 등, 팔, 다리, 그리고 정수리에 딱딱한 하얀 무엇인가가 느껴졌다. 평온함이 온몸으로 퍼져갔다. 몸은 근육으로 감싸인 팔뼈와 침대 시트를 건드리는 발꿈치로 인해 기쁨에 흠뻑 젖어 있었고, 폐와 심장도 환희에 차 있었다. 가장 경탄할 만한 곳은 위장 바로 위였다. 모닥불로부터 받은 생기보다 더 활기찬 생명력이 느껴졌다. 그녀는 눈을 뜨고 싶지 않았다. 귀에 익은 목소리의 남자들이 느긋한 대화를 이어가고 있었다. 그들의 대화는 기억이 끝나버린 곳, 그 이전부터 시작된 것이었다.

한 남자가 말했다. 그것은 빡빡이였다.

"난 아직 준비가 되어 있지 않았네. ……아무것도 모르겠네. 언제나 예기치 않은 일이 터지니 말일세……."

유대이가 대꾸했다.

"여기에 예견된 거라고는 아무것도 없네. 모든 건 즉석에서 일어나지. 우리가 마네킹을 여기까지 끌고 오는 동안, 난 우리가 그걸 할 수 있을 거라고는 생각지도 못했어. 우리는 계단 하나를 더 오른 거야. 모두가 각자 자신의 계단 하나를 말이지."

"꼭 떠나야 하는가?"

"그래. 난 여기서 더 이상 할 일이 없다네."

"지금 당장 떠난다고?"

빡빡이는 실망해서 물었다.

"조금 뒤에."

마치 술잔을 부딪친 듯, 유리가 쟁그랑 소리를 냈다.

"그래, 좋아. 마지막으로 일리야 이오시포비치에 관한 모든 것을 내게 얘기해주게나."

빡빡이가 청했다.

유대이는 웃었다.

"이봐, 의사선생. 자네는 비상한 사람이야. 그가 어떤 사람인지 이미 오래전에 진단하지 않았나. 똑똑한 바보라고 말일세."

"난 결코 내 일신의 영달을 위해 일한 적이 없네. 그건 자네도 알 거야. 하지만 자네는 나와 비교할 수 없이 이미 많은 것에 능통해 있어. 어떻게 그럴 수 있지? 질투나 시샘 때문에 물어보는 게 아닐세."

"알고 있어. 정직하게 일하는 가운데 겪게 되는 실수나 오류에는 강력한 힘이 축적되지. 그리고 급격한 회전은 놀랄 만한 효과를 주고. 난 그런 변화를 두려워하지 않았어. 그렇게 올라갈 수 있었던 거야. 하지만 급격한 변화를 위한 폭발 자체는 매우 고통스러운 것이지. 그것이 순간이라 할지라도 말야. 그에 반해 자네는 늘 진실한 것들과 가까이 있었지. 자네가 가는 길은 느리기는 하지만 올바른 길이야. 성인이 되는 것이 어디 그리 쉬운가?"

"누가 성인인데?"

"누구긴, 자네와 나, 그리고 여기 있는 모두지."

"도대체 무슨 말을 하는 거야? 나는 무신론자고, 그리고 이 마네킹과 못생긴 뚱보여인이? 말도 안 돼."

"급할 거 없어. 서두르지 마. 자네도 알다시피 일리야는 귀신에 홀린 듯이 일했어. 늘 이제 갈 길이 멀지 않다고 생각하고, 항상 마지막 힘을 쏟았지. 그는 인류를 구한 업적으로 노벨상을 받을 만한 인물이지. 하지만 난 지금 서두르지 않아. 점차 이해하게 될 거야. ……또 하나 놀라운 사실은 내가 모든 것을 읽었다는 거야. 필요한 만큼 충분하게 말야. 그런데 그게 다 불투명한 거울을 보는 것과 같았어. 진짜 본질을 파악하지 못했던 거지. 너무 서둘렀기 때문이야."

다시 무엇인가가 쟁그랑 소리를 냈다.

'분명해. 두 사람은 술을 마시고 있어.'

새로운 여인은 생각했다. 그녀는 두 사람의 대화를 듣는 동안 설명할 수 없는 흥분과 바늘방석에 앉은 듯한 불편함을 느꼈다. 심지어 자신의 존재를 드러내기 위해 인기척을 내고도 싶었다. 그러나 그건 불가능했다. 그녀의 몸은 마치 전원이 꺼지기라도 한 듯 손가락 하나 까딱할 수도, 말 한

마디 할 수도 없었다……

"그래. 내가 서둘러야 할 이유는 하나도 없어. 특히 지금은 더 그렇지. 그녀가 여기에 있으니까. ……정말 믿기 힘든 일이야."

"예상하지 못했던 거야?"

유대이가 장난조로 물었다.

"그래, 전혀……. 그리고 이해할 수 없는 의술도……. 방법론적으로는 우리와 비슷하기도 한 것 같은데……. 이중 매듭 봉합술도 그렇고……. 바늘도 둥근 것이 내가 보기에는……."

"몰랐어? 스파소쿠코츠키의 손 소독, 뱀의 두개골 절개술, 베흐테레브의 안약……, 이 모든 게 거기에서 온 거라고."

"나를 가장 놀라게 한 건 그들이 뼈조직, 혈관, 신경과 별도로 수술을 할 수 있다는 거야. 내가 그 모든 걸 할 수 있을지 자신이 없네."

"모든 것에 확신을 가질 필요는 없어. 모든 것이 금방 이루어지지는 않아. 이제 가야겠네. 마지막으로 걸어보세. 자네가 날 배웅해야지."

"근데 여기 있는 이들과는?"

"참내, 의사 양반! 그들은 쉬게 놔둬. 힘겨운 날을 보내고 오랜만의 휴식이잖나."

새로운 여인은 기뻤다. 그녀는 눈을 감고 계속 잘 수가 있었다. 그녀는 곧장 선명하고 투명한 꿈속으로 빠져들었다.

꿈속에서 대기의 흔들림은 평소와 달랐다. 리듬과 가벼운 빛을 던지는 대기의 흐름은 음악과 어우러졌다. 그 광경은 음식과 물처럼 배고픔과 목마름을 없애주었다.

6

길은 언덕 사이로 구불구불 아래로 흐르며 나 있었다. 그들은 거침없이 걸으면서, 몸 안에서 전해오는 마법의 힘을 느꼈다. 그 기운은 더욱더 힘내라고 방랑자를 계속 몰아댔다. 그 기세가 너무 강력해서 멈추기가 힘들었다. 마치 기대한 목적을 이루기 위해 세이렌[53]이 매혹적인 노래로 유혹하는 듯했다.

그들은 쉼 없이 걸었다. 익숙하면서도 온화한 바람이 불었다. 바람은 따갑고 성가신 모래가 아니라, 약간 메스꺼운 계피 냄새, 해로운 아몬드 냄새, 도서관의 은은하고도 매혹적인 냄새—낡은 가죽표지, 마른 종이, 그리고 달콤한 접착제의 냄새—등을 몰고 왔다.

유대이는 등산하는 사람처럼 다리를 구부려 발바닥의 바깥 가장자리로 지면을 밟으며 앞으로 힘겹게 걸어갔다. 빡빡이는 축 늘어진 어깨에, 늙은 권투선수처럼 맥없이 주

---

53 고대 그리스신화에 나오는 얼굴은 여자고 몸은 새처럼 생긴 바다의 요정. 바다 위로 솟은 바위 위에 앉아 아름다운 노랫소리로 뱃사람을 꾀어 죽게 했다.

먹을 쥐고, 힘없는 팔을 흐느적거리며 유대이의 뒤를 따랐다. 두 사람은 그곳이 이전과는 완전히 다른 장소라는 것을 느꼈다. 더 정확히 정의할 수 없는 상이함은 계속 늘어났다. 동시에 그들은 자신들이 동쪽으로 가고 있음을 알아차렸다. 그들이 다른 사람들과 함께 여행했던 이전의 그곳에는 방위(方位)가 없었다. 하지만 지금은 하늘의 일부분이 밝아오며 희뿌옇게 변하는 곳이 동쪽이라는 게 드러났다.

길은 왠지 분지를 향해 스스로 속도를 내고 있는 것 같았다. 그들은 사람을 만나지는 못했지만, 그 지역에는 사람이 살 것만 같았다. 길 양옆에는 보리수를 닮은 커다란 활엽수들이 서 있었는데, 잎사귀들은 매우 작았다. 일정한 거리를 두고 심어져 있는 활엽수는 이식되었다는 느낌을 주었다. 오른쪽으로 분지가 펼쳐졌다. 그곳으로 난 평탄한 샛길이 길에서 갈라져 있었는데, 바로 그곳에 색 바랜 파란 화살이 그려진 판자조각이 나무기둥에 걸려 있었다. 그들은 오른쪽으로 방향을 틀었다.

샛길은 그들을 높은 계단이 있는 긴 목조건물로 인도했다. 계단은 얼마 전에 새로 만들어진 것이 분명했다. 목재가 새것처럼 밝은 빛을 띠고 있었다. 그에 비해 건물은 상당히 낡아 있었다. 샛길 양옆에는 키 작고 곱슬곱슬한 풀들이 자라고 있었다. 희뿌연 여명을 받아 엷은 빛깔을 내는 봄풀로, 최근에 피어난 것임을 알 수 있었다.

'미나리군……'

빡빡이는 생각했다. 그것은 즈베니고로드 초원에서도, 그곳 시골집 마당의 가장 낮은 샘 옆에서도 자라고 있었다. 그는 몸을 구부려 풀을 쓰다듬으며 미소 지었다. 잘못 본 것이 아니었다. 익숙한 촉감이 느껴졌다.

"다 온 것 같네."

유대이가 말했다. 그들은 계단을 올랐다. 그리고 줄무늬가 그려진 헝겊 매트에 신발을 털고, 현관으로 들어갔다. 그곳에 문지기로 보이는, 선량한 인상의 두 남자가 앉아 있었다. 한 사람은 귀덮개가 있는 낡은 모자를, 다른 사람은 차양 모자를 쓰고 있었다. 그 두 사람 앞에는 완전한 수도사 복장을 갖춘 한 고령의 노인이 서 있었다. 그는 타자를 엉망으로 친 글이 적힌 종이 띠를 들고, 문지기들에게 뭔가를 낮은 목소리로 설명하고 있었다.

문지기가 기계적으로 암송하듯 완강하게 말했다.

"그 어떤 것도 반입하지 못합니다. 당신이 입고 있는 거라면 괜찮습니다만, 다른 물건들은 가지고 들어오지 못합니다."

"이건 결코 이상한 물건이 아니네. 이건 허가된 기도문이라네."

수도사는 고집을 피웠다.

귀덮개 모자를 쓴 남자가 화가 나서 고함을 질렀다.

"맙소사, 도대체 이 말을 몇 번이나 더 해야 하지! ……여길 보세요, 노인장!"

문지기는 흠집투성이의 작은 서랍장을 열고 물건을 하나하나 꺼냈다. 플라스틱 주머니에 들어 있는 세면도구, 의족, 어느 나라 어느 시대의 것인지 알 수 없는 돈뭉치, 편지한 다발, 비스듬한 하트 모양의 메달 하나, 그리고 마지막으로 책을 한 권 한 권 꺼냈다. 그것은 수백 년 동안 써서 몹시 낡은 성경들에서부터 새로 만든 것, 세 가지 언어로된 것, 여관용 성경에 이르기까지 모두가 성경들뿐이었다.

"보이시죠. 이게 안 되는 것들이라고요. ……사람들이 가져오고, 또 가져오고……. 그 종이 이리 내놓고 들어가세요."

수도사는 그의 종이 띠를 검은색 성경 위에 놓고 상심한 채 통로로 들어갔다.

이제 유대이와 빡빡이가 불친절한 문지기들 앞에 서 있었다. 차양 모자를 쓴 문지기가 통행증 같은 것을 내놓으라고 으르렁거렸다. 그러는 그를 묵살하듯, 유대이는 팔을 벌리며 머리를 절레절레 저어 보였다.

"무슨 말이오, 젊은 친구? 통행증은 이미 오래전에 폐지되었소."

"당신들은 그럴지도 모르지만, 우리는 그렇지 않소. 우리가 질책을 당한다고요. 별별 사람들이 다 오는 판이니……."

빡빡이는 그들을 부드러운 시선으로 쳐다보았다. 어쨌든 자신의 임무에 충실한 시골 남자들 아닌가. 그런데 그중 한 사람은 아는 사람처럼 보였다. 그는 그 남자를 자세히 살펴보았다. 이런, 쿠로예도프, 그 개자식이로군. 쿠로예도프는 병원의 수위로 오래 일했었다. 싸우기 좋아하는 자로, 케이지비 경비원으로 일하다가 해고되었다.

"자, 갑시다. ……뭘 그렇게 빤히 쳐다보고 있나, 쿠로예도프?"

빡빡이는 두 남자가 지키고 있는 문을 단호하게 통과해 갔다. 당황하며 그를 쳐다보던 쿠로예도프는 기쁨으로 팔을 흔들면서 외쳤다.

"이런 세상에! 의사선생님, 몸소 오셨네요!"

"얼간이 자식!"

빡빡이는 고함을 질렀다. 팽팽한 스프링으로 유지되는 문이 둔중한 소리를 내며 그들의 뒤에서 닫혔다.

그들은 방이 아니라, 커다란 옥외 원형극장에 들어섰다. 그 맨 아래에 있는 원형마당이 제일 먼저 눈에 띄었다. 두 방랑객은 가장 바깥의 계단 없이도 원형투기장으로 이어지는 급경사의 통로 옆에 서 있었다. 빡빡이는 처음엔 그곳에 자기들 두 사람만 있는 것으로 생각했다가, 곧 여기저기에 앉아 있는 관객들을 보았다. 하지만 그들은 몇 명 되지 않았고, 서로 엄청난 간격을 두고서 드문드문 자리하고 있었다.

"우린 아래로 내려가야 하네."

유대이는 단호하게 말했다. 그들은 상당히 먼 거리를 아래로 내려갔다. 거의 중간쯤에 이르자, 유대이가 빡빡이를 제지했다.

"이쯤이면 충분하다 싶네."

그들은 옆 통로로 접어들었다. 이제 그들은 그곳에서, 처음에 추측한 것처럼 가로지르는 벤치들이 아니라 서로 멀리 떨어진 거대한 돌덩어리들을 보았다.

"이리 와서 앉게나."

유대이가 말했다. 그의 말에 따라 빡빡이가 자리에 앉았다.

"자, 뭐가 보이나?"

빡빡이는 원형마당 한가운데 있는 구릉을 보았다. 그 위의 받침대에 불투명한 커다란 공이 놓여 있었다.

"유리공이 보이는데?"

"이제 저리 가서 앉아보게나."

유대이가 부탁했다. 빡빡이는 한 줄 더 앞으로 자리를 옮기려고, 돌덩어리 쪽으로 한 줄 더 넘어가서 앉았다. 방금 전과 같은 것이 보였다. 그러나 마치 남의 안경을 통해 보는 것처럼 윤곽이 흐릿하고 또렷하지 않았다.

"여기서 보니 더 좋지 않군."

빡빡이는 눈을 껌벅였다.

유대이는 만족한 듯 고개를 끄덕이더니, 몇 줄 더 위로 올라가라고 말했다. 하지만 거기에서는 단지 흰 안개만 보일 뿐이었다.

"어때, 의사 양반? 내가 틀린 게 아니었어. 저기가 바로 자네 자리라네."

그는 빡빡이를 다시 처음에 앉았던 자리로 가도록 지시했다.

"봤지? 자네가 똑똑한 바보로 진단한 사람의 실력을 말이야."

"자네 농담은 여전히 썰렁하군. 흰소리 그만하고 여기에 왜 왔는지 설명해보게나."

유대이는 앉지 않았다. 그는 빡빡이 옆에 서서 손을 그의 어깨 위에 얹었다.

"이곳이 자네가 앉아야 할 자리야. 지금 말이네."

"저 아래에 앉은 사람들은 더 잘 보이는 건가?"

"더 잘 보는 것이 아니라, 더 많이 보는 거지. 특별한 시력 조절이야. 다시 말해 자네가 보는 것은 자네가 앉는 자리에 달려 있고, 그 자리는 자네 자신에게 달려 있는 거지. 하지만 실망하지는 말게. 저기 저들은 자네보다 오랫동안 터득한 게 있는 사람들이니까."

그의 말은 위로하는 듯이 들렸다.

빡빡이가 물었다.

"뭘 터득했다는 건가?"

"자기 자신이 되는 것."

유대이는 하늘을 바라보았다. 그가 있는 곳, 원형경기장 깊숙한 자리에서도 동쪽 하늘이 밝아지고 있는 게 보였다.

빡빡이는 이맛살을 찌푸렸다.

"자네는 때때로 참을 수 없을 정도로 케케묵은 표현을

쓴단 말이야. 사람이 어떻게 자기 자신이 아닐 수도 있는지 한번 설명해보시지!"

"모든 사람은 새롭게 태어나야 하네. 스스로를 새롭게 낳아야 한다고. 자, 이것으로 충분하네. 자네는 앞으로 혼자서 알아내게 될 테니까."

유대이는 갑자기 한숨을 쉬었다.

"그럼, 우리 이제 헤어질 시간이네."

"영원히?"

"모르겠네. 하지만 그럴 거라고는 생각하지 않네."

"잠깐! 내가 다른 사람들하고 뭘 해야 하지? 저 마네킹, 외다리, 뚱보여인하고 말이야? 그들을 위해 내가 뭘 할 수 있는지 정말 모르겠어."

"언제나 가장 중요한 질문을 하는군. 내 생각에 자네는 잘할 걸세. **최고의 이성**을 믿게나. 곤경에 처한 자네를 내버려두지는 않을 걸세."

유대이의 말에는 약간의 조롱기가 섞여 있었고, 빡빡이는 의외로 마음에 상처를 입었다.

"자네 나를 비웃는 건가, 일리야?"

"아직 남아 있는 일리야의 일부가 우는 거라네, 의사 양반. 내가 생각하기론 자네도 나와 똑같이 **최고의 이성**을 믿었지. 안 그런가? 그러면 그것을 따르도록 하게나."

빡빡이는 이의를 제기하려 했다. 그런데 커다란 소리가 울려 퍼졌다. 그것은 처음에는 그리 크지 않았지만, 경고하듯 울리며 퍼져갔다. 통로를 따라 이어지는 음성이 그를 향해 깊숙이 밀고 들어왔다. 빡빡이는 명치에 구멍이 난 듯했다. 마치 그 음성이 명치로 뚫고 들어가 다른 쪽으로 나온 것 같았다. 그때 무언가를 경고하듯 알리는 소리가 들렸다.

"끝마쳐라! 끝마쳐라!"

동시에 그는 그 외침이 자신을 향한 게 아니라 다른 누군가를 향한 것임을 알았다. 그는 음성, 트롬본의 신호를 들었다……

유대이는 몸을 아래로 굽혀 빡빡이에게 어색하게 입맞춤을 하고는 아래쪽, 원형마당 쪽으로 달려갔다. 트롬본 소리가 가리키는 것은 바로 그였다. ……그는 갑자기 멈추어 서더니 황급히 주머니를 뒤지기 시작했다. 그는 다시 돌아와, 자그마한 통도 아니고 크고 둥근 딱정벌레도 아닌 무언가를 꺼내더니 그것을 빡빡이의 손에 쥐어주었다.

"하마터면 잊을 뻔했군. 이건 불꽃기라네. 손에 붙지. 건투를 비네! 모든 게 잘될 거야!"

유대이는 껑충껑충 뛰면서 빠르게 아래로 내려갔다. 그의 듬성한 머리카락 중 몇 가닥이 뒤로 날렸다. 잠시 후, 그는 받침대 옆에 도착했다. 곧바로 두 개의 밝은, 형체가 뚜렷하지 않은, 서로 구분하기 힘든 것이 그의 뻗은 손 위에 커다란 책 꾸러미, 종이, 봉지, 자루들을 올려놓았다. 그것은 공무여행을 떠나는 사람의 행장이었다.

공은 둘로 나누어지게 만들어져 있었다. 유대이는 짐을

들고 공 안으로 들어갔다. 공은 찰칵하는 금속 소리를 내며 닫혔다.

명치를 꿰뚫는 듯한 트롬본의 외침은 몇 배 더 강력해진 소년단의 신호와 흡사했는데, 계속 커지고 있었다. 어느 순간, 갑자기 그 소리가 그쳤다. 대신에 전류에서 나는 것 같은, 약하게 윙윙거리는 소리가 났다. 그와 함께 공이 빛을 내기 시작했다. 처음에는 아래 부분에서만 나던 것이 점점 강해지면서, 공은 연푸른빛으로 가득 찼다. 하지만 강한 밝기에도 불구하고 원형투기장을 완전히 장악하지는 못했다. 빛은 공의 내부에 집중되어 있는 것처럼 보였다.

'그는 불에 타버릴 거야. 완전히, 끝날 거야!'

빡빡이는 겁에 질렸다.

윙윙거리는 소리가 그쳤다. 빛도 꺼졌다. 공은 어둠침침해졌고, 마치 냉각된 것처럼 반투명해졌다. 그리고 공이 열렸다. 유대이가 공에서 나왔다. 그는 책 꾸러미를 들고 있는 것처럼 팔을 앞으로 뻗고 있었다. 하지만 책은 없었다. 그는 아무것도 갖고 있지 않았다.

"모두 타버린 게 분명해."

빡빡이는 자신의 사랑하는 친구가 팔에 무엇을 가지고 있는지 알 수 있었다. 그것은 그 친구의 사상, 작품, 계획, 책, 보고서, 유치한 영웅적 투쟁의 결과물, 형무소에서 쓴 저서, 그리고 주위 사람들을 언제나 근심스럽게 만들었던 모든 고귀한 행동의 흔적들일 것이었다.

유대이는 오른손을 번쩍 들었다. 빡빡이는 밝은, 금속처럼 빛나는 얇은 원반을 분명히 알아보았다. 거기에는 단어가 적혀 있었다. 빡빡이는 멀리 떨어져 있었음에도 그 글자를 정확하게 읽을 수 있었다.

'목적'—이것이 원반에 새겨진 글자였다.

빡빡이는 기도하기 시작했다.

"하늘에 계신 우리 아버지! 지옥으로 가는 길은 편하고…… 그러나 우리의 목적은 진정 정당하다고 할 수 있는 건지요?"

원형마당이 지진이라도 일어난 것처럼 흔들렸다. 냉각된 공, 밝아지던 하늘의 한 부분, 모든 것이 마치 구름의 그림자였던 양 사라졌다. ……그들은 다시 행렬을 지어 잿빛 사막을 걷고 있었다. 가벼운 바람이 모래알들을 일으켜 그들의 얼굴에 뿌렸다. 앞에는 빡빡이가 걷고 있었고, 그 열의 마지막에는 외다리가 걷고 있었다. 그는 이제 더 이상 절뚝거리지 않았다.

7

헛간에서 하룻밤을 보내고 난 뒤 모든 것이 바뀌었다. 가장 눈에 띄는 것은 마네킹이었다. 그는 더 이상 이전처럼 주잡하지 않았다. 모든 것이 눈에 띄게 조화를 이루고 있었

368

고, 세밀한 부분까지도 많이 변해 있었다. 귓바퀴는 단순한 그림으로 되살아났고, 눈은 이전처럼 멍하기는 했으나 더 이상 장님처럼 보이지는 않았다.

빡빡이는 생각했다.

'밤에 찾아온 손님들이 제대로 일을 한 모양이군. 좋은 성형외과 의사들이야. 흠잡을 데가 없어. ……그들은 외다리에게도 다리를 하나 만들어주었더군. 그게 의족인지 아니면 진짜 다리를 신체에 이식한 건지 알 수 없지만 말이야. 추측컨대, 새로운 뼈조직을 만들어 그것으로 크고 작은 정강이뼈를 형성하고, 그런 다음 신경과 근육섬유를 접목한 것 같아. ……뚱보여인은 더 뚱뚱해졌고, 수녀는 투명해졌어. 특히 팔이……. 그러고 보니 모두가 변했군. 새로운 여인만 빼고 말야…….'

빡빡이는 새로운 여인이 언덕에 앉아 신발을 벗고 모래를 털어낸 다음, 불가사의한 그녀의 손—자그마한 흉터가 왼손 중지와 약지 사이에 나 있었는데, 어릴 적 낚싯바늘에 긁힌 흔적이었다—으로 모래를 털어내기 위해 길고 좁은 발—그녀는 언제나 큰 발을 부끄러워했다—위를 쓰다듬는 모습을 멀리서 몰래 지켜보았다. 그녀는 검은 레이스의 두건을 단번에 벗어, 풍성한 밤색의 긴 머리카락을 풀어헤쳤다. 머리카락은 세 갈래의 단단한 뭉치로 나뉘어 있었는데, 이는 오랫동안 단단히 땋은 머리 모양을 하고 있었기 때문이었다. 그녀는 머리에 있는 모래를 털어냈다.

마네킹은 몰라보게 상태가 나아졌지만, 때때로 빡빡이를 귀찮게 했다. 그럴 때면 빡빡이는 자신에게 화가 났다. 엉겁결에 이런 존재들을 유대이로부터 떠맡게 된 상황이…… 실제로 그 자신은 어떠한가? 그들과 다를 바 없이 어디로 가는지, 왜 가야 하는지도 모른 채 걷고 있는 나약하고 외로운 존재에 불과할 뿐이지 않은가.

빡빡이는 마네킹의 기이한 행동을, 처음 발작이 일어나기 전에 이미 간파하고 있었다. 그때 마네킹은 평소에 볼 수 없던 불안한 기색을 드러냈다. 주변을 살핀다거나, 어렵사리 만든 앞발(손)로 머리를 움켜쥐고는 주저앉기도 했다. 그러던 어느 날, 마네킹은 귀를 기울이더니 멈추어 섰다. 멀리서부터 들려오는 미세하면서도 공포를 불러일으키는 소리가 가늘고 날카로운 바늘처럼 그의 얼굴을 향해 습격해왔다.

바늘은 마네킹을 재빨리 덮쳐 그의 이마 속으로 뚫고 들어갔다. 그는 비명을 지르며 땅바닥에 쓰러졌다. 마치 간질 발작을 일으킨 것처럼 보였다. 빡빡이는 즉시 은수저─그런데 은수저는 갑자기 어디서 난 걸까?─의 손잡이를 마네킹의 입에 밀어 넣고 머리를 자신의 무릎 위에 올려놓았다. 단단한 머리가 땅에 부딪히지 않게 하기 위해서였다. ……그는 어떤 약도 사용하지 않았다. 지금이라면 루미놀 5밀리미터를 사용했을 것이지만.

그 첫 번째 발작 이후로 마네킹의 삶은 바뀌었다. 더 끔찍해졌고, 동시에 훨씬 사려 깊어졌다. 그는 이제 언제나 '그 것 전'과 '그것 후'라는 두 상황 중 하나에 처해 있었다. 또한 세 번째 '그것' 자체의 상황이 있다는 것도 알고 있었다. '그것'은 공포다. '그것'이라는 상황 이후 '그것 후'의 상황이 도래했다. 그때 그는 텅 빈 자루처럼 가벼워진 몸으로 일어섰다. 자신에게 방금 일어났던 일을 기억하지 못했다. 그런 순간에는 대부분 빡빡이가 그의 곁에 남아 있었다. 만일 빡빡이가 없었다면 마네킹은 이미 멀리 떨어진 다른 동행자들을 따라 잡으려고 했을 것이다. 그는 극심한 배고픔을 느낄 때도 빡빡이에게 갔다. 그러면 빡빡이는 아무 말 없이 그에게 작은 사각과자 하나를 주었다. 마네킹은 간에 기별도 안 가는 그 과자를 먹고 몇 분 후면 배고픔을 완전히 잊었다. 마네킹은 다시 걷고 또 걷다가, 불현듯 날카롭고 가는 소리를 들었던 기억을 떠올렸다. 그는 불안한 기색이 역력한 채로 귀를 기울였다. 그럴 때면 어김없이 그 소리가 실제로 들려왔다. '그것 전'의 상황이다. 곧이어 먼 곳, 어디선가 날카로운 바늘이나 벌 혹은 총알 같은 것들이 그를 향해 날아왔다. 그 수가 점차 불어났다. 그 하나하나는 마네킹 몸통의 특정한 부위, 특히 고통에 민감한 부위인 눈, 후두, 배, 사타구니를 노렸다. ……표적이 된 각 부분은 마치 독립되어 있는 몸인 양 각각 따로따로 소리의 습격에 대한 공포에 떨었다. 공포심은 점점 더 증가해갔다. 그리고 각각의 부분이 느끼는 공포심도 배가되어 무한의 상태로까지 치달았다. 결국 측정할 수 없을 만큼 커진 공포는 마네킹의 크기를 능가해버렸다. 마네킹은 무한히 확장되는 공포를 자기 자신 안에 가둬두기 위해, 사람이 상상할 수 있는 어떤 것보다 더 거대하게 변해갔다. 이것은 멈추지 않고 계속되었다. ……그런 순간이면 마네킹은 쪼그라들어 모래알처럼 아주 작은 존재로 변하기를 원했다.

마네킹은 몸을 한껏 웅크리고 자신이 완전히 사라지기를 시도했다. 그러나 그렇게 되기는커녕 마네킹은 점점 더 커졌고, 날아오는 소리화살의 더 좋은 표적이 되었다. 그리고 몸이 넓어지고 부풀어 커지면 커질수록, 모래알로 축소되어 없어지려는 소망은 더욱 강해졌다. ……그럴 때 첫 번째 타격이 그의 머리에 가해졌다. ……머리에 가해진 타격은 그를 쓰러뜨릴 듯했고, 태우는 듯했으며, 칼처럼 날카로웠고, 검은 불꽃을 냈다. 그런 다음 타격은 다시 한 번 가해졌고, 다시 또…… 가해졌다.

마네킹의 마비된 턱을 벌려주던 빡빡이는 격렬하게 떨리고 있는 그의 머리를 떠받쳤다. 장발남이 그를 도와줄 때도 있었다. 그는 한시도 손에서 놓지 않는 가방을 적갈색 장화 사이에 꽉 끼운 채, 미치광이가 가하는 타격의 고통을 약화시켜보려고 웅크리고 있는 불쌍한 마네킹의 몸통을 두 팔로 껴안았다…….

그런 발작은 계속 반복되었다. ……어느 순간, 빡빡이는 마네킹의 두개골 안을 들여다보았다. 두 개의 작은 반구가 검게 빛나는 막으로 덮여 있었다. 하지만 그것이 뇌경막의 단단한 껍질 아래인지, 아니면 연약한 지주막 또는 연막의 바로 위에 있는 것인지 정확한 위치를 알 수 없었다. 다만 발작이 일어날 때마다 그 막은 균열되면서 작은 조각들로 떨어져 흩어졌다. 조각이 떨어져 나간 자리에는 붉은 혈관의 그물로 덮인 연회색의 건강한 뇌가 드러났다.

빡빡이는 깨달았다.

'이것도 비슷한 방법이군. 우리가 정신분열증을 치료하기 위해 때때로 전기충격을 사용하는 것처럼 말야.'

그는 평온해진 정신박약아의 머리를 쓰다듬었다. 마네킹은 의사의 손이 머리에 닿지 않게 하려고 어린아이처럼 머리를 돌렸다.

수녀는 시간이 지남에 따라 점점 더 투명해졌다. 어느 날 방랑객들이 모닥불 곁에 앉아 있을 때, 빡빡이는 잠깐 동안 두건을 벗은 그녀의 모습을 본 적이 있었다. 그녀의 투명한 얼굴은 경악할 정도로 비대칭을 이루고 있었다. 눈도 눈썹도 제자리에 있지 않았다. 속눈썹도 없는 눈은 창백한데다 늘어진 피부의 주름 같았고, 이마에는 눈 모양으로 생긴 상처딱지가 앉아 있었다. 그 중앙은 피가 엉겨 붙은 듯 붉었다. 그녀는 투명해져서 거의 보이지 않는 손으로 다시 두건을 썼다. 검은 털로 된 묵주의 끈만이 검은 옷을 입은 그녀의 투명한 팔의 위치를 알려주었다.

그녀가 사라진 것을 눈치 챈 사람은 아무도 없었다. 어느 날 휴식이 끝났을 때, 그녀의 옷가지가 모닥불 옆에 놓여 있었다. 검은 겉옷 안에 입는 하얀 셔츠, 그리스 정교회 여수도사들이 쓰는 두건, 그리고 빨간 벨벳지갑이었다. 빡빡이는 그 안을 보았다. 지갑엔 썩은 털실과 비닐에 싸인 한 줌의 재가 들어 있었다. ……옷가지에서는 그가 어릴 때부터 싫어했던 계피 냄새가 났고, 또 쓴 아몬드와 향 냄새도 났다.

수녀는 누구에게도 폐를 끼치지 않고 아주 조용히 사라졌다. 대신 새로 온 인물이 많은 문제를 일으켰다. 보통남자의 키 정도 되는 중년의 신사는 모닥불 주변에 있는 자신을 발견했을 때, 자신이 꿈을 꾸고 있다고 생각했다. 꿈이 아니라면, 자신이 곰처럼 느러터진 데다 우울한 형상으로 모닥불 곁에 모여 있는 이런 수상한 사람들 틈에 끼어 있을 리 없기 때문이었다. 그의 발아래에서 타고 있는 모닥불 역시 괴이했다. 너무 하얬고, 더구나 전혀 뜨겁지 않았다.

양복 윗도리를 입은 그 남자는 알아차렸다.

'모든 게 모형이야. 물론 이건 꿈이지. 아주 기분 좋은 꿈.'

그는 정신을 집중시키며, 이 기이한 꿈속으로 빠져들었다. 깨어난 후, 이 꿈을 까먹지 않고 부인 나자에게 얘기해 줄 심산이었다. 아내의 꿈은 언제나 아주 단순했다. 윗도리를 세탁소에 갖다 주었다든가, 국이 끓어 넘쳤다든가 하는 것이었다. 그는 꿈을 잘 꾸지 않는 편이었다. 그래서 여기의 모닥불같이 기이한 게 꿈에 나타난 적이 없었다. 그는 모닥

374

불 옆에 있는 사람들의 수를 헤아리려 했지만, 성공하지 못했다. 그들은 자꾸 자리를 바꾸었다. 아니면 수가 계속 바뀌고 있었다. 더 주의 깊게 살핀 결과, 그는 모닥불 가의 사람들이 실제가 아니라 뭔가 추상적인 존재들임을 깨달았다. 그들 중 가장 눈에 띄는 한 명은 훤칠한 키에 건장하고 머리를 완전히 삭발한 인물이었다. 빡빡이인 탓에 머리의 반을 차지하는 그의 넓은 이마는 레닌의 이마와 흡사했다. 반사된 모닥불 빛이 그의 이마에서 어른거리고 있었다. 양복 신사는 자신의 말 상대로 빡빡이를 골랐다. 그나마 가장 멀쩡해 보였기 때문이다.

'저 자에게 물어봐야 해.'

그렇게 생각하면서 그는 멈추어 섰다. 순간, 이게 꿈이 아니면 어쩌나 하는 두려움이 몰려왔다. 만약 꿈이 아니라면, 무엇보다도 자기가 지금 어떤 장소에 있는지, 그리고 어떻게 이 장소에 왔는지를 물어서 알아내야 한다. ……하지만 그렇게 하면 자신을 미치광이로 치부할 것 같았다. 더욱이 그는 생전 처음 와보는 이곳, 도시 변두리인 것 같기는 하나 전혀 본 적도 없는, 심지어 러시아가 아닌 것 같은 이곳에 오기 전까지 무슨 일이 벌어졌는지 전혀 기억할 수가 없었다.

그는 다시 한 번 사람들의 얼굴을 유심히 살펴보았다. 그들은 모두 낯설었고, 야릇한 느낌을 주었다. 그의 옆에는 범죄형으로 보이는 한 멍청이가 돌처럼 무심하게 앉아 있었다. 거기서 좀 떨어진 곳엔 긴 머리의 남자가 두 발을 허벅지 위에 포갠 자세로 앉아 있었는데, 등을 부자연스럽게 곧추세우고는 색소폰 가방을 끌어안고 있었다. 그의 아들이 집을 나가기 전까지 끈질기게 끌고 다녔던 것과 같은 것이었다. ……그리고 흉측스러운 작은 개 한 마리, 흔히 볼 수 있는 뚱뚱한 여자, 다음 사람에게 시선을 옮기는 순간, 그는 갑자기 생기가 났다. 불안했던 마음까지 진정되는 듯했다. 맨땅에 손으로 턱을 괸 채 한 여자가 엎드려 있었다. 전형적인 러시아 미인형이었다.

그는 기뻐하며 생각했다.

'이 여자는 내 스타일이야. 나쟈가 젊었을 때의 모습이군.'

다른 사람들은 어둠에 묻혀버렸다. 불꽃은 오직 그녀의 팔과 등만을 비추고 있었다.

'정신을 가다듬고, 내 기억의 공백이 왜 생겼는지 알아내야 해.'

자신은 없었지만 크게 불안하지는 않았다. 그는 가장 먼저 집에서의 일부터 기억을 더듬기 시작했다. 기억해낸 것은 무엇일까? 아내 나쟈가 그에게 아침식사로 구운 감자에 두 개의 고기완자를 곁들여주었다. 그는 고기완자가 접시에 예리한 각도로 서로 마주보며 놓여 있는 것을 눈앞에 그렸다. 그리고 소시지를 넣은 빵과 차. 그날은 화요일이었다. 그의 시간표는 아주 멋졌다. 수요일에 마지막 네 시간의 강의가 있었고, 그러고 나면 월요일까지 강의가 없었다.

그는 생각했다.

'내가 교수가 된 후로 강의 시간표는 늘 끝내줬어. 물론 다른 잡무들도 있었지. 당 지도부, 총장 직무, 아 참, 그건 그렇고, 불참하면 안 되는데, 바로 이번 주에……'

그는 잠시 옆길로 샜다가 다시 처음 생각으로 돌아갔다.

'그러니까 계속해보면, 아침식사 후 카쉬탄과 함께 밖으로 나갔어. 아파트 옆 동에 사는 혐오스러운 잿빛 맹견을 멀리서 보았지. ……그런 다음 집으로 가서 옷을 갈아입었는데……'

그때 그는 자신이 푸른 줄무늬 양복이 아니라, 가슴에 훈장이 달린 짙은 회색 양복을 입고 있다는 사실을 깨달았다. 발을 내려다보았다. 검은 외출용 구두를 신고 있었다. 분명 아침에 구멍이 난 낡은 루마니아 샌들을 신고 나왔는데…….

그는 자신을 타일렀다.

'그러니까 다시 차근차근 생각해보자. 나는 집에서 나올 때 가방을 들고 있었어. 처음 두 시간은 5학년 강의였지. 주제는 '현대 인식론의 문제점'이었고. 두 번째 두 시간짜리는 1학년 강의로 '과학적 무신론의 근거'였어. 지금 내겐 가방이 없어. 강의에 대해선 하나도 기억할 수 없는 거지. 나는 다른 옷차림이었어. 결과적으로 집을 떠난 순간과 지금 사이에 내가 기억하지 못하는 무언가가 일어난 거야. 그러니까 다시 말해 아침 여덟 시 이십오 분부터……'

그는 시계를 보려 했지만, 시계를 차고 있지 않았다.

'지금은 저녁이겠지. 하지만 내가 오늘이라고 생각한 아침과 지금까지 열 시간이 지났다는 게 믿을 수 없군. 내가 마지막으로 확인한 아침 시간 이후 얼마든지 많은 시간이 흘렀을 수도 있잖아. ……그렇다면 기억상실? 아니면 뇌경색일지도. 그리고 더 심하면? 먼저 종합병원에서 진찰을 해 보고, 다음엔 요양소나 뭐 다른 곳에서라도 휴식을 취할 필요가 있겠어. ……하지만 나쟈가 나를 혼자 가게 내버려 두지는 않겠지! 환자는 옆에 도와줄 사람이 있어야 한다면서 말이야. ……평소와는 완전히 다른 착한 얼굴을 하겠지. ……아, 모든 게 엉망이야, 엉망……'

교수는 상냥하게 장발남에게 물었다.

"실례합니다. 지금 몇 시나 되었나요?"

장발남은 그를 미동도 없이 쳐다보면서, 교수가 보기에는 아주 불손하게 대답했다.

"늘 같죠……."

'전형적인 히피로군.'

교수는 즉각 판단을 내리고는 몸을 돌렸다. 빡빡이가 가장 예의바르게 보였다. 교수는 그에게로 가기 위해 몸을 일으켰다. 일어서면서 교수는 자신들이 있는 곳이 웬지 심상치 않은 공간임을 감지했다. 지평선은 너무 가까이 있었고, 하늘은 너무 낮았다.

'정말 답답한 곳이군. ……젠장, 도대체 날 어디로 끌고

온 거야?'

교수는 짜증을 냈다. 그때 빡빡이가 몸을 일으켜 공손한 태도로 그를 향해 왔다.

'저자는 마야코프스키를 닮았군.'

교수는 마야코프스키를 좋아해서, 사생활에서 그리고 강의에서 그를 자주 인용했다.

빡빡이는 교수에게로 와서 손을 그의 어깨에 올렸다. 이 친근한 제스처는 교수를 놀라게 했다. 빡빡이는 먼저 말을 건넸다.

"교수님, 걱정하실 거 없습니다. 지금 당신이 처한 상황은 아주 특별합니다. 얼마 동안 이 상황에 계셔야 할 겁니다. 그러고 나면……."

교수는 조심스럽게 고개를 끄덕였다. ……그는 자신에게 무슨 일이 일어났는지 짐작할 수 있을 것 같았다. 물론 그가 짐작한 대로 이런 일은 오직 최고기관에서만 할 수 있는 것이었다. 사람들을 영원히 잠들게 하고, 다른 곳으로 이주시키는 등 모든 것을 마음대로 할 수 있는……. 물론 지금이 1937년[54]은 아니라지만, 그들은 여전히 강력한 권력을 가지고 있었다. 교수는 그런 사실을 풍문으로만 알고 있었던 게 아니었다. 교수는 빡빡이를 주의 깊게 바라보았다. 그럼, 이 사람은 정말 누굴까? 옷깃에 단추가 달린 하

---

54 스탈린의 숙청이 절정에 달했던 시기를 의미한다.

얀 셔츠를 입고……. 저것은 군복이다. ……그리고 아르메니아 속옷……. 그렇다면……. 확실하지는 않지만 대충 알 것도 같다.

교수는 자신의 예리한 통찰력에 매우 만족스러워했다.

8

빡빡이는 유대이가 가버린 후로 그의 어깨에 놓인 의무가 얼마나 크고 무거운 것인지 깨달았다. 처음에 그는 계속 발작을 일으키는 마네킹이 가장 큰 걱정거리라 생각했다. 하지만 시간이 지날수록 빡빡이는 이 평범한 군중 가운데 어느 누구도 조연은 아니라는 사실을 깨달았다. 그들 각자는 자신들 고유의 드라마를 연출하고 있었다. 아니, 드라마가 아니라 각자의 의무를 이행하고 있었다. 그 의무는 누구나 잘 알고 있는 속담의 진실이었다. '가라, 어디로일지 몰라도. 가져와라, 무엇일지 몰라도.' ……이 속담처럼 그들 모두 족쇄에 묶인 수형자들처럼 해야 할 각자의 의무에 종속되어 있고, 그 의무가 끝나고 나서야 자유로워질 수 있는 자들이었다. 하지만 보이지 않는 감독이 자신들에게 무슨 역할을 원하는지를 정확하게 파악하고 있는 사람은 없었다. 빡빡이 자신조차도 왜 여기에 있는지 명확히 알 수 없었다.

사실 그는 자신이 잘할 수 있는 일을 했다. 평생 동안 연구소와 전문병원, 종합병원에서 했던 일들……. 그러나 그는 의사 또는 교육자라 단정할 수는 없었다. ……단지 누군가를 도와주는 사람……. 산파……. 이것이 그가 하는 일의 본질이었다.

새로운 여인이 나타났을 때—그녀의 이목구비, 전체적인 모습, 몸짓 하나하나가 그에게 무척 낯익었다—, 그는 뚫을 수 없고 극복할 수 없는 경계가 그와 그녀를 갈라놓고 있음을 바로 알아차렸다. 그녀는 그를 알아보지 못했다. 무엇보다도 그의 가장 강렬한 소망은 그녀의 손을 잡고, 머리를 쓰다듬고, 얼굴을 만져보는 것이었다. 하지만 유대이는 그때 당시 그에게 경고했다.

"조심하게나. 완전한 기억상실증은 신중하게 치유해야 한다네. 그녀에게 접근하기 전에 그녀가 적응하도록 우선은 내버려두게나."

"다시 나를 알아보게 될까?"

빡빡이는 그녀를 껴안고 싶은 마음, 손가락으로 그녀의 목선을 따라 쓰다듬고 싶은 마음, 그녀의 긴 진갈색 머리카락을 풀어 내려뜨리기 위해 머리핀을 빼내고 싶은 마음을 억눌러야만 했다. ……그녀는 그의 운명 같은, 유일한 여자였다. 그래서 그는 마음에 드는 낯선 여인에게 다가가는 남자처럼 그녀에게 접근하는 것으로, 처음부터 그녀와 다시 시작해야 했다.

"그런 생각이 들지는 않나? 그녀가 자네를 알아볼 수 없는 것이 누군가의 배려일 수 있다는 생각 말이네. 분명 이유가 있을 거야. 여기서는 모든 일을 거부하기보다 받아들여야 하네. 달리 말하자면, 처하게 되는 모든 상황을 정면으로 맞아들이는 거지."

이후로 빡빡이는 가능한 한 새로운 여인에게서 눈을 떼지 않았다. 그리고 그녀의 눈빛이 불안함을 보이거나 아니면 어떤 의문을 품을 때는 즉시 그녀의 곁으로 달려갔다. 그러나 그녀가 있다는 사실이 그에게 특별한 문제를 일으키지는 않았다. 단지 마음속 깊이 자리한 오래된 흉터를 보는 듯한 안타까움이 있을 뿐이었다.

그의 근심을 산 사람들은 키 차이 때문에 약간 코믹한 분위기를 만드는 두 여자들이었다. 그들은 서로 분리될 수 없는 한 쌍이었다. 한 명은 거의 난쟁이로 큰 고수머리와 짧은 팔다리를, 다른 한 명은 다리가 긴 키다리로 둥글고 굽은 등과 긴 목에 뱀처럼 작은 머리를 가지고 있었다. 알고 보니 두 여자는 친구가 아니었다. 서로가 서로를 감시하는 포로들이었다. 키다리의 오른 다리는 난쟁이의 왼쪽 다리와, 자전거 체인과 비슷한 사슬로 묶여 있었다. 체인은 8자 형태로 그들의 장딴지를 휘감고 있었다. 체인이 교차하는 지점에서 빡빡이는 유리 아니면 금속으로 된 반짝이는 공을 보았다.

그들은 걸음을 옮길 때마다 서로에게 고통을 주었다. 그리고 휴식을 취할 때도 그들은 움직이지 않으면 서로에게 고통이 되지 않을 텐데도, 쉬는 대신에 사슬 중앙에 있는 공을 서로 잡아 끌어당기기에 여념이 없었다. 그 때문에 더 깊은 상처를 입었다.

'무엇도 제대로 나누어가질 수 없겠군.'

빡빡이는 어느 순간 두 여자를 보며 생각했다.

얼마 안 있어, 빡빡이는 두 여자를 서로에게 고문을 가하는 상태에서 잠시 쉴 수 있게 해줄 수 있는 자신의 능력을 발휘했다. 언제나처럼 싸우고 있던 두 여자에게 다가가, 그들의 머리에 자신의 커다란 손을 얹었다. 그들은 진정되었다. 그러자 순식간에 그들의 상처에서 흐르던 피가 멈추었고, 이미 흘러나온 피가 마르더니 상처도 아물었다.

빡빡이는 유대이가 떠난 후, 자신을 괴롭혔던 불안과 걱정에서 벗어날 수 있었다. 자신이 가지고 있는 능력, '투시력' 혹은 '직관'이라 불렸던 것이 환자를 진찰하거나 수술할 때만 발휘되는 게 아니라, 그가 안타까움이나 연민을 느낄 때에도 놀라운 치유의 능력을 발휘한다는 사실을 알게 되었다.

어느 휴식이 끝난 후, 빡빡이는 모닥불 위를 툭툭 쳐서 손에 단단히 붙어 있는 불꽃기를 껐다. 곧 모닥불이 꺼졌다. 그러나 모닥불의 남은 온기는 빡빡이의 손바닥을 따뜻하게 덥히고 있었다. 그때 돌연 빡빡이는 자신들이 어디로 가야 하는지 분명히 알게 되었다. 빡빡이는 투시력이 작동하여 자신에게 방향을 알려준 것이라고 믿었다. ……그들은 언제나처럼 걷기 시작했다. 차례차례, 한 명씩 또는 둘이서, 장발남은 가방을 안고, 뚱보여인은 거대한 배를 안고, 난쟁이는 키다리와 사슬에 묶여 함께 걸었다. 빡빡이는 오랫동안 걸어야 할 것이라고 생각했다. 하지만 오래지 않아 농가와 비슷한 검은 뭔가가 보였다. 가까이 다가갔을 때, 그들은 그것이 건물이 아니라 굵은 나뭇가지들로 뒤엉킨 작은 숲이라는 것을 알았다. 마치 자연적으로 만들어진 둥지 같았다. 평범해 보이지 않는 키 작은 나무들. 그 줄기와 가지의 두께는 모두 똑같았고, 암갈색이었다. 잎사귀의 흔적은 어디에도 없었다. 마치 가지들이 움직이고 있는 듯했다. 왠지 소름이 돋을 것만 같았다.

"조금 더 다가가 봅시다."

빡빡이가 말했다. 다들 얌전한 아이들처럼 그를 뒤따랐다. 실제로 가지들은 움직이고 있었다. 그리고 그 가지에는 통통한 쥐만한 크기의 기이한 생명체들이 켜켜이 붙어 있었다. 그 생물체의 쪼글쪼글하고 밋밋한 자루 같은 피부는 나무줄기와 정확하게 같은 갈색이었다. 그들은 탐욕스럽게 그리고 격정적으로 자동차 경적과도 같은 소리를 내며 나무를 갉아먹고 있었다.

빡빡이는 그 가운데 한 마리의 상체를 잡아 나무에서 떼어냈다. 그놈은 화가 나서 으르렁거렸다. '날 놔줘! 놔줘!⋯⋯.' 빡빡이는 그 통통하고 축 늘어진 동물을 뒤집었다. 놀랍게도 이 생물체는 사람의 형상을 하고 있었다. 발

384

육부진, 아주 작은 팔과 다리, 아주 큰 태아의 머리, 찾아내기조차 어려운 눈, 흔적만 있는 코, 설치류처럼 하얗게 튀어나온 이빨과 돌출된 입. 그런데 입 주위의 근육이 자동으로 수축되면서 턱은 계속 씹는 동작을 하고 있었다. 빡빡이는 인간을 닮은 설치류를 쓰다듬었다. 그리고 떼어낸 가지에 다시 앉혀주었다.

"세상에, 이게 누구예요?"

새로운 여인은 놀라 물었다.

"배부른 복을 받으려는 주린 자들이지."

빡빡이는 조소 어린 어조로 대답했다. 그러고는 문득 자신이 한 짓을 깨닫고 가슴이 철렁 내려앉았다. 왜 다시 그녀의 심경을 건드리는 말을 한 것인지, 자신의 만성적인 못된 버릇을 원망했다.

이미 장막은 걷히고 벽이 무너졌다. 커다란 기억의 덩어리가 그녀를 엄습해왔다. 부모, 할머니, 트례흐프루드니 거리에 있던 집, 트로파레보에 있는 농촌공동체…… 레프 톨스토이와 신약성서. 톨스토이와 상관없는 할머니가 주신 진짜 성경책…… 여자는 빡빡이의 조롱 섞인 어조에 숨이 막힐 지경이었다. 그녀는 빡빡이가 "의에 주리고 목마른 자들은 복이 있도다. 그들이 배부를 것이오."라는, 자신도 잘 알고 있는 성경 구절을 비꼬아 말한 것임을 잘 알고 있었다.

"아, 미안해요. 난 비꼬려고 한 말이 아니었어요. 용서하세요. 그저 내 말투가……. 난 단지 그들의 권리를 말하려고······. 근데 모든 욕망은 결국 사라지는 게 아닐까요?"

빡빡이는 허둥지둥 화제를 돌렸다. 하지만 그의 말은 그
녀의 가슴을 더욱 고통스럽게 두드렸을 뿐이었다.

"그렇지만 모든 사람이 자신에게 주어진 시간 안에서 평
강을 누릴 수 있는 능력을 가지고 있지는 않아요."

빡빡이는 몸을 구부려 굳어 있는 생물을 땅바닥에서 주
워 올렸다. 방금 나무에서 떨어진 것이었다. 그것은 더 이
상 인간 설치류가 아니었다. 차라리 인간 유충에 가까웠다.
아무 움직임도 없었다. 이빨은 없어졌고, 입은 머리 크기와
균형을 이루는 크기였다. 신생아의 입 같았다.

"다 먹었네요. 이미 배불리 먹은 거죠. 이제 5개월 된 태
아와 비슷합니다."

교수가 새로운 여인의 어깨 너머로 그것을 보았다. 뭔
가 끔찍한 것이 뇌리에 떠올랐다. 그래서 목소리를 낮추
어 물었다.

"죽었나요?"

"그렇지 않아요! 근본적으로 죽음이란 없습니다, 교수
님. 그리고 여기 이것은 본질적으로 끝보다는 시작에 더
가까워요."

빡빡이의 대답은 애매모호했다.

그러자 교수는 참을 수 없을 정도로 화가 났다.

"난 애매모호한 건 딱 질색입니다. 난 내 질문에 대한 명
쾌한 대답을 요구하는 바입니다. 도대체 여기서 무슨 일이

일어나고 있는 겁니까? 만일 소위 기적이라 할 만한 이 모든 상황을 나에게 꼭 보여주고 싶다면, 더 명쾌하게 당신의 우화와 알레고리에 대해 나한테 설명해줄 수는 없는 건지……."

빡빡이는 드러내놓고 웃었다

"어떤 우화들을 말씀하시는지요? 우리 두 사람은 아직 알파벳도 모르는데요!"

"두고 보시오. 꼭 항의서를 제출하겠소! 내 인맥이 그리 나쁘지는 않으니까요!"

교수는 빽 소리를 질렀다. 빡빡이는 그의 큰 소리에 기가 죽은 것처럼 보이도록 더욱 부드러운 어조로 교수를 진정시켰다.

"너그럽게 용서해주십시오. 전 당신을 모욕하거나 어떻게 하려고 했던 게 아닙니다. 우린 모든 것에 대해 얘기를 나누게 될 겁니다. 하지만 지금은 아닙니다. 조금 뒤에요. 지금은 아직 때가 아닙니다……."

교수는 진정했다. 아직 때가 아니라는 말을 이해했고, 설득력이 있다고 생각했다. 또 모처에 아는 사람이 있다고 하는 말에, 빡빡이가 부드러운 목소리로 사과하며 태도를 바꾼 것도 기분이 좋았다.

더구나 아름다운 여인이 그의 옆에 서 있었고, 눈물이 그녀의 뺨 위로 흘러내리고 있었다. 빡빡이가 그녀에게 관심을 가지고 있다는 사실을 교수는 알 리 없었다. 그녀는 속삭였다.

"불쌍한 것들, 불쌍한 것들······."

그러다가 그녀는 빡빡이에게 급히 물었다.

"이 나무는 괴로워하는 건가요?"

빡빡이는 그녀를 쳐다보면서 소리를 낮춰 말했다. 하지만 교수는 그 말 전부를 알아들을 수 있었다.

"예, 아주 고통 받는 나무랍니다! 물론이죠. 나무는 괴로워해요."

그러고 나서 그는 사람들에게 이제 계속 가도 좋다는 신호를 주었다.

9

저음의 고함소리가 길게 끌듯 들리더니 몸뚱이 깊은 곳에서 뚫고 나오는 신음소리로 가라앉았다. 빡빡이는 마네킹을 찾아보았다. 마네킹은 뻣뻣한 다리로 계속 걸어가고 있었다. 고함소리는 땅바닥에 미끄러진 뚱보여인이 지른 것이었다. 빡빡이는 노련하게 그녀를 뒤에서 껴안아 편하게 누울 수 있게 해주었다. 뚱보여인은 무릎을 구부리고 누워 자신의 거대한 배를 움켜잡으려고 했다. 그녀의 등 아래로 흥건하게 액체가 흐르고 있었다······.

빡빡이는 놀라서 자문했다.

'여기서도 출산을 할 수 있다는 말인가? 이곳에서 출산을……? 하긴 안 될 건 또 뭐 있겠어?'

뚱보여인은 커다랗고 덥수룩한 꽃술의 꽃이 그려진 플란넬 블라우스를 입고 있었다. 단추 두세 개는 저항하는 몸뚱이의 압력에 굴복해 터져버렸다. 빡빡이는 나머지 단추들을 부드러운 손길로 풀어주고, 셔츠자락을 흘러내리는 액체에 흠뻑 젖은 가슴까지 걷어 올렸다. 극도의 긴장감이 빡빡이를 휘감았다. 처음 그녀의 몸은 수많은 담홍색의 두꺼운 밧줄과 진한 보라색 밧줄로 휘감겨 있는 것처럼 보였다. 그 밧줄에는 굴이나 네오필리나 같은 연체동물이 달라붙어 자라고 있었는데, 그 하나하나는 찻잔받침만큼이나 컸다. 그는 조개의 하나를 건드려보았다. 그것은 독자적 생물이 아니라, 다른 생물의 표면에 붙어사는 기생생물이었다. 밧줄과 조개들은 뚱보여인의 배에 단단히 붙어 고정되어 있었다. 그 모습은 기괴하고 흉측했지만, 모종의 예술성을 보여주는 것 같기도 했다.

빡빡이는 그런 광경을, 의사생활을 통틀어 한 번도 본 적이 없었다. 빡빡이게는 아무 의료기기도 없었다. 오직 마네킹이 발작할 때 경련을 일으키는 입 안에 꽂아주었던 은수저가 전부였다. 완전히 빈손이었다…….

빡빡이는 먼저 뚱보여인의 외부를 살피기 시작했다. 기생하는 조개 하나를 떼어내고 배를 손으로 만져 진찰했다. 곧바로 태아의 손가락이 느껴졌다. 위치는 횡경막 바로 아래였다. 태아는 너무 높은 곳에 있었다.

'그렇다면 애가 거꾸로 서 있기까지 하다는 말이군.'

긴장이 배가되었다. 아이를 바른 위치로 돌려야 하는 어려운 상황을 떠올리면서, 빡빡이는 손으로 진찰을 계속해 나갔다. 그런데 정말 믿기지 않는 일이 일어났다. 방금 전 그가 손끝으로 감지했던 태아의 주먹이 뚱보여인의 배를 뚫고 튀어나온 것이다. 뚱보여인은 비명을 질렀다.

"조금만 더 참으세요. 참아야 해요."

그는 뚱보여인을 안정시켰다.

'이게 어떻게 튀어나온 거지? 자궁벽, 복벽, 피부층에 모두 천공이 생겼단 말인가? 알 수가 없군! 조직이 얼마나 뚫리기 쉬웠으면 태아가 내지르는 주먹에 이렇게 어이없이……'

그는 다시 한 번 뚱보여인의 배를 눌렀다. 배는 팽팽하고 단단했다.

그때 그의 '내면투시'가 발동했다. 물고기가 알을 밴 것처럼 뚱보여인의 배가 태아로 가득 차 있는 것이 보였다. 지금 그가 손에 쥐고 있는 태아의 주먹은 완전히 자란 9개월짜리 태아의 것이었다. 이건 여문 손가락 끝의 단단한 손톱을 보면 알 수 있는 것이었다.

빡빡이는 두 손가락으로 주먹이 튀어나온 구멍을 벌렸다. 산모는 신음을 했다.

"버텨요, 버텨. 대단한 아이가 태어날 테니까요."

그는 익숙한 어조로 뚱보여인을 격려했다.

구멍은 쉽게 열렸다. 태아의 손을 한 손으로 잡고, 다른 손을 구멍 안으로 집어넣었다. 거의 팔꿈치까지 들어갔다. 그가 태아를 거꾸로 돌려놓으려고 하자, 태아는 몸을 돌렸다. 그러나 뒷머리가 앞으로 온 게 아니라 얼굴이 앞으로 왔다. 그는 태아를 밑으로 밀어 뒷머리를 잡았다.

뚱보여인은 신음소리를 냈지만, 더 이상 고함을 지르지는 않았다. 빡빡이는 산모들에게 늘 했던 대로 위안과 용기를 주는 말을 계속 중얼거리고 있었다.

"그래, 아주 좋아요. 아주 씩씩하군요. 첫 번째 아기예요? 두 번째? 그러면 벌써 경험이 있겠군. 자, 숨을 더 크게 쉬어요, 더 크게, 그리고 천천히. 그렇게 서두르지 말고, 천천히 열까지 세요."

모든 일은 매우 빨리, 환상적으로 진행되었다. 사내아이가 빠져나왔다. 빡빡이는 두터운 기름기가 묻은 아이를 팔에 안았다. ……탯줄이 없다. 팔이나 다리, 머리가 없는 아이는 본 적이 있었다. 하지만 탯줄이 없는 아이라니! 배꼽은 깊었고, 깨끗했으며, 완전히 아물어 있었다.

당황했지만, 빡빡이는 당장 해야 하는 일을 재빠르게 해치웠다. 아기의 코와 입 안을 씻었고, 머리가 아래로 향하게 젖먹이를 돌려서 젖은 엉덩이를 한 대 찰싹 때렸다. 저음에 화가 난 듯한 울음이 터져 나왔다. "응애, 응애……."

얼마나 오랫동안. 그는 새로운 생명의 이 고뇌에 찬 외침을 듣지 못했던가. ……애수에 찬 음악, 이제 막 완성된 폐에서 나오는 쉰 목소리의 노래……. 신생아들은 그 새로운 소리에 대한 두려움에 울기도 한다.

그러나 이곳에서는 모든 것이 다르다. 익히 알고 있던 대로, 기대했던 대로 아무것도 이루어지 않았다. 막 태어난 아이는 의사의 손에서 가볍게 빠져나갔다. 마치 바다 식물에서 피어오르는 공기방울처럼. 그리고 1미터 가량 위로 떠오르더니 허공으로 사라져버렸다. 잠시 후, 고무공이 터지는 소리와 함께 대기 중에 큰 소용돌이가 일었다.

빡빡이는 아이가 사라질 때까지 눈을 떼지 않고 배웅했다. 산모가 다시 비명을 지르자, 그는 무릎을 꿇고 산모 옆에 앉았다. 조개가 달린 밧줄의 그물망 사이에 두 개의 구멍이 열려 있었다. 한 구멍에서는 발 하나가 삐져나왔고, 다른 구멍에서는 잿빛의 작은 머리가 간신히 밀고 나와 있었다. 방금 사라진 아이가 나왔던 구멍은 주름진 배꼽으로 유착되어 꿰맬 필요도 없었다. 빡빡이는 다리와 머리가 한 아이의 것인지 아니면 두 아이의 것인지 감지해야 했다.

여인이 비명을 질렀다. 빡빡이는 튀어나온 다리를 다시 집어넣으며, 머리가 잘 빠져나오도록 여인의 배를 눌러주었다. 밧줄의 조개 하나가 구멍이 벌어지는 데 방해가 되었다. 빡빡이는 은수저로 그 조개를 긁어내고는 왼손으로 구멍을 넓혔다. 두 번째 사내아이 역시 탯줄이 없었다. 빡빡이는 그 아이까지 하늘로 사라지지 않게 하려고 주의하고 또 주의했다. 하지만 소용없었다. 같은 일이 다시 되풀이되었다. 아이는 고함을 질렀고, 작은 팔로 노를 젓더니, 그가 두 손으로 꽉 붙잡았음에도, 마치 비눗방울처럼 그의 손에서 미끄러져 벗어나더니 똑같은 소리를 내면서 사라졌다. 역시 빠르게 아물어버린 구멍의 흔적만을 남긴 채로.

빡빡이는 세 번째 아이에게서 많은 어려움을 겪어야 했다. 방향이 틀어지지 않았으나 발부터 나왔고, 단단히 쥔 주먹으로 여인의 배에 묶여 있는 끈을 끌고 나왔다. 털이 없고 창백한 계집아이의 등이 그의 젖은 손에서 벗어나 하늘로 사라졌을 때, 그는 일어나고 있는 일련의 일에 대해 더 이상 의아하게 생각하지 않았다.

쌍둥이를 분만할 때 어려웠던 것은, 두 아이가 들어 있는 물방울이 빠져나오기엔 구멍이 너무 작다는 것이었다. 빡빡이는 다른 이의 도움 없이 새끼를 낳는 동물이나 여자들이 탯줄을 처리하는 것처럼, 조금 줄기는 했지만 여전히 거대한 배 주위를 감싸고 있는 팽팽한 푸른 밧줄을 입으로 끊어냈다.

또 한 명의 아이는 다른 아이들과 달리 자연분만과 같은 방법으로 태어났다. 이는 빡빡이를 놀라게 했다. 그러나 그 아이도 탯줄이 없기는 마찬가지였다. 그 아이는 여섯 번째 아이였다. 곧이어 일곱 번째 아이도 여섯 번째처럼 세상에 나왔다. 하지만 이 아이는 상당한 미숙아였다. 아이는 의사의 손에서 떠나고 싶지 않은 듯했다. 빡빡이는 그 아이를 잡으려는 시도조차 하지 않은 것이 못내 아쉬웠다. 마지막 두 아이는 이란성 쌍둥이였다. 그런데 그중 한 아이는 발육에서 적어도 7주 이상 뒤어 있었다. 그런 경우는 있을 수 없는데…… . 쌍둥이가 모태에서 발육할 때 한 아이가 다른 아이를 방해하는 경우가 더러 있기는 했다. 하지만 오랫동안 생각할 시간이 없었다. 벌써 다음 아이가 배 밖으로 빠져나와 있었기 때문이다.

이윽고 다산이 끝나고, 산모는 자신의 아이들에 대해 물었다. 빡빡이는 그녀의 얼굴을 쳐다보았다. 그녀는 그의 환자였다. 그로 하여금 보건위생국, 동료와 친구, 심지어 자기 가족과도 싸우게 만들었던 바로 그 여자…… . 과도한 육체노동, 배고픔, 출산, 외로움, 책임감, 절망감 등으로 지쳐 있었던 여자. 그는 그가 가장 잘할 수 있는 태도로, 그녀에게 아이들은 분명 천국에 갔을 거라고 설명해주었다. 그녀는 비통하게 울었다.

"……단 한 명도 없는 건가요? 단 한 명도 남지 않았나요?"

빡빡이는 누워 있는 여인 앞에 무릎을 꿇었다. 조개와 끈으로 엉킨 타래는 느슨해져서 상처와 튼 살 자국으로 보기 흉한 그녀의 허벅지 주위에 풀어헤쳐져 있었다. 빡빡이가 조개 하나를 집었다. 조개는 그의 손에 남았지만, 좀 전까지만 해도 팽팽했고 벌레처럼 살아 있던 끈은 그의 손에서 바스러졌다. 그리고 여자를 옭아맸던 모든 끈들이 마치 각질처럼 그녀의 몸에서 떨어졌다. 허벅지에서도 뱀 껍질 같은 얇은 막이 벗겨졌다. 그녀의 몸은 다시 예전으로 돌아갔다. 고통의 심연을 경험한 그녀의 눈이 빡빡이를, 의사를 진정 감사하는 빛으로 바라보았다. 그는 그런 눈빛을 잘 알고 있었다. 방금 출산을 한 여인의 기진맥진한, 약간은 혼이 나간 눈빛이었다.

빡빡이가 물었다.

"걸을 수 있겠어요?"

"전 여기 있겠어요."

그녀가 대답했다.

빡빡이는 산모로부터 떨어져 나온 기괴한 기생조개들을 모래에 묻고, 마른 풀들을 모아 불을 피웠다.

"푹 쉬어요, 푹 쉬세요. 모든 게 잘될 겁니다……"

그녀는 몸을 움직였다. 그리고 팔을 짚고 몸을 일으켰다.

"이제, 아주 좋아졌어요……!"

빡빡이는 주위를 살펴보았다. 다른 사람들이 그를 기다리고 있었다. 그는 이 여행 내내 단 한 번도 불을 남겨둔 적이 없었다. 그러나 처음으로 그는 떠나면서 불을 끄지 않았다.

그들은 계속 걸었다. 늘 하던 대로 한 명씩, 두 명씩, 서로서로 간격을 두고서……. 빡빡이는 계속해서 주위를 둘러보며 걸었다. 그리고 먼 곳에서 점멸하는 푸른빛을 보았다. 곧이어 뒤에서 전해오는 큰 입맞춤 소리도 들었다. 뒤를 돌아보았지만, 아무것도 보이지 않았다. 이어지는 모래 언덕과 미세한 모래바람에 재빠르게 지워지는 자신의 발자국 외에는……

10

한동안 교수는 순하게 행동했다. 질문을 해서 빡빡이를 성가시게 하는 일 같은 건 없었다. 그는 새로운 여인과의 대화를 시도하기도 했다. 그녀는 시선을 맞추며 그의 얼굴을 다정하게 쳐다보았다. 그러나 새로운 여인이 교수의 질문에 이해할 수 있는 대답을 한 적은 거의 없었다. 교수는 최소한의 명백함에 도달하기 위해, 빡빡이에게 어떻게 하면 자신의 품위를 해치지 않고 가장 현명하게 말을 걸 수 있을지 곰곰이 생각했다. 그런데 기이한 도보여행은 지루하게 연장되었고, 그에 따라 모든 것을 해명하겠다는 교수의 열망도 수그러들었다. 교수도 이것을 느끼고 있었다. 그래서 어떤 의혹이 생겨나면, 그는 그 의혹을 계속해 떨쳐버리려고 했다. 마침내는 모든 것에 둔감해질 수 있었다. 모닥불은 그 둔감함을 두 배로 증가시켰다. 그는 마음의 안정을 갖게 되었고, 그의 이성은 점차 무디어졌다.

어느 날, 교수는 모닥불을 쬐면서 빡빡이 옆에 앉아 정중하게 말을 걸었다.

"말씀 좀 해주세요. 당신은 내 가족, 정확히 말해 내 아내와 연결해줄 어떤 능력을 가지고 있지는 않은지요? 아내가 걱정하고 있으리란 걸 난 확신합니다."

"물론 그러시겠지요. 아내한테 뭘 전하고 싶으신가요?"

"아, 맨 먼저, 내가 건강하다는 점입니다. 한번 생각해보세요. 우린 결혼한 지 거의 42년이 되었고, 실제로 떨어져 산 적은 한 번도 없었어요. 만약 내가 어떤 이유에서든 내 자리로 돌아갈 수 없다면……."

여기서 교수는 자신이 얼마나 처신이 바른 사람인지를 빡빡이가 알아차리게끔 의미심장하게 말을 한 번 끊었다.

"내 아내가 여기로 올 수는 없는가요?"

빡빡이는 귀 뒤를 긁적였다.

"음, 당신 부인은 종교가 있나요?"

교수는 버럭 화를 냈다.

"어떻게 그런 말씀을! 우린 당연히 무신론자입니다. 나는 철학자고 마르크스주의자이며, 마르크스-레닌의 미학을 가르치고 있습니다. 내 아내 또한 열성 당원이고……."

빡빡이가 그의 말을 끊었다.

"알겠습니다, 알겠어요. 그럼 다른 가족 중에 종교를 가진 사람은 없습니까?"

"당연히 없지요. 장모님은 교육을 받지 못한 시골 아낙네였는데, 고인이 되셨지요. 1952년도에 죽었습니다."

"자, 그건 전혀 중요하지 않습니다."

빡빡이는 마치 진정시키기라도 하듯 말했다.

"죄송합니다만, 뭐가 중요하지 않다는 겁니까?"

"장모가 죽은 것 말이오. 어떤 소식을 전해주는 것, 그건 원칙입니다. 단, 당신도 아시겠지만, 간단한 소식만 전하라고 권해드리고 싶습니다. 예를 들어 '모든 게 좋아. 당신은 아무 걱정 말아요.' 같은 거죠. 그리고 당신이 있는 곳을 당신 자신이 정확히 모르는데, 여기로 오라고 부인에게 말하고 싶진 않겠죠?"

'아주 약아빠진 자로군. 이 자는 이곳이 비밀스러운 데라는 걸 암시하고 있어.'

교수는 화가 났다. 하지만 그의 상황이 너무나 불확실해서 무엇을 요구할 수도, 자기 의사를 고집할 수도 없었다. 또한 이 빡빡이와의 갈등은 되도록 피하는 것이 상책이라 생각했다. 그가 고위 권력층 인물이 아닌 것은 분명하나, 현재 자신보다 힘이 있는 것은 명백하다. 불평을 늘어놓아 그의 눈밖에 날 일은 하지 말아야 한다. 그래서 교수는 기꺼이 맞장구를 쳤다.

"그건 맞습니다. 난 정말 여기가 어떤 곳인지 모릅니다. 그래서 오래전부터 당신에게서 정보를 얻으려 하는 거지요."

빡빡이는 웃었다.

"나도 정확히는 모릅니다."

"그래요? 좋습니다. 하지만 내가 여기에 얼마나 있어야 하고, 언제 집으로 돌아갈 수 있는지에 대해서 대략이라도 말씀해주시죠."

빡빡이는 한숨을 쉬었다. 그것이 교수에게는 자신을 동정하는 것처럼 보였다.

"당신이 언제 돌아갈 수 있을지는 나도 전혀 모릅니다. 하지만 당신이 더 이상 돌아갈 수 없게 되지 않을까 하는 걱정이 들긴 하는군요."

교수는 화가 치밀어 올라 숨을 헐떡였다. 애써 화를 억누르며 차분하게 물었다.

"왜 두려운 거죠?"

빡빡이는 일어나 모닥불 위에 손을 갖다 댔다. 불은 마치 그의 손 안으로 빨려들어 사라지듯 꺼졌다.

"자, 처음 했던 이야기나 하시지요. 지금 중요한 건 당신 부인에게 당신이 괜찮다는 것을 알려주는 것 아닙니까? 교수님."

'교수님'이라는 호칭에 빈정거림이 배어 있음을 교수는 모르지 않았다.

11

새로운 여인은 여러 층으로 복잡하게 만들어진 집을 헤매고 있었다. 이 집에는 벽을 따라 가지런히 화단이 놓인 긴 복도가 수없이 많았다. 그 복도에 난 문에는 제각각 숫자도 아니고 문자도 아닌 기호가 붙어 있었다. 꿈에서 그랬던 것과 마찬가지로, 그 기호들은 명확하게 이해할 수 있는 것들이었다. 많은 꿈에서 그런 기호들을 보아왔던 새로운 여인은 이 기호들이 오직 꿈에서만 존재하는 사물들의 유형과 관련된 것이며, 꿈에서 벗어나면 더 이상 존재할 수 없는 것임을 잘 알고 있었다. 문의 기호에는 확실하고 간단한 공식이 있었다. 그 공식에 따르면, 첫 번째 부류는 어떤 상태가 되든지 아무런 변화도 일어나지 않는 것이었고, 두 번째 부류는 이 상태에서 저 상태로 이동할 때 이상하게 변형되는 것이었다. 세 번째 부류는 상태가 달라지면 산산이 흩어져 사라지는 것들이었다. 그녀는 문들을 지나쳐가면서 한눈에 자신에게 필요한 기호가 아니라는 것을 알아봤다. 그녀가 찾고 있는 기호는 어떤 나이 든 여자와 관련된 것이었다.

그녀는 이미 수십 킬로미터의 복도를 뛰어 돌아다녔다. 그리고 자신에게 필요한 기호를 찾을 수 있을 거라는 예감을 가지고 있었다. 실제로 그 기호는 존재했고, 그녀는 그 기호가 붙은 문을 열었다. 방은 밝고 검소했다. 그 방은 볼로그다와 아르한겔스크에 있는 싸구려 시골 호텔방을 생각나게 했다. 구석에는 세면대가, 붉고 하얀 격자무늬가 있는 비닐 식탁보가 깔린 탁자 위에는 전기 사모바르가 놓여 있었다. 수많은 베개가 놓인 푹신한 가정용 침대도 있었다. 창턱에는 꽃이 있었고, 빈에서 만든 창가의 의자에는 통통한 노파가 앉아 있었다. 그녀의 콧등에는 안경에 눌린 자국이 선명했고, 하도 읽어서 다 해진 책을 손에 들고 있었다. 두 번째 의자에는 세 가지 색깔의 털을 가진 고양이가 잠들어 있었다. 포동포동한 고양이는 의자에 거의 끼여 있는 상태였다. 방 안의 시간은 오전인 것 같았다. 노파는 그녀를 기다리고 있었다. 그들은 잘 아는 사이거나 아니면 먼 친척일 것 같았다.

노파가 물었다.

"우리 차 한잔 할까?"

"잼하고 같이요?"

새로운 여인이 미소를 지었다.

"그럼 물론이지! 내가 다 만들어놨어. 구스베리랑, 딸기랑, 야생딸기랑……."

노파는 곧바로 찬장을 뒤적였다. 찬장에는 윗부분에 종이 테두리가 쳐진 1리터들이 둥근 병들이 줄지어 있었다.

"산딸기도요?"

"물론! 내가 직접 땄어. ……가까운 숲에서 말야."

노파는 맨 아래 선반에서 이미 개봉한 잼을 꺼내 뚜껑을 열고, 달콤한 냄새를 풍기는 진한 잼을 푸짐하게 덜어냈다.

새로운 여인은 잼을 보더니 말했다.

"너무 오래 졸이신 거 아니에요, 마리야 바실리예브나? 너무 진득한데요?"

노파는 손사래를 쳤다.

"좀 그렇긴 해. 하지만 너무 짧은 시간 줄이는 것보다 오래 줄이는 게 낫지. 오래 보관할 수 있거든."

"그건 맞아요."

새로운 여인이 맞장구를 쳤다.

노파는 사모바르를 켠 후에 찻잔을 가지고 왔다.

"이건 정말 빨리 끓어. 그래서 너무 좋지."

노파는 찻잔 두 개를 탁자 위에 놓았다. 새로운 여인은 한 개를 더 요구했다. 노파는 놀라며 물었다.

"왜?"

"당신의 나쟈를 위해서요."

새로운 여인이 설명했다.

그 말에 노파는 금방 흥분했다.

"오! 난 우리가 그쪽으로 갈 거라고 생각했지. 그런데 이제 걔가 이리로 온다고?"

"상관없지 않아요? 중요한 건 사람들이 만난다는 거죠."

노파는 약간 고개를 끄덕였다.

"그건 사실이야. 걔는 지금 분명 크게 걱정하고 있겠지."

"그러면 그녀에게 전해주세요. 미샤가 안부 인사랑 모든 게 좋다는 말을 전해달라고 했거든요."

노파는 다시 고개를 끄덕였다. 새로운 여인은 말을 이었다.

"근데 할머니는 어떻게 지내셨어요, 마리야 바실리예브나?"

"나한테 무슨 일이 있겠니. 난 좋아. ……이것 봐, 책도 읽잖아. 거기에 있을 때는 일자무식이었는데, 여기서는 책을 읽을 수 있게 됐어."

"근데 뭘 읽으세요?"

노파는 새로운 여인에게 다 해진 책을 건넸다.

"이거. 파제예프의 『청년 근위대』. 나쟈가 이 책을 극찬했었지. ……정말 좋은 책이야. 하지만 나오는 몇몇 인물들이 불쌍해. 그런데 이 책의 내용은 사실이야, 아니면 지어낸 거야?"

"그런 비슷한 일이 있긴 있었죠."

새로운 여인은 책을 폈다.

'사랑하는 타네치카에게. 소년단 입단식에. 발랴와 미샤레멘. 1951년 5월 1일.'

떠오른 회상이 곧바로 가슴을 찔렀다. 그녀는 잠에서 깨어났다.

모닥불은 가까스로 타고 있었다. 모든 것은 언제나처럼 있는 그대로였다. 바람은 가라앉았고, 사람들은 휴식을 취하고 있었다. 그녀는 약간 떨어져 앉았는데, 그녀 옆에는 개 두 마리가 있었다. 한 마리는 돌돌 말린 꼬리의 털빛이 밝은 개였고, 다른 한 마리는 덩치가 큰 셰퍼드였다.

잡종개는 아주 평범했지만, 셰퍼드는 많은 의혹을 불러일으켰다. 셰퍼드는 개가 가진 일반적 본성과 다른 점을 가지고 있었다. 자기와 동행하는 사람—물론 주인이라고 할 수는 없다—에게뿐 아니라, 다른 사람들에게도 아주 깊은 관심을 보였다. 게다가, 이건 그 어떤 개도 도저히 할 수 없는 일인데, 무언가를 물으면 머리를 끄덕이거나 옆으로 흔들어댔다. '예' '아니요'를 표현하는 것이었다.

개를 데리고 다니는 사람은 30대 중반쯤 되는 호감형의 남자였다. 얼굴은 못생겼지만 항상 군인처럼 아주 절도 있는 자세를 취하고 있었다. 모자를 오랫동안 쓰고 있었던 탓인지 빨간 자국이 이마 위를 가로지르고 있었다. 그가 새로운 여인의 뒤로 다가왔다. 두 마리의 개가 그에게 머리를 돌렸다.

그가 새로운 여인에게 말했다.

"다른 쪽을 보고 앉으셔야겠어요. 바람이 강해지는군요."

"네?"

새로운 여인이 놀라며 그를 돌아보았다.

"바람이 당신 얼굴에 불지 않게요."

그는 그녀에게 손을 내밀었다. 개들은 마치 그녀에게 정중히 자리를 마련해주려는 것처럼 일어났다.

새로운 여인은 셰퍼드의 두껍고 부드러운 털을 쓰다듬었다. 셰퍼드는 미소를 지었다.

"여기에서 개를 데리고 다닐 수 있으니 좋으시겠어요. 어렸을 적 우리가 시골에서 살 때, 개가 있었죠. 하지만 도시에선 고양이만 키웠어요."

남자는 기뻐했다.

"도시에선 그렇게 하는 게 옳다고들 생각해요. 나도 집에
서는 고양이만 키웁니다. 내 직업은 개 사육사, 20년을 개와
함께했지요. 내가 교육시킨 개만 해도 수백 마리입니다. 개
는 집 안에서 키우면 안 된다는 게 내 확신이에요."

그의 입술이 움찔거렸다. 그는 강하게 말했다.

"절대로요."

"절대라니요?"

새로운 여인이 놀라서 물었다.

개 사육사는 말을 빠르게 그리고 격정적으로 했다. 그런
생각이 오랫동안 그를 괴롭혀온 게 분명했다. 하지만 그 생
각을 한 번도 입 밖에 낸 적이 없는 것도 분명해 보였다.

"사람들이 '개와 고양이 사이 같다'고 말할 때, 그 말의
무슨 의미인지는 아실 겁니다. 사람에 대한 고양이와 개의
관계에서 보면 둘은 완전히 반대되는 타입이지요. 고양이
에게는 사람이 필요하지 않습니다. 따뜻함과 먹이, 이것만
줘도 됩니다. 고양이에겐 인간이 전혀 필요하지 않아요. 감
히 말한다면 고양이는 인간을 깔보지요. 고양이는 인간보
다 더 똑똑합니다. 인간은 자신이 고양이를 키우고 있다고
생각하지만, 실은 그 반대입니다. 고양이가 인간을 키우는
거예요. 우리는 고양이를 그 어떤 일에도 강제할 수 없습니
다. 부탁을 해도 고양이는 탐탁지 않게 반응하지요. 난 훈
련이라면 훤히 꿰고 있는데, 고양이는 뭘 줘도 복종하려 하

지 않아요. 고양이는 자존심이 강합니다. 사람이 고양이의 시중을 들어야 하지요. 그리고 아시겠지만, 고양이의 이런 독립성이 내 마음에 든답니다. 고양이는 절대로 아양을 떨지 않습니다. 만약 고양이가, 예를 들어 당신 다리에 제 몸을 문지를 경우, 이 녀석이 당신에게 애정을 표현한다고 생각하시겠죠? 하지만 천만의 말씀. 고양이는 단지 자기 근육을 풀기 위해 당신 다리에다 자기 몸을 긁는 겁니다. 고양이는 스스로 제 자신의 안락함을 창조해냅니다. 결코 자기 여주인의 안락이 아닙니다. 당신이 고양이를 섬기는 것이지 고양이가 당신을 섬기는 게 아니라니까요. 하지만 개는 완전히 다르지요."

그는 손가락 두 개가 잘린 자신의 손을 개의 머리 위에 얹었다. 유쾌한은 모두 맞는 말이라고 말하는 듯했다.

개는 '뭘 또 확인해 드릴까요?' 하는 눈빛으로 사육사를 지긋이 쳐다보고 있었다.

"집에 있는 개는 장애아와 같습니다. 개에겐 언제나 당신이 필요하지요. 당신의 관심, 당신의 보살핌. 개는요, 죄송합니다, 오줌을 누려면 밖으로 데려나가야만 하죠. 왜냐면 잘 훈련된 개는 집을 더럽히기보다는 차라리 죽음을 택하니까요."

그는 유쾌한을 쳐다보았다. 유쾌한은 백번 맞는 말이라는 듯 다시 고개를 끄덕였다.

"누가, 인간을 제외하고 누가 자기 신념을 위해 죽음 속으로 걸어 들어갈까요? 오직 개밖에 없습니다."

새로운 여인은 놀랐다. 그런 것은 한 번도 생각해본 적이 없었다.

"일례로 지뢰를 탐지하는 수색견이 있지요. 지난번 전쟁 때 개들이 탱크 밑으로 기어들어갔어요! 그건 개들이 '조국을 위하여, 스탈린을 위하여' 자기 의지로 죽음 속으로 걸어 들어간 게 아닙니다. 다만 자신의 생각, 즉 자기 주인에게 봉사한다는 생각 때문에 그렇게 한 겁니다."

개 사육사는 동의를 구하기라도 하듯, 유쾌한에게 몸을 돌렸다.

개는 사람처럼 한숨을 쉬면서 고개를 끄덕였다.

갑자기 개 사육사는 착잡한 표정을 지었다. 그는 생각에 잠기더니 땅바닥에 시선을 박은 채 말했다.

"내가 하는 일은 개를 키우는 거지요. 모든 개가 저의, 저의 개입니다. 개들을 무릎에 있는 사육장에서 키웠고 훈련을 시켰습니다. 개들은 거기서 갈 수 있는 모든 곳으로 보내지지요. 어떤 녀석은 국경으로, 또 어떤 녀석은 아프가니스탄으로. 이 유쾌한은 아프가니스탄 출신입니다. ……스물네 번째 개예요, 제가 데려가는."

"어디로 데려가는 건데요?"

새로운 여인이 낮은 목소리로 물었다.

"거기죠, 거기…… 바다 건너…… 저편 기슭으로요."

'그렇구나. 우리 중에는 우리가 어디로 가고 있는지 아는

사람도 있었어. 우리가 저편 기슭으로 향하고 있다는 걸.'

새로운 여인은 생각했다.

12

그들은 모래언덕으로 이어지는 단조롭고 황량한 사막을 걷고 또 걸었다. 그리고 잿빛 안개로 가득한 거대한 협곡 앞에 다다랐다. 협곡 건너 멀리 어딘가에 저편 기슭이 어른 거렸다. 시각적 환영일 것이다. 거의 땅에 내려앉을 것 같은 무거운 구름, 멀리 보이는 산줄기, 가까이에는 숲을 연상시 키는 희미하게 흔들리는 풍경이 있을 뿐이었다.

"휴식시간입니다."

빡빡이가 불꽃기를 잡은 손을 작은 마른 나뭇가지더미 위에 얹었다. 늘 그렇듯 그 작은 모닥불은 우리에게 활활 타 오르는 장작의 불꽃보다 더한 온기를 내주었다. 마른 나뭇 가지를 모으는 일을 스스로 맡고, 걷는 동안에도 계속 그 것들을 모아온 군인이 모닥불을 쳐다보더니 빡빡이에게 나 지막한 소리로 물었다.

"도대체 나뭇가지가 왜 필요한 거죠? 그것 없이도 잘 타 는데요."

"예, 나도 그걸 얼마 전에 알았답니다."

빡빡이는 고개를 끄덕이고는 손을 아무것도 없는 빈 공

간 위로 뻗었다. 또 하나의 모닥불이 타올랐다. 제 스스로, 아무런 먹이도 없이······.

"어때요? 최근에 우리 모두가 진화한 것 같지 않아요?"

"너무 지나치도록 똑똑해졌죠."

군인은 음울하게 대답했다.

빡빡이는 주머니에서 고대문자처럼 선과 점이 찍힌 무늬의 바삭한 사각형 과자를 꺼내 모두에게 하나씩 주었다.

"먹어요. 우린 기운을 내야 해요."

새로운 여인은 이미 오래전부터 이곳에서 일어나는 일에 대해 더 이상은 놀라지 않았다. 과자는 풀을 씹는 것처럼 맛이 없었다. 그 맛은 먹을 것이 부족했던 시절, 엄마가 밀가루 한 줌에 미나리와 같은 종류의 풀을 잔뜩 넣고 만들어준 납작한 빵과 비슷했다. 그러나 그 빵은 맛있었다.

"우린 여기서 약간의 휴식을 취하게 될 겁니다. 그런 다음에는 협곡 건너편으로 가야 합니다."

그들은 모닥불 곁에 앉았다. 피곤한 육신은 온기를 빨아들였다.

빡빡이가 장발남을 불렀다. 장발남은 마뜩찮은 얼굴로 그의 부름에 응했고, 그들은 근처 구릉으로 올라가 땅을 파기 시작했다. 잠시 후, 그들은 방금 가마에서 삶은 것 같은 샛노란 헝겊무더기를 가지고 와서는 땅바닥에 내려놓았다. 헝겊무더기 밖으로 많은 매듭이 삐져나와 있었다.

"다들 장갑과 덧신을 착용하세요."

빡빡이가 지시했다.

그들은 우물쭈물 그 기이한 물건들을 집어 들었다. 장갑은 손목 부위에 긴 끈들이 있었다. 그들은 아마포 덧신을 무릎까지 올리고 단단히 묶었다. 장갑과 덧신은 모양새가 형편없었고, 불편했다. 특히 오른손 장갑은 끈을 묶기가 어려웠다. 새로운 여인은 장발남이 복잡한 끈을 잘 맬 수 있도록 도와주었다.

대충이라도 맞는 짝을 찾으려고 이리저리 뒤지던 교수가 갑자기 헝겊더미를 땅바닥에 내팽개치면서 고함을 질렀다.

"망할 놈의 것! 당신이 날 조롱하는 걸 더는 못 참겠어! 당신이 책임져야 할 거야! 난 어디에도 가지 않겠어! 끝이야, 그만이야, 난 이제 됐어!"

빡빡이가 그에게 다가갔다.

"짜증은 그만 부리시죠. 아내와 자식들, 애완동물을 생각하세요. 당신이 같이 가고 싶지 않다면, 물론 여기에 남을 수 있습니다."

교수는 정신을 차린 듯 목소리를 낮추었다.

"들어보세요! 내게 설명을 좀 해달라고요. 왜 내가 여기 있는 거죠? 여기서 무슨 일이 일어나고 있는 거죠? 여긴 도대체 어딘가요?"

빡빡이는 퉁명스럽게 말했다.

"그 질문에 대한 답은 저편 기슭에서 얻게 될 겁니다. 하지만 만일 당신이 그 질문에 계속 집착할 거라면, 지금 여기에 그대로 머물러도 됩니다."

교수는 몸을 돌려 구부정한 등을 보이며 멀어져갔다. 상
사가 힘없는 사람이나 부하 직원에게 던질 법한 거친 어조
에 그는 속절없이 무너졌다.

빡빡이는 덧신을 신은 다음, 장발남이 자기 가방을 등에
매는 걸 도와주었다.

두 개의 모닥불은 다 타버렸다. 깊고 웅장한 협곡에서 올
라오는 냉기가 느껴졌다. 빡빡이는 이 사람들을 데리고 어
떻게 협곡을 건너야 전혀 감을 잡을 수 없었다. 그는 바로
협곡 가장자리로 다가갔다. 다른 사람들은 양떼처럼 그의
넓은 등 뒤로 함께 몰려갔다.

"우린 다리를 건널 겁니다. 이리로 오세요."

사람들은 겁을 먹은 채 그에게로 가까이 다가왔다. 목
을 길게 빼어 살펴보았지만, 어느 누구도 다리를 발견할 수
는 없었다.

"아래요. 아래를 보세요."

잿빛 안개 속에서 그들은 철제구조물을 보았다. 너무 깊
어서 잘 보이지 않는 거리였다. 그러나 다리는 점점 크게 보
이기 시작했다.

빡빡이는 다리 아래로 뛰어내렸다. 겁을 주는 것처럼, 철
제구조물이 보트처럼 흔들거렸다. 사람들을 올려다보는 빡
빡이의 얼굴이 허옇게 보였다. 그는 손을 흔들었다. 모두가
몸을 떨었다. 그러나 곧 어쩔 수 없는 운명에서 도망가는 것

은 불가능하다는 사실을 인정해야 했다.

"마네킹!"

빡빡이가 소리쳤다. 마네킹은 고분고분 가장자리 끝으로 다가갔다. 덧신 안의 그의 발은 땀범벅이었고, 돌처럼 무겁기만 했다. 세상의 그 어떤 힘도 그의 발이 빡빡이를 뒤따르게 할 수는 없을 것 같았다. 그때 아주 먼 곳으로부터 귀로는 거의 들을 수도 없는 소리가 났다. 그것은 참을 수 없는 소리의 습격, 검은 바늘들의 공격을 알리는 소리였다. 순간, 마네킹은 뛰어내렸다. 그는 머리를 아래로 향해, 마치 투신자살하는 사람처럼 뛰어내렸다. 그렇게 마네킹은 깊은 안개 속으로 사라졌다.

철제구조물이 흔들렸다. 그와 동시에, 새로운 여인은 그녀의 발밑에서 모래가 진동하며 흐르고 있다는 걸 느꼈다. 모래땅은 우왕좌왕하는 사람들 뒤쪽에서 서서히 가라앉기 시작했다. 그러더니 가파른 낭떠러지가 만들어졌고, 낭떠러지는 점점 깊어졌다. 엄청난 모래가 쏟아져 내렸다. 마치 나이아가라 폭포와 같은 모래 폭포가 만들어졌다. 이제 후퇴할 수도 없었다.

먼저 장발남이 다리로 뛰어내렸다. 그다음은 체인에 묶인 두 여자였는데, 키다리가 앞섰고, 그 뒤를 난쟁이가 긴 비명 소리를 내며 뛰어내렸다. 외다리는 마치 수영장에 들어가듯이 조심스럽게 분화구 가장자리에 다리를 내리고 앉았다가 뛰어내렸다. 군인, 개, 체육복을 입은 여자, 가방을 든 남자, 기이한 동물체, 눈을 붕대로 감은 소녀. 새로운 여인은 마지막으로 뛰어내린 사람들 중의 하나였다……

뛰어내린 사람들 중 단 누구도 돌처럼 떨어지지 않았다. 천천히 밑으로 가라앉듯이 다리에 닿을 수 있었다. 대기의 강력한 힘이 그들을 받쳐주고 있던 걸까? 그도 아니면 여기서는 중력이 약하게 작용하는 것일까? 아래에서 강한 바람이 불어왔다. 사람들을 서로 멀어지게 할 정도로 강한 바람이었다. 누군가는 넓고 안전한 평면 위에 무사하게 착지했지만, 장발남을 포함한 몇몇 사람은 그렇지 못했다. 장발남은 두 개의 가는 파이프가 교차하는 좁은 면에 착지했다. 손이 닿지는 않았지만, 가장 가까이에 있는 기둥이 그리 멀지 않았다. 장발남은 그 기둥을 잡기 위해 균형을 잡으며 몸을 굴렀다. 하지만 가방이 그를 방해했다.

가장 심각한 상황에 처한 것은 마네킹이었다. 다리를 구부려 흔들리는 기둥에 의지하면서, 자신의 가슴 정도 되는 폭의 선로에 걸려 있었다. 그의 육중한 몸뚱이는 허공에 엎어진 상태였다.

사람들이 뛰어내릴 때마다 구조물은 심하게 흔들렸다. 그 흔들림은 조금씩 누그러들기 시작했다. 그때 쉰 목소리의 절규가 들려왔다. 모래사막에 혼자 남게 될지도 모른다는 두려움은 뛰어내리도록 용기를 부추겼고, 모두들 그렇게 뛰어내렸다. 교수 또한 회색의 협곡 아래로 몸을 던졌다. 그런데 그가 뛰어내린 순간 철제구조물이 몹시 심하게 요동쳤다. 불안하게 수직으로 겨우 걸쳐 있던 마네킹의 다리가 미끄러졌다. 이제 그는 팔로 매달려 있는 신세가 되었다…….

바람은 수그러들었다가 강력한 힘으로 저 깊은 곳에서부터 위쪽으로 불어왔다. 그때마다 구조물은 격하게 흔들렸다. 마치 살아 있는 것처럼 바람의 거센 흐름에 반응했다. 안개는 차츰 옅어지기 시작했고, 사람들은 철제의 복잡한 구조물을 살필 수 있었다. 그 복잡한 구조물은 미치광이 트롤(troll)[55]이나 광기어린 예술가가 설계한 것 같았다. 새로운 여인은 직업적 호기심으로 구조물을 관찰했다. 이 구조물에는 돌연한 끊김이나 심각한 변형이 너무 많았다. 마치 안과 겉을 임의로 뒤집어놓은 것 같았다. 그녀는 이런 구조물의 도면은 그릴 수 없었을 것이라고 생각했다.

'가상의 공간이로군. 실제로는 있을 수 없는 공간이야. 만일 그렇다면 추락도 불가능한 건 아닐까? 가상의 공간이라면 추락도 가상일뿐일 테니까. ……하지만 나는 가상이 아니잖아.'

빡빡이는 고수의 공중 곡예사의 고수처럼 이 파이프에서 저 파이프로, 이 면에서 저 면으로 뛰어 넘어 다녔다. 그는 모든 사람들에게 다가가 손과 머리, 어깨를 두드렸다. 그

---

55 북유럽 신화에 등장하는 거대한 괴물이다. 트롤은 힘이 세고 인간을 잡아먹는 거대하고 흉폭하기만한 괴물로, 주로 긴 어금니와 날카로운 발톱, 흉측한 얼굴을 가졌다고 알려져 있다.

리고 끊임없이 무언가를 말하고, 설명하고, 설득했다. 정감 있고 다정한 어조로.

"우린 계속 가야 합니다. 저편 기슭으로 가야 해요. 침착들 하시고, 아주 천천히 이동하세요. 필요하다면 단 몇 센티미터라도 천천히 움직여야 합니다. 여러분들 그 누구도 함께 가는 우리의 동행에서 빠지지 않을 겁니다. 우리 모두는 해낼 겁니다. 그러니 겁내지 마세요. 겁내는 것이야말로 우리의 앞길을 방해할 겁니다."

그의 말은 효과를 발휘했다. 처음엔 겁에 질려 구조물의 괴기한 모양을 보고 황당한 자세로 몸을 사린 채 꼼짝도 않으려던 사람들이 서서히 움직이기 시작했다.

한 손으로 겨우 매달려 있는 마네킹은 다리를 올려 다시 자신의 육중한 몸뚱이를 끌어올리려 했다. 하지만 힘이 받쳐주지 못했다. 애를 쓰느라 힘이 빠진 그의 팔은 느슨해졌고, 그의 가슴은 밑으로 처졌다. 손가락은 거대한 몸뚱이의 부담을 더는 지탱할 수 없어 하나씩 풀리기 시작했다. 그는 체념한 듯, 모든 손가락이 미끄러지는 무표정하게 기다렸다.

희미해져가는 의식 속에서 그는 부풀지 않은 반죽처럼 묵직한 생각에 자신을 내맡기고 있었다. 떨어지면 산산조각이 나겠지. 하지만 말할 수 없는 고통을 주는 소리의 습격, 그 화살, 공, 벌에게 당하는 고통도 끝나는 거야.

마지막 순간, 그는 빡빡이를 찾았다. 그러나 찾을 수 없었다. 조금 떨어진 곳에 검은 물건을 안고 있는 장발남을 보았다. ……마네킹은 손가락을 폈다. 그대로 아래로 날았다. 돌처럼 떨어지지도, 새처럼 날지도 않았다. 바람이 쓰레기더미에서 불어 올린 구겨진 신문지처럼 날았다.

부드럽게 천천히 떨어졌음에도 충격은 실로 파괴적이었다. 마네킹은 조각조각 부서져 오래전에 말라버린 거친 강바닥에 누워 있었고, 주변엔 고대시대 배의 잔해와 조개화석, 그리고 한 짝이 아닌 두 개의 운동화가 널브러져 있었다. 잠시 후, 만신창이가 된 마네킹의 몸통 주변으로 다람쥐보다는 크고 토끼보다는 작은 생명체들이 모여들기 시작했다. 이 생명체들은 실재하는 동물이 아닌, 꿈에서나 볼 수 있는 것들이었다. 꿈에서 깨면 그들의 구체적인 형상은 사라지지만 온기, 부드러움, 친근감 등은 아련한 기억으로 남는 그런 생명체들.

이 동물들은 순식간에 큰 무리를 이루었다. 마치 추락한 비행기 주변에 모여드는 사막과 툰드라 지역의 온 거주민들처럼. 감수성이 뛰어난 것들은 눈물을 흘렸고, 어떤 것들은 상심하여 고개를 내저었다. 그때 그들 중 하나가 말했다.

"의사를 불러야 해요."

누군가가 맞받아쳤다.

"필요 없겠어요. 이미 죽은걸요."

"아니요, 아니에요, 아직 죽지 않았어요."

여럿이 이구동성으로 외쳤다.

그러자 누군가가 패기에 찬 젊은 목소리로 말했다.

"죽었으면 어때요! 시체라도 살리면 되지요!"

그러자 토론이 벌어졌다. 의견이 분분했다.

잠시 후, 휠체어를 타고 덩치 큰 연장자가 나타났다. 그는 매우 노쇠해 보였다. 그는 마네킹에게 가까이 다가가다가, 실수로 마네킹의 부러진 손가락을 앞바퀴로 밟기도 했다. 그는 숨을 몇 번 몰아쉬며 말했다.

"죽었어. 완전히 빈사상태야."

모인 사람들은 동요하여, 서로 중얼거리고 속삭였다.

"그를 위해 해줄 수 있는 게 하나도 없습니까?"

"아무것도 없습니다."

의사는 고개를 설레설레 내저었다. 그러더니 급하게 말을 이었다.

"단 한 가지 방법, 수혈을 해주면 살 수 있어요."

모두 입을 다물었다. 둥근 눈썹에 유난히 눈이 커다란 자가 말했다.

"우리는 숫자가 많습니다. 피를 모으면 되요."

코가 긴 자가 끼어들었다.

"대용 혈장으로는 안 되나요? 대용 혈장을 쓰면 되잖아요!"

의사는 돌아보지도 않은 채, 그의 말을 일축했다.

"안 돼요. 인공적인 피가 아니라, 생명체의 진짜 피여야 합니다. 적어도 6리터가 필요해요. 그 방법이 아니라면 우리는 이걸 두 다리로 일어서게 할 수 없습니다."

"그럼, 우리가 피를 모아볼까요?"

모두들 술렁이기 시작했다.

휠체어에 앉은 의사는 어이없다는 어조로 말했다.

"도대체 어떻게 모은다는 겁니까? 우리 각자가 가진 피는 6밀리리터예요. 반 이상을 헌혈할 순 없습니다. 만일 내가 5밀리리터를 헌혈하면, 더 이상 다리를 쓸 수 없게 됩니다."

다시 동요가 일어나는가 싶더니, 다람쥐-토끼의 생명체들은 결론을 말했다.

"만약 우리가 살려내면, 인간이 될 겁니다. ……그것도 아주 멋지고…… 똑똑하고…… 또 아이를 낳기도 하겠죠. …… 그리고 뭔가를 만들거나 그림을 그리거나……. 살려야 해요. 살게 해야 합니다."

"좋습니다. 모두가 원한다면 살리도록 하죠. 단 그전에 한 가지 물어볼 게 있습니다. 만일 여러분 앞에 있는 것이 범죄자의 몸이라면 어떻게 할 건가요? 그것도 아주 잔혹하고 비열한 범죄자 말입니다. 게다가 말할 수 없이 어리석은 자라면……."

모두가 경악했고, 입을 다물었다. 이윽고 아프리카인 스타일의 우스운 곱슬머리가 낮은 목소리로 말했다.

"그렇다면 더욱 살려야 합니다. 말할 필요가 없지요. 그에게 기회를 주어야 합니다."

"동의합니다. 여기서 한 가지 상기시켜드릴 게 있습니다. 여러분이 자신의 피를 희생하면 **위대한 계단**[56]의 법칙에 따라 여러분들은 아래로 내려가고, 여러분이 가진 기회를 상실하게 됩니다. 반면, 그는 위로 올라가게 되고, 여러분이 상실한 기회를 얻게 될 겁니다……."

"예, 예, 알고 있습니다. ……그렇게 하길 원해요. ……동의합니다, ……동의해요!"

그들은 박살난 마네킹의 주위를 에워쌌다. 어디선가 하얀 침대시트가 나타났다. 비밀스러운 의술이 시행되기 시작했다…….

새로운 여인이 서 있는 곳에는 뛰어 건널 수 있을 정도의 거리만큼 떨어져 있는 작은 디딤판들이 무질서하게 모여 있었다. 디딤판 아래로는 수직 봉이 뻗어 있었는데, 그것을 타고 아래로 내려갈 수는 없었다. 새로운 여인은 마지막 디딤판에 이르기까지는 순조롭게 디딤판들을 건너뛰어 앞으로 옮겨갈 수 있었다. 그러나 마지막 하나를 남겨놓고 되돌아가야 하는 상황에 부딪혔다. 마지막 디딤판은, 고도로 훈련된 운동선수, 아마도 체조선수들만이 뛰어넘어갈 수 있는 거리에 있었다.

---

56 미국 그랜드캐년을 관통하는 대협곡의 지층대, Grand Staircase를 연상시킨다. 이 지층대는 20억 년 지구의 유구한 시간의 흐름을 보여준다.

그녀는 낙망하여 주저앉았다. 아래를 내려다보니 겁부터 났다. 그녀는 고개를 들고 위를 올려다보았다. 그곳의 디딤판들은 거의 평행을 이루고 있었다. 그 디딤판을 떠받치는 기둥은 무척 가까이에 있었다. 잠시 숨을 돌린 그녀는 노선을 바꾸기로 결정했다. 물론 머리 위의 디딤판들을 이용하면 많이 돌아가게 될 것 같은 예감이 들기는 했지만, 다른 방법이 없었다. 새로운 여인은 자기 몸의 유연성과 민첩성에 감탄하며, 우둘투둘한 철제기둥을 꽉 잡고, 기둥에 몸을 최대한 밀착시키면서 힘껏 기어 올라갔다. 아마포 덧신과 장갑이 차가운 금속과의 접촉으로부터 그녀를 보호해주었다. 가장 놀랄 만한 일은 기둥을 기어오르는 일이 차츰 재미있게 느껴졌고, 몸이 그것을 즐기는 듯했다는 것이다. 몸은 그것이 왜 즐거웠던 걸까? 아마도 몸이 수축했다가 튀어오르면서 공중으로 날아갈 수 있고, 떨어지기 전에 마음껏 느슨하게 풀어질 수 있는 용수철의 특성을 습득할 수 있었기 때문일 것이다. 새로운 여인은 기어오르는 일이 더 이상 힘들지 않았다. 그리고 그녀는 이미 모든 중압감과 두려움에서 벗어나 있었다……

'이게 바로 스포츠의 매력일 거야.'

그녀는 평행선을 이룬 디딤판에 올라서며 생각했다. 그곳은 아래보다 훨씬 밝았다. 대협곡 건너편이 그다지 흐릿하게 보이지 않았다.

교수는 미끈미끈하고 경사진 파이프들을 지나 찌그러진 작은 서랍장에 이르자 그 주위에 주저앉았다. 그의 오른쪽에는 두 개의 녹슨 파이프가 2미터쯤 떨어져 매달려 있었다. 헌데 그는 지금 녹슨 파이프 쪽으로 건너뛸 것인가를 쉽게 결정하지 못하고 있었다. 문득 그는 어떻게 해서 자신이 이런 어리석고 말도 안 되는 상황에 처하게 되었는지 암울하기만 했다. 밑에서 바람이 불어왔고, 그러자 장식장이 흔들렸다. 그뿐 아니었다. 사방이 소름끼치는 축축함과 질식할 것 같은 냉기로 가득 찼다.

'이 모든 게 꿈이었으면, 오, 제발……!'

정말 꿈이기를 그는 간절히 바랐다. 손가락 끝으로 얼굴을, 머리를 건드려보았다. 그리고 혀를 잇몸에 갖다 대었다. 그런데 의치가 없었다! 왜 이 사실을 진작 깨닫지 못했을까? 크렘린 병원에서 맞춘 기적의 의치, 그건 어디에 있는 것일까?

그는 자신의 가장 좋은 양복을 입고, 그 양복에 지금껏 받은 훈장을 다 달고서 기괴하고도 불편한 상황에 처해 있다. 신분증도 없다. 그리고 의치까지 잃어버렸다. 혹시 누군가 의치를 빼간 것은 아닐까? 끔찍해……. 정말 끔찍해…….

'어쩌면 내가 죽은 것일까?'

지금까지 그 생각만은 하지 않으려 애썼던 그의 경박한 이성은 이제 그 생각의 포로가 되고 말았다.

교수는 자신의 왼쪽 흐릿한 안개 속에서 낯익은 빡빡이

를 보았다.

"여기요! 내 말 좀 들어봐요."

교수가 소리쳤고, 빡빡이는 즉시 그를 향해 왔다.

"이제 조금만 더 힘을 내십시오. 서두르지 마시고요……."

빡빡이는 예의 그 사근사근한 목소리로 말했다. 하지만 교수는 그의 말은 들으려고도 않고, 그의 하얀 셔츠 소매를 잡고는 소리쳤다.

"제발, 당장 말해주시오. 혹시 내가 죽은 거요?"

빡빡이는 몸을 구부린 채 말없이 교수를 쳐다보다가, 그가 정말 듣고 싶어 하지 않는 바로 그 말을 했다.

"예, 교수님. 당신께 더는 숨길 수가 없군요. 당신은 죽었습니다."

교수는 몸을 떨었다. 가슴 한 부분이 쑤시는 것 같은 통증이 일어났다. 심장마비가 왔을 때의 느낌. 손과 발이 차가워졌다. 하지만 또한 그것은 그가 살아 있다는 분명한 징후였다. 이 사실이 그를 진정시켰다. 그는 손으로 가슴을 누르며 웃었다.

"농담하시는 거겠지요. 하지만 그런 농담은 절 충격으로 죽게 만들 수 있어요!"

"농담이 아닙니다. 그러나 다른 표현이 더 낫다면, 당신의 이승에서의 삶은 끝났다고 간단히 생각하십시오."

교수는 서랍장 위에서 야단법석을 피웠다.

"그러면 내가 지옥에 있다는 겁니까? 난 믿지 않아요. 이

따위 것들……."

"나 역시 지옥을 믿지 않습니다. 하지만 당신은 언젠가 존재하는 모든 상황을 받아들이게 될 겁니다. 지금은 저편 기슭에 도착하는 것이 가장 중요한 우리의 목표입니다."

빡빡이는 걸음을 크게 두 번 옮기더니 두 개의 녹슨 선로에 닿았다. 그는 레일을 가볍게 디디며 슬쩍 밀었다. 순간 레일은 서랍장 쪽으로 아주 가깝게 이동했다. 그리고 빡빡이는 가버렸다.

교수는 아연실색하여 돌처럼 굳어버렸다. 빡빡이는 허공을 성큼성큼 걷고 있었다! 그는 단호하게 발걸음을 내디뎠다. 그의 걸음걸음마다 하얀 안개가 그의 발에서 휘어지는 것 같았다. 빡빡이의 몸은 외줄타기를 하는 곡예사처럼 흔들리고 있었다. 어쩌면 실제로 그의 발밑에 외줄이 있는 것은 아닐까?

교수는 조심스레 흔들리는 선로를 밟고 올라섰다.

장발남은 계속 몸을 흔들어댔다. 하지만 그 어디로도 뛰어오를 수 없었다. 가장 가까운 디딤판은 10미터나 떨어져 있었다. 그가 서 있던 파이프의 움직임은 일정한 리듬을 따르고 있었다. 그는 섬세한 음악적 청력을 가지고 있음에도, 그것이 무엇인지 알 수 없었다. 그는 공식을 알기만 하면, 그 움직임을 조종할 수 있을 거라고 생각했다. 그는 유심히 귀를 기울였다. 발, 정강이뼈, 좌골, 33개의 척추골, 두개골

등, 그의 모든 신체 부분이 하나가 되어 리듬에 맞춰 움직였다. 그는 박자들이 반복된다는 걸 알아차렸다.

'교차 리듬이야. 5박자, 3박자야. 분명해.'

그의 몸은 그 박자에 맞춘 리듬의 흔들림을 정확하게 익혔다. 리듬의 규칙을 알게 되자, 발밑에 있는 파이프의 흔들림을 어느 정도 조종할 수 있게 되었다. 그 순간, 움직임의 진폭이 증가했다. 그 리듬은 장발남이 서 있는 곳과 가까운 곳의 디딤판이 평행을 이루도록 하고 있었다. 그래서 디딤판으로 가까이 갈 수 없었다. 진폭이 커진 두 번째 리듬은 점점 또렷해졌다. ……장발남은 다시 그 리듬을 타기 시작했다. 8분의 7박자!

갑자기 장발남의 온몸으로 강렬한 충격이 덮쳐왔다. 하마터면 떨어뜨릴 뻔 가방을 그는 아슬아슬하게 붙잡아 가슴에 꽉 껴안고는 어루만지듯 쓰다듬었다. 그러나 아마포 장갑을 끼고서는 부드럽게 쓰다듬을 수가 없었다. 그는 장갑을 벗고 싶었다. 불안하게 이리저리 흔들리면서, 그는 왼쪽 장갑을 벗기 위해 단단하게 매어진 매듭을 이빨로 물어뜯었다. 공중에서 누군가가 도움을 주고 있는 것만 같았다. 실제로 그랬다. 그의 주변에 회오리가 불었는데, 전과는 달리 그 회오리에서 손과 입술, 풀어 헤친 여자의 머리칼이 느껴졌다. 회오리는 여자였다.

매듭은 느슨해지면서 풀어졌다. 장발남은 왼손을 아래로 내려 장갑을 던졌다. 오른손 장갑의 매듭도 어느새 느슨해져 있었다.

"서둘러요, 어서. 열어주세요, 열어주세요."

살아 숨 쉬는 대기의 생기 넘치는 빛줄기가 노래를 불렀다. 빛줄기는 따뜻하다 못해 뜨거웠다. 그리고 그를 애무하면서 아양을 떨었다. 몸에 바싹 붙어 그를 재촉했다.

파이프의 움직임은 스스로 조절되어 규칙적으로 변하더니, 조금씩 장발남을 디딤판으로 데려갔다. 장발남은 가방의 잠금장치를 눌렀다. 철컥 소리가 났다. 그러자 회오리가 상자에서 아름다운 물건을 꺼내 장발남의 손에 쥐어주었다.

"어서 연주해보세요."

장발남의 손에는 악기가 들려 있었다. 그 악기……. 그 악기의 도움으로……. 이것은 그에게 가장 소중한 것이었다. 하지만 어떻게……. 그때 오른손이 스스로 자신의 자리를 찾아갔다. 손가락들이 정확한 자리에 놓였다. 왼손도 자리를 찾고자 했다. ……그러나 그 다음은 쓰라린 좌절감뿐.

그때 뜨거운 손가락이 그의 목덜미, 턱, 입술을 어루만졌다.

"자, 연주해주세요. 이전으로 되돌아갈 수 있어요."

리드가 그의 입술에 달라붙었다…….

회오리는 장발남을 이리저리 흔들었다. 그 리듬은 그의 몸 전체로 파고들며 끈질기게 자극했다. 곧이어 장발남은 코로 숨을 한껏 들이마셨다. 공기로 가득한 폐.

회오리바람은 점차 수그러들더니 멈추었다. 장발남은 입술로 마우스피스를 지그시 눌렀다. 이는 더할 수 없는 즐거움의 신호탄이었다. 그러나 가장 헤치기 어려운 그의 운명이기도 했다. 아랫입술이 리드에 착 달라붙었다. 혀로 플라스틱 마우스피스를 건드렸다. 그 모든 것들이 마치 헤어졌다가 다시 찾은 자신의 몸 일부처럼 느껴졌다. 말할 수 없는 감격이 복받쳤다. 이제 그는 혀, 후두, 입술과 마찬가지로 자기 몸의 일부인 금속과 나무로 만들어진 이 경이로운 창조물에 자기 자신과 숨을 불어넣어야 했다. 더 완벽한 자신을 만들기 위하여…… 그는 일어날 기적을 망치지 않기 위해 조심스럽게 숨을 내뱉었다. 그렇게 만들어진 소리는 음악이었고, 동시에 의미심장한 말이자 생동감 넘치는 목소리였다. 그 소리들로 인해 모든 뼈마디가 행복감에 흐느끼고, 골수는 기쁨에 넘쳐 화답을 보내는 듯했다.

초라한 인간. 머리 하나에 두 개의 귀! 망치골, 모루골, 등자골, 3회 나선형의 달팽이관, 중이, 고막, 귀지 샘, 유스타키오관……. 열 개의 굽은 손가락과 허파의 단순한 수축과 이완……. 보잘것없는 신체기관들의 생김새와 움직임……. 그것들로부터 저런 음악이 나올 수 있는 것일까?

감수성 강한 사람들은 눈물샘에 가득 고인 눈물을 훔쳐냈다. 음악을 향한 그리움……. 음악으로 인한 아픔…….

하느님, 저희에게 임하소서! 그분은 임재하고 계신다. 그분은 지상의 음악이 갖는 고결한 선율 너머에 계신다.

교수는 선율을 듣고는 울음을 터트렸다. 그를 붙잡았던 마지막 희망도 완전히 사라져버렸다. 교수는 자신이 정말 죽었다는 것에 절망했다. 지금 그가 듣고 있는 선율은 인간 세상에 존재할 수 없는 것이기 때문이었다. 그는 자신의 뛰어난 음감을 늘 자랑스럽게 생각해온 터였다. 그는 한 음도 틀리지 않고 기타를 치며 노래를 불렀고, 배우지 않았음에도 아코디언도 연주할 수 있었다. 그 음악적 재능은 건달 같은 아들에게 대물림되지 않았던가. ……그래서 그는 너무도 잘 알고 있었다. 지금 울리는 저 선율이 그 어떤 음악과도 비교될 수 없다는 것을. 저 선율은 아름다움의 절대성을 너무도 분명하고 또렷하게 말하고 있었다. 아름다움 그 자체였다. ……그 어떤 반박도 불가능한, 신이 내리신 아름다움이었다. 제아무리 아름다운 새의 깃털, 비눗방울, 벨벳처럼 보드라운 팬지꽃의 보랏빛 얼굴일지라도 이 음악 앞에서는 아무런 소용이 없을 것이다. 장발남의 아름다운 음악은 또한 교수로 하여금 무의미하게 살아온 지난 시간들을 후회하게 만들었다. 아니, 그게 아니었다. 무의미하게 보낸 시간에 대한 후회와 부끄러움만이 아니라, 탄생에서 죽음에 이르기까지, 머리에서 발끝에 이르기까지, 아침부터 저녁에 이르기까지, 자기 자신의 모든 것에 대한 후회와 부끄러움을 느끼게 했다.

주변의 모든 움직임이 정지했다. 모두는 돌처럼 굳어버렸고, 숨소리조차 내지 않았다. 협곡 바닥에 쓰러진 마네킹 때문에, 분주한 작은 생물들조차도 손길을 멈추고 큰 눈을 더 크게 뜬 채, 얼굴을 치켜들고 귀를 기울였다.

장발남은 이제 존재하지 않았다. 그는 음악 속에 용해되어 음악 자체가 되어버렸다. 그의 존재로부터 남은 것은 세상에서 하나밖에 없는 수정유리다. 이 수정유리는 기적을 비추는 마법의 유리였다. 그의 음악이 주는 환희에 비하면, 지상의 삶에서 느낀 그 어떤 기쁨도 속된 기만에 불과했다. 고무 인형과 섹스를 하는 것과 같은 것이었다.

장발남은 부드러운 회오리가 자신을 들어 올려 흰 안개 속으로 점점 더 높이 오르게 하고 있음을 깨닫지 못했다. 그의 선율은 더욱 커졌고, 온 세상을 가득 채웠다. 음악은 세계 그 자체였다.

13

대협곡의 건너편 기슭은 아침이었다. 아침은 원액 그대로의 알코올처럼 강했고, 방금 낳은 계란처럼 신선했다. 그리고 알파벳처럼 완전했다. 새로운 여인의 뒤로 수증기를 뿜는 협곡이 보였다. 그녀에게 협곡은 두 개의 서로 다른 옷감 사이에 있는 조야한 솔기처럼 여겨졌다. 이제 협곡은 그녀에게 전혀 중요하지 않았다. 그녀의 눈앞에 자신이 보아왔던 아름다움과 경이로움으로 가득한 세계가 펼쳐져 있었다. 그녀는 지난 시간의 모든 것을 기억했다. 어린 시절의 일까지. 기어 다니던 때 손을 데었던 난로에서부터 노트의 마지막 장까지. 노트의 마지막 열 장은 개발새발로 쓴 글 자로 가득했었다.

두 개의 전조등 불빛이 눈앞에 닥친 그녀의 현재 순간을 밝혀주었다. 두 불빛 가운데 하나는 하나하나 개별적으로 생겨난 과거의 불빛, 다른 하나는 지금의 완벽한 아침의 불 빛이었다. 그리고 풀리지 않는 물음—나는 어디에 있는가? 나는 누구인가? 나는 무엇 때문에 있는가?—때문에 시작 된 긴 고통은 이제 사라졌다. 그녀는 엘레나 게오르기예브 나 쿠코츠키였다. 그러나 완전히 새로운 사람이었다. 지금 자신의 이름처럼 말 그대로 새로운 여인이었다. 그녀는 이 제 모든 것, 그녀가 예전에는 알았지만 그 후에 잊어버렸던 것, 그리고 전혀 알지 못했지만 지금 기억이 나는 것들을 하 나로 조합하고자 했다.

엘레나는 잔디밭을 두세 걸음 걸었다. 맨발이 잔디밭에 닿는 순간 느껴지는 다양한 감각이 그녀를 놀라게 했다. 그 녀는 풀줄기 하나하나, 얇은 이파리 하나하나를 맨살로 느 꼈다. 눈먼 발이 세상을 볼 수 있게 된 것처럼. 똑같은 일이 눈과 귀, 코에서도 일어났다. 그녀는 두 개의 덤불 사이에 있는 흙더미 위에 앉았다. 꽃이 피기 직전인 덤불은 재스민 이라는 강한 향기를 품는 꽃이었지만, 다른 덤불은 그녀가 모르는 꽃이었다. 덤불은 밝은 테두리가 있는 단단한 잎에 시큼하면서도 오싹한 특유의 냄새를 풍겼다. 땅에서는 온갖 냄새가 피어올랐다. 습기 찬 땅, 으깨어진 풀줄기의 액, 딸기의 잎, 쓴 캐모마일 등의 냄새가 났다. 방금 지나간 사람의 냄새도 맡을 수 있었다. 그녀는 그 사람이 누군지도 금방 알 수 있었다.

'동물 같은 예리한 후각이야.'

엘레나는 자신의 변화에 감탄했다. 청각도 변해 있었다. 잔잔한 아침의 고요 속에 많은 소리들이 또렷하게 들려왔다. 풀은 크게 바스락거렸다. 그 바스락거림은 풀의 구조를 알려주었다. 단단한 풀은 거친 소리를 냈고, 연한 풀은 부드러운 소리를 만들어냈다. 덤불 잎은 벨벳같이 부드럽게 서로를 문질렀고, 꽃은 신음소리와 함께 봉오리를 터트렸다. 나무에서 힘찬 날갯짓을 하며 오르는 박새 한 마리는 날개와 꼬리로 3화음을 만들어냈다. 날렵하게 마무리하는 소리가 3화음을 뒤따랐다. 또한 그녀는 이전에는 결코 볼 수 없었던 것들도 볼 수 있게 되었다. 날아가는 새의 꼬리 깃털이 거의 수직으로 서 있었고, 반면에 뾰족한 날개끝은 아래로 기울어 있었다. 성냥개비처럼 작은 잿빛 다리는 부드러운 잿빛 배에 단단히 고정되어 있었다. 박새는 아래로 미끄러져 내려가더니 금방 생각을 바꾼 것처럼 잽싸게 꼬리를 돌리면서 날개 끝을 다시 올려 위로 날아올랐다. 교본에 적혀 있는 기체역학과 비행교리……. 엘레나는 놀랐다.

'전에는 저런 것들이 왜 단 한 번도 보이지 않았던 걸까?'

엘레나는 흙더미에 앉아 깊게 숨을 들이켜고는 앞을 보면서 귀를 기울였다. 이제 그녀는 새로운 땅의 여러 모습과 소리, 그녀의 새로운 자아에 익숙해졌다. 그녀는 서두르지 않았다. 갑작스럽게 그녀 앞에 제 모습 그대로 드러내기 시작한 자연의 온갖 소리와 냄새 때문에 기분 좋게 지친 그녀는 풀밭에 몸을 쭉 뻗고 누워 눈을 감았다.

'세상이 이렇게 아름다운데 잠을 자는 건 정말 멍청한 짓이야. ……하지만 꿈을 꿀 순 있으니까…….'

그녀는 맨땅에서 잠이 들었다. 자기가 아무것도 걸치지 않은 맨몸이라는 것을 모른 채.

빡빡이는 배의 선장처럼 맨 마지막으로 대협곡의 건너편 기슭에 올랐다. 그러자마자 기이한 일이 또다시 벌어졌다. 자신들이 건너온 대협곡은 어디론가 사라졌다. 그뿐 아니라, 협곡에서 나오는 마지막 순간까지 그가 도와주었던 모든 사람들 또한 어디론가 사라지고 없었다. 그는 사람들이 마지막 디딤판에서 협곡 절벽의 얼룩덜룩한 알루미늄 사다리로 뛰어 올라 그것을 타고 협곡 위로 올라갈 수 있도록 도와주었었다. 마지막으로 협곡을 기어오른 것은 덩치 큰 셰퍼드였다. 그런데 셰퍼드가 협곡의 끝에 도착하는 순간 하얀 고치 속에 들어 있는, 인간과 새의 형상을 닮은 이름 모를 생물체들이 셰퍼드를 한쪽 부분이 숯으로 된 커다란 나무로 메고 갔다. 마침 그때 빡빡이가 서 있는 디딤판이 심하게 흔들리더니 절벽에 달린 사다리와 멀어졌고, 사다리로 건너뛸 수 없게 되었다. 그러나 보이지 않는 어떤 힘이 그를 절벽의 가장자리에 올려다놓았다.

빡빡이는 땅바닥에 발을 내디뎠다. 그가 맨 먼저 본 것은 X레이 사진 속에 있는 듯한 자신의 발이었다. 모두 스물아홉 개의 뼈로 된 발. 아니 스물여덟 개였나? 뼈들은 눈에 거슬리지 않게, 피부를 통해 어슴푸레하게 드러났다.

'심하게 변형되었군.'

빡빡이는 엄지발가락 뼈와 발등 뼈 사이의 관절이 매우 커져 있는 것을 발견했다. 그의 '내면투시'가 작동한 것이다.

'아 그래, 아직 나에게 남아줘서 고마워요……'

정말 아름다웠다. 단지 태양이 머리 위에 높이 떠 있다는 사실 하나만으로도 그러했다. 때는 정오였다. 빡빡이는 그 자신이 동서남북과 위아래가 존재하는 장소에 있다는 게 기뻤다. 그는 주위를 둘러보고는 협곡이 처음부터 없었던 것처럼 사라지고, 그 자리가 모래로 덮여 있는 것을 확인했다. 그는 미소를 지으며 머리를 끄덕였다. 그래, 아쉬울 건 없어. 그렇게 되는 게 당연해……

지금 그가 있는 세계는 그에게 신뢰감을 주었다. 그러나 또한 예전의 사고습관을 버릴 것도 요구했다. 언제나 이해가 빠른 학생이었던 그는 이미 그럴 준비가 되어 있었다. 모든 게 녹색이었고, 평화로웠고, 따뜻했다. 바람은 불과 음식냄새를 실어와 그를 동쪽으로 유혹했다.

그의 뒤에 반쯤 숯이 된 나무가 서 있었다. 그래서 그는 작은 생물들이 개를 큰 덮개로 덮고, 그 위에 선과 공식들을 그리고 있는 것을 보지 못했다.

그들 중 가장 작은 몸집이 성급하게 질문을 던졌다.

"모두 잘된 건가요? 제대로 만들어진 거예요?"

"그런 것 같구나. 일단은 모든 게 순조로워. 좋은 여자가 될 거야. 예쁘기도 하고."

가장 건강한 체구가 대답했다.

"명랑한 여자가 될까요?"

작은 몸집이 호기심에 차서 물었다.

"아마도……. 품성이라면……. 가지고 있던 모든 성품들, 충성과 순종, 정직 등은 그대로 전이될 거야. 그러니 물론 명랑하기도 하겠지. 원래 유쾌했으니까. 이름도 '유쾌한'이 었잖아."

"왜 한 번에 모두 바뀌게 해서 놓아주면 안 되는 건가요? 기다리지 않아도 되도록 말이에요."

작은 몸집은 집요한 질문 공세로 연장자인 건강한 체구를 힘들게 했다. 그러나 연장자는 참을성 있게 대답했다.

"그건 말도 안 된단다. 오히려 이 여자는 오랫동안 여기에 머물러야 해. 원래 가지고 있는 하등 성향들을 벗어버리려면 말이다. 만일 그런 시간 없이 한 번에 바뀌면 이 여자는 어떤 꿈을 꾸게 될 것 같니? 그건 정말 끔찍한 일이란다. 동물적인 본능만을 따르게 되겠지. 그럼 그냥 '개'(Canis lupus familiaris)가 되는 거다. 결국은 야수와 다를 바 없는 거야. 주어진 시간을 채우지 않은 경우 어떤 사람들이 생겨났는지 말해보렴, 응?"

건강한 체구는 대답을 기다렸지만, 작은 몸집은 우물쭈물할 뿐이었다.

"우리 아직 그건 안 배웠어요. 난 이제 3단계를 마쳤을 뿐이라구요."

"그렇구나. 아직 배우지 않았지만, 앞으로 꼭 배우게 될 거다. 실습과 경험을 통해 알게 될 거야. 미리 말해두자면, 반인반수, 늑대인간, 정신병자, 연쇄살인범에서 대량학살의 주범들까지 다양하게…… 그런 인간들이 나왔단다. 이해하겠니?

"정말 끔찍하군요. 그렇다면 하등 성향을 바꾸는 게 정말 중요한 일이네요."

"우리의 일이 가벼운 거라고 생각했니?"

건강한 체구는 덮개를 살짝 들어올렸다. 그 아래에는 들창코와 살짝 들어간 이마의 덩치 큰 여자가 누워 있었다.

"지금 우리가 일을 제대로 잘한다면, 이 여자는 훌륭한 여자, 좋은 아내, 좋은 친구가 될 거야. 자, 그럼 시작해볼까?"

건강한 체구는 작은 몸집을 가까이 오게 하고는, 자신의 뾰족한 발을 여인의 이마에 놓고 부드럽게 주무르기 시

434

작했다.

14

오솔길은 산 위로 길게 이어져 있었다. 언덕 꼭대기에 올랐을 때 빡빡이는 위에서부터 좁게 휘감으며 흘러내리는 강을 보았다. 강가 모래밭에는 모닥불이 햇빛 때문에 희미해져 알아보기도 힘들게 타고 있었다. 모닥불 위에는 연기에 그을린 주전자가 놓여 있었다. 그리고 불 옆에는 나이 많은 꼬부랑 할아버지가 등을 보인 채로 앉아 있었다. 그의 빛나는 반(半) 대머리 주변에는 얼마 안 되는 잿빛 머리털이 보였다. 빡빡이는 그에게 다가가 인사를 건넸다.

"차 한 잔 하시오. 생선도 잘 익었으니……."

노인은 미소를 지으며, 이글거리는 숯불에 달궈진 평탄한 돌 위의 생선을 막대기로 찔렀다.

"이걸 이 강에서 잡으셨습니까?"

빡빡이는 앉아서, 노인이 갓 구워낸 뜨거운 생선을 먹으며 물었다.

"어부들이 가져다준 거지요. 난 소년시절에 이미 사냥이나 낚시 같은 걸 끊었어요. 솔직하게 말하면, 육식도 끊었지요. 도덕적인 이유로."

생선은 가시가 많았지만, 맛은 있었다. 겉모양은 큰 농어류나 등지느러미에 가시가 나 있는 흑해의 물고기를 생각나게 했다. 그리고 나서 노인은 주전자를 들어 차를 두 개의 알루미늄 잔에 붓고는, 아마포 가방에서 포장된 작은 꾸러미를 꺼내어 펼쳤다. 거기에는 꿀이 가득한 벌집이 있었다.

빡빡이에게 노인의 얼굴은 익숙했다. 그런데 노인의 이름이 도무지 생각나지 않았다. 노인은 수다스러웠다. 그는 아이들과 손자에 대해 얘기했다. 그가 몹시 가슴을 태웠던 꼬마 바냐를 회상하기도 했다. 그러고는 전혀 헛된 일이었다고 말했다. ……그런가 하면, 니콜라이 미하일로비치라는 사람을 욕하면서 그의 어리석음을 한탄하기도 했다.

"전에는 어리석음은 죄가 아니라 불행이라고 생각했지. 이젠 생각이 달라졌다오. 어리석음은 큰 죄악이오. 거기엔 오만함, 교만함이 들어 있기 때문이오."

노인은 입술을 내밀어 탁하지만 맛 좋은 차를 홀쩍이고는 잔을 평탄한 돌 위에 내려놓았다. 그리고 한숨을 쉬었다.

"천박한 사람들의 평판이나, 혹은 우리가 청춘 때 기다리던 사랑을 내게 주었던 사람들이 나를 위로할 수는 없소. 나는 『세바스토폴 단편선』을 쓴 이후 많은 사람들로부터 그런 사랑을 받았었지. 하지만 그 사랑으로 인해 나는 자만심을 갖게 되었다오. 바로 그 사랑이 내 자만의 원인이었소. 나의 어리석음은 창조주로부터 거저 받은 내 모든 재능들을 능가했지. ……어리석음은 내 스스로 만든 것이지요."

'그래 맞다. 어떻게 이 얼굴을 바로 알아보지 못했을까? 바로 이 얼굴을⋯⋯. 소크라테스의 주름을 가진 이마, 털북숭이 눈썹 아래의 작은 눈, 러시아풍의 넓은 코, 세계적으로 유명한 수염⋯⋯.'

빡빡이는 노인장의 말에 동의했다.

"맞습니다. 내 아내 엘레나는 톨스토이 공동체 출신입니다. 아내는 일생 당신의 말을 인용했지요. 그때마다 나는 그녀를 비웃었어요. 당신의 우상은 어리석다고 말이죠. ⋯⋯그럼, 아내는 화를 내곤 했지요."

노인은 눈썹을 찌푸렸고, 크고 긴 손가락으로 수염을 쓸어내렸다.

"정말 그렇게 말했나요? 누구도 눈치 채지 못한 사실인데⋯⋯."

"그건 어르신이 살던 시대의 사람들이 그랬던 거죠. 지금은 생각이 많이 달라졌습니다."

노인은 기침을 하며 가방을 들었다.

"나랑 잠시 가볼 데가 있어요. 내 작업실을 보여주겠소. 난 요즘 자연과학에 심취해 있소. 이론을 세우고 있는 중이지."

빡빡이는 마지못해 몸을 일으켰다. 이미 그를 저편 기슭의 소리가 부르고 있었다. 그는 이제 그 소리를 분명하게 알 수 있었다. 하지만 노인의 기분을 상하게 하는 것 또한 정중하지 못하다는 생각에 그의 제안을 거절하지 못했다.

집은 오래된 참나무 숲 속에 자리하고 있었다. 아담한 집에는 창문이 세 개 있었는데, 온통 정향나무에 가려져 있었다.

'꽃봉오리가 벌써 나왔네. 닷새면 활짝 피겠어.'

빡빡이는 주위를 둘러보았다. 입구에 세 개의 작은 계단, 처마 밑의 양동이. 톨스토이는 문을 열었다. 방은 널찍해 보였다. 벽을 따라 책장이 놓여 있었고, 책상 위에는 현미경이 있었다. 벽에 붙은 또 다른 책상에는 일종의 실험대처럼 실험용기, 화학약품들이 놓여 있었다. 획기적인 일이군.

"이 안락의자가 더 편할 거요. 난 오래전부터 학식이 풍부한 사람과 대화를 나누고 싶었다오. 현대의 학자 말이오. 귀족들이 어떤 교육을 받았는지는 당신도 잘 알고 있을 테지요. ……젊어서 난 과학을 배울 기회가 없었어요. 그에 반해 괴테는 뛰어난 교육을 받았지요. 그는 광물학에 정통했고, 색채론을 발전시켰으며, 자연과학을 깊이 탐구했어요. 하지만 우리는 기껏해야 가정교육을 받았지요. ……어떤 면에서 보면 제대로 성장하지 못한 거지……."

노인이 바보 연기를 하는 것인지 아니면 빡빡이를 조롱하는 것인지…… 어떤 것인지 종잡을 수가 없었다. ……톨스토이는 안경집에서 코안경을 꺼내 걸치고는 엄하게, 고통스럽게 말했다.

"50년 전부터 이 문제에 대해 깊이 생각해왔소. 이곳에

사는 생명체는 고차원적이면서도 극도로 단순명쾌합니다. 나는 이들과 어떤 논의도 할 수가 없소. 특히 인간 세상의 비극적인 체험들을 이곳의 생명체들은 전혀 이해하지 못해요. 비록 완전한 형체가 없다 할지라도 그들의 육신은 화학적 구성상 지상의 인간 육신과는 구분되지요. 하나부터 열까지 정선된 재료예요. 내게 당신은 오랫동안 고대했던, 하지만 한참 전에 포기했던 대화 상대입니다."

노인이 말하는 동안 빡빡이는 말려 있는 종이 몇 장을 펴서 가장자리를 매끄럽게 문지른 다음 한쪽 끝에는 두꺼운 책 두 권, 다른 쪽 끝에는 잉크 지우개를 얹어 놓았다.

"나의 발견은 사랑에도 해당합니다. 세포의, 소위 화학적 영역에서 말이죠. 그것에 대한 나의 생각을 당신과 이야기하고 싶소, 파벨 알렉세예비치."

빡빡이는 오랫동안 지상에서 불리던 자신의 이름을 듣지 못했다. 산만한 눈빛의 이 고매한 사람이 달변으로 말한 그 어떤 내용보다, 자신의 이름을 불러서 돌려주었다는 것이 더 큰 감동을 불러일으켰다. 단절된 관계가 회복되는 감동이었다.

"이제야 깨달은 바지만, 사랑도 다른 자연현상과 똑같이 봐야 합니다. 예를 들어 중력이라든가, 혹은 드미트리 멘델레예프가 발견한 화학적인 인력법칙이라든가, 혹은 다른 파이프들 안에서 액체가 동일한 높이를 형성한다는 법칙이라든가, 이건 발견한 사람 이름을 모르겠군요. 이탈리아 사람이었는데…… 암튼, 그런 자연법칙과 똑같이 말입니다."

'이분은 초등교육을 받은 적이 없었지. 야스나야 폴랴나 식 교육을 받았을 테니까. ……그 때문에 초등교육에서 배우는 과학 내용에서도 엄청난 인상을 받고 흥분하신 거야…….'

파벨도 덩달아 유쾌해졌다.

톨스토이는 말을 이어갔다.

"그러므로 나는 세계다!(Haec ego fingebam!) 육욕적 사랑은 인간들에게 허락되었소! 나는 우리의 모든, 소위 기독교인들이 했던 것처럼 잘못 생각했지. 인간은 사랑에 대한 그릇된 개념 때문에 괴로워하고, 스스로에게 고통을 가했어요. 사랑을 저급하고 육욕적인 사랑과, 추상적이고 철학적이고 고귀한 사랑으로 분리했기 때문이오. 인간은 신이 주신 순결하고 자연스러운 육체에 고결함과 신성함을 결합시키는 걸 수치스럽게 여겨왔단 거지."

"그 점에 대해선 의심의 여지가 없습니다, 레프 니콜라예비치."

파벨 알렉세예비치는 낮은 목소리로 노인의 의견에 맞장구를 쳤다. 그리고 노인의 어깨 너머에 있는, 빨간 색연필과 파란 색연필로 그려진 그림을 보았다. 그것은 난자와 정자를 서투르게 그린 것이었다.

"이성 간의 끌림은 우주 창조의 바탕이에요. 고대 그리스인, 인도인, 중국인들은 그걸 이미 알고 있었지. 하지만 우리 러시아 사람들은 이해하지 못했어요. 별로 호감이 가는 인물은 아니지만, 바실리이 바실리예비치[57]만이 이에 대해 더 깊이 이해하고 있었지요. 우리의 교육은 시대의 병이자 거대한 거짓말이었소. 그런 교육은 삶을 경멸하는 고대 수도사들로부터 시작되어, 결국 우리가 사랑에 이르지 못하게 하는 결과를 초래했지요. 살면서 사랑에 이르지 못한 사람은 신에 대한 사랑도 이룰 수 없습니다."

그는 의기소침해져서 잠시 말을 멈추었다.

"사랑은 가장 기본적인 세포의 차원에서 완성됩니다. 그것이 내 발견의 본질이지요. 모든 법칙은 그 안에 집중되어 있어요. 에너지 보존의 법칙, 질량 보존의 법칙. 화학, 물리학, 그리고 수학까지도요. 분자들은 사랑을 통해 결정되는 화학적 친화성에 힘입어 서로에게 접근합니다. 혹시 당신이 원한다면 그 사랑을 욕정이라 불러도 무관하오. 금속은 산소가 있는 상태에서 격정적으로 산화되려고 하지요. 여기서 주목해야 할 것은, 이런 화학적 사랑이 자기부정을 통해서 이루어진다는 겁니다. 서로가 서로에게 자신을 내어주고 본래의 자신을 포기하는 거지요. 그 결과 금속은 산화물이 됩니다. 산소는 더 이상 기체가 아니게 되지요. 그러니까 사랑 때문에 자신의 본성을 포기하는 겁니다. 그런데 원시적 자연은 어떤가요? 모든 작은 홈을 채우면서, 대지

---

57 1856~1919. 러시아 철학 사상가이자 문예평론가, 사회비평가인 로자노프를 말한다.

의 틈에 스며들면서, 물은 땅으로 가려고 애를 씁니다. 바다의 파도는 기슭을 쓸어내지요. 최고로 완성된 상태의 사랑은 사랑의 이름으로 자신을 포기하는 겁니다. 자신의 본성을 말이지요."

노인은 마른 입술을 삐죽였다.

"파벨 알렉세예비치, 난 내가 쓴 모든 것을 부정하고 있소. 그건 몰라서 쓴 것들이기 때문이에요. 허점투성이들뿐이지. 여기에 앉아 그것들을 다시 읽고 생각하며, 난 눈물을 흘린다오. 어리석은 말로 얼마나 많은 이들의 삶을 혼란스럽게 했던가? 진실은 단 한마디도 찾을 수 없으니……. 난 본질 중에서도 가장 본질적인 것을 쓰지 못했소. 사랑에 대해 아무것도 알지 못했어요."

파벨은 이의를 제기했다.

"그럴 리가요! 레프 니콜라예비치, 천장에서 떨어져 죽는 젊은 농부 이야기는 사랑의 문제를 다룬 게 아닌가요? 그 작품은 제가 평생 읽은 사랑에 관한 작품 중 최고였습니다."

톨스토이는 갑자기 생기를 띠며 말했다.

"잠깐만요, 어느 소설 말입니까? 생각이 나지 않는군요."

"제목이 『항아리 알료샤』였습니다."

"그렇군. 맞아, 그런 소설이 있었지."

톨스토이는 곰곰이 생각하는 듯하더니 말을 이었다.

"그래요, 아마도 당신 말이 맞을 것이오. 어쩌면 한 편쯤은 좋은 소설을 썼겠지."

"그리고 『카자흐 사람들』은요? 또 『하지 무라트』는요? 아니에요, 아닙니다. 난 당신 말에 동의할 수 없습니다, 레프 니콜라예비치. 언어 자체도 원시적인 자연과 다를 게 없지 않나요? 그 자체로는 사랑을 이해할 수 있는 어떤 일도 생기지 않습니다. 그런데 그 언어로 당신은 우리에게 사랑을 상기시켜주었던 겁니다. 자연 상태 그대로의 언어는 결코 가장 완전한 것도, 고도로 조직된 것도 아닙니다. 그렇기에 어르신이 사랑에 관한 한 대가라고 말할 수 있는 겁니다."

노인은 일어났다. 그는 몸집이 크지 않았고 다리도 구부정했지만, 어깨가 떡 벌어져 강건해 보였다. 그는 서가로 갔다. 거기엔 가장자리가 닳은 종이 표지의, 그의 첫 유고작품집이 꽂혀 있었다. 톨스토이는 한 권씩 차례로 꺼내어 책장을 넘겼다. 마침내 그는 원하던 페이지를 찾았다. 파벨은 애정이 넘치는 눈빛으로, 노인의 어깨 너머로 누렇게 바랜 페이지들을 보았다. 엘레나도 바로 그 판을 소유하고 있었는데……. 할머니 집에서 가져온 책이었다.

"그러니까 당신은 이 소설을 좋다고 생각하는 거지요?"

"예, 명작입니다."

파벨은 짧게 대답했다.

"나도 꼭 한 번 읽어볼 겁니다. 쓰기만 했을 뿐, 이걸 완전히 잊고 있었군요. 중요한 의미를 찾을 수 있는 뭔가를 썼을 수도 있으니까."

그는 중얼거리면서 코안경 너머로 누렇게 바랜 페이지들을 보았다.

해가 진 지 오래였다. 파벨은 일어나 작별을 고했다. 그리고 기회가 주어진다면 다시 오겠다고 약속했다. 자연과학의 대담에 그를 초청했던 톨스토이는, 이제 파벨의 생각에는 별 관심이 없는 듯했다. 가능한 한 빨리 자신의 소설을 읽고 싶어 했다. 나이 든 사람들이 다 그렇듯이, 그 역시 다른 사람들의 의견보다는 자신의 생각을 더 중요시했다. 노인은 파벨과 함께 현관 앞 계단으로 나와 작별의 키스까지 해주었다. 파벨은 자신이 조금 전 있었던 기슭을 향해 서둘러 발길을 옮겼다.

15

오솔길은 비탈을 오르내리며 꾸불꾸불 나 있었다. 파벨은 깜짝 놀랐다. 멀리 떨어져 있는 나무들이 마치 길가의 풀처럼 가깝게 보였다. 그는 굽이를 돌 때마다 이곳이 어떻게 이루어진 세상인지를 보여주는 새로운 특징들을 발견할 수 있었다. 예를 들어 강바닥은 지면보다 높았고, 강물은 된 죽처럼 느리게 흘렀다. 크고 붉은 물고기 한 마리가 강물 속에서 잠시 동작을 멈추고 파벨을 쳐다보았는데, 그 시선은 물고기의 것이 아니었다. 호의적이고도 호기심이 가득한 시선이었다.

오솔길 모퉁이를 돌자, 작은 관목들이 있는 정원이 나왔다. 정원의 나무의자에 키 큰 여자가 앉아 있었다. 그녀는 파벨을 보고는 일어나 줄무늬가 있는 지팡이로 땅을 짚으며 다가왔다. 바실리사였다. 그녀의 눈은 술래잡기하는 아이처럼 하얀 붕대로 가려져 있었다. 그런데 그녀의 얼굴에는 무언가 이상한 점이 또 있었다. 그녀가 가까이 다가왔을 때, 그는 붕대 위 이마 한복판에 있는 푸른빛의 눈을 보았다. 그 눈은 사람의 눈이라기보다 소의 눈 같았고, 눈썹이 촘촘하게 나 있었다.

"파벨 알렉세예비치, 난 당신을 이미 오래전부터 기다리고 있었어요."

바실리사는 기쁨을 나타내며 말했다. 파벨은 그녀에게 다가가 포옹했다.

"안녕하세요, 바실리사!"

"결국 우리가 다시 만났네요. 다행이에요."

그녀는 훌쩍거렸다.

파벨은 고개를 숙였다. 두 개의 눈물샘이 보였다. 그것은 이마 한복판에 정확히 붙어 있어 왼쪽 눈에도 오른쪽 눈에도 속하지 않는 눈에 있었다.

'그들이 그녀의 오래된 눈을 가져가고 새 눈을 준 건가.'

그 생각을 파벨은 입 밖으로 내고 말았다. 바실리사는 웃었다. 순간, 파벨은 그녀가 이전에는 한 번도 웃은 적이 없다는 사실을 떠올렸다.

"아니에요. 빼앗아간 게 아니에요. 수술해주었어요. 여기에 사는 작은 생물체들이 말이에요. 그들이 말하길, 이 붕대는 꼭 당신만이 풀 수 있다고 했어요. 하지만 내가 당신에게 뭔가를 말하고 난 다음에야 그렇게 할 수 있대요. 그런데 그게 무언지는 말해주지 않았어요. 스스로 알아내라는 뜻이겠지요. 그래서 나는 여기 벤치에 앉아서 내가 당신에게 뭘 말해주어야 하는지를 온종일 생각하곤 했어요."

"그래서요? 그게 도대체 뭔데……?"

그는 호기심에 차서 물었다.

"날 용서해주세요, 파벨 알렉세예비치."

그녀는 천진만만하게 말했다. 파벨은 의아했다.

'이건 무슨 유치원이란 말인가? 의자에 앉히는 벌을 주고, 잘못을 빌도록 지시를 하다니 말야!'

"아니에요. 용서할 일은 없어요."

그는 강한 거부반응을 보였다.

"네? 난 당신을 범죄자 취급 했어요! 용서해주세요. 그리고 이제 내 붕대를 풀어주세요. 부탁이에요."

두 사람은 벤치를 향해 갔다. 바실리사는 지팡이로 더듬거리며 갔고, 파벨은 그녀의 팔을 부축했다.

'소의 눈처럼 맑은데 아무것도 안 보인다니 정말 이상한 일이야…….'

붕대는 전문가의 솜씨로 감겨 있었고, 질 좋은 것이었다.

아마도 외제인 듯했다. 파벨은 붕대를 풀고 보호마개를 눈에서 떼어냈다. 그 안에 무명 안대가 또 있었다. 그는 조심스럽게 그 안대도 떼어냈다. 봉합 자국은 보이지 않았다. 눈은 부어 있었고, 눈꺼풀은 가볍게 붙어 있었다.

"자, 눈을 떠보세요, 바실리사……."

그녀는 머뭇거리다가 숨까지 죽인 채 조심스레 눈을 떴다. 이마 가운데 있는 눈을 가리고 수술한 한쪽 눈으로만 그를 보았다.

"당신은 조금도 변하지 않았군요, 파벨 알렉세예비치."

그가 물었다.

"이제 다른 쪽 눈의 붕대를?"

"아니요. 이쪽 눈은 그냥 놔두세요. 이게 편해요. 그럼 이제, 파벨 알렉세예비치, 날 용서한 거죠? 네?"

"그럼요. 당신에게 화난 적 없었어요."

그의 말에 그녀는 웃기 시작했다. 수줍은 처녀처럼 다소곳하게. 그때 파벨이 명주 머리 수건을 쓴 그녀의 머리를 단호하게 자기 쪽으로 돌렸다. 그런 다음 그녀의 나머지 한쪽 눈의 붕대도 풀려고 했다. 그러자 바실리사는 소스라치게 놀라며 아이처럼 소리를 질렀다. 그러더니 얼른 손으로 입을 막은 채, 애원하듯 말했다.

"감사해요, 파벨 알렉세예비치. 이젠 가세요. 하느님이 다시 만날 수 있게 해주실 거예요. 앞으로 할 일이 많으니까요."

그는 벤치에서 일어나며 한숨을 쉬었다. 그러고는 궁금

했던 것에 대해 질문을 던졌다.

"그런데 바실리사, 왜 지팡이를 짚고 다니죠? 이마의 눈은 아무것도 보지 못하는가요?"

"네, 그래요. 이 눈으론 아무것도 보지 못해요."

"전혀요?"

"아니, 완전히 그런 건 아니에요. 난 멀리서 당신이 정말 어떤 사람인지를 봤어요."

"어떤 사람인데요?"

"말하기가 어렵네요. 당신은 모든 면에서 그분과 꼭……."

파벨은 손사래를 치면서 더는 말을 하지 않고 그곳을 떠났다.

16

맨바닥에 알몸으로 잠이 들었던 엘레나는 실제로 꿈을 꾸었다. 단순한 꿈이었다. 물에 관한 꿈이었다. 물이 그녀의 장딴지를 적시더니 위로 올라왔다. 처음에는 느리게 올라왔다. 그러다가 물은 옆구리를 지나 위로 물결치며 솟아올랐다. 땅바닥에 더는 서 있을 수 없었다. 헤엄치기 시작했다. 그러나 물은 엄청나게 불어났고, 입과 코 안으로 밀고 들어왔다. 숨 쉬기가 어려워지다가 마침내는 호흡이 불가능할 지경이 되었다.

'이러다 익사하고 말 거야……'

그녀는 숨을 멈추고, 천천히 조금씩 더운 공기를 내뿜었다. 빠져나온 공기는 포도 모양의 수포가 되어 수면 위로 올라갔다.

'지금까지 잘 견뎌냈는데 여기서 익사하면 너무 억울하잖아.'

숨을 더 이상 참을 수 없게 된 순간, 그녀는 입을 벌렸다. 물이 들어왔다. 그러나 물이 물이 아닌지, 그녀가 그녀 자신이 아닌지 알 수 없었지만 물을 잔뜩 먹었는데도 그녀는 아무렇지도 않았다. 처음에는 목에, 다음에는 가슴에 서늘한 흐름이 느껴졌지만, 전혀 숨이 막히지 않았다.

그녀는 좀 더 깊은 곳으로 들어가 헤엄을 치기 시작했다. 공기처럼 가벼운 물살이 그녀를 스쳐갔다. 부유하는 해초 더미와 알록달록한 작은 물고기 떼도 그녀를 스치고 지나갔다. 위로 보이는 물은 극지방의 하늘처럼 창백했고, 그녀 아래에 있는 물은 암청색으로 거의 시커먼 빛이었다. 바닥은 전혀 보이지 않았다. 자세히 내려다보니 별들이 아스라이 반짝이고 있었다. 따뜻한 조류가 차가운 조류와 섞이면서 매끄러운 물살이 바람처럼 일어났다.

물속에서 그녀의 몸은 너무 자유로웠다. 전에 수영을 배웠는지 기억이 나질 않았다. 분명 수영을 못했던 것 같은데……. 그녀는 팔을 머리 위로 들어서는 손가락 끝을 모아, 신속히 헤엄쳐 물 위로 떠올랐다. 그리고 잠에서 깨어났다.

숨을 내쉬자, 코와 입에서 물이 흘러나왔다. 무릎 주위로는 미끈미끈한 해초 더미가 감겨 있었고, 머리카락은 흠뻑 젖어 있었다. 머리카락을 빨래를 짜듯 두 손으로 쥐어짜고는, 덤불에서 벗어나 햇빛 쪽으로 갔다. 햇볕의 온기 속에 그녀의 머리카락은 빠르게 말랐고, 관자놀이와 이마 위의 머리는 곱슬머리처럼 돌돌 말렸다. 그 모양이 거슬린 그녀는 머리카락 다발을 당겨 팽팽하게 하고, 커다란 빗인 양 손가락으로 머리를 빗어 내렸다.

"엘레나."

누군가 친숙하게 자신의 이름을 불렀다. 그녀는 소리가 나는 쪽으로 몸을 돌렸다. 그곳에 남편 파벨이 서 있었다. 그는 나이가 더 들어 보이지도 더 젊어 보이지도 않는, 그녀가 그를 만났던 마흔셋의 모습 그대로였다.

"파셴카,[58] 마침내!"

그녀는 쇄골이 만나는, 파벨의 익숙한 가슴에 얼굴을 묻었다.

그는 그녀의 물에 젖은 가냘픈 몸이, 자신의 몸에 숭숭 나 있는 구멍들을 메우고 있다는 느낌을 받았다. 그 느낌은, 도대체 어디에 난 것인지도 모른 채. 자신을 우울하게 하고 고통스럽게 했던, 태어나면서부터 지니고 있었던 쓰라린 상처가 아무는 것과 같았다.

---

58 파셴카는 파벨의 애칭이다. 애칭으로 부르는 것은 상대방에 대한 사랑스러움을 표현하는 방식의 하나다.

반면, 엘레나는 온전히 그의 안에 머물고 싶었다. 자신의 모든 아픈 기억과 파편으로 부서지는 꿈속을 헤매며 끊임없는 혼돈 속에 빠지는, 어떤 것도 자신할 수 없고 무력한 자신을 그에게 전부 내어주고 싶었다.

이는 부부라는 이유로, 파벨이 그녀의 공허함을 채워주길 바라는 것이 아니었다. 오히려 파벨 자신도 알지 못했던 그의 가슴속 깊은 곳에 있는 텅 빈 자리를, 그녀가 그의 안에 머물게 됨으로써 채워질 수 있기를 바라는 것이었다.

"나의 영혼!"

파벨은 속삭이면서 그녀를 힘주어 껴안았다.

그녀는 무한한 행복감에 젖어들었다. 두 사람의 포옹은 부부들의 의례적인 포옹에서는 일어날 수 없는, 사랑하는 두 사람의 완전한 화합을 이루고 있었다. 생리적, 육체적 욕구에 종속되어 오르가슴을 느끼는 순간 끝나버리고 마는, 그 이상의 어떤 의미로도 발전할 수 없는, 그런 부부들의 식상한 포옹이 아니었다.

두 사람은 또한 분명히 느낄 수 있었다. 지상의 세계에서 합궁이라 불리는 육체적 교감이 이곳에서는 무한의 경지에 이르게 된다는 것을. 그것은 말 그대로 두 사람이 하나가 되어 새로운 세계를 경험하는 것과 같은 것이었다. 동시 다발적으로 많은 것을 볼 수 있고 생각할 수 있게 하는 입체적 세상을 깨닫게 하는 것이었다. 그 순간 죽음, 낯선 곳에서의 방황, 잃어버린 기억들로 인한 엘레나의 지난 모든 고통과 번민은 미소를 짓게 하는 가벼운 열병에 불과한 것이 되어버렸다.

더욱이 파벨의 투시력은 엘레나의 몸 안에서 일어난 변화를 놓치지 않았다. 두 개의 나팔관은 있어야 할 제자리에 아무 문제없이 위치에 있었고, 1943년에 적출했던 자궁 또한 그대로 그 자리에 있었다. 복부를 가로질렀던 봉합 자국은 흔적도 없이 사라졌다.

하지만 이러한 변화가 이뤄졌다고 해서, 일어났던 일을 일어나지 않았던 일로 치부할 수 없다는 것을 두 사람은 알고 있었다. 이 순간 그들은 생각과 감정, 육체와 영혼이 새로워진 것을 알고 있었다. 그럼에도 불구하고, 무자비한 운명으로 인해 지상의 삶을 살아볼 기회조차 빼앗기고 만, 미처 인간의 육체를 갖지 못한 작은 생명체들이 죽어갔던 과거는 여전히 남아 있었다……

그들의 육체와 영혼이 완전하게 혼연일체가 된 순간, 그들은 그들 사이에 **제삼자**가 있음을 알았다. 먼저 여자가 알아챘고, 간발의 차이를 두고 남자도 알아챘다.

남자가 물었다.

"그게 그러니까 당신이었소?"

"물론이오."

바로 대답이 나왔다. 남자는 신음했다.

"용서하오. 내가 정말 어리석었소!"

"괜찮소."

젊었을 때부터 익숙한 목소리가 그를 위로했다.

걱정할 일들은 아무것도 없었다……

3부

1

엘레나는 자신의 방, 자신의 침대에서 잠을 깼지만, 몸 상태가 말이 아니었다. 머리는 텅 빈 듯했고, 몹시 지끈거렸다. 베개에서 몸을 조금 일으킨 순간 옆으로 쓰러질 뻔했다. 겨우 몸을 추슬러 바닥에 발을 디디고 생각을 모았다. 마지막으로 그녀가 오브이젠스크 골목에 있는 교회에서 나와 교회로 올라가는 입구에 서 있었던 모습이 분명하게 떠올랐다. 그러나 그다음 일은 전혀 기억나지 않았다. 엘레나는 시간을 거꾸로 거슬러 올라가며 기억을 더듬었다. 교회를 나오기 전 사제와 상담을 했고, 사제와 이야기를 하러 가기 전날은 타냐와 대화를 했었다. 그 대화에서, 타냐는 더 이상 학교도 실험실에도 가지 않을 거라는 얼토당토않은 선포를 했다.

바실리사의 말에 따르면, 타냐는 그 전날 파벨과 심하게 말다툼을 했고, 파벨의 서재에서 또다시 세 개의 빈 술병을 치웠다고 했다. 모든 게 엉망이 되어가고 있었다. 머리가 터져버릴 것만 같았다.

엘레나는 침대에서 일어나려고 했지만, 심한 어지럼증에 일어설 수 없었다. 바실리사에게 의사를 불러달라고 부탁했다.

저녁 무렵이 되어, 산만하고 미련해 보이는 지역 담당 여의사가 도착했다. 혈압을 쟀다. 정상이었다. 그러나 의사는 진단서에 고혈압으로 나타나는 증상일 수 있다는 소견을 쓰고는 신경전문의를 집으로 보내주겠다고 약속했다. 여의사는 어떤 약도 처방하지 않았다. 부담스러운 듯했다. 유명한 의사의 집에 호출되어 오는 건 그녀로서는 일종의 체벌 같은 것이었다. 바실리사는 하루 종일 레몬차를 가져오는 등 엘레나의 시중을 들었다. 그녀는 엘레나가 기운 낼 수 있도록 뭐든 먹이려고 애썼다. 그러나 엘레나는 아무것도 먹고 싶지 않았다.

늦은 저녁, 파벨이 귀가했다. 그는 엘레나가 걱정이 되어 그녀의 침실로 가 그녀 옆에 앉았다. 보드카 냄새가 진동했다.

"많이 아픈 거요?"

"별일 아니에요. 머리가 좀 어지러울 뿐이에요."

그녀는 파벨에게 자신의 기억상실증에 대해 말하고 싶지 않았다. 그 사실을 생각하는 것조차 끔찍했다.

그는 자신의 단단한 엄지손가락으로 엘레나의 손목을 지그시 눌렀다. 맥박이 정상적으로, 힘차게 뛰고 있었다. 비정상적인 박동은 아니었다. 파벨이 물었다.

"당신은 지쳐 있어. 기력이 많이 약해졌어. 아카데미의 휴양소에 갈 수 있도록 신청이라도 할까?"

"아니요. 지금 타냐가 저 지경인데 내가 어떻게 휴양소

457

에 가요?"

엘레나는 단호했다. 그리고 생각했다.

'예전 같았으면 휴양소에 같이 갈까, 하고 물었겠지. 그러고 보니 8년 동안 어딜 같이 가본 적이 없네.'

두 사람은 타냐에 대해 이야기를 나누었다. 파벨은 곧 지나갈 거라고 말했다.

"젊었을 때 하는 흔한 고민이오. 혼자 결정하도록 내버려두는 것이 좋아요."

엘레나는 뭔가 개운치 않은 듯, 꾸물거리며 동의했다. 실제로 그녀는 남편이 뭔가 재빠르고 현명하게 대처해서 타냐의 고민을 해결해주고, 모든 것을 원상태로 되돌려줄 거라고 생각했다. 그러나 파벨은 유능한 신경전문의를 따로 부르지 않아도 되겠느냐는 질문만 했다. 엘레나는 내일 지역병원에서 올 테니 필요 없다고 거절했다.

'같이 휴양소에 가자고 해야 하는 건데.'

방을 나서면서 파벨은 자신을 질책했다.

이렇게 그들은 모든 면에서 엇갈리고 있었다.

가족들은 타냐의 갑작스러운 변화에 대해 각자 자신의 의견을 토로했다. 그런데 누구보다 타냐의 행동을 질책한 사람은 뜻밖에도 토마였다. 8년 동안 타냐와 한방을 쓰면서 살았지만, 토마는 타냐를 이해할 수 없었다. 이제 토마는 이전의 토마가 아니었다. 눈치를 보며 입양아인 자신의 처지에 맞게 처신하려 노력하던 그 토마가 아닌 것이다. 더 이상 눈치를 보지도, 고분고분하지도 않았다. 이제 그녀는 어른의 눈으로 세상일을 재단했다. 그래서 어머니가 죽던 날 자신에게 넝쿨째 굴러 들어온 복을 어떻게 유지해야 하는지 너무도 잘 알고 있는 그런 토마가 되어 있었다.

파벨의 가족들은 전형적인 부르주아처럼 살았다. 귀한 물건들을 소유할 수 있었고, 질 좋은 내의를 입을 수 있었다. 그리고 접시에 음식을 담아서 먹었다. 뿐만 아니라, 지식인다운 면모로 모든 것에 호의적이었고, 자제력을 가지고 있었으며, 겉모습이 아니라 속에서 우러나오는 청렴결백함으로 일상생활을 영위해왔다. 그랬던 생활이 갑자기 말다툼과 고함, 심지어는 서로 치고 박을 수도 있는 지경에 이르게 되었다. 타냐는 자신의 새로운 선택을 선포하고 난 이후, 이 모든 가치들을 부정하고, 침을 뱉은 것이다!

타냐가 자신이 살아온 세상을 향해 내뱉은 침은 그 누구보다 토마를 놀라게 하고 격분시켰다. 토마는 파벨의 품위 있는 가정환경을 자기 것으로 누리고 있었다. 그래서 타냐의 갑작스러운 변화 때문에 생긴 가족 간의 불화로 자신이 누리는 특권을 잃게 될까봐 노심초사했다. 그녀는 하고 싶은 말을 그대로 모두 내뱉었다. 어떻게 살 것인가에 대한 성숙한 인간의 고뇌를 토마는 고작 다음과 같은 빈약한 언어로 질책했다.

"너한테 네 부모님은 모든 걸 다 해줬어. 그런데 감사할 줄도 모르고, 거기다 침을 뱉어! 대학도 때려치우고 말이야!"

타냐가 대학을 그만둔 것에 대해 토마는 특히 예민해 있었다. 그녀는 지난 2년간 도시녹화사무소에서 토종 수국과 네덜란드 튤립의 관리 일을 해오다가, 이 무렵 처음으로 대학에 가지 않은 걸 후회했기 때문이다. 누구에게도 터놓고 말은 하지 않았지만, 원예기술전문학교 또는 좀 더 학문적인 지식을 위해 임업연구소와 같은 종합대학엘 가는 건 어떨까 하는 생각도 해보았다.

타냐에 대한 바실리사의 생각은 간단하고도 단순했다. 타냐가 술 마시고 노는 데 정신이 팔려 있다고 한마디로 일축해버렸다.

엘레나는 본질적인 면에서는 바실리사의 말이 틀리지 않다고 생각했다. 하지만 그 원인을 타냐 자신 또는 그녀의 품성 자체에서는 찾지 않았다. 뭔지 모를 외적인 사건이나 자신이 알지 못하는 어떤 사람의 영향 때문이라고 믿었다.

파벨은 타냐가 조금 늦은 사춘기를 겪고 있다고 간주했다. 그의 생각은 누구보다도 진실에 근접해 있다고 할 수 있다. 파벨은 타냐의 변화에 대해 더 객관적인 입장에서 이해해보려고 노력했다. 그렇지만 타냐가 심각하게 이야기했던, 죽은 태아와 먹물의 에피소드가 그런 갑작스러운 변화의 원인이라는 것은 도저히 용납할 수 없었다. 그의 관점에서 그 사건은 극히 사소한 것에 불과했기 때문이다. 결국 그는 다른 진짜 원인이 있을 것이라고 결론지었다. 이런 결론을 내리는 데는 간소프스키의 전화가 한 몫 했다. 파벨에게 전화를 건 간소프스키는 처음엔 파벨의 대단한 명성에 대해 길게 너스레를 떨고 난 후, '우리'라는 대명사로 자신을 파벨처럼 양심 있는 학자들 부류에 슬쩍 끼워 넣고는, 타냐의 칭찬을 늘어놓은 다음 사직서는 도로 가져가고, 말도 안 되는 변덕이 가라앉도록 얼마간 휴가를 가졌다가, 9월에 마를레나의 조수가 아닌 자신의 개인 조교로 일하는 게 어떻겠냐는 제안을 해왔다. 그리고 다음 주 화요일 열두 시 이후에 자신의 방에서 만났으면 한다는 것을 타냐에게 전해달라는 부탁을 남기고 전화를 끊었다.

수화기를 내려놓고 전화 상의 대화를 깊이 생각하던 파벨 알렉세예비치는 타냐가 실험실 첫날부터 자신의 롤 모델로 삼았던 마를레나와 뭔가 갈등이 생긴 게 분명하다는 생각에 이르게 되었다.

파벨은 타냐에게 간소프스키의 부탁을 겨우 전할 수 있었다. 왜냐하면 그 무렵 타냐와 마주칠 일이 거의 없었기 때문이다. 타냐는 파벨이 귀가하면 이미 집에 없었고, 새벽녘에야 돌아와 한낮이 될 때까지 자기 일쑤였다. 겨우 마주친 어느 날 파벨이 간소프스키의 말을 전하자, 타냐는 어깨를 움찔해 보이며 장난치듯 말했다.

"뭐하러 가요? 어쨌든 다시는 돌아가지 않을 거예요."

"그래. 그건 너의 선택이긴 해. 하지만 내가 너를 부탁했고, 내가 직접 너를 실험실에 데려다주었다는 걸 잊지 말아라. 나를 난처한 입장에 처하지 않도록 해주었으면 좋겠구

나. 여하튼 사람들 사이에 지켜야 할 예의는 있는 거잖니."

파벨은 타이르는 어조로 말했다.

순간, 타냐는 날카롭게 반응했다.

"난 아빠의 그 정중함을 증오해요!"

파벨은 타냐의 머리를 안아 쓰다듬어주었다.

"얘야, 넌 세계를 바꾸길 원하니? 그건 이미……."

"아빠, 아빠는 아무것도 이해하지 못하세요!"

타냐는 그의 가슴에 대고 소리쳤다. 그러고는 낙담하는 파벨을 남겨둔 채 뛰쳐나갔다. 스무 살이 된 딸, 사춘기의 어이없는 반항이라니…….

2

8월의 무더위가 마지막 기승을 부리고 있었다. 타냐는 2개월째 밤도깨비 생활에 젖어 있었다. 점점 더 깊이 그 생활에 빠져들었다. 혼자서 헤집고 다니는 골목들의 범위도 더욱 넓어졌다. 주로 모스크바 구시가지의 골목길을 돌아다녔는데, 특히 자모스크보레치예를 좋아했다. 그곳에는 아담한 단독주택과 작은 정원을 가진 집들이 밀집해 있었다. 그리고 파드리아르시 연못 주변도 자주 갔다. 엉킨 실타래를 풀듯이, 복잡한 골목과 골목을 누비고 다녔다. 그 외에 트레흐프루드니 거리에 있는 '볼로츠키의 집' 근처에도 자주 갔다. 그 집은 그녀의 외할아버지가 지은 집이었다. 밤새 그곳에서부터 파드리아르시 연못까지 헤매고 다니다가, 새벽녘에 되면 마음에 둔 의자에 앉아 졸고는 했다.

가끔 그녀는 어둠의 사람들과 어울리기도 했다. 그들은, 낮 동안 거리를 매우는 평범한 사람들과는 전혀 달랐다. 술주정뱅이, 창녀, 가출 비행청소년, 갈 곳 없는 연인들 등등…… 어느 날 밤 타냐는 어느 건물의 층계참에서 자고 있는 사람을 발견했다. 순간 소름이 끼쳤다. 혹시 죽은 것은 아닐까……?

어둠의 사람들은 시간에 따라 분류된다. 새벽 한 시 전에 귀가하는 점잖은 사람들도 많이 있다. 엄밀히 말하면, 이들은 어둠의 사람들이라 할 수 없다. 단지 남들보다 낮을 길게 보내는 사람들일 뿐이다. 정확한 의미의 어둠의 사람들은 한 시 이후에 고독한, 더 구체적으로는 술주정뱅이로 바뀌는 사람들이다. 그들은 위험하지는 않다. 가끔 담배나 성냥, 동전 등을 요구하거나 같이 술을 마시자, 사랑을 나누자고 귀찮게 굴기는 하지만……. 타냐는 이런 사람들과 이야기를 나누기도 했다. ……가장 위험한 사람들은 세 시에서 다섯 시 사이에 만나는 사람들이라는 걸 타냐는 이미 간파하고 있었다. 대부분 좋지 않은 일은 이 시간대에 일어났기 때문이다.

타냐는 자신이 이전에 가졌던 학문적 지식을 살구 씨 뱉어내듯 모두 던져버렸다. 지금 그녀는 교과서나 책에서 배운 것과는 전혀 다른 경험에 몰두하고 있다. 예를 들어, 복잡하게 얽힌 골목길을 훤히 꿰뚫게 되었을 때, 자신의 통찰력과 기민함에 환희를 느끼게 되었다. 그런가 하면 예전의 보쾌돔카[59] 구역에 남은 마지막 수도관을 발견한 것에 매우 만족해했다. 이 수도관은 이미 오래전 도시 상수도국의 관리에서 벗어났으나, 여전히 물이 나왔다. 그 외에도 밤마다 범죄형 인간들이 모이는 은밀한 곳인 한 건물의 지하실까지 알고 있었다. 도둑의 소굴일까?

타냐의 어둠의 생활은 깊은 사색으로 정당화되고 있었다. 얼마 전까지 타냐에게 삶은 성공과 명예를 보장하는 학문적 성과를 누리고 있었고, 그 길은 조금씩 산으로 오르는 평탄한 길처럼 힘겨운 것도 아니었다. 그러나 지금 타냐에게 학문은 사회주의 이데올로기가 강요하는 우상과 다를 바 없는, 하나의 함정에 불과했다. 더욱이 그 사회주의는 두 자음을 정확하게 발음하지 못하는 무식한 흐루시초프에 의해 '사회주이'로 호명되고 있었다. ……그녀가 어렸을 때 세상은 '어른들'과 '아이들'의 세상 또는 '착한 사람'과 '나쁜 사람'의 세상으로 나뉘어 있었다. 그러나 지금은 '순종하는 사람'과 '순종하지 않는 사람'의 세상으로 나누

---

59 혁명 전 행려병자나 무연고자, 가난한 환자들을 수용하던 사원과 병원이 있던 지역이다. 도스토예프스키의 『학대받는 사람들』의 공간적 배경이 되기도 했다.

어져 있었다. 이제 그녀에게 아이, 어른, 학식 있는 사람, 재능 있는 사람은 중요하지 않았다. 그들은 오로지 순종하는 사람인가, 그렇지 않은 사람인가의 기준에 따라 분류되었다. 다만, 아버지의 경우는 어느 쪽으로 분류해야 할지 여전히 애매했다. 그는 어디에도 속하지 않는 사람이었다. 사회적으로 유익한 사람이라는 측면에서 그는 순종하는 사람이었다. 그러나 아버지는 항상 자신의 주장을 꺾지 않았다. 다른 사람의 의견을 따르게 하거나, 그것에 굴복하게 하는 것은 거의 불가능한 일이었다. 그렇다면 그는……

어느 날, 타냐는 스레드네 키슬로프스키 거리의 한 아파트 마당에서, 의자에 앉아 있는 엄해 보이는 할아버지를 만났다. 할아버지는 등받이에 등을 기대지도 앉은 채, 꼿꼿이 앉아 있었다. 그는 투박한 손으로, 비싼 나무 지팡이의 매끈하고 단단한 손잡이를 쥐고 있었다.

타냐는 그 벤치 끝에 앉았다. 할아버지는 희미한 가로등 불빛을 비스듬히 받고 있는 커다란 머리를 돌리지도 않은 채, 분명하지 않은 목소리로 말했다.

"타냐, 점심을 줄 때가 되었다고 생각하는데……"

"저를 아세요?"

우연의 일치라는 생각은 못 하고, 그녀는 몹시 놀랐다.

"거듭 말하는데, 점심 먹을 때야."

"할아버지는 어디에 사시죠?"

465

그녀가 묻자 노인은 놀라며 불안해하는 것 같았다. 그는 믿을 수 없는 대답을 했다.

"나는 여기 살고 있어."

"어디? 여기요?"

타냐는 노인이 기억력을 상실했다고 짐작하고는 다시 물었다.

노인은 자랑스럽게 대답했다.

"살랴치 폴타프스키 현에 있는……."

"성함은 어떻게 되세요?"

"점심을 줄 때가 되었어."

노인은 지팡이에 의지하여 일어서려고 애썼다.

"점심 먹을 때야."

그러나 노인은 육중한 몸을 일으키지 못해 주저앉고 말았다.

새벽 무렵이었다. 타냐는 노인이 의자에서 일어나는 걸 도와주었다.

"가세요. 맞아요. 점심 먹을 때가 됐어요. 타냐가 할아버지 점심을 드리려고 기다리고 있어요."

타냐는 제때에 식사를 차려주지 않는 교활한 타냐를 찾아주도록, 노인을 경찰서로 데리고 갔다. 위풍당당한 할아버지를 쪼잔한 권력의 손에 넘기는 순간이 되어서야, 타냐는 지팡이에 하얀 물감으로 '페차크니코프 골목 7동 2호 레프코 알렉산드르 이바노비치'라고 적혀 있는 것을 보았다.

"안녕히 가세요, 알렉산드르 이바노비치."

타냐는 지팡이에 적힌 이름표를 미리 발견하지 못한 걸 애석해하며 작별인사를 했다.

"그래, 자유를 위해 거쳐야 할 단계라면 가보자."

타냐는 생각을 바꾸어 실험실에 가기로 했다.

경찰서에서 나오는데 동이 트고 있었다. 밤의 사람들은 숨어들었고, 낮의 사람들은 아직 자신들의 굴에서 기어 나오지 않았다. 타냐는 기분이 좋았다. 그녀는 일단 잠을 잔 후에 한 시경 실험실로 가기로 했다. 가는 길에 케이크와 사탕, 초콜릿 등을 사 들고 가리라 마음먹었다. 실험실 조수들과 함께 차를 마시며 자신의 해방을 축하하고 싶었다.

그러나 티타임은 이루어지지 않았다. 여섯 명의 실험실 조수들 중 세 명은 휴가를 갔고, 한 명은 병가 중이었고, 전혀 호감이 가지 않는 중년의 타샤 쿠하리코바와 여우같은 갈랴 아브듀쉬키나 두 명만이 연구소에 남아 있었다. 그들은 케이크 두 조각을 먹고 나머지는 냉장고에 넣어두었다. 실험실에는 사람들이 거의 없었다. 누구는 휴가 가고, 누구는 회의에 가고, 누구는 도서관에 가 있었다. 마를레나 역시 떠나고 없었다.

타냐는 전에 사용했던 방에 들렀다. 그리고 아버지가 자신을 이곳에 데리고 온 첫날을 어떤 감정도 없이 무덤덤하게 회상했다. 그날 보았던 도구와 기구들은 여전히 제자리에 놓여 있었다. 예전에는 학문의 신전으로 여겨졌는데, 지금은 시대에 뒤떨어진 후진성에 초라하기 그지없어 보였다. 대학의 분자학 강의실에는 이미 오래전부터 전자현미경과 현대적인 장비가 설치되어 있다. 그에 비하면 이곳은 19세기 학문의 흔적을 보여주는 박물관에 불과했다. 오로지 냄새, 역한 실험실의 냄새들, 알코올, 포르말린, 동물사육장과 클로로포름의 혼합물이 풍기는 냄새들이 전부인 이곳에서 타냐는 더 이상 원할 게 아무것도 없었다.

타냐는 책상서랍을 열어 자신의 개인 물건들—긴 나무 파이프, 콤팩트, 만젤쉬탐 시집, 그리고 용도를 알지 못하는 습자 노트—을 챙겼다. 물건들을 가방에 쑤셔 넣고는 간소프스키의 서재로 향했다. 그녀는 여전히 불투명한 유리가 끼워져 있는 문을 두드렸다. 그러고는 안으로 들어갔다. 흰 가운을 입고 있는, 햇볕에 그을린 밝은 갈색 피부의 간소프스키가 커다란 책상에 앉아 잡지를 읽고 있었다.

"어서 와요, 어서 와."

하나뿐인 손님 의자에는 책이 산더미같이 쌓여 있었다. 간소프스키는 타냐에게 서재용 나무계단을 가리켰다. 책장들은 마루에서부터 천장까지 닿아 있었다. 복잡한 책장들 사이에 있는 계단은 높은 의자를 연상시켰다.

"앉게나."

타냐는 나무계단 위에 어렵게 앉았다. 몹시 불편했다. 마루까지 다리가 닿지 않았다. 그녀는 다리를 맨 아래 계단에 올려놓았다. 최근 유행에 따라 입은 주황색 짧은 치맛자락이 거의 속옷이 보일 만큼 올라갔다. 그녀는 노출된 다리를 훑는 늙은 학자의 끈적끈적하고 음흉한 시선을 느낄 수 있었다. 간소프스키는 금테 안경을 벗어서는 차분하게 접으면서, 동정 어린 시선으로 타냐를 쳐다보았다.

"타치야나 파블로브나, 실험실을 그만두겠다고 했다더군."

"네, 이미 그만뒀습니다, 에드문드 알기다소비치."

타냐는 폴란드-리투아니아에서 유래한, 그러니까 유대인 혼혈인 그의 복잡하고 어려운 이름을 정확하게 발음할 수 있는 유일한 실험실 조수였다.

"근데 너무 서두른 것 아닌가, 타치야나 파블로브나?"

간소프스키는 진지한 어조로 말을 이으며 자리에서 일어났다. 그가 일어나자 나무계단 위에 앉은 타냐의 위치가 더 꼴불견이 되었다. 그는 그녀 앞에 아주 가까이 서 있었고, 그녀는 책들로 가득 채워진 책장 사이의 구석에 파묻힌 꼴이 되어버렸다. 타냐는 그의 허벅지와 무릎이 닿지 않게 하려고 다리를 벌렸다.

"자네는 출발이 아주 멋졌는데……. 솔직히 말해 난 자네를 내 제자로 삼고, 좋은 논문 주제도 알려줄 생각이었네. 이건 아주 중요한 거지. 학문적으로 빨리 뛰고 싶다면 말일세. 내년에 학술 논문을 게재할 수 있게 될 테니까……."

타냐는 그가 말하는 걸 전혀 이해하지 못했다. 그녀는 온통 자신의 맨다리를 스치는 그의 가운 자락과 주머니 속에서 기분 나쁘게 꼼지락거리고 있는 그의 손가락에 정신을 쏟고 있었다.

"자네는 어려운 단계까지 배웠어. 마를레나가 자네에게 어떤 연구단계도 맡길 수 있을 것 같다고 말하더군. 그런데 왜 일을 그만두려고 하는지 이해가 안 되네."

이제 그는 한 손으로 계단 의자 끝을 붙잡고, 다른 손은 우연인 것처럼, 그러나 확실하게 그녀의 허벅지 위에 얹고 있었다. 타냐는 그의 손을 의식하지 못하는 체했다. 마치 대화 상대방의 의도하지 않은 행동을 질책하지 않는 교양 있는 사람처럼.

"자네는 아직 학업기간이 3년 남았지. 이 기간 동안 교과과정과 학위준비뿐만 아니라, 박사논문도 절반쯤 준비할 수 있도록 내가 해줄 수 있을 거야."

교수는 타냐를 바라보았다. 그의 얼굴은 완전히 사무적이었으며, 심지어 엄하기까지 했다. 그는 그녀의 허벅지에서 손을 떼더니 자신의 가운 단추들 사이로 넣었다. 그러고는 허리보다 더 아래 부분까지 내리더니 거기서 흔들어댔다. 타냐의 시선은 그의 손동작을 주시했다.

"식물 호르몬인 옥신이라는 물질이 존재하지."

그는 육중한 팔로 그녀의 움직이는 무릎을 꽉 붙잡고는 다리 사이를 대담하게 만졌다. 타냐는 거의 기절할 뻔했다. 파렴치한 손이 미끄러지듯 정확하게 팬츠 아래로 내려오더니 예리한 손가락으로 비누 외에는 외부 물질이 지금껏 한 번도 닿은 적이 없는 그 장소를 친숙하게 눌러대고 있기 때문이 아니었다. 지금 일어나고 있는 상황과는 아무 관련도 없는 옥신이란 물질로 그녀를 최면에 빠지게 하는 엄하고 사무적인 얼굴과 힘 있는 자의 목소리를 바로 눈앞에서 마주하고 있기 때문이었다.

"이 식물 호르몬은 혈관의 성장을 아주 잘 촉진시키지. 말하자면 5밀리리터를 주입하는 경우 성장하는 모세혈관의 양을 100에서 120퍼센트로 향상시킬 수 있는데……."

그는 가운 아래 부분의 단추를 풀었다. 타냐는 완전히 감각이 마비되어 머리를 돌리지도 못한 채, 그의 주근깨투성이의 넓은 손에 잡힌 칙칙한 분홍빛에 중앙에 세로의 절단선이 있는 구근을 째려보았다. 그는 이미 벌어져 있는 무릎 사이에 서서 한 손으로는 들어갈 준비를 하고, 다른 손으로는 그녀의 허리를 안으면서 타냐를 자기 쪽으로 당겼다. 그가 옥신에 대한 너절한 소리를 멈추고, 매우 사무적인 명령조로 말했다.

"무릎을 좀 더 넓게 벌리고, 어깨를 앞으로 내밀어."

그 순간, 타냐는 멍한 상태에서 벗어났다. 타냐는 손으로 그의 가슴을 확 밀어냈다.

"가만히 앉아 있어!"

그는 고함쳤다. 타냐는 나무계단에서 뛰어내려와 문으로 달려가서는, 그의 구근과 똑같이 생긴 둥근 손잡이를 당겼다. 문은 열리지 않았다.

'개자식! 잠갔어!'

타냐는 주먹으로 온힘을 다해 유리 부분을 내리쳤다. 그러나 문은 열리지 않았다.

그는 아주 차분했다.

"멍청하긴! 손잡이를 돌려야지."

간소프스키는 가운을 여몄다. 노출된 가슴과 밝은 색 바지의 열린 앞섶으로 삐져나온 음경이 가려졌다.

타냐는 연구소에서 코르크 마개처럼 뛰어나왔다. 그리고 멀리 달아났다. 추잡하고 더러운, 쓰레기 같은 인간이 장악하고 있는 학문의 신전으로부터……

야우자 강은 마음의 위안을 주는 곳이었다. 강 주변의 공장들을 고려하지 않는다면 말이다. 그 공장들은 거의 표트르 대제 시절부터 강의 물을 이용하는 대신에 폐수를 흘려보내고 있었다. 도자기 공장, 재혁 공장, 직물 공장 모두가……

타냐는 야우자 강 위의 곱사등이 다리 위에서 처연히 흐르는 녹색의 강물을 내려다보았다.

유리에 베인 팔이 아팠다. 붕대는 젖어 있지만 피는 이미 멈추었다. 타냐는 약국에서 친절한 아주머니를 만났다. 그녀는 아무 말도 하지 않고 소독용품과 붕대를 가져와서는 상처를 붕대로 꼼꼼히 감아주었다. 그런 다음 중지와 약지에 반창고를 붙여주었다. 가장 심한 상처는 손가락 사이에나 있었다. 엄마에게도 같은 자리에 낚시 갈고리 때문에 생긴 상처자국이 있다. 희한한 우연의 일치 아닌가?

타냐는 가진 돈이 없었다. 간소프스키 방에 가방을 두고 나왔다. 앞으로 절대 읽지 않을 의학 서적이 쌓여 있던 의자의 등받이에 걸어두었었다. 아버지에게 간소프스키 방에서 가방을 가져다달라고 부탁하는 게 좋겠지. 그리고 전부 말하는 거야. 나를 욕보이려고 해서 도망쳤다고. 그리고 물어보는 거야. 아버지가 존경하는 예의와 익살에 관해 어떻게 생각하는지. 하지만 아무것도 말할 수 없을 거였다. 아버지가 아무리 교양 있고 절제력이 뛰어난 사람일지라도. 그 이야기를 듣는다면 간소프스키를 당장 죽여 버리려 할 것이다. 타냐는 아버지가, 그녀가 앉았던 나무계단 구석으로 간소프스키를 밀어붙인 뒤, 염색한 대걸레통을 센 주먹으로 힘껏 갈겨주는 상상을 하고는 웃어대기 시작했다.

그녀는 마지막으로 야우자 강물을 내려다보고 나서 소리 내어 말했다.

"가련한 리자[60] 같으니라고! 물에 빠지는 일은 하지 않을 거야."

타냐는 흥분을 가라앉혔다. 그리고 이 사건에 대해 누군가와 함께 이야기하고 싶었다. 그러나 이야기할 수 있는 사람이 없었다. 여자 친구들은 많았지만, 같은 반이었던 가장 친한 친구는 졸업 후 바로 시집을 가서 아이를 낳고 지금은

---

60 러시아의 감상주의 작가. 니콜라이 카람진(1766~1826)의 대표작이다. 주인공 리자는 귀족 청년과의 사랑 이후 버림을 받고 물에 빠져 죽었다.

아이와 함께 시골집에 있었다. 더구나 그 집 주소를 알지 못했다. 두 명의 친한 동기는 카프카스로 휴가를 떠났다. 토마는 이 경우 아예 제외해야 할 인물이었다. 타냐의 주변을 맴도는 남자친구들에게 이야기하는 건 흥미롭지도, 내키지도 않는 일이었다. 더욱이 추잡하기 짝이 없는 사건이었음에도, 그 사건은 기이하게도 그녀를 흥분시켰다. 아마도 구근이 엄청난 인상을 남겼기 때문일 것이다.

내가 일부러 꾸물거렸던 건 아닐까? ……구역질나는 늙은이. 그런데 이 기분은 뭘까? ……때가 된 건가? ……쓸데없는 생각. 누구도 내가 마음에 들지 않을 거야. 나도 누구를 사랑하지 않을 거고……. 모든 걸 털어놓고 이야기할 수 있는 지혜로운 여성 상담자가 있으면 좋으련만, 그럴 만한 사람이 없으니…….

타냐는 의식하지 못한 채, 강가에서 잘 정돈된 거리로 들어섰다. 그곳은 전혀 모스크바의 거리답지 않았다. 오래된 참피나무가 가지런히 심어져 있었고, 군병원과 노란색의 고풍스러운, 그러나 절반은 현대적인 건물들이 보였다. 병영 건물도, 기숙사 건물 같지도 않았다. 그 거리의 이름은 고스피탈리느였다. 여기가 바로 레포르토보[61]다. 타냐가

---

61 모스크바에 위치한 취조실 겸 감옥이다. 이 감옥은 1881년 단기 형량을 받은 하급 군인들을 수감하기 위해 군대용 감옥으로 건설되었다. 1917년 10월혁명 이후, 비상위원회 소속으로 넘어갔고, 스탈린 시대에는 비밀경찰들의 고문장소로 유명했다. KGB 소속의 취조실이기도 했으며, 이곳에서 수많은 구소련 반체제인사들이 취조를 받았다. 2005년에 법무성 산하로 이전되었다.

처음 와보는 곳이었다.

아침부터 그녀는 아무것도 먹지 않았지만, 집으로 가고 싶지 않았다. 그리고 돈은 전부 가방 안에 있었다.

돈이 조금 있을 때보다 아예 없는 편이 더 낫다는 생각이 문득 타냐의 뇌리를 스쳐갔다. 왜 그런 생각이 떠올랐는지 알 수 없다. 뭔가 이유가 있을 텐데. ……그렇다, 그녀에겐 언제나 돈이 있었다. 월급을 받기도 했고, 부엌에는 필요할 때면 언제나 꺼내 쓸 수 있는 돈통도 있었다. 바실리사는 돈통의 돈이 너무 빨리 없어지는 것에 놀라며, 어떻게든 규칙을 만들어보려고 애쓰기도 했다. ……타냐는 처음으로 빈털터리가 되었다. 처음 겪는 이 상황이 타냐는 재미있고 즐거웠다. 그녀는 집까지 버스를 공짜로 타고 가는 방법도 알고 있었고, 택시를 탈 수도 있었다. 집에서 돈을 지불할 테니까……. 그런데 열쇠가 가방에 들어 있었다. 그녀의 새 치마는 모두에게 호감을 주었다. 이탈리아제에 오렌지색, 누름단추가 달려 있다. 그러나 주머니가 없었다. 앞으로 주머니가 없는 치마는 절대 사지 않을 거야. ……배가 고픈 것도 마음에 들었다. 왠지 홀가분하고 자유로운 느낌이라고나 할까. ……그 순간, 중요한 무언가가 그녀의 머릿속에 떠올랐다. 그것은 자유와 관련된 것이었다. 무엇 때문에 자신은 생물학을 공부하려고 한 걸까? 그녀는 어렸을 때 그림을 그렸고, 사람들은 칭찬을 했다. 그 뒤 음악을 했고, 그때도 사람들은 칭찬했다. 그 뒤 아버지의 책을 읽기 시작했고, 또 사람들은 칭찬했다. 그녀는 칭찬받을 수 있는 일에 열중해왔다. 아버지의 칭찬을 듣기 위해 그녀는 열심히 공부했다. 오로지 착한 딸이라는 칭찬을 받기 위해서……. 그러나 이제는 충분했다. 그만하면 됐다. 아버지, 어머니, 바실리사, 그 누구든 다른 사람들의 마음에 들기 위한 행동은 하지 않을 것이다. 오직 내가 좋아하는 일을 할 것이다. 내가 유일한 재판관이다. 타인의 생각으로부터 자유로워지는 거다! 아버지에게 간소프스키의 견해가 의미 있는 것인가 아닌가를 묻는 일은 흥미로울 것이다. 물론 의미 있다고 대답하겠지. 그들은 모두 서로가 마음에 들기를 원하니까. 아니 모든 사람의 마음에 들기를 원하니까. 파벌, 카스트제도, 폐쇄된 사회일 뿐……. 쥐를 죽이는 사람들, 복종하는 인간들…… 소위 지식인이라고 말하지만…… 속물들에 지나지 않는……. 싫어. 이제 정말 싫어…….

타냐는 모든 젊은 대학생들이 그 시대, 60년대에 파리에서, 런던에서, 뉴욕에서, 그리고 로마에서 자신과 같은 생각을 하고 있으리라는 건 전혀 알지 못했다. 그녀는 자신의 사고 능력으로 그러한 생각에 도달했던 것이다. 어떤 귀띔도 부정행위를 위한 쪽지도 없이, 자율적으로…….

그녀는 높은 묘지 울타리를 따라 걸었다. 울타리 너머에는 훌쩍 자란 수목들이 있었고, 그 아래에는 묘비들이 세워져 있었다. 그녀는 '브베젠스키 묘지'[62]라고 적힌 입구에서 멈추어 섰다. 확실하다. 여기는 옛날 독일인의 공동묘지였다. 쿠코츠키 집안의 조상들이 묻힌 곳이기도 했다. 타냐는 묘지 안으로 들어갔다.

오솔길은 문에서 다른 문까지 묘지를 가로질러 나 있었고, 그 주위에 묘와 묘비들이 일정 간격을 두고 위치해 있었다. 독일 고딕 양식의 묘비명이 새겨진 낡은 묘비, 라틴문자가 없는 그저 낡기만 한 묘비. 작은 예배당, 대리석으로 만든 천사, 석고 꽃병, 십자가들과 별들, 별들과 십자가들……. 타냐는 스무 해 동안 살면서 한 번도 묘지에 와보지 않았다는 사실이 새삼스러웠다. 스탈린의 장례식을 제외한다면, 그녀는 장례식에 가본 적도 없었다. 화장터에는 두 번 정도 가봤다. 하지만 화장터가 무슨 일을 하는 곳인지 알지도 못한 채였다. 그녀는 황폐한 그곳이 아름답고 슬프기까지 했다. 그녀는 쿠코츠키의 조상들이 어디에 묻혀 있는지 찾기 위해 묘비에 적힌 묘비명들을 눈여겨보면서, 묘지의 오래된 쪽 오솔길을 따라 걸었다. 그러나 끝내 찾지 못했다.

타냐는 다시 울타리 근처로 갔다. 그쪽은 묘지의 다른 부분이었다. 두 명의 남자가 방금 파낸 묘 근처에 앉아 있었다. 한쪽에는 땅에서 파낸 흙더미가 쌓여 있고, 다른 한쪽의 작은 풀 더미에는 두 명의 인부가 앉아 있었다. 그들

---

62 1771년 페스트가 창궐하던 당시 지어진 공동묘지. 19세기에 독일인 지구에 있던 러시아 군사령관 레포르트와 고로돈의 유해가 이곳으로 이장된 적이 있다.

앞에는 조촐한 먹을 것들이 놓여 있었다. 둥근 빵, 허연 소시지, 노랗게 변한 파 등. 그리고 보드카 병이, 나란히 놓인 두 개의 벽돌에 기대어 놓여 있었다.

한 중년의 남자는 캡을 쓰고 있었고, 두 번째 남자는 젊었으며 대머리였는데 신문지로 만든 모자를 쓰고 있었다. 그들은 타냐를 쳐다보지도 않았다. 방금 전, 돌연히 그녀의 의식 속에 새겨진 자유가 그들에게 빵을 부탁해보라고 부추겼다.

중년남자가 힐끗 쳐다보더니 중얼거렸다.

"가져가."

젊은 남자는 너스레를 떨었다.

"빵을 주면 뭔 일을 할 건데?"

"지금, 팔을 베어서……."

타냐는 붕대 감은 손을 당당하게 들어 보였다.

"뭐 꼭 손으로만 일하는 건 아니지."

젊은 남자는 느물거리며 받아쳤다.

"가지고 꺼져!"

중년남자는 타냐와 젊은 남자, 그리고 이제 막 먹기 시작한 보드카까지 흘겨보았다.

그러나 젊은 사람은 아랑곳하지 않았다.

"술 한 잔 줄까?"

"아니에요, 감사합니다."

그녀는 큰 빵조각과 작은 소시지 조각을 쥐고는 한 입 베어 씹으면서 말했다.

"여기에 우리 할아버지가 묻혀 있어요. 성이 쿠코츠키예요. 근데 묘를 찾을 수가 없네요."

"사무실에 들러서 물어보면 될 텐데."

중년남자의 어조는 조금 전과 달리 정중했다. 아무리 창녀라도 묘지의 고객은 고객이니까……

타냐는 고마움을 표한 후 자리를 떴다.

중년남자가 비난하듯 말했다.

"한심한 놈. 결혼도 했고, 착한 부인도 있고, 아이도 있는 놈이 저 따위 여자한테 농지거리나 하고. 정신 차려, 짜샤!"

젊은 남자가 능글맞게 웃기 시작했다.

"안 될 게 뭐람? 내가 여기서 저 계집애를 자빠뜨린다 한들, 뭔 상관이람?"

타냐는 사무실을 지나쳤다. 오솔길은 묘지의 다른 입구로 나 있었고, 그 문으로 나가자 연못이 마른 것인지 공사로 파놓은 것인지 모를 구덩이가 있는 지저분한 거리가 나왔다. 전차 레일도 보였다. 무임승차하는 사람들에게 전차는 안성맞춤이다. 이미 어둑어둑해지고 있었다. 몇 시나 되었는지 종잡을 수 없던 타냐는 아버지가 선물한 시계를 보았다. 세 시 삼십 분이었다. 시계는 멈춰 있었다.

텅 빈 전차가 가까이 다가왔다. 타냐는 전차가 어디로 가는지 보지 못했다. 어느 지하철역으로인가 가고 있을 거였다. 전차는 그녀를 오랫동안 한 방향으로 데리고 갔다. 다음 역에서 중년부부가 올라탔다. 전차는 야우자 강을 지났다. 그녀는 마지막 정거장이 바우만 역이란 걸 알았다. 거의 열 시가 다 되었지만, 그녀는 집으로 가고 싶지 않았다. 그녀는 올리호프카에 있는 큰 사원 주위를 배회했다. 이 지역에는 단층집들이 많았다. 집들은 흙바닥에다 울타리와 벤치, 아이들이 모래더미를 쌓아놓은 마당을 가지고 있었다. 새로 지은 집은 없었고, 오래된 집이나 소시민 건축물들이 대부분이었다. 그중 하나만 5층짜리의 근대적인 건물이었다. 타냐는 피곤함을 느꼈다. 그녀는 제일 가까운 마당 안으로 들어섰다. 작은 정자가 선물처럼 서 있었다. 그 안에는 낡은 탁자 하나와 땅에 고정된 두 개의 긴 벤치가 놓여 있었다. 정자에 걸맞은 시설이었다.

타냐는 좁은 벤치에 누웠다. 별이 빛나는 하늘을 보기 위해 머리를 옆으로 돌렸다. 어디선가 라디오 음악과 노동자들이 싸우는 소리가 번갈아 들려왔다.

"나는 정말, 정말 자유인이야."

타냐는 중얼거렸다. 그녀는 그 말을 되뇌며, 이런저런 생각을 하다가 어느덧 잠이 들었다. 얼마나 되었을까. 그녀는 추워서 잠이 깼다. 얼마나 잤는지 알 수 없었다. 아주 잠깐 동안 잔 것 같은데. 그 사이 달이 얼굴을 내밀어, 아름다운 빛으로 모든 것을 비추고 있었다. 그녀는 아직도 집으로는 가고 싶지 않았다. 하지만 가야 할 때였다. 그때 뜰 깊은 안쪽의 아주 시골스러운 집의 토담에 한 젊은이가 앉아 있는 것이 보였다. 자신의 손목에 무언가를 열심히 하고 있었다.

타냐는 그에게 다가갔다. 그는 그녀의 발소리를 듣고 돌아보고는 깜짝 놀라며, 오른손으로 왼손목을 쥔 채 꼼짝도 하지 않았다.

"저리 가지 못해?"

그러나 타냐는 꼼짝 않고 그대로 서 있었다. 면도칼의 날이 강한 달빛에 반짝였다. 그녀는 입을 열었다.

"그렇게 해선 아무 일도 일어나지 않아."

"무슨 상관이야?"

그는 고개를 들었다. 금방이라도 울음을 터트릴 것 같은, 시퍼런 멍이 들고 광대뼈가 부어오른 창백한 얼굴을, 그녀는 보았다.

타냐는 은밀한 어투로 말했다.

"따뜻한 물을 채운 욕조에서 해야 해. 지금처럼 하면 성공 못 해."

"네가 어떻게 알아?"

젊은이는 침울하게, 그러나 흥미를 보이며 말했다.

"난 정맥 전문가야. 2년 동안 정맥에 관해 공부했어. 조금씩 피가 나오게 해야 해. 그리고 서서히 죽어가는 거지. 근데 그 보다 높은 곳에서, 확! 그럼 끝. 그게 더 나을 텐데!"

청년은 황당하다는 듯 웃었다.

"뭔 소리야! 내게 필요한 건 그게 아니야. 난 기계가 필요해. 알겠어? 내겐 기계가 없어. 좀 더 넓게 베면, 한 방울씩 흘려 넣을 수 있으니까. 근데 너 전문가라면서, 기계는 갖고 있어?"

타냐는 무슨 말인지 알 수 없었다.

"무슨 기계?"

"맹하긴, 주사기 몰라?"

그는 어이없다는 표정으로 말했다.

"아! 주사기? 집에 있어."

그녀는 그동안 똑똑하게 살아왔다고 생각했는데, 오늘은 온종일 바보 같기만 했다.

"너 사는 데가 멀어?"

젊은이는 타냐에게 흥미를 보였다.

"멀어."

"근데 여기서 뭐하고 있는 거야?"

"돌아다녀. 이 시간에 산책하는 걸 좋아해."

그녀는 그의 옆에 나란히 앉았다. 그는 얼핏 보았을 때보다 훨씬 나이가 있어 보였다.

"우리 산책 가자. 나는 창문 들여다보는 걸 좋아하거든."

타냐는 젊은이의 격자무늬 셔츠 소매를 잡아당겼다. 그는 말없이 타냐를 쳐다보더니, 칼날을 종이에 싸서 격자무늬 셔츠의 호주머니에 넣고는 멍한 얼굴로 그녀의 뒤를 따랐다. 그녀는 그를 거리로 데려갔다. 그리고 조금도 주저하지 않는 발걸음으로 불 켜진 창의 집 사이 골목길로 접어

482

들었다. 창문 안을 들여다보았다. 흰 페인트칠이 된 더러운 작은 램프는 가는 줄에 매달려 공허하게 흔들리고 있었고, 의자들이 뒤집힌 채 책상 위에 얹혀 있었다. 방은 수리하는 중인 듯했다. 오늘 작업을 끝내고 불 끄고 가는 것을 잊은 모양이었다. 창문은 열려 있고, 방은 1층에 있었다.

타냐가 젊은이에게 제안했다.

"기어들어가자."

청년은 한 걸음 뒤로 물러났다. 거의 기겁을 했다.

"됐어. 난 이미 유치장 신세를 졌어. 그걸로 충분해. 너의 집으로 가면 안 돼?"

"열쇠를 잃어버렸어. ······근데 그게 난······."

타냐는 당황스러웠다. 모든 것이 빗나가버렸다.

"그래. 그럼 가자."

청년은 늠름하게 말했고, 그들은 다시 거리를 배회하기 시작했다. 그들은 서로 껴안은 채 걸었고, 어디에선가는 키스를 했다. 그리고 다시 걸었다. 어느 건물 앞에 서서는 발과 다리가 밀착되는 진한 포옹을 하기도 했다.

그들은 타냐가 올리호프카를 배회하면서 보았던 '근대식' 5층집의 맨 마지막 층으로 올라갔다. 4층에 불이 켜져 있었다. 그러나 그 위로는 진한 어둠뿐이었다. 5층을 지나 지붕으로 나가는 문 앞에 이르렀다. 문은 자물쇠로 잠겨 있었다. 벽면의 창살로 막힌 반원형 작은 창을 통해 어스름한 빛이 들어왔다. 그들은 가볍게 키스를 했다. 잠시 후, 타나는 창턱에 앉아 간소프스키가 그녀에게서 원했던 자세를 취했다.

청년이 자기 쪽으로 타냐를 끌어당겼을 때, 타냐는 '간소프스키는 이 짓을 하려고 그 나무계단을 주문한 거군.' 하는 생각을 했다.

아무런 흥분도 감흥도 없이, 아무 의미도 부여하지 않은 채, 그녀는 자신의 처녀성과 결별했다. 청년은 의혹이 가득한, 그러나 뜻밖의 선물을 그대로 받아들였다.

"뭐야? 너 처음이었어? 이런 경우는 나도 처음인걸. 내가 무지 많은 여자들과 만나긴 했지만, 너처럼 처음인 아이는……."

타냐는 그의 말에 피식 웃고는 붕대로 묶은 손을 흔들었다.

"오늘은 피 보는 날이네. ……너도 그렇고……."

청년은 그녀 옆에 나란히 앉았다. 넓기는 했지만, 눕기에는 좁은 창턱이었다.

10분쯤 지나자, 청년은 2년 동안 자신을 마음껏 이용했던 어떤 나타샤에 대한 이야기를 시작했다. 그리고 입대를 연기한 상태이며, 가을에 국경 수비대에 지원할 것이라는 것, 그리고 보통남자들이 하는 그렇고 그런 이야기들을 늘어놓았다. 타냐는 그런 이야기가 전혀 재미없었다. 그녀는 창턱에서 뛰어내리며 손을 흔들었다.

"이제 갈게!"

타냐는 평평한 슬리퍼 뒤꿈치 소리를 내면서 계단을 따라 아래로 뛰어 내려갔다.

청년이 대충 상황파악을 했을 때, 타냐는 이미 두 개의 층을 지나고 있었다. 청년이 소리쳤다.

"어디로 갈 건데?"

"집으로!"

걸음을 멈추지 않은 채 그녀는 대답했다.

"잠깐만! 기다려!"

그는 뒤따라 뛰어내려오면서 소리쳤다. 그러나 그녀는 이미 흔적도 없이 사라진 뒤였다.

3

파벨은 성좌의 시간들을 지식적으로 알고 있다기보다 느끼고 있었다. 그것은 인간을 초월하여 인간의 삶을 주관하는 무엇인가가 존재한다는 직감과 연관되어 있었다. 무엇보다 우주의 시간과 신성한 세포와의 비밀스러운 관계에 근거하여 자신이 출생할 수 있도록 도와준 '아브라함의 자손'들이 그 직감을 뒷받침하고 있었다. 그는 우주의 시간이 인간의 다른 삶에도 영향을 미칠 수 있고, 창조적 에너지의 폭발이 그와 같은 영향의 메커니즘에 따라 조절되고 있다는 가설을 세웠다. 건강한 난자로 수정된 태아의 성장과정에서 뚜렷하게 나타나는 결정론은 그에게 매우 중요했다. 파벨은 결정론을 삶의 거대한 법칙으로 간주했다. 그러나 결정론만으로 모든 개체 발생의 육체적 진행을 설명하는 것에 완전히 동의할 수는 없었다. 그의 자유로운 영혼이 이를 반대했다. 인간은 오로지 하나로 통일된, 어느 정도 모두에게 알려진 생리학적 과정에 의해서만 형성되지 않는다. 알 수 없는 많은 요인들이 인간 형성에 영향을 미치기도 한다. 3킬로그램의 신생아로 똑같이 태어나지만, 그들의 정신세계는 아주 다양하게 펼쳐진다. 혹자는 영웅이 되고, 혹자는 범죄자가 되며, 혹자는 어려서 성홍열로 죽고, 누구는 전투에서 죽는다. 수없이 많은 사람들 각자에게 이미 정해진 각자의 모습이 있을까? 해변의 모래알처럼 많은 운명이 존재하는 것일까? 어떤 법칙 때문에 세 명의 러시아 군인들 중 두 명은 전장에서 총 맞아 죽고, 한 명은 유형지에서 술로 세월을 보내다가 죽어야 했을까? 열 명 중 한 명만이 살아남았다. 이건 누구의 결정일까?

파벨은 자신의 평탄하지 못한 운명을 생각했다. 지금껏 일하고, 가르치고, 수술해왔다. 그러나 한동안 그가 느꼈던 삶에 대한 환희, 희열은 이제 사라지고 없다. 가정생활도 지극히 형식적이고, 지나가버린 행복의 환영만을 유지하고 있을 뿐이다. 전쟁과 피난의 와중에서도 그들이 맛보았던 행복과 사랑, 1953년까지 이어진 꿈같은 10년은 기억의 바닥에 가라앉았다. 마치 황금을 가득 싣고 바다에 침몰한 배처럼. 지금은 서로 냉담하고, 대화도 없고, 어떤 접촉도 없고, 오로지 시선으로 서로의 뜻을 헤아리는 부부가 되어버렸다……

엘레나에게 분명 무슨 일인가 일어나고 있는 게 분명했다. 그녀의 눈은 얇은 얼음 막으로 가려진 듯했다. 뭔가 표현하고 있는 게 있다면, 그것은 근심과 긴장이 가득한 어리둥절함뿐이다. 그런 눈빛은 아주 어린 아이들, 말 대신 울음으로 자신의 의사를 표시할 수밖에 없는 아이들에게서 흔히 볼 수 있는 것이다.

타냐와 함께 하는 시간도 거의 없어졌다. 타냐는 거의 집에 없었다. 예전에는 일과 학업이라는 의미 있고 중요한 활동이 있었지만, 그걸 모두 그만둔 지금 타냐가 어떤 일로 시간을 보내는지 알 수 없었다. 파벨은 그녀가 허송세월을 보내고 있다고 단정하며 안타깝게 여겼다. 그는 청춘에게만 부여되는 특별한 시간의 소중함을 알고 있었다. 청춘의 매 순간은 활력적이고, 입체적이며, 올바른 지식과 경험의 등가물로서 아직 사고의 획일화가 이루어지지 않은 순수한 시간 그 자체다. 나이가 들어갈수록 기성이 되어가는 자신의 시간과는 판이하게 다른 시간이다……

파벨은 자신의 일에 대해서도 생각해보았다. 오랫동안, 어렵고 힘든 상황의 산모들을 위해, 그리고 학생들을 가르치는 데 최선을 다했다. 학생들을 가르치되 단지 기능적인 의사가 되는 것만을 가르치지는 않았다. 기능인이기 전에

487

인간의 생명을 다루는 고귀한 직업 정신을 가르치려 애썼다. 그러나 시간이 지날수록 매너리즘에 빠지고, 남보다 자신을 위한 일이 되어버리면서 평생 열정을 바친 일조차도 그 가치를 상실하고 만 듯했다.

'나이가 들수록 시간의 비중은 감소한다.'

파벨의 결론이었다.

직장에서 돌아와 피곤한 그는 먼저 서재로 향한다. 보드카 잔의 4분의 3을 마시고 난 뒤, 저녁을 먹으러 부엌으로 간다. 그를 기다리고 있던 엘레나도 나온다. 그녀는 바실리사가 차려놓은 식탁에 앉아, 포크와 수저 옆에 힘줄이 드러난 마른 손을 얹어놓고는, 바실리사의 기도가 끝나기를 고개를 숙인 채 기다린다. 바실리사의 기도는 정해진 기도문을 읽는 것이다. 그녀는 식탁에 앉은 사람의 수대로 반복해서 그것을 읽었다. 파벨도 서두르지 않는다. 앞서 마신 보드카가 온몸에 퍼지기를 기다렸다가 체온이 오르는 것을 느끼는 순간 "맛있게 먹어요." 하는 인사를 하고, 바실리사가 만든 맛없는 수프를 먹기 시작한다. 타냐는 가끔씩 집에서 저녁을 먹었다. 토마는 대학에 들어가고 나서 일주일에 네 번 정도 열한 시가 지나야 들어왔다. 가족과 저녁을 먹을 경우, 그녀 역시 말이 없었다. 식탁에서는 일상적이고 가장 필요한 말들이 오갈 뿐이었다. '소금 좀 줘', '고마워', '맛있네'와 같은……

식사를 마친 파벨은 다시 서재로 가서 남은 술을 다 마셔버린다. 이는 스스로를 파멸시킬 수 있는 슬픈 시도이자, 그가 할 수 있는 유일한 시간과의 싸움이었다.

반대로, 일리야 골드베르그는 가장 행복한 시대를 맞고 있었다. 60년대 초, 그의 삶에 대변혁이 왔다. 독립적인 연구를 수행할 수 있도록 실험실도 제공되었다. 실험실에 유능한 젊은 학자들도 기용되었다. 게다가 그는 자신이 쓴 천재성에 관한 저서로 생물학 박사학위까지 받았다. 몇 년 뒤, 일리야는 연이은 체포 때문에 발표되지 못한 자신의 두 편의 논문이 박사 학위보다 수준이 높다고 털어놓기도 했다. 당시 그 논문은 그의 모든 열정과 재능을 쏟아 부은 것이었다. 그리고 지금도 그는 자신이 열정을 쏟은 유전학 연구를 계속하고 있다. 특히 소수의 천재들이 가지고 있는 우성인자와 관련한 연구를 하고 있다. 그는 한없는 행복감에 젖어 있었다. 유전학 연구는 다시 허락되었고, 리센코의 시대는 끝났다. 콧대가 하늘을 찌르던 사람들도 이제는 그의 앞에서 손을 모으고 가식적인 웃음을 짓는다. 이제 일리야는 갑자기 전쟁 영웅이 되어버린 것이다.

일리야의 삶에서 오랫동안 드러나지 않았던 중요한 사건은 '두 번째 발렌티나'와의 일이다. 노노시비르스크 출신의 발렌티나 모이세예브나 그르즈키는 박사과정생으로서 운동을 잘했다. 그녀는 일리야의 첫 번째 부인이었던 발렌티나와 달리 통통한 편이었다. 그녀는 자신의 지도교수 일리야에게 반했고, 농구 선수다운 면모로 끈기 있게 그에게 구애했다. 실제 그녀는 대학 농구팀에서 가장 훌륭한 공격수로 활약한 경력도 갖고 있었다. 이런 경력은 분리파 교도로서의 강인한 내면을 더욱 강하게 만들어주었다. 그녀는 분리파 교도의 가정에서 태어났다. 그녀의 선조들 중 한 명은 사제장 아바쿰의 순례에 동행했고, 그때부터 일가는 시베리아로 추방되어 그곳에서 2백 년 이상 온갖 박해를 받으며 살아왔다. 그런 와중에도 그들은 자신의 믿음을 굳건히 지켰으며, 강건한 후손들을 많이 낳았다. 몇 세기에 걸쳐 자신의 종교적 믿음을 지켜온 그 사람들에게, 발렌티나는 6학년 수업시간에 배운 대로 인간은 원숭이로부터 진화했다고 선언했다. 그녀의 부모들은 처음엔 종교적 체벌로 심한 매질을 했고, 다음엔 학교에 가는 걸 금지시켰다. 그러나 소녀는 자신의 부모들이 당연하다고 여겼다. 그들은 서로 양보하지 않았다. 믿음을 믿음 그대로 받아들였다. 2년 후, 발렌티나는 원숭이에게서 유래했다는 인간의 가치를 위해 투쟁하면서, 등에 대고 저주를 퍼붓는 부모를 뒤로하고 집을 나왔다. 집을 나온 그녀는 고아원에서 생활했고, 야간학교를 다녔고, 대학을 졸업했다. 아무런 물질적 지원도 없이, 오로지 푼돈에 불과한 장학금으로 하루하루를 근근이 버텼다. 대학 마지막 학년을 다닐 때, 그녀는 '유전학'이라는 잡지에서 골드베르그의 몇몇 소논문을 읽은 뒤, 그를 스승으로 선택했다. 그리고 박사과정에 입학하기 위해 발렌티나는 모스크바로 골드베르그를 찾아가 시험을 쳤다.

처음 골드베르그는 새로운 학생으로부터 발산되는 사랑을 눈치채지 못했다. 그러나 그녀의 철저함과 영리함, 그리고 일에 대한 열정은 잘 알고 있었다. 그녀는 갖가지 시험도구들의 사용법을 정확히 알고 있었고, 실험연구의 주요 물체인 파리의 이용 방법을 빠르게 습득했다.

발렌티나는 일리야가 자신의 여성적인 매력에 빠질 거라고는 전혀 생각지 못했다. 골드베르그는 발렌티나가 죽은 아내와 닮았다는 이유로, 그녀를 매력적인 여자로 평가했다. 여기서 짚고 넘어가야 할 것이 있다. 골드베르그는 첫 번째 발렌티나가 살아 있었을 때는 단 한 번도 그녀가 여성의 표준이라고 생각하지 않았다. 그러나 그녀가 죽은 뒤로 시간이 흐를수록, 그의 기억 속에서 그녀는 가장 이상적인 여인이 되어 있었다.

떡 벌어진 어깨, 스웨터 아래로 드러나는 빈약한 가슴, 투박한 구두, 푸른색 실험실 가운을 입은 그녀의 모습을 보고, 일리야가 자신의 만성적인 고독함, 독신자로서의 불안정한 삶, 또는 적게나마 청춘을 위한 뜨거운 사랑이나 성적 욕구에 대해 생각했을 리는 만무하다.

발렌티나는 참고 또 참다가 골드베르그에게 사랑을 고백했다. 골드베르그는 당혹스러우면서도 한편으로 기분이 좋았다. 하지만 자신의 기쁨을 직접적으로 드러내지는 않았다. 오네긴[63]의 말을 인용하여 고전적인 능청스러움으로 발렌티나의 고백에 응답했다. "행복한 운명이 내게 아버지와 좋은 남편이 되라고 명했다오……."

그 이후, 두 사람의 사색은 깊어졌다. 발렌티나는 노보시비르스크로 되돌아갈 일에 대해서, 그리고 골드베르그는 자신의 대머리에 시베리아 눈처럼 돌연히 흩뿌려진 아름다운 한 여자에 대해서……. 일리야는 생각을 깊이 할수록 발렌티나가 마음에 들었다. 그리고 이미 사랑에 빠진 사람에게서 나타나는 자연스러운 징후로, 두 가지 점에서 갈등을 하게 되었다. 첫째, 학생과 사랑에 빠져도 되는 것일까? 둘째, 자신보다 거의 40살이나 어린 학생과 사랑해도 되는 것일까?

물론 간소프스키와 같은 철면피라면 득의의 웃음을 지으며 엉큼한 목적을 위해 특별 제작된 나무계단이 있는 구석으로 학생을 몰고 갔을 것이다. ……그러나 그 철면피는 골드베르그가 향유하는 행복감을 절대 느끼지 못할 거였다. 그 행복감은, 반년이나 서로를 바라보기만 하던 두 사람이 함께 외지에 있는 생물학 학교의 정기 방문을 가면서, 오랜 시간 함께 스키를 타고 난 후, 추운 호텔 방에 둘이 함께 남았을 때 얻어진 것이었다. 그때 발렌티나가 스키를 탔던 것은 정말 잘한 일이었다. 검푸른 스키복에 빛나는 눈까

---

63 러시아의 시인 푸시킨이 1831년에 완성한 운문(韻文)소설 『예브게니 오네긴』의 주인공.

지 스키 모자를 눌러쓰고 능숙한 솜씨로 스키를 타는 발렌티나의 모습은 번개 같았다. 농구만큼이나 그녀는 스키에도 능했다. 그 모습에 반한 골드베르그는 결국 자신의 사랑에 굴복하고 말았다. 처음 몇 년간은 큰 비밀이었다. 그러나 엉성하게 유지된 비밀은 그들의 오랜 삶으로 이어졌다.

파벨이 이 일에 대해 알았다면, 창조적 영감의 호르몬이 갖는 특징에 대해 논의할 수 있었을 것이다. 파벨은 자주는 아니었지만, 한 달에 한 번 정도는 골드베르그와 만나고 있었다. 대개 골드베르그는 파벨의 집에 저녁 열 시쯤 도착했고, 파벨은 보드카를 꺼내왔다. 그리고 늦은 밤까지 대화를 했다. 전쟁이나 말이나 술꾼의 영웅담에 관한 것이 아니라, 집단유전학, 유전자 풀, 유전자 드레프트, 그리고 일리야가 몇 년 후에 명명했지만 당시로는 생소했던 '사회유전학'과 관련한 문제들에 대해 이야기했다. ……골드베르그는 추상적이고 철학적이고 생물학적인 대화도 좋아했지만, 제기된 문제들에 대해 직접적이고도 명확한 대답을 얻어낼 수 있는, 핵심적이고도 명확한 예를 구성하는 탁월한 능력을 가지고 있었다. 그의 제자들은 현대 이론에서 많은 성과를 얻어냈고, 국제 잡지에 논문을 싣기도 했다. 역시 러시아 학자들은 큰 재정적 도움 없이도 머리로, 그리고 손가락으로 연구할 수 있는 학문 분야에서는 남다른 두각을 나타내는 듯했다.

오랫동안 그랬던 것처럼 파벨과 골드베르그 두 사람의

의견은 합치되기 힘든 것이었다. 하지만 한 가지 면에서만큼은 두 사람이 일치했다. 그것은 모든 지식의 밑바닥에는 그 지식의 타당성을 입증할 수 있는 구체적인 근거가 있어야 한다는 것이었다. 무게, 형태, 색깔, 염색체, 다리, 날개에 있는 혈관의 개수 등과 같은 근거. 고대의 학문에서는 대충 유사한 것은 허용하지 않았다. 대답이 다의적이어서도 안 되었다. '그렇다'와 '그렇지 않다', 둘 중의 하나여야 했다. 우주의 시간을 주장하든지 생물체의 진보를 주장하든지 간에, 그것은 반드시 견고한 이론적 토대를 가지고 있어야 한다는 점에서 두 사람은 공감하고 있었다. 골드베르그는 자신이 연구하는 천재성은 혈액에 있는 요산의 양에 따라 결정된다는 이론을 제시했다. 이는 파벨에게도 매우 흥미로운 것이었다. 하지만 그 근거가 빈약하다고 보았다. 골드베르그는 자신의 이론을 입증할 많은 모델이 있음을 주장했다. 파벨을 이에 대해서는 들으려 하지 않았다.

세 번의 수용소 생활을 한 후, 민중과 사회, 소비에트 조국에 대한 지식인으로서의 선천적 죄의식을 벗어버린 골드베르그가 최근에 주장하고 있는 것은, 혁명 전 '러시아 민중'이라고 불린 사회유전학 인자는 소비에트 권력이 지배해 온 50여 년간에 걸쳐 소멸되었으며, 현재 자부심에 겨워 부르짖는 '소비에트 인민', 즉 소비에트 연방의 시민들은 완전히 새로운 사회유전학 인자로서 '러시아 민중'이라는 사회유전학 인자와는 물리학적, 심리적, 윤리적 측면에서 근본적으로 다르다는 것이었다.

"좋아. 나 역시 사람들이 매우 변했다는 것에 동의해. 배고픔, 전쟁, 민족의 대이동, 잡혼 등에 의해서 말이야. 그리고 인체 측정에 대한 객관적 자료를 바탕으로 러시아 민중과 소비에트 인민의 차이점을 주장할 수는 있을 거야. 하지만 도덕성은 어떻게 측량할 수 있지? 어떤 근거로 도덕성이 다르다는 걸 입증할 수 있나? 글쎄, 이건 황당한 주장일 뿐이야. 객관적 근거가 없어."

"난 객관적 근거들을 찾을 수 있을 거라고 생각해. 아직 정확하지는 않지만, 분명 방법이 있어. 인간의 유전자가 백만 개의 유전자들로 구성되어 있다고 가정해보자고. 그럴듯한 숫자야. 이것들은 스물세 쌍의 염색체로 분리되어 있어. 그렇지 않은가? 우리는 유전자 내부 염색체의 무수한 변화 메커니즘을 알고 있지만, 여하튼 모든 유전자들의 염색체를 스물세 그룹으로 나누는 원리는 분명해. 물론 지금은 불가능해. 하지만 백년이 지나면 이루어질 것이라고 확신해. 자, 가정해보지. 예를 들어, 홍채의 푸른빛을 결정하는 유전자가 소심함 또는 용감성을 갖게 하는 유전자와 직접적으로 나란히 위치해 있다고 말이야! 그렇다면 두 유전자가 함께 유전될 가능성은 무수히 많게 되는 거야."

"하나의 유전자가 하나의 특징을 주는 것이 아닌가? 게다가 용감성과 같은 추상적이고 다의적인 성향이 어떻게 하나의 유전자로 결정될 수 있지?"

골드베르그는 집게손가락을 위로 치켜들어 보였다.

"열 개가 된다고 한들 무슨 차이가 있겠나! 문제는 그게 아니지! 내가 말하고 싶은 것은 눈의 색깔을 결정하는 유전자가 다른 유전자와 결합될 수 있다는 거야. 아주 단순하게 말하면, 파란 눈을 가진 사람이 용감할 확률이 더 높다는 거지."

"흥미로운 주장이야. 파란 눈의 금발머리는 용감하고, 검은 눈에 갈색머리는 겁쟁이다, 그런 식의 결론이 나겠군. 그럼 만일 검은 눈에 매부리코인 사람이 있다면, 아마 그는 거의 유다와 같을 거야. 유전학적으로 말하자면 말이지."

"자네는 전형적인 혁명운동 선동자군! 내가 강조하고 싶은 것은, 잘 들어봐! 1918년대 러시아에서 3백만의 젊고 건장한 남자들로 구성된 백군이 사라졌어. 백군은 당시 러시아 귀족이거나 사회에서 뛰어난 사람들이었어. 볼셰비키 정권에 맞서기 위해 고등교육을 받은, 그리고 누구보다 정직한 사람들이 주축이었어!"

"제정신이 아니군. 일리야, 지금 그 말은 네 번째 감옥에 가기에 충분한 말이야!"

"말을 가로막지 말게! 1922년은 교수 추방의 해였지. 그렇게 많지는 않았지만, 아마도 6백 명쯤이었을 거야. 그때 역시 뛰어난 사람들을 제거했어! 가장 뛰어난 사람들 중에서도 더 뛰어난 사람들을 말이야! 가족들과 함께였지! 가족에게는 그 뛰어난 사람들의 능력이 잠재되어 있지. 그다음 부농 숙청은 농사에 탁월한 재능이 있는 많은 농민들을 사라지게 했어. 그들의 아이들도, 태어나지 않은 아이들까지 말이야. 사람들은 죽으면서 자신의 유전자를 가지고 가. 그들의 유전자들은 유전자 풀에서 삭제되는 거야. 당이 탄압해야 하는 대상은 누구지? 개인적인 의견을 표명하고, 반박하고, 자신의 견해를 강경히 주장할 줄 아는 대담성을 가진 자들이겠지! 정직한 자들! 가장 정직한 자들! 성직자들은 시대가 흐르는 동안 계획대로 근절되었어. ……도덕적 가치를 가진 자, 교사와 계몽가들이……."

"하지만 그들은 아주 보수적인 사람들이기도 해. 안 그래?"

"부정하지는 않겠네. 하지만 현대 러시아 상황에서 보수적인 성향, 다시 말해 전통적인 사고방식을 가졌다는 건 혁명적인 사고만큼 위험하지는 않아. 다음으로 제2차 세계대전을 생각해보지. 징집에서 제외된 자들은 모두 나이든 자거나 병자들이었어. 이들이 살아남을 확률이 당연히 높았던 건 두말할 필요도 없겠지. 그리고 감옥이나 수용소에는 주로 남자들이 많았어. 거기에 갇혀 있는 동안, 그들은 자신의 후손을 낳을 기회를 박탈당한 것과 같아. 퇴보할 수밖에 없는 이유가 느껴지나? 여기에 유명한 러시아 알코올 중독을 더 보탤 수 있겠지. 하지만 그게 전부는 아니라네. 아직 한 가지, 매우 중요한 사실이 남아 있어. 바로 우리가 끊임없이 논의하고 있는 걸세. 과연 진보가 정해진 대로 이루어지고 있는가, 진보란 과연 목적을 가지고 있는가, 하는 문제지. 단편적으로 보면 진보하고 있다고 할 수도 있어. 진보의 개념을 단지 살아남는 것에 초점을 맞춘다면 말일세. 그런데 여기서 중요한 질문을 제기해야 하네. 과연 어떤 성향이 개인에게 살아남을 수 있는 기회를 더 많이 제공하는가? 달리 말하면, 어떤 사람이 주로 살아남을 수 있는가, 하는 문제지. 똑똑한 자? 재능 있는 자? 명예가 있는 자? 자부심이 강한 자? 도덕적 신념이 있는 자? 아니야! 이런 사람들은 오히려 살아남기 힘들어. 이들은 결국 조국을 떠나기도 하고, 의도적으로 사라지기도 했지. 그러면 어떤 사람들이 이 땅에서 살아남을 수 있었지? 조심성 있는 자, 숨길 줄 아는 자, 그리고 위선적인 자, 쉽게 타협할 줄 아는 자, 자기비하에 빠진 자들이었지. 누군가 남들과 조금이라도 다르면 그건 곧 공격의 대상이 되는 걸 의미했어. 말하자면, 적당히 중간에 있는 자들이 생존의 우월한 위치를 선점할 수 있었다는 거지. 가우스 분포를 생각해봐. 그 분포의 중심부가 바로 이 나라에서 가장 생존력이 강한 사람들을 보여주는 거지. 자, 이제 현재 소비에트의 유전자 풀이 어떤 지도를 그리고 있는지, 어떤 상황인지 짐작이 좀 가나? 어떤가?"

"평균적인 상황을 고려한다면 5에서 7 정도로 볼 수 있겠지."

파벨이 말했다. 일리야는 크게 웃어댔다.

"내 말이 그거라고. 우리 국민은 아주 단순해졌어. ……

예전 같으면 10에서 20 정도는 되었을 거란 말이지……."

파벨은 친구의 주장에 늘 깊이 동의할 수는 없었지만, 그의 기지와 대담함은 언제나 마음에 들었다. 그러나 지금 일리야가 그린 국민 퇴화의 잔인한 그림은 점검이 필요했다. 파벨 또한 혁명 전 아버지가 주로 만났던 사람들이 어떤 사람들이었는지 잘 알고 있었다. 어떤 의미에서 일리야가 옳다고 할 수 있었다. 당시 아버지가 만났던 사람들은 고위급 의사들, 대학교수들로 유럽 교육을 받은 사람들이었고, 직업을 떠나 광범위한 지식을 가진 해박한 사람들이었다. 또한 군인도, 법률가도, 작가도 있었다. 파벨은 골드베르그의 말을 일면 인정해야 했다. 파벨은 이미 오래전부터 그와 같은 유식한 사람들을 만나보지 못했다.

'아니야, 아니야. 그럼 결국 일리야의 헛소리가 맞게 되는 거잖아!'

파벨은 지금까지 한 자신의 생각을 멈추었다. 지금까지의 생각은 골드베르그의 주장을 뒷받침하는 것이었다. 혁명 전의 훌륭한 사람들을 쉽게 찾을 수 없는 것은 그런 사람들이 많지 않기 때문이 아니라, 스스로를 드러내지 않기 때문일 수도 있다. 그렇다면 여기서 물러설 수는 없다. 골드베르그의 주장을 반박하기 위해서는 더 확실한 다른 근거를 찾아야만 한다. 그렇다. 아이들. 새로 태어나는 아이들이다. 아이들은 모두 제각각 백지처럼 무한한 잠재력을 가지고 있다. 역시 골드베르그의 이상은 지나치게 기계적이다.

499

그의 논리대로라면, 수백만 개 유전자 중에서 한 스무 개의 유전자를 제거한다면, 밀고자, 살인자, 도둑, 그리고 사기꾼 부모의 형질을 물려받지 않은 새로운 아이들이 태어나게 될 것이다. 엉터리 같은 소리다! 아이는 모든 잠재력을 가지고 있으며, 그 아이는 모든 인간 형질을 대변한다. 결국 골드베르그 자신이 유전학에 대한 완벽한 책을 쓴 꼴이다. 그는 천재가 어부, 시계 수리공, 하물며 설거지하는 여자에게서 태어날 수 있다는 것을 인정하게 될 것이다.

물고기, 새, 버섯과 사람 등 풍부한 내용을 가진 산맥과 대양의 위대한 자연은 골드베르그의 논리보다 더 높은 가치를 가진다. 세계의 지혜로움은 가장 뛰어난 인간의 새로운 발견보다 탁월하다. 인간의 발견이란 어떤 노력을 기울인다 해도 진리의 반사에 불과할 뿐이다. 물론 백만 개의 유전자는 위대한 요소다. 그러나 그 안에 모든 진실이 있는 건 아니다. 그것은 진실의 극히 작은 일부에 불과하다. 진실의 완전함은 새로 태어난 아이에게 있다. 아이는 백만 개 유전자의 모든 가능성을 실현한다. 자연이 대량의 기형을 기획할 수는 없다. 전체 국민이 실험집단으로 변할 수는 없다.

이런 관점을 파벨은 골드베르그에게 간략하게 설명해주었다. 골드베르그는 강하게 반박했다.

"파벨, 인간은 오래전에 자연의 법칙을 벗어났어. 이미 오래전에 말야. 오늘날 인간은 자연현상을 인위적으로 통제하고 있어. 아마 백년이 지나면 기후를 바꾸는 방법을 알게 될 거고, 유전형질도 통제하게 될 거야. 새로운 에너지도 만들어내겠지. ……그리고 소비에트 인간을 뿌리부터 바꾸어놓을 거야. 그들이 상실한 유전인자를 주입해서 말이야. 아예 젊은 부부들이 아이를 낳으려고 할 때 자신들이 가지고 있는 어떤 우성형질을 아이에게 전해줄 것인지, 그리고 자신들이 갖고 있지 않은 유전인자 중 어떤 것을 주입할 것인지를 미리 계획할 수 있게 될 거라고. 미래의 아이를 위해서 말이지."

"왜 태어날 아이한테 물어보지?"

파벨이 인상을 찌푸리며 말했다.

골드베르그는 화가 났다.

'유능한 산부인과 의사가 왜 이렇게 간단한 이치를 왜 이해하지 못하는 거지? 과학의 진보가 이루어낼 이상적인 미래를 왜 기뻐하지 않는 거야? 이해할 수 없군.'

"죽은 사람에게 부활하라고는 안 할 건가?"

파벨이 독기 어린 어조로 말했다.

"아직은 아니지. 하지만 수명이 두 배로 확장되겠지. 그리고 사람들도 두 배로 더 행복해질 거야."

골드베르그는 열정적으로 단호하게 주장했다. 골드베르그의 주장과 논리는 많은 논쟁을 초래할 것이다. 결코 논쟁이 없을 수 없는 일이었다.

"두 배로 불행할 수도 있는 것 아냐? 그래, 난 그런 세계를 원하지 않아. 그런 세계가 오면 이반 카라마조프처럼 자신의 표를 돌려줄 거야."[64] 다행히 그들은 서로 너무 멀어지지 않았다. 아버지와 딸, 의부와 양녀처럼.

4

엘레나의 두 번째 노트

매일 메모를 해야만 한다. 동시에 바실리사에게도 말해 두어야 해. 내게 다시 상기시켜주도록 말야. 그런데 나의 메모가 적힌 노트를 어디에 두었는지 기억할 수가 없다. 분명 잘 숨긴다고 숨겼는데. 기억이 나질 않는다. 한참을 찾았지만 없다. 다만 어떤 노트였는지는 분명하게 기억한다. 타냐가 무슨 과목인가의 노트로 쓰다가 버린 것이다. 푸른색 노트.

오늘은 머리가 맑은 편이다. 생각들이 하나의 선으로 이어지고 있다. 하지만 어떤 생각도 끝까지 할 수 없는 날들이 가끔씩 있다. 혹은 단어가 기억나지 않을 때도 있다. 모든 것이 어두운 구멍에 있는 듯하기도 한다. 서글픈 일이다.

처음에 의사들은 나의 뇌혈관에 문제가 있을 거라고 생각했다. 그 후에 파벨 알렉세예비치가 나를 부르젠코 연구

---

64 도스토예프스키의 『카라마조프의 형제들』에 나오는 인물. 이반 카라마조프의 서사시인 『대심문관』의 내용을 말한다.

소로 데리고 갔고, 그들은 모든 기구들을 이용해 나를 검사했다. 파벨은 내 곁을 떠나지 않았고, 내내 걱정스러운 얼굴이었다. 그는 매우 좋은 사람이다. 단지 말이 없을 뿐이다. 검사 결과, 특별한 이상은 발견되지 않았다. 뇌의 종양을 찾으려 했지만, 그것 역시 발견되지 않았다. 물론 발견할 수 없었을 것이다. 나는 자신할 수 있다. 내 머릿속에 불필요한 것이 있을 수 없다는 것을. 오히려 꼭 필요한 것이 없다는 것이 문제다. 정신과 의사의 진찰도 받았다. 역시 아무런 병도 찾지 못했다. 그럼에도 나는 한 달 반 동안 병가를 내어 집에서 쉰 후 직장에 다시 나갔다. 갈랴도, 안나 아르카지예브나도 모두들 반갑게 맞아주었다. 갈랴는 자신의 일이 더욱 힘들었다고 말했다. 코즐로프는 자신의 설계도들을 가지고 와서는 깨끗이 정리해줄 것을 부탁했다. 언제나처럼 그의 설계도에서는 많은 결점이 드러났다. 그는 능력 있는 기술자지만, 공간적 상상력이 전혀 없는 사람이다.

가장 위로가 되는 것은 나 자신을 유능한 제도사로 느낄 수 있다는 것이었다. 일에 대해 나는 아무것도 잊어버리지 않았으며, 일은 여느 때처럼 나를 즐겁게 해주었다.

타냐는 최근 들어 조금은 다정다감해졌다. 그러나 본질적으로 달라진 것은 없다. 여전히 일을 하려 하지 않았고, 대학으로 돌아가려고도 하지 않았다. 파벨은 타냐에게 더이상 어떤 참견도 하지 말자는 입장이다. 현명한 아이인 만큼 믿고 기다려주자는 것이다. 어제(아니 그저께?) 타냐는 다른 때보다 일찍 귀가했다. 나는 이미 잠자리에 들 준비를 하고 있었는데, 타냐는 내게 입맞춤하고 옆에 앉더니 아버지와 함께 티미랴제프카로 말을 타러 갔다 온 일을 기억하느냐고 물었다. 오래전의 그 겨울날이 선명하게 떠올랐다. 파벨은 연신 콧물을 흘렸고, 손수건이 없어 모두들 뒤돌아 있게 하고는 군인들처럼 손가락만으로 코를 횡 하고 풀었다. 세세한 모든 것이 기억난다. 마음껏 웃었고, 그때 우리는 행복했다. 그때 어떤 차를 타고 갔는지, 타냐가 어떤 외투를 입었는지 모든 게 기억난다. 심지어는 머리가 작은 검은색 순종 말까지 기억해냈다. 말의 이름은 생각나지 않았는데, 타냐가 말 이름이 '아랍'이었다고 귀띔해주었다. 그런데 그날 파벨이 왜 그렇게 즐거워했는지는 기억나지 않는다. 그때는 아직 술을 마시기 전이었는데······.

아니다. 그전에 그는 이미 술을 마시기 시작했다. 그때 그는 늘 내 건강을 걱정했다. 사실은 자신의 건강이나 챙겨야 했는데. 나 역시도 건강을 이유로 술 마시지 말라고 이야기할 수 없었다. 어찌되었든 그는 우리들 중 가장 반듯한 사람이기 때문이다. 우리가 실제로는 이혼한 부부처럼 산 지도 벌써 10년이 되었지만, 그가 좋은 사람임에는 틀림없다. 이혼이라고는 할 수 없나?

다시 기억상실이 일어났다. 이번에는 직장에서였다. 점심시간, 식당에서 샐러드를 먹고 있었다. 순간, 내 앞에 빨간색의 어떤 물건이 있었는데, 그것이 무엇에 쓰이는 것인지 전혀 기억이 나지 않았다. 정신이 들었을 때는 지난번과 마찬가지로 내 침대 위에 누워 있었다. 안나 아르카지예브나가 와서 내게 일어난 일을 이야기해주었다. 나는 식당이 문을 닫을 때까지 샐러드를 앞에 두고 앉아 있었다고 한다. 식당 점원이 문을 닫아야 할 때가 되었다고 말했지만, 나는 아무 대꾸도 하지 않았단다. 점원은 심상치 않음을 느끼고 사람들을 불렀을 것이다. 안나는 응급차를 부르지 않고, 택시를 타고 나를 집까지 데려다주었단다. 그녀 말에 따르면, 그때 나는 말 잘 듣는 어린아이 같았다고 한다. 하지만 묻는 말에는 아무 대답도 하지 않았다고.

파벨은 내가 무척 상냥했지만, 마치 어린아이를 달래듯 했다. 나는 이제 괜찮아졌고, 가끔 기억이 안 나는 것뿐이라고 설명했다. 그리고 미치지 않았으며, 내 상태를 스스로 잘 알고 있다고 말하기도 했다. 나도 안다. 내 상태로 일을 계속하는 것이 무리라는 걸. 나는 어떻게든 재택근무라도 하고 싶었다. 회사에는 재택근무자들이 많다. 그나마도 하지 않는다면 너무 지루할 것이다. 바실리사와 둘이서 진수성찬도 아닌 식사를 같이 준비할 필요는 없지 않은가. 겨우 재택근무는 할 수 있게 되었다.

어제 토마는 원예전문학교에 들어가기로 했다는 말을 했다. 잘한 일이다. 그 아이는 나를 상냥하게 대하기는 한다…….

아침에 나는 차를 마시고 치즈를 얹은 샌드위치를 먹었

다. 그러나 잠시 후, 먹은 사실을 잊어버렸다. 그래서 다시 아침을 먹기 위해 부엌으로 갔다. 바실리사는 내가 그녀의 점심 준비를 방해한다고 잔소리를 해댔다. 나는 그녀에게, 나는 다만 아침을 먹고 싶을 뿐이라고 말했다. 그녀는 내가 이미 아침을 먹었다고 알려주었다. 이렇게 어처구니없는 일이 있을 수 있다니! 나는 안나의 시어머니처럼 냉장고 앞을 떠나지 않는 치매 할머니로 변해가고 있다. 그때부터 나는 내가 한 일에 대해 바로바로 기록하기 시작했다. 아침을 먹었다. 점심을 먹었다. 점심을 먹은 뒤 일했다. 병원에서 여의사가 왔다갔다. 방은 추웠다. 내 공책에 기록되지 않은 것은 내가 하지 않은 일이다.

아침을 먹었다.(어제였나?) 파벨은 귀가해서, 내가 약을 먹지 않았다고 핀잔을 주었다. 이제 바실리사는 약 먹는 걸 잊지 않도록 내게 하루에 세 번 약을 줄 것이다. 바실리사는 지나치게 철저했다. 나한테 약 먹이는 일을 바실리사보다 더 잘할 사람을 찾아야 한다면, 그건 어려울 것이다. 바실리사는 오늘 아침 여섯 시에 나를 깨웠다. "왜 이렇게 일찍 깨워요?" 하고 묻자, 그녀는, "나도 일하다가 잊어버릴 것 같아서"라고 대답했다. 참, 웃지 못할 풍경 아닌가! 모두 제정신이 아닌 사람들이 모인 별난 가족이다. 우리는, 불쌍한 파벨, 내가 완전히 기억을 잃게 되면 그는 어찌 될까?

아침을 먹었다. 세수를 했는지 안 했는지 기억할 수가 없었다. 씻으러 갔는데, 내 수건이 젖어 있었다. 이미 세수를

506

했다는 뜻이었다. 점심시간에 야채수프와 닭이 나왔다. 어제도 나는 닭을 먹었을까? 그리고 그저께도?

　직장에서 제도용 책상을 가져다주었다. 그것은 방 절반을 차지했다. 나는 그것을 다른 방으로 옮길 수 없는지 물었다. 그런데 이미 일주일 전에 갖다놓은 것이란다. 나는 제도기를 이미 지난주에 가져왔다는 것을 알았다. 나는 당황했다. 하지만 나는 그것을 기억하지 못한 사실을 말하지 않았다. 내가 이미 일을 시작하고 있었다니. 그런데 전혀 기억이 나지 않았다. 물어볼 수도 없는 일이었다. 나는 똑바로 행동하려고 무척 애를 썼다. 내 기억력이 급속도로 떨어지고 있다는 사실을 들키지 않기 위해 식구들과 거의 말도 하지 않았다. 묻는 말에도 되도록이면 짧게 대답했다. 주로 텔레비전을 봤다. 이미 책을 읽는 일이 힘들어졌다. 읽는 거라곤 톨스토이의 책이 전부였다. 그건 워낙 많이 읽어서 내용을 훤히 알고 있는 탓에 특별히 긴장하지 않아도 이해할 수 있었기 때문이다.

　오늘은 웬일인지 머리가 맑다. 바실리사에게 시트를 갈아달라고 했다. 그녀는 그 일을 별로 좋아하지 않는다. 말하지 않으면 절대로 알아서 바꾸어주는 일이 없다. 욕조에 몸을 담가 목욕도 하고 머리도 감았다. 욕조에 들어앉아 있는 동안 최근에 꾼 꿈을 생각했다. 엄청나게 많은 물이 나왔던 꿈을. 그리고 문득 내가 계속 꿈을 꾸고 있었는데, 단지 기억하지 못하고 있었다는 사실을 깨달았다. 더더욱 메모를 꼼꼼하게 해야 할 것 같다. 하나도 빼먹지 않도록.

파벨은 오랫동안 내 방에 앉아 있었다. 기분이 좋았다. 그는 옆에 있는 의자에 말없이 앉아 있기만 했다. 그러더니 내 손을 잡고는 오랫동안 손가락을 꼼지락거렸다. 나는 그를 사랑한다. 분명 그도 알고 있을 것이다.

아침을 먹었다. 약들을 먹었다. 점심을 먹었다. 코즐라의 설계도면을 보았다. 두 개의 실수를 발견했다. 설계자들을 위해 일하는 것은 아주 유쾌하다. 그들 중에는 직업의식이 철저한 동료들도 많다.

벌써 5월이다. 반드시 날짜를 기록해야 한다. 그러지 않으면 시간이 떡이 되어버리니까. 파벨은 조용한 시골집을 빌리고 싶다고 한다. 내게는 쓸데없는 일로 보인다. 그의 생각대로라면 나와 바실리사만 시골집으로 옮기고, 그는 주말에만 올 것이다. 아이들은 어쩌다 한 번 올는지 알 수 없는 일이다. 그럼 모스크바 집에서는 누가 살림을 한단 말인가. 바실리사도 반대했다. 얼마 전 그녀가 며칠 동안 집을 비운 사이, 집안은 그야말로 엉망이었다. 파벨이 집에 와야 뭔가 좀 정리가 되곤 했다. 나는 온종일 침대에서 일어나지 못한 날도 있었다. 냄비가 어디 있는지, 뭐가 어디 있는지 몰라, 부엌을 헤집어 발칵 뒤집어놓기도 했고……. 몰랐던 게 아니라 기억을 못 한 건가?

아침을 먹었다. 기타 등등.

바실리사는 성 피터와 파벨 축일에 떠나겠다고 말했는

데, 7월 12일이던가?

모르는 사람들, 낯선 사람들이 많다. 왜 그들이 자꾸 오는 건가.

누군가 죽었다. **죽었다.**

모르겠다. 물어보기도 불편하다. 아마도 새 아파트로 이사를 했나보다. 뭔가 이상하다. 긴 복도.

오늘 타냐가 왔다. 토마였나? 여하튼 타냐는 예쁘다.

아무도 없다. 어제도 없다. **타냐 파벨**

바실리사가 차를 주었다.

아침 점심 저녁

파벨이 어제 출장을 떠난다고 말했다. 3일. 바실리사가 아침을 주지 않는다.

아침을 먹었다 아픈 데가 없다. 아파지 아프지 않다.

누가 **죽었다.**

타냐 타냐 타냐 타냐

병원 아침 필요 없어

파베 아 프브 **파**

하얀거 아침

무서운 일이 벌어 진다 무러봐 **파벨 어디**

논 눈 나 ㄴ ㅜ ㄴ **누**

나는 엘레나 그르고예브 바 쿠크츠 1915 파벨 우러 집 누가 죽 죽었다 오래된 뿌리, 싱싱한 가지의 나무처럼 일리야의 연구는 활기를 띠고 있었다. 새로운 많은 결과들을 얻어냈다. 그의 연구는 인류학, 진화유전학, 인구학, 통계학, 심지어 역사까지 활용하고 있었다. 일리야는 일에 미친 사람이었다. 때때로 그는 책상에 줄곧 열 시간 동안 앉아 일을 하고 난 후 묘하고도 상쾌한 피로감을 느끼곤 했다. 그것은 등산이나 스키를 타고 난 후 느끼는 것과 같은 것이었다. 그에게는 실험실에 있는 열여섯 명의 유전학 전문가들 외에 그를 도와주는 막강한 지원군이 있었다. 대학생들, 도서관 사서들, 일선에서 퇴직한 사람들이 그가 필요로 하는 자료 수집을 도왔다. 일리야는 그 정보를 가지고 멘델레예프의 주기율표와 같은 시스템을 구축했다. 하지만 그가 한 것은, 원소의 구조와 성질을 보여주는 게 아니라 국민의 구조와 성질을 체계화하기 위한 것이었다.

일리야의 관심 영역은 대단히 넓었다. 그가 던진 그물에는 온갖 고기들이 모여들었다. 브록가우즈와 에프론[65]에서

---

65 1890~1907년에 걸쳐 출간된 87권의 백과사전이다. 당대의 유수한 학자들이 대거 참여했다.

부터 『수용소군도』[66]까지, 그리고 기원전의 고대 철학자 아낙시만드로 밀레츠키에서 20세기 유전학자 페오도시 도브잔스키에 이르기까지 그 모든 사상과 이론들이 그의 벗겨진 머릿속에서 늘 맴돌고 있었다. 또한 그는 모든 과학 집회, 토론회, 홈 워크샵—당시 홈 워크샵은 많이 활성화되고 있었는데, 해빙으로 인해 감시가 완화된 상태였다—등에도 빠지지 않았다. 이때 일리야는 낭만적 의미 그대로, 어떤 영감에 도취된 자신의 연구 결과나 의견을 발표했다. 이로 인해 청중으로부터 심한 빈축을 사기도 했다.

"일리야, 말하고자 하는 내용은 알겠는데, 너무 지나치게 격앙되어 있어. 꼭 가리의 연기를 보는 것 같아……."

골드베르그는 자신이 이루고 있는 위대한 성과에 결코 차분하지 못했다. 그 결과를 당대의 학자들과 공유하고자 조바심쳤다. 반면, 그의 연구는 정치권의 감시망을 벗어날 수는 없었다. 1917년에서 1956년까지의 소비에트 정권은 학문의 올바른 발전을 저해하는 억압을 행사해왔다. 다윈주의자 골드베르그에게 발전이란 도덕성을 가진 하나의 현상이었다. 그에 따르면 긍정적인 발전은 삶 환경의 보전, 완성, 확장을 지향하지만, 부정적인 발전은 퇴보, 퇴화를 지향한다. 그런데 그의 생각에 소비에트 권력은 부정적인 발전을 향하는 데 아주 진보적이었다는 것이다.

---

66 솔제니친의 소설. 이 소설로 인해 솔제니친은 추방되었다.

소비에트 당국의 검열 대상이 된 골드베르그의 연구는 『인구론의 정치적 유전적 기초』와 초본 형태의 『소비에트 국민의 유전인종학개론』 등이었다.

그밖에도 골드베르그의 연구와 관련하여 소비에트 당국은 일련번호의 종이들을 묶은 두 개의 녹색 자료철을 이미 입수하고 있었다. 이 자료들은 공식적 비공식적인 방법으로 수집한 것으로, 그 안에는 골드베르그가 레닌도서관과 외국자료도서관에서 사용한 도서열람용지의 복사본, 그리고 각종 세미나에서 열정적으로 발표한 내용들을 녹음한 테이프 등까지 들어 있었다. 자료 각 권의 번호에는 저자의 코멘트가 적힌 『소비에트 국민의 유전인종학개론』의 초본이 딸려 있었다. 이 초본은 실험실의 아주 재능 있는 동료들 중 한 명이 110번 버스 안에 놓고 내리는 바람에 분실한 것으로 위장되어 당국의 손에 들어간 것이었다. 아마도 이 같은 위장을 통해, 발렌티나가 노보시비르스크에 출장 다녀온 후 제출한 보고서도 당국의 손에 들어갔을 것이 분명하다. 그 보고서는 노보시비르스크 유전학자 Б가 작성한, 공격적이고 위험한 암갈색 여우들의 '가축화'에 관한 연구를 다룬 것이었다. 보고서에 따르면, 더 길들여진 여우와 그들 간의 교배를 통해 태어난 여우들의 털은 질이 현저하게 떨어진다는 것, 그리고 길들여진 여우는 마치 개처럼 짖는다는 것이었다. 따라서 인간과 친해진 여우의 털은 여자들의 명품 목도리를 만드는 데 전혀 적합하지 않다. 곧 먹

이를 주는 손을 핥도록 순치된 여우는 아무짝에도 쓸모가
없다는 내용이었다.

골드베르그의 연구를 검열했던, 수의대를 졸업한 육군대
위 세슬라빈에게 노보시비르스크 학자의 연구는 그리 문
제될 게 없었다. 여우가 개처럼 짖는다는 황당한 결론에 뭔
가 석연치 않은 간계가 있음을 직감했을지라도 말이다. 오
히려 세슬라빈이 촉각을 곤두세우게 한 것은 그 보고서에
대한 골드베르그의 코멘트였다.

"길들여진 여우와 털의 상태가 갖는 상관관계는 우리
사회에도 적용될 수 있다는 점에 주목할 필요가 있다. 이
사회에 순종적인 사람일수록 그의 인격은 고매할 수 없
다……."

세 번이나 체포되었던 유대인 골드베르그의 정치성 농후
한 발언이 세슬라빈의 마음에 들었을 리가 만무하다. 세슬
라빈이 수의대를 다닐 때도 바이스만-모건주의자들은 있
었다. 그들과 함께 연구를 하기도 하고, 마르크스 레닌주의
에 입각한 생물학, 예를 들면 풀에 의한 농지개량법[67]을 가
르치기도 했다. 그때 그들에게서는 정통유전학을 고수하
는 부르주아적 관점은 찾아볼 수 없었다. 정통유전학이 금
지된 시대였던 만큼 살기 위해 의식도 바꾸어야 했기 때문

---

67 리센코가 주장한 것으로, 윤작의 방법으로 풀을 심어 농지생산력을 높일 수 있다는 것
이다. 스탈린이 죽은 뒤 이 방법론은 크게 타격을 받았고, 다시 무기비료농법으로 바
뀌게 되었다.

일 것이다. 세슬라빈의 생각 같아서는 골드베르그를 네 번째 유형에 처하고 싶었을 것이다. 잘못된 생각을 뜯어고쳐 주기 위해서 말이다. 그러나 세상은 이미 변했다. ……골드베르그를 얕볼 수는 없었다. 그는 소비에트 국민에 대한 자신의 근거자료들을 미친 듯이 모으고 있었다. 그에 뒤지지 않기 위해 세슬라빈은 자신의 임무대로 골드베르그에 대한 모든 자료를 미친 듯이 모으기 시작했다.

그들은 둘 다 각자 해야 할 일에 열성적이었고 주도면밀했다. 그리고 그에 대한 결과를 고대하고 있었다. 그즈음 골드베르그는 서구의 과학 잡지에 게재하기 위해, 잠시 소비에트를 방문한 미국인 학자에게 『소비에트 국민의 유전인종학개론』을 건네주었다. 이는 차이코프스키 음악에 따라 세계적 수준의 무용수들이 건장한 근육 동작으로 펼쳐내는 〈백조의 호수〉 공연장에서, 지인들의 인맥을 동원하여 어렵게 포착한 기회를 통해 이루어졌다.

이런 사실을 전혀 모른 채, 자신의 감독 하에 있는 골드베르그의 이념적 해독성을 느끼고 있던 세슬라빈은 골드베르그의 논문에 나타난 그릇된 사상을 기술한 보고서를 들고 곧바로 상부로 갔다. 그는 자신의 임무수행 능력을 과시하고자 했다. 상부 인사는 머리를 긁적이며 묘안을 짜냈다. 고심 끝에 짜낸 작전은 일리야를 세슬라빈이 주도하는 토론회에 불러내는 것이었다. 일리야는 그 연륜에 걸맞게, 세슬라빈과의 토론에서 대단한 자제력을 발휘했어야 했다.

514

하지만 그는 늘 하던 대로, 격앙된 어조로 거침없이 자신의 의견을 쏟아냈다. 쉬지도 않고 거의 두 시간 반을……. 골드베르그의 달변에 세슬라빈은 제대로 질문조차 하지 못했다. 골드베르그의 만족감은 하늘을 찌를 듯했다. 그는 심사위원이 자신의 연구에 동조하게 되리라는 착각에 빠졌다. 한 술 더 떠서, 마치 교활한 오디세이가 되기라도 한 양, 절대적인 권력기관을 자신의 편으로 끌어들인다면 얼마나 더 많은 연구를 할 수 있을지에 들떠 있었다. ……세 번씩이나 체포되어 감옥생활을 하는 동안, 그는 도대체 뭘 배웠단 말인가.

저녁 아홉 시 반, 세슬라빈은 뜻밖에도 골드베르그의 말을 거칠게 중단시켰다. 처음에 받았던 인상과는 완전히 반대로, 그가 보이는 태도는 골드베르그가 새로운 동맹자를 전혀 얻지 못했다는 느낌을 주기에 충분했다. 아니나 다를까, 세슬라빈은 이해한다는 듯 고개를 끄덕이던 것을 바로 멈추고는, 적대적인 어조로 입을 열었다.

"결론은, 당신은 하고 싶은 대로 얼마든지 파리를 갖고 연구하도록 하세요. 그건 우리가 알 바 아니니까. 단, 인구에 대해 당신이 지금까지 모아온 모든 자료를 바로 여기에 갖다 놓으세요."

그는 책상을 두드렸다.

"그러면 당신에게 불행한 일은 생기지 않을 테지만……더 이상 맞서지 않는 게 신상에 좋을 겁니다, 일리야 이오시포비치!"

전혀 예견치 못한 사태에 맞닥뜨린 골드베르그가 어떻게 처신해야 할지 망설이고 있는 동안, 그의 아파트에서는 비밀리에 수색이 벌어졌고, 명백한 절도가 행해지고 있었다. 밤 열두 시, 그는 지난해 학술아카데미에서 받은 프로프사유즈나야 거리의 새 아파트에 도착했다. 현관문은 부서져 있었고, 집 안은 파렴치한 도적의 흔적이 남아 있었다. 텔레비전, 녹음기, 커피분쇄기가 없어졌다. 그리고 치사하기 짝이 없는 양아치 짓까지 저질러놓았다. 방 한가운데에 놓인 똥 무더기……

황당할 정도의 선천적 낙천주의자, 골드베르그는 해빙의 기운을 너무나 과대평가했던 것이다. 하지만 그는 그의 논고집이 미국의 유명 출판사에서 출판될 것이라는 소식을 이미 받았기 때문에, 다음 날 세슬라빈에게 전화를 걸어 제르진크에 있는 KGB 건물 주변에서 그를 만났다. 그리고 그의 손에 직접 『소비에트 국민의 유전인종학개론』을 건네주었다. 남아 있는 두 권 중의 하나였다. 사실을 말하자면, 당국이 그 책 자체에 관심을 가진 것은 아니었다. 그것은 이미 당국의 손에 들어가 있다. 그들에게 중요한 건 복종이었다. 그 복종을 골드베르그는 기꺼이 보여주었다. 자, 명령하신 대로 대령했소이다……

그다음의 골드베르그에 대한 간섭은 예기치 않은 측면에서 이루어졌다. 당국은 실험실의 운영 실태 조사를 실시

516

하겠다는 통보를 해왔다. 2년 동안 실험실이 구입한 물건이 너무 많다는 이유였다. 각종 실험용 기구들, 비품들, 파리 먹이용 건포도, 조직학에 쓰이는 알코올, 반동적인 연구내용이 쓰인 종이, 유리컵, 화학반응기, 그 밖의 물품 등등……. 골드베르그는 책임자로서, 연구원들의 임금을 저축하기 위해 경험 많은 나탈리야 이바노브나에게 모든 물품의 구입을 맡겼었다. 그리고 물질적인 부분에 대해 많은 책임을 스스로 해결하고 있었다. ……아카데미 당국의 조사는 화가 머리끝까지 치밀어 오르게 했다. 조사를 위해 파견된 두 사람은 껄렁껄렁한 태도로, 아무 상관도 없는 서류들을 뒤적거리며 일을 방해했다. 두 주 동안 그 한 쌍, 뚱땡이 회계사와 삐쩍 마른 군 출신의 보조원은 서류만 헤집다가 갔다. 그러고는 횡령이라는 말도 안 되는 죄목을 만들어냈다. 겁에 질린 나탈리야는 사직서를 제출하고는 흔적도 없이 사라졌다. 연구원들과 골드베르그가 그 일로 어리둥절해하고 있는 동안, 모든 일이 검찰청으로 넘어갔다. 화려한 체포 경력을 가진 골드베르그는 이때도 뭔가 좋은 술책을 생각했어야 했다. 그러나 그의 무사태평함은 여전히 못 말릴 정도였다. 늦게 도착한 통지서, 그것도 재판 당일 도착한 소환장을 보고서야 그는 사태의 심각성을 깨달았다. 그렇지만 어떤 위험이 도사리고 있을지에 대해서는 여전히 모르고 있었다. 재판은 세 시였다. 점심시간이 지나기 전에 골드베르그가 할 수 있는 일은 유능한 변호사와 통화를 하는 것이 전부였다. 그 변호사는 최근에 인권변호사라는 평판을 얻기 시작한 사람이었다. 그는 상대할 적의 실체를 대충 파악하고는 매우 당혹스러워했다.

명민한 변호사는 이런 조언을 했다.

"오늘 어떠한 경우에도 재판에 나가지 마십시오. 가장 좋은 방법은 병원에 가서 진단서를 받아오는 거예요. 그다음은 좀 더 생각해보기로 하죠. 어쨌든 재판은 연기될 겁니다."

일리야는 재판에 가지 않았지만, 병원에도 가지 않았다. 건강한데 진단서를 받는다는 것이 영 내키지 않았던 것이다. 다음 날 아침 아홉 시, 실험실에서 첫눈에 봐도 형사라고 추측될 만한 사람이 일리야를 기다리고 있었다. 그는 자신을 조사관이라고 소개했다. 그가 제시한 골드베르그의 죄는, 횡령이라는 죄목이 새끼를 쳐서 더 복잡해져 있었다. 골드베르그의 변호사는 처음에는 실소를 금치 못하다가, 오랫동안 심사숙고한 끝에 결정을 내렸다. 골드베르그에게 덮어씌운 재정 비리와 관련된 8개 조항 중에서 가장 작은 죄목에 해당하는 것을 과감하게 인정함으로써 최소한의 형량 또는 사회적 지탄을 받는 것으로 해결하자는 것이었다. 이미 미운 털이 박힌 상태에서 골드베르그의 무죄를 증명한다는 게 불가능에 가까운 일임을, 변호사는 잘 알고 있었다.

그러나 대단한 변호사의 전략도 효력을 발휘하지 못했

다. 재판 당일 울어서 창백해진 나탈리야가 한, 환상적인 증언 덕분이었다. 일리야는 공금횡령 등 재정법 위반이라는 유죄 판결을 받고 3년형을 언도받았다. 기막혀 하는 동료들이 보는 앞에서, 그는 바로 체포되었다.

골드베르그의 책은 이미 출판되어 있었지만, 저자 자신도, 세슬라빈도 모르고 있었다. 소비에트의 풍운아 골드베르그는 익숙한 북쪽으로의 나들이를 앞두고 있었을 뿐이다.

6

타냐가 집을 떠나 여러 장소, 새로운 친구들 집을 떠돌면서 살기 시작한 지도 벌써 2년이 지났다. 그녀는 샤볼로프크에서 알게 된 화가의 작업장에서, 혹은 겨울이면 즈베니고르드 근처의 비어 있는 시골집에서, 그리고 몰차노프크에서 기술 감독으로 일하고 있던 친구의 직장 아파트에서 지내기도 했다.

최근 반년은 금속 세공사 비카-코자의 작업장에서 살았다. 코자는 귀족적인 성향과 서민적인 습성을 가진, 키가 크고 얼굴은 그다지 예쁘지 않은 여자였다. 그녀는 나름 보석 세공 분야에서 유명한 편이었고, 타냐는 그녀의 작업실에서 견습생처럼 살았다. 견습생으로서의 의무를 다하기 위해 그녀는 이런저런 허드렛일이나 심부름도 했다. 코자의 작업장은 보룹스키의 반지하에 있었고, 집은 새로 조성된 거주 지역에 지은 새 아파트였다. 그녀의 선조는 바이칼 근처의 도시 즈나멘카에서 모스크바의 체레무쉬키로 아주 오래전에 이주해 왔다. 코자는 얼마 전 새 아파트로 어머니와 두 명의 할머니와 아들을 이주시킨 뒤, 자신은 낯설어서 싫다며 잠만 자러 집에 갔다. 그것도 매일은 아니었다. 타냐는 작업실 한편에 있는 구석진 방에서 잤다.

비카-코자는 강철 같은 손, 온화한 영혼, 정의로운 성품을 가진 여자였다. 무선공학 기술대학을 졸업했고, 납땜인두로 필요한 부분을 정확하게 납땜하는 기술을 익혔다. 사소하게 여겼던 자신의 능력으로 아는 할머니들의 오래된 반지와 귀고리를 고쳐준 것이 계기가 되어, 그녀는 새로운 직업을 갖게 된 것이다. 일은 매우 많았다. 수선이나 보석세공, 그리고 단순한 귀고리도 만들었다. 시간이 지나면서 수선과 디자인 변경이 고도의 기술을 요하는 작업임을 깨닫고, 새로운 기술을 배우기 위해 보석세공사이자 디자이너로 유명한 남자의 견습생으로 들어갔다. 그리고 우여곡절 끝에 그 남자와 결혼했다. 하지만 몇 년 후, 남자는 임신 중인 그녀를 떠났다. 보상으로, 남자는 자신의 작업실을 남겼다. 작업실과 함께 코자는 또 다른 재산을 받았는데, 그것은 다양한 계층에 속하는, 다양한 재능과 직업을 가진 사람들을 알게 된 것이었다. 여기엔 어둠의 사람들도 포함되어 있었다. 타냐는 보헤미안의 삶을 산 1년 동안 그들을 유

520

심히 관찰했었다. 그들은 어느 누구에게도 귀속되어 있지 않은 이상한 동물들 같았다. 오직 밤에만 나타났고, 낮에는 어디론가 사라져버렸다. 이제 타냐는 그들이 그들에게 위험한 시간인 낮 동안을 어디에서 보내는지 알고 있었다. 방공호와 반지하 대피소 등등, 코자의 작업장과 유사한 은신처에 그들은 몸을 숨겼다. 타냐는 코자의 작업장을 찾아오는 모든 사람들을 좋아했다. 어떤 차별도 하지 않았다. 그들은 대학이나 실험실, 또는 상점이나 음악원에서 만났던 사람들과는 완전히 달랐다. 그리고 타냐는 어느새, 코자의 작업장에 찾아오는 부류의 사람들을 한눈에 알아볼 수 있는 경지에 올라 있었다.

"우리 부류야."

코자가 웃으면서 말했다. 그 말이 무엇을 의미하는지는 굳이 설명을 들을 필요가 없었다. 무엇이 '우리'라는 소유대명사에 포함될 수 있는 걸까? 그것은 사회적인 출신, 민족성, 직업, 교육수준과는 상관없었다. 그것은 꼭 집어 말할 수 없는, 일면 소비에트 권력에 대한 반감과 관련된 것이었다. 하지만 그것만이 전부인 것도 아니다. '우리' 속에 포함된 사람들은 원인 모를 불안, 모든 것에 대한 회의를 뼈저리게 경험한 자들이다. 그것은 세상의 모든 것, 말하자면 알파벳에서부터 날씨, 세상을 불량으로 만드신 신에 대한 원망이라 설명될 수 있는 것일지도 몰랐다. 한마디로 러시아인만이 느낄 수 있는 형이상학적인 감정으로, 일종의 한과 같은 것이었다. 이런 감정은 봄날 쓰레기더미에서 솟아나온 풀처럼, 20차 전당대회[68] 이후 돌연 나타나기 시작했다. 뇌에서 자라나는 모세혈관의 특징, 중국어 문법의 규칙 또는 금속가공의 전기점화 방법을 연구하는 사람들은 '우리'의 범주에 들기 어려웠다. 물론 그들 가운데도 소비에트 권력에 대해 은밀한 반감을 가지고 있는 사람이 있을지도 모른다. 하지만 그들은 가식적인 규칙들을 준수한다. 아침마다 넥타이를 매고 머리를 손질하고는, 가장 중요한 곳으로 출근해서 하루 여덟 시간 동안 충성스러운 얼굴로 일을 한다. 그런 이유만으로도 그들은 '주문인'의 범주에 속했다.

빗질도 하지 않고 말쑥하지도 않은 '우리'의 사람들은 자정이 되면 보드카와 '우리'의 노래를 부르기 위한 기타, 브로드스키[69]의 새로운 시나 자작시, 또는 인도삼에서 뽑은 한 줌의 환각제를 가지고 코자의 작업장으로 모여들었다. 그리고 밤을 보냈다. 가끔은 친한 사람들끼리 연애를 하기도 했다. 하지만 여기에도 그들만의 불문율 조건이 있었다. 코자는 냉철한 사람으로, 청춘의 눈먼 사랑을 경멸했다. 자신의 경험 때문이기도 했겠지만, 삶에서 감상적인 생각 따위는 뿌리째 뽑아버렸다. 역시 어설픈 감상 따위에 연연하지 않게 된 타냐는 코자의 그런 모습이 매우 마음에 들었

---

68 이로 인해 60년대 해빙기를 맞이하게 된다.

69 상트 페테르부르그 출생의 반체제 시인으로, 1972년 강제 추방되어 이후 미국에 정착한 유대계 미국 시인이다.

다. 코자의 원칙에 따르면, 골드베르그의 쌍둥이 아들이 5 개년 계획을 세우듯 머리를 굴리며 여자에게 보여준 배려나 친절 따위는 완전히 폐기처분되어야 할 것들이었다. 연인관계는 한 번의 저녁 식사면 충분한, 짧은 시간 안에 결정된다. 그리고 아침이 되면 그 관계는 완전히 끝나거나 아니면 계속되거나 둘 중의 하나가 된다. 어떤 의무감도 강요되지 않는 조건으로…….

타냐의 뛰어난 학습능력은 금속세공을 배우는 데서도 어김없이 발휘되었다. 그녀의 섬세한 손놀림은 새로운 일을 쉽고도 즐겁게 받아들였다. 차 스푼을 녹인 은덩어리를 펄펄 끓는 주형틀에서 끄집어낸 후 망치로 단조하고, 버찌색이 될 때까지 가열기로 달구고 식혔다가 압연기를 통과시킨다. 그런 다음 인발기를 통해 길게 늘인다. 그러면 가는 은실이 압연기의 홈에서 나온다. 일은 어렵지 않았지만, 코자는 엄격한 스승이었다. 기술에 능통했던 전 남편이 자기를 가르치던 때처럼, 코자는 모든 일이 규칙대로 이루어지고 있는지, 타냐가 하는 일을 엄격하게 감독했다. 타냐는 열심히 일했고, 코자의 은괴들을 밀리미터의 가는 은사로 재빠르게 만들어놓았다. 코자는 타냐에게 자신이 아는 모든 것을 가르쳐주었다. 은세공에서 가장 중요한 단계에 필요한 기술, 녹는 온도에 따라 미묘하게 달라지는 은 색깔의 비밀도 모두 알려주었다. 세공 단계에 관한 한, 비카-코자는 장인이다. 코자가 자신의 기술을 숨기지 않고 모두 알려주었다 해도, 타냐는 아직 코자의 수준에 한참 못 미쳤다. 그 대신 가열기 다루는 솜씨는 아주 뛰어났다. 단 한 번도 데인 적이 없었다. 좀 더 시간이 흐른 후 타냐는 직접 장식품을 만들기도 했다. 판매 가능한 완제품 제작 방법을 채 배우기 전에, 작은 줄칼에 거의 뼈까지 상할 만큼 엄지손가락을 베인 적도 있었다. 하지만 타냐는 길게 손톱을 길러 매니큐어를 칠한 어린 소녀들의 예쁜 손가락보다 사내아이처럼 할퀸 자국과 여러 상처들이 있는 자신의 손을 자랑스러워했다. 오래전에 그녀는 사고와 외모를 사내들같이 바꾸었다. 머리를 짧게 자르고, 청바지만 입고, '어린이 세계'라는 상점에서 격자무늬의 남아용 셔츠를 두 개 사고, 브래지어를 내던져버렸다. 레이스가 달린 둥근 옷깃의, 어머니가 자신의 취향으로 만들어준 브라우스는 모두 토마에게 주었다. 그리고 뻣뻣한 개털로 된, 남녀 구분이 없는 시퍼런 색의 중국제 외투를 입고, 역시 귀마개가 있는 중국제 토끼털 모자를 쓰는 것으로 머슴애 같은 패션을 완성시켰다. 거리에서 사람들은 종종 그녀를 "이봐 청년" 하고 부르기도 했다. 타냐는 그때마다 매우 흡족해했다. 걸음걸이도 바꾸었다. 사내아이들처럼 어깨를 건들거리면서 껄렁껄렁 걸었다.

타냐는 스물두 살이었지만, 마치 다시 사춘기를 겪고 있는 듯했다. 이전처럼 밤새 거리를 헤집고 다니는 일은 없었지만, 여전히 밤 시간을 즐겼다. 특히 코자도 가고 없는 고독한 밤을 좋아했다. 코자는 집에 갈 때면 '프라하' 가게에서 두 할머니들에게 줄 식료품과 아들에게 줄 선물을 두 개의 가방이 빵빵하도록 사곤 했다. 집으로 간 코자는 아들과 그동안 못 했던 입맞춤을 하고, 어머니와 말다툼을 하고, 한 할머니와는 화해하고, 다른 할머니와는 다시 싸우면서 시간을 보냈다. 그녀의 집은 늘 번잡했다. 하루라도 눈물이나 말다툼, 요란한 입맞춤 없이 사는 것은 불가능했다. 집에서 돌아올 때면 코자는 언제나 늠름했고, 조금은 전투적이기까지 했다. 마치 가족 간의 부대낌이 그녀 내면에 있는 또 다른 힘의 원천을 찾아주는 듯했다.

타냐는 집에 자주 가지는 않았다. 가더라도 언제나 저녁 무렵에 가곤 했다. 예전에는 늘 환했던 집은 이젠 한낮에도 음산하기만 했다. 토마의 열대식물들은 무성하게 자라집 안의 빛을 독식하고 있었지만, 먼지투성이에 시들시들했다. 다만 토마가 젖은 스펀지로 열심히 닦아주는 걸 게을리 하지 않는 사철나무 잎들만 반들반들 빛났다. 어머니는 쇠잔한 몸을 안락의자에 맡기고 털실로 바스락거리는 소리를 내고 있었다. 그 소리는 일정하게 움직이는 뜨개바늘에서 나는 것이기도 했고, 정전기가 일어나면서 나는 소리기도 했다. 낡은 양모 실타래가 어머니의 발아래서 데굴데굴 구르고 있었다. 두 마리의 고양이가, 엄마고양이와 새끼고양이가 움직이는 회색 실타래를 앞발로 툭툭 건드렸다. 바닥을 몇 번 구른 실타래에는 먼지와 빠진 고양이털이 잔뜩 묻어났다.

타냐는 포르테피아노 앞에 있던 둥근 의자를 끌어다놓고 어머니 옆에 앉았다. 타냐를 보며 엘레나가 환하게 웃었다.

"얘야, 내가 원한 건······."

엘레나는 말을 시작했지만, 그 끝을 맺지는 못했다.

"뭐요, 엄마?"

엘레나는 대답이 없었다. 하려던 말의 실 같은 줄기는 이미 끊어져버렸다. 끊어진 실은 서로의 끝을 매듭으로 이을 수 있다. 하지만 끊어져버린 생각과 문장은 도저히 다시 이을 수가 없다. 엘레나는 그 끔찍한 상태를 들키지 않으려 애쓰고 있었다.

타냐가 언뜻 생각나는 대로 말을 꺼냈다.

"차 갖다 줄까?"

"아니. 차 말고······. 얘기해봐······."

그리고 엘레나는 다시 침묵했다.

타냐는 다시 대화를 시도했다.

"뭘 뜨고 있는 거예요?"

"이거······ 너 주려고······."

엘레나는 겸연쩍은 듯 대답하고 미안한 표정으로 미소를 지으며 머리를 내저었다.

"다시 풀었다가······"

사실 엘레나는 자신이 무엇을 뜨고 있는지 알지 못했다. 떠놓은 모양이 사각형이 되었을 때 더 이상 어떻게 해야 할지 몰라 다시 풀고는 새로이 코를 만들곤 했다. ……
타냐는 힘겨운 대화에 금세 지쳤다. 엄마는 아프신 거야.
……그것도 아주 몹쓸 병에 걸리신 거야. ……서서히 무너
져가는…….

"산책 갈까, 엄마?"

엘레나는 놀란 표정으로 타냐를 쳐다보았다.

"밖에?"

엘레나는 집이 아닌 곳에서 일어났던 기억상실의 사건
들 이후로 밖에 나가는 일이 거의 없었다. 자신의 방에서
나오는 것조차 싫어했다. 부엌이나 화장실에 가야 할 때도
고양이를 안고 갔다. 고양이의 따뜻한 체온이 마음을 진정
시켜주었기 때문이다. 아파트의 경계 너머로 뻗어나간 세계
는 그녀에게 강한 공포를 불러일으켰다. 그녀는 그런 공포
를 말하지 않았고, 가족들에게 숨기려 애썼다.

"오늘은 됐어……."

엘레나는 어린아이처럼 말하고 나서, 뭔가를 찾는 고양
이처럼 두리번거렸다. 거의 아기 같은 목소리, 뭔가를 뒤
지는 고양이 같은 어머니의 행동에 타냐는 가슴이 무너지
는 듯했다.

"애기해봐……."

엘레나는 타냐가 다시 뭔가 말해주기를 원했다.

"뭘?"

타냐는 특별히 할 말이 없다는 듯 말꼬리를 흐렸다. 지금

자신의 생활에 대해 이야기하고 싶지 않았다.

엘레나가 아쉬운 듯 미소를 지어보였다.

"아무거나……."

그들의 공허한 대화는 30분 동안이나 이어졌다. 타냐는 부엌으로 가 찻주전자를 꺼내면서 엉망인 집안 꼴을 보았다. 냄비는 깨끗이 닦여 있지 않았고, 찻잔은 지저분했다. 집에 있는 먹을거리라고는 토마가 일을 마치고 학교에 가기 전에 잠시 들러 갖다놓은 것이 전부였다. 얼마 뒤, 아버지가 돌아왔다. 아버지는 예전의 강인함은 찾아볼 수 없을 만큼 쇠약해져 있었다. 그 모습은 바라보는 것조차 불편했다.

파벨은 눈에 띄게 여위었다. 몸체까지 작아진 듯 보였다. 어깨는 아래로 처지고, 피부가 더 큰 치수로 늘어난 것같이 이마와 볼에 깊은 주름이 잡혀 있었다. 파벨은 타냐를 보자 얼굴에 화색이 돌았다. 그러나 타냐의 얼굴에 드리워진 슬픔과 연민을 보고는 금방 풀이 죽었다. 그는 마치 애인에게 버림받은 사람처럼 괴로워 보였다. 자존심 때문에 그 괴로움을 먼저 털어놓을 수 없는 애인. ……서로를 이해하는 따뜻하고 정겨운 대화는 이제 더 이상 일어날 수 없는 일이 되어버리고 말았다…….

완전히 실명한 바실리사가 부엌방에서 나왔다. 그녀는 눈은 멀었지만, 부엌에서는 어떤 불편함도 느끼지 않았다. 능숙하게 식사 준비를 했다. 파벨을 위해 수프를 끓였고, 접시와 나란히 무광택의 보드카 잔까지 갖다놓았다. 하지만 집 안의 다른 곳은 손으로 벽을 짚고 다녔다. 그런 탓에 벽지에는 그녀의 손가락이 남긴 푸른색과 노란색의 줄이 그어져 있었다. 그녀는 발바닥을 덧댄 낡은 펠트 장화를 신고 소리 나지 않게 걸어 다녔다. 그리고 여전히 시골 냄새, 신맛 나는 우유, 건초 부스러기, 심지어는 벽난로의 냄새까지 풍기고 있었다⋯⋯.

집에 오면 타냐는 언제나 마음이 무거웠다. 토마와 만나는 일도 드물었다. 그러나 타냐는 집에 올 때마다 항상 그녀에게 작은 선물을 남겨두었다. 작은 은반지, 귀걸이, 하다 못해 과자 한 봉지라도.

2월 말, 타냐는 처음으로 자신이 만든 물건을 팔았다. 처음으로 진정 가치있는 돈을 벌기 시작한 것이다. 이틀 동안 만든 은반지를 50루블에 팔았다. 실험실 조교로 일하면서 타냐는 37루블 50코페이카의 월급을 받았었다. 그에 비하면 은세공 일은 아주 쉽게 돈을 벌 수 있는 일이었다. 타냐는 50루블로 가족을 위한 선물을 사기로 했다.

타냐는 코자에게 가방을 빌렸다. 코자가 가족에게 갈 때 하는 것처럼 아르바트 거리를 돌아다니며 그 가방을 선물로 가득 채웠다. 인도 차, 케이크, 비스킷 등등. 그날따라 영국제 화장품과 독일 담배도 팔고 있었다. 타냐는 그것도 샀다. 아버지에게 줄 아르메니아산 코냑도 샀다. 아버지가 보드카를 더 좋아하는 줄은 알지만, 비싼 것을 사주고 싶었다.

그날 타냐가 집에 갔을 때 파벨은 이미 그날 마실 술을 다 마셔버린 뒤였다. 파벨은 갑작스럽게 선물을 들고 집에 온 타냐의 머리를 가슴에 끌어안았다. 몹시 우울한 얼굴이었다.

"타냐야, 안 좋은 소식이 있어. ……비탈리이가 괴한들에게 폭행을 당했단다. 게나디이가 전화로 알려줬어. 나도 방금 그 애가 입원한 병원, 스클리포소프스키에서 오는 길이란다. 두개골 외상에, 팔과 코뼈가 부러졌대. 의식불명이고……. 그런데 일리야 아저씨의 책이 미국에서 출판되었단다. ……참, 산다는 게……."

뜻하지 않은 비보에 놀란 타냐는 무거운 가방을 내려놓지도 않은 채 문가에 서 있었다. 골드베르그의 아이들, 최근 그들과 거의 만나지 못했지만, 그들은 타냐에게 친구라기보다 친척에 가까웠다.

타냐는 가방을 마루에 내려놓고 울기 시작했다. 파벨은 타냐의 젖은 토끼털 모자와 묵직한 외투를 벗겨주었다.

타냐가 진지하게 물었다.

"KGB가 한 짓이에요?"

"아마도. 폭력전문가들 소행 같다고 하더라. 죽지 않을 정도로 때릴 수 있는 놈들. 죽이려고 했다면 죽였겠지."

바실리사는 혼자서 자주 서성이곤 하는, 부엌과 현관 사이의 모퉁이에서 그들을 향해 서 있었다.

"타냐, 너 왔니?"

"네. 할머니, 선물을 가지고 왔어요."

"웬 선물?"

바실리사는 의아해하는 얼굴이었다. 지금은 성축일도 아니고, 금식주간이었다.

"아빠 선물은 아르메니아 코냑이에요."

타냐는 젖은 눈으로 미소를 지었고, 파벨은 기뻐했다. 물론 코냑 때문이 아니었다. 코냑이라면 환자나 그 가족들이 가져다 준 것만으로도 넘쳐났다. 파벨의 기쁨은 타냐의 미소 때문이었다. 이전에는 늘 볼 수 있었던 그 미소. 지금의 그 미소는 이제껏 있었던 딸과의 소원함을 말끔히 씻어주는 듯했다.

"엄마한테 가봐야지. 그러고 나서 같이 코냑 한잔하자. 좋지?"

파벨은 타냐와 함께 엘레나의 방으로 갔다.

"엄마한테 비탈리이 소식을 말했어요?"

타냐가 속삭이며 물었다. 파벨은 머리를 저었다.

"안 하는 게 나아."

그들은 몇 년 만에 셋이서 한자리에 앉았다. 엘레나는 안락의자에, 타냐는 고양이 냄새도, 오래된 소변 냄새도 나지 않는 그녀의 침대에 앉았다. 파벨은 둥근 걸상을 가져와 가까이 앉았다.

"자, 숙녀분들, 술 한잔할까요?"

파벨은 들떠 있다가 금세 의기소침해졌다. 엘레나가 공포

어린 눈길로 그를 쳐다보고 있었기 때문이다.

"맞아. 한잔해야지, 엄마."

뜻밖에도 타냐가 큰 소리로 말하며, 마루에서 코냑을 가져왔다. 파벨은 술잔을 가지러 갔다.

"당신이 보기에…… 맞잖아요……. 파벨이 말하는데……."

엘레나는 전혀 알아듣지 못할 말을 중얼거렸다. 하지만 뭔가 항의하고 싶은 의지는 분명히 나타나 있었다.

"괜찮아요, 엄마. 한 잔인데요, 뭐."

파벨은 세 개의 색깔이 다른 술잔을 가지고 문 앞에 섰다. 엘레나가 모든 걸 잊어버린 것은 아니었다. 지금 그녀는 자신에게 알코올 중독의 남편이 있다는 걸 기억해내고, 술병을 보는 순간 파벨이 걱정스러웠던 것이다.

파벨은 미소를 지었다.

"당신한테도 도움이 될 거야. 혈액순환에 아주 좋지."

엘레나는 마지못해하며 팔을 뻗어 녹색의 술잔을 어정쩡하게 받으려 했다. 그때 무릎에 놓였던 뜨개질감이 바닥으로 미끄러졌다. 고양이가 앞발로 건드렸다. 엘레나가 불안해하기 시작했다. 잔이 엎어지면서 코냑이 흘렀다.

"음, 타냐, 어쩌지. ……전부 넘어졌어. ……어떡해. ……젖었어……."

엘레나는 술잔을 똑바로 다시 세워놓고 뜨개질감을 주워 올릴 수조차 없었다. 그 일의 순서는 이미 그녀에게 매우 어려운 일이 되었다.

파벨은 뜨개질감을 들어 올려 침대에 놓고는, 자신과 타냐의 잔에 술을 부었다.

"엄마! 엄마의 건강을 위해!"

타냐의 말에 엘레나는 술잔을 조금 앞으로 당겼다. 타냐는 자기 술잔을 입으로 가져가 단번에 마셨다. 그렇게 세 사람은 거의 한 시간 동안을, 침묵 속에서였지만 미소를 지으며 함께 앉아 있었다. 천천히 코냑을 마셨고, 케이크를 먹었다. 어느 순간, 갑자기 엘레나는 오래전의 모습 그대로 밝은 얼굴로 전혀 더듬지 않고 정확하게 말했다.

"타냐야, 오늘 저녁 정말 기분 좋다. 네가 와서 말야. 여보, 카란친나야 거리 기억나요?"

"카란친나야 거리?"

파벨은 놀랐다.

엘레나는 철없는 아이에게 보내는 어른들의 미소 띤 얼굴을 하고 있었다.

"시베리아요. 기억 안 나요? 당신이 거기서 우리를 병원으로 데려갔잖아요. 그 병원에서 우린 행복했는데……."

"지금도 나쁘진 않아, 여보."

파벨은 손을 들어 그녀의 머리를 쓰다듬고 뺨을 쓰다듬었다. 엘레나는 그의 손을 잡더니 입맞춤을 했다…….

이상한 일이었다. 파벨은 카란친나야 거리를 기억하지 못했다. 그런데 엘레나는 기억하고 있다. 기억력에 무슨 변덕이 일어난 걸까? 20년 동안 함께 한 삶 속에서 한 사람은 어떤 것을 기억하고, 다른 한 사람은 다른 것을 기억하다 니. 만일 동일한 것에 대해 서로 다른 기억을 가지고 있다 면, 두 사람은 삶을 공유했다고 할 수 있을까?

다음 날, 게나디이 골드베르그가 찾아왔다. 그는 전날 일어난 일에 대해 자신이 알고 있는 것을 이야기했다. 늦게 집에 돌아오던 비탈리이는 바로 집 앞 현관 입구에서 폭행을 당했다고 한다. 이른 아침에서야 이웃이 쓰러져 있는 그를 발견했다. 그 이웃은 일곱 시에 달리기 운동을 하던 중이었다고 한다. ……게나디이는 그전에도 전화상으로 몇 차례 위협을 당했다는 말을, 비탈리이의 동료들에게 들었다고 했다.

타냐는 걱정스러운 듯 물었다.

"너한테는 전화하지 않았어?"

"뭣 때문에 내게 전화하겠어. 나는 이 사건과 상관도 없는걸."

게나디이는 마치 자신을 변호하려는 듯 말했다.

비탈리이에게 일어난 사고는 그가 북방 민족들에 관한 인류학적 자료들을 수집하여 야쿠치야에서 돌아오자마자 일어났다. 당국에서 그를 불러 출장기간 동안 수집한 자료들을 넘기라고 명령했다. 그가 수집한 자료의 내용이 기밀이라는 이유를 내세웠다. 비탈리이는 거절했다. 도대체 뭐가 기밀이란 말인가. 북방 소수민족들이 술로 세월을 보내며 죽어가고 있고, 야쿠츠인을 비롯한 소수민족의 인구수가 최근 20년간 네 배로 줄었다는 것은 전 세계가 아는 사실인데. 이런 사실들은 소비에트 국민의 유전학적인 퇴보와 관련한 골드베르그의 주장을 뒷받침하는 핵심 자료였다. 그 자료의 내용은 전 소련 농업박람회장에 세워진 '민중우정의 분수'[70]가 내세웠던 황금빛 미래에 대한 공약과는 전혀 일치하지 않는 것이었다.

저녁 무렵이 되어 토마가 귀가했다. 토마도 술자리에 합석하여 마지막까지 함께 술을 마셨다. 토마는 술 몇 잔에 취해서는 큰 소리로 웃어댔다. 술자리가 파하고, 타냐는 어머니와 아버지에게 작별인사를 했다. 그리고 중국제 외투를 입었다. 바실리사를 떠올리곤, 외투를 입은 채 작별인사를 하러 갔다. 캄캄한 어둠 속을 더듬어 스위치를 찾아 불을 켰지만, 전등은 이미 수명을 다한 듯 켜지지 않았다. 바실리사는 그런 것도 알 수 없는 상태였다. 인기척에 바실리사가 고개를 돌렸다.

"타냐니?"

타냐는 검은 두건으로 덮여 있는 바실리사의 정수리에 입맞춤했다.

"할머니, 다음엔 뭘 갖다드릴까요?"

"됐어. 자주 오기나 해."

---

70 러시아 전 민족의 화합과 융화, 발전을 슬로건으로 하는 소련 정치의 상징적 분수다. 1954년에 완성되었다. 현재 전 소련 농업박람회장은 러시아최대박람회장 베데엔하로 불리고 있다.

바실리사는 무뚝뚝하게 대답했다.

"알았어요. 또 올게요……."

잠시 후, 타냐는 게나디이와 함께 밖으로 나왔다. 그는 그녀를 바래다주었다.

타냐가 떠나고 토마는 엘레나를 욕실로 데려갔다. 기저귀를 갈아주기 위해서였다. 기저귀를 갈아주면서, 토마는 엘레나의 수치심 같은 것은 아랑곳하지 않았다. 그저 매일 저녁 어떤 질책도 없이 속사포처럼 같은 말만 되풀이했다.

"여기 서세요. 똑바로 서세요. 젖은 걸 갈아야죠. ……그럼 내가 불편하잖아요."

그런 다음 토마는 엘레나에게 뒷물을 해주고 마른 수건으로 닦아주었다. 토마의 손길은 싼 값에 고용된 간병인의 투박하고 거친 손길과 다를 바 없었다. 매번 엘레나는 수치스러웠다. 두 눈을 꼭 감고 자신을 지웠다. 그것은 '나는 여기 없음'을 바라는 그녀의 간절한 몸짓이었다. 토마는 욕조에서 나와, 엘레나를 앞세워 밀면서 방으로 데려가 침대에 눕혔다. 그리고 바실리사를 불렀다. 바실리사는 엘레나의 다리 끝에 앉아 기도문을 읽었다. 여러 가지 기도문이 짬뽕된, 때로는 개인적 감탄조까지 뒤섞인 길고 번잡한 기도문을. 기도 가운데 이해할 수 있는 말은 기독교의 종말, 온화한, 치유의, 죄 없이 온전하신 등뿐이었다.

엘레나는 한 해 한 해 바뀌는 세월을 언젠가 푸른색이었던 선명한 눈으로 보았었다. 그러나 이제 시간은 뿌연 회

색의 눈에 비치는, 어둠에서 다른 어둠으로 가는 것일 뿐
이었다……

7

골드베르그 형제들과의 관계에서 타냐가 이야기할 수 있
는 건 오로지 '어쩌다 보니 그렇게 되었다'밖에 없다. 두 형
제는 똑같이 타냐를 사랑했고, 서로를 연적으로 삼았다. 이
는 타냐에게 커다란 심적 부담을 안겨주었다. 무엇보다 그
들은 가장 친한 혈연관계의 쌍둥이였다. 하나의 난자에서
출생한 그들의 친밀성은 엄마와 아이의 육체적 친밀성보다
더 강하다고 할 수 있을 것이다.

골드베르그 형제들은 깨끗한 경쟁을 펼쳤다. 타냐의 집
에 올 때도 언제나 무언의 동의에 따라 둘이서 함께 왔고,
전화를 걸어서도 항상 '우리'라고 자신을 밝혔다. 각자 전
화를 할 수 있음에도, 따로따로 전화하는 일은 거의 없었
다. 연극이나 영화를 보러 갈 때도 타냐의 토마에 대한 배
려를 생각해서 어쩔 수 없이 토마까지 불러냈다. 그러다 보
니 늘 네 명이었다. 그리고 그들은 타냐에 대해 둘이서는
절대 이야기하지 않았다. 단지 필요한 이야기나 우회적인
통보가 전부였다.

"토요일에 타냐에게 가자."

"난 다음 주 일요일 극장표를 샀어."

골드베르그 형제는 둘 다 높은 지능을 가진 버릇없고 이기적인 아이들이 될 소지가 다분히 있었다. 그러나 타냐로 인해 그들은 자신들이 갖고 있는 선민의식이나 유대인 수재라는 우월감의 위험성에서 벗어날 수 있었다. 예쁘고, 명랑하고, 사람과의 관계에서 어떤 고민도 없던―이는 자신이 충분히 사랑받고 있다고 생각했기 때문이었을 것이다―타냐는 그들보다 2학년 아래였다. 그래서 타냐는 그들이 이겨야 하는 경쟁자에 포함되지 않았다. 게다가 여자였기에, 어렸을 때는 자신들보다 힘이 셌다 할지라도 단 한 번도 그녀와 힘 대결을 벌일 생각은 하지 않았다. 그들은 단지 타냐의 말을 들어주고 그녀를 만족시켜주려고 노력했다. 체크무늬 치맛자락을 살랑거리고 다니는 동안, 타냐는 자신도 모르게 골드베르그 형제들이 갖고 있는 편견을 무너뜨렸다. 형제들의 내심에는, 지능의 최고 윗자리에는 아직까지 명성을 잃지 않은 아버지 일리야가 있고, 그 다음은 자신들이며, 나머지는 모두 그 아래라는 나름대로의 위계질서가 자리하고 있었다. 오로지 타냐만이 그 위계질서에 들어 있지 않았다. 타냐를 통해, 그들은 지능의 높고 낮음이 인간의 가치를 평가하는 유일한 척도가 아님을 조금은 깨닫게 되었다. 타냐의 역할은 본질적으론 그다지 정당한 것이 아니었다. 체스에 비유하자면, 그녀는 상대에게 달라진 규칙을 알리지도 않고 이긴 것과 마찬가지였다. 엄지와 장지로 상대방의 말을 딱 소리를 내며 체스판에서 튕겨버리고 이긴 것과 같았다. 어쩌면 이것이 타냐에 대한 두 형제의 마음을 사로잡은 것인지도 모른다.

골드베르그 형제는 어렸을 때부터 취향이 비슷했지만, 그들의 어머니는 20분 늦게 태어난 게나디이, 즉 동생이 더 세차게 울고 더 크게 웃는 것을 보고 둘의 차이를 태어난 직후부터 알고 있었다. 게나디이는 원하는 것도 원하지 않는 것도 분명하고 명확했다. 대부분의 경우, 형인 비탈리이가 게나디이에게 물어보곤 했다.

"우리가 어떤 죽을 더 좋아하지?"

게나디이는 단호하게 '메밀 죽'이라고 정의했다.

타냐에 대한 숭배는 그들로 하여금 수재라는 우월감에서 벗어나게 해주었다. 그들은 기꺼이 타냐를 지능의 맨 윗자리에 놓았다. 말라호프카의 학교 선생들은 그들 형제의 영재성을 정확하게 평가하지 못했다. 단지 성적이 아주 좋은 우등생이라는 평가가 전부였다. 그들의 어머니 발렌티나도 일찍 죽는 바람에 아들들의 영재성을 미처 알아볼 기회조차 없었다. 하지만 본인 자신도 영재에 속했던 아버지 일리야는 그들의 뛰어난 재능을 익히 알고 있었다. 두 형제는 타냐를 두고 연적관계에 있기도 했지만, 물리, 화학, 수학과 같은 학문을 두고도 정정당당한 경쟁을 하고 있었다. 타냐는 비탈리이와 이야기하는 것이 더 흥미로웠다. 비탈리이가 의학에 더 관심이 있고, 자신과 공통점이 더 많았기 때문이었다. 하지만 남자 친구라는 관점에서 본다면, 자연과학 영역에서 뛰어난 지식은 없지만 그 외의 것에 대해서는 관심이 많고 다방면으로 재능을 가진 게나디이가 더 흥미롭기는 했다. 그는 '철의 장막' 시대를 용케 뚫고 들어온 록큰롤 음악에 맞춰 춤을 출 줄도 알았다.

일리야가 네 번째로 체포되었을 때, 그는 예전과 달리 아무런 죄 없이 고통 받는 영웅으로 비춰졌다. 이미 60년대 중반이 아닌가! 그의 쌍둥이들은 아버지의 후광을 받게 되었다. 특히 비탈리이가 집 앞 현관에서 무지막지한 폭행을 당한 후로는 더욱더…….

타냐가 게나디이와 함께 집에서 나왔을 때는 열두 시였다. 게나디이는 타냐가 집에서 살지 않는다는 것을 알고 있었다. 최근 만나지도 않았고, 심지어 전화도 하지 않았지만. 타냐는 비탈리이가 너무 걱정되어 한시라도 빨리 병원에 가서 그를 간호하고 싶었다. 어쨌거나 게나디이는 처음으로 타냐와 단둘이 있게 된 것이다. 그리고 비탈리이에 대한 걱정으로 마음까지 하나가 된 두 사람 사이에는 뜻하지 않은 묘한 일체감의 기운이 일었다. 게나디이는 비탈리이가 살던 아파트로 가자고 제안했다. 거기서 아침까지 있다가 시간 낭비하지 말고 바로 병원으로 가자는 거였다. 그는 타냐의 푸른 외투 소매를 잡고 지하철 쪽으로 이끌었다. 타냐는 잠시 흔들렸다. 코자의 작업장에서 밤을 보내지 않을 경우, 꼭 미리 이야기하곤 했었다. 하지만 지금은 알릴 수 있는 방법이 없었다. 그곳에는 전화가 없었던 것이다. 타냐가 망설이며 꾸물거리는데, 게나디이는 주저 없이 결정해버렸다. 게나디이는 타냐와 헤어지고 싶지 않았다. 결국 두 사람은 비탈리이가 살던 프로프사유즈나야로 갔다.

5층으로 된 흐루시초프 식의 방 두 개가 있는 아파트는 마치 두 시간 전쯤 수색이 끝난 것같이 온통 난장판이었다. 경직된 질서는 싫어하지만 청결보다는 정돈된 것에 익숙해 있고, 2년간 잠잘 곳을 찾아 이 집 저 집을 전전하다 결국은 가느다란 은선, 오래된 캔버스, 부서진 가구들의 파편이 가득한 코자의 작업장에 둥지를 튼 타냐였지만, 책상과 의자와 바닥에까지 종이들이 난무하고 있는 광경 앞에서는 아연실색할 수밖에 없었다. 여기저기 흩어진 종이 뭉치 사이로 구둣발자국이 찍힌 좁은 길이 나 있었다. 그 길은 화장실과 욕실로, 그리고 부엌으로 이어져 있었다. 부엌의 식탁 위에도 종이들이 쌓여 있었고, 그 위로 신문지가 깔려 있었다. 신문지 위에는 차 찌꺼기가 그대로 들어 있는 더러운 찻잔이 놓여 있었다. 여기저기 통통하게 살찐 바퀴벌레들이 무리를 지어 학문의 초원에서 유유자적하고 있었다.

"도대체 이런 데서 어떻게 사니?"

웬만한 것에는 익숙해진 타냐였지만, 놀라서 물었다.

"별 문제 없어. 난 거의 오브닌스크에 있고, 여기서는 아버지와 비탈리이가 살아. 거의 사람들을 데려오지 않지. 너처럼 놀랄 테니까. 말라호프카의 집은 더 심했어. 엄마가 살아 계실 때는 그래도 나았는데. 엄마는 어떻게 그렇게 잘 정리하고 사셨는지 놀라울 뿐이야⋯⋯."

"정말 이건 아니야. 이렇게 사는 건 불가능해."

타냐는 미처 외투도 벗지 않은 채 청소할 태세를 갖추며, 어디서부터 청소를 시작할지 가늠했다. 그리고 부엌에서부터 시작하자고 말했다.

타냐의 결정은 옳았다. 부엌의 종이더미들은 훨씬 적었다. 크게 힘들이지 않아도 금방 정리정돈이 될 것 같았다. 가스레인지에 덕지덕지 붙은 퇴적물은 통째로 떨어져 나갔고, 잿빛으로 변한 리놀륨 바닥은 쉽게 씻겼다. 욕실에 세제가 있었던 것이 그나마 다행이었다. 방을 청소하는 데는 오랜 시간이 걸렸다. 수많은 종이들은 대충이라도 읽어봐야 했고, 때때로 정독할 만한 흥미로운 내용에 청소가 지체되기도 했다. 종이더미들을 정리하는 일은 아무 생각 없이 말똥을 치운 헤라클레스의 노동보다 더 힘겨운 것이었다.

열두 시부터 네 시 반까지 두 사람은 네 개의 손을 열심히 놀리며 즐겁게 청소했다. 이야기꽃을 피웠고, 큰 소리로 웃기도 했다. 어릴 적 비밀에 대해 회상하기도 했다. 힘이 드는지도 모르고 청소를 했다. 유리의 먼지들은 물로 닦아내고, 널브러진 종이들은 상자에 담았다. 재미있는 건, 책상 위에 있던 상자들은 하나같이 비어 있다는 것이었다. 도둑이 든 것처럼 위장해놓은 사람들이 가져간 것은 책상에 있던 것이었다. 그것 외에 최근에 두껍게 쌓아놓은 종이들은 전혀 손대지 않았다.

청소가 끝나갈 무렵, 타냐가 말했다.

"너희 형제는 이상한 성격을 가지고 있어. 그리고 일리야 아저씨는 반년 동안 살면서 청소를 한 번도 하지 않았나봐."

"네가 이해하긴 힘들 거야. 여긴 기념비적인 곳이야. 박물관이라고."

네 시 반경, 타냐는 종이뭉치들로 가려져 있던, 침대 겸 소파를 덮고 있던 먼지투성이의 덮개를 털어냈다. 먼지구름이 일었다.

"자, 됐다. 이제 자자."

타냐가 먼저 명령조로 단호하게 말했다. 몇 시간 동안 낭만적 사랑과 본능적 욕구를 오가는 다양한 욕망을 자제하고 있던 게나디이는 주저하지 않았다.

젊은 혈기를 마음껏 쏟아내고, 이틀 동안 잠을 자지 못한 그는 금방 잠에 빠져들었다.

완전히 잠에 빠져들기 전, 게나디이는 생각했다.

'왠지 야비하다는 느낌, 죄의식이 느껴지는 건 왜일까?'

그때 그의 내면에서 엄중한 목소리가 대답했다.

"타냐는 여동생이나 다름없잖아."

하지만 타냐는 달랐다. 그녀가 마지막으로 함께 잔 남자는 파렴치한 바람둥이의 종결자라 할 수 있는 지리학자였다. 그는 식당 여종업원, 학식 있는 아내로부터 얻은, 셀 수 없이 많은 아이들을 두고 있었다. 타냐에게 그 남자는 어린 시절 친구이자 신사다운 게나디이보다 더 나쁠 것도 더 좋을 것도 없었다. 잠자리에서 남자들은 모두 마찬가지였다. 그래서 타냐는 나이 든 여자들이 남자 때문에 미쳐 날뛰는 것을 전혀 이해할 수 없었다. 잠자리에서 모든 남자들은 똑같은데……. 그때까지 그녀는 뭔가 특별한 느낌을 주는 관계를 가져본 적이 없었다.

　게나디이와 타냐가 병원에 도착한 것은 예정했던 아홉 시가 아니라 열두 시쯤 되어서였다. 늦게 깨기도 했지만, 잠이 깬 후 게나디이가 타냐에 대해 주어진 자신의 경이로운 권리를 다시 한 번 행사했기 때문이었다. 그 시간 비탈리이는 중환자실에서 일반 병실로 옮겨졌고, 의식을 회복한 상태였다. 간신히 죽을 고비는 넘긴 것이다.

8

　바실리사가 한쪽 눈마저 실명하고 완전한 어둠의 세상에서 살기 시작한 후로 1년이 지났다. 실명이라는 불행과 고난은 평생 해왔던 노동으로부터 바실리사를 벗어날 수 있게 해주었다. 무기한, 무제한의 휴가가 주어진 것이다. 그 시간을 바실리사는 기도하며 보냈다. 예전에 그녀는 이콘(성상화)에 기도를 드렸다. 그녀가 주로 기도했던 이콘은 몇 개가 있었다. 카잔스카야 사원의 이콘, 그리고 지나가는 행상인에게 산 세 가지 색깔로 된 엘리야 선지자의 이콘이 있었다. 엘리야 선지자의 이콘은 거친 망치에 둘로 쪼개진 것을 투박하게 붙여놓은 것이었다. 다행히 선지자의 얼굴은 남아 있었지만, 불마차를 타고 승천하는 엘리야의 늘어진 망토는 엘리사가 뻗은 손에 닿지 않았다. 처음에는 엘리사의 손이 망토에 닿아 있었지만. 그 이콘은 결국 목조 사원의 땔감으로 있다가 화재가 나서 사원과 함께 없어졌다. 다음으로는 세라핌 이콘이 있었다. 세라핌은 귀 없는 부드러운 털의 곰을 데리고 있었고, 후광이 쳐진 베드로는 메시아와 다른 방향으로 가는 사람에게 손을 내밀고 있었다. 두 눈이 먼 지금, 바실리사는 자신이 기도했던 수호자들을 상실한 것과 마찬가지였다. 그녀는 늘 같은 자리에 있는 양탄자에 무릎을 꿇고 기도했다. 그녀의 무릎이 닿는 부분은 털이 빠져 있었다. 예전에 기도를 했던 이콘들을 머릿속에 그려보려 했지만, 잘 떠오르지 않았다. 그녀를 에워싼 어둠은 어떤 그림자도, 한 줄기의 빛조차도 허용하지 않는 단단한 철옹성의 벽이었다. 그 벽은 오랫동안 이어졌다. 바실리사는 애통해했다. 그녀의 기도가 하느님에게도 성모마리아에게도 선지자들에게도 도달하지 않고, 자신의 머리에서 맴돌다 허공으로 사라지는 것만 같았기 때문이다. 그런데 시간이 지나면서, 바실리사는 마치 흔들리는 촛불이 아른거리는 듯한 빛의 영상을 보았다. 그것은 아주 미약했다. 바실리사는 헛것이 보인다고 여기고 깜짝 놀랐다. 하지만 없어지지 않는 그 아련한 빛에 바실리사는 점점 매료되었고, 기쁨을 느끼게 되었다. 그 형상을 자기 안으로 끌어들여 오랫동안 붙잡아두려 애썼다. 그러자 그 아른거리는 빛은 더 강해졌고, 환해졌다. 그것은 그녀의 어둠 속에서만 빛나는, 아무에게도 보이지 않는 빛이었다. 그것은 그녀를 그칠 줄 모르는 침묵의 기도로 인도했다. 점점 그녀의 기도는 '작은 불꽃'이 그녀를 떠나지 않기를 바라는 것으로 변해갔다. 꿈에서도 기도를 멈추지 않았다. 그 기도는, 이미 오래전부터 바실리사의 굵고 차가운 다리 옆을 잠자리로 선택한 고양이처럼, 항상 그녀와 함께 있었다.

지금 바실리사는 자신을 위한 새로운 삶을 살고 있었다. 꼭 해야 하는 일도 없었고, 자신이 보기에 불필요한 것을 사야 하는 짜증나는 일도 없었다. 더럽지도 않은 내의를 빨아야 할 일도 없었다. 대청소를 해야 할 필요도 없었다. 단지 엘레나를 아침마다 씻겨주는 일, 그리고 파벨이 퇴근하면 저녁을 차려주는 것이 그녀가 하는 일의 전부였다. 나머지 대부분의 시간은 동양의 수도승처럼 명상에 잠겨 자신의 부엌방에서 보냈다. 명상과도 같은 기도를 통해 그녀는 수녀원장 아나톨리야와 그 어느 때보다도 깊은 정신적 교제를 나누고 있었으며, 모든 산 자와 죽은 자, 가까운 사람들과 먼 사람들을 회상했다. 그들에 대한 회상은 그녀의 부모, 수도원에서 만났던 젊은 사제 바르소노피를 시작으로 하여 H수도원에서 오래전에 죽은 이름 없는 수도사들로 끝나고 있었다. 그녀의 기도는 작은 불꽃이 일으키는 광명 속에서 이루어졌다. 바실리사는 이제 아궁이에 불을 지피듯 그 불꽃을 언제든 피울 수 있었다.

매일 병원의 조무사가 가져오는 식사와 전혀 다를 게 없는 바실리사의 형편없는 음식을 먹으면서, 파벨은 그녀의 완고함을 꺾지 못하는 자신을 힐책했다. 그는 바실리사의 백내장은 수술하면 어느 정도 시력을 회복할 수 있을 거라 믿고 있었다. 파벨은 유능한 의사기도 했지만, 스스로 음식을 만들어 먹을 줄 아는 생활력 있는 사람이기도 했다. 그러나 자신의 일이라고 우기는 바실리사의 마음을 돌릴 수 없었고, 그렇다고 날마다 눈먼 그녀가 해주는 음식을 먹는 고역도 더 이상은 참기 힘들었다.

파벨은 여러 번 바실리사에게 수술을 권했다. 하지만 바실리사는 신의 뜻이라며 수술을 완강히 거부했다. 파벨은 화가 났다. 그녀를 도저히 이해할 수 없었다. 그는 그녀의 논리를 역으로 이용하여, 의사에게 준 신의 뜻은 눈먼 자를 치료하여 다시 빛을 보게 해주는 데 있다는 말로 그녀를 설득했다. 바실리사는 고개를 저을 뿐이었다. 파벨은 너무 화가 나서 그녀의 어리석음과 무지함, 말도 안 되는 고집을 비난했다.

파벨은 평소보다 더 많이 술을 마셨고, 술을 마시고 나면 바실리사를 다시 설득하곤 했다. 그러나 그녀에게는 이

성적인 어떤 논리도 통하지 않았다. 그러던 어느 날 세탁소에서 찾아 온 시트 자루를 5층까지 짊어지고 오느라(그 때는 엘리베이터가 작동하지 않았다) 기진맥진해진 토마가 자신도 의식하지 못한 채 아주 중요한 한마디를 툭 내뱉었다. 그녀의 말은 파벨과는 아무 사전 협의도 없는 것이었다.

"할머니, 아직 건강하잖아요. 아무 일도 안 하고, 매일 기도만 하고……. 이런 건 같이 찾아오면 좀 안 돼요……?"

토마는 똑똑하지는 않지만, 강인한 생활력을 가지고 있었다. 하루 종일 자신의 식물들을 돌보고, 흙에 코를 박고는 파내고 씨 뿌리고 하면서도 전혀 지칠 줄 몰랐다. 말 그대로 농사꾼의 피가 흐르고 있었던 것이다. 다만 그녀는 흔해빠진 순무와 당근 대신 철쭉이나 멕시코오렌지에다 사랑과 열정을 쏟고 싶을 뿐이었다.

토마가 해야 할 집안일은 점점 많아졌다. 그녀는 이런 일을 아주 싫어했다. 더욱이 야간대학까지 다니느라 너무나 바쁜 참이었다.

바실리사는 토마가 발끈해서 내뱉은 비난을 온종일 마음속에 담아두고 곱씹었다. 오랫동안 생각하고 또 생각했다. 도움을 청하기 위해 아나톨리야 수녀를 부르기도 했다. 그리고 마침내 일요일 저녁식사 후, 그녀는 수술을 하겠다고 파벨에게 알렸다.

"수술을 하겠다고요? 먼저 안과에 가서 진찰 받아보기로 하죠. 상담을 해보고…… 혹시 수술이 불가능할 수도 있으니까요……."

"왜 수술이 불가능한데요? 내가 동의했잖아요. 수술하게 해줘요!"

진찰 결과, 수술은 가능한 것으로 나왔다. 2주 후, 바실리사는 고리키 거리에 있는 안과 병원에서 수술을 받았다. 수술 후, 60퍼센트의 시력이 회복되었다. 이제 그녀는 다시 예전의 삶으로 되돌아왔다. 가게에 물건을 사러 다니고, 줄을 서고, 음식을 만들고, 세탁도 했다. 그러나 그녀의 걸음걸이는 언제나 느리고 조심스러웠는데, 마치 귀한 물건을 가지고 있는 사람 같았다. 그 귀한 것이란 다시 보게 된 눈이었다. 그 눈으로 인해, 바실리사는 신의 뜻이 의사의 손을 통해서도 이루어진다는 파벨의 말을 이해할 수 있게 되었다. 그녀는 그리 좋은 성능을 발휘하지 못한 마취제 때문에 수술의 모든 과정을 또렷이 기억하고 있었다. 참을 수 없이 아팠던 주사부터, 붕대를 풀자 바람에 흔들리는 나무처럼 사람들이 흐리고 아른하게 보였던 그 순간까지 하나도 빠짐없이. 그 시간 동안 그녀는 장님을 눈 뜨게 한 성경 구절을 되뇌고 있었다. 그러면서 자신의 눈에 느껴지는 의사들의 꼼지락거림을 장님의 눈을 어루만지신 구원자의 손길로 받아들였다.

바실리사가 시력을 회복하자 스스로에 대한 태도가 바뀔 것이라고는, 집안사람 어느 누구도 예상하지 못했다. 그녀는 자신의 튼튼하고 순결한 육체, 근육질의 팔과 다리, 그리고 무엇보다 볼품없이 눈물이 흐르는 눈을 소중하게 여기게 되었다. 어둠 속에서 보았던 작은 불꽃은 이제 그녀를 떠났다. 눈으로 직접 세상을 보게 된 그녀에게 지금 그 빛은 어떤 상태로든 보이지 않았다. 그녀는 사라져버린 내면의 '불길'이 그리웠다. 하지만 그녀는 잠시 찾은 자신의 시력이 꺼지는 날, 그 불꽃은 꼭 돌아올 거라고 믿었다.

잃어버린 시력을 다시 찾은 뒤, 바실리사는 시력을 잃어가는 눈 때문에 얼마나 많은 시간을 무익하고도 의미 없는 공포에 시달렸는지 새삼 깨닫게 되었다. 시력을 완전히 잃고 나서야 그녀는 그 공포로부터 벗어날 수 있었다. 그런데 수술 후 신의 세계를 다시 보게 되면서 그녀는 더 확실하고도 새로운 믿음을 갖게 되었다. 그 믿음은 신에 대한 막연한 믿음이 아니라, 신의 사랑에 대한, 그것도 보잘것없고 무지한 자신에게 베풀어주신 사랑에 대한 절대적 믿음이었다. 그러므로 그녀는 자신을 사랑하지 않을 수 없었다. 자신은 신이 사랑하는 대상이었기 때문이다. 아마도 이제 그녀는 신이 수많은 사람들 중에 자신을 알아보게 되었다고 믿고 있을 터였다…….

그런 바실리사의 생각은 또 다른 비약을 낳았다. 그녀는 신이 다른 사람보다 자신을 더 많이 사랑하고 있다는 생각을 하게 되었다. ……타냐만 보더라도 남부러울 것 없는 환경에서 자랐지만, 지금은 이곳저곳을 전전하며 멋대로 살고 있지 않은가. ……또 파벨은 어떠한가. 유능하고 탁월한 의사 중의 의사라지만, 얼마나 많은 태아를 사라지게 했는가. 그것이 죄라고 여기지도 않는 괴물이 되었다. 게다가 죽은 오빠처럼 늘 술을 마신다. ……그다음 엘레나에 대해서는 굳이 말할 필요도 없다. 그녀의 삶은 손바닥 보듯 훤하니까. 착하고 인정은 많았지만 남편 플로토프를 배신했고…… 양심의 가책은 받고 있을까? 그것 때문에 지금 벌을 받고 있는 건 아닐까? 정신을 놓고 마치 동물처럼 살고 있으니 말이다.

바실리사는 엘레나를 너그럽게 대했다. 그녀는 엘레나를 애완동물처럼 먹이고 씻겨주었다. 불분명한 발음으로 칭찬을 하거나 불평을 하며, 고양이에게 하듯 엘레나와 이야기기했다. ……그러니 더 이상 말이 필요하지 않다. 만일 신이 누군가를 특별히 선택해야 한다면 그것은 당연히 바실리사 자신이었다. 처음엔 눈을 빼앗으셨지만, 다시 돌려주시지 않았는가. ……이것만으로도 그 이유는 충분하지 않은가.

9

타냐는 날마다 병원으로 가 누워 있는 비탈리이를 간호했다. 그녀는 비탈리이가 불편하지 않도록 씻는 것에서부터 먹는 것까지 모든 것을 도와주었다. 그는 오른손에 깁스를 하고 있어서, 다른 한 손으로 책을 읽는 것조차도 힘들었다. 책장들을 넘기기가 어려웠던 것이다. 그는 자신의 상태를 약간 과장하여, 때로는 타냐에게 떼를 쓰기도 했다. 타냐는 골드베르그의 아파트가 있는 프로프사유즈나야에서 비탈리이의 병원이 있는 스클리포소프스키까지 오가며 그 일을 했다. 골드베르그 친구들이 돈을 모아왔는데, 타냐는 그 돈을 다양한 요리의 식재료를 사는 데 다 써버렸다. 그녀의 요리 연습은 귀금속 세공 연습을 대신하는 것이었다. 비탈리이를 간호하는 동안, 타냐는 코자의 작업장에 딱 한 번 갔다 왔다. 그때 속옷 세 벌과 두툼한 모직 양말, 수첩 등 자신의 물품들을 챙겨왔다.

게나디이는 토요일마다 오브닌스크에서 왔다. 그때마다 타냐와 게나디이는 함께 저녁을 먹고 그루지야 포도주를 마셨다. 그러고는 뼈대가 튀어나온 절체 소파 겸 침대에서 잠을 자고, 비탈리이가 입원해 있는 병원으로 갔다. 게나디이는 어린아이들 소꿉장난 같은 타냐와의 관계가 무척 당혹스러웠다. 마치 다섯 살 난 아이들처럼 그네를 타거나 아니면 어둠 속에서 도망치는 한 사람을 잡아 얼굴과 어깨 등을 만져보며 누군지 알아맞히는 술래잡기를 하고 있는 것 같았다. ……그들은 단지 서로에게 필요한 것을 제공해주는 관계일 뿐이었다. 그 외에 그들 사이에는 어떤 잉여의 말도 오가지 않았다…….

비탈리이는 한 달 반 동안 병원에 있었다. 그는 생각했던 만큼 심각하게 다친 것은 아니었다. 부러진 코는 잘 회복되었는데, 새 코가 이전 코보다 나쁘지는 않았다. 뇌진탕으로 머리가 이상해지는 일도 일어나지 않았다. 하지만 부러진 팔꿈치 때문에 고생을 좀 했다. 첫 번째 수술에서 관절이 잘못된 방향으로 뒤틀렸고, 두 번째 수술 후에는 아예 팔을 움직일 수도 없었다. 의사들의 말처럼 아주 전문적인 솜씨로 뼈를 부러뜨려놓았던 것이거나 아니면 비탈리이가 정말 억세게 운이 없는 것이었다.

어쨌든 겨울이 끝나갈 무렵에 비탈리이는 퇴원을 했다. 타냐가 그를 집으로 데리고 갔다. 그리고 퇴원을 축하하기 위해 가까운 친구들을 불러 작은 파티도 열었다. 그 주 토요일, 여느 때처럼 오브닌스크에서 게나디이가 왔다. 비탈리이가 집에 온 지 사흘째 되는 날이었다. 문지방을 넘어서면서 게나디이는 그의 자리가 사라졌음을 직감했다. 실망했지만, 놀라지는 않았다. 게나디이는 줄곧 타냐를 주시했는데, 그녀에게서는 일말의 불안감도 찾을 수 없었다. 셋이서 함께 저녁을 먹었다. 식탁에는 집의 따뜻한 공기와 평화를 잔뜩 머금은 통통한 파이가 놓여 있었다. 타냐는 아기한테 하듯 비탈리이를 보살폈다. 게나디이는 형이 운이 좋다고 생각했다. 그리고 자신의 연인을 빼앗아간 것을 형이 알고는 있을지 궁금했다.

게나디이가 고민하는 사이, 타냐는 설거지를 끝내고 오늘은 집에서 잘 거라고 말했다.

"내가 없는 자리에서 너희끼리 더 잘 얘기할 수 있을 것 같아서."

실제로 두 형제는 상의할 일이 많았다. 아버지가 관리 책임을 맡고 있던 실험실은 황당무계한 재정 비리와 관련한 온갖 트집으로 결국 폐쇄되고 말았다. 수용소에 감금된 골드베르그에게 이 소식이 전해지자, 그는 몹시 격분했다. 실험실의 미래와 연구원들에게 닥칠 어려움이 염려되었다. 특히 해고된 바람에 거주권을 상실하고 아무 일자리도 얻을 수 없어 노보시비르스크로 돌아가야 하는 발렌티나에 대한 걱정에 진정할 수가 없었다. 결국 일리야는 쌍둥이 아들들에게 편지를 보냈다. 그 편지가 며칠 전에 도착했다. 편지에는 발렌티나에 대한 자신의 솔직한 감정과 더불어 죽은 아내에 대한 미안한 마음이 구구절절 쓰여 있었다. 그 말미에 발렌티나와 결혼하겠다는 의지를 수줍게 내비치고 있었다.

물론 두 형제에게 편지 내용이 새삼스러울 건 없었다. 그들은 이미 젊은 발렌티나와의 로맨스를 알고 있었기 때문이다. 하지만 결혼까지 한다는 것은 좀 의외였다. 골드베르그는 발렌티나와 결혼할 생각은 아니었다. 수감된 후 감옥에서 내린 결정이었다. 면회는 오직 법적인 아내에게만 허용되었다. 그래서 골드베르그는 아들들에게 변호사를 만나 발렌티나와 결혼하기 위한 절차에 대해 알아보도록 요청한 것이었다. 발렌티나에게는 결혼 의사를 밝히지도 않았다. 그들의 결혼이 법적으로 가능할지 아직 알 수 없었기 때문이다.

'너희들에게 불필요한 부담을 주고 싶지는 않았단다. 하지만 너희들이 좀 알아서 나와 발렌티나와의 결혼이 가능한지 알아봐다오. 발렌티나는 강하고 현명하지만, 여자는 여자란다. 만일 그녀가 직접 변호사를 찾아가 이 문제를 논하게 되면 심한 모욕감을 느끼게 될 것이 불을 보듯 훤하기 때문이란다.'

"우리랑 같은 나이지?"

소리 내어 게나디이가 읽고 있는 편지를 가리키며, 비탈리이가 말했다.

"아마도 두 살 위일걸? 아니, 세 살?"

"새엄마라……."

비탈리이는 웃었다.

비탈리이는 자신에게 찾아온 행복을 미처 완전히 소화하지 못한 채, 자신도 결혼할 생각이라는 말을 하고 싶었다. 하지만 참았다. 지금 자신의 눈부신 승리는 곧 동생의 쓰라린 패배를 의미했다. 비탈리이는 동생이 안쓰러웠다. 가슴이 아프기도 했다. 타냐는 자신이 모든 어려움을 겪고 난 후 얻은 뜻밖의 선물이었다. 그러나 만일 그녀를 차지하기 위해 온갖 시련을 겪어야 한다면, 그는 어떤 동요도 없이 그걸 감수했을 것이다.

게나디이는 우선권이 있었지만, 그 역시 침묵했다. 형이 타냐와 자신이 여섯 번의 주말 밤을 뜨겁고 황홀하게 보냈다는 사실을 알아봤자 좋을 게 없다고 판단했다.

약속이라도 한 듯, 그들은 타냐에 대해 아무 말도 하지 않았다. 그 대신, 오랫동안 아버지에 대한 이야기를 나누었다. 그의 구시대적 연애감정, 용기, 재능, 명예심에 대해. 그리고 그런 멋진 아버지를 둔 자신들이 얼마나 운이 좋은가에 대해.

게나디이는 형처럼 행동했다. 밤이 되자, 다음 날 책임자와의 만남이 있다면서 오브닌스크로 돌아가야 한다고 말했다.

열한 시, 동생이 문을 닫고 나가자, 비탈리이는 재빨리 타냐의 집에 전화를 걸어 어린 시절에 했던 것처럼 말했다.

"골드베르그 형제인데요……."

하지만 타냐는 집에 없었다. 그날 저녁, 그녀는 코자의 작업장에 있었다. 코자에게 어쩌다 얽혀버린 쌍둥이 형제와의 관계를 무덤덤하게 이야기했다. 코자는 깔깔거리고 웃으면서 셰익스피어, 아리스토파네스와 토마스 만을 들추어냈다. 타냐는 그루지야 포도주를 마시면서 얼굴을 찌푸렸다.

"그들은 나에게 오빠나 같아요. 함께 자랐고. 나는 둘 다 좋아해요."

코자는 여성스러운 둥그런 어깨를 약간 으쓱하고는 건조한 입술을 쭉 내밀었다. 그러고는 분홍색 스웨터를 팽팽하게 늘인 가슴에다 검고 투박한 두 손바닥을 대고는 흔들어댔다.

"그럼, 둘 다 가져. 동시에 말이야. 그건 뽕[71] 맞은 것 같은 최고의 선택이지."

타냐는 수학을 배우는 학생처럼 진지하게 코자를 쳐다보았다.

"나야 그런 뽕을 맞고 싶지는 않지만, 네가 두 형제를 다 사랑한다고 해서 남을 해코지하는 건 아니지 않나? 감정에 그저 솔직한 것뿐이지……."

코자는 쓰러질 정도로 웃어댔다.

토요일, 오브닌스크에서 게나디이는 오지 않았다. 타냐는 그에게 힘겹게 전화를 걸었다. 그는 바빠서 얼마 동안 가지 못할 거라고, 무뚝뚝하게 전했다. 타냐는 재빨리 준비를 마치고 오브닌스크로 향했다. 3월, 마지막 추위가 만만치 않았다. 온몸이 얼어붙는 듯했다. 추위 속에서 그녀는 오랫동안 기숙사를 찾아다니다가 저녁 무렵에야 게나디이를 찾았다. 게나디이는 침대에 누워 있었다. 그는 심한 감기에 걸려 담요 두 개와 오래된 외투를 덮고 있었다. 방은 지독하게 추웠고, 창가에 둔 물은 얼음으로 변해가고 있었다.

"많이 아프니?"

타냐는 게나디이의 가슴에 손을 녹이면서 중얼거렸다. 그는 열이 39도까지 올라가 있었다. 자신의 손이 마치 뜨거

---

71 필로폰을 속되게 이르는 말.

운 프라이팬에 닿은 것 같았다.

"너는 가슴속까지 차가워."

게나디이는 타냐의 몸속에 손을 넣고는 웃음을 지으며 말했다.

타냐가 동의했다.

"맞아. 완전 얼었어. 하지만 넌 너무 뜨거워."

그들의 체온은 점차 비슷해졌다.

게나디이는 물을 끓이기 위해 공동부엌으로 갔다. 전기 주전자가 있었지만, 전기사용량이 많아 쓸 수가 없었다. 기숙사 전체가 전기레인지와 전기난로를 쓰고 있었다.

두 사람은 차를 마셨다. 먹을 것도 없었고, 살 곳도 없었다. 진열대가 반쯤 비어 있는 상점들은 이미 오래전에 문을 닫았다. 그들은 다시 한 번 서로를 따뜻하게 덥혀주었다. 아침이 되자, 게나디이는 타냐에게 선택했느냐고 물었다.

타냐는 진지하게 대답했다.

"나는 이미 선택했어. 난 골드베르그 형제를 선택했어."

"우린 둘이야."

"알아."

"그래서?"

"뭐, 그래서야? 나한테는 두 사람이 똑같아. 너도, 비탈리이도 소중해."

타냐는 손으로 좌우를 나누었다.

"나는 너희들 아버지도 역시 좋아해."

게나디이는 베개에서 슬며시 일어나 앉았다.

"아버지는 거론하지 마. 결혼한 사람이니까."

"나는 모두가 내 소유물이라고 말하는 게 아니야. 너는 내게 선택을 강요하고 있어. 게다가 너에게도 기회가 있잖아. 넌 나를 거부할 수도 있어."

타냐가 웃었다.

그는 그녀의 머리를 뼈가 앙상한 자기 어깨 쪽으로 잡아당겼다. 그리고 짧게 깎은 뒤통수를 부드럽게 어루만졌다.

"즈베니고로드에서 보낸 시간이 기억나니? 거리를 돌아다녔고…… 보트를 탔고…… 배드민턴을 쳤지. ……너는 자라서 암캐가 돼버렸어."

타냐는 놀랐다.

"왜? 왜 내가 암캐라는 거지?"

"누구랑 자든지 너에겐 모두 똑같잖아."

타냐는 더 편한 자세를 취하면서 몸을 약간 떨었다.

"모두 똑같진 않아. 절대 안 되는 사람들도 있어. 하지만 골드베르그 형제는 언제든지."

"생각해봐야겠다. 내가 양보하는 게 좋겠지."

"바로 이런 면 때문에 너희들을 좋아하는 거야."

타냐는 유감스러운 듯 말하고는 잠이 들어버렸다.

게나디이는 계속 이야기를 했다. 그러다 타냐가 깊이 잠들었다는 것을 알고는 머쓱해했다. 놀랍게도 그의 지독한 독감은 지나갔다. 그는 건강해졌다는 것과 함께 불행해졌다는 것을 동시에 느꼈다. 보아하니, 타냐와 이야기할 게 아니라 형과 이야기를 했어야 했는지도 몰랐다. 그런데 형하고 무슨 말을, 어떻게 할지가 문제였다.

10

어느 날, 엘레나에게 이상한 편지가 왔다. 바실리사는 편지를 우편함에서 신문과 함께 꺼내 엘레나에게 가져왔다. 그녀는 직인이 찍힌 하얀 봉투를 쥐고는 열어보려고도 하지 않고 저녁까지, 파벨이 그녀를 보기 위해 방에 들를 때까지 편지를 가지고 있었다. 그녀는 그에게 편지를 내밀었다.

"이거…… 이 봉투……, 타네치카에게 온 거예요……."

파벨은 엘레나로부터 봉투를 받았다. 편지에는 모스크바 변호사 사무실 외국인문제 담당직원의 직인이 찍혀 있었다. 그 직인은 하얀 종이에 파리한 철자로 인쇄되어 있었다. 봉투 안에는, 1963년 1월 9일 부에노스아이레스의 종양 클리닉에서 죽은 안톤 이바노비치 플로토프가 남긴 재산의 절반을 상속할 부인 플로토바 엘레나 게오르기예브나와 딸 플로토바 타치야나 안토노브나를 찾고 있다는 내용이 들어 있었다. 또한 B 도시의 호적등록처에서 엘레나의 성(姓)이 바뀌었으며, 타냐가 양녀로 입양된 사실을 알아냈고, 유산상속에 관한 협의와 상속자 본인 확인을 위해 엘레나와 타냐가 변호사 사무실을 방문해주기를 원한다는 내용도 있었다.

파벨은 편지를 책상에 놓고 나갔다. 너무 갑작스러운 소식이었다. 편지의 내용으로 판단해보건대, 안톤 이바노비치 플로토프는 전쟁 중에 죽은 게 아니라, 알 수 없는 경로로 남아메리카에 가게 됐고 거기서 20년 뒤에 죽은 것이다. 직접적으로 알고 있지도 않은 사람의 죽음, 그리고 그가 남긴 유산상속에 대한 소식은 파벨에게 별 충격을 주지는 않았다. ……하지만 타냐에게 자신이 친아버지가 아니었다는 사실을 말해야 하고, 더욱이 어머니와 친아버지의 사이가 언제 깨어졌는지 말해야 한다는 것이 파벨의 마음을 몹시 뒤숭숭하게 했다.

파벨은 서재에 무엇 때문에 왔는지 잊은 채, 자신의 책상에 앉아 있었다. 책상 근처의 선반으로 손을 뻗어 이것저것 기계적으로 뒤적거렸다. 머리보다 본능적인 손은 그가 필요한 것을 기억하고 있었다. 그는 보드카 반병과 작은 잔을 꺼내 홀짝홀짝 마셨다. 몇 분 후, 그는 머리가 맑아졌다. 이제 그는 편지의 내용을 엘레나에게 알리고, 타냐를 불러 아버지에 대한 비밀을 말해주고, 이 유산을 어떻게 할지 그녀 스스로 결정하도록 해야 했다. 파벨은 엘레나 외에도 바실리사 역시 플로토프를 알고 있다는 사실을 기억하지 못했다. 행복했던 타냐 아버지로서의 삶은 이렇게 어이없이 진부한 방법으로 끝이 나버렸다. 딸아이는 생부를 찾았다. 그는 죽었고, 지금까지의 모든 거짓된 사실이 드러날 판이었다. 전형적인 삼류 드라마의 내용처럼. 파벨은 문에 손가락이라도 낀 것처럼 가슴이 죄어오는 것을 느꼈다. 그는 얼굴을 일그러뜨리며 나머지 술을 마저 마셔버렸다.

파벨은 침실로 돌아왔다. 엘레나는 침대에 앉아 있었고, 고양이는 그녀의 무릎에서 교외선 기차가 지나갈 때처럼 가르릉가르릉 소리를 내고 있었다. 고양이는 그를 보자 꼬리를 말아 올렸다.

"여보, 이 편지에는 당신의 첫 남편 안톤의 죽음에 대한 내용이 들어 있어. 이 편지로 봐선, 그 사람은 전쟁터에서 죽은 게 아니라, 포로로 잡힌 뒤 남아메리카에서 죽은 것 같아. ……거기서도 바로 죽은 게 아니라 지금부터 몇 달 전에 죽었다는군……."

엘레나는 뜻밖의 대답을 했다.

"맞아요, 맞아. 물론이죠. 우표에 나오는 거대한 선인장 같은, 그리고 가시……. 그럴 거라 생각했어요. 그것들은 선인장의 일종이죠, 그렇죠?"

"선인장이라니 무슨 말이오?"

파벨은 정신이 번쩍 들었다. 엘레나는 산만하게 손을 내저었다.

"누구한테도 절대 말하지 않을 거죠?"

"대체 뭘 말이오?"

엘레나는 유감스럽다는 듯 미소를 지으며, 아기를 껴안

듯 고양이를 안았다.

"선인장은 적토에서 자라는 가시 달린 거대한 식물이에요. 꿈속에선 기마병도 있었어요. 처음에 그는 말없이 있었죠. ……이제 난 그가 무엇을 했을지 알 것 같아요……."

"그게 당신 꿈에 보였다는 거요?"

그녀는 어른이 아이에게 보여주는 것 같은 관대한 미소를 지었다.

"무슨 말 하는 거예요, 파센카! 벌써부터 난 당신 꿈을 꾸었어요."

엘레나는 이미 오래전부터 그를 '파센카'라고 부르지 않았었다. 이렇게 확신에 찬 억양으로 말하는 것도 참 오랜만이었다. 마지막 발작으로 기억을 상실해가고 있다는 것을, 그녀 자신뿐 아니라 주변 사람들 모두가 알게 된 이후로 그녀의 목소리는 늘 기어들어가는 듯 했고, 억양은 언제나 자신 없는 투였다. 기억 상실이 심리적 불안까지 불러온 결과였다……. 그런데 지금 그녀가 말한 것들은 뭔가? 거짓된 회상들인가? 최면에 걸려 본 환각들인가?

파벨은 그녀의 손을 잡았다.

"선인장을 어디서 봤소?"

그녀는 당황스러워했다.

"몰라요. 아마도 토마한테서……."

파벨은 손에 편지를 쥐고는 다시 한 번 눈으로 훑어보면서 생각했다.

'……왜 엘레나는 첫 남편의 죽음을 듣고 선인장에 대해 말하지? 아무 연관도 없는데. 그렇다면 부에노스아이레스를 떠올렸단 건가? ……지금의 엘레나가 그런 까다로운 연상관계를 떠올릴 수 있을까? 그녀는 지금 생각의 움직임을 숨기려 애쓰고 있는 건 아닐까? 미친 여자의 영악함인가?'

"여보, 토마는 선인장을 좋아하지 않아. 그 아이는 집에서 선인장을 키운 적이 없어. 당신, 어디서 당신은 선인장을 보았어? 꿈에서 보았나?"

그녀는 고개를 더 숙이고는 고양이에게 몰두했다. 그러더니 울음을 터트렸다.

"당신, 지금 뭘 하고 있는 거지? 플로토프 때문에 울고 있는 건가? 오래전 일이야. 그리고 전쟁터에서 죽지 않은 건 다행한 일이고. ……제발, 부탁이야. 레노치카, 울음을 그쳐……."

"가시 있는 식물들……. 바로 이것들이에요. 가시 있는 식물들……. 아니에요, 꿈에서 본 게 아니에요. ……꿈과는 달라요. ……근데 뭔지 말할 수가 없어요……."

그녀의 의식은 꿈꾸듯 몽롱한 것일까? 그녀의 병은 몽롱함이 아닐까? 정신의학 책을 보고 정확히 알아봐야겠다. 의학 중에서 가장 불분명하고 애매모호한 것이 정신의학이다. ……파벨은 아내의 병 앞에서 어찌할 바를 몰랐다. 그녀의 상태를 정확히 진단할 수 없었기 때문이다. 자의식의 혼란……. 초기 경화증 중에서 어떤 형태의 것일까? 알츠하

이머? 치매? 병이 언제부터 시작된 거지? 어쨌든 오늘은 좋은 날, 좋은 하루다. 엘레나가 반응을 보인 것이다. 우린 정상적인 소통에 가까운 대화를 나누었다.

"아마도, 당신도 알겠지만, 플로토프는 포로로 잡혀가 조국으로 돌아오지 못한 많은 러시아 병사들 중에 하나로, 어디 다른 곳으로 후송된 것 같소. 만일 돌아왔다면, 원래의 자리로 왔을 테지."

파벨은 그녀에게 자주 일어났던, 갑자기 말문을 닫아버리는 일을 막기 위해 별로 필요하지도 않은 말들을 했다.

"아, 아니에요 당신은 기억 못 해요. ⋯⋯플로토프는 발트지역 독일인이에요. 그의 조상은 모두 쾨니히스베르크 도시에서 온 폴 플로토프였고, 그곳에는 그의 친척들이 많이 남아 있어요. 그는 그걸 숨겼어요."

"당신 무슨 말을 하고 있는 거요? 놀랄 일이군. 그렇다면 그 사람도 반동가족 출신이었다는 거야? 내가 젊었을 때, 그때는 모두들, 거의 내 주변의 모든 사람들, 물론 몇몇 멍청이들과 파렴치한 인간들을 제외하고는 모두 반동가족 출신이라는 것 때문에 죄인이 되었지, 그래서 그것을 숨겼고⋯⋯."

"맞아요. 물론이죠. 나도 그런 느낌을 갖고 있었어요. 처음 어떻게 느꼈는지도 기억해요. 1920년 봄, 모스크바의 할머니 댁에서 부모님들이 나를 소치 부근에 있는 이주민 거류지로 데려갔을 때지요. 나는 그때 남쪽 풍경을 보았어요.

······나는 우리 같은 이주민들이 일반사람과 다르고, 부당하게 차별 대우를 받고 있다는 걸 알았어요. ······식당에는 레프 니콜라예비치의 초상화가 걸려 있었죠. 유화로 그려진 아주 볼품없는 초상화였어요. 벗겨진 이마가 번쩍거리고 턱수염이 휘날리고 있었는데, 액자가 비뚤어져 있었죠. 그걸 보자 난 화가 났어요. 하지만 어느 누구도 그런 사실을 눈여겨보지 않았어요."

파벨은 아내의 세세한 이야기를 듣고 있었다. 그녀는 상황을 분석했고, 평가했으며, 의미 부여까지 했다. 엘레나는 젊은 시절로 돌아간 듯했다. 치매가 다 나은 것처럼. 하지만 두 시간 전만 해도 이렇지 않았다. 그녀는 고양이와 편지봉투를 무릎에 두고는 가만히 앉아서 미친 사람처럼 엉뚱한 대답을 했다. 현재가 몇 시인지도 몰랐고, 숟가락도 제대로 들지 못했다. 아니, 그녀는 모든 걸 잊어버린 게 아니라, 가장 단순한 일들을 판단하는 능력이 저하된 듯했다. 아침을 먹었는지 안 먹었는지도 기억 못 하는······. 이건 일종의 정신박약이다. 가장 단순한 습관들마저 낯설어져, 마치 의식을 대상으로 삼아 숨바꼭질을 벌이는 것과 같은 모양새다. ······나는 이 과제를 결코 풀 수 없을 것이다. 어쩌면 프로이트를 읽어야 할 필요가 있을 것 같다. 고인이 된 어머니는 1912년 경 프로이트의 제자들 중 한 명이 참석하는 정신분석학 회의에 다녀왔었다. 유감스럽게도 나는 그 사실을 전혀 알지 못했다. 그 시절, 어머니가 히스테리를 자주 부렸던

566

이유가…… 파벨은 인상을 찌푸렸다. 바실리사는 바보 같다. 그의 진짜 죄는 단백질 20그램의 태아를 낙태시킬 수 있다는 게 아니었다. 그의 죄는 둔감할 정도의 완고함으로 어머니의 두 번째 결혼을, 하찮은 이질에 걸려 1943년에 타시켄트에서 죽은 머리가 희끗희끗한 귀부인의 결혼을 인정하지 못한 데 있었다.

엘레나는 예민한 신경으로, 파벨이 번개처럼 빠르게 얼굴 찌푸리는 것을 보고는 말을 멈추었다.

"그래, 그래, 여보. 액자가 삐뚤어졌지. ……그래, 더 말해 봐……."

하지만 그녀는 전류의 접속이 단절된 듯 말을 뚝 끊어버렸다. 말을 끊은 그녀는, 그르렁거리는 소리를 내는, 살아 있는 전류를 가득 충전한 고양이의 가죽 안에 다시 손가락을 깊숙이 집어넣었다. 그러고는 대화와 그 대화의 간접적인 원인이 되었던 편지, 그리고 방금 자신이 '파센카'라고 부른 파벨과도 자신을 단절시켰다. ……그녀의 얼굴에 '나 여기 없음'이라는 표정이 또다시 또렷이 나타났다.

파벨은 그녀를 어떤 힘으로도 되돌릴 수 없다는 것을 알았다. 일주일, 한 달, 혹은 1년이 지난 후에야 그녀와 의사소통을 할 수 있을 거였다. 때때로 그 빛의 시간은 몇 시간 또는 며칠 동안 이어지기도 했다. 그 빛의 시간은 모든 게 일그러진 현실에서 파벨을 건져냈다. 그럴 때 엘레나는 원래의 모습으로 돌아가고, 심지어 행복으로 충만했던 예전의 결혼생활, 그 신화적인 시간을 돌려놓았기 때문이다.

지난 번, 3개월 전쯤에도 엘레나는 그랬었다. 타냐에 대해 파벨과 이야기하면서, 그녀는 마치 병에서 깨어난 듯했다. 정확한 어휘와 발음으로 그녀에게 닥친 공허와 허무감, 소외와 상실감에 대해 고통스럽게, 깊은 절망감을 가지고 토로했었다. ……그러나 잠시 후 그녀의 말은 다시 미완성된 단어의 나열로 바뀌고, 고양이를 쓰다듬기에 바빴었다.

'항상 고양이에게 의존하는군. 다시 말을 하게 되면 고양이를 마루로 내쫓아야겠어. ……고양이가 마치 광기의 메신저라도 되는 듯하잖아……'

"여보, 우린 플로토프에 대해 이야기했잖아……."

"예, 정말 고마워요. ……전 아무것도 필요 없어요. ……모든 게 정상이에요, 제발 걱정하지 마세요……."

엘레나는 더듬더듬 말을 했다. 말을 하는 동안 그녀는 고양이에게도, 먼지 많고 불결한 자신의 방에 가상으로 존재하는 그 누군가에게도 시선을 주지 않았다.

11

봄이 되자, 타냐는 떨어지지 않는 감기로 몸이 좋지 않았다. 나른함과 참을 수 없는 없는 졸음이 몰려왔고 식욕도 떨어졌다.

그녀는 프로프사유즈나야의 골드베르그 아파트에서 살았다. 비탈리이는 병가가 끝나자마자 구조조정으로 바로 해고당했다. 그는 통역사 일자리를 구했다. 그리고 아버지가 그랬던 것처럼 몇 개의 학술논문 잡지사에서 일했고, 지인을 통해 인기 있는 잡지에 논문을 싣기도 했다. 서양의 새로운 과학과 기술에 관한 그의 두 번째 소논문은 〈화학과 삶〉이라는 잡지에 발표되었다. 지인이 잡지사에 그를 소개해주었다.

타냐는 부엌 냄새에 구역질을 겨우겨우 참으면서 음식을 준비했고, 열네 시간 동안 잠을 잤다. 그녀는 깊은 잠에서 깨어나면 가끔씩 오브닌스크로 게나디이를 찾아갔다. 게나디이는 이른 논문을 마친 뒤, 제1부서에서 문제 삼을 불쾌한 상황을 시시각각 기다리고 있었다. 그나마 그에게는 든든한 지원군이 있긴 했다. 그 지원군은 지도교수이자 아버지 골드베르그의 친구로, 지난 세기 명성을 날렸던 물리학자였다. 하지만 높은 학식과 명망을 갖고 있다 해도 지도교수가 황제나 신이 될 수는 없다. 마지막 순간까지 게나디이가 논문을 방어할 수 있을지는 미지수였다.

타냐는 이틀 동안, 4월의 탁 트인 숲을 산책했다. 태양 아래, 형형색색의 꽃봉오리들이 꽃 피울 준비를 하고 있었다. 5월에, 그녀는 푸른 녹음을 보려고 두 번이나 그곳을 찾은 적도 있었다. 신선한 공기를 맡고 더 빨리 피곤해진 그녀는 바로 깊은 잠에 빠져들었다. 실험실에서 온 게나디이가 그녀 옆에 누웠음에도 전혀 괘념치 않았다. 사실 그들의 우정 어린 섹스는 아침식사만큼의 의미도 없었다. 아침을 먹고 나면 게나디이는 그녀를 버스 정류장에 데려다주고 실험실로 뛰어가곤 했다…….

영문 모를 나른한 몸으로 두 달을 보내고 난 후, 타냐는 문득 날짜를 되짚어 보았다. 예전에는 생각해본 적이 없는 일이었다. 그러고 보니 지난 5년 동안 남자들과 잤지만, 단한 번도 이런 일이 생기지 않았다는 게 새삼스러웠다. 뜻밖의 일에 그녀는 처음에는 몹시 당황했다.

코자의 친구들은 여자들이 흔히 겪는 문제들, 피임, 낙태, 고통 없이 하는 낙태 방법 등에 관한 이야기들을 늘 하곤 했다. 그럴 때마다 타냐는 마치 숫처녀거나 노파인 양아무 흥미도 관심도 보이지 않았다. 지금, 그녀에게 임신은 대단한 기쁨도, 큰 걱정거리도 아니다. 그저 흥미로운 사건으로 받아들였다. 뜻밖의 발견 이후, 그녀는 거의 스물네 시간 동안 잠을 잤고, 그 사이 놀란 마음을 가라앉혔다. 그리고 마침 자신의 품을 파고드는 비탈리이에게 이 모든 사실을 이야기했다.

그의 첫마디는 이랬다.

"아! 제기랄……. 이렇게 말하는 내가 나쁜 놈이겠지. 하지만 지금 우리 처지에서 아이라니, 그건 너무……."

"그래?"

아이를 낳아야 할지 자신도 확실한 결정을 내린 건 아

니었지만, 비탈리이의 말에 타냐는 예상하지 못한 모욕감을 느꼈다.

"그럼, 낙태라도 하라는 거야?"

비탈리이는 한동안 대꾸가 없었다. 비탈리이의 오랜 침묵은 그전까지만 해도 자신이 원하는 게 정확히 무엇인지 알 수 없던 타냐에게 확고한 결정을 내리게 하는 계기가 되었다. 비탈리이는 침묵을 깨고 단호하게 말했다.

"난 아이를 원치 않아. 그래, 우리에겐 아이가 필요하지 않아."

비탈리이는 여전히 타냐를 안고 있었다…….

그 순간, 타냐는 미래의 아이를 대신하듯 참을 수 없이 화가 치밀어 오름을 느꼈다. 그녀는 그린 듯한 한쪽 눈썹을 치켜뜨며 경멸에 찬 표정으로 말했다.

"좋아. 게나디이와 이야기해보지 뭐. 게나디이는 아이를 원할지도 모르니까."

비탈리이는 마음속 깊이 타냐는 자신의 여자라고 생각하고 있었다. 따라서 타냐가 게나디이에게 자주 가는 건 오랜 정이 들었기 때문이고 그걸 자신이 문제 삼지 않기 때문이라고 믿고 있었다. 두 형제와 동시에 잠을 자는 그런 선행에 관해서는 일말의 가능성조차 생각해보지 않았다. 그런 탓에 비탈리이는 타냐의 폭탄선언에 어의를 상실하고 말았다. 처음에는, 지금 타냐의 뱃속에 있는 아이가 자신의 조카일 수 있다는 예측도 하지 못했다…….

"그럼 대체 누가 아빠야?"

자신의 생각을 숨기지 않고 말한다는 자신의 원칙에 따라, 티냐는 평소보다 크고 웃으며 말했다.

"그야 골드베르그 형제지, 골드베르그 형제 말이야. 내 생각엔 두 형제가 함께 지금 상황을 어렵지 않게 해결할 수 있을 것 같아."

타냐는 아무 말 없이 가방을 챙겼다. 비탈리이 역시 아무 말 없이 그녀를 오브닌스크로 가는 버스가 있는 곳까지 데려다주었다.

게나디이는 더 신중하고 어른스러운 반응을 보였다.

"네가 말하는 대로 할게, 타냐. 근데 난 이 망할 놈의 일이 끝나기 전엔 오브닌스크를 떠날 수 없어. 그것 말고는 네가 편할 대로 해. 만약 네가 원한다면, 이리로 이사를 와도 좋아. 가을까지만이라도 말야. 결혼을 원하면 그렇게 해. 다만 모스크바가 아니라 여기서 하자."

"왜 모스크바가 아니고 여기야?"

타냐가 트집이라도 잡으려는 듯 물었다.

"그러면 이틀이나 시간이 날아가버려. 얘기했잖아, 지금 엄청 스트레스 받고 있다고."

"아……!"

타냐가 알겠다는 듯 고개를 끄덕였다.

게나디이는 비탈리이에 대해 언급하지 않았다. 타냐는 그 점이 마음에 들었다. 그녀는 골드베르그 형제 중 한 사람

과 결혼하기로 결정했다. 그리고 그 사람은 '게나디이……'
였다.

그러나 상황은 생각한 대로 돌아가지 않았다. 사흘 뒤,
타냐가 오브닌스크에서 돌아왔을 때, 비탈리이는 자신에
게 덮친 새로운 문제 때문에 곤혹스러워하고 있었다. 영장
이 나온 것이다. ……이런 식으로 아버지 골드베르그를 괴
롭히려는 것이 분명했다.

물론 결정은 비탈리이에게 달려 있었다. 군 입대를 연기
하는 유일한 방법은 타냐의 뱃속에 있는 아이였다. 하루
라도 빨리 결혼신고를 하고 임신확인서를 제출해야 했다.

"그렇게 해야 한다면 그래야지. 달리 방법이 없으니까. 그
렇지만 기억해 둬. 난 남편으로 게나디이를 선택했어."

타냐의 말에, 비탈리이의 입술이 일그러졌다.

"그럼 우리는 서류상의 부부가 된다는 건가?"

"내가 원한 정확한 표현은 아니지만, 네가 원하면 그렇다
고 해 두지, 뭐."

그들은 저녁 내내 똑똑한 머리싸움을 벌였다. 그들이 하
는 결혼의 결과 누가 누구에게 어떤 신분이 되는지에 대하
여. 타냐는 태어날 아이를 동사에서 파생된 형용사를 이용
하여 비탈리이의 반쯤조카라고 불렀다. 그리고 비탈리이와
의 결혼을 삼조 동맹이라고 명명했다.

그들은 웃고 떠들며 저녁을 먹고 난 후, 이전처럼 철로
된 뼈대가 튀어나온 소파 겸 침대에서 부둥켜안은 채 잠

들었다. 그들의 독특한 가족관계를 이해하지 못할, 다른 사람들의 황당함이나 도덕적 갈등 같은 것에는 전혀 관심이 없어 보였다.

다음 날, 그들은 서둘러 결혼 절차를 밟았다. 그들의 결혼은 7월 초로 예정되었다. 그리고 비탈리이는 소집에 응하지 않았다. 만일의 경우를 대비해 비탈리이는 잠시 모스크바를 떠나 있기로 했다. 그는 급히 가방을 꾸렸다. 사전 여러 개와 독일어로 된 임상생화학 교과서를 챙겼다. 그는 아버지의 동료 연구자였던 사람과 함께 그 교과서들을 번역하고 있던 중이었다. 그는 폴타바에 있는 이모들에게 갔다. 사전에 연락도 없이……

비탈리이가 떠난 건 너무 잘한 일이었다. 아니나 다를까, 그가 떠나고 이틀 후 소환장이 날아왔다. 그리고 그다음 날엔 이른 아침 7시경 초인종이 시끄럽게 울렸다. 두 명의 군인과 경찰 한 명이 찾아왔다. 비탈리이를 강제 징집하기 위해 온 것이었다.

"주인은 집에 없어요. 나는 아무것도 몰라요. 아마도 우랄로 일거리를 찾으러 갔나 봐요……"

아침 손님들이 타냐에게서 들을 수 있는 건 이게 전부였다.

비탈리이가 떠난 뒤 타냐는 임신했다는 사실을 즐기기 시작했다. 꼭 태어날 아이 때문이 아니라, 말 그대로 임신으로 인한 벅차고 충만한 그 느낌 자체를 만끽했다. 보통 때는 자신의 건강에 신경 쓰지 않았던 그녀였지만, 지금은 아주 사소한 몸의 요구에도 주의를 기울였다. 좋은 것만을 자신에게 허용하면서 호사도 누렸다. 아침마다 가게에서 산 주스가 아니라 직접 손으로 갈아 만든 주스를 마셨고, 몸에 좋다는 발효우유 케피르를 직접 만들어 먹기도 했다. 일주일에 며칠은 게나디이가 있는 오브닌스크에서 보냈다. 그곳에서 숲 속을 산책하며, 마음껏 햇볕을 쪼이고, 적당히 기분 좋은 피로감을 즐겼다. 시도 때도 없이 몰려오던 졸음은 입덧으로 바뀌었다. 아침마다 그녀는 신맛이 나는 캐러멜을 먹었고, 하루의 반을 구토로 보냈다. 배는 항상 뭔가꽉 찬 듯한 느낌이 들긴 했지만 한 번에 두 끼의 양을 먹는 동물적 식성과는 상관없이 전혀 나와 보이지 않았다. 대신에 가슴은 눈에 띄게 커졌다. 핑크빛 젖꼭지는 초인종처럼 볼록하게 튀어 나왔고, 분홍빛에서 갈색으로 변했다. 타냐는 젖꼭지를 거친 수건으로 자주 문질러주었다. 어디선가 수유를 위해 그렇게 하는 게 좋다는 것을 읽었기 때문이다. 게나디이는 어둡게 변한 젖꼭지를 애무했다. 만질 때마다 딱딱해지는 것을 그는 좋아했다. 타냐에게도 그 느낌은 이전과는 사뭇 다른 것이었다.

비탈리이 앞으로 두 개의 소환장이 더 날아왔다. 대위라는 사람이 전화를 해서 협박을 하기도 했다. 그때마다 타냐는 세 들어 사는 멍청한 여자 역할을 했다.

가끔 타냐는 집에도 다녀왔다. 자신이 임신했고, 곧 결혼할 거라는 소식도 알렸다. 하지만 엘레나는 아무런 반응도 보이지 않았다. 타냐는 어머니가 자기의 말을 전혀 듣고 있지 않다고 생각했다. 하지만 그건 아니었다. 타냐가 다녀간 저녁, 엘레나는 파벨에게 타냐가 곧 작은 타냐를 낳게 될 거라고 전해주었기 때문이다. 그런데 엘레나의 혼란스러운 의식에 이미 익숙해진 파벨은 그녀의 뜬금없는 말에 별 신경을 쓰지 않았다. 언제나 그랬듯, 아내의 의식 안에 어떤 복잡한 과정들이 일어나고 있는지 고민했을 뿐이었다. 그는, 플로토프에 관한 소식이 깊이 숨겨진 의식 어딘가를 파헤치는 계기가 되어, 지금 엘레나는 딸에 대해 자신이 원하고 있는 이야기를 하고 있는 거라고 간주했다. 자신을 어른이 된 타냐와 동일시하면서 말이다.

변호사협회에서 온 편지에 대해서는 아직 아무런 답변도 하지 않았다. 엘레나는 답변을 할 상황이 아니었지만, 플로토프의 유산에 대한 자신의 생각은 밝혔다. 파벨은 아직 타냐에게 아무것도 알려주지 않은 상태였다. 적당한 때를 찾지 못하고 있었다. 그는 유산상속 문제보다 먼저 진실이 밝혀지는 것이 더 중요하다고 생각했다.

7월 초, 늦었지만 환했던 어느 저녁 날, 타냐는 집에서 얼큰하게 취한 파벨과 마주쳤다. 타냐는 자신의 결혼 사실을 알렸다. 파벨은 플로토프의 유산에 대해 그녀에게 말하기로 작정했다. 그는 방에 그녀를 앉히고는 조금 더러워진 봉투를 내놓았다. 그는 봉투를 건네주기 전에 자기가 그녀의 어머니와 만나게 된 이야기, 어머니를 수술했고, 어머니가 완쾌된 후 바로 결혼식을 올린 이야기를 해주었다.

"타냐야, 너희 모녀가 나에게 온 날은 엄마의 전 남편이었던 사람의 사망통지서가 온 날이었단다."

타냐는 눈을 크게 치켜떴다. 엄마가 파벨과 결혼하기 전에 누군가와 살았다고 생각해본 적이 한 번도 없었다.

"그때 넌 두 살이었지. 너의 생부는 안톤 이바노비치 플로토프였단다. 엄마와 결혼하고 너를 내 딸로 입적시킨 거야. 네게 좀 더 일찍 이 이야기를 해줬어야 하는데, 이제야 말하게 되는구나……"

"아빠! 그게 무슨 의미가 있는데요?"

타냐는 오히려 파벨의 어쩔 줄 몰라 하는 모습에 놀라고 있었다. 어린 시절, 하늘의 태양 같은 사랑을 쏟아 부은 사람은 파벨이었다……

타냐는 파벨의 벗겨진 둥그런 머리를 껴안고, 거칠게 털이 난 눈썹과 코에 입을 맞추었다. 그리고 그녀가 늘 좋아했던, 약품, 전쟁, 그리고 알코올이 뒤섞인 친근한 냄새를 들이마셨다. 그녀는 약간 일그러진 표정으로 속삭였다.

"무슨 플로토프, 아님 무슨 파라호도프라구요? ……아빠, 지금 제정신이 아니군요. ……아빠는 저의 진정한, 사랑하는 코끼리고, 아빠고, 늙은 바보예요. ……우린 서로 놀랍도록 닮았다구요. 아빠는 제게 언제나 최고였어요. ……제가 아빠께 소홀했다면 용서하세요. ……전 아빠를 누구보다도 끔찍이 사랑해요. 물론 엄마도요. 단지 같이 살 수 없는 것 뿐이에요. ……아빠, 저, 임신했어요. 곧 아빠한테 손자를 안겨드릴 거예요. ……굉장하죠? 그죠?"

파벨은 자기 자식을 가져본 일이 없었다. 아버지가 되는 순간의 감동을 들어보기만 했을 뿐이다. 아이를 무척 원하는 남자들이 아빠가 되기 위해 그에게 조언을 구하고, 그의 유능한 의술 덕분에 아빠가 될 수 있었다. 그런데 양녀인 타냐가 아이를 낳는다는 말에 부풀어 오르는 벅찬 가슴을 가눌 길이 없었다. 한순간, 태어날 아이는 오랫동안 기다려왔고 소망해왔던 존재가 되어버렸다.

"정말이니? 이런 순간이 오긴 오는구나. ……내가 정말로 손자를 갖게 된단 말이냐?"

노인처럼 허약해진 목소리로 파벨이 말했다. 타냐는 몰라보게 수척해진 그의 모습을 보자, 자신의 탓만 같아 화가 나기도 했다.

"누구하고 결혼하는지 왜 안 물어봐요? 전 골드베르그 형제하고 결혼해요."

"무슨 상관이야. 골드베르그 형제면 되지. 중요한 건 네가 행복하면 그만이다."

파벨은 두 형제를 늘 정확히 구분하지 못했다. 그래서 하나는 덜 똑똑한 놈, 다른 하나는 덜 잘생긴 놈이라고 농담을 하기도 했다. 하지만 누가 덜 똑똑한지, 덜 잘생겼는지는 언제나 헷갈리곤 했다.

파벨은 골드베르그 형제와 결혼했다는 타냐의 말에 어떤 의미가 내포돼 있는지 간파하지 못했다. 다만 지난날의 힘겨웠던 세월이 눈 녹듯 사라지는 듯한 기쁨으로 충만되어 있었다. 타냐는 생부의 존재를 알고도 자신을 거부하지 않았고, 자신과 일리야의 손자가 될 아이를 통해 새로운 삶을 약속했다. 이게 기적이 아니고 무엇이란 말인가?

파벨은 타냐에게 봉투를 내밀었다.

"이건 너한테 주는 유산통지서란다. 너의 아버지 플로토프의 것이야. 아까 얘기했듯이 너의 아버지 플로토프는 그때 전선에서 죽지 않았어. 어떻게 된 일인지는 모르지만 아르헨티나로 갔고, 얼마 전에야 죽었다는구나. 그래서 상속자를 백방으로 찾은 끝에……."

"바로 죽기 전에야 저를 기억했다던가요? 그전에는요? 아빠, 난 아무것도 원하지 않아요. 필요도 없구요."

그녀는 봉투를 옆으로 치웠다. 그리고 그 순간마저 기억에서 지워버렸다.

12

7월 중순, 골드베르그 부자는 결혼식을 올렸다. 비탈리이는 모스크바에서 타냐와 결혼했고, 아버지 일리야는 모르도비야 공화국에서 발렌티나와 결혼했다.

수용소에서의 결혼은 증인 따위는 필요 없었다. 담당 소장과 수용소에서 결혼할 수 있도록 허가를 받아온 변호사가 출석하면 그만이었다. 비탈리이와 타냐의 결혼식에는 게나디이와 토마가 증인으로 출석했다. 토마는 자신이 신부인 양 분홍색 원피스에 걷기 불편한 굽 높은 구두를 신고 잔뜩 차려입고 왔다. 반면 타냐는 잘 차려 입어야 한다는 생각은 하지도 않았다. 하지만 그녀가 결혼이라는 특별한 순간을 무시했다고는 말할 수 없다. 그녀는 노랗고 흰 줄무늬가 있는 남성용 셔츠를 세 벌이나 샀다. 비탈리이와 타냐가 이 옷을 입자, 그들은 같은 고아원 원생처럼 보였다. 짧게 깎은 머리, 마른 체격, 똑같은 옷, 170센티미터의 비슷한 키 때문에.

토마에게는 결혼식도, 선물도, 피로연도 모두 실망스러웠다. 그녀는 성대하고 대단한 파티를 원했는데, 타냐는 그런 걸 참지 못했다. 결혼식의 유일한 선물은 주홍빛과 분홍빛이 나는 난초가 전부였다. 그것은 전날, 토마가 아는 사람이 관리하는 식물원에 가서 구식 향초를 주고 바꾸어 온 것이다. 골드베르그 형제들과 그들 사이에 시든 가지에 축 늘어진 꽃들이 있는 화분을 들고 있는 타냐, 갈기, 짐승의 입과 더욱 밝은 후광의 날개를 가지고 있는 사자머리들, 사진으로 남은 것은 아니지만 그 풍경은 토마의 기억 속에 평생토록 한 장의 사진으로 남았다.

그러나 비탈리이에게는 선물이 하나 더 있었다. 신혼부

부들이 결혼 증명서에 서명을 할 때 타냐는 노란 빛이 나는 하얀 셔츠 주머니에서 두 번 접힌 종이 한 장을 꺼냈다. 그것은 임신 18주를 증명하는 서류였다. 그것으로 인해 비탈리이는 군복무를 연기할 수 있게 되었다.

비탈리이와 타냐는 혼인등록소에서 공식적으로 해주는 모든 축하 행사—멘델스존의 행진곡, 비싼 샴페인, 붉은 깃발 아래서 붉은 양복을 입고 뚱뚱한 몸에 붉은 공단의 리본을 걸친 여자들이 행하는—를 단호하게 거부하고, 계단에 앉아 1루블의 몹시 신맛 나는 와인을 마셨다. 잠시 후, 게나디이가 지나가는 택시를 손을 흔들어 잡았고, 타냐는 그들과 함께 떠났다.

내막을 모르는 토마는 우울한 표정을 짓고 있는 젊은 신랑 비탈리이에게 물었다.

"신랑은 빼고 둘이서 어디 가는 거예요?"

"오브닌스크. 일주일 정도 머물 거야."

오브닌스크에서 타냐는 일주일이 아니라 2주 동안 지냈다. 그녀는 모스크바로 돌아와서는 바로 집으로 갔다. 집이 그리웠던 것이다. 엘레나는 얼굴이 창백했고 기력이 많이 쇠약해져 있었지만, 예전의 상태로 돌아와 있었다. 산책하자고 설득할 수 있을 정도였다. 그러나 엘레나는 그 제안에 겁이 났는지 조리 있게 시작했던 대화를 즉각 멈추고는, 안타깝게도 사리에 맞지 않는 말들을 더듬더듬 내뱉기 시작했다.

"만일 난처하지 않으시면…… 나를 거기로 좀……. 파벨에게 물어봐야 해요. 그렇지 않나요?"

타냐는 몸서리를 쳤다. 엄마의 병은 아주 심각해서 쉽게 받아들일 수 있을 것 같지 않았다.

잠시 후 파벨이 왔다. 그는 타냐를 보자 환한 미소를 지었다. 특히 그녀의 부른 배가 반가워 어쩔 줄 몰라 했다.

"타냐, 이리 와봐라. 우리 꼬마에 대해 말해주마."

두 사람은 태어날 아이가 남자아이라는 걸 조금도 의심하지 않았다. 파벨을 만날 때마다 타냐는 뱃속에 있는 아이의 상태에 대해 말해 달라고 졸랐다. 타냐는 청바지를 약간 내리고는 다리를 꽉 누르더니 침대 겸 의자에 앉았다. 파벨은 타냐와 나란히 둥근 의자에 걸터앉았다.

"자, 말해주세요."

"말하자면 이런 거야. 첫째, 나는 아기가 이미 뭔가를 느끼고 있다고 확신한다. 일설에 따르면, 영혼은 임신 중반에 아기에게 들어온단다. 아기는 움직이는 것과 느끼는 것을 동시에 시작하는 거지."

타냐는 반박했다.

"아닌 것 같아요. 저는 아기가 배 안에서 손가락으로 나를 건드리는 걸 훨씬 더 일찍 느꼈어요."

"그렇다면, 우리 손자가 빨리 성숙한 모양이구나. 난 너에게 일반적인 경우를 말해주는 거야. 네 아기는 지금 수영을 하고 있어. 어디가 위인지 어디가 아래인지 몰라. 아이의 키는 30센티미터가 채 안 될 거야. 머리는 크고, 작은 털로 덮여 있지. 머리가 전에는 희끗희끗했다면, 이제는 좀 까맣게 됐을 거야. 키도 이전보다 반 이상 자랐을 것이고, 몸무게는 반 푼트쯤 되겠지. 아직은 작지. 피부는 주름이 많고 피하지방이 없어. 지방이 생기기는 아직 일러. 몸은 가는 솜털로 덮여 있고, 윤기도 나지. 얼굴 모양은 거의 또렷해질 때야. 어디보자. 너를 닮았는데. 나도 너를 닮기를 바라고 있단다. 가장 중요한 일이 지금 신경계통에서 일어나고 있어. 아기의 모든 기관이 제 기능을 하려면 매우 복잡한 프로그램들이 필요해. 지금 그 프로그램이 형성되는 단계라고 할 수 있지. 어떻게 이루어지는지는 나도 몰라. 어렵고도 복잡하고 신비로운 문제야. 누군가는 알지도 모르지. 그런데 지금 아기는 이미 자의식을 가지고 있을 거야. 그건 자신을 둘러싼 세상과 자신을 구분할 수 있다는 말이지. 그 세계란, 나의 기쁨인 바로 너를 말하는 거야. 왜냐하면 태어나기 전 아기에게 전 세계는 엄마니까. 남자들은 그 전 세계, 우주가 결코 될 수 없지. 하지만 임신한 여자, 적어도 임신 후반기의 여자는 태아에게 완전한 하나의 우주가 된단다. 타냐야, 내가 보기엔 새끼를 낳은 후에 어미가 빨리 죽어버리는 건 아주 자연스러운 현상이야. 어찌 보면 우주가 또 하나의 우주를 낳는 거지. 내가 말이 길었나 보다. 지금 아기는 밧줄에 매인 작은 배처럼 여기저기로 떠다니고 있어. 비상선에, 배꼽 줄에 매달려서, 아마도 그득한 파도들이 어떻게 움직이는지 소릴 듣고 있을 거야. 양수에 아이의 몸이 떠다니는 거지. 아이는 거의 연꽃 같은 자세를 취하고 있을 거야. 발가락들에는 발톱들이 생겨나기 시작했고 귓바퀴는 생겼지만 아직은 가죽 같고 연골이 없어. 우리 손자의 귀는 좀 큰 거 같은데. 그 귀로 우리가 하는 말을 듣고 있을 것 같다. 재미있지 않니? 네 엄마는 언젠가 자신이 알고 있는 많은 것들은 태어나기도 전에 이미 알고 있던 거라고 말하더구나. 어쩌면 그 말이 맞는지도 몰라. 내가 미처 하지 못한 생각이란다. 사실 남자라는 존재는 여자보다 더 엉성하게 만들어진 존재거든. 참, 그리고 지금 아기는 이미 좋고 싫고의 감정을 느낄 수 있어. 예를 들어, 네가 무엇인가 맛있는 것을 먹으면 한 시간 반 정도 지나 아기에게로 딸기나 포도의 맛이 전해져 기분이 좋아지는 거지."

"그럼, 아기가 벌써 미소 짓고 있겠네요?"

타냐가 파벨의 말 중간에 끼어들며 물었다.

"아니, 얼굴 표정을 지을 만한 근육들은 좀 시간이 흐른 뒤에 발달한단다. 내 관찰에 따르면, 아기들의 표정은 불분명해서 간단히 판단하기 힘들어. 내가 아는 거라곤 몇 가지 아주 일반적인 것인데, 뭔가에 집중하거나 고립되었다고 느낄 때의 표정이지……."

"아기한테 어떤 식으로 만족을 줄 수 있을까요? 음악회에 데려가면 될까요?"

"네 자신이 만족스러우면 돼. 그것이 아기에게도 즐거운 일이 될 거라 생각한다."

파벨은 자신의 이런 진심 어린 조언이 훗날 타냐에게 어떤 일이 일어나게 할지 상상도 할 수 없었다.

13

비카-코자는 숙모들 중 가장 나이 든 숙모로부터 유산을 상속받았다. 그녀는 그것을 받자마자 처분해버렸다. 정확히 말하면, 유산을 담은 두꺼운 은제 파베르줴 보석함을 어처구니없이 처분해버린 것이다. 보석함의 뚜껑에는 그리스 여자와 비슷한 여자의 옆모습이 새겨져 있고, 노란 금광석이 박혀 있었다. 후기 모더니즘 양식으로 보이는 디자인은 흔히 볼 수 없는 사치스러움의 극치를 보여주고 있었다. 보석함에 들어 있는, 진주와 자수정으로 된 아름다운 장식품들은 그리 대단한 것은 아니었지만, 그런 대로 장인에 의해 만들어진 건 분명했다. 그것은 중요한 계보를 가지고 있었는데, 유스포프 공작 집안의 한 사람이 증조할머니에게 결혼 선물로 하사한 것이었다.

보석함 값으로 비카-코자는 500루블이라는 거금을 받았다. 그러나 그 돈은 런던 경매장에서 보석함에 매겨진 가격의 백분의 일에도 못 미치는 것이었다. 아는 중개상으로부터 생전 처음으로 500루블이라는 엄청난 돈을 인편으로 받은 코자는 곧장 택시를 타고 임대했던 시골집으로 갔다. 그곳에서는 아들 미샤가 두 명의 친척 할머니와 친할머니와 무료하게 지내고 있었다. 코자는 곧 아들을 데려왔다. 그리고 남쪽으로 가는 기차표를 웃돈까지 얹어주고 샀다.

다음 날 아침, 타냐는 코자와의 유쾌한 수다가 그리워 그녀를 찾아갔다. 코자가 출발하기 전까지 여섯 시간쯤 남아 있었다. 코자는 타냐에게 함께 가자고 꼬드겼다.

"표는 걱정할 필요 없어. 최악의 경우에는 승무원 자리를 사면 돼."

그녀는 타냐의 코앞에 두꺼운 돈뭉치를 흔들어 보였다.

저녁 여덟 시, 그들은 기차를 탔다. 한 시간 후, 기차가 교외의 작은 역을 지났을 때에야 비로소 그들은 온 차량을 돌아다니며 자리를 바꾼 끝에 한 쿠페에 짐을 풀었다. 코자가 가진 재능 중 하나는 어디든 적응을 빨리 할 수 있다는 것이었다. 그녀는 힘든지도 모르고 타냐가 보기에 불필요하게 생각되는 온갖 물건들을 챙겨왔다. 식탁보, 냅킨, 가정용 찻주전자, 심지어 커피 분쇄기까지…… 타냐의 얄팍한 가방에는 수영복, 속옷 몇 벌과 앞으로 더 불룩해질 배를 위한 여유분으로 헐렁한 부인복이 뒹굴고 있었다. 그녀는 수건도 여행지에서 살 생각으로 가져오지 않았다…….

그들은 처음엔 어디로 갈지도 정해놓지 않았었다. 그런데 단골손님인 여배우가 겨드랑이와 허벅지 안쪽까지 완벽하게 태운 건강한 피부를 과시하며, 드네스트로프 만[72]에서 얼마나 좋았는지 침이 마르게 자랑하는 바람에 순간적으로 햇볕을 찾아 떠나기로 결정했다. 코자는 하얀 피부에 주근깨투성이였고, 햇볕에 그을린 까무잡잡한 피부를 한 번도 가져본 적이 없었다. 지금 그들도 드네스트로프로 가고 있었다. 유형자 오비디우스가 저주를 퍼 부은 바로 그곳[73]……

기차로는 오데사까지 갔다. 그곳에서 코자의 여자 친구 어머니를 만나기로 되어 있었다. 거기서 하루 밤을 자고, 다음 날 버스를 타고 아케르만을 거쳐 강어귀와 바다 해안이 만나는 모래톱으로 가야 했다……

저녁 무렵, 그들은 오데사에 도착했다. 그곳에는 꽃무늬 실크 옷을 입은 몸집이 소파만한 지나이다 아줌마가 마중을 나와 있었다. 가슴이 딱 벌어진 코자조차 그녀 옆에선 고목나무의 매미처럼 보였다. 아줌마는 인정 많고 선해 보였다. 그녀는 한때의 좋은 시절을 기억하고 있는 파테르로 그들을 데려갔다. 그곳은 코뮤날카의 방 두 개를 터서 만든 곳이었다. 금도금 테를 두른 거울이 두 개의 베니스 식 창문 사이의 벽에 걸려 있었다. 거울은 쭉 늘어선 3리터짜리

---

72 흑해 연안으로 드네프르 강과 바다가 만나는 곳이다.
73 드네스트로프 만이 있는 흑해 연안은 오비디우스가 로마에서 추방되어 생의 마지막을 살았던 곳이기도 하다.

유리병들을 비췄는데, 그 유리병에는 과육이 살아 있는 잼이 들어 있었다. 집은 먹을 것과 마실 것들로 넘쳐났다. '후덕한 여주인'은 씻을 시간도 주지 않고 식탁에 음식을 차리기 시작했다. 미샤는 음식을 앞에 놓고 졸고 있었다. 안타까운 듯 아줌마는 미샤에게 손을 흔들어 보더니, 아이를 눕혀야겠다고 말했다. 바닷가에 사는 주민들이 그렇듯이 아줌마 역시 간이 접이침대와 갑자기 찾아오는 친척들을 위한 시트 여유분을 장만해 놓고 있었다. 지나이다 아줌나가 미샤를 위해 간이침대에 잠자리를 준비하는 동안 코자가 타냐에게 속삭였다.

"어째, 우리 잘 찾아왔지……?"

그때까지 그들은 어떤 사건이 일어날지 전혀 모르고 있었다.

미샤는 바로 골아 떨어졌다. 지나이다 아줌마는 모두들 자기를 '지나 엄마'라고 부른다는 것과 지금 직장으로 가야 한다고 말하고는, 그들에게 오데사의 저녁 풍경 속을 산책해보지 않겠냐고 권유했다. 어디에서도 볼 수 없는 도시라는 것이었다.

그들은 인간 홍수로 넘치는 가로수로 나갔다. 진득진득한 남쪽 바람, 크게 울리는 사람들의 웅성거림에 눌린 후덥지근한 공기, 구토 냄새가 조금 섞인 음식과 맥주 냄새의 물결이 느껴졌다. 그리고 이 모든 것 위로 오데사 지방소비에트의 음악방송이 흐르고 있었다. 무뢰하고 천박한, 그러나 중독성 있는 음악이.

오데사의 중심거리 데리바소브스카야의 인파는 거구의 '지나 엄마'에게 길을 터주며 공손히 비켜갔다. 그녀의 양옆에 바싹 붙어 걸으면서, 타냐와 코자는 웃음을 참고 주위를 힐끔힐끔 둘러보았다. 지나 엄마는 금니를 드러내며, 계속해서 문학과 관련된 오데사 이야기를 하고 있었다.

"바벨[74]과 일리프-페트로프[75]를 생각해봐. 그리고 바그리츠키[76]와 카타예프[77], 마르가리타 알리게르[78], 베라 인베르[79]도 있어. 이들에게 오데사를 빼면 무엇이 남겠어. 숄로호프[80]나파제예프[81]에 뒤지지 않는 작가들이지. 참, 부닌도 여기에서 살았지. 잘 알겠지만 푸시킨도 오데사에 대한 이야기를 많이 했었지!"

지나 엄마는 '런던 호텔' 앞의 멋진 출입구 앞에서 멈추었다.

74 1894~1940. 오데사 출신의 소설가. 대표작으로 『오데사 이야기』가 있다.

75 일리야 일리프(1897~1937)와 예브게니야 페트로프(1903~1942)를 말한다. 오데사 출신으로서 공저로 집필한 유명한 소설 『12개의 의자』(1928)가 있다.

76 1895~1934. 오데사 출신의 시인. 바벨과 절친한 사이였으며, 브로드스키에게 많은 영향을 준 시인이다.

77 1897~1986 오데사 출신의 소설가, 드라마 작가. 그의 작품에서 오데사는 하나의 주인공이다.

78 1915~1992. 오데사 출신의 시인. 자작시집 외에 다양한 언어의 번역시집을 출간했다.

79 1890~1972. 오데사 출신의 시인. 트로츠키가 엄마의 사촌이었다.

80 1905~1984. 로스토프 출신의 작가로 1965년 노벨상을 수상했다. 대표작으로 『고요한 돈강』이 있다.

81 1901~1956. 트베리 출신의 작가. 붉은 군대의 파르티잔으로 활동하기도 했으며, 스탈린 최고훈장을 받았다. 대표작으로 『박멸』이 있다.

"내가 일하는 곳이야. 직원용 출입구로 들어가자."

호텔에는 선원들의 나이트클럽이 있었다. 국제적이고, 외화가 통용되는 곳이었다. 지나 엄마는 여기서 일하고 있었다.

"이 사람은 나랑 같이 일해."

지나 엄마는 어두운 구석에서 돌아 나오는, 마치 흰색 궤짝 같은 덩치 큰 남자가 있는 좁은 복도로 비집고 들어가며 말했다. 남자는 고개를 끄덕여 인사를 했다. 그들은 홀로 들어갔다. 그곳은 전시 상황처럼 어두웠고, 피아니스트가 조용히 연주를 하고 있었다. 그리 많지 않은 선원들이 여유롭게 맥주를 마시고 있었고, 짙은 화장을 한 두 명의 여자가 구석의 탁자에 앉아 빨대로 뭔가를 빨아 마시고 있었다.

사람들의 대화는 조용했다. 생선 비린내도 나지 않았다. '지나 엄마'는 맥주 카운터로 갔다. 거구의 몸 일부가 가려졌다. 맥주는 국산이었고, 지불되는 돈은 보기 힘든 외화였다. 이런 클럽에서는 아무나 일할 수 있는 게 아니었다. 당이 가장 믿을 만한 사람만 일할 수 있는 혜택을 받았다. '지나 엄마'는 그런 사람이었다. 그녀는 철저한 공산당원이었다. 전쟁 전에는 파르티잔이었고, 지하 운동가이기도 했다. 이곳에서도 그녀는 철저하게 당원의 시각으로 모든 것을 바라보았다.

피아니스트의 연주곡은 모르는 현대 음악이었다. 그러나 그 음악은 조용히 영혼을 울려주었다. 이곳에서는 재즈 연주도 허용되었다. 지나 엄마는 예전에는 현대 음악을 좋아하지 않았지만 점점 익숙해졌다.

잠시 후 드럼 연주가가 나왔다. 그는 드럼을 배치하고 가볍게 두드리기 시작했다. 가장 신나는 건 색소폰이었다. 색소폰 연주자는 조금 늦게 무대로 올라왔다.

거리는 완전히 어두워졌고, 클럽 안은 환해졌다. 사람들도 점점 늘어났다. 하지만 이곳에 많은 사람들로 붐비는 경우는 매우 드물었다.

타냐는 졸음이 쏟아졌다. 하지만 단조로운 멜로디에도 불구하고 다채로운 기교의 피아노 연주가 몽환적인 분위기를 자아내고 있었기에 자리를 뜨고 싶지는 않았다. 곧이어 색소폰 소리가 울리기 시작했다. 색소폰은 역동적인 고음으로 피아노의 단조로운 선율을 잠식해버렸다. 타냐는 무대 쪽으로 고개를 돌렸다. 키가 작고 마른 청년이 두 손으로 색소폰을 쥐고 있었는데, 악기는 마치 튀어 오르고 싶어 하는 듯 했다. 청년은 악기를 놓아주지 않았다. 참으로 매혹적이고 구슬픈 멜로디……. 달콤하면서도 아픔과 괴로움과 고통이 묻어나는, 슬프지만 기쁨에 찬……. 마일스 데이비스의 오래된 레코드 판 '고요한 밤'의 즉흥연주였다. 콜트레인의 힘찬 독주기법에 따라 연주되고 있었다. 타냐는 그때까지 재즈에 대해서는 아는 것이 없었다.

연주자들은 마치 제멋대로 연주하는 듯했다. 드럼 연주자는 제자리를 지켰고, 피아니스트는 앞으로 나왔다가 잠시 서 있었다. 색소폰 연주자는 이리저리 왔다 갔다 했다. 피아니스트와 우연히 마주치기도 하고, 마주치면 서로 묻고 답하는 대화를 나누기도 했다. 대화 내용은 알 수 없었지만, 표정이 매우 심각해 보였다. ……모두 연주가 훌륭했지만, 그중에서도 색소폰 연주가 가장 인상적이었다. 바람이 불어 색소폰 연주자의 금발을 흩날리게 했다. 타냐는 색소폰 소리에 자신도 모르게 흠뻑 매료되고 있었다.

타냐는 코자가, 선원이라는 직업에 어울리지 않게 허약하고 지적으로 보이는 남자와 춤추러 나간 것도 모르고 있었다. 그때 타냐에게도 인상 더러운 남자가 다가왔다. 기겁을 하며 타냐는 거절했고, 남자는 가버렸다. 코자와 약골의 선원은 여전히 춤을 추고 있었는데, 영어와 스웨덴어가 섞인 남자의 말에 독일어와 프랑스어가 뒤섞인 애매한 말로 이야기를 주고받았다.

'무엇 때문에 나는 그때 음악을 그만두었을까? 아빠가 옳았어. "피아노에 앉으면 음악이 너의 손가락으로부터 흐르는 거야. 너는 그 음악을 담고 있는 저장고지. 악보를 소리로 전하는 메커니즘이 되는 거란다." 왜 음악을 포기했는지 기억이 안 나. ……아, 토마 때문이었지. 공산주의 청소년연맹의 어쭙잖은 연대 의식이었어. 참 어리석게도…… 바로 저런 음악이었다면 포기하지 않았을 텐데……. 정말 매력적인 음악이야.'

색소폰 연주자의 호흡과 드럼 연주자의 심장고동이 느껴

지는 듯했다. '왜 메마른 학문을 하려고 했던 걸까? 음악을 포기하지 말걸……. 색소폰이 이렇게 표현력이 풍부하다니! 색소폰이 인간의 성대 같은 음색을 갖고 있다는 걸 정말 몰랐어. 연주자의 재능이 뛰어난 걸까? 맞아, 그런 건지도…….'

스웨덴 남자가 그들을 지나 엄마의 집까지 바래다주었다. 남자와 코자는 서로 마음에 들어 했지만, 그날 저녁으로 그들에게 주어진 시간은 끝이었다. 그는 코자에게 검은 가죽으로 된 멋진 새 수첩을 선물했다. 그것 외에 그녀에게 줄 것이 없었다. 첫 페이지에 그의 주소가 적혀 있었다. 루네 스벤손. 그리고 끝이었다. 아침에 그는 배와 함께 멀리 떠나야 했기 때문이다. 코자는 몹시 애석해했다.

미샤가 잠자는 동안 그를 지켜주고 있던 지나 엄마의 여동생이 문을 열어주었다. 세 시까지 일한 '지나 엄마'가 돌아왔을 때는 모두들 자고 있었다. 아침에 '지나 엄마'는 손님들을 버스 정류장까지 바래다주었고, 그들은 먼지가 뿌옇게 일어나는 길을 따라 떠났다. 타냐는 후덥지근하고 덜컹거리는 버스 안에서 어젯밤의 꿈을 떠올렸다. 꿈속에서 그녀는 기묘한 소리를 내는 희귀한 악기를 연주했었다.

40분쯤 지나자 오데사 외곽이 그들의 등 뒤로 사라졌다. 먼지 나는 울퉁불퉁한 길, 들판, 옥수수와 나래새를 다 태워버릴 것 같은 살인적인 더위가 시작되었다. 흔들리는 버스에 누구보다 코자가 힘겨워했다. 어젯밤 스웨덴 남자와 춤을 오랫동안 추기도 했지만, 칵테일을 너무 많이 마신 탓이기도 했다. 칵테일은 울퉁불퉁한 길이 아니더라도 러시아인의 위장을 뒤집어놓기에 딱 알맞은 것이었다. 미샤 역시 멀미를 했다. 타냐는 온힘을 다해 좌석을 꽉 붙들고 있었지만, 우주비행사들의 훈련에나 적합할 듯한 요동에, 더욱이 홀몸도 아닌 상태에서 세 시경이 되자 완전히 기진맥진해지고 말았다.

토마토 밭과, 먼지를 뒤집어써서 회색이 된 농가들이 즐비한 곳에서 그들은 내렸다. 이렇게 후진 마을이 어떻게 '휴양지마을'이란 지명을 쓸 수 있단 말인가! 휴양의 '휴'자도 말하기 거북했다. 들판은 먼지가 풀풀 났고, 바다는 코빼기도 보이지 않았다. 폭염과 난폭한 태양 외에 아무것도 없었다. 물동이를 지고 지나가는 아주머니에게 이곳 어디에 바다가 있는지 물었다.

그녀는 모호하게 손을 흔들었다.

"저어기요. 방을 빌리실 거예요?"

"네, 방을 빌릴 거예요."

그 말에 아주머니는 자기를 따라오라며 앞서갔다. 가는 길에 다른 두 사람을 만났다. 그들은 멈춰 서더니 빠르게, 그리고 전혀 이해할 수 없는 말을 나누었다. 러시아어였지만, 타냐가 알아들을 수 있는 말이 아니었다. 첫 번째 아주머니가 그들을 다른 아주머니에게 넘겼고, 다른 아주머니가 그들을 새로운 방향으로 데리고 갔다. 한곳에 이르니 호리호리한 삼나무들이 주위를 둘러싸고 있었고, 그 뒤로 휴양지와 유사한 풍경이 펼쳐졌다. 그 너머로는 다시 초라한 농가들이 즐비하게 이어져 있었다. 아주머니는 그 집들 중 한곳으로 방문객들을 데리고 갔다. 그들은 작은 독채를 하나 빌렸다. 집 옆에는 판자로 지은 화장실과, 본채는 무너지고 외롭게 벽만 남은 헛간의 흔적이 있었다. 그 벽에 커다란 녹슨 못을 박아 고정시킨 양철 세면대가 있었다. 집 주변으로는 '황소 심장'이라 불리는 희귀품종의 토마토 밭이 넓게 펼쳐져 있었다. 그것은 채소라기보다 연보랏빛 적자색의 과일에 가까웠다. 이것이 이 지방의 유일한 자랑거리였다. 그리고 이것은 사람과 돼지, 닭이 함께 먹는 유일한 음식이기도 했다. 지역민들은 이것으로 수프와 잼, 파스타를 만들었고, 건조시키거나 발효시키기도 했다. 다음 날 안 사실이지만, 주변 작은 가게에는 빵, 버터, 치즈, 우유, 연유 등 없는 것이 더 많았다. 저급의 밀가루, 식물성 기름, 생선 통조림과 초콜릿 사탕 등만 팔고 있었다. 타냐 일행은 '지나 엄마'가 가면서 먹으라고 싸준 음식을 먹고는, 지금까지 코빼기도 보지 못한, 한 아줌마가 말한 대로 '저어기'에 있는 바다를 찾아 나섰다.

그들은 양옆으로 나래새들이 자라고 있는 좁을 길을 따라, 아줌마가 대충 가리킨 방향으로 걸어갔다. 마침내 둥근 절벽에 이르렀다. 그곳에서 육지가 끝나고 바다가 시작되었다. 바다는 까마득한 발아래에서 철썩거렸고, 수평선도 잿빛 신기루인 양 하늘로 섞여들고 없었다.

아래로 내려가는 흙 계단이 있었는데, 여기저기 장대로 받쳐져 있었다. 타냐와 코쟈는 겁 많고 굼뜬 미샤를 부축해 아래로 내려갔다. 무너져 내린 계단을 30미터 정도 내려가자 모래 해변이 나왔다. 아무도 없었고, 무인도처럼 인상적이지만 애처로운 해변이었다.

코쟈가 말했다.

"우와, 멋있다!"

"세상의 끝인 것 같아!"

타냐가 화답했다.

"근데 아무것도 없잖아."

미샤가 실망스럽다는 듯 투덜거렸다. 코쟈가 놀라며 물었다.

"뭐가 없는데?"

"아이스크림 파는 곳도…… 다른 것도 다."

미샤는 주저하면서 자신의 불만을 말했다.

잿빛으로 빛나는 바다는 따뜻하고 부드러웠다. 착하고 온순해 보였다. 그 모습은 마치 해변을 쑥대밭으로 만들고, 수 킬로미터의 척박한 땅을 마을사람들부터 빼앗은 얼마 전의 가을 폭풍우를 일으킨 주범이 자신은 아니라고 말하고 있는 듯했다.

그들은 바닷물로 뛰어들어 해수욕을 하고, 미샤에게 수영을 가르쳐주었으며, 모래로 미로를 만들기도 했다. 해변에서 잠시 잠이 들었다가 저녁 무렵에야 깼는데, 태양은 낮게 가라앉아 있었고 바다에서는 잔바람이 불고 있었다.

요리사이기도 한 집주인은 진정한 보물이었다. 그녀는 저녁에 그들을 부엌으로 데리고 가서 선반 위의 물건들을 보여주었다. 거기에는 기름 몇 방울과 소금물로 절인 버섯의 유리병들과, 소비에트 사람에게 절대적으로 필요한 빵과 피라미드처럼 쌓아놓은 고기 통조림들이 있었다.

"가져가세요. 계산은 나중에 하시고. 아이도 있는데."

여주인의 후덕한 제안이었다.

부족함 없는 휴식이었다. 2주 동안 먹었던 돼지고기 통조림과 버터는 평생 먹은 양보다 많을 거였다. 토마토는 더 말할 나위가 없었다. 그 여름날 이후 다른 모든 지역들에서 토마토라는 이름으로 팔리는 음식들을 토마토라 부를 수 없을 정도로.

하지만 그들은 3일이 지나고 나서야 진짜 중요한 발견을 하게 되었다. 활기차면서 동시에 슬픔에 잠긴 바다를 바라보다가 강과 바다가 만나는 하구로 더 나갔을 때였다.

강어귀에는 갈대와 야생 쑥이 무성하게 자란 모래톱이 길게 뻗어 있었다. 한쪽은 완만한 바닷물이 감돌고 있었고, 다른 한쪽은 하구의 거의 흐르지 않는 물에 잠겨 있었다. 그 물은 봄에 물이 범람할 때만 강의 물줄기와 만나고, 1년의 대부분은 강줄기와 단절되어 있었다. 모든 것이 역사 속에서 이름 없이 사라진, 현재와는 다른 시간의 풍경을 자아내고 있었다. 이곳은 베사라비아 초원의 끝이었고, 스키타이족, 게트족, 사르마트족, 그 외 이름도 모를 종족들이 차지했던 고대 세계의 중심이었다. 언젠가는 로마제국의 변두리였고, 지금은 현대 제국주의 국가의 황무지가 되었다. 모든 신으로부터 버림받고 희끄무레한 나래새와 잔 먼지들만 날리는 황무지…….

태양으로 화상을 입은 타냐와 코자는 긴 원피스를 입고 수건으로 등을 가린 뒤, 파자마 바지를 입은 미시카를 데리고 직사광선을 피하기 위해 사람이 없는 기슭을 찾아 다녔다. 모래가 많이 쌓이지 않은 모래언덕에는 그늘이 없었다. 이곳에서는 한낮에 외지인들 외에는 누구도 거리에 나오지 않았다. 지역 주민들은 남쪽 기후의 법칙에 따라 살았는데, 일하는 시간 외에는 낮잠을 자면서 버텼다.

그들은 세 개의 관목이 있는 작은 언덕을 발견했다. 관목 아래 그늘의 뜨거운 모래 위에 누웠다. 그곳에는 직경 100미터 정도의 작은 여울이 있었고, 오솔길이 하구 쪽 가까이로 나 있었다. 숨을 돌린 그들은 담수에서 목욕을 했다. 물은 따뜻하기보다는 뜨거웠다. 그들은 갈대에 연결되어 반쯤은 물에 잠긴 작은 배도 발견했다. 미시카는 그 배를 오랫동안 타고 놀았다. 더위와 따뜻한 물과 습기에 익숙한, 새끼오리를 거느린 오리들이 여울 근처를 돌아다니고 있었다. 작은 물고기들도 많았다. 마치 통조림에 들어있는 생선들 같았다. 토마토소스만 없을 뿐이었다. 사각거리는 소리가 무성한 갈대숲은 살아 있는 듯 했다. 누군가 빠른 걸음으로 걸으며 수다를 떨고 있는 것처럼. 모래바닥에는 불가사의한 여러 형태의 짐승 발자국들이 남겨져 있었는데, 미시카는 암호를 풀려고 여울 안을 들여다보고 있었다.

타냐는 자신의 배에 두 손을 갖다 대고는 손가락으로 가볍게 두드렸다.

"너도 좋지? 만족하지?"

타냐는 아기가 '네, 좋아요.' 하고 말한다고 생각했다.

책읽기를 좋아하는 코자는 물과 음식을 밀쳐내며 두꺼운 책을 몸 쪽으로 당기고는, 머리를 흐릿한 그늘에 둔 채 책을 펼쳤다. 그녀는 소리 내어 책을 읽기 시작했다.

"그는 산들과 구름이 식상한 모양을 하고 있으며, 사람들이 호들갑을 떨며 이야기했던 만년설로 덮인 산의 독특한 아름다움이 바흐의 음악이나 자신이 믿지 않는 여자에 대한 사랑과 마찬가지로 허구에 지나지 않는다고 생각했다. 그래서 그는 산을 기다리는 것을 그만두었다. 그런데 다음 날 이른 아침, 그는 역마차 안에서 신선한 공기에 잠에서 깨어났고, 무심코 오른쪽을 바라보았다. 매우 청명한 아침이었다. 돌연 그의 첫 시선에 스무 걸음 정도 떨어진 곳에서 부드러운 자태를 뽐내는 순백의 거대한 산이 들어왔다. 산의 정상과 창공이 만든 기묘하고도 선명한 대기의 흐름도 보였다. 산과 하늘, 그리고 자신과의 먼 거리, 산의 장대함, 그 아름다움의 영원함을 깨닫는 순간, 그는 자신이 환영을 보고 있거나 꿈을 꾸고 있는 것이라고 여겼다. 놀란 그는 잠에서 깨어나기 위해 몸을 흔들었다……"[82]

타냐는 어깨 너머로 들여다보았다.

"톨스토이 책이에요? 또 읽어요? 왜요?"

"솔직히 말해서 모르겠어. 이 책에 끌렸나보지 뭐. 거의 매년, 꼭 여름에 나는 이 책에 끌리곤 해. 해변이나 기차 안에서, 정원이나 채소밭에서 읽기도 하지. 마치 친척을 방문하듯이. 의무감이라도 있나봐. 어쩌면 마음이 끌려서일지도 모르지. 하지만 좀 지루한 소설이긴 해. 그래도 꼭 다시 읽게 되는 책이야."

"그래, 그래, 알아요. 우리 엄마도 평생 동안 톨스토이 책을 읽었어요. 외할아버지가 톨스토이주의자였거든요. 적어도 뭐 그런 비슷한 사상을 갖고 있었어요. 결국 총살당했죠."

"어머나! 톨스토이주의자들도 잡아갔니?"

코자는 놀라워했다.

"몰랐어요?"

타냐는 눈을 감았다. 뜻밖의 광경이 눈앞에 떠올랐다. 희고 깨끗한, 부드러운 형상의 건물, 그 건물 위, 먼 하늘에 흐르는 기묘하고도 선명한 기류가 흐르는 그림을 보았다. 그리고 말을 이었다.

"나는 톨스토이를 좋아하지 않아요. 아니, 뭐 아주 좋

---

82 톨스토이의 중편 『카자크인』의 일부다.

아하지는 않아요. 톨스토이는 바흐의 음악을, 여인의 사랑을, 산들의 아름다움을 믿지 않는다고 했어요. 그 말에 동의하려는 순간, 돌연히 선명하게 떠오르는 산의 아름다움을 세 문장으로 쓰고 있잖아요. 모든 것을 뒤집으면서……."

타냐는 배를 깔고 팔꿈치를 바닥에 대고 누웠다.

"날 데려와줘서 고마워요. 정말 감동적인 곳이에요. 인적도 없고……."

휴가를 위해 온 외지 사람들은 매우 많았다. 하지만 그들은 주로 시장에서나 볼 수 있었다. 주말이면 더 많은 사람들이 찾아왔다. 그들은 아주 자연스럽게 리조트에 속한 해변으로 가는 무리와 공동해변으로 가는 무리들로 나뉘었다. 수염을 늘어뜨린 몰다비아인들, 어두운 석탄가루로 얼굴을 적자색으로 그을린 우크라이나 광부들, 그들의 평범한 부인들과 아이들은 집에서 가져온 음식을 지저분한 공동 해변에 풀어놓고 보드카를 마셨다. 아이들은 배구를 하고 낮은 곳에서 해수욕을 하고 떠났다. 그들이 떠나고 난 자리에는 가을과 겨울 폭풍우에 쓸려갈 악취 나는 쓰레기 더미만 남았다. 그들이 스스로를 어떻게 부르든지 간에, 그들은 사라지는 야만적인 세계의 진정한 후계자들이었다.

이곳에 온 지 두 번째 토요일에, 타냐 일행은 형체가 애매한 석조건축의 잔재가 있는 곳으로 가기로 했다. 그 폐허에는 오로지 겨울 파도만이 스쳐갈 것이었다. 사람들의 발길이 뜸한 곳이었다. 가까이 다가가자, 돌 사이에 쳐진 천막이 보였다. 그 아래에 몇 명의 젊은이들도 보였다.

"클럽에서 연주했던 사람들이에요."

그쪽으로 재빠르게 시선으로 돌린 타냐가 그들을 알아보고는 말했다.

"무슨 클럽?"

코자가 놀라며 물었다.

"왜 있잖아요, 지나 엄마와 갔던 선원들이 모이는……."

"나는 건성으로 봐서 기억이 안 나는데, 타냐, 눈썰미가 대단하네!"

그들 중 가장 연장자인 코가 크고 다리에 털이 많은 피아니스트가 이쪽을 향해 반갑게 손을 흔들었다.

"웰컴, 레이디, 웰컴!"

모두들 그를 가릭이라고 불렀지만 그에게는 다른 이름, 발음하기 어려운 아르메니아 이름이 있었다. 그는 무슨 술이든 첫 번째 잔을 마시고 나면 바로 영어로 말을 하기 시작한다. 특별히 재즈와 관련된 용어들 외에는 더 아는 것이 없었지만……. 당시 재즈를 하는 사람들은 괴팍한 사람들로 간주되었다. 타냐의 친구들 중에서 그런 부류의 사람들은 없었다. 색소폰 연주자는 거의 등지고 앉아 있었지만, 타냐는 그를 금방 알아보았다. 그의 긴 금발머리 때문이었다. 그런 긴 머리는 당시 사회적 물의를 일으키기에 충분했다. 그는 뒤 돌아보다가 타냐를 보았다. 순간, 타냐는 배를 움켜쥐었다. 아기가 평소와는 다르게 세게 찼던 것이었다.

"왜 그러니?"

타냐는 아기에게 물었다. 아기는 한 번 더 몸을 흔들더니 잠잠해졌다.

타냐와 코자는 가던 길을 멈추고 돌아서야 할지, 아니면 그들을 지나쳐가야 할지 망설이고 있었다. 그러나 미샤가 이미 그들에게 달려가 말했다.

"여기, 우리 자리인데요. 언제나 우리가 여기에……."

타냐와 코자는 그들과 10미터 정도 떨어진 거리에 멈추어 섰다. 타냐는 초고속 촬영이라도 하듯 색소폰 연주자를 훑어보았다. 그는 관자놀이 쪽으로 느릿느릿 손을 올리더니 머리카락을 쓸어내렸다. 그런 다음 잠시 멈추었다가 목을 천천히 움직이며 입술 끝으로 미소를 지었다. 입 꼬리가 치켜 올라가면서 이가 드러났다. 그의 모습은 클로즈업된 영화의 한 장면이었다. 그는 타냐를 보며 미소를 지어 보였다. 느긋한 시선으로 그녀를 바라보았다. 그 순간, 타냐는 자신의 새로운 운명을 직감했다.

연주자들은 술에 취해 있었지만, 인사불성이 될 정도는 아니었다. 저녁에 이 지역의 휴양지에서 연주를 해야 했기 때문에 자신들의 주량을 조절하고 있었다. 반년 동안 함께 연주를 한 그들은 어느 정도의 술이 더 좋은 연주를 하게 하는지, 망치게 하는지 잘 알고 있었다. 가릭은 코자에게 관심을 보였고, 드럼 연주자는 타냐에게 치근덕거렸다. 하지만 타냐는 색소폰 연주자에게서 눈을 뗄 수가 없었다. 여섯 시쯤, 태양의 열기가 조금 누그러졌을 때, 그들은 다 같이 휴양소로 이동했다. 중간에 코자는 미샤에게 저녁을 먹이기 위해 집으로 갔고, 나머지는 차를 잡았다. 타냐는 연주자들과 함께 가기 위해 간신히 뒷자리에 비집고 들어가 앉았다. 그녀는 색소폰 연주자 세르게이가 너무 마음에 들었다. 그녀는 지금까지 한 번도, 그 누구에 대해서도 그런 감정을 느껴 본적이 없었다.

그들의 연주는 대성공으로 끝났다. 연주가 끝나고 난 뒤에도 사람들은 카세트를 틀어놓고 오랫동안 춤을 추었다. 연주자들은 고주망태가 되었다. 세르게이는 춤을 추지 않았다. 타냐와 세르게이는 따로 떨어진 무대 뒤에 앉아 정신이 혼미해질 때까지 키스를 했다. 그가 자기 방 호수를 타냐에게 말하지 않았다면 아마 호텔 방을 제대로 찾아갈 수도 없었을 것이다. 그가 내민 열쇠에 보라색 숫자로 16이라고 찍힌 나무패가 달려 있었지만⋯⋯.

14

타냐는 잠에서 깨어났다기보다는 잃었던 의식을 되찾았다. 호텔 2인실에는 나무침대 두 개와, 그 사이에 작은 장식장이 놓여 있었다. 물이 가득한 수족관처럼 방은 강하고 진한 빛으로 가득했다. 아침 풍경에서 흔히 일어나는 작은 소리도 없이 매우 고요했다. 태양이 절정에 오른 정오, 모든 것이 정지된 듯한 적막이 주변을 채우고 있었다. 바로 이 남자였다.

"내가 절정에, 우리가 절정에 있어."

타냐가 미소를 지으며 불룩한 배에 손바닥을 대고 옆구리부터 쓰다듬었다. 인생의 절정, 산의 정상, 산처럼 나온 그녀의 배. 모든 것이 서로 긴밀한 의미관계를 갖고 있었다.

"너도 느끼고 있니? 너와 내가 사랑에 빠졌다는 걸 말이야."

그녀가 자신의 배에 대고 물었다.

아이는 사랑의 공범자였다. 그녀는 옆에서 자고 있는 세르게이를 바라보았다. 전날 밤 그의 손을 유심히 보았었다. 크지 않은 손이었다. 마지막 마디가 위로 치켜 올라갔고, 굵은 힘줄이 불거져 있었다. 손톱에는 비타민 부족으로 인한 하얀 반점이 나 있었다. 언젠가 뜻밖의 선물을 받게 된다고 믿기도 했던 흰 반점…… 그녀는 세르게이를 향해 옆으로 돌아누웠다. 손이 손바닥을 위로 한 채 그녀의 어깨에 살짝 눌렸다. 엄지 밑 두툼한 부분에 난 깊은 흉터가 보였다. 손목에도 또 다른 흉터가 나 있었다. 어젯밤에 미처 발견하지 못한, 그러나 그전부터 사랑했던 몸의 이곳저곳이 눈에 들어왔다. 엄지발가락은 심하게 앞으로 튀어나와 있었고, 발은 여자처럼 아담했다. 종아리에는 복슬복슬한 흰 잔털이 가득 났고…… 그는 한쪽다리의 무릎을 굽히고 모로 누워 있었다. 윤기 나는 곱슬곱슬한 털 사이에서 잠든 무기가 초라한 모습으로 있었다. 볼품이 전혀 없었다. 이전에 타냐는 남자들의 음경은 크기만 다르고 생김새는 다 똑같다고 알고 있었다. 그러나 그의 음경은 입술 선과 닮은 기이한 굴곡을 가지고 있었고, 순진성과 자기 망각의 능력을 표현하고 있는 듯했다. ……타냐는 우윳빛 하얀 피부와 넓적다리 사이의 작은 물건을 손으로 건드렸다. 피부는 여자의 피부처럼 부드러웠다. 가슴엔 햇볕에 바랜 이끼 같은 부드러운 털이 무성히 나 있었다.

타냐는 손바닥의 상처를 만져보았다.

'이건 내가 가장 좋아하는 곳이 될 거야.'

그는 다른 손을 움직이더니 타냐를 끌어당겼다.

"어디 가? 가지 마."

타냐는 웃었다.

"절대 안 가. ……화장실은 가도 돼?"

"천만에."

그는 그녀를 꼭 안았다. 모든 것이 황홀하게 지나갔다. 그가 지금까지 경험하지 못한 일체감이었다. 눈도 뜨지 않은 채 그는 그녀에게 물었다.

"어디에서 왔어?"

"어디에서도 오지 않았어. 나는 언제나 있었어."

타냐가 웃었다.

"그런 것 같군."

그는 손으로 목, 가슴, 배를 만지면서 동의했다. 타냐가 부탁했다.

"눈떠봐."

"무서워."

그는 미소 지으며 눈을 떴다.

"어때?"

타냐는 몸을 일으켜 약간 떨어지며 물었다.

세르게이는 그녀, 아니 자신을 안심시켰다.

"아주 좋아. 모든 게 좋아. 근데 난 네 얼굴이 기억나지 않아. 내겐 트라우마가 하나 있어. 잠에서 깨면 옆에……."

타냐는 손으로 그의 입을 막았다.

"잊어버려, 예전에 있었던 일, 천천히 잊어버려. 너는 세르게이고 나는 타냐야. 그리고 나머지 것들은 아무런 의미가 없어."

세르게이가 웃었다.

"좋아. 하지만 나한테는 아내가 있어."

"나도 남편이 있어. 두 명이나. 그리고 이제 곧 아이도 생겨……."

"무슨 뜻이야?"

세르게이는 팔꿈치로 몸을 버티면서 슬며시 일어났다.

타냐는 그의 손을 잡아 배로 가져갔다.

"3개월이나 3개월 반만 지나면……."

배는 불룩했다. 세르게이는 마치 뜨거운 주전자에 대인

것처럼 손을 움찔했다.

"이런 경우는 처음이라서……."

타냐가 웃었다.

"나한테도. 언제나 처음은 있지. 나한테도 너는 처음이야."

세르게이는 일어나 샤워를 하러 갔다. 그는 따뜻한 물줄기 아래에서 몇 분 동안 서 있었다. 손바닥으로 역한 물을 마셨다.

'멍청한 계집애 같으니라구! 지금 당장 내쫓아버릴 거야!'

그는 그렇게 다짐하고, 샤워를 하다 말고 밖으로 나갔다. 그녀가 문 앞에 서 있었다. 문이 열리는 순간, 그녀는 그에게 불쑥 다가섰다. 그녀의 몸은 환상적이었다. 가슴도 허리도. 배는 눈에 띌 정도로만 나와 있었다.

그는 다시 자리에 누워 담배를 피웠다.

"옷 입어. 그리고 나가!"

세르게이는 침대 위 자신의 옆에 앉는 타냐에게 말했다.

타냐는 머리를 가로저었다.

"뭐가 그렇게 놀랄 일인데? 아무 문제없어. 나는 아무데도 가지 않아."

"너한테는 아이가 있잖아. 내가 그 아이에게 나쁜 영향을 줄 수 있어. 넌 그런 몸으로 남자하고 뒹구는 게 괜찮을 것 같아?"

"어제 안 되는 것 같았어?"

"어제는 그런 생각 못 했어. 몰랐으니까."

"나는 더 좋을 거라 생각하는데. 나는 아이에게 기쁨을 주기 위해 남쪽으로 왔어."

그녀는 손으로 배를 잡았다.

"무슨 말이야?"

타냐는 웃었다.

"해수욕하고, 햇볕에 몸도 태우고."

그녀는 시트 아래로 들어가 그의 목을 안았다.

"나와 아이는 모든 게 맘에 들었어. 진심이야."

타냐는 매력적인 여자였다. 어느덧 세르게이의 놀라움은 사라지고 욕망이 다시 솟아났다. 그녀의 볼록한 배, 단단한 젖꼭지. 임신으로 더 무르익은 여성미에는 독특한 매력이 있었다. 온종일 그들은 방에 머물렀다. 딱 한 번 물을 가지러 나갔을 뿐⋯⋯.

밤에 음악가들은 두 번째 콘서트를 열었다. 타냐는 단 1분도 세르게이의 음악에서 벗어나지 못했다. 그 음악은 그들의 새로운 사랑의 연장이었다. 그들은 이튿날 아침까지 밤을 새웠고, 출연료로 상당한 수입을 받았다. 그들은 떠났다. 타냐는 잠시 코자에게 들러 가방을 챙겼다. 그리고 미샤와 코자의 볼에 건성으로 작별인사를 하고는 그들의 시선에서 사라졌다. 영원히.

여름 중반부터 늦은 가을까지 재즈 삼중주의 순회공연은 계속 이어졌다. 그들은 스스로를 'GAZ'라고 불렀다. 가브리엘랸, 알렉산드로프, 즈보르이킨의 첫 글자를 따서 만든 이름이었다. 올해가 그들이 함께 하는 첫 해였다. 그들은 서로서로 호흡을 맞추어가고 있었다. 이제 막 재즈 연주가로서의 삶을 시작한 셈이다. 그들은 매일 재즈의 새로운 지평을 열어갔다. 습관대로 매일 술을 마시기도 했다. 그러나 본질적으로 그들은 술에 취하는 것이 아니라 그들의 손끝에서 나오는, 전례 없는 마약에 취해 있었다. 그룹의 리더는 가릭이다. 그는 유일하게 음악을 전공한 사람이었다. 비록 레닌그라드 음악학교에서 마지막 학년에 클래식을 거부하고 재즈를 한다는 이유로 퇴학을 당하긴 했지만. 드럼을 치는 알렉산드로프는 전직 엔지니어였다. 그는 인간의 초능력을 믿고 있었고, 외계인이나 문명이 발달한 다른 혹성에 대해 비정상적인 관심을 가지고 있었다. 네 개의 북과 다양한 종류의 타악기를 칠 때 그에게서는 폭발적인 힘이 솟아났다. 그는 정확한 타진 기술을 습득하면 인간이 수영을 하는 것처럼 나는 것도 자연스럽게 할 수 있다고 주장하기도 했다. 그러나 정작 자신은 수영도 못 했다. 7년 후 그는 샤머니즘에 깊이 빠졌고, 레닌그라드 변두리에 있는 정신 병원의 침대에서 날아올라 생을 마쳤다.

색소폰 연주자인 세르게이 즈보르이킨은 음악에 미친 전형적인 사람들 중 하나였다. 기술전문대학을 포기하는 바람에 정치학 교수로 있는 아버지와 심하게 다투고, 결국 집을 나와 40대의 은퇴한 발레리나와 결혼했다. 그 결혼을 통해, 그는 정상이 아니라는 자신에 대한 평판을 스스로 확증한 셈이 되었다. 세르게이와 그의 친구들은, 역시 평범하지 않은 이력을 가진 타냐가 오래 동안 찾고 있던 사람들이었다. 그들은 아버지처럼 유능한 의사도 아니고, 임신한 쥐의 배 깊숙한 곳을 후비기 위해 가위와 핀셋으로 무장한 마를레나와 같은 학자도 아니고, 고집불통에 즉흥적인 시대적 반항아 골드베르그와 그의 아들들도 아니고, 수다스럽지는 않지만 백치미 있는 비카-코자도 아니었다. 타냐의 가슴을 진정으로 움직이는 사람은, 정치, 이념, 사회적 의무에 대해 관심 없는 세르게이와 그의 친구들 같은 사람들이었다. 이들은 흔히 말하는 사회적 성공에 연연해하지 않았다. 단지 자신의 음악을 연주할 뿐이었다. 음악을 신뢰했고, 음악 안에서 즐거워했다. 음악과 함께 하는 그들의 삶 자체가 타냐에게는 환상적이었다……

타냐는 그들의 연주를 귀 기울여 경청했다. 리허설이나 콘서트뿐만 아니라, 그 외 모든 시간, 아침부터 밤까지 또는 밤부터 아침까지도. 음악은 단 한순간도 멈추지 않았다. 건반을 치거나 색소폰을 불지 않은 순간까지도 음악은 계속 들렸다.

타냐는 그런 사실을 세르게이에게 이야기했다. 그는 머리를 끄덕였다.

"당연하지. 심지어는 꿈에서도 음악이 나오는 걸……."

타냐는 기억력, 상상력 혹은 무의식을 건드리는 여타의 기능을 총동원하여 기억해냈다. 꿈속에 음악이 있었다. 하지만 그 음악은 기억할 수가 없었다. ……이런 사실을 의식한 날부터, 달리는 기차의 차창 밖 풍경처럼 끊임없이 이어지지만 끊임없이 달라지는 소리의 길이 열렸다.

재즈 연주자들이 만들어내는 음악은 주변의 모든 움직임에서 나는 소리, 바스락거리는 소리, 철썩거리는 소리, 인간의 언어가 내는 소리가 조합된 것이다. 단순한 발화에 의한 소리가 아니라 인간 목소리가 가진 속도, 억양, 리듬이 종합된 것이다. 바다, 바람, 비와 같은 자연의 소리는 가까워졌다 멀어졌다 하면서 배경이 되거나 역동성을 더해주는 중요한 요소다. 재즈는 미리 짜 놓는 음악이 아니다. 자의적 해석과 즉흥적 감성이 생명이라고 할까? 그러면서도 무질서가 아닌 조화로움을 탄생시키는 음악이다.

타냐가 지저분한 해변의 따뜻한 모래에 누워 음악에 대한 자신의 감정을 말로 표현했을 때, 세르게이는 무심히 고개만 끄덕였다.

"우연성 음악이라고 하지. 우연적인 요소나 불확정한 요소를 연주자가 마음대로 쓰는 음악이야."

"만화경의 작은 유리제품처럼?"

타냐가 생기발랄하게 말했다.

"그럴지도. ……가릭하고 이야기해봐. 가릭은 음악 전문 가니까. 나야 어깨 너머로 배운 거고."

"아니야. 이미 알았는데 뭐. 어디다 물어보든 다 알 수 있는걸……."

"못 말린다, 너."

세르게이는 웃으며 타냐의 단단하게 나온 배를 어루만 졌다.

"햇볕을 너무 쬐는 거 아냐? 그늘로 가자."

2주 동안 세르게이는 타냐와 타냐의 배에 완전히 익숙해져 있었다. 마치 6년을 함께 산 것 같았다. 실제 6년은 은퇴한 발레리나인 아내 엘비라 폴루엑토바와 함께 산 시간이다. 아내는 이미 풍만한 가슴도, 애교도 없다. 그것이 오히려 세르게이의 마음을 편하게 했다.

2주 뒤, 오데사에서 연주를 마친 삼인조는 카프카스로 떠날 예정이었다.

"우린 널 먼저 보내고 다음 행선지로 이동할 거야."

가릭이 타냐에게 알렸다.

타냐는 자신을 보내지 말고 순회공연 마지막까지 머물게 해달라고 부탁했다. 세르게이가 그녀를 거들며 말했다.

"가릭! 일주일이잖아. 소치에서 콘서트가 끝나고 보내도 될 것 같아. 그때는 표도 쉽게 구할 수 있을 거야."

맞는 말이었다. 8월 말에 열차와 비행기 표를 구하기란 어려웠다.

"그러면 타냐의 배는?"

가릭이 얼굴을 찌푸렸다. 그는 두 명의 아이들이 있는 아버지로서 그들 중에서 유일하게 임신과 분만에 대해 더 많은 내용을 알고 있는 사람이었다.

타냐는 배 위로 팔짱을 끼고 있었다.

"가릭, 부탁이야. 아직 예정일이 두 달 정도는 남았어. 보내지 마. 내가 도울 일이 있을 거야."

가릭은 뿌리치듯 거절했다.

"이 고집불통. 네가 개구리왕비[83]냐? 알아서 해. 세르게이 일이지. 내 일이 아니니까."

가릭은 카프카스의 전형적인 호색가였다. 그는 가슴이 큰 금발 여자를 꾀는 일을 자신의 신성한 임무로 여기고 있었다. 그러면서도 A컵 브래지어를 하고, 박사학위를 받느라 일찍 늙어버린 똑똑한 그루지야 아내를 숭배하는 남자였다. 가릭은 세르게이의 모든 로맨스를 지지했던 사람이다. 허식이 많은 연상의 발레리나와의 결혼도 인정했다. 하지만 타냐와의 사랑에는 딴죽을 걸었다. 타냐의 임신은 그가 극복하기 힘든 것이었다.

---

83 러시아 민속동화. 마법에 걸린 개구리 왕비의 이야기다.

"세르게이! 너 돌았냐? 물론 타냐는 좋은 여자지만, 이미 딴 놈 애를 뱄어. 그런 애랑 그러고 싶냐? 이해 불능이다."

하지만 타냐의 배는 세르게이를 매우 설레게 했다. 추상적인 섹스를 좋아하고 아이를 원하지 않는 아내와의 결혼 생활은 매우 사무적이고 건조했다. 처음에 세르게이는 그녀의 아파트 방 하나를 얻어 살았었다. 그러다 우유를 가져오고, 두 마리의 보르조이 개를 산책시켜주는 일을 했다. 그러던 어느 날, 어찌된 영문인지 그녀의 침실에서 정신이 들었다. 그리고 보란 듯이 결혼을 해버렸다. 세상에 대해, 특히 부모에게 자신의 독립성을 과시하기 위해서. 한때 세르게이는 자신과 너무 공통되는 것이 없다는 이유로 발레리나에게 끌리기도 했었다. 그런데 타냐는 자신과 너무도 공통점이 많았다. 무엇보다 진실을 원하는 반항적 기질이 닮았다. 그들은 거짓에 대한 혐오증을 삶에서 체득하고 있었다.

"우리는 뼛속까지 닮은 게 많아."

타냐는 확신했다. 세르게이도 마찬가지였다.

타냐의 뱃속에 있는 작은 생명은 아무것도 방해하지 않았다. 타냐는 그녀의 아들도 기뻐할 거라고 확신했다. 왜냐하면 그녀가 아이에게 올바른 아빠를 찾아주었기 때문이다. 세르게이 또한 타냐의 생각과 다르지 않았다.

또 하나 아주 중요한 사실이 있다. 타냐는 지난날의 남성 편력에도 불구하고 축복과도 같은 아이를 갖게 되었고, 세르게이를 만나고 나서야 진짜로 남자를 알게 되었다. 그리고 이제야 비로소 지렁이에서부터 하마까지 살아 있는 생명체라면 모두가 느낄 수 있는 동물적 환희를 느낄 수 있었다. 그 환희는 점막의 접촉에 의한 직접적인 결과이자 중추신경계의 강력한 방전으로, 이전에는 단 한 번도 경험해보지 못한 것이었다. 이런 사실을 타냐는 세르게이에게 그대로 고백했다.

"그게 남자와 여자의 가장 본질적인 차이지. 남자는 누구든 상관없이 그 환희를 느낄 수 있거든."

타냐는 시무룩한 얼굴로 사색에 잠겼다. 세르게이가 말을 이었다.

"네가 몰라서 그래. 아무하고나 되는 여자들도 많아."

"암튼 내가 얼마나 더 많은 남자들과 그런 환희를 느낄 수 있을지 더 이상 확인하고 싶은 생각 없어. 난 너 하나로 만족해."

세르게이는 웃었다.

"그래. 이제부터 나 외에는 안 된다는 걸 명심해."

가끔 타냐는 모스크바에 있는 비탈리이와 아버지에게 전화를 했다. 오브닌스크에까지는 전화를 걸 수 없었다. 게나디이의 실험실에는 시외통화가 가능한 전화기가 통틀어 한 대 밖에 없었고, 기숙사에서는 당직자가 밤에는 전화를 바꿔주지 않았다. 타냐는 목숨을 버릴 만한 사랑에 빠졌고, 모스크바로 돌아갈 생각이 없다는 말을 게나디이에게 전하고 싶었다. 아버지나 비탈리이에게는 하고 싶지 않았다. 비탈리이는 지나칠 만큼 자존심이 강했고, 아버지는 논리적이고 원칙적인 사람이었으니까. 아니나 다를까, 아버지는 임신 7개월이 가장 위험하며, 아이를 위태롭게 하고 있다며 빨리 돌아오라고 전화기에 대고 언성을 높였다.

"아빠! 아이는 괜찮아요! 나도 그렇고요. 우리는 다 괜찮아요! 여기에 좀 더 있을 거예요."

그녀는 한 손으로는 전화기를 들고 다른 한 손으로는 세르게이의 손을 잡고 있었다.

파벨이 물었다.

"돈 보내줄까?"

"필요 없어요. 보내지 마세요. 내일 모래 수후미로 떠나요!"

그녀는 기뻐서 소리쳤다. 그러나 파벨은 전화를 끊자마자 서재로 들어가 진정제를 마셨다. 그는 심하게 불안을 느끼고 있었다. 타냐도 엄마를 닮아 골반이 작고, 뼈가 약했다. 늘 안정하고 누워 있어야 했다.

파벨은 타냐가 분만을 하러 모스크바로 돌아오지 않고, 낯선 도시에서 남의 도움으로 아이를 낳는 경우를 생각조차 할 수 없었다.

그러나 모든 것이 그렇게 되어버렸다. 얄타에서부터 시작된 순회공연은 오데사에서도 그렇고 소치에서도 대성황이었다. 그런데 수후미에서는 그다지 큰 호응을 얻지 못했다. 바투미에서 예정된 4회의 콘서트 중 2회가 취소되기도 했다. 무더운 아드자리아에서는 그야말로 반응이 썰렁했다. 귤 수확이 시작된 시기적인 이유도 있긴 했다. 3인조는 손해를 감수하고 계약을 파기했다. 그리고 그곳을 떠났다. 가릭은 여전히 타냐를 집으로 보내려고 애썼다. 그러나 타냐는 그가 손을 흔들기 전까지 자기 뜻을 굽히지 않았다.

산달이 되면서 타냐의 몸은 눈에 띄게 무거워졌다. 아이는 며칠 동안 잠잠하다가 갑작스레 마치 여러 아이들이 노는 것처럼 안에서 북새통을 일으키곤 했다. 밤마다 세르게이는 타냐의 배 위에 손바닥을 대고 발뒤꿈치로 아니면 주먹으로 배를 차는, 완전한 외형을 갖춘 뭔가를 느끼곤 했다.

"혹시 쌍둥이를 낳을지도 몰라."

타냐는 세르게이를 놀라게 하려 했지만, 그는 무사태평하게 말했다.

"무슨 차이가 있어? 둘이면 둘이지. 하나는 회색, 다른 것은 흰색인 두 마리의 귀여운 거위처럼."

그는 부푼 옆구리를 슬쩍 치면서, 팽팽해진 얇은 피부에 입술을 갖다 댔다. 그런 접촉으로 말미암아, 미래의 아이가 누리게 될 행복한 가정에 대한 애착은 꺼지기는커녕 점점 더 커져갔다.

"정말 신기해. 말로 표현할 수가 없어. 언제나 네가 임신하고 아이를 낳았으면 좋겠다……. 나탈리야 니콜라예브나

618

⁸⁴ 처럼……."

모든 페트로그라드⁸⁵ 사람들처럼 그도 시인의 아내의 성은 말하지 않았다. 너무도 잘 알려진 것이었기 때문이다.

"낙태는 끔찍할 만큼 추악한 행위야. 내 아내는 젊은 시절 3개월마다 아이를 지우곤 했대. 발레리나들은 아이를 낳지 않으니까. 우리에겐 절대 그런 일 없을 거야. 절대로……. 이렇게 설레는 일인데. 조심해야 해…… 정말로……. 너를 절대 다치게 하지 않을 거야……."

분만하기 바로 전날까지 그들은 서로에게서 떨어질 수 없었다.

타냐는 모스크바로 돌아가지 않았다. 그녀는 10월 말에 페트로그라드로 갔다. 그들이 살 곳은 아무 데도 없었다. 처음 얼마 동안 드럼 연주자 톨랴 알렉산드로프의 집에 머물렀다. 언젠가 그의 가족은 귀족이 살던 집의 이탈리아식 창문이 세 개나 있는 넓은 거실을 배당받았다. 물론 거실 전체를 받은 것은 아니다. 그 거실은 나무판자벽을 설치해 네 개의 방으로 나누어져 있었다. 각 창문의 4분의 3 정도가 각각의 네 개의 방에 할당되었다. 그중 두 개의 방에서 톨랴의 가족이 살았다. 그러다 엄마와 할머니가 돌아가시고 난 후, 톨랴는 방 두 개를 쓰고 있었다. 그중 하나를 친

---

84 푸시킨의 아내다. 1831년에 결혼하여 1837년 푸시킨이 결투로 죽기까지 네 명의 아이를 낳았다.

85 현재 페테르부르그르그의 옛 이름으로 1914~1924까지 사용되었다. 소비에트 시대에 레닌그라드로 바뀌었다가 개방 이후 현재의 이름으로 개명되었다.

구들에게 내 준 것이다. 순회공연으로 번 돈은 금세 떨어졌다. 그들은 톨랴와 함께 가난한 살림을 꾸리며 살았다. 타냐는 감자를 볶고, 빨래를 하고, 빈 방들을 청소했다. 그리고 음악을 들었다.

12월 중순, 타냐는 응급차에 실려 출산원으로 갔다. 출산원에서는 아무런 진료기록이 없다는 이유로 그녀를 받아주려 하지 않았다. 그녀에게 있는 것이라곤 모스크바의 거주등록증과 산통뿐이었다. 접수처에서 그녀에게 무책임하다고 욕을 하는 동안 양수가 터졌다. 그제야 그들은 어쩔 수 없이 산모를 분만실로 데려갔다. 타냐의 출산을 담당한 산파는 파벨이 강의했던 산파를 위한 고급과정 수업을 수료한 여자였다. 타냐의 성을 보고 산파는 쿠코츠키 박사와 친인척 관계라도 되느냐고 물었다. 그리고 친딸인 것을 알자, 산파는 한시도 한발작도 타냐 곁을 떠나지 않았다. 타냐는 거의 열 시간에 가까운 진통 끝에 검은 색의 긴 머리를 가진 여자아이를 출산했다. 초산치고는 순조로운 분만이었다.

딸이라는 말에 타냐는 슬프게 울었다. 그렇게 실망해서 울어본 적이 없을 정도로.

산파는 분만이 끝나자 모스크바로 전화를 걸어 파벨의 집 전화번호를 수소문해서 알아낸 후, 그에게 손녀의 탄생을 축하하는 전화를 했다.

파벨은 수화기를 내려놓았다. 심장이 곧 멎은 듯하다가 갑자기 마구 뛰기 시작했다. 북을 미친 듯이 때리는 것처럼……

'아, 맥박 수가 180. 심박 급속증이군…….'

얼마동안 파벨은 누워 있었다. 네 시 30분. 한밤중에 태어난 아이. 11월 16일. 1년 중 밤이 가장 긴 날. 동지에 가까운 날.

전쟁 때부터 차고 있던 오래된 스위스산 시계의 초침이 재깍거렸다. 파벨은 기계적인 반사 행동으로 맥박을 쟀다. 1분에 190회.

파벨은 침대에서 발을 바닥에 내려놓았다. 힘줄이 불거진 앙상한 다리. 그는 발등을 손가락으로 눌렀다. 부종이다.

'침착하자. 어쨌든 신의 도움으로 손녀가 태어났어. 화는 접어야지. 화를 낸다고 달라질 건 없어.'

그는 한참을 침대에 앉아 맥박이 고르게 뛸 때까지 기다렸다.

"일종의 부정맥 증상이군."

파벨은 스스로에게 진단을 내렸다.

파벨은 자리에서 일어나 집안 곳곳을 살피기 시작했다. 20년 동안 살아온 집. 낡은 군인 내의를 입은 대머리에 구부정한 노인은 현관으로 가 불을 켰다. 모든 것이 낡고 초라해 보였다. 먼저 아이들의 방문을 열어보았다. 한 침대에서는 토마가 잠들어 있고, 나머지 한 침대에는 구겨진 옷들이 산더미로 쌓여 있었다. 어스름한 방 안은 어두운 잎사귀들의 군단이 진을 쳤고, 촉촉한 흙 내음이 감돌고 있었다.

그는 마루를 따라 왼쪽으로 향했다. 엘레나의 침실을 들여다보았다. 고약한 냄새. 병원, 먼지, 알 수 없는 쓴 맛의 풀 냄새가 묘하게 섞여 있는 듯했다.

어디라 할 것 없이 집 안은 눈길 미치는 데마다 지저분하고 더러웠다. 바실리사는 앞을 잘 보지 못했고, 제대로 청소를 하지 못했다. 토마는 일과 공부를 병행하고 있어 시간 내기가 어려웠다. 집안청소를 위해 청소부 프라스코비야를 부르고 싶었지만 바실리사가 화를 낼 것이 분명했기에 부를 수도 없었다……

'아이를 지저분한 방에 둘 수는 없어. 내 서재로 데려가는 게 좋겠어. 그게 최선이야. 내 손으로 깨끗이 치워야지. 방 가운데 침대를 놓으면 될 거야. 공간은 충분해. 병원에서 기저귀 갈 때 쓸 작은 탁자도 가져다놔야겠어. 바로 퇴직 신청도 해야겠지. ……내 나이가 벌써 예순다섯이니……'

엘레나는 아직 자지 않았던 모양이다. 그녀는 문에 서 있는 어두운 실루엣을 지켜보고 있었다. 불빛이 파벨의 등 뒤에서 비치며 그의 머리와 어깨에 후광을 만들었다.

엘레나가 물었다.

"당신이에요?"

파벨은 그녀의 다리 옆 침대에 앉았다. 엘레나는 언제나 높은 베개를 베고 잤다. 그가 이 넓은 침대에서 함께 잘 때

그녀의 베개는 이부자리 왼쪽에 불쑥 솟아 있었고, 그의 작
은 베개는 오른쪽에 놓여 있었다. 그는 담요 밑으로 손을
넣어 양말을 신은 엘레나의 발을 쓸어주었다.

"방금 레닌그라드에서 전화가 왔어. 타냐가 딸을 낳았대."

엘레나는 그의 말을 가로막았다.

"아니야, 아니야. 내가 딸을 낳은 거야."

"타냐는 다 컸어. 그 애가 결혼해서 딸을 낳은 거야."

파벨은 되풀이해서 말했다.

어스름을 밝히는 빛에 엘레나의 눈이 반짝였다.

"이른 시간인데, 너무 어두워요. 타냐는 어디 있죠?"

"레닌그라드에 있어."

"이리 오라고 해요. 오랫동안 보질 못했어. 학교에 있어요?"

"타냐는 이미 오래전에 학교를 마쳤어. 레닌그라드에서
딸을 낳았대."

파벨은 인내심을 가지고 같은 말을 되풀이했다.

엘레나는 그에게 부탁했다.

"다른 얘기 해줘요, 파파. 무슨 말인지 모르겠어요."

파벨은 둥근 의자를 침대 머리맡으로 옮겼다. 엘레나의
팔에 안겨 있던 고양이가 몸을 펴면서 눈을 떴다. 파벨은
아내 옆에 쪼그리고 앉아서 그녀의 손을 잡았다. 손은 마
르고 차가웠으며, 너무 가벼웠다.

수년 동안 사람들은 그를 '파'라고 불렀다. 병원에서는 '
페―아'라고 발음했다. 당시는 상사를 부를 때 이름의 첫 자

만 부르는 게 유행이었다. 그들이 행복했던 시절, 가족들도 그를 '파'라고 불렀다. 파벨은 문득 엘레나가 자신을 아버지로 생각하고 있지 않나 하는 의문이 들었다. 하지만 그는 그녀의 손을 잡고 헝클어진 머리카락을 쓸어내리며 아무것도 확인하지 않기로 했다. 엘레나가 자신을 아버지로 여긴다 해도 그것을 확인하는 일은 이제 그다지 중요하지 않았다…….

"레닌그라드로 가서 그곳 상황이 어떤지 보고, 아이들을 데려올 거야."

그녀는 한숨을 쉬었다.

"좋아요. 타냐를 들어오게 해요."

파벨은 엘레나의 엉뚱한 대꾸에 개의치 않고 계속 말을 했다.

"내 생각에, 타냐가 남편하고 좀 문제가 있는 것 같아. 잘 모르지만 남편에게 화가 난 것 같아. 물어보지는 않을 거야. 지난주에 마지막으로 비탈리이가 전화해서 타냐의 안부를 묻더군. 레닌그라드에 있다고 말해주었으니, 비탈리이가 곧 그곳으로 갈 거야. 그런데 타냐가 주소를 말해주지 않았어. 그걸 어떻게 생각해?"

엘레나는 당황해하며 걱정했다.

"모르겠어. 당신은 어떻게 생각해. ……당신 스스로…… 나는……."

"어떤 경우든 타냐는 아이와 함께 집에서 지내는 게 좋을 것 같아. 그렇지 않아?"

파벨은 질문을 하면서 스스로 납득하고 결정을 내리듯 고개를 끄덕였다.

그러나 엘레나는 그의 말을 듣고 있지 않았다. 그녀는 불안하게 손으로 자신의 주위를 더듬었다. 파벨은 그녀가 팔에서 빠져나간 고양이 무르카를 찾고 있다는 것을 알았다. 그녀는 불안을 느낄 때마다 무르카가 꼭 필요했다. 고양이는 조금 떨어진 안락의자에 앉아 있었다. 그는 고양이를 데려다가 엘레나의 침대에 내려놓았다. 그녀는 두 손으로 고양이를 끌어안으며 미소를 지었다. 고양이를 쓰다듬는 그녀는 마치 어디론가 떠나버린 듯했다. 그녀의 시선은 텅 비어 있었지만, 이 세상 너머의 어딘가 먼 곳을 응시하고 있는 듯 했다.

파벨은 조금 더 엘레나 곁에 앉아 있다가, 서재로 가서 기차표 안내소에 전화를 했다. 낮에 출발하는 레닌그라드 행 기차가 있었다. 서류가방을 찾아 칫솔과 흰색 가운, 그리고 집에 예비로 남겨둔 알코올이 가득한 군용 병을 넣었다. 아무에게도 알리지 않았다. 밤에 도착해서 전화하기로 했다. 숙소 걱정은 하지 않았다. 언제나 신세질 수 있는 오랜 친구도 있었고, 언제든지 방을 잡을 수 있는 할투린 거리의 아카데미 산하 내빈용 호텔도 있었다. ······파벨은 역으로 갔다. 운 좋게도 바로 표를 살 수 있었다. 그는 급히 병원으로 달려갔다. 병원에는 만삭의 환자가 하나 있었는데, 떠나기 전에 상태를 확인하고 필요한 조치를 지시해야 마음이 놓일 것 같아서였다.

레닌그라드행 열차는 긴 시간을 태평스럽게 달렸다. 가져온 책도 없었다. 파벨은 호기심어린 시선으로 앞자리의 젊은 동행인들을 주시했다. 그들은 서로 엉겨 붙어 키스를 하고 있었다. 타냐보다 나이가 많을까? 타냐보다 어린 친구들인 듯했다. 파벨은 아직 어두워지지 않은 차창 밖으로 시선을 돌렸다. 스쳐가는 풍경이 무거웠던 그의 마음을 조금은 가볍게 해주었다. 젊은 시절 그에게 무엇보다 중요했던 것은 올바른 삶을 위해 자신이 세운 원칙이었다. 그 원칙에 따라 자신의 모든 행동을 결정했다. 그런 면에서 파벨이 보기에 타냐의 무분별한 행동은 무척 실망스러운 것이었다. 아무런 설명도 없이 병든 엄마를 나 몰라라 하더니, 지금은 멀쩡한 정신으론 하기 어려운 행동으로 모든 사람들을 황당하게 만들고 있다. 무책임하게, 아는 사람이라고는 하나도 없는 낯선 곳에서 아이를 낳았다. 어디서 키울 것인지, 어떻게 키울 것인지에 대한 아무런 대책도 없이……. 정말이지 인정할 수 없는 행동이었다.

파벨은 자신이 무엇을 잘못했는지 찾으려 했다. 하지만 그런 생각은 아무 소용이 없다. 지금 그는 타냐의 무분별한 행동을 자신이 짊어지기 위해, 정확하게 설명할 수 없는 자신의 잘못으로 인해 일어난 무모한 상황을 바로잡기 위해, 그녀에게 가고 있지 않은가. 그러면서도 그는 아내가 병들고, 딸이 집을 나간 게 자신의 무능력 탓이라는 자책을 완전히 떨쳐버릴 수 없었다. 꼬리에 꼬리를 무는 무거운 상념에 지친 파벨은 가방을 열어 액체가 든 병을 꺼냈다. 술에 대한 집착은 40대 후반부터 고착화된 습관이었다. 당시 당국의 호출을 받거나 아카데미에서 불미스러운 일이 있을 때마다 나타난, 거의 조건반사에 가까운 행동이었다. 많은 탄소원자와 연결된 수산기(OH)[86]가 안팎의 모든 불쾌감으로부터 그를 보호해주는 수단이 되어버린 것이다.

저녁에 열차가 모스크바 역[87]에 도착했을 때 술통은 비었고, 그의 심장은 다시 두 배로 빠르게 뛰었다. 하지만 마음은 그다지 무겁지 않았다. 내내 서로를 더듬을 기회만 엿보던 젊은 연인들을 곁눈질하면서 생각들이 정리되었기 때문이었다. 그것은, 이성으로 이해할 수 없는 타냐의 무모한 행동이 새로운 사랑에서 비롯된 것이라는 확신이었다. 이와 함께 파벨은 사랑에 빠져 타냐처럼 무모했던 한 여자를 기억해냈다. 1946년인가 1947년, 미모의 대령 부인이었던 갈리나는 출산을 며칠 앞두고, 남편의 부하였던 볼로쟈와 사랑에 빠졌다. 격정적인 사랑에 불탄 그녀는 아이를 낳은 후, 남편에게 가기를 거부하고 볼로쟈에게 갔다. 이에 분노

---

86 곧 술을 의미한다. 알코올은 탄소와 수소로 구성된 탄화수소분자 가운데 수소 원자의 일부가 수산기로 바뀐 유기화합물을 통칭하는 것이다. 알코올 분자 안의 탄소수가 많으면 고급 알코올, 적으면 저급 알코올이 된다.

87 러시아는 주요 행선지가 역 이름이 된다. 즉 어느 대도시에서든 주요 행선지가 모스크바이면 그 역 이름은 모스크바 역이 된다.

한 남편은 볼로샤에게 총을 쏘고 말았다. 결국 그 여자는 남편도 애인도 모두 잃었다. 애인은 죽었고, 남편은 감옥으로 갔다. ……5년인가 후, 그녀는 다시 파벨을 찾아왔다. 그때 파벨은 불임치료센터에서 일하고 있었다. ……그녀는 다시 결혼을 해서 성을 바꾸었고, 3년간 파벨에게 치료를 받고 두 번째 아이를 낳았다. 두 번째 분만은 전치태반으로 난산이기는 했지만……. 이 외에도 여러 다른 경우들이 자꾸만 떠올랐다. ……파벨은 이렇게 딸을 만날 준비를 했다. 그리고 비탈리이의 성정으로 보아 그가 타냐의 새로운 남자를 찾아갈 일은 없을 거라고 스스로를 위안했다.

역에서 파벨은 택시를 타고 20분을 달려 출산원에 도착했다. 모두가 그를 기다리고 있었다. 아카데미 회원의 방문이 날마다 있는 일은 아니었기 때문이다. 파벨은 손을 씻고 가운을 입었다. 그는 일반 병실로 안내되었다. 문가에서 두 번째 침대에, 휑하니 큰 눈, 퉁퉁 부은 입술을 한 바싹 마른 여자가 누워 있었다. 이제 사춘기에 접어든 소녀 같았다. 아니 사춘기에 접어든 소년 같다고 하는 게 더 맞을 것이다. 파벨은 금방 자신의 딸을 알아보지 못했다. 하지만 타냐는 아버지를 보자마자 작은 비명을 지르더니 침대에서 뛰어나와 그의 목을 껴안았다.

두 사람은 서로를 꼭 안았다. 이 순간만큼은 모든 야속함과 서운함이 의미를 잃었다.

"아빠, 너무 고마워요. 여기까지 오시다니……. 아빠는 정말……. 아기는 봤어요? 엄마는요? 토마는요?"

파벨은 타냐의 짧은 단발머리와 어깨를 쓰다듬었다. 그의 손에 전해지는 앙상함에 마음이 아렸다.

"그래 이 무모한 내 강아지."

그는 속삭였다. 옆의 환자들이 눈이 휘둥그레졌다. 병실에서 타냐는 요주의 인물이었다. 타냐가 자신에 대하여 아무 말도 하지 않았지만 사람들은 이미 그녀에 대해 공통된 의견, 아니 의심을 가지고 있었다. 남편 없이 아이를 낳은 뭔가 수상쩍은 여자……. 그런데 그 유명한 의사의 딸이었다니…….

타냐에게 가운을 내주었다. 두 사람은 함께 신생아실로 갔다. 작은 침대마다 인형 같은 아이들이 하얀 천에 싸여 흰 빵보다 조금 더 큰 크기로 누워 있었다.

파벨은 타냐에게 속삭이며 말했다.

"찾아서 보여줘 봐."

출산원의 의사가 앞으로 나서려고 했지만, 파벨은 그럴 필요 없다는 신호를 보냈다. 아이의 다리에 엄마의 성이 적혀 있기 때문에, 아이를 찾는 일은 그리 오래 걸리지 않을 거였다. 그러나 파벨은 아이 하나하나를 눈여겨 살펴보면서 자신의 핏줄을 직접 찾았다.

"여기."

타냐가 먼저 한 아기를 가리켰다. 다리가 놓인 곳에는 보라색 글씨로 그들의 성이 적혀 있었다. 아기는 자고 있었다. 높은 이마에 놓인 검은색 머리, 누런 얼굴, 오뚝한 코, 꼭 다문 작은 입술.

"예뻐요?"

타냐가 심각하게 물었다.

파벨은 침대에서 아이를 들어 가슴을 토닥거렸다.

'우리 아기⋯⋯!'

그러고는 아이를 싸고 있는 담요를 풀어낸 후, 지저귀를 갈아주는 작은 책상 위에 아이를 눕혔다. 아기는 쪽쪽 소리와 함께 입을 벌려 앵앵 울음을 터뜨렸다. 파벨은 아이의 배냇저고리와 지저귀를 벗겼다. 그리고 아기의 다리를 곧게 펴 보고는 마치 프라이팬의 팬케이크를 뒤집듯이 아이를 배 쪽으로 뒤집어 눕혔다. 그리고 엉덩이 부분을 자세히 살폈다. 가족력을 잘 알고 있었으므로 고관절을 세심하게 만져보았다. 그리고 다리를 잡고 아기를 들어올렸다. 등을 손가락으로 만져보고, 목덜미와 정수리도 건드려보았다. 그런 다음 다시 바로 눕혔다. 다음으로 불룩한 배를 만져보고 탯줄이 감겨 있는 곳을 손가락으로 눌러보았다.

"아주 건강하구나. 간이 조금 큰 편이지만, 갓난아이에게 흔히 있는 황달치곤 심하지 않아. 황달이 왜 생기는지, 배운 걸 다 잊어버린 건 아니겠지? 헤모글로빈을 가진 적혈구가 파괴되면서 황달이 생기지."

그는 두꺼운 세 손가락을 아기의 왼쪽 가슴에 갖다 댔다.

그런 다음 아주 작은 손을 잡았고, 주먹을 펴서 손톱 끝의 굽혀진 부드러운 부분을 만졌다.

"청진기."

그가 손을 공중으로 들어 올리자, 그의 손에 이어폰이 달린 금속제의 둥근 것이 잡혔다.

그는 잠깐 동안 아기의 가슴에 청진기를 댔다.

"괜찮네. 손톱이 조금 푸르스름해서 봤는데, 심장도 건강해. 아무 문제없어."

아이는 파벨의 손가락을 쥐고 있었다. 새끼고양이처럼 작은 눈으로 그를 쳐다보며 입술을 오물거렸다. 타냐는 마치 마법에 걸린 듯이 아이를 응시하고 있었다. 아버지의 손을 잡은 아기의 모습은 언뜻 색소폰을 부는 세르게이의 모습을 연상시켰다. 다정함, 피하지 않는 시선, 자유로운 움직임, 부드러운 접촉……

"정말 대단한 아이야. 나는 그 누구보다 이런 아이를 좋아하지. 작고, 탄탄한 근육에…… 친가를 많이 닮았네. 어서 골드베르그에게 전보를 보내야겠다. 아주 기뻐하겠지."

그리고 파벨은 타냐의 귀에 대고 속삭였다.

"엄마가 된 걸 진심으로 축하한다. 하루를 더 보내고 집으로 가자."

타냐는 모스크바로 갈 생각은 없었다. 그러나 분만으로 약해져서인지 아니면 아버지의 단호함, 혹은 아기가 바로 앞에 있기 때문인지는 알 수 없지만, 쉽게 동의했다.

"네. 하지만 오래 있을 수는 없어요. 다시 페트로그라드로 올 거예요. 이곳은……"

그녀는 이곳이 그녀에게 어떤 의미를 갖는지를 어떻게 설명해야 할까 잠깐 생각했다.

"나의 전부가 이곳에 있어요."

파벨은 이해한다는 눈빛으로 고개를 끄덕였다.

"그럴 줄 알았다."

17

〈세르게이! 당신 이름을 쓴다고 생각하니 왜 이리 좋을까! 정말이지, 그냥 모두 똑같은 이름인데 말이야. 당신 이름이 '비탈리이'나 '게나디이'라는 이름과 다를 것이 없는데 말이야. ……안녕, 세르게이! 우린 서로를 축하해줘야 해. 난 어제와는 완전히 다른 삶을 살고 있어. 딸을 낳았어. 아들이라고 믿고 있었는데 말이야. 하지만 너무 예뻐. 모두들 날 닮았다고들 해. 곧 사내아이도 생기겠지. 그 아인 당신을 닮았으면 좋겠어. 딸아이가 당신을 닮지 않고, 닮을 수 없다는 사실이 아이에 대한 나의 관심을 감소시키기는 해. 그래도 난 이 아이가 무척 마음에 들어. 오늘 아이를 내게 데려왔어. 너무 귀엽고 사랑스러워. 무엇보다 이 아이는 우리 사랑의 증인이야. 당신의 모든 손길에 대한 증인이지. 은밀한 동조자이기도 하고. 내 생각에 이 아이는 그런 면에서 당신을 무지 좋아하게 될 거야. 어쩌면 내가 질투할 정도로 말이야.

그래 난 질투가 나. 당신의 지난 삶도, 당신 손길이 닿은 모든 것들도, 특히 당신이 관심 가졌던 것들에 대해선 더 그래. 당신 얼굴을 닦았던 수건도, 당신 손끝이 스친 찻잔까지도 말이야. 당신이 예전에 즐겁게 해주었던 모든 여자들한테도 질투가 나.

당신을 만나고 세상이 변한 것 같아. 예전에 나는 한 가지 관점으로만 모든 것을 봤어. 이제는 두 관점으로 보지. 당신이라면 어떨까 하고 말이야. 당신이 어디에 있든 나의 키스를 보내. 딸아이의 인사도 대신 전할게. 모유가 잘 나오지 않아. 하지만 좀 더 기다리면 나올 거래. 요구르트와 큰 타월만 가져와. 많이 아프긴 했지만 지금은 괜찮아. 타냐가.〉

세르게이는 편지를 다 읽고는 조심스레 접힌 대로 다시 접어 외투 주머니에 넣었다. 그는 안내실 창구 앞 콧수염 난 직원에게 차향기가 나는 장미꽃다발과 요구한 물품들, 그리고 쪽지를 주었다. 직원이 어디로 보낼지 물었다. 병실 호수를 말하고 나서도, 그는 오랫동안 어떻게 하면 타냐를 만날 수 있을까 하는 궁리를 했다. 그는 어제저녁부터 타냐가 아이를 낳았다는 것을 알고 있었다. 때문에 밤새 친

633

구들과 술을 마셨다. 갑자기 그녀가 미치도록 보고 싶었다. 유리를 통해서가 아니라 직접 말이다. 그는 안내실 창구에서 멀어져 관계자 출입구 쪽으로 방향을 틀었다. 그곳에도 당직 근무자가 앉아 있었다.

"어디 가세요?"

"비품 수리하는 기술자입니다."

그는 즉흥적으로 대답했다.

"제2부서에서 싱크로파조트론을 수리해달라고 해서 왔는데요. 겉옷은 어디에 벗어놓죠?"

얼떨결에 양성자가속기 싱크로파조트론이라는 말이 불쑥 입에서 튀어나왔지만, 당직자는 의심하지 않는 듯했다.

"외투 맡아주는 사람이 아파서 안 나왔어요. 직접 걸어요. 훔쳐가는 사람은 없으니까."

세르게이는 무사히 안으로 들어갔다. 외투를 벗어 던지다시피 걸어놓고 못에 걸려 있는 푸른색 가운―아파서 못 나온 사람의 것이다―을 집어 들고 빠르게 계단을 올라갔다.

산모 회복실의 문은 닫혀 있었다. 그는 벨을 눌렀다. 얼마 후 간호사가 문을 열었다.

"무슨 일이시죠?"

"수리할 것이 있다고 부르셨는데요."

세르게이는 간호사에게 술 냄새를 풍기지 않으려고 가능한 한 떨어져서 대답했다.

"그거라면 7번방 수간호사에게 가보세요."

간호사는 중얼거리듯 대꾸하며 문을 활짝 열어주었다.

세르게이는 곧 자신에게 필요한 방을 찾았다. 4번 병실이었다. 타냐는 창문 옆에 그를 등진 채 서 있었다. 병원의 파란 환자복을 입고 있었다.

"타냐!"

그의 부름에 그녀는 뒤를 돌아보았다. 그는 그녀가 임신하지 않았던 상태를 단 한 번도 본 적이 없었다. 그녀는 다소 생소해 보였는데, 실제보다 훨씬 더 어려 보였다.

아직 물에 꽂지 않은 꽃다발이 작은 탁자에 그대로 놓여 있었다. 그녀는 그가 보낸 꽃다발을 정리하고 있던 중이었다. 그런데 뜻하지 않게 자신을 부르는 목소리에 깜짝 놀라고 있었다.

"여길 어떻게 왔어?"

타냐는 그를 끌어안은 손을 풀며 당황스러운 얼굴로 물었다. 병실에 있는 모든 산모들이 그들에게 시선을 던졌다.

"싱크로파조트론을 고쳐야 한다고 나를 불렀어."

세르게이는 여전히 부름을 받은 수선공 행세를 했다. 외부인, 남편일지라도 들어갈 수 없는 곳이었기에, 다른 산모들의 의심을 피하기 위해서였다.

"아이를 방금 데려갔는데……. 당신이 20분만 더 일찍 왔더라면 우리 딸을 볼 수 있었을 거야."

타냐는 애석하다는 듯 미소를 지었다.

이 순간, 그녀에게 세르게이는 더욱 눈부시고 사랑스러워 보였다. 그녀는 아이가 세르게이의 친딸이 아니라는 것도 망각했다. 자신이 낳은 기적 같은 아이를 마냥 자랑하고만 싶었다. 어제 파벨이 아이를 칭찬한 후로 아이가 더욱 자랑스러웠다.

"내쫓기기 전에 어디든 나가, 우리……."

타냐는 숨죽여 속삭이며 세르게이를 이끌었다. 복도는 조용했다. 그들은 세탁실 보관실로 기어 들어갔다. 그곳에서 그들은 서로에게 서로를 파묻고, 귀에 대고 온갖 낯 뜨거운 말들을 속삭였다. 진한 키스를 하는 중간 중간 그들은 서로의 소식을 전했다. 타냐는 그에게 퇴원 후 자신들이 얼마 동안 모스크바에 가 있으려 한다는 것을 알려주었다. 세르게이는 발레리나 아내에게 자신이 딸을 낳았다는 소식을 전했다고 했다. 그리고 발레리나 아내가 페름 발레학교로 가게 되었고, 그녀가 없는 동안 아파트에서 살아도 좋다는 말을 한 것도 전했다.

"당신 아내 집에서?"

"괜찮아. 뭐 어때? 집 청소도 해주고 개와 산책도 시켜주고 늙은 고양이 밥도 주고……."

타냐는 그의 손목을 꼬집었다.

"어쨌든 나중에 이야기해. 근데 그 여자 정말 대단하다. 마음이 바다처럼 넓은가봐?"

"그건 아니야. 그게 자신을 위해서도 좋거든. 두 마리의 보르조이 개를 다루는 것이 만만히 않아. 근데 그 개들이 내 말을 아주 잘 들어. 그래서……."

그들은 다시 서로를 서로에게 파묻었다. 타냐는 그의 입 안의 딱딱한 부분을 혀로 더듬었다. 색소폰 피스를 불듯이. 그들은 세탁실에 있던 한 시간 동안 전혀 불안해하지 않았다. 그들은 서로가 서로에게 변함없음을 확인했다. 물론 타냐의 배가 전처럼 부르지는 않았지만……. 그들은 계속해서 서로를 탐색했다. 뜨겁게. 뜨겁게. 그 열기는 조금도 사그라질 기미가 보이지 않았다.

18

아기를 낳은 지 3일째 되는 날이었다. 타냐는 출산으로 말미암아 자신이 새롭게 태어난 느낌이었다. 실제로 그랬다. 엄마가 된다는 것은 진정 새롭게 태어난 것과 같은 것이다. 아직 타냐는 모성이라는 것이 일생에 걸친 행복한 부담이며, 여자의 심리를 바꾸어놓는, 병으로까지 진전될 수도 있는 것임을 잘 알지 못한다. 평생 아이와 떼려야 뗄 수 없는 관계를 가진다는 것이 어떤 것인지 실감할 수 없다. 오로지 막연히 떠오르는 온갖 생각과 기대, 행복감을 아이와 나누고 싶을 뿐이었다. 그녀는 강낭콩 같은 갈색 젖꼭지를 아이의 입에 물리고는, 그들이 서로 사랑하는 엄마와 딸이고,

서로에게 기쁨이 될 사이이며, 서로서로 단단히 결속된 사이임을 전해주려고 애썼다. 동시에 두 사람이 별개의 인격을 가진 것에 대해서도 말하고 싶었다. 타냐에게도 자기만의 삶이 있듯이, 딸도 역시 자신의 선택에 따라 살게 되기를 바랐다. 그 권리와 자유를 지켜주겠노라 다짐했다. 그리고 앞으로 동생들이 생길 것이라는 말도……. 그 어떤 가족보다 행복한 가족이 될 것이라고 말해주었다. 아버지와 엄마가 서로 욕하고, 돈 때문에 싸우고, 아이들은 서로 장난감을 차지하려고 시끄럽게 치고 박는 그런 집이 아니라, 크림에 정원이 있는 집을 짓고 음악을 들으며 사는 그림 같은 가족으로……. 타냐는 행복한 미래의 그림을 채 다 그리지도 못하고 잠들어버렸다. 아기는 여전히 젖을 빨고 있었다. 그로 인해 타냐는 더더욱 깊은 잠에 빠져들 수 있었다. 모닥불에서 피워 오르는 따스함이 온몸을 감싼 듯했다. 그렇게 편안하고 아늑한 잠은 한 번도 느낀 적이 없었다. 타냐는 조무사가 실컷 젖을 먹은 아이를 데려가는 것을 알고 있었지만, 눈을 뜨지 않았다. 그 행복한 잠에 더 오래 머물고 싶었다.

일주일 후 타냐는 퇴원했고, 파벨은 넓고 시원한 다른 호텔 방으로 타냐와 아기를 데리고 갔다. 카렐리아 자작나무로 만든 넓은 침대에 아기를 내려놓고, 비단이불과 솜이불을 덮어주었다. 그때 세르게이가 왔다. 그는 시들어가는 장미꽃다발, 샴페인과 색소폰을 들고 왔다. 그는 축축한 냉기가 배어든 옷을 벗으면서 아기 쪽으로 몸을 구부렸다. 겹겹이 싼 포대기 가운데 있는 새로운 얼굴을 보기 위해 그는 침대에 걸터앉았다.

"오, 작기도 해라. 어떻게 꿈도 꿀까?"

타냐가 거들었다.

"잠꾸러기 공주님이 틀림없어. 아기를 병실로 데려왔을 때 난 거의 정신을 잃을 뻔 했었어."

타냐는 모스크바로 가고 싶은 마음은 없었지만, 모든 일이 원하는 대로 되지 않았다. 세르게이의 아내는 1월 말이나 되어야 페름으로 갈 것이고, 톨랴의 집에서는 옆방의 다른 식구들과 끊임없는 마찰이 일어났다. 얇은 합판 벽 너머의 갓난아기 울음소리를 매우 거슬려했기 때문이다. 게다가 세르게이는 타냐의 부모님이 있는 모스크바로 가는 것을 거절했다. 그는 자기 가족과의 갈등만으로도 차고 넘쳤다. 세르게이는 타냐가 모스크바로 가게 된 것에 몹시 실망했다. 자신이 딸을 낳았다고 온 도시에 전화를 걸어 한 주 내내 축하주를 마셨는데, 그 딸을 보여줄 수도 없게 된 것이 무엇보다 속상했다.

타냐는 파벨에게 세르게이를 소개시켰고, 산책 좀 하고 오겠다고 했다. 파벨은 다음 젖 물릴 시간까지 세 시간가량 타냐를 내보내주었고, 손녀와 단둘이 방에 남았다. 타냐가 나간 지 5분 후, 그는 잠꾸러기 갓난아이의 기운에 전염이라도 된 듯 깊은 잠에 빠져들었다. 타냐가 돌아올 때까지 잤다. 파벨은 꿈을 꾸었다. 그 꿈속에서 다시 꿈을 꾸었다. 꿈의 꿈속에서 그는 어느 여름날 친구들과 연못가에서 놀고 있었다. 자신이 가장 연장자였다. 실제로는 없는 여동생들도 있었다. 그 여동생들은 여덟 살인 엘레나와 두 살 된 토마였다. 다른 아이들은 모두 아는 얼굴이었는데, 모두 최근에 만난 어른들의 얼굴이었다. 그것이 파벨을 놀라게 하지는 않았다. 다만 한 가지, 아이들 중 하나가 누구인지 전혀 알 수 없었기에 파벨은 전전긍긍했다. 꿈이 종반에 가서야 그 아이의 정체가 드러났다. 그 아이는 타냐의 새로운 남자 세르게이였다. 그제야 파벨은 꿈의 꿈에서 깨어나 꿈속에서 두꺼운 모포에 싸인 아이를 끌어안고는, 혹시 세르게이가 이 아이들을 연못으로 데려갈지도 모른다고 생각하고 다시는 연못으로 가지 않겠다고 다짐했다……

다음 날 아침 여덟 시 45분, 파벨은 타냐와 손녀와 함께 집에 도착했다. 토마는 직장에 나가기 전이었고, 바실리사는 부엌방에서 나와 그녀의 발밑에 있는 어미 고양이와 함께 벽을 짚고 서 있었다. 곧이어 엘레나 방의 열린 문으로 새끼 고양이가 먼저 나왔고, 어깨에 잠옷을 걸친 엘레나가 뒤따라 나왔다.

"타네치카, 얼마나 기다린 줄 알아!"

엘레나는 또랑또랑한 목소리로 기뻐서 말했고, 타냐는 무슨 말을 해야 할지 무엇을 해야 할지 모르는 토마에게 아기를 건네주고, 엄마에게 입맞춤을 했다. 엘레나는 깃털처럼 가볍게 뒤로 물러서며 포대기의 아기에게 다가갔다.

"타네치카……."

"엄마, 내 아기야."

"내 아기야."

엘레나는 타냐의 말을 반복했다. 그녀의 얼굴에는 긴장감이 감돌았다.

"엄마, 이리 와봐. 아기를 자세히 보여줄게……."

타냐는 아기를 어머니 침대에 내려놓았다. 파벨은 차분한 타냐를 흡족해했다. 불쌍한 엘레나를 놀라게 하지 않고, 아이를 보여주는 모습이 기특했다.

타냐는 겹겹이 덮은 포대기와 옷을 헤치고 조그만 아기를 보여주었다. 그때 아기는 눈을 뜨고 하품을 했다.

엘레나는 비장한 표정으로 아이를 보더니 이내 실망스러운 얼굴을 했다.

"어, 아가 어때요? 예뻐요?"

엘레나는 부끄러운 듯 고개를 숙이더니 눈길을 다른 곳으로 돌렸다.

"이 아이는 타네치카가 아니야. 다른 아이야."

"맞아, 엄마. 이 아이는 타네치카가 아니야. 아직 이름이 없어. 마리야? 마샤? 뭐가 좋을까?"

"예브게니야."

들릴 듯 말 듯 엘레나가 속삭였다.

타냐는 듣지 못했다. 바실리사가 말해주었다.

"그렇지. 예브게니야. 할머니 이름이지……."

타냐는 움켜잡은 손을 입에 넣으려는 아기에게 몸을 수그렸다.

"글쎄. 좀 더 생각해 봐야……. 예브게니야?"

다른 사람들이 아이를 보며 들떠 있는 동안, 타냐는 높은 파도 위에 둥둥 떠 있는 듯한 기분이었다. 곧 파도 위에서 내려온 타냐는 집안 구석구석을 돌아다녔다.

"아빠, 우리 집수리해요."

15분이 지나고 나서야 타냐는 아버지에게 말했다.

파벨은 동의했다.

"그래, 벌써 했었어야지. 그런데 말이다, 지금은 안 될 것 같다. 집에 아기도 있고, 여름에 너희가 시골집에 가 있을 때 하는 게……."

"아녜요, 아빠. 그때 난 페트로그라드에 있을 거예요. 당장 시작해요. 내가 어릴 때 쓰던 방부터요. ……그리고 부엌과 욕실, 서재, 침실도 하고……."

토마가 일을 마치고 돌아온 저녁, 그녀가 가꾸는 꽃들을 반은 이웃들에게 나누어주었고, 반은 내다버렸다. 가구는 중앙에 놓였고, 모두 묶여 있었고, 칠장이에게 새로 색칠을 부탁한 상태였다. ……파벨은 버려진 채, 닻을 내리고 부두에 서 있기만 했던 배와 같았던 자신의 낡은 집이 부두에서 벗어나 목적지를 향해 활기찬 항해를 시작한 듯 했다. 모든 가족들은 잠에서 깨어났고, 가구들마저 대열을 정하고 항해에 동참하기 위해 모여든 것 같았다. 어떤 물건이든 한 번도 버려본 적이 없는 바실리사는 타냐의 강압에 못 이겨 1911년에 예브게니야 할머니로부터 선물로 받은 담요를 자기 손으로 내다버렸다. 너무 낡아서 완전히 걸레조각이나 다름없는 것이었다. 그 외에도 많은 것들이 타냐에 의해 버려졌다. 금이 간 접시들, 타서 시커메진 냄비들, 빈 유리병들, 가난하게 살았던 탓에 물건에 대해 만성화된 집착을 가진 바실리사가 꿍쳐놓은 온갖 잡동사니들이 거침없이 쓰레기통으로 직행했다.

이름도 없는 아기는 새로운 질서를 위한 북새통 속에서 있는 듯 없는 듯 너무도 얌전했다. 울거나 보채는 일도 없었다. 타냐는 세탁물 바구니에 깨끗한 천을 깔아 아기를 눕히고, 이 방 저 방으로 옮겨 다녔다. 엘레나가 아기를 자기 침대 옆에 놓으라고 한 후에야, 아직 정리를 시작하지 않은 엄마 방에 아이가 있는 바구니를 갖다 놓았다. 집수리는 일사천리로 빠르게 진행되었다. 제일 먼저 예전의 유아방 수리가 일주일 만에 끝났다. 그곳에 있던 토마의 많은 식물이 치워졌다. 남겨진 화분들은 아프리카 사막의 열기를 떠올리는 누런 모래 벽지를 배경으로, 투명하게 반짝이는 잎사귀들을 뽐내고 있었다.

또 일주일이 지나고 부엌과 욕실의 수리가 끝났다. 그동안 집에서 음식은 하지 않았다. 타냐가 대량으로 사온 비싸지 않은 요리로 일꾼들, 집 식구들이 요기를 했고, 그것으로 가끔 찾아오는 이웃들도 대접했다. 비탈리이가 3일째 되던 날 전화했을 때, 타냐는 별다른 의미 없이 반갑게 받았다. 그는 곧바로 침울하고도 언짢은 표정을 하고 타냐를 찾아왔다. 하지만 타냐는 그의 표정이나 기분에 전혀 신경 쓰지 않았다. 그저 자신만의 귀중한 보물을 보여주듯이 아이를 보여주었다. 자신의 아파트로 가자는 비탈리이의 제안에 타냐는 어이없는 듯 웃었지만, 집안일이 정리되는 대로 한번 들르겠다고 약속했다.

"우리 지금 발렌티나랑 같이 살아."

비탈리이가 전한 소식이었다.

"같이 오지 그랬어?"

"곧 올 거야. 너희 아버지와 자주 만나거든. 이만저만 복잡하고 성가신 게 아니야. 재판을 위해 변호사와 해야 할 일이 많아. ……어쩌면 기한보다 빨리 나오실 수도 있을 것 같아."

'일리야 이오시포비치 일은 내가 처리해야 했어야 했는데……. 아들이나 발렌티나나 답답할 정도로 일처리가 능숙하지 못하니까.'

하지만 타냐의 생각은 틀렸다. 발렌티나는 매우 용의주도하고 철저했다. 중요한 일의 순서도 정확히 알았고, 그 순서대로 모든 일을 처리했다.

타냐는 파벨의 서재에서 아이와, 그리고 전화기와 함께 잤다. 밤마다 세르게이와 통화를 해야 했기 때문이다. 그들은 아직 이름도 정하지 못한 아기 이야기, 집수리, 발레니나 아내의 개 이야기 등 하루 동안 일어난 잡다한 이야기들을 나누었다. 그런가 하면 세르게이가 연주한 음악이 녹음된 카세트를 듣기도 했다. ……연말이라 세르게이는 다양한 저녁모임, 학교, 클럽, 카페 등에서 거의 매일 밤 연주했다. 12월 31일 아침, 타냐는 세르게이가 어디서 연주할지 교묘하게 알아내어, 연락도 없이 페트로그라드로 갈 짐을 챙겼다. 이미 표도 끊은 상태였고, 하룻밤을 묵고 올 생각이었다. 하지만 어제부터 시작된 강추위가 마음에 걸렸다. 어린 딸과 함께 모스크바로 올 때 기차 안이 너무 추워 딸아이가 감기에 걸리지 않을까 몹시 조바심쳤던 기억이 났던 것이다. 타냐는 세르게이에게 가려고 했었다는 말도 하지 않고 페트로그라드행을 포기했다. 결과적으로 그것은 현명한 결정이었다. 변덕인지 깜짝쇼인지 알 수 없지만 세르게이가 밤에 모스크바로 왔고, 자정이 가까워질 때까지 레닌그라드 역에 있는 레스토랑에서 몇 시간을 기다리고 있었기 때문이다.

그 무렵, 파벨의 집은 완전히 변해 있었다. 새 집처럼 페인트와 풀 냄새가 났고, 새해맞이 식탁을 위해 준비한 삶은 거위 냄새도 진동했다. 식탁은 예전의 유아방에 마련되었다. 타냐의 부탁으로, 토마는 거시기를 가리는 무화과 잎이라고 불렸던 2미터나 되는 팔손이나무를 크리스마스트리로 가져왔고, 장난감으로 예쁘게 장식도 했다. 식탁의 상석에 파벨이 앉고, 예쁘게 차려입은 타냐와 아이처럼 천진난만한 표정을 짓고 있는 엘레나가 나란히 앉았다. 바실리사는 노란 산딸기 빛깔의 주단 머리 수건을 쓰고 있었는데, 마치 어깨가 파인 옷이라도 입은 양 어색해 하고 있었다. 토마는 타냐 결혼식 때 장만한 하늘색의 가슴 깊이 파인 원피스를 입었고, 작은 머리에는 곱게 빗은 머리카락으로 만든 커다란 양이 한 마리 앉아 있었다. 손님은 세 명이었다. 골드베르그의 두 아들과 그들의 새엄마 발렌티나. 아기가 담긴 바구니는 토마의 침대에 있었다. 아기야말로 이 만찬의 최고 주인공이었다. 파벨은 아기가 아니었으면 타냐가 집으로 오지도 않았을 것이고, 풍요로운 새해맞이 식탁을 준비하지도 않았을 거라는 걸 너무 잘 알고 있었다.

열한 시 45분에 초인종이 울렸다. 타냐는 이웃여자 로자에게 쏘아줄 말을 생각하면서 현관으로 나갔다. 로자는 오늘만 해도 열다섯 번쯤 왔다갔었다. 집에 있는 거의 모든 것을 빌려갔다. 소금, 의자, 양초, 냅킨까지. 그런데 타냐가 문을 열자, 거기에는 로자가 아니라, 가벼운 나사 외투에 큰 모피 모자를 쓰고, 색소폰과 스포츠 가방을 손에 든 세르게이가 서 있었다.

이렇게 형언할 수 없이 기묘한, 코미디에서나 가능할 법한 쿠코츠키 집안의 새해맞이 가족 모임이 이루어졌다. 행복해서 어쩔 줄 몰라 하는 타냐와 세르게이를 제외하고, 나머지 사람들은 표현할 길 없는 서먹함, 혹은 황당함에 빠져 있었다. 세르게이의 출현으로 인한 충격도 충격이지만 파벨 가족 서열도 모든 것이 뒤바뀌어 있었다. 엘레나는 이미 오래전 파벨의 아내가 아니라 아이가 되어 있었고, 집의 가장은 타냐였다. 한편 엘레나는 3년 만에 처음으로 많은 사람들과 틈에 있게 된 탓인지 연신 불안해했다. 모두 익숙한 얼굴이기는 한데 이름을 기억할 수 없었던 이유로 메스꺼움을 느끼기도 했다. 더욱이 딸 타냐를 보며 자신이 둘로 나누어진 것은 아닐까 하는 생각을 하기도 했다. 바구니에 누워 있는 아기 역시 타냐이긴 했지만, 전부가 아닌 일부만 타냐였다. ……바실리사는 새로 되찾은 한쪽 눈으로 환하게 빛나는 점들처럼 형형색색으로 어른거리는 사람들의 실루엣을 쫓느라 정신이 없는 듯했다. 토마의 하늘색 원피스, 푸른 점에 시선을 고정시키고 난 후에 조금 진정을 찾은 듯했다. 타냐는 잿빛의 날렵한 새처럼 식탁 주위를 이리저리 날아다녔고, 사람들의 접시에 음식을 나누어주었다. 바실리사에게도 부정(不淨)한 거위 조각을 놓아주었다─타냐는 바실리사가 금욕기간임을 미처 생각지 못했다─. 타냐는 식탁 주위를 돌다가도 시도 때도 없이 검은 색의 긴 머리 남자에게 몸을 기대거나 그 머리칼을 매만졌다. 저 사람은 사제인가? 남편이 옆에 있는데, 아니 남편이 바로 옆에 있는데 어떻게……. 엘레나는 남편이 전쟁에 나가는 바람에 그랬다고 쳐도, 지금은 남편이 바로 저렇게 코앞에 앉아서 보고 있는데, 남편이 상관없다고 해도 그렇지. ……눈앞의 혐오스러운 풍경에 바실리사는 기도하기 시작했다.

'주님, 제발, 주님……. 주님, 나의 잃어버린 심장을 말씀의 돌 위에서 확고하게 해주십시오. 왜냐하면, 주님은 유일하게 성스러운 분이시기 때문입니다……'

그 다음은 생각나지 않았다. 날아가 버렸다. 좋지 않은 기억력이 간신히 붙잡고 있던 기도문과 시편이 모두 뒤죽박죽되었다. 오직 가까이 있는 사람들에 대한 애통함만이 남아 있었다. 모두들 신의 뜻을 어기고 살고 있다. 모두 세상 죄와 영혼의 죄를 지으며 살고 있는 죄인들이다…….

한편 구교도의 청렴결백을 가정교육으로 받고 자랐지만 구교도의 종교적 사상을 거부하고 가족들과도 완전히 결별한 발렌티나조차도 타냐를 곱지 않은 시선으로 보았다. 그녀는 일리야가 체포된 후 파벨을 알았고, 그를 신뢰했으며, 무척 좋아하게 되었다. 그리고 비탈리이에게 형제를 상대로 한 삼각관계, 이상한 결혼에 대해서도 들어 알고 있었다. 그런데 그것도 모자라 긴 머리의 재즈 연주자 애인까지……. 이는 도저히 용납할 수 없는 일이었다. 더구나 발렌티나는 타냐의 첫 인상이 그리 좋지 않았었다. 그런데 지금 타냐를 보며 왠지 모를 호감이 느껴지는 이유는 뭘까? ……제 멋대로 행동하고, 아무 생각 없이 형제간의 관계를 문란하게 만든 이 방탕한 여자아이에게 심한 이질감과 적개심을 갖고 있는데도 말이다.

정작 남편들, 골드베르그 형제는 공손하고 절제된 모습

을 유지하고 있었다. 그러나 바실리사가 생각했던 것대로 결코 상관없지는 않았다. 두 사람 모두 초대받지 않은 손님의 등장에 형언할 수 없는 굴욕감을 느끼고 있었다. 최근 들어 처음으로, 그들은 쌍둥이로서 어려서부터 익숙했던, 동일한 감정을 갖게 된 것이었다. 그것은 말할 수 없는 불쾌함과 패배감이었다. ……시계가 자정을 알렸다. 그때에 맞추어 샴페인을 터트리지 못했다. 타냐가 냉장고에 있는 것을 깜박한 까닭이다. 샴페인을 가져와 터트렸을 때는 이미 새해가 시작된 후였다. 모두는 서로의 건강과 행운, 일리야가 빨리 감옥에서 나오기를 기원하며 샴페인을 마셨다. 특히 갓 태어난 아기의 건강과 행복을 기원했다. 모두 제각기 떠들었으며, 접시 긁히는 소리가 요란하게 울렸다. 타냐와 세르게이는 아무 말 없이 서로를 뚫어지게 바라만 보고 있었다. 마치 마주 보고 있는 두 개의 조각상처럼. 두 사람은 같은 별에서 온, 떨어질 수 없는 운명처럼 보였다. 여기에 골드베르그 형제들이 낄 자리는 없었다. 그들도 잘 알고 있었다. 돌연 세르게이는 색소폰 덮개를 벗긴 다음, 타냐에게 지원을 요청했다. 그러자 타냐는 단 한 마디의 주저하는 말도 없이, 그리고 지체 없이 피아노 위에 쌓였던 신문들을 거둬내고 피아노를 열었다. 피아노 음이 맞지 않더라도 이해해달라고 부탁까지 하면서, 피아노 앞에 앉았다. 세르게이는 왼손으로 저음 협주 부분을 가리켰고, 그녀는 그 음을 따라잡았다. 파벨은 최근 타냐가 피아노를 친 이유를 비로소 알 수 있었다. ······세르게이가 색소폰으로 시범적인 음들을 냈고, 타냐는 그 음에 맞추려고 오른쪽, 왼쪽으로 왔다 갔다 했다. 마침내 서로 음을 맞추고 나자, 세르게이는 행복한 절규로 끝나는 길고도 기쁨에 찬 노래를 연주했다. 골드베르그 형제들은 동시에 서로를 쳐다보았다. 이 순간, 두 사람은 또다시 똑같은 감정을 느끼고 있었다. 말라호프스키 학교 마당에서 점심시간에 자신들에게 적대적이었던 시골아이들, 고아원 아이들, 부락 아이들에게 둘러싸여 있던 때와 같은 감정이었다.

엘레나는 세르게이가 색소폰을 불기 시작하자마자 셔츠의 소맷자락을 잡았다. 그녀는 들었다. 아니 색소폰 소리를 보았다. 새 고무줄처럼 팽팽하고 광택이 없는 소리는 곡선으로 바뀌었고, 아르키메데스의 단단한 나선처럼 깔리고 있었다. 그리고 점점 넓어지면서 방 안을 가득 채우고, 공중에 휘날리는 옷소매처럼 창문을 때렸다. 그 소리는 낯익은 얼굴의 긴 머리 청년의 진지함이 만들어내는 뭔가 알 수 없는, 꼬집어 말할 수 없는 것을 투영하고 있었다.

파벨은 음악시간에 배운 것을 잊지 않고 세르게이의 연주에 화음을 맞추는 타냐가 무척이나 대견스러웠다.

세르게이는 색소폰 소리를 작게 하면서 나머지 남은 소리들을 뿜어냈다. 그때 엘레나는 공중에서 둥근 것들이 섞이면서 희미해지다가 사라지는 것을 보았다. 젊은이는 단순히 아는 얼굴이 아니었다. 정확하게 그릴 수 있을 정도로 잘 알고 있는 얼굴이었다. 짙고 밝은 일자 눈썹, 아랫입술을 살짝 덮은 윗입술……. 세르게이는 색소폰을 아기 바구니와 나란히 두고는 머리를 흔들었다. 그러고는 다섯 손가락으로 머리칼을 쓸어내리면서 익숙한 몸짓으로 몸을 뒤로 젖혔다. 엘레나는 세르게이의 머리칼이 모래들로 가득할 것이라고 생각했다.

타냐는 자고 있는 아기가 누운 바구니를 들고 파벨의 서재로 가서 세르게이와 함께 거기에 틀어박혀 있었다. 손님들은 화장실을 오가며 서재 앞을 지나다가 그들의 웃음소리를 들었다. 그들은 두 시간가량 그렇게 수다를 떨며 웃었다. 모두들 잠이 든 새벽에 세르게이는 떠났다. 파벨은 엘레나를 침대에 눕히고, 자신은 예전의 자기 자리, 엘레나 옆에 옷도 벗지 않은 채 누워 아침 늦게까지 잠을 잤다. 저녁부터 술을 꽤 많이 마셨던 것이다. 엘레나는 거의 자지 않았다. 뜬눈으로 누워서 젊은 음악가를 어디에서 알게 됐는지 기억하려고 애썼다. 그리고 마침내 기억이 난 듯했다.

1월 말, 집수리가 완전히 끝났다. 집은 산뜻해졌다. 바실리사는 이제 냄비도, 접시도, 식물성 기름도, 아무것도 찾을 수 없게 되었다. 모든 물건을 새로 배치했기 때문이다. 끊임없이 찾는 일에 지쳐, 결국 빵을 자신의 부엌방에 가져와 수건에 싸서는 자신의 서랍장에 넣어두었다. 타냐는 살림을 토마에게 넘겨주면서 여분의 곡물과 마카로니, 설탕과 밀가루를 사다놓았다. 새 커튼을 달고 세탁기를 샀다.

그리고 파벨에게 떠나겠다고 말했다.

"엄마는 아기에게 익숙해져 있어. 아기는 두고 가렴. 레닌그라드에서 자리를 잡으면 그때 데려가도록 해."

파벨은 그녀에게 부탁했다.

손녀가 그의 집에서 지내고 있는 동안, 파벨은 그 시간들을 자신이 평생 기다려왔다는 사실을 깨달았다. 그 작은 생명이 자신의 모든 인생, 직업, 학생, 제자, 가장 중요한 환자들보다도 우선한다는 것을 알았다. 무슨 일을 하든지 간에 매 순간 바구니에 있는 아이에 대한 생각을 떨칠 수 없었다. 속으로, 단순한 아기의 모든 일상을 되뇌어보았다. 지금쯤 자고 있겠군. 지금쯤 깨어났겠군. 젖을 먹겠네. 트림을 하겠지. 용을 쓰고 있겠군. 다리를 비벼대고 있겠지. 아주 중요한 일, 배설도 하고 이제 다시 잠이 들었겠군. ……그의 유일하고도 간절한 바람은 오직 아이 옆에 있는 것이었다. 정말이지, 아기는 고슴도치 새끼를 연상시켰다. 길고 작은 코, 작은 바늘들이 붙어 있는 것 같은 머리. 튀어나온 이마는 골드베르그 집안의 혈통을…….

파벨의 삶에 타냐가 등장한 것은 그녀가 두 살 때였다. 그때 타냐는 예쁘고 사랑스러운 아이였으며, 호의적이고 누구든 잘 따랐다. 하지만 이 작은 아이는 아직 어떤 아이도 아니었다. 파벨의 가슴에 파고들지도 않았다. 단지 이제 막 태어났다는 이유만으로 파벨을 완전히 사로잡아버렸다. 파벨은 바구니 옆에 나란히 앉아 타냐가 아기를 목욕시키는 것을 거들면서, 아기의 발그스레한 작은 다리들을 만지는 것만으로도 말할 수 없는 행복감을 느꼈다. 그 행복감은 어떤 설명도 어떤 이유도 필요 없는 자연의 순리에 근거한 것이었다. 사자가 암사자를, 수컷 늑대가 암컷 늑대를, 수컷 독수리가 암컷 독수리를 사랑하는 것처럼……. 이를 계기로, 파벨은 교육학이 모두 헛소리며, 교육학은 이 같은 순리적 감정을 퇴색시킨다고 생각했다. 새끼에 대한 어미의 본능적 사랑을……. 가장 고결하나 가장 기본이 되는 감정을…….

"나는 진지하게 제안하는 거야. 젖 대신 분유를 먹이면 돼. 그리고 난 내일 퇴직서를 제출할 거야……."

"아빠, 무슨 말씀 하시는 거예요?"

타냐는 아버지의 주름진 얼굴을 보았다. 이전에는 그의 얼굴에서 찾아 볼 수 없던 표정이 역력했다. 간절히 부탁하는……. 타냐는 당혹스러웠다.

"아빠, 그건 말도 안돼요. 퇴직이라니요? 퇴직해서 아이 이유식을 끓이고, 유모차를 끌고 산책을 하신다고요?"

그는 머리를 끄덕거렸다.

"그래, 기꺼이 그러고 싶어. 나는, 타냐야, 난 집안일을 늘 등한시했지. 이제 그걸 보상할 때야. 엄마와 함께 유모차를 끌면서 산책할 거야."

"엄마는 아무 도움이 못 될 거예요."

타냐가 슬프게 말했다.

"글쎄다, 자신할 수는……."

타냐는 그의 목을 끌어안고는 귀에 대고 속삭였다.

"아빠, 아빠는 정말 훌륭한 분이에요. 우리 아기에게 거의 신이에요. 자주 데리고 올게요. 그리고 난 많은 아이들을 낳을 거예요. 남자애 여자애 한 다섯쯤……."

파벨은 집안일로 거칠어진 타냐의 손에 입맞춤을 한 후, 지금 당장 필요한 양을 마시기 위해 부엌으로 갔다. 크지 않은 컵의 4분의 3. 그리고 생각에 잠겼다. 세상에 수천 명의 아이들이 자신의 도움으로 태어났다. 그런데 왜 타냐가 낳은 이 아이, 앞으로 낳게 될 두세 명의 아이들이 누구보다 귀하고 소중할까? 정확이 **혈육**이기 때문이라고 말할 수도 없지 않은가? 피가 섞인 것도 아닌데. 그건 오로지 비이성적이고 설명 불가능한, 때로는 변덕스럽고 무익한 심장 소리일 뿐이었다…….

타냐는 서둘렀다. 그녀는 해야 할 일을 적고 하나씩 지워나가고 있었다. 책임감이 강하고 일 처리 능력이 뛰어난 사람들이 그렇듯이……. 가장 돈이 많이 들고 힘들었던 일은 집안의 상하수도 배관을 교체하는 일이었다. 욕실은 이미 물이 새서 사용하기도 힘든 지경이었다. 그리고 가장 민감한 일은 아이의 세례 문제였다. 이와 관련하여 전문가로서 바실리사에게 도움을 청했고, 토마에게는 대모를 부탁했다. 바실리사는 집에서 가장 가까운 피메노프 교회에 가는 것을 결사반대했다. 그녀의 신념에 따르면, 그 교회는 '

정교 개혁운동'에 참여한 오염된 교회였기 때문이다. 그러고는 참된 사제가 있는 시골의 교회에 갈 것을 제안했다. 그러나 타냐는 바실리사의 원칙을 아주 가볍게 깨뜨렸다. 무엇 때문에 아기에게 세례를 받게 할 생각이 떠올랐는지 자신도 정확히 모르는 데다, 그렇게 멀리 가야 한다면 그만두겠다고 말했다. 타냐의 말에 바실리사는 어쩔 수 없이 자신의 고집을 꺾을 수밖에 없었다. 바실리사는 입술을 꼭 깨물고 집에서 신고 있던 헤진 펠트 장화에 외출할 때 신는 덧신을 껴 신었다. 아기 세례는 피메노프 사원에서 행해졌다. 그날부터 아기의 이름은 예브게니야로 결정되었다. 타냐는 해야 할 일 목록에서 가느다란 십자가에 줄을 그었다. 마지막으로 새것으로 교체한 욕조에서 엘레나를 씻기는 일이 남아 있었다. 가족들은 거의 1년 동안 욕조에 물을 받아놓고 목욕을 하지 않았다. 욕조 안 샤워기 아래 서서 급하게 샤워만 했다. 아래 집으로 물이 새지 않게 하기 위해서였다.

타냐는 욕조에 물을 가득 채웠다. 엘레나는 팔꿈치를 몸에 꼭 붙이고는 싫다는 의사를 전했다.

"옷을 벗어야 해요. 자, 보세요, 엄마, 물 다 받아놨어요."

타냐가 계속 설득하자 그녀는 마지못해 옷을 벗었다.

엄마가 야윈 것은 병 때문이다. 하지만 마른 것이 그리 문제가 되는 것은 아니었다. 타냐 자신도 50킬로그램을 넘지 않았다. 엘레나의 어깨, 팔꿈치와 손목까지 볼품없는 주름이 가득했다. 타냐는 어머니의 벗은 모습을 보면서, 인간의 뼈대는 초라하고 성조차 구분되지 않는 것이며, 오로지 지방이 붙은 살덩이들이 여성미와 남성미, 심지어 여자와 남자를 구분하게 하는 주요소라는 생각을 했다. 지금 엄마에게 남은 여자로서의 성징은 빈약한 가슴과, 음모도 거의 없는 치골의 거무스름한 그늘뿐이었다.

마침내 타냐는 어머니를 따뜻한 물속에 앉혔다. 엘레나는 다리를 뻗고 누웠다.

"아주 좋구나……."

'나는 함[88]이야.'

타냐는 쓸쓸하게 웃으며 목욕수건에 비누를 묻혔다.

어미의 벗은 몸을 보는 것은 예의가 아니겠지. 그러나 몸을 닦아주고, 머리를 감기고, 수건으로 닦아주는 일이야 얼마든지…….

"잠깐만, 조금 누워 있을게. 너무 시원해……. 예전 욕조는 망가졌었니?"

엘레나는 아주 또렷한 목소리로 물었다.

"네. 이제 고쳤어요."

엘레나는 눈을 가렸다. 머리칼이 물속으로 미끄러져 내려 젖었다. 타냐는 머리칼을 다른 쪽으로 넘겼다.

"물속에서는 모든 게 변해. 따뜻한 물속에 있으면 머리가 더 좋아지는 것 같아. 나는 네가 이 집에 사는 것을 원

---

88 노아의 세 아들 중 하나. 노아의 벌거벗은 모습을 고자질한 죄로 저주를 받았다.

하지 않아. 네가 나와 같이 사는 것을 원하지 않아. 나는 모든 것을 잊어버리고 있어. 지금 기억하고 있는 것보다 잊어버린 것이 훨씬 더 많은 것 같아. 많은 것을 잊어버렸듯 또 곧 잊어버릴 거야. 놀라지 마라. 그리 무서운 일이 아니야. 난 그저 일반적이지 않은 방법으로 죽어가는 거야. 머릿속부터 말이지…… 지금 나는 아주 좋아. 이렇게 좋아본 적이 참 오래됐다. 그래서 나는 너와 헤어지고 싶단다. 구멍이 나를 갉아먹고 있어. 이유는 모르겠지만 나에게 일어나는 일이 창피하기만 해. 마지막에 뭔가 남기는 할는지 알 수가 없다. 내가 몇 살인지 말해줄래?"

"엄마는 곧 쉰두 살이에요."

"그럼 너는?"

"스물세 살."

"그렇구나. 물이 식었네. 따뜻한 물을 더 틀어주렴. 나는 이제 아무런 확신이 없어. 때때로 낯선 사람들이 찾아오고, 때로는 아는 사람들이 찾아오지. ……바실리사가 왔는데, 그 속에 누군가가 있는 걸 보았어. ……나는 내 자신도 믿을 수 없어. ……너도 알고 있었지?"

"아니요, 엄마. 나는 아무것도 몰라요."

"그래, 어쨌든 괜찮아. 내가 지금 하고 싶은 말은 나는 나고, 너는 너, 그리고 너를 사랑한다는 거야. 너랑 작별인사를 하고 있는 거야. 너는 나를 씻기고…… 그러고 나서 떠나거라……."

타냐는 반박하고 싶었지만, 혀가 움직이질 않았다. 무슨 말을 한다 해도 공허한 말이 될 것이기 때문이었다. 타냐는 눈에 물이 들어가지 않도록 엄마의 머리를 약간 뒤로 젖히게 하고 머리를 감겼다. 두피를 비벼주고, 거품을 씻겨내기 위해 샤워기를 가까이 대고 물을 조심스럽게 뿌려주었다. 주름투성이의 작은 체구를 씻기고, 마른 수건으로 닦고, 어린이용 크림도 발라주었다. 그런 다음 목욕 가운을 입혀 침실로 데려갔다. 저녁 아홉 시쯤이었다. 얼마 지나지 않아 파벨이 왔다. 그날 그는 전문의를 위한 야간 수업에서 강의를 했다. 타냐는 떠날 채비를 마쳤다. 그들은 함께 저녁을 먹고, 그는 딸을 역으로 바래다주었다.

모스크바에서의 타냐의 삶은 이것으로 끝이 났다.

19

행운아 일리야 골드베르그는 네 번째 수감이 된 후, 하루도 공동작업장에서 일을 하지 않았다. 수용소 안에 있는 병원의 위생사로 바로 발탁되었기 때문이다. 병원장은 중년으로 일이 산더미같이 쌓일 때까지 미뤄두는, 신이여 제 말을 용서 하소서, 아주 똥 덩어리 같은 여자였다. 게다가 자신의 일 절반을 골드베르그에게 떠넘겼다. 수용소 의술—모든 다른 의술 분야와 비교해도 의술이란 말이 어울리지 않지만—에 20년간 종사하면서 온갖 부정부패를 저지른 여자였다. 하지만 병원장은 드러나지 않게 일리야를 상부로부터 방어해주었다. 적어도 두 번은 공동작업장에서 일하게 될 뻔한 것을 피할 수 있게 해주었다.

만일 병원장이 남자 의사였다면, 자신을 방어해주는 고마움이 있다 할지라도, 일리야는 환자들에 대한 무관심, 부정부패, 비열함을 결코 묵과하지 않았을 것이다. 그러나 원칙에 우선하는 그의 동정심이 병원장의 모든 악행을 묵인할 수 있게 했다. 그녀 옆에는 항상 열두 살 난 정신박약의 딸이 있었다. 집에 혼자 두기가 두려워 늘 데리고 다녔다. 이는 그녀가 처절한 소비에트의 고역스러운 삶을 살아왔음을 보여주는 것이었다.

해져서 기운 엉덩이처럼 흉물스러운, 일리야의 대단한 돈키호테적 정의감이 발동되지 않은 것은 아마도 살면서 처음일 것이다. 2년 이상 위생사의 단조로운 일과 병원장의 보조 역할을 하는 동안 단 한 번도 그녀의 잘못을 지적하며 비난한 적도, 컵을 던진 적도, 고함을 질러본 적도 없다. 일리야가 출감하는 날, 헤어질 때 병원장은 그를 놀라게 했을 뿐만 아니라 창피하게 할 만한 말을 했다. 그 말로인해, 일리야는 병원장이 자신이 생각했던 것보다 훨씬 똑똑하고 괜찮은 여자였다는 생각을 했다. 어쩌면 누구나 황당하게 받아들이는 구시대적 관용과 유치한 고상함을 가진 일리야가 잠시 병원장을 자신의 수준으로 끌어올린 것인지도 모른다. 병원장은 죽음을 앞둔 자의 회계에서나 들을 수 있을 법한 추악한 내용을 두서없이 이야기한 후, 도움이 필요하면 말하라고 했다. 그리고 뚱뚱한 엉덩이로 붉은 비로드 방석이 깔린 의자에 앉더니, 20년 동안 해왔던 지루한 업무를 계속했다. 정신박약의 딸을 키워야 하고, 나이 많은 언니에게 생활비를 보내야 하기 때문이었다. 형부는 오래 전 알 만한 일로 행방불명이 되었다.

한마디로 일리야는 엘리자베타 게오르기예브나 비테(이제 이 사람은 죽은 자다.)와 영원히 작별을 하고 수용소 밖을 향해 걸어 나갔다. 문이 그의 뒤에서 닫히고, 그는 얼마 안 되는 돈과 석방증명서를 가지고 역으로 향했다. 지역기차가 지도에는 나오지도 않는 역에, 저녁이 다 되어 정차했다. 아니 정차한 것이 아니라 잠시 브레이크를 잡은 것이었다. 정지했다고 생각한 순간 기차는 바로 출발했다. ……이곳 역은 거의 존재하지 않는 역이나 마찬가지였다. 판자로 만든 이 역사에, 기차가 오기 한 시간 전쯤 병원장 '똥 덩어리'—그녀를 속으로 이렇게 부르는 것이 이미 익숙해져 있었다—가 들렀다. 그녀는 먹을 것을 싼 꾸러미를 내밀었다. 낱장의 종이를 묶은 공책이 빵과 두 개의 통조림 사이에 끼워져 있었다.

'도덕성이 말살되고 있어, 파벨. 인간의 삶에도 학문에도 윤리는 씨가 마르고 있다고. 그래도 인간은 여전히 살아가고…….'

일리야의 앙상한 손바닥은 낱개의 종이를 묶어 만든 공책 위에 놓여 있었다. 석방되기 전날 그 낱장들을 모아서 묶었다.

3년 만에 파벨과 일리야는 파벨의 서재에서 다시 만났다. 두 사람은 자신들이 어해할 수 없는 아이들의 복잡한 관계를 이미 체념하고 있었다. 중요한 것은 그들의 손녀가 건강하게 레닌그라드에서 타냐와 그리고 자신들의 손녀를 끔찍하게 여기며 기꺼이 좋은 아빠가 되고 있는 긴 머리의 재즈연주자와 함께 살고 있다는 사실이었다. 두 노인은 처음에는 건배의 말을 주고받다가 나중에는 술잔을 코 위로 들어 올려 잠시 멈추었다…….

"건강하길!"

"오지에서 참 오래도 있었네. 하지만 노보시비르스크 대학의 한 친구가 잡지를 구독시켜줬어. 영어, 독일, 프랑스 잡지도……. 30년대부터, 의학유전학 연구소가 폐쇄된 이후부터 난 한 가지에 몰두해왔어. 이 공책은 유전학자들을 위한 것이 아니라, 아직 정립되지는 않았지만 유전치료와 관련된 의사들을 위한 것이 될 거야. 교과서지만 교과서만은 아니지. ……의학유전학의 개론서와 같아……."

파벨이 술병을 집었다. 이미 가벼워져 있었다. 나는 쓸모없는 인간이 되었는데 일리야는 여전히 넘치는 에너지를 가지고 있군. 털 뽑힌 닭처럼 주글주글한 모습, 심지어 벗겨진 머리에도 주름이 자글자글한데 어디에서 그런 열정이

나오는 걸까……?

골드베르그가 모스크바에 온 지 2주일이 되었다. 그동안 그는 여러 명의 동료 학자들을 만났고, 그들로부터 그간의 학문적 진전에 대하여 들을 수 있었다. 내세울 만한 구체적인 성과가 있는 것은 아니었지만, 자신이 없는 동안 연구가 진척이 되고 있었던 것에 일리야는 흡족해했다. 그리고 두 곳의 출판사를 찾아가 이미 써놓은 책의 개요를 설명했다. 하지만 반응은 싸늘했다. 골드베르그는 이해하기 힘들었다. 자신이 마지막 수감 생활을 하는 동안 흐루시초프가 퇴진했고, 이는 르이셴코의 완전한 몰락이라는 점에서 대단한 의미를 가진다. 그리고 더욱 획기적인 사실은 다시 유전학 연구소가 문을 열지 않았는가! 그런데 왜 자신의 연구에 그런 냉랭한 반응을…… 이 뿐만이 아니었다. 출감 후 골드베르그는 전쟁 전부터 알고 있던 그 연구소의 책임자를 찾아갔다. 그는 유전학 분야에서 꽤 높은 명성을 지니고 있는 사람으로, 젊은 시절 보나라는 별명을 가지고 있었다. 그 별명은 보나파르트와 같은 그의 기질에서 비롯된 것이었다.

골드베르그는 그를 만나 처음 40분 동안은 꾀꼬리처럼 쉼 없이 말을 했다. 자신의 주옥같은 연구에 대한 생각들을 거침없이 쏟아냈다. 그가 결코 돼지가 아니라고 생각했기에……. 그런데 앞에 앉은 것은 짐승이었다. 그 짐승은 잔인한 푸른 눈으로 그를 노려보고 있었다. 그 짐승은 단단한 턱, 강철 주둥이, 그리고 젊은 시절 별명에 어울리는 명예욕을 가지고 있었다. ……그들에게는 많은 공통점이 있었다. 훌륭한 스승, 출신성분의 결함—만일 유대인 목재상과 시베리아의 공장주를 비교할 수 있다면—, 체포 경력, 뛰어난 두뇌 등등……. 일리야의 말을 듣는 동안 보냐는 자신의 생각을 드러내는 어떤 표정도 짓지 않았다.

40분이 지나고 나서야, 골드베르그는 유전학 부흥의 메카라고 생각한 그 서재의 한가운데 부처처럼 미동도 하지 않고 있는 대머리 땅딸이로부터 뿜어져 나오는 냉기가 긴 T자형 책상을 따라 자신에게 쏴하게 올라오는 것을 느꼈다.

일리야는 침묵했다. 불길한 예감에 짓눌려 있었다. 책임자도 입을 다물었다. 그는 침묵을 견딜 수 있었다. 그러나 일리야는 아니었다.

일리야는 유전의학에 대한 자신의 모든 생각들의 흐름을 중지했다. 유전의학 상담센터 건립의 구상과 관련된 기관을 만드는 일에서부터, 앞으로 30년 후에나 실현될 수 있을 조금은 황당한 이론에 이르기까지 모든 것들을 접고, 단도직입적으로 물었다.

"콜랴, 나에게 실험실을 줄 수 있겠나?"

책임자는 나폴레옹과 약간 비슷한 얼굴이었다. 오목조목한 이목구비, 포동포동한 턱, 굵고 짧은 목. 무엇보다 어떤 생각을 하고 있는지 종잡을 수 없는 표정 관리……. 시간을 질질 끌어가며 거절하는 것인지, 이 똑똑한 바보가 시간이 지나면 '예'라는 답도 어떤 경우 '아니요'를 의미한다는 사실을 깨닫게 하려는 것인지, 칼로 자신을 찌르라는 것인지 도통 알 수 없는 표정……. 그들은 분명 적이었고, 앞으로는 더 앙숙이 될 것이었다. 이것을 책임자는 잘 알고 있었다. 그는 일리야의 말에 일말의 관심도 갖고 있지 않았다. 단지 들으면서 일종의 희열을 즐기고 있었을 뿐이었다. 그래서 그는 침묵을 더 길게 끌었던 것이다. 이렇게 하면 자신의 학생들이 모두 초긴장 상태에 빠지게 된다는 것을 잘 알고 있었다. 마침내 그는 새로 해 넣은, 지나치게 하얀 의치가 드러나게 가식적인 미소를 지으며, 가장 모욕적인 말이 어떤 것일까를 이리저리 머리 굴려 생각한 다음, 입을 열었다.

"일리야, 자네는 나에게 전혀 필요가 없네."

일리야는 이 이야기를 파벨에게 하고 있던 중이었다.

"그놈한테는 나도, 시도로프도, 소콜로프도, 사하로프도 필요하지 않아. 수로치카 프로코피예바도. 벨리콥스키, 라포포르트, 티모페예프-레소프스키는 특히 필요 없고. 그놈은 애송이들만 주변으로 끌어들이고 있어. 다시 처음 했던 이야기로 돌아가는 꼴이 된 거지. 도덕이나 윤리는 개한테나 줘버렸어. 모두들 말야. 비윤리적인 학문은 비윤리적인 몽매함보다 훨씬 더 나쁘고 위험해."

파벨에게 생기가 돌았다.

"또 시작이군. 자네는 언제나 무엇이든 싸잡아서 말하는 경향이 있어. 개념 정리가 잘 안 되어 있다고. 도덕적인 몽매함은 있을 수 없어. 하지만 몽매함이 얼마만큼 배웠느냐 아니냐에 달린 것은 아니지. 배움이 적은 사람이 도덕적일 수는 있으니까. 우리 집 바실리사처럼 말야. 자네의 말은 학문의 안티테제가 바로 무식함, 배우지 못했다는 것과 같아. 그건 잘못된 거야. 학문은 지식을 얻고자 하는 거고, 몽매함은 지식을 거부하는 거야. 몽매함은 교육의 정도에 달린 것이 아니라 아무것도 하려고 하지 않는 거야. 예를 들면, 인간 몸의 조직에 대해 파라셀수스는 오늘날 평범한 의사보다도 아는 지식이 적었어. 그렇다고 그가 몽매하다고 말할 수는 절대 없어. 적어도 그는 지식의 상대성을 알고 있었지. 하지만 몽매함은 자신의 수준을 넘어서는 그 어떤 것도 원하지 않아. 즉, 자신이 모르는 것을 혐오하는 거지. 그래서 도덕적인 무지몽매함은 존재하지 않는다고. 무지는 노력, 수고, 관점의 변화를 요구하는 모든 것을 부정해. 그러나 학문 역시, 난 학문에 도덕성이 있다고 생각하지 않아. 지식은 도덕적 가치를 가지지 않으니까. 물리나 화학, 수학을 도덕적으로 평가할 수 있나? 단지 그것을 다루는 사람들이 비도덕적일 뿐이지……."

골드베르그는 어금니가 보일 정도로 웃었다.

"어쩌면 자네가 옳을지도 모르겠네. 하지만 학문의 진보가 인간의 삶에 어떤 혜택을 줄 수 있고, 삶의 질을 좋게 변화시킬 수 있다면 그것은 윤리적일 수 있어. 그것이 도덕적인 학문일 거야. 하지만 몽매함은 인류의 삶에 대해 생각하지 않아. 오히려 망치려고 하지."

"그렇다면 말이야, 자네가 말하는 학문은 마르크스 레닌주의적인, 스탈린주의적인, 부르주아와 심지어 노동자-농민적인 것이 되겠지. 반드시 어떤 목적이 있어야 하니까 말이야!"

그들은 학문 전체, 이론, 그중에서도 실습 등을 핵심에 따라 선별해가며, 멀지 않은 과거와 밝은 미래에 대해 한밤중 내내 토론했다. 욕지거리를 하기도 하고, 험담을 하기도 하고, 크게 웃기도 하면서. 두 번째 술병도 다 마셔버렸다. 아침 무렵에 일리야는 자신의 머리가 벗겨진 부분을 탁 치며 욕설을 퍼부었다.

"이 늙은 바보 같으니라고. 발렌티나한테 전화를 못 했어."

그 시간 발렌티나는 늦게까지 돌아오지 않는 골드베르그를 기다리면서 3일간의 면회로 인해 생긴 불룩 튀어나온 배를 움켜쥔 채, 밤새 의자 끝에 앉아 있었다. 내일과, 내일모레 뭘 해야 할지를 곰곰이 생각하면서. 제일 먼저 아침에 전화통화가 되지 않은 파벨의 집에 먼저 가고, 다음은 국가안전 지역분과로, 그 후에는 변호사에게로 갈 계획이었다. 혹은 먼저 변호사에게 갈 수도 있었다. ……무엇보다 책을 타자수한테서 찾아와 숨기는 일이 급선무였다…….

일리야는 전화기를 들었다. 먹통이었다.

"자네 전화기가 고장 났어. 가야겠네. 발렌티나는 아마 또 내가 잡혀갈 줄 알고 거의 미쳐 있을 거야. 지금 임신 7개월이야……."

골드베르그는 겸연쩍어하며 말했다.

파벨은 일리야를 붙잡았다. 새벽 다섯 시 전이었다. 친구가 완강하게 뿌리치고 문을 꽝하고 닫고 나가고 나서야 파벨은 발렌티나가 다른 사람의 아이가 아닌, 등이 구부러지고 바싹 마른 나이 든 일리야의 아기를 가졌다는 말을 상기했다. 길게도 이야기했지만 정작 가장 중요한 이야기는 하지 않았다는 생각을 했다. 학문이 도덕적인가 아니면 전혀 도덕적이지 않은가 하는 논쟁이 도대체 뭐라고! 서로 교차된 손바닥에 코를 들이대고, 솜털에 덮인, 매끄럽고, 아직 색소가 생성되지 않아 누르스름한 무색인, 자신에게 집중하며 스스로 완성되어가는 어린 아기가 발렌티나의 자궁 속에서, 자신의 첫 번째 좁은 집에서 헤엄 치고 있는 것보다 더 중요한 이야기가 뭐가 있다고! 노년의 아이지만, 모든 육체적인 사랑의 결실, 입맞춤, 포옹, 발기, 사정의 결과로 생긴 아이…… 파벨은 한숨을 쉬었다. 고환, 부신피질…… 남성 호르몬, 몇몇 다양한 스테로이드들…… 그는 남성 호르몬의 분자구조식을 떠올려보았다. 바로 이 생식 호르몬의 왕성함이 일리야로 하여금 도덕적 인식론에 대한 열망을 불러일으킨 것은 아닐까 하는 생각도 했다. 그러나 지금 파벨에겐 자신의 호르몬이 어떤지보다 타냐, 손녀 쥬냐, 마누라 엘레나에 대한 걱정이 더 컸다. 엘레나를 토마와 바실리사에게 맡기고, 오는 토요일에 사랑하는 아이들에게 갈 것이다…….

20

타냐에게 레닌그라드의 생활은 모스크바의 생활보다 훨씬 안정적이었다. 거리와 사물, 그리고 사람들, 모든 것이 더 친숙하게 느껴졌다. 그것은 먼 과거의 흔적이 곳곳에 남아 있는 탓이었다. 톨랴는 20년간 뜨거운 프라이팬을 식탁에 그대로 올려놓곤 했다. 그 식탁이 누가 쓰던 것인지에 대해 생각해본 적도 없었다. 그 식탁은 지나이다 기피우스[89]가 쓰던 것이었다. 그 옛날 젊은 시절, 그녀는 남편과 바로 이 톨랴의 방에서 살았다. 이처럼 레닌그라드는 사라지지 않은 자기의 과거를 그대로 간직하고 있었다. 하지만 톨랴가 올려놓은 프라이팬으로 인해 식탁에 남은 자국처럼, 그 과거는 의미 없이 훼손되어 가고 있었다. 안타까운 일이었다. 타냐는 아이 때문에, 그 안타까움에 오래 젖어 있을 수 없었다. 오전과 오후는 집안일로 보내고 저녁 이후는 자유로운 예술가의 삶을 만끽했다. 저녁까지, 때로는 밤까지, 적은 돈으로 슈라 할머니에게 아이를 맡겼다. 타냐는 세르게이와 함께 친구들의 집에 놀러가거나, 당시 급격하게 늘어나

---

89 1869~1945. 러시아의 은세기를 대표하는 여류시인으로 메레쥐콥스키의 아내이기도 하다. 두 사람 모두 러시아 상징주의의 대표적 작가다. 사회주의 혁명 이후 프랑스로 망명했다.

기 시작한 카페에서 술을 마시고, 담배를 피우고, 춤을 추었다. 세르게이는 가끔 무대에 섰다. 3인조는 여전했을 뿐만 아니라 젊은이들 사이에서 꽤 유명세를 타고 있었다. 물론 그 유명세는 언더그라운드 음악가들을 환호하는 소수 국한된 사람들 사이에서 이루어진 것이었다.

페트로그라드에서 맞는 두 번째 겨울, 타냐는 극심한 졸음과 가슴이 답답함을 겪고 있었다. 이겨보려 애썼지만 허사였다. 타냐는 12월부터 2월까지 하루에 열두 시간씩 쿼냐와 함께 잠을 자며 보냈다. 긴 겨울이 끝나갈 무렵, 타냐는 본격적으로 자신의 일을 시작했다. 2월에 웬만한 시설이 갖추어진 작업장을 빌리는 데 성공했다. 그리고 철사와, 우랄에 있는 지질학자 친구에게서 얻은 값싼 시베리아 돌로 진기한 장식품을 만들기 시작했다.

타냐의 딸은 놀랄 만한 재능을 가지고 있었다. 혼자서도 결코 무료해하지 않았다. 손에 쥐어주는 장난감, 숟가락, 노끈에서 흥밋거리를 찾아낼 줄 알았다. 그리고 오랫동안 모든 사물을 관찰하는 일에 심취했다. 연약한 이로 깨물어보기도 하고, 자루에 넣어보기도 하고, 돌려보기도 하면서 무궁무진한 놀이를 생각해냈다. 세르게이는 파벨이 타냐를 사랑했던 것처럼 쿼냐를 사랑했다. 쿼냐가 세르게이의 친딸이 아니며 타냐가 부인이 아니라는 사실을 주변 사람들은 거의 알지 못했다. 그들에게 부부가 아니기 때문에 생기는 문제는 없었다. 어찌 보면 그들은 법적으로 절대 자유로

울 수 없었다. 하지만 그들이 감수해야 하는 문제는 거주등록증이 없는 타냐가 일자리를 구할 수 없다는 것과 병원에 자유롭게 갈 수 없다는 것뿐이었다. 하지만 타냐는 일자리를 찾아보려는 마음이 없었고, 건강했기 때문에 특별히 문제라고 할 것도 아니었다. 만일 딸이 아프기라도 하면 바로 기차를 타고 세상에서 가장 유능한 의사의 손에 맡기면 되지 않는가. ……그렇지만 그런 일도 아직은 일어나지 않았다. 아이는 심지어 코감기도 걸리지 않는 건강 체질이었다.

타냐는 직장여성처럼 늘 일찍 일어났다. 줴냐에게 밥을 먹이고, 두터운 솜 외투, 모자 등 당시 아이들에게 입혀야 하는 모든 것—그때는 오리털 콤비네이션이나 팜페르스가 뭔지 몰랐다—으로 타냐를 무장시켜 유모차에 태우고는, 어떤 날씨든 자신의 작업장이 있는 작은 네바 강 쪽으로 향했다. 그곳은 노동자, 농민, 소상인 출신의 지식인들이 많이 살았던 곳이었다. 작업장 바로 옆집은 화가 마튜쉰[90]이 살던 곳이기도 했다. 타냐는 그 화가에 대해 아는 바가 없었다. 그러나 곧 열악한 환경에서 움튼 아방가르드 예술에 대해 깊은 관심을 갖게 되었다.

집에서 작업장까지는 한 시간 이상 걸어야 했다. 산책하기에 적당한 시간이었다. 그 산책을 하고 나면 줴냐는 좁은 유모차에서 그대로 잠이 들었다. 그 시간에 타냐는 혹

---

90 1861~1934. 화가, 음악가, 예술 이론가다. 1920년대 초 러시아 아방가르드 예술의 선두주자였다.

옥, 연수정, 황옥으로 자신만의 장식품을 만들었다. 타냐는 자신의 작품을 페트로그라드의 재즈 애호가들과 멋 부리기 좋아하는 동갑내기들 사이에서 유행시킬 계획을 가지고 있었다. 그녀는 자신에게 어릴 적부터 특별한 재주가 있다는 것을 알고 있었다. 그녀가 무엇인가를 입거나 사용하면 학급 친구들은 재빨리 그녀를 따라 그대로 했던 것이다. 지금 그녀가 첫 번째로 해야 할 일은 자기가 만든 장식품을 몸에 지니고 다니면서, 사람들 속에서 구매자들을 기다리는 것이었다.

점심시간, 개를 산책시키고 색소폰 연습을 마친 세르게이가 식품점에서 산 음식과 줴냐에게 줄 유제품을 가지고 왔다. 2년이 지났음에도 아이는 유아식을 좋아했고, 밥보다 마시는 것을 더 좋아했다. 타냐는 찻주전자를 전자레인지에 올렸고, 세르게이가 차를 준비했다. 타냐는 세르게이가 맛있는 차를 만든다고 생각했다. 그들은 학생처럼 간단하게 점심을 먹었다. 세르게이는 페트로그라드 식으로 '불까'라고 불리는 흰 빵을 다른 음식과 함께 조금씩 아껴 먹었다. 그것은 전쟁 당시 페트로그라드가 봉쇄되었던 시간의 흔적이었다. 비록 그때 세르게이 자신은 병들었던 탓에 얼어붙은 강을 건너 도시를 빠져나갈 수 있었지만……

점심식사 후, 세르게이는 친구들을 만나 연주 연습을 하거나, 빈둥거리거나, 술을 마시거나, 때로는 저녁까지 타냐와 함께 있기도 했다. 그럴 때면 지저분한 소파에 누워 줴냐와 놀았다.

그들의 점심은 소화를 위해서는 좋을 게 하나도 없는 놀이로 끝이 났다. 세르게이는 춤추는 췌냐를 손에 올려놓고, 입으로 색소폰 음을 우렁차게 내면서 리듬을 맞추어주었다. 타냐는 망치로 이 금속 저 금속을 두들기면서 함께 박자를 맞추었다. 세르게이는 세 사람이 모두 음악 속에 살고 있다는 것이 기뻤다. 자신들이 마치 실제 3인조 재즈 앙상블을 이루고 있는 듯했다. 그것도 세 개의 기묘한 음색을 갖춘 뉴올리언스의 재즈 같은……

"우리의 잼 세션[91]은 정말 감동적이야……"

세르게이가 말했다. 타냐는 망치의 두드림을 멈추고 반박한다.

"아니야, 우리 가족에겐 아주 멋진 음악 보석함이 있어."

"뭐라고? 말도 안 돼! 보석함 안에는 죽은 음악이 있을 뿐이야……"

"맞아, 맞아."

타냐는 순간적으로 동의했다.

그들은 영원한 여름 정원에 있는 두 남녀처럼 행복에 대해 궁리하지 않았다. 먹을 것도, 건강도 통장에 대해서도 염려하지 않았다. 집 걱정도 하지 않았다. 부르주아 여주인을 위해 다루기 힘든 사냥개를 돌봐주는 조건으로 좋은 아

---

91 재즈 연주자들이 모여서 악보 없이 하는 즉흥적인 연주.

파트에서 살고 있었으니까. 개를 돌보는 일은 그리 간단하지만은 않았다. 하지만 세르게이는 이미 그 일에 대해 너무 잘 알고 있었다. 어디서 뼈다귀를 사야 하는지, 산책은 언제 시켜야 하는지, 어떤 고기를 먹이고, 어떤 놈에게 비타민을 줘야 하는지 등등. 개가 먹을 죽을 끓이는 두 개의 큰 냄비들은 가스레인지에서 내려올 새가 없었다. 타냐와 세르게이도 그 죽을 같이 먹었다. 자신들의 것에는 소금 간을 했을 뿐이다.

모든 것이 완벽한 그들의 생활에도 어쩔 수 없는 어려움은 있었다. 그것은 도시의 기후였다. 때로는 밤에 마실 보드카를 구하는 일이었다. 택시 운전사에게 구할까? 아니면 공항으로 뛰어가야 하나? 어느 나라든 정치는 있게 마련이겠지. ……어디도 완벽한 정치가 구현되는 곳은 없을 것이다. 정치가 없는 곳이란 인간의 손이 닿지 않은 원시림, 독사들과 함께 야생 짐승들이 살고 있는 곳일 뿐…….

모든 일이 쉽지 않았다. 하지만 타냐와 세르게이에게 60년대는 행복한 시간이었다.

이는 쉽게 믿기 어려운 일이다. 유력한 증거물들, 증인 심문, 목격자 증언이 필요한 것들과 같다. 시간이 지나면서 많은 것들이 기억에서 사라졌다. 사람들마다 뚜렷하게 남은 기억은 모두 달랐다. 골드베르그는 수용소 생활을, 파벨은 살아 있는 사람들로부터 천천히 멀어져가 이상한 중간상태에 있는 엘레나를, 토마는 파벨의 집으로 보내지는 배급식

량에도 불구하고 먹을 것을 사기 위해 줄을 서야 했던 것을 기억했다. 그리고 누군가는 체코슬로바키아의 침공, 가택수색과 체포, 지하 정치활동, 우주인 가가린의 탄생, 하루 종일 시끄러운 라디오, 처음 나온 텔레비전을 기억할 것이다. 그리고 물에 녹는 설탕처럼 대기 속에 분해된 고된 삶과 그 공포에 대한 기억이 있을 것이다.

그러나 타냐와 세르게이는 모든 일상을 하나의 놀이이자 유희처럼 보냈다. 그들은 어떤 것에도 심각하지 않았다. 두려움과 걱정으로 하루하루를 보내지 않았다. 순간순간 일어나는 두려움은 곧 음악으로 털어버렸다. 음악이 그들을 자유롭게 해준 것이 아니었다. 음악 자체가 자유였다. 그렇기 때문에 세르게이는 부모와 깊은 갈등을 겪을 수밖에 없었다. 음악은 그들을 가르는 경계였다. 세르게이에게 아버지는 마르크스 레닌주의의 맹목적인 추종자였고, 아버지에게 아들은 음악에 미쳐 허송세월을 보내는 건달이었다. 그들은 서로에게 황산이었다. 그 황산은 아이의 재롱도, 부모의 사랑도 일순간에 녹여버렸다. 어떤 안타까움도, 연민도 남기지 않았다.

세르게이는 부모와 이미 오랫동안 연락을 끊고 살았다. 아버지는 아들을 쓰레기, 배교자라고 불렀다. 엄마는 아버지를 버린 아들을 용서할 수 없었다. 비록 그 자신도 버리고 싶은 남편이었음에도 불구하고. 음악 때문이 아니라는 것이 흥미롭다! 그리고 세르게이의 엄마는 그의 친구들로부터 그에게 딸이 있다는 얘기를 들었다. 그녀는 아들과 화해하기를 갈망했지만, 남편이 무서워서 한 걸음도 나아가질 못했다. 세르게이는 부모에게 미움이라기보다는 혐오감을 가지고 있었다. 할머니가 돌아가신 지 이미 8년이 지났고, 그는 스무 살이 되기도 던에 집을 나와 그들을 보지 못했다.

"그들에게는 전혀 인간적인 면이 없어. 그들이 생각하고, 말하고, 행하는 모든 일은 똑같이 나쁜 일들뿐이야."

세르게이는 얼굴을 찡그리며 부모들에 대해 말했다.

세르게이의 어머니는, 1학년 때부터 세르게이를 좋아했고 이웃이기도 한 세르게이의 학급 친구 니나 코스치코바를 세르게이에게 보내 가족들과 만날 수 있게 하라는 지령을 내렸다.

"뭐가 힘들어. 줴냐를 부모님께 보여드리면 끝날 일이야."

니나는 세르게이 어머니의 희망사항을 전했다.

"엄마한테 줴냐가 내 친딸이 아니라고 말해. 그럼 더 이상 보고 싶어 하지 않을 거야."

그는 손으로 아이를 안고 이마를 자신의 손에 대고는 "우우우⋯⋯" 하고 울림 깊은 소리를 냈다. 줴냐는 좋아서 깡충깡충 뛰었다.

"엄마한테 아이는 치맛자락에 싸여 왔다고 말해줘. 사라판[92] 자락에 말야.”

세르게이는 쉽게 알아듣기 힘든 농담을 하며 크게 웃어 대기 시작했다.

그때 타냐가 눈썹 꼬리를 치켜떴다.

“세르게이, 내 사라판이 별로였다는 말투네. 다음엔 직접 손에 안고 올 테니까…….”

그렇지 않아도 타냐는 늘 두 번째 아이에 대해 생각하고 있었다. 몇 번인가 임신인 줄 알았지만 번번이 아니었다. 줴냐를 너무 사랑하긴 하지만 아들을 꼭 낳고 싶었다. 아들을 낳고자 하는 열망은 마치 어떤 불가사의한 목적을 위한 절대적인 사명과도 같은 것이었다. 냉정하게 현실을 직시한다면 두 번째 아이를 갖는 것은 어리석은 짓이었다. 하나로도 그들에겐 벅찼다. 물질적으로 전혀 안정적이지 못했다. 세르게이가 연주로 받는 돈은 턱없이 부족했다. 한 달 반에 한 번 정도 줴냐를 보러 오는 파벨이 언제나 돈을 주고 가는 덕분에 버틸 수 있었다. 타냐는 아버지가 주는 돈이 부담스럽기는 했지만 자신도 곧 돈을 벌 수 있을 거라고 자위했다. 하지만 세르게이와 타냐는 악착스럽게 돈을 벌 생각은 없었다. 유회 같은 일상을 유지하며 즐겁게 돈을 벌 수 있기를, 두 사람 모두 바라고 있었다…….

시간이 흐를수록 타냐는 음악에 점점 더 깊이 빠져들었

---

92 러시아 민속의상의 하나로, 소매가 없고 어깨끈이 달린 긴 치마다.

다. 플롯을 배우기 시작했고, 세르게이와 같이 연주를 하기도 했다. 비싼 악기는 아니었지만 그 소리는 감동적이었다. 타냐는 세르게이의 연주를 단 한 번도 놓치지 않고 들었으며, 그즈음 많이 생겨난 다른 재즈 그룹의 연주도 들으러 다녔다. 대개의 경우 탁월한 연주라고는 할 수 없지만 보통의 수준은 되는 연주였다. 처음 세르게이의 우상은 모스크바 출신이자 음악대학에서 음악을 전공한 게르만 루키야노프[93]였다. 그는 연미복을 입고 다양한 악기를 연주하는 것을 자랑으로 삼는 당시의 플루겔호른 연주자들과는 다른 사람이었다. 그리고 매우 독특한 음악을 만드는 작곡가이기도 했다. 얼마 후 세르게이의 우상은 체카신으로 바뀌었고, 다음은 콜트레인과 콜맨이었다. 그들의 새 레코드가 나올 때마다 축하 파티를 열었고, 심지어 처음 그들의 음악을 들었던 날을 주요 기념일로 삼고 매년 기억하기도 했다. 가릭과 함께 그들의 음악을 속속들이 심도 있게 연구하곤 했다. 개인적으로 타냐는 그들의 논평보다 실제 음악을 듣는 것이 더 흥미롭긴 했다. 하지만 그들의 이야기를 이해하지 못하는 것은 아니었다. 길지는 않았지만 그녀 역시 음악 교육을 받았으니까.

　가장 행복한 상황은 일상의 모든 요소들이 완벽하게 조화를 이룰 때 만들어진다. 물론 일상의 요소들은 어떻게든

93　1936년생. 재즈음악가, 작곡가. 60년대 재즈 페스티발로 데뷔했다. 1978년 '카단스'라는 그룹을 창설했다. 러시아 민속음악과 접목된 재즈음악을 작곡한 것으로 유명하다.

공존할 수도 있지만, 사람들은 일반적으로 그것들을 각기 다른 방향으로 갈라놓는다. 타냐의 경우 사랑, 가족, 음악, 사소한 일상들이 완벽하게 조화를 이루고 있었다. 달리 말하면, 그녀의 삶은 하나의 심포니와 같았다. 그러한 삶은 타냐를 더없이 행복하게 했다. 이른 아침 세르게이가 잠에서 깨어나지 않았고 줴냐가 작은 침대에서 옹알거릴 때 그녀의 심포니는 알레그로로 연주되고, 어두운 거리에서 유모차를 끌 때는 안단테로 연주된다.

처음에 작업장에서는 음악이 울리지 않았다. 하지만 지금은 작업장에 도착해서 딸의 외투를 벗기고, 물을 먹이고, 유아용 변기에 앉혔다가 점심때까지 유모차에 눕힌 후, 그날의 첫 담배를 한 대 피우고 작업대로 가서 일하는 동안 스케르초가 연주된다. 마지막은 론도로 장식된다. 그리고 다시 이른 아침의 알레그로가 반복된다. 점심때가 되어 세르게이가 온 것이다. 초인종이 울린다. 감미롭고 역동적인 리듬의 반복, 그것이 그녀의 삶이었다.

봄에 음악 시즌이 시작되었다. 타냐는 세르게이와 함께 드네프로페트로프스크로, 그다음에는 크림으로 재즈 페스티벌에 가고 싶었다. 겨울 동안 페트로그라드의 두세 개 재즈 클럽에는 이미 싫증이 났고, 더욱이 그들 중 가장 뛰어났던 '크바드라트'와의 관계도 나빠졌다. 세르게이는 쓸데없는 자존심을 세우지 않았고, 모든 사람들과 원만한 관계를 유지했다. 그러나 가릭은 재즈 음악의 선배들인 골로 우힌과도, 리소프스키와도 갈등을 자주 일으켰다. 이미 재즈에 조회가 깊어졌고 많은 사람들을 알게 된 타냐는 세르게이가 가릭과 헤어질 때가 되었다고 여기고 있었다. 가릭이 주도하는 3인조는 훌륭한 연주를 하긴 했지만, 가릭은 세르게이가 재능을 충분히 발휘할 수 있는 기회를 주지 않았다. 세르게이는 그보다 많은 곡을 작곡했다. 하지만 가릭은 그의 곡이 무대에서 연주되는 것을 탐탁해하지 않았다. 그러다가 술에 취하면 속마음을 드러내곤 했다.

"나하고 있는 동안은 내 곡을 연주하도록 해……."

세르게이는 실망스러워했고, 타냐는 더 심했다. 심지어 그녀는 자기가 나서서 문제를 해결해야 할 때라고 생각했다. 더욱이 겨울에 세르게이는 '딕시랜드'로 초대받은 적도 있었다. 꼭 가릭이 아니더라도 누구와든 연주는 할 수 있지 않은가……. 타냐는 아버지 파벨에게 전화해서 예전처럼 여름 동안이라도 쉐냐를 데리고 있고 싶은 마음이 있는지 물었다. 만일 그렇다면 쉐냐가 모두에게 익숙해지도록 맡기겠다고 말했다.

5월 중순에 파벨은 타냐와 쉐냐를 레닌그라드 역에서 만났다. 파벨은 월말이면 은퇴를 한다. 이제 그에게 유일한 소망은 시골집에서 손녀와 살면서 아침마다 이유식을 끓여 먹이고, 같이 산책을 하고, 아이의 불명료한 말과 생각들을 유추해가며 이해하는 것이었다. 집안의 여자들은 다들 아이를 봐 줄 수 없었다. 엘레나는 안락의자에서 일어나려

하지 않았고, 노쇠한 바실리사는 성공적인 수술에도 불구하고 시력이 몹시 나빴다. 토마는 이따금 파벨을 도와주긴 했지만 야간대학 수업에 많은 시간을 빼앗기고 있었다. 파벨은 좋지 않은 머리로 토마가 공부하려고 애쓰는 것이 안쓰럽기도 했다. 그런데 머리 좋은 타냐는 그 시간 반지하의 작업장에서 날렵한 손재주로 무엇인가를 만드는 장인이 되려고 노력하고 있으니…….

3월에 만났던 파벨을 쥐냐는 기억하고 있었다. 그를 보자 팔을 벌리고는 입맞춤을 하려고 목을 갖다 댔다. 파벨은 손녀의 크림처럼 부드러운 피부에 입맞춤을 하고는 마치 기구처럼 온몸에 뜨거운 열기가 차오르는 것을 느꼈다.

타냐는 집에 일주일 머물렀다. 집안 구석구석을 다 뒤집어놓으면서 속속들이 청소를 했다. 창문을 씻어냈으며, 바실리사와 함께 목욕탕에 가기도 했다. 목욕탕에서 한 번 넘어진 후로 그녀는 절대 혼자서는 목욕탕에 가려고 하지 않았다. 바실리사를 씻기기 위해서는 다른 방법이 없었다. 토마는 아주 가끔 그녀를 목욕탕에 데려다주었다. 토요일에만 바실리사는 목욕탕에 가려고 했고, 토마는 토요일이면 대부분 자신의 일이 있었다. 목욕탕은 집에서 멀지 않았다. 바실리사는 언제나 자신의 쇠로 된 대야, 보리수 껍질—그녀는 그것을 어디에서 얻었을까?—, 향이 독한 타르비누와 갈아입을 내의를 챙겼다. 바실리사는 생애 처음으로 타냐의 도움을 받아들였다. 처음에 타냐는 팔이 잘 빠지지 않는 두꺼운 외투를 벗을 수 있게 도와주었다. 그리고 허리를 숙여 계절에 관계없이 신고 다니는 그녀의 펠트 장화를 벗겼다. 여름인데도 바실리사는 전형적인 시골 할머니들처럼 겨울 복장을 하고 다녔다. 몇 년 동안 바실리사는 단화 신는 것을 그만두었다. 바실리사는 입을 삐죽거리면서 자책하듯이 말했다.

"너무 오래 살았어……."

그리고 바실리사는 스스로 재빠르게 모포 가운을 끄르고 잿빛 내의를 벗었다. 그녀의 벗은 몸은 그녀가 걸친 옷만큼이나 초라했다. 잿빛의 주름진 몸, 가는 맥관(脈管)들의 붉은 발진과 푸른 정맥으로 마디가 울퉁불퉁한 긴 다리, 배꼽으로 보이는 것 위에 거미줄 같은 큰 십자가 모양의 흉강(胸腔). 타냐는 바실리사를 서글프고도 당혹스러운 시선으로 쳐다보았지만, 그 시선을 느끼지 못할 정도로 바실리사의 시력은 매우 약해져 있었다. 그리고 목욕탕에서 느끼게 되는 당연한 부끄러움으로 여기며, 그녀는 옷과 함께 부끄러움도 벗어버렸다. 그 순간, 타냐는 바실리사의 다리 사이에서 연한 분홍빛의 주먹만 한 혹 같은 것을 보았다. 몹시 보기 흉측했다.

"할머니, 뭐가 덜렁거리는 거예요?"

바실리사는 허리를 조금 굽히고 살짝 앉더니, 다리를 벌린 후 익숙한 동작으로 튀어나온 것을 안으로 집어넣었다.

"30년대에는 수레를 많이 끌고 다녔지. ……별 거 아냐,

아프지도 않고……."

타냐는 바실리사를 목욕탕 안의 의자에 앉히고, 발밑에 뜨거운 물이 담긴 쇠 대야를 갖다놓았다. 그리고 목욕탕에 있는 작은 나무바가지를 가져와 보리수 껍질로 바실리사를 씻겨주었다. 바실리사는 가볍게 신음소리를 내기도 했고, 넋두리를 하기도 했으며, 평온한 얼굴로 만족감을 표하기도 했다.

'끔찍해, 정말 끔찍하군. ……할머니는 평생 우리를 위해 일했어. 매일 먹을 것을 사서 나르고, 창문을 씻고, 들어올리기도 힘든 철제다리미로 시트를 다림질하고……. 빠진 자궁을 제자리에 넣고 사다리를 기어 올라갔어. ……그것도 유명한 산부인과의사의 집에서……. 아버지에게 말해야 할까? 끔찍해, 끔찍해…….'

타냐는 베트남제 고무로 된 느슨한 슬리퍼를 신고 미끄러운 마루에 서서, 뼈가 앙상한 바실리사의 등을 문지르며 중얼거렸다.

"할머니. 어쩌지요? 내가 집으로 들어와야 할까봐요. 할머니가 이렇게 쇠약해졌으니……."

사람들의 웅성거림과 물소리에 바실리사는 타냐가 하는 말을 듣지 못했다.

'그래. 지금까지 너무 무관심했어. 이제 집으로 들어가야 해.'

타냐는 혼잣말을 했다. 노쇠한 바실리사, 의식이 흐릿한 엄마와 딸 줴냐, 세르게이와 이 음산한 집에서 살아야 할 일에 마음이 무거웠다. 가장 참을 수 없는 것은 깨끗이 청소를 했음에도 여전히 가시지 않는 찌든 냄새였다. 그것은 고양이와 사람 것이 섞인 것이었다. 시어버린 음식들, 오랫동안 쌓인 먼지, 쓰레기, 그리고 죽음의 냄새였다. ……불쌍한 아버지는 이 모든 걸 어떻게 참아내고 있는 것일까? 그녀는 책상과 두 개의 서랍장들 사이에 있는 빈 병들을 떠올렸다. ……만일 토마에게 일을 그만두고 집안 살림을 맡아서 하라고 한다면 어떨까? 타냐는 그건 수치스러운 일이라고 바로 결론을 내렸다.

뜨거운 열기로 녹초가 된 바실리사를 집으로 데려와 부엌의 찻주전자 옆에 앉히면서 타냐는 결심했다. 시골집으로 가서 여름을 그곳에서 지낼 수 있도록 준비를 하고, 집안일을 도와줄 시골 아주머니 한 분을 찾아놓은 다음 바실리사와 엄마를 시골집으로 데려가는 것이다. 가을이 될 때까지 그곳에 살게 했다가, 재즈 페스티벌이 끝나고 돌아온 후에는 모스크바로 이사를 하는 것이다. 세르게이와 함께. 세르게이가 동의할지는 미지수였다. 가까운 곳에 방을 따로 얻는 방법도 있지 않을까……. 그리고 어디서든 재즈를 연주하면 된다!

  토마는 아이들을 좋아하지 않았다. 자신의 어린 시절은 물론 다른 사람의 어린 시절도 좋아하지 않았다. 아이가 태어나는 것과 관련된 모든 것을 혐오했다. 성과 관련된 모든 영역에 대한 그녀의 혐오감을 설명하는 데 프로이드의 어떠한 이론도 필요하지 않다. 구석에서 여자의 몸을 더듬는 행위에서부터 그녀가 어린 나이에 직접 목격한 짐승처럼 헐떡이는 남자와 여자의 모습에 이르기까지, 토마는 모든 것에 치를 떨었다. 사랑이란 미스터리가 자행된 곳이기도 하며, 아무도 슬퍼하지 않는, 이미 모두가 잊어버린 한 여자 청소부의 죽음이 일어난 엄마의 욕지기나는 침대는 토마에게 그야말로 악몽이었다. 토마는 병이 들어 높은 열로 시달릴 때마다 자신이 그 역겨운 소굴에 누워 있는 환각에 빠지곤 했었다. 그러다가 눈을 뜨면 엘레나가 깨끗하게 풀 먹인 침대 옆에 앉아 뜨개질을 하고 있었다. 토마가 잠에서 깬 것을 알아차리고는 따뜻한 레몬차를 주었고, 젖은 이마를 닦아주었다. 저녁에 집에 돌아온 파벨은 그녀에게 와서는 신기한 선물을 주곤 했다. 언젠가는 진짜 쥐 크기의 투명한 유리 토끼를 가지고 왔다. 나중에 그것을 시골집에서 잃어버렸다. 이웃여자들 중의 한 명이 훔쳐간 것인지 알 수 없지만, 토마는 오랫동안 슬펐었다. 그다음엔 무엇에 쓴 것인지도 모를 처음 보는 가위, 핀셋, 그리고 날카로운 물건이 든 작은 곽을 가지고 왔었다. 그렇게 토마가 아플 때면 파벨은 선물을 가져왔고, 침대 옆에 앉아 있는 엘레나의 머리에 다정하게 입맞춤을 했다. 그 모습을 보면서 토마는, 언제나 깨끗하고 좋은 향기가 나며 멋지게 차려입은 사람들은 남편과 아내라 할지라도 가난한 엄마를 죽게 만든 그 추악한 행위를 하지 않을 것이라고 확신했다. 이런 식으로 토마는 쿠코츠키 집안에서 일어나는 많은 일들을 자신의 공상에 맞춰 판단했다. 그런데 파벨과 엘레나 사이에서 자신이 생각한 추악한 행위는 일어나지 않을 거라는 확신은 틀린 것이 아니었다. 실제로 그들은 각기 다른 방에서 잠을 잤고, 토마가 파벨의 집으로 온 순간부터 실제 그런 일은 일어나지 않았으니까 말이다……

그때 선물 받은 매니큐어 세트는 현재까지도 토마가 애용하는 물건이다. 소녀들이 아프면 파벨은 매일 저녁 작은 선물을 가지고 왔고, 그것은 아이들의 병을 낫게 하는 데 큰 도움이 되었다. 타냐가 아프면 파벨은 두 개의 선물을 준비해 토마에게도 주었다. 하지만 토마가 아프면 토마에게만 주었다.

그래서 토마는 파벨이 타냐보다 자기를 더 사랑한다고 믿었다. 토마는 아주 어린 나이 때부터 크기, 무게, 양을 똑같이 나누는 것이 공정한 것이라고 믿었다. 간혹 결코 그렇지만은 않다는 의심이 들기도 했지만, 토마는 언제나 복잡하게 생각하고 싶지 않았다. 단순한 것이 더 좋았다.

쿠코츠키의 집에서는 웬일인지 토마가 생각하는 공정성이 별 의미가 없어 보였다. 아무것도 똑같이 나누지 않았다. 식사 때면 각자에게 두 개의 커틀릿이 배당됐지만, 타냐는 늘 하나만 먹었고 바실리사는 고기를 먹지 않았다. 오랫동안 토마는 바실리사가 집안일을 해주는 일종의 하녀이기 때문에 그녀에게 고기를 주지 않는 거라고 생각했다. 자신이 생각하는 '공정성'에 따른 판단이었다. 그러나 시간이 지나자, 토마는 바실리사가 고기를 먹지 않는다는 사실을 알았고, 몇 달 후에는 바실리사가 다른 식구들 누구도 먹지 않는 자신만의 특별한 음식을 먹는다는 사실을 알아냈다. 바실리사는 자신의 부엌방에다 작은 조각으로 말린 흰빵을 숨겨놓고 아침마다 몰래 그 빵을 먹고 있었다. 토마가 보기에 그 일은 파벨의 집에서도 자신이 생각하는 공정성의 논리가 존재한다는 뜻이었다. 그 실체를 확인하기 위해 토마는 바실리사의 부엌방으로 몰래 들어가 빵을 한 조각 먹어보았다. 그러나 그것은 아무 맛도 없었다. 바실리사의 빵에는 특별한 아무것도 없었다……

엄마와 남동생들과 살면서 토마는 늘 음식이 나누어지는 것에 촉각을 곤두세워야 했다. 남동생들은 언제나 더 많이 가져가려고 혈안이 되어 있었고, 그때마다 남동생들과 음식을 두고 싸우곤 했다. 엄마도 화가 나서 모두에게 갖가지 이유로 소리를 질렀고, 심하면 주먹다짐이 오가기도 했다. 그 모든 게 공정하지 않은 데서 비롯된 것이었다. 그런데 쿠코츠키 집안에서는 모든 것이 공정성과 거꾸로 진행되었다. 이것을 토마가 처음으로 느낀 것은 여름에 시골집에서 일어난 일 때문이었다. 파벨은 그해 처음으로 딴 딸기를 자신의 접시에서 엘레나의 접시에 덜어주었다. 엘레나는 미소를 지으면서, 화를 내는 바실리사에게 다시 덜어주었다.

"엘레나, 난 딸기 싫어. 애들이나 줘……."

타냐는 커틀릿처럼 딸기도 좋아하지 않았다. 결국 딸기는 토마의 접시에 산처럼 쌓였다.

그런데 지금 줴냐가 온 이후, 토마는 자기 것을 나누어주는 기쁨을 알게 되었다. 공교롭게도 이 일은 역시 시골집에서 그해 처음으로 텃밭에서 딴 딸기를 나누어주면서 일어났다. 딸기는 모두 열 개였다. 바실리사가 심은 것으로, 완전히 익지는 않았지만 붉은 색을 띠고 있었다. 바실리사는 식탁에 자랑스럽게 내놓으며 말했다.

"자, 올해 처음으로 딴 딸기를 모두에게……."

파벨은 딸기를 두 개씩 모두에게 나누어주었다. 그리고 하나가 남자 그것을 줴냐에게 주었다. 그렇지만 이전에 그랬던 것처럼 딸기는 다시 재분배되었다. 파벨은 딸기 하나를 먹었을 뿐 두 번째 것은 줴냐에게 주었다. 줴냐는 입에 딸기를 넣었고, 우스꽝스럽게 얼굴을 찌푸렸다. 하지만 곧 맛있다는 듯 쩝쩝 소리를 내며 먹었다…….

바실리사도 무슨 말인가 중얼거렸다. 아마도 금식기간에는 딸기도 먹지 말아야 한다는 말을 한 것 같았다. 토마는 얼굴에 온통 딸기 물을 묻혀가며 맛있게 먹고 있는 쥐냐를 보며, 자신이 먹는 것보다 아이가 맛있게 먹는 걸 보는 게 훨씬 더 뿌듯하다는 것을 느꼈다.

토마는 쥐냐를 조카라고 스스로 규정했다. 그 조카에 대한 사랑이 알게 모르게 생겨나고 있었다.

파벨이 쥐냐와 살게 된 지 햇수로 2년째가 됐다. 파벨은 타냐의 생활이 안정이 될 때까지 아이를 자신이 길러야 한다고 생각했다. 여름 동안만이라고 예상했던 기간은 1년으로 늘어났다. 가을에 모스크바로 이사하려 했던 타냐의 계획은 실행되지 못했고, 그 대신 타냐는 자주 모스크바로 와서 며칠씩 머물러 있다 가곤 했다. 그러던 중 7월 초가 되어 타냐가 모스크바로 이사할 수 있는 조건이 마련되었다. 파벨이 은퇴하기 전 토마를 위해 아카데미의 조합아파트 하나를 분양받아놓은 게 있었다. 지금의 집은 타냐의 몫으로 남겨 두어야 했다. 더 정확히는 타냐의 몫이 아니라 세르게이와 쥐냐를 포함한 한 가족의 몫이었다.

돈은 물론이고 숱한 번거로움을 무릅쓰고 파벨이 마련한 방 한 칸짜리 아파트는 토마에게 환상 그 자체였다. 아파트 공사가 완전히 끝난 것은 아니지만 토마는 레닌스키 대로의 끝에 있는 그 아파트를 몇 번이나 가보았다. 그녀는 마무리 중인 공사장 주변을 둘러보았다. 때로는 아파트 동 입구에 잠시 서 있기도 했다. 자신의 소유로 된 아파트가 있다는 것에 토마는 자신의 위치가 하늘을 찌를 듯 높아진 것 같았다. 그녀가 알기로, 자기 또래의 친구나 동료들 중 어느 누구도 이런 아파트를 소유하고 있지 않았다. 토마는 친딸 타냐가 아닌, 가족으로 살았던 것뿐인 자신에게 어떻게 이런 아파트를 줄 수 있는 건지 이해하기 힘들었다.

물론 파벨도 처음에는 타냐를 위해 방 두 개짜리 아파트를 구할 생각이었다. 타냐가 모스크바에 온 어느 날, 그 문제를 타냐와 상의했다. 그러나 타냐는 단 1초의 주저함도 없이 그것을 거절했다. 타냐는 자신이 모스크바로 이주하려고 하는 이유는 "너무 쇠약해져 버린 우리 두 할머니를 돌보기 위한 것"이라고 말했다. 그때 파벨은 타냐가 엘레나를 바실리사와 마찬가지로 '할머니'라 부른 것에 조금 언짢은 마음이 들기도 했었다…….

페트로그라드를 떠나기는 쉽지 않았다. 세르게이의 음악은 한창 무르익어 가고 있었다. 그는 계속해서 새로운 악기의 연주를 터득해갔고, 자신이 직접 만든 이중피리로 특이한 음색을 연주하기도 했다. 바세트호른을 연습해서 롤랜드 커크의 연주기법을 습득하기도 했다. 한마디로 세르게이는 자신만의 고유한 음악 세계를 마음껏 펼치고 있었다. 결국 가릭은 오랜 망설임 끝에 세르게이가 작곡한 '검은 돌'이라는 곡을 무대에서 연주하기로 결정했다.

한편 타냐의 일도 많은 진척을 보였다. 그녀가 만든 장식품 '검은 돌'이 방학을 맞아 페름에서 돌아온 세르게이의 아내 팔루엑토바 덕분에 인기를 얻기 시작했다. 팔루엑토바가 와 있는 동안, 타냐의 가족은 팔루엑토바가 그럴 필요 없다고 말렸지만 작업장으로 옮겼다. 팔루엑토바는 질투를 몰랐다. 심지어 그녀는 타냐를 좋아했다. 그리고 그녀 역시 자신의 일에서 큰 성공을 거두고 있었다. 그녀가 가르치는 학급이 최우수반으로 선정되었고, 그 덕분에 팔루엑토바는 교사에서 발레 총지휘자로 승격했다. 게다가 가장 우수한 성적으로 졸업한 학생과의 사랑이 그녀에게 탄력 있는 삶과 넓은 마음의 여유, 관용을 갖게 해주었다. 타냐는 팔루엑토바에게 자기가 만든 장식품 한 쌍을 선물했다. 팔루엑토바는 은퇴 전 자신의 마지막 공연에 그 장식품을 하고 갔고, 그것은 마린스키 극장의 발레리나들에게 대단한 관심을 불러일으켰다. 이후 많은 발레리나들이 타냐에게 주문을 하기 시작했다. 주문을 제때 소화하기도 힘들 정도였다. 덩달아 타냐도 유명해졌다. 세르게이와 함께 극장 초연에서부터 작은 음악회에 이르기까지 갖가지 모임에 초대되었다. 그때마다 타냐는 짧고 검은 원피스를 입고, 빨리 자라는 긴 갈색 머리를 늘어뜨리고 갔다. 그 긴 머리는 2년 동안 그녀의 날카로운 어깨뼈를 덮고 있었다. 타냐가 언제나 음악과 함께 생활했기 때문에, 그녀의 매우 균형 잡힌 몸은 하루가 다르게 성숙미를 더해가고 있었다. 그러나 무엇보다 중요한 사건은 비밀리에 일어났다. 타냐가 임신을 한 것이다. 그녀는 말할 수 없이 기뻤다. 그러나 세르게이를 제외하고는 아무에게도, 심지어 파벨에게도 말하지 않았다. 일단은 집안일에서 벗어날 수 있는 두 달 동안, 크림과 카프카스에서 예정된 순회공연을 가기로 결정했다. 순회공연이 끝나고 나면 발트해 지역에서 열리는 국제 재즈 페스티벌에 참여할 것이었다. 그러고 나서 많지 않은 세간을 챙겨 페트로그라드의 생활을 정리하고 모스크바로 완전히 이사할 생각이었다. 그곳에서 둘째를 낳고 제냐를 키우면서 두 노인을 돌보며 살 작정이었다.

결코 쉽지 않을 생활을 타냐는 스스로 선택한 것이다. 그렇지만 그녀는 행복과 힘으로 가득 차 있었고, 겁내지 않았으며, 미리 앞서서 걱정을 하지도 않았다. 그 시간이 빨리 오기를 기다렸다. 어떤 것도 기쁨으로 충만한 그녀의 하루하루 삶을 방해하지 않았다.

오데사를 처음으로 하여 순회공연이 시작되었다. 특히 타냐가 세르게이를 처음 만났던 호텔의 국제적인 클럽에서 이루어진 첫 공연은 대성황이었다. 그곳에서 타냐와 세르게이는 거의 3주년을 맞고 있는 자신들의 만남을 축하했다. 그리고 차를 빌려 타냐가 처음에 머물렀던 바닷가를 다녀오기도 했다. 그 바닷가 역시 아무것도 변한 게 없었다. 먼지 나는 흙벽 오두막집과 토마토 밭. 그들은 절벽에 있는 아슬아슬한 계단을 따라 무색의 바다로 내려갔다. 3

년 동안 파도는 절벽 아래의 해변을 더 많이 쓸어갔다. 덕분에 계단이 거의 끝나는 부분에 이르러 절벽 아래는 푹 파여 있었다.

"술 취한 사람은 내려오기 힘들겠다."

타냐가 말했다. 세르게이는 그녀에게 손을 뻗었다. 타냐는 굳이 도움이 필요하지 않았지만 그의 손을 잡았다.

두 사람은 해수욕을 하고 해변의 모래언덕에 가보기로 결정했다. 운전사가 위에서 기다리고 있었다. 오데사 토박이인 운전사는 어두운 인상에 말수가 적었다. 흔히 말하는 오데사 사람들에 대한 평판을 뒤집을 만한 사람이었다. 그 운전사는 3년 전에 가릭의 자동차가 푹 빠져서 빠져나오기 힘들었던 바로 그 얕은 여울 가까이까지 그들을 데리고 갔다. 타냐와 세르게이는 곧장 얕은 여울로 갔는데, 평일이어서인지 사람들이 거의 없었다. 기념할 만한 폐허 근처에서 일광욕을 하는 사람은 아무도 없었다. 모래로 반쯤 채워진 몇 개의 빈 유리병들이 널브러져 있을 뿐이었다. 태양은 그리 뜨겁지 않았고, 습하지도 않았다. 바다에서 바람이 불어왔다. 타냐의 아름다운 사라판이 흔들렸다. 그녀는 과거를 재현하기 위해 특별히 사라판을 입고 왔다. 그들은 알몸으로 해수욕을 했으며, 반쯤 무너진 건축물의 반음영이 드리워진 곳의 모래펄에 누웠다. 타냐는 세르게이를 포옹했다. 그는 즉각 반응해왔다. 예전과는 많이 달라졌다. 그들은 많이 성숙했고 그래서 더 조심스러웠다. 타냐의 뱃속에서 수영하고 있는 아이는 이미 첫 태동을 시작했다. 혹여 아이를 불안하게 하지 않을까 염려한 그들의 사랑은 예전의 불처럼 뜨거웠던 격정적인 것과는 완전히 달랐다. 하지만 예전의 사랑도, 지금의 사랑도, 그들을 만족시킨 것은 물론이었다.

타냐는 세르게이의 손을 배에다 내려놓고 나서 그의 귀에다 대고 말했다.

"이 녀석은 분명 아들일 거야. 줴냐를 가졌을 때와는 좀 달라. 배가 펑퍼짐하게 옆으로 퍼진 것이……."

세르게이는 가방에서 포도주, 토마토, 계란, 파 등을 꺼냈다. 파는 노랗게 시들고, 빵은 으스러져 있었다. 타냐는 축 늘어진 파 입을 씹으며, 빵에 소금을 쳐서 한 입 베어 먹었다. 식욕이 별로 없었다. 포도주 두 모금을 마셨다. 그들은 펼친 것들을 다시 주섬주섬 챙겨 자동차로 갔다. 그런데 가는 동안 타냐의 코에서 피가 흘렀다. 세르게이는 붉은 사라판을 여울물로 적셔 타냐의 얼굴을 젖히고 따뜻하게 찜질해주었다. 피는 곧 멈추었다. 서둘러야 했다. 저녁에 연주를 해야 하니까.

그들은 공연 시작 한 시간 전에 도착했다. 타냐는 구역질에 목덜미와 발이 당기는 것을 느꼈다. 타냐는 배로 인해 조금 꽉 끼는, 어깨 끈이 달린 녹색의 화려한 드레스를 입었다. 그러나 마지막 순간, 연주회장에 가지 않고 호텔방에 그대로 남아 있기로 했다. 그러고는 눕자마자 잠이 들었다.

하지만 통증 때문에 곧 잠에서 깼다. 타냐는 손을 배에 올리고는 나직하게 물었다.

"너는 괜찮니?"

아이는 대답하지 않았다. 분명 아무 문제없기 때문일 것이다. 진통제를 먹었어야 했는지도 모른다. 하지만 약이 있지도 않았거니와, 타냐는 약은 되도록 먹고 싶지 않았다. 세르게이가 오기 얼마 전에 다시 코피가 났다.

세르게이가 근심스러운 얼굴로 물었다.

"의사를 부를까?"

타냐는 입술을 삐죽거렸다. 병원에 가고 싶지 않았다. 첫 번째 임신에서도 타냐는 어떠한 검사도 받지 않았다. 오히려 자연의 순리로 이루어지는 임신을 가지고 부산을 떨며 이런 저런 검사를 하는 여자들과 다른 자신을 자랑스럽게 여기고 있을 정도였다.

잠시 후, 술에 취한 톨랴와 가릭이 타냐와 세르게이의 방에 얼굴을 들이밀었다. 그들은 먹다 남은 포도주와 보드카를 각각 한 병씩 들고 있었다. 톨랴는 포도주를 좋아하지 않았다. 반면, 가릭은 자기만의 철저한 원칙이 있었다. 그는 여름에 남쪽에서 보드카를 마시는 사람은 구제불능인 알코올 중독자뿐이라고 간주했다. 물론 겨울에는 이야기가 다르지만…… . 가릭은 문턱에 선 채 타냐에게 말했다.

"이봐. 할망구, 난 네가 마음에 안 들어. 아프면서 아무것도 안 하고 울고만 앉아 있으니 말야. 내가 구급차를 불러

줘야 하는 거야?"

가릭은 전화기를 향해 갔다. 그러나 전화기는 먹통이었다.

타냐는 가릭을 저지했다.

"아침까지 기다려 볼 거예요. 레몬차를 마시면 좀 나을 것 같아요. 그리 걱정되면 진통제나 좀 구해다 줘요."

타냐는 레몬차를 마셨다. 그리고 진통제도 먹었다. 조금 나아진 듯했다. 그리고 그대로 잠이 들었다. 그러나 네 시가 되어 타냐는 구토를 일으키며 잠에서 깼다. 세르게이는 더 이상 기다리지 않고 바로 호텔 직원에게 말해 구급차를 불렀다.

중년의 유대인 여의사는 타냐를 대충 살펴보더니 급히 병원으로 옮기라고 했다. 타냐는 통증을 호소했다. 근육이 아팠고 목덜미가 당겼다. 그리고 고통이 배의 벽을 타고 넘쳤다. 마침내 그녀는 통증을 참을 수 없어 빨리 조처해달라고 소리쳤다.

그러나 여의사는 그녀의 말을 철없는 아이의 투정쯤으로 치부한 채 들을 생각도 하지 않고 세르게이 쪽을 향해 말했다.

"간이 아주 안 좋아요. 나로서는 할 수 있는 게 없어요. 나를 불러서 시간 낭비를 할 게 아니라 빨리 의학의 도움을 받고 싶으면 병원으로 데려가요. 아이를 잃을 수도 있어요."

여의사는 무슨 이유에서인지 타냐가 마음에 안 드는 듯

했다. 타냐에게 거의 시선도 주지 않았다.

타냐는 병원으로 이송되었다. 그리고 모든 일이 꼬여버렸다. 클럽에서는 갑자기 수도관이 터져 문을 닫을 수밖에 없었다. 자연히 연주도 취소되었다. 모두들 하루 종일 걱정만 하고 있었다. 그 핑계로 톨랴는 술을 진탕 마셨다. 거기까지는 괜찮았는데, 술집에서 싸움이 붙어 눈이 밤탱이가 되었다. 세르게이는 하루에 세 번이나 병원으로 찾아갔다. 병원에서는 아무것도 그에게 알려주지 않았다. 이틀 동안이나 타냐의 담당의사를 만날 수가 없었다. 가면 없거나, 아직 오지 않았다. 그러다가 휴일이 되었다. 휴일에 담당의사는 아예 출근하지도 않는다. 당직의사가 있었지만, 그 역시 만나기 힘들었다. 어느 때는 점심 먹으러 나갔거나 어느 때는 응급 환자에게 호출되어 가고 없었다. 하지만 병원의 모든 사람들은 당직의사가 술을 마시고 병원에 오지 않았음을 잘 알고 있었다.

세르게이는 타냐를 볼 수도 없었다. 타냐가 있는 병리학부는 세균감염을 우려해 일반인 출입이 철저히 통제되어 있었다. 세르게이는 완전히 무기력에 빠진 상태가 되었다. 날씨마저 한 몫 거들었다. 비가 추적추적 내렸다.

타냐의 통증은 점점 더 심해졌다. 게다가 왼쪽 팔꿈치 아래에 시퍼런 멍이 생긴 것을 발견하고는 경악을 했다. 그 비슷한 멍이 옆구리에도 번져 있었다. 목덜미는 계속해서 당기고, 배는 칼로 베는 듯 했다. 간호사가 와서 배를 만져보고 혈압을 측정했다. 체온은 정상이었다. 그러나 상태는 더 악화되고 있었다. 3일째 되는 날, 타냐는 아버지를 부르기로 했다.

타냐는 이웃 여자에게 종이와 연필을 빌려, 모스크바에 전화해 아버지를 불러달라고 세르게이에게 메모를 썼다. 그녀는 메모를 창문 밖으로 집어던졌다. 토요일 아침, 세르게이는 급히 쓴 탓에 고르지 못하고, 몇 마디 되지 않는, 그리고 절망이 묻어나는 타냐의 편지를 주웠다. 그는 급히 우체국으로 가서 파벨에게 전보를 쳤다.

저녁에 세르게이는 색소폰을 가지고 창문 아래로 갔다. 보통 방문객들은 먼지투성이의 잔디밭에서 자신의 부인 이름을 소리쳐 불렀다. 그러면 부인들은 창가에 바싹 다가서서 젖이 돌아 부푼 가슴과, 훌륭하게 일을 마친 공범자의 미소를 보여주곤 했다. 이제 막 아빠가 된 십여 명의 토박이 남자들과 선원들, 도둑들, 상인들 사이에서 세르게이만이 유일하게 마르고 머리가 길며 술을 마시지 않았다. 그리고 그는 아빠가 된 사람들의 기쁨에 동참할 수 없었다. 그는 위장 밑바닥에서부터 올라오는 불안과 공포에 휩싸여 있었다. 그것은 오래 전에 치유된 궤양이 다시 재발한 것이 아니라 뭔지 모를 불길한 신호와 같은 것이었다.

타냐는 3층에 있었지만 세르게이는 잔디밭에서 소리치지 않았다. 그는 가방에서 색소폰을 꺼냈다. 그리고 마우스피스에 입술을 대고 조용하게 타냐를 불렀다.

"타~냐……!"

타냐는 들었다. 그러나 창으로 바로 다가갈 수가 없었다. 베개에서 머리를 떼자 머리가 돌기 시작했고, 구역질이 심해졌다. 오래전부터 위는 비어 있었다. 그녀는 극심한 경련을 이를 악물고 참으면서 창문까지 발을 질질 끌고 갔다. 다리는 매번 걸을 때마다 감당할 수 없이 아팠고, 위는 납으로 가득 채워진 듯 무겁고 답답했다. ……세르게이가 "타 냐……"라고 더 길게 늘여 세 번이나 불렀을 때, 그녀는 창밖으로 몸을 쑥 내밀었다.

세르게이는 그녀를 바로 알아볼 수 없었다. 타냐는 자신의 엄마가 평생 하고 다녔던 대로, 머리카락을 다발 형태로 만들어 위쪽으로 모아 묶고 있었다. 죄수복과 같은 환자복은 타냐를 다른 사람처럼 보이게 했다. 타냐는 손을 흔들었다. 타냐의 몸짓은 그 누구도 재현할 수 없는 것이었다. 타냐는 위에서 세르게이를 내려다보면서 자신이 좋아하는 순간을 맞이하고 있었다. 그 순간에 유약하고 초라해 보이는 한 남자는 세상에 둘도 없는 음악가로 변신한다. 그 변신은 사람과 말을 기마병으로, 남자와 무기를 무사로 변화시키는 공식에 따라 이루어진 것이다. 또한 그 순간은 인간적인 것과 비인간적인 것의 의미가 확연하게 드러나는 순간이기도 하다.

세르게이는 손에 색소폰을 잡았다. 오른손은 아래 부분을, 왼손은 위쪽을. 턱을 약간 뒤로 젖히고 아랫입술을 내밀어 마우스피스를 물었다. 색소폰 리드로 인해 입술 안쪽에는 작은 물집이 잡혀 있었다. 그것은 혀로 건드릴 수 있었다. 세르게이가 잡고 있는 색소폰은 우직한 생명체다. 음악의 대가가 고안해낸 명품이다. 나무와 금속, 플라스틱이 조화롭게 혼합된 것이다. 몸통에서 우후죽순처럼 뛰어나온 단추, 심하게 벌어진 나팔관의 외형이 그다지 아름답지 않을 수도 있다. 더욱이 영혼을 울리는 악기들은 매우 많다. 아주 단순한 모양의 플롯, 플롯과 동종을 이루는 팬파이프에서부터 피리, 삐죽한 주둥이에 조야하게 벌어진 나팔관을 가진 단풍나무 바순, 작고 소박한 트롬본, 현란하게 감긴 밸브장치를 가진 놋쇠 코르넷, 달팽이처럼 꼬인 프렌치호른 등등…… . 오보에는 또 어떤가? 이 모두 영혼의 깊은 울림을 불러일으키는 관악기들이 아닌가? 이들과 비교해 색소폰이 가장 완벽한 악기는 아니다. 그러나 색소폰의 음색은 인간이 느끼는 부드러움과 기쁨, 슬픔의 색채를 전달한다. 무엇보다도 세르게이와 색소폰은 완전한 일체감을 이룬다. 둘은 떨어질 수 없는 사이다. 세르게이는 리드에 긴장된 입술을 대고 벨벳처럼 보드라운 청색의 '라'음을 불었다. 이제 시작이야!

세르게이와 그의 '셀머(Selmer)'는 타냐에게 전해야 할 중요한 말에 조급해하지 않고 의연하게 연주를 시작했다. 콜트레인의 '거대한 걸음'이 연주되었다. 타냐는 3음도로 연주되고 있음을 금방 알아차렸다. 도-미-솔#. 그리고 음정은 주제의 흐름에 따라 세 번 바뀌었다. 그러나 세르게이는 곧 자신의 즉흥 연주를 시작했다. 연주는 마음껏 고음으로 치달았다가 유연하게 낮고 평온한 저음으로 바뀌었다. 그것은 언젠가 자주 들었던, 매우 익숙한 멜로디였다. 타냐는 헤이든(Haden)의 '언제나 안녕이라고 말하지'일 것이라고 생각했다. 아니면 그와 유사한 것, 그도 아니면 세르게이가 작곡한 것일 수도 있었다.

타냐는 3년 전에 페트로그라드 출산원에서 쥐냐를 낳았을 때 그에게 어떻게 편지를 썼는지 기억을 더듬었다. 얼마나 호언장담하며 바보 같은 말을 했던가. 그들은 참 멋진 삶을 함께 했다. 세르게이는 아무런 말없이 악기를 연주하고 있었다. 이제 병원에서 나가게 되면 더 이상 어리석게 행동하지 않을 것이다. 단 한 번도 쓸데없는 말을 하지 않는 음악과 함께 하는 한, 경박하게 행동하는 것은 수치스러운 일이다. 이 순간 음악은 명료하고 엄격하게 말하고 있다. 그 언어를 이해하지 못하는 사람들에게 그것은 '안녕!' '영원히…… 영원히…… 안녕~!'이라고 들렸을 것이다. 작지만 톱날처럼 날카로운 금속이 내는 소리는 아름답지만 무자비했다.

타냐는 격심한 고통에 손으로 배를 움켜 안았다. 정말 아기가 죽을 것 같았다. 부드러운 귀, 턱밑에 놓인 손바닥, 꽉 다문 입술, 윗입술이 아랫입술 위에 살짝 걸쳐 있는 세르게이를 닮은 흰 피부의 아기가……. 불쌍한 파블릭……. 세상에 나올 수 없었던 파블릭……!

세르게이는 더 이상 살아 있는 타냐를 보지 못했다. 파벨도 마찬가지였다. 파벨은 시골집에서 돌아와 문틈에 껴 있는 두 개의 전보용지를 보았다. 하나는 급히 와달라는 세르게이의 전보였고, 다른 하나는 세르게이 전보보다 이틀 늦게 보낸 것으로 타냐의 사망을 알리는 전보였다.

하루 뒤, 파벨은 누운 타냐 옆에 서 있었다. 그의 인생에서 가장 가슴 아픈 순간이었다. 생명의 가는 불꽃, 뛰는 심장의 초록빛 그림자, 각각의 기관에서 만들어지는 에너지, 그 모든 것이 멈추어 있었다. 타냐의 몸은 불에 탄 듯이 시커먼 색으로 변해 있었고, 팔꿈치와 허벅지에는 발진이 그대로 남아 있었다. 그리고 자칭 의사라는 인간들의 만행을 여실히 보여주는 부검의 흔적을 간직하고 있었다. 파벨은 이미 부검 결과를 보았다. 병력 기록도 보았다. 그 병원의 수석의사부터 말단 간호사에 이르기까지 모두는 앞으로 닥칠 징벌을 두려워하고 있었다. 쿠코츠키 박사는 타냐가 병원에 온 지 이틀이 되도록 그들이 어떤 진단도 내리지 않았고, 어떤 치료도 하지 않았으며, 필수적인 검사를 너무 늦게 했고, 더욱이 임신한 상태에서 촌각을 다투는 일을 간과한 모든 죄상을 훤히 간파하고 있었다. 시골집에서 화요일이 아니라 그 전 주 금요일에만 왔어도 타냐를 데려갈 수 있었을 것을…….

파벨은 25년 전 거의 죽음의 문턱에 있던 엘레나 옆에 자신이 서 있던 것을 떠올렸다. 그 순간이 타냐에게 반복되어 나타난 것이 통탄스럽기 그지없었다. 지금과 같은 똑같은 위치에서 엘레나의 밤색 머리카락과 작은 콧구멍, 그린 듯한 눈썹을 보지 않았던가……

'엘레나가 알아서는 절대 안 돼.'

순간 파벨은, 엘레나가 알 수 없는 세계로 떠나버린 것은, 미래를 예견하는 자신의 심장이 알려준 이 엄청난 괴로움을 피하기 위해서일지도 모른다는 추측을 했다.

파벨은 수석의사의 방으로 갔다. 그리고 부서의 모든 담당의사를 불러 오라고 했다. 수석의사는 쉽게 응하려 하지 않았다. 그러나 파벨의 위엄에 찬 눈빛에 눌려, 비서에게 전화를 걸어 모두 자신의 방으로 오게 하라고 지시했다. 5분 후 여섯 명의 의사가 들어왔다. 파벨의 타냐의 병력기록부와 부검 결과서가 놓여 있었다.

"이건 매우 심각한 경우야."

파벨이 말을 시작하자 의사들이 서로서로를 쳐다보았다.

"의사로서 도저히 할 수 없는 실수를 저질렀어. 이건 범죄야. 감염 환자를 병리학부에 데려다놓고, 혈액 검사도 하지 않았고, 세균 검사도 하지 않았어. 어떤 진단도 내리지 않았더군. 내가 보기에 이건 바일씨병이야. 만일 렙토스피라증이 맞는다면 지체 없이 긴급조치를 취했어야 해."

중앙아시아 출신에 콧수염을 물들인 한 병리해부학자가

격하게 반대하고 나섰다.

"죄송하지만, 그렇게 판단할 만한 근거가 희박합니다. 부검결과를 보셨잖습니까? 선생님이 직접—여기서 콧수염은 시체라고 해야 할지 몸이라고 해야 할지 머뭇거렸다—환자를 보셨잖아요. 어떤 근거로 그런 결론을……"

"근육출혈과 다발성 발진은 이 환자의 병력에 전혀 상응하는 것이 아니야. 이건 일종의 세균에 의한 감염이야. 여기 쓰인 대로 항생제 치료는 전혀 없었어. 그 어떤 치료도 전혀 하지 않았다고……. 그런데 문제는 여기서 끝나는 게 아니야. 더 심각한 문제는 여기 다른 환자들에게 혹은 일하는 사람들에게 전염이 되었을 수도 있다는 거라고. 이 병원의 모두가 위험하다고!"

파벨은 시 보건부의 전염병 관리본부에 전화를 걸어 할 수 있는 모든 조치를 취했다. 병원의 모든 사람들은 불안에 떨었다. 청소부는 하루에 두 번 화장실 청소를 했다. 병원의 중간 관리자들은 밤에 술을 마시지 못했다. 버터와 고기를 훔쳐가지 못하도록 식당 경비가 강화되었기 때문이다.

파벨은 병원에서 3일을 보내고, 4일째 되는 날 완전히 넋이 나간 세르게이와 함께 기차를 탔다. 화물칸에는 작은 사각형 창이 있는 아연으로 된 관이 실려 있었다. 창문으로 여러 번 접은 하얀 가제붕대가 보였다.

가릭에게 빌린 돈으로—파벨과 세르게이는 가지고 있던 돈을 모두 썼다—그들은 보드카 네 병을 샀다. 빵 부스러기를 안주 삼아 천천히 보드카를 마셨다. 무거운 침묵 속에서…… 술이 떨어지자 세르게이는 아래 칸 침대에 누워 색소폰 가방을 안은 채 모스크바에 도착할 때까지 잠을 잤다. 파벨은 36시간 동안 눈을 붙이지 않았다. 세르게이의 맞은편에 앉아, 눈에 띄게 수척해진 그의 얼굴을 응시했다. 흰 피부에 눈두덩과 코만 벌겋다. 뺨의 부드러운 피부를 뚫고 나온 희끄무레하고 뻣뻣한 털이 마치 작은 고름 같았다. 마르고 갈라져 딱지가 앉은 입술이 바르르 떨렸다. 색소폰 가방의 측면을 어루만지며 잠꼬대를 했다. 들리지는 않았다. 파벨은 만일 앞에 잠들어 있는 젊은이와 태어나지도 못할 운명을 가진 어린 생명, 이 두 남자와 같이 살 수 있었다면 삶이 어떻게 달라졌을까 잠시 생각했다. ……그리고 타냐에게 일어난 끔찍한 일을 떠올렸다. 오데사 지역의 썩은 물과 함께 타냐의 위에 들어온 나선형의 강력한 세균이 혈액을 따라 움직이며 타냐의 온몸을 망가뜨렸을 것이다. 임신으로 약해진 간은 해독작용을 제대로 할 수 없었을 테고…… 어떤 보조수단도 필요 없이 그 저주 같은 모든 과정이 파벨의 눈앞에 선명하게 펼쳐졌다…….

장례식은 차질 없이 진행되었다. 비탈리이가 역으로 마중을 나왔고, 독일 공동묘지에 묘 자리도 준비되었다. 가스 박사[94]의 묘와 두 걸음 떨어진 곳이었다. 그곳에는 파벨의

---

94 1780~1853. 독일 출신의 의사다. 박애주의자이며 자선가로, '성인 의사'라는 칭호를 받았다.

할아버지와 증조부도 묻혀 있었다. 이제 부모를 앞서 간 타냐가 함께 묻혔다. 타냐의 장례식엔 아버지, 남편, 그녀가 사랑한 남자 셋뿐이었다.

세르게이는 곧장 떠나려 했지만 파벨은 하룻밤 자고 가라고 말렸다. 두 사람은 아파트로 갔다. 여름 동안 비어 있던 집은 썰렁했고 먼지투성이였다. 파벨은 알약을 주었다. 그들은 보드카를 마셨다. 세르게이는 토마가 쓰던 침대에 누웠다. 타냐와 줴냐와 그리고 둘째아이, 그들은 몇 달 후 이 방에서 함께 살고 있었어야 했다.

22

페트로그라드로 돌아온 세르게이는 아무에게도 자신이 온 것을 알리지 않았다. 그는 작업장으로 갔다. 열쇠가 없었다. 열쇠는 오데사에 있는 타냐의 물건 속에 있었다. 그는 힘들이지 않고 문을 부쉈다. 안은 그들이 떠날 때 엉망진창으로 해놓은 그대로였다. 서둘러 떠나는 바람에 씻지 못한 커피 분쇄기가 개수대에 그대로 있었다. 찻주전자에 안에 있는 차 찌꺼기에는 곰팡이가 잔뜩 피어 있었다. 타냐의 검은 옷은 벽의 나무옷걸이에 걸려 있었고, 높은 굽의 구두는 침대 옆에 놓여 있었다. 그 구두를 신으면 타냐는 세르게이보다 머리 반만큼 더 컸다. ……순회공연을 떠나기 전날 밤, 그들은 정해지지는 않았지만 흥미로운 공연을 준비하고 있는 젊은 감독의 초대로 모임에 갔었다. ……침대도 정리하지 못했다. 줄무늬 시트는 밑으로 흘러내려 걸쳐 있었고, 자면서 서로 가져가려고 당겼던 하나뿐인 베개는 쭈글쭈글한 채로 있었다…….

세르게이는 베개에 얼굴을 묻었다. 진한 냄새가 전해졌다. 그녀가 아직 여기에 있었다. 나선형으로 얽혀 있는 그녀의 머리카락, 돌돌 말린 채 베개 밑에 깔린 작고 검은 팬티. 세르게이는 옷을 입은 채로 누워 잠이 들었다.

시간이 지나간 후, 세르게이는 잠에서 깨어났다. 수도꼭지를 틀어 물을 마시고, 개수대에 대고 오줌을 쌌다. 화장실은 층계참에 있었다. 지하에 있는 네 집의 공동화장실로, 항상 자물쇠로 잠겨 있었다. 화장실 열쇠는 현관에 걸려 있었다. 그런데 세르게이는 오데사에 있는 타냐의 열쇠 꾸러미에 끼어 있다고 생각했던 것이다.

그는 옷을 벗고 나서 다시 잠자리에 누웠다. 타냐의 냄새는 침대에서 일어났다가 다시 누울 때마다 더 강해졌다. 남아 있는 것이라고는 그녀의 냄새와 나일론 팬티뿐이었다. 세르게이는 자다 깨기를 반복하면서 타냐의 냄새를 마음껏 들이마셨고, 수도꼭지에서 물을 마셨고, 개수대에 오줌을 쌌다. 아무것도 먹고 싶지 않았다. 먹은 게 없어서인지 위가 움직이지 않았다.

마침내 그는 침대에서 일어나 타냐의 작업책상에 앉았

다. 도구들과 재료들을 만져보았다. 금속은 타냐에 대해 아무것도 말해주지 않았다. 검은 돌이 들어 있는 얼룩모양 양철의 작은 상자를 열었을 때, 그는 오랫동안 눈을 뗄 수가 없었다. 검은 돌이 타냐의 손길을 그대로 간직하고 있는 것 같았다. 매끈매끈한 층을 이루는 마노, 검고 푸른 자철광, 꺼칠꺼칠한 검은 부석, 그리고 그녀가 가장 사랑했던 투명한 흑요석……. 그는 되는 대로 두 개를 집어 청바지 주머니에 넣었다. 그러고 나서 색소폰 가방을 들고 작업장에서 나왔다. 현관문은 덜렁거리고 있었다. 자물쇠는 부서진 상태다. 그는 다시 안으로 들어가 못을 뽑을 수 있게 된 망치와 커다란 못을 가지고 나왔다. 못을 휘게 박아서 문틀에 문을 고정시켰다. 마치 안에서 잠긴 것처럼 보이게 했다. 그리고 다시 왔을 때 못을 빼기 위해 망치를 신발 매트 밑에 넣어두었다. 순간, 짧지만 강한 예감이 스쳐갔다. 다시 돌아올 수 있을까?

모두가 팔루엑토바를 색정에 능한 암컷이라 여기고 있었지만, 세르게이는 그런 면과 함께 그녀의 인간적인 면모를 잘 알고 있었다. 그녀는 세르게이가 모스크바에 남을 거라고 생각했다. 가릭은 오데사에서 페트로그라드로 전화를 걸어 타냐의 죽음을 모두에게 알렸다. 그리고 세르게이가 관을 가지고 모스크바로 갔다는 것도 알렸다. 동료들 역시 세르게이가 모스크바에 남을 거라고 확신했다.

세르게이는 팔루엑토바의 아파트로 갔다. 열쇠를 찾았지

만 잃어버린 모양이었다. 어쨌든 누군가 문을 열어주리라는 기대 없이 초인종을 눌렀다. 뜻밖에도 집주인이 직접 문을 열어주었다.

"누구를 찾아왔죠?"

그녀는 바로 세르게이를 알아보지 못했다. 몹시 여윈 데다, 길고 뻣뻣한 턱수염이 무성하게 자라 있었고, 황달기로 얼굴이 누렇게 떠 있었다. 전혀 몸을 돌보지 않은 상태였다. 그때 사냥개 한 마리가 뛰어나와 세르게이를 반겼다. 하지만 그는 아무런 반응도 없이 멍하니 서 있었다. 마치 무의식적으로 발길 닿는 대로 온 사람 같았다.

팔루엑토바는 탄식하며 카랑카랑한 목소리로 속사포로 말을 쏟아냈다.

"뭐야, 전화는 왜 못 해? 난 오늘 떠나. 멍청하게 전화는 됐다 뭐해? 아무 말도 마. 다 아니까. 어떻게 그런 일이……. 개는 내가 데리고 갈 거야. 전화 좀 하지 그랬어? 그랬으면 아파트를 내놓지도 않았을 거 아냐? 그냥 너에게 남겨둘 수 있었는데. 아무런 변명도 하지 마!"

팔루엑토바는 세르게이를 감싸 안았다. 자신의 아이처럼. 여기서 둘의 관계가 어떤 것인지는 아무런 의미가 없었다. 그녀는 언제나 그랬다. 어떤 상황이든 있는 그대로 받아들일 수 있었다. 아마도 이런 점 때문에 세르게이가 그녀에게 의지하고자 찾아온 것인지도 모른다. ……그녀를 잘못 본 것인지도 몰랐다. 예술적 감성이 전혀 없다고 생각했던

708

것이 말이다. 진정한 호인인 걸……．

그녀는 빗지 않아 산발이 된 세르게이의 머리를 쓸어내렸다. 그리고 등을 두드리며 욕실 쪽으로 밀었다.

"욕실에서 좀 씻어. 먹을 것 좀 준비해줄게."

그는 욕실 수도꼭지에서 부드러운 물을 틀었다. 오데사에서부터 씻지 않았다는 생각이 들었다. ……그는 겨우 참을 수 있을 정도의 뜨거운 물에 누워 울기 시작했다…….

팔루엑토바는 페름에 있는 자신의 장군에게 전화를 걸어, 호인다운 기질과는 전혀 어울리지 않는 가는 목소리로 계획이 변경되었음을 알렸다. 비행기 표를 반납할 것이며, 적어도 일주일은 이제 막 애인을 잃어 제정신이 아닌 남편을 혼자 둘 수가 없다는 설명도 했다.

팔루엑토바의 전화를 받은 시베리아의 장군은 수화기를 들고 머리를 끄덕이며 "응. 응……" 하고 무심하게 대답만 했다. 하지만 그는 경우 바르고 진정으로 강한 여자를 만났다는 것에 스스로 놀라고 있었다. 발레리나들이 납작한 가슴과 신병처럼 근육질의 등을 가지고 있는 것은 모두 이유가 있었구나 하는 생각을 했다. 입가에 미소가 번졌다. 기절할 만큼 기분이 좋았다. 지금까지 그런 여자를 만나본 적도, 그런 여자가 있을 수 있다는 생각을 해본 적도 없었기 때문이다.

일주일은 충분하지 않았다. 팔루엑토바는 거의 한 달가량을 세르게이의 옆에 있어주었다. 음식과 약을 챙겨주고,

그가 좋아하는 음악도 틀어주고, 개와 산책하게 했다. 세르게이는 점차 제정신으로 돌아와 다시 연주 연습을 하기 시작했다. 세르게이가 오랜 휴식 후 처음으로 클럽에서 연주하는 날, 팔루엑토바는 나이 지긋한 애인에게 날아갔다. 그는 전직 프리마돈나 발레리나에게 모든 면에서 가장 적합한 남편이었다. 그녀가 세르게이를 돌보는 동안 그 남자는 오래 끌어온 홀아비 신세를 청산하고, 지금껏 만나지 못했던 특별한 여자와 결혼하겠다는 결심을 굳혔다. 그 특별한 여자는 문란한 과거를 가지고 있었지만 벨기에의 열다섯 배, 프랑스의 여덟 배, 독일의 다섯 배나 되는 땅에서 위대한 여자로 추앙되는 미래를 가지고 있었다.

23

쿱치나에 거주하는 시몬 쿠릴코는 경찰이었다. 그는 밤에 당직근무를 하다가 유치장에 억류되어 있던 사람을 때렸다. 심하게 때린 것은 아니었지만, 아침에 그가 죽었다. 죽은 사람은 박물관에서 일하는 사람인 것으로 밝혀졌다. 폭좁은 바지를 입은 깡마른 동성연애자의 죽음으로 인해 시몬의 인생이 꼬이기 시작했다. 경찰에서 해직되었고―실형을 살지 않는 것만으로도 감사하라는 말을 들었다―, 아내는 딸과 함께 떠나버렸다. 혼자서 그를 지원하던 어머니도 얼마 후 세상을 떠났다. 이 모든 일이 있고 난 후, 시몬은 병이 들었다. 그는 광란을 일으켜, 새로 만든 어린이 놀이터를 도끼로 부수었다. 모래와 나무를 조각해 만든 곰과, 아이들이 기어들어가 놀 수 있는 작은 집을 박살 낸 것이다. 사람들은 부서진 곰 옆에 그를 묶어두었다가 정신병원으로 데려갔다. 그는 1년 뒤 치료를 마치고 집으로 돌아왔다. 집은 텅 비어 있었다. 그가 병원에 있는 동안 이웃 사람들이 그가 좋았던 시절에 장만했던 이불이며 라디오 '스피돌라'를 몽땅 가져간 것이다.

시몬은 군대를 제대하고 바로 경찰이 되어 8년 동안 근무했다. 다른 직업은 가져본 적이 없었다. 장애인 연금을 받았지만 적었다. 다행히 술을 마시지 않았지만, 연금은 그의 왕성한 식욕을 채우기에 턱없이 부족했다. 그는 병원에 있으면서 심하게 살이 찌는 바람에 먹을 것도 더 많이 필요해진 것이라고 여겼다. 어떻게든 돈을 벌어야 했다. 그는 군 수비대로 일자리를 구하러 갔지만 해직 경찰이란 이유로 거절당했다. 그 후 한 인쇄소의 트럭 운전사로 일했지만 역시 쫓겨났다. 담배 피는 것이 금지되어 있었음에도 습관대로 담배를 계속 피운 아둔함 때문이었다. 한 번 걸리고 두 번, 세 번 계속해서 피우다가 상사에게 걸려 결국 해고되고 말았다. 그 상사는 대학을 갓 졸업한 젊은이로, 박물관 직원과 마찬가지로 폭 좁은 바지를 입고 다니는 망할 놈이었다.

이제 시몬에게는 아무것도 남아 있지 않았다. 오직 자신의 삶을 망가뜨린 그 동성애자 같은 부류의 인간들에 대한 증오심에만 불타 있었다. 시몬은 단도를 집어 들었다. 뜨개바늘보다는 굵고 줄칼보다는 얇은 아주 날카로운 단도였다. 그것은 경찰로 근무할 때부터 그가 오랫동안 집에 보관해온 것으로, 한 도둑에게서 빼앗은 것이었다. 왜 집에 숨겨두었는지 자신도 알 수 없었다. 그는 단도를 소매 속으로 밀어 넣고 시곗줄 밑에 날카로운 부분을 걸어 고정시켰다. 시계는 고장 나서 멈춘 상태였지만 이런 때는 쓸모가 있었다.

시몬은 '1월 9일 희생자들의 묘지' 근처에서 살았다. 거리 주소도 역시 묘지의 이름과 같았다. 역까지는 걸어서 20분이 걸렸다. 1961년 5월 1일, 경찰들이 가장 바쁜 날을 택하여 시몬의 앙갚음이 시작되었다. 그날 그는 천천히 걸어서 역까지 가서는 교외선을 타고 비테프스크 역까지 갔다. 거기서 좌회전하여 자고로드느이 대로 방향으로 향했다. 오가는 사람들을 살피며 천천히 기술전문대학 쪽으로 갔다. 그리고 어느 아파트 앞 정원에 있는 벤치에 저녁까지 앉아 있었다. 그때까지 자신이 작정한 일을 하지 못했기 때문이었다. 사람들은 무리를 지어 지나갔다. 때로는 혼자 외롭게 지나는 이도 있었다. 그들은 그가 원하는 대상이 아니었다. 저녁 아홉 시경이 되자, 폭 좁은 바지를 입고 여위고 머리가 긴 한 남자가 홀쭉한 서류가방을 들고 나타났다. 술에 얼큰하게 취해 있었다. 그는 몸속의 물을 빼기 위해 어둡고 으슥한 곳을 찾고 있었다. 적당한 곳에서 그가 물을 쏟아내

712

고 있을 때 시몬은 그의 뒤로 다가가 정확하게 늑골 사이로 단도를 찔러 넣었다. 처음에 단도는 빳빳한 필름을 찢듯이 무디었지만 곧 기름처럼 매끄럽게 들어갔다. 시몬은 단도를 뺐다. 남자는 뒤도 돌아보지 못한 채 '윽'하는 소리를 내더니 벽에 코를 박고 그대로 쓰러졌다. 시몬은 가방도 열어보지 않았다. 단도를 부엌 행주로 조심스레 닦고는 다시 소매 밑으로 숨겼다. 그러고는 병원에 있는 동안 생겨난 구부러지지 않는 마네킹 같은 걸음걸이로 마당에서 걸어 나왔다.

두 번째 시몬의 잔혹한 행각은 11월 7일에 일어났다. 그역시 그의 뜻대로 끝났다. 이미 그는 내년 5월 1일도 이와 같은 방식으로 축하할 계획을 하고 있었다. 영혼이 원하는 대로 혐오스러운 동성애자, 삐쩍 마른 놈, 추악한 유대인 놈에게 단도의 날카로운 맛을 보여줄 것이라고 결심했다……

3년 동안 계속해서, 시몬은 그 주변을 서성거리며 일을 저질렀다. 5월이면 사람들의 통행이 잦았지만 11월이면 많이 뜸했다. 그는 언제나 적당한 대상을 찾을 수 있었다. 한 대상은 꽃다발을 들고 있었고, 또 다른 대상은 녹음기를, 또 하나는 케이크 두 상자를 들고 있었다. 모두를 일일이 기억조차 하지 못한다. 처음에 자신이 찍은 대상을 탐색해서 어떤 부류인지 알아낸 다음, 적당한 기회에 순간적으로 다가가 일을 해치웠다. 오른손으로 어깨를 잡고 왼손으로 주먹질을 했다. 시몬은 왼손잡이다. 학교 교육 덕분에 글은 오른손으로 쓰지만 다른 것은 양손을 사용한다. 그래도 왼손이 더 편했다.

벌써 일곱 명이 시몬에게 희생되었다. 그는 어느 날, 상점 앞의 줄에 서 있다가 여자들의 대화를 들었다. 도시에 살인자가 나타났는데 벌써 10년이 되도록 잡히지 않았으며, 정신병자로 빨간색 숫자의 날인 경축일만 되면 사람을 죽이는데, 모든 경축일에 남자를 찔러 죽이고, 1년에 한 번 있는 여성의 날, 3월 8일에는 반드시 여자를 죽인다는 것이었다. 시몬은 처음에는 그저 놀랐다. 며칠 후, 그는 그 대화가 자신에 관한 것임을 알았다. 물론 사람들의 말에는 과장이 있었다. 그러나 근본적으로는 맞는 말이었다. 2주 후, 예전에 다니던 인쇄소 옆을 지나다가 벽에 붙은 현상수배 전단지를 보았다. 이름과 함께 남자 두 명과 사기꾼 여자 한 명의 사진이 나와 있었다. 그리고 네 번째는 그림으로 그린 수배범의 얼굴이 인쇄되어 있었다. 그 그림과 시몬과의 공통점이라고는 아치형의 짙은 눈썹, 짧게 깎은 머리뿐이었다.

시몬은 집 안에 꽁꽁 숨었다. 준비된 마카로니를 모두 먹을 때까지 그는 일주일 동안을 절대 밖에 나가지 않았다. 살인사건에 대한 경찰의 추적은 11월까지 진행되었다. 그는 여섯 시부터는 결코 집에서 나가지 않기로 했다. 경찰 수색이 그를 두렵게 했던 것이다. 그는 일고여덟 시에는 숨까지 죽인 채 집에 죽치고 있었다. 그렇게 자신을 겨우 억제했지만, 나중엔 손까지 떨릴 지경이었다. 그는 아홉 시가 되면 더는 참지 못하고 집을 나섰다. 그리고 일을 해치웠다. 이

번 대상은 손에 아무것도 들고 있지 않았다. 그 대신에 얼굴에 얌생이처럼 멋을 낸 턱수염이 있었다. 분명 구역질나는 놈이었다……

시몬의 감정은 일을 저지르고 나면 진정되었다. 평상시에는 가구상점에서 가끔 짐꾼으로 일을 하기도 했다. 그러다가 경축일이 다가오면 단도를 어디에 두었는지 생각하며 마음이 조급해지기 시작했다. 매번 집 안의 새로운 곳에 단도를 숨겨놓았던 것이다. 한번은 숨긴 곳을 완전히 잊어버린 적도 있었다. 단도를 찾기 위해 온 집 안을 수색했었다. 바로 벽 쪽으로 기울어 있는 책상 위 방수포 밑에다 숨겨놓고 그렇게 찾았던 것이다. 이제 시몬은 경축일 당일은 거사를 치르지 않기로 했다. 3일 앞당기거나 늦추어 일을 저지르기로 했다. 경찰서에 멍청한 것들만 빽빽하게 앉아 있다는 사실을, 시몬은 누구보다 잘 알고 있었다. 경축일 당일 살인자를 잡으라는 명령에 따라, 그 외의 날은 손 놓고 있을 것이 분명했다.

1965년 11월, 누군가 열 번째의 희생자가 될 것이었다. 이때 시몬은 감기에 심하게 걸렸다. 기침을 했고 뼈가 부서지듯 아팠다. 경축일이 지나고도 거의 일주일 내내 아팠다. 시몬은 이번에는 거사를 치르지 않을 생각도 했다. 그러나 그 욕망은 없어지지 않았다. 15일이 되자 그는 쓸모 있는 고장난 시계를 차고 단도를 챙겼다. 아직은 밝은 시각인 세 시에, 그는 집 밖으로 나갔다. 언제나 그랬던 것처럼 비테프스크 역까지 차를 타고 가서, 자가고로드느이 대로를 따라서 걸어갔다. 그러나 기술전문대학 쪽이 아니라 모스크바대로 쪽으로 방향을 잡았다······.

그는 레닌그라드의 중심거리를 잘 알지 못했다. 쿱치나에서 태어났고, 가끔 이곳에 왔을 뿐이었다. 엄마는 이곳에 올 때면 언제나 '도시로 가자'고 말하곤 했다. 학교에 다닐 때 견학을 몇 번 오기는 했었다. 군복무는 쿠르스크 주에서 했기 때문에, 그는 도시인도, 그렇다고 완전 시골사람도 아닌 도시 외곽의 거주자였다. 경찰로 근무할 때도 도심의 길을 훤히 알지 못했고, 모르는 곳에서는 쉽게 길을 잃기도 했다······.

모스크바대로는 광장으로 이어졌다. '평화의 광장'이라는 팻말이 보였다. 사람들이 꽤 촘촘하게 걸어가고 있었다. 그곳에는 많은 상점이 있었다. 광장은 휘어 있었고, 많은 골목과 연결되어 있었다. 좁고 조용한 어느 골목길로 방향을 틀면서, 시몬은 기술전문대학 쪽으로 가지 않은 것을 후회했다. 그곳의 지리는 훤했기 때문이었다. 하지만 지금 그가 걷고 있는 골목도 거사를 치르기에 나쁘지는 않은 곳이었다. 그런데 대상이 쉽게 나타나지 않았다. 대부분 짐 가방을 든 아줌마들이었다. 시몬은 경축일에 거리에는 남자들이 더 북적거리고 평일에는 여자들이 더 북적거린다는 생각을 했다.

시몬은 골목을 구석구석 뒤지기 시작했다. 그러다가 자

신이 원하는 대상을 드디어 찾아냈다. 몸에 전율이 일었다. 그가 찾던 바로 그, 바로 그······. 이전의 아홉 명은 이 대상과 비교하면 아무것도 아니었다. 지금 시몬이 보고 있는 대상이야말로 지금까지의 그 누구보다 그가 찾던 먹이였다. 커 보이는 청재킷을 입고 마른 그는 박물관 직원 그 자체였다. 밝은 빛의 묶은 머리가 등에서 흔들리고 있었다. 그는 천천히 비틀거리며 걸어갔다. 시몬은 우연히 그의 덧신을 보았다. 단순하지 않은 덧신이었다. 그리고 그의 손에는 소형 가방이 들려 있었다. 보통사람들에게는 없는 특별해 보이는 가방이었다. 시몬의 정신은 거의 혼미할 지경이 되었다. 첫눈에 반한 사랑의 불꽃같은 것이었다. 시몬은 그런 강한 감정을 아직까지 경험해보지 못했다. 그 순간, 시몬에게는 어떠한 증오도 없었다. 다만, 들새의 아름다움에 매혹된 사냥꾼의 환희가 그를 사로잡았을 뿐이었다.

그러나 들새는 매우 천천히 걸어갔고 줄곧 사람들 주위를 맴돌았다. 시몬은 그 뒤를 따라 몇 걸음 더 걸었다. 시몬은 한 번 더 그의 얼굴을 보고 싶었다. 그래서 골목길의 다른 편으로 들어가, 그를 추월하여 뒤돌아서 정면으로 다가갔다. 그의 낯짝은 여우같은 부농의 모습이었고, 생각에 잠겨 있었다.

'오, 이 잡놈. 내가 지금 너를······.'

시몬은 다시 그의 뒤에서 자리를 잡았다. 으슥한 곳에 이르렀다. 시몬은 시곗줄 밑의 날카로운 단도를 끄집어냈다.

걸음을 빨리해 그와 나란히 섰을 때, 시몬은 오른손을 젊은 청년의 어깨에 놓고 왼손으로 단도를 그의 몸 깊이 찔러 넣었다. 한 번에 들어가지 않는 칼의 움직임은 더욱 극심한 고통을 준다. 청재킷이 단번의 찌름을 방해한 결과였다. 그러나 시몬은 확신했다. 자신이 원하는 곳에 단도가 정확히 들어갔다는 것을 경험으로 느낄 수 있었다. 늑골 사이 조직이 단도에 걸렸지만 곧 막힘없이 더 깊이 미끄러져 들어갔다.

젊은 청년은 "아!" 소리를 내더니 처음에는 위쪽을 향하듯 경련을 일으켰다. 그리고 앞으로 거꾸러졌다. 시몬은 그가 쓰러지지 않게 하려고 어깨를 두 손으로 잡아 벽으로 밀었다. 청년은 계속 엎어졌고, 시몬은 그를 끌고 사람들의 눈에 쉽게 띄지 않는 마당 깊숙한 곳으로 끌고 가려 했다. 그때 마당 구석에 있는 창고의 열린 문으로 청소부가 시몬의 행동을 흥미로운 시선으로 바라보고 있었다.

시몬은 청년을 버리고 달아났다. 무조건 사람들이 없는 길을 따라 달렸다. 어디로 가고 있는지도 모른 채 오직 한 가지 생각에 사로잡혀 있었다. 단도를 미처 빼지 못했던 것이다……

다행히도 세르게이는 생명을 구했다. 첫 번째는 심장에 단도가 그대로 박혀 있었기 때문이었고, 두 번째는 창고에서 나온 인상 좋은 청소부 남자가 지체 없이 응급차를 불렀기 때문이었다. 그러나 세르게이를 수술한 의사들은 이구동성으로 세르게이에게 말했다.

"이건 기적입니다, 기적. 백만 명 중에 한 명이나 누릴 수 있는……."

세르게이는 단도를 건네주길 요청했다. 그러나 그것은 불가능했다. 그것은 '살인증거물'인 것이다. 그는 그것을 보지도 못했다.

3일째 되는 날, 시몬은 체포되었다. 그의 죄목은 스물여섯 명의 살해와 세 번의 강간이었다. 시몬은 '자신의 범죄'만을 인정하고 다른 범죄는 부인했다. 그러나 이미 그의 죄는 위에서 결정된 바였다. 경찰 상부는 그때까지의 미제사건도 그에게 떠넘기기로 결정했다. 시몬은 최고형을 받았고, 반년 후 사형장으로 끌려갔다. 항소도 하지 않았고, 정신병 감정도 받지 않았다……

1

유년시절을 보낸 아파트 문 앞에 설 때마다, 쉐냐는 복잡한 감정을 경험했다. 감동, 분노, 연민, 정겨움 등을. 문은 닳아 떨어져 있었다. 고인이 된 할아버지의 이름이 적혀 있는 청동 표시판은 흐려졌고, 문 앞에는 이웃사람들의 불만을 사는 부서진 책상이 2년 동안 방치되어 있었다. 그리고 책상 위에는 토마의 비료자루가 가득 쌓여 있었다. 이웃을 생각하지 않는 파렴치한 행동의 전형이었다.

이웃사람들이 오래된 자물쇠를 바꾼 이후 쉐냐에게는 열쇠가 없었다. 이웃사람들이 그녀의 열쇠를 만드는 걸 잃어버린 것이 아니라, 그녀에게 새로 만든 열쇠를 주는 걸 잊어버린 것이었다. 쉐냐는 한 번 물어본 적이 있었다. 그러나 이웃사람들은 그녀의 질문에 주의를 기울이지 않았다. 쉐냐는 초인종을 눌렀다. 토마는 마루를 지팡이로 두드리면서 현관으로 다가왔다. 불쌍한 토마, 관절염이 재발했나보다.

"쉐냐, 너니?"

그녀는 문을 열었다.

"아이! 살이 꽤 쪘구나!"

미하일 표도로비치가 할머니의 방에서 얼굴을 내밀었다.

722

'쉬프라'와 늙은 피부의 땀 냄새가 풍겨왔다.

'내가 어쨌든 미하일에 대해 편파적이기는 했어―줴냐는 자신을 질책했다―. 일요일에는 냄새가 나지 않는 걸 보면 토요일에는 씻는 모양이야.'

줴냐의 마음속 미소가 입술에 조금 드러났다.

"안녕하세요, 미하일 표도로비치."

군대에 복무하던 동안, 미하일은 계급이 높은 사람에게 항상 먼저 인사했다. 이제 민간인으로, 주변에 계급이 높은 사람은 없었다. 그는 마음대로 먼저 인사할 사람을 선택하고 있었다. 직장 상사와 자주 가는 병원장에게는 늘 먼저 인사했다.

미하일은 위엄을 보이며 머리를 끄덕였다.

"그래."

이름도 부르지 않았다. 문가에 그대로 서 있었다. 뭔가 평소와는 달랐다.

줴냐는 오른쪽 왼쪽으로 번갈아 허리를 굽혀 구두를 하나씩 벗었다. 그녀는 거칠게 봉제된 실내화를 찝찝해하며 신고는, 할머니의 방으로 걸어갔다. 토마가 그녀를 멈춰 세웠다.

"줴냐야. 가구를 좀 옮겼어. 로지나 집에서 큰 책장을 쳤는데 할머니 방에만 들어가는 거라 어쩔 수 없이 할머니 방에…… 마침 미하일의 수집품이 들어왔고. 그래서 할머니를 바실리사 부엌방으로 가시게 했어……."

줴냐는 피가 머리로 몰리는 것 같았다. 청소도 안 하고 그리 서둘러서 할머니를 부엌 창고방으로 몰아넣은 것이 분했다.

"어떻게?"

줴냐는 분해서 턱을 떨었다. 미하일의 수집품은 허접함의 면에서는 놀랄만한 것이었다. 항공에 관한 신문과 잡지를 오려낸 기사들……

"무슨 차이가 있겠어? 어차피 할머니는 아무것도 모르시는걸. 그곳은 조용하기도 하고. 바실리사의 서랍장은 빼냈어. 할머니 의자는 갖다놨고. 거기서 식사도 할 수 있어. 죽은 바실리사도 늘 거기서 먹었으니까."

미하일은 여전히 할머니의 방문 앞에 서 있었다. 대단히 벼르고 있는 태도였다.

줴냐는 아무 대답도 하지 않았다. 자신을 억제하려고 애썼다. 그리고 부엌으로 향했다. 지난주까지 할머니 방이었고, 늘 할머니가 있던 방에 눈길도 주지 않았다.

줴냐는 부엌방 문을 열었다. 바실리사가 죽은 후에도 아무것도 바뀌지 않았다. 어려서부터 보아왔던 커다란 두 개의 카잔 성당 이콘과 선지자 엘리야 이콘이 있었다. 그것은 언젠가 붉은 군대의 도끼에 의해 깨어지고 낡아서 금이 간 것도, 조잡하게 맞붙여 마차 밖으로 흘러내린 옷자락이 엘리사의 손에 닿지도 않던 그 이콘이 아니었다…… 줴냐는 이콘에 눈길을 던졌다. 그 이콘에 있는 선지자들, 그들의 신은 도대체 어디에 있는 걸까? 왜 아무런 힘도 보여주지 않고 침묵하고 있기만 한 걸까?

할머니는 구멍이 뚫린 의자에 앉아 있었다. 얼굴은 삭막한 벽돌 벽이 보이는 작은 창을 향하고 있었다. 의자 밑에는 양동이가 놓여 있었다. 지린내와 허약한 노인 냄새가 코를 찔렀다. 잿빛 고양이 한 마리가 나무침대를 덮은 이불 위에서 자고 있었다. 두 번째 고양이는 엘레나의 무릎에 앉아 있었다. 할머니는 울퉁불퉁 깎은 손톱의 손가락을 고양이의 줄무늬 옆구리에 얹고 있었다.

엘레나가 젊었을 때 가늘고 작은 머리핀을 꽂았던, 관자놀이에 듬성듬성하게 남은 머리카락에 쥐냐는 입맞춤을 했다.

"안녕, 할머니. 왜 할머니가 여기로……."

쥐냐는 치미는 안타까움과 괴로움에 얼굴을 찌푸렸을 뿐이었다. 이 창피하고 불가항력의 상황에서는 침묵하는 게 더 낫다는 것을 이해했기 때문이다.

"지금 목욕할 거야, 할머니."

노파는 잠자코 그녀의 손을 어루만졌다. 부엌에서는 물소리와 칼 두드리는 소리가 났다. 토마와 남편은 모든 것을 절반씩 나누었고, 집안일도 똑같이 분담했다. 네 개의 감자를 한 쌍으로 나눠서 깨끗하게 씻었다. 두 개는 남편이, 두 개는 토마가 했다. 평등한 가족을 지향한다는 명분으로.

쥐냐는 욕실로 갔다. 부엌을 지나면서 그녀는 메밀을 고르고 있는 토마와 미하일을 보았다. 그들은 감자 다듬는 일을 이미 끝낸 터였다.

욕실의 상황은 언제나 똑같았다. 줄에는 젖은 옷들이 널려 있었다. 매주 토요일은 그들이 목욕하는 날이다. 목욕을 위해 한나절 동안 준비하고, 한나절 동안 씻는다. 그러고 나서는 차를 마시고 사탕과 과자를 먹으며 휴식을 취한다. 인습에 찌든 광경이다. 그것도 아주 진지하게. 일요일 아침에는 줴냐가 도착할 때까지 미하일이 구입한 작은 세탁기로 일주일 동안 모아둔 빨래를 한다. 그는 할머니의 더러워진 시트를 세탁기에 넣는 것을 허락하지 않았다. 그런 면에서 아주 까탈스러웠다.

줴냐는 욕조 밑에서 대야를 끌어냈다. 찌그러진 용기 뚜껑으로 덮어놓은 대야 안에는 낡은 시트를 뜯어서 만든, 더러워진 기저귀들이 가득했다. 전에는 줴냐가 사오는 팜페르스를 사용했지만, 이제는 그나마도 쓸 수가 없었다. 미하일이 합성제품을 좋아하지 않는다며 토마가 거부했기 때문이다. 게다가 줴냐는 이미 오래전부터 할머니를 위해 뭔가 사오는 일을 그만두었다. 할머니에게 줄 새것을 사오면 토마는 그것을 가로채곤 했다.

"줴냐, 할머니한테 그런 좋은 옷이 뭔 소용이래……."

그때마다 줴냐는 누가 더 불쌍한 사람인지 혼돈스러웠다. 싸우는 것조차 불가능한, 아예 대상을 인식하지도 못하는 비정상적인 정신상태의 할머니일까? 아니면 쥐새끼 같은 낮짝에 관절염으로 걷기 불편하지만, 결혼생활에 만족해하며 행복한 미래를 꿈꾸는 토마일까? 토마는 사철나무의 바이러스 감염에 관한 논문으로 박사 학위를 받았다. 이로 인해 그녀는 자신이 마치 현자였던 파벨의 진정한 후계자라도 되는 듯 의기양양해하고 있었다. 적어도 겉으로 보기에는 그럴 수도 있는 착각이었다…….

쉐냐는 욕조에 걸쳐 있는 횡목 위에 널브러져 있는 것들을 치웠다. 그곳에 할머니를 앉히고 씻겨야 했기 때문이다. 겹쳐놓은 낡은 바가지, 유리병, 너덜너덜한 목욕수건. 정말이지 돼지우리보다 나을 게 없었다…….

쉐냐는 코를 옆으로 돌리고 할머니의 기저귀를 가장 큰 대야에 옮기고 물에 불려놓은 후, 다시 욕조 밑으로 밀어넣었다. 할머니를 씻기고 빨아야지. 먼저 욕조를 닦기 시작했다. 수도꼭지에서 물이 샜다. 욕조의 배수구로 계속 물이 빠졌다. 모든 게 낡을 대로 낡았다. 하지만 기가 막히게 해놓은 수선 또한 가관이었다. 미하일은 헝겊이나 철사를 뭉치고 꼬는 일에서 가히 천재라 할 만했다. 헝겊을 돌돌 말아 철사로 묶어 욕조의 배수구 뚜껑을 만들어놓은 꼴이라니. 항공기술자로 하는 일이 뭘까 의심스럽기 짝이 없었다…….

마침내 목욕 준비가 끝났다. 물이 조금 뜨거운 것 같지만, 할머니가 옷을 벗는 동안 식을 것이다. 거품을 내기 위해 샴푸를 조금 물에 풀었다. 마침 토마와 미하일은 샴푸

같은 것을 쓰지 않았다. 그리고 외제도 절대 쓰지 않았다. 대단한 애국자들이다. 비누, 약, 옷. 모든 것에 대해 국산품 예찬론을 펼치는 애국자들…….

쉐냐는 할머니를 의자에서 일으켜 세웠다.

"가요, 할머니, 다 준비되었어요."

엘레나는 순순히 일어났다. 등은 곧았고, 다리는 길었다. 나이가 들어 마르고 약간 구부정해졌을 뿐……. 쉐냐는 할머니의 마른 어깨를 안고 욕실로 데려갔다. 할머니는 잘 걸어갔다. 낡은 슬리퍼가 걸음을 지체시킬 뿐이었다. 결국 슬리퍼 밑바닥이 떨어져 나갔다. 토마에게는 새 슬리퍼가 세 개나 있었다. 탐욕스러운 인간들…….

욕실 안에 들어가 할머니는 손가락으로 걸쇠를 가리켰다. 쉐냐는 욕실 문을 잠갔다. 천천히 할머니의 옷을 벗겨주기 시작했다. 할머니는 쉐냐를 도와주고 싶은 듯했지만, 그 노력은 오히려 방해가 될 뿐이었다. 할머니는 가운의 단추를 잡아당겼다. 단추를 어떻게 풀어야 하는지조차 잊은 모양이다. 기억해보려 애쓰지만 소용없는 일이었다.

쉐냐가 도와주었다.

도대체 생각이 있긴 한 걸까? 왜 사다주는 팜페르스는 안 쓰고 이 불편하고 거추장스러운 걸로 할머니를 괴롭게 하는 건지.

모든 것을 벗었다.

"이제 다리를 드세요. 오른쪽 다리요. 네, 나를 붙잡고요."

배가 방해를 한다. 매우.

"이제 다른 쪽 다리를 드세요."

엘레나는 가볍게 자신의 긴 다리를 들었다. 발이 끔찍했다. 발톱까지 무좀이 번졌다. 뼈도 돌출되어 있었다. 게다가 가정용 슬리퍼를 제외하고 20년 동안 아무것도 신지 않았는데, 굳은살은 왜 생긴 걸까? 엘레나는 욕조에 들어가 그대로 서 있다. 어떻게 앉아야 할지도 모른다. 마르기는 했지만 여전히 균형 잡힌 몸매. 뱃살도 하나 없다. 배꼽은 주름 속에 가려져 있다. 그리고 또 하나의 주름. 배꼽 밑에 세로로 난 수술 자국. 털이 없는 주름투성이의 흰 몸은 구겨진 권련을 싸는 종이 같다. 흰 얼굴. 턱에는 털이 나 있다. 이전에는 쥐냐가 핀셋으로 뽑아주었지만, 이제는 가위로 잘라준다. 시간이 늘 촉박했기에. 앞으로 아이도 태어날 것이다. 그렇게 되면 시간에 더 쫓기게 될 텐데 걱정이 태산이다. ……아무래도 할머니를 프로사유즈의 아파트로 모셔가야 하지 않을까? 아버지가 새 아파트로 이사 가면 바로 말이다. 할머니와 같이 살기에 그리 좁은 편은 아니니까. 문제는 토마가 쓸데없는 고집을 피우지 않을까 하는 거였다.

"앉아요, 할머니, 앉아요."

쥐냐는 할머니의 등을 가볍게 밀었다. 할머니는 조심스럽게 깊게 앉았다. 쥐냐는 샤워기를 몸에 갖다 댔다. 할머니는 만족스러운 듯, 나직하게 기분 좋은 소리를 냈다. 쥐냐는 파벨 할아버지가 죽고 아버지의 아파트로 이사 간 이후, 10년 동안 이 순간을 위해 할머니를 찾아왔다.

"고마워."

엘레나가 말했다. 토마는 엘레나가 말하는 걸 아예 잊어버렸다고 확신했다. 그러나 그건 사실과 달랐다. 줴냐와는 말을 잘했다. 단지 잠긴 욕실 안, 따뜻한 물이 담긴 욕조 안에 있을 때만 그랬다. 그들 사이에는 설명하기 어려운 친밀감이 존재했다. 줴냐를 길러준 사람은 할아버지다. 하지만 할머니는 언제나 말없이 줴냐 옆에 있어주었다. 줴냐의 기억 속에 할머니는 늘 병자였지만, 그들 사이에는 서로 바라보기만 할 뿐인, 무언의 보이지 않는 사랑이 깊게 자리하고 있었다.

줴냐는 할머니의 머리를 어루만졌다.

"좋아요?"

"너무 좋아……. 말할 수 없이……. 우리는 시베리아에 있을 때 같이 목욕탕에 다녔지. 아버지랑, 너랑, 바실리사랑……. 나뭇가지로……. 눈이 많이 왔어……. 기억나지?"

'할머니는 나를 누구라고 생각하고 있는 걸까?'

누구라고 생각하든 무슨 상관이람. 일주일에 한 번 엘레나가 몇 마디라도 하면서 이 세상을 만날 수 있다는 사실만이 중요했다.

"왜 부엌방으로 옮기셨어요?"

줴냐가 할머니에게 물었다.

"부엌방? 난 괜찮아. 저들이 하고 싶은 대로⋯⋯. 그런데 왜 타네치카를 데리고 오지 않니?"

갑자기 할머니는 몸을 일으키며 당황해했다.

줴냐는 할머니의 기억이 뒤죽박죽이 된 사실을 확인 하는 순간이 가장 고통스러웠다. 말없이 스펀지에 비누를 묻혀 등을 따라 쓸어내렸다. 뭐라고 대답하지? 줴냐는 할머니가 자신을 죽은 엄마로 생각하고 있다는 것을 안다. 가끔은 자신을 '엄마'라고 부르는 경우도 있었다.

"물, 괜찮아요? 식지 않았어요?"

"아니⋯⋯, 고맙다 애야."

할머니는 무언가를 생각하더니 귓속말로 속삭였다.

"오늘 나한테 어떤 남자가 소리쳤어."

"미하일이 소리쳤어요?"

"무슨 소리. 그 남자가 어떻게 감히 소릴 질러. 누군가 낯선 사람이 소리쳤어."

줴냐가 엘레나의 머리를 가볍게 젖히고, 손을 이마에 댔다.

"머리를 감길게요. 비누가 들어가지 않도록 눈을 감으세요."

엘레나는 온순하게 눈을 감았다.

줴냐가 할머니의 머리를 감기고 있는 동안, 엘레나는 물을 한 움큼 퍼서 어깨에 부었다. 그러고는 손가락으로 몸에서 물이 떨어지게 했다. 그녀는 마치 헤엄치는 플라스틱 오리와 장난감 배 없이 노는 아이 같았다. 그녀는 뜻밖에 또 렷한 목소리로 말했다.

"토마에게 화내지 마라. 알고 보면 불쌍한 아이야."

줴냐는 깨끗이 씻은 머리를 헹구고, 머리카락을 위로 모 아 머리핀을 찔러 넣었다.

"나는요? 할머니는요? 우리 모두 불쌍한 사람들이에요. 토마만 왜 특별히 불쌍해요?"

"머리가……, 그냥 텅 빈 구멍 같애. 너무 어려워……."

엘레나가 하소연을 했다.

"나도 그런 걸요. 어제 온 집을 뒤졌어요. 여권을 어디 두 었는지 기억이 안 나서요. 자, 이제 일어나세요. 몸에 물을 끼얹게요. 그러면 끝나……."

줴냐는 욕조에서 나오는 엘레나를 도와주고, 낡은 수건 으로 온몸을 닦았다. 그리고 유아용 크림을 골고루 발라준 다음, 깨끗한 셔츠를 입히고 가운을 걸쳐주었다. 젖은 머리 를 수건으로 터번처럼 감싸고 손으로 김이 서린 거울을 닦 은 후에, 할머니에게 거울을 보라고 말했다.

"할머니가 얼마나 예뻐졌나 보세요."

엘레나는 머리를 흔들더니 웃었다. 거울에서 그녀는 완 전히 다른 것을 보았다.

2

일주일이 지나고 일요일에 줴냐는 할머니에게 가지 않았다. 지난밤에 남편이 그녀를 출산원으로 데려다준 것이다. 할머니의 머리를 빗겨주고 있어야 할 일요일 오후의 그 시간에 줴냐의 자궁이 이미 활짝 열렸고, 아이는 거의 나올 준비를 하고 있었다. 줴냐와 아이는 완전한 일체감으로 노력했다. 결정적인 순간, 아이는 최초의 자립적 움직임을 수행하기 시작했다. 줴냐는 소리를 질렀다. 그 고통은 참기 힘든 것이었다. 진통이 조금 가라앉나 싶더니 다시 왔다…….

'할아버지가 살아 계셨다면, 이렇게 아프지 않게 해주셨을 걸…….'

더 이상은 아무런 생각도 할 수 없었다. 해산은 산모, 아이, 산파가 함께 하는 매우 힘든 과제다. 나중에 줴냐는 산파의 얼굴을 기억하지 못했다. 다만 부드러운 목소리만 기억에 남았다. 더 깊이 숨을 쉬세요. ……손은 가슴에……. 열까지 세어보세요. ……너무 힘주지 말고……. 소리 질러요, 참지 말고……. 네. 잘했어요……!

종족 번식을 하는 모든 동물 가운데 인간만이 가장 불완전한 출산을 하는 것은 아닐까? 다른 동물들에게는 출산의 고통이 인간만큼 크지는 않을 것이다. 가장 긴 임신기간, 임신으로 인한 몸의 변화, 이따금 생명까지 앗아가는 출산은 인간이기 때문에 겪는 고통일 것이다. 직립보행을 하며, 사랑과 임신의 불가분의 관계를 인식하는 인간에게 만 있는 고통. 누군가가 말했다. 이 고통은 직립보행에서 비롯된 것이며, 원죄의 대가라고.

아이의 머리가 보이기 시작했다. 아픔은 도저히 참을 수 없는 것이었다. 눈앞이 캄캄해졌다. 산파가 쉐냐의 옆구리를 가볍게 두드렸다.

"어머니, 괜찮아요. 이제 조금만 더 참으면 되요……. 아주 조금만!"

산파는 옆에 있는 누군가에게 말했다.

"머리가 거의 다 나왔어요."

쉐냐의 얼굴은 땀과 눈물로 범벅이 되었다. 아이의 머리가 그녀의 밖으로 거의 다 나왔다. 산파는 두 손으로 축축하고 길쭉한 아이의 머리를 잡고, 아이가 나오도록 유도해냈다.

3

엘레나는 자리에 구멍이 뚫린 비참한 꼴의 의자에 앉아 졸고 있었다. 그리고 꿈을 꾸었다. 잎이 돋아나기 시작한 화창한 봄날. 아직 여린 잎들은 작고 흐린 연두 빛을 띠고 있

다. 그녀는 트료흐프루드니를 향해 걷고 있다. 머리를 들어
맨 위층의 집을 쳐다본다. 반원형 창문 아래의 둥근 테라
스에 사람들이 모여 있다. 그들이 누군지 알고 싶었다. 순간,
그녀는 발코니와 동일한 높이로 공중에 떠 있다. 테라스 난
간보다 조금 더 높은 곳에. 늙은 할아버지가 죽은 듯한 모
습으로 침대에 누워 있는 모습이 보인다. 그 주변에 예브게
니야 할머니, 바실리사, 엄마, 아버지, 오빠들, 그리고 여러
친척들이 서 있다. 무언가 중요하고 기쁜 사실을 알리기 위
해 그녀를 기다리는 중이다. 가족들 외에 멀리 사랑스러운
부인이 있는 키가 큰 대머리 쿠코츠키 조상들, 트베리에 사
는 토마의 친척들, 그리고 토라를 들고 있는 턱수염의 유대
인들, 전혀 모르는 사람들이 보인다. 좁은 발코니에 그렇게
많은 사람들이 어떻게 서 있는지 놀라운 일이다. 그런데 사
람들은 점점 더 많아진다. 그리고 그들 가운데 선명하게 젊
은 남자와 여자가 부각된다. 남자는 키가 크고 머리숱이 많
으며, 피부는 그리 깨끗하지 않은 편에 부푼 입술을 가졌
다. 여자는 팔에 타네치카 또는 쉐냐, 혹은 토마를 닮은 아
이를 안고 있다. 이 두 남녀는 모든 사람들의 중심에 있다.
잠시 후, 파벨이 아이를 받아 아이의 얼굴을 똑바로 볼 수
있게 그녀 쪽으로 얼굴을 향하게 한다. 아이는 세상의 모든
기쁨과 환희를 가진 얼굴을 하고 있다. 마치 화창한 날 또
하나의 태양이 떠오른 듯하다. 아이는 그들 모두에게 속해
있고, 그들은 아이에게 속해 있다. 엘레나는 행복에 겨워

눈물을 흘린다. 그리고 잠시 주춤한다. 눈물의 고통스러운 달콤함과 영혼으로 존재하는 자신을 깨달았기 때문이다.

4

비탈리이는 그날 저녁, 중앙전신국에 갔다. 집 전화기로 미국에 전화를 걸지 않았다. 전신국의 전화로 해야 아버지와 빨리 연결될 수 있기 때문이었다. 일리야는 수화기를 들었다. 여유 없이 빠르게 말하는, 흔한 인사 한마디조차 없는 아들의 목소리를 들었다.

"아버지, 줴냐가 아들을 낳았어요. 증손자를 보신 걸 축하드려요."

이게 끝이었다. 다른 말은 필요 없었다.

1분 만에 부자의 대화는 끝났다. 비탈리이는 레닌그라드로도 20분 동안 전화를 했다. 세르게이에게도 줴냐의 출산 소식을 알렸다.

세르게이가 물었다.

"내가 가 봐도 되겠소?"

"출산원에서 나오면 줴냐에게 전화해보시죠. 언제가 좋을지 줴냐와 얘기 해봐요."

비탈리이는 긴 머리의 음악가를 줴냐와 떼어놓고 생각할 수 없었다. 심지어 그들의 사이를 질투하기까지 했다. 무엇이 그들을 그렇게 강하게 결속시키고 있는지 쉽게 이해되지 않았다. 그건 세르게이도 마찬가지였다. 무엇이 자신과, 몇 년 동안 자신의 딸이었던 줴냐를 떨어질 수 없는 관계로 만들고 있는지 설명할 수 없었다. 세르게이는 오래 생각하지 않았다. 악기를 꺼내 자작곡 '검은 돌'을 연주하기 시작했다……

5

일리야는 증손자가 태어나면 모스크바에 다녀와야겠다는 결정을 오래전부터 하고 있었다. 비자는 이미 준비되어 있었다. 발렌티나는 처음에는 단호하게 반대했다. 그러다가 자신과 함께 간다는 조건 아래 양보했다. 표를 예약하는 일만 남았다. 줴냐보다 넉 달 늦게 태어난 그들의 장녀는 이미 독립해서 살고 있었다. 그리고 열여섯 살 된 둘째딸은 그들이 망명할 당시 아주 어린 나이였고, 지금껏 한 번도 그들과 떨어져본 적이 없었다. 둘째딸은 무척 소심하고 괴팍한 데가 있었다. 고양이와 수족관 물고기를 무척 좋아했다. 일리야와 발렌티나는 이번 기회에 둘째딸이 혼자 열흘간 살아보는 것도 나쁘지 않을 거라고 생각했다.

당장 떠날 수 있는 것은 아니었다. 하버드대학 교수로 일하는 발렌티나는 쉽게 휴가를 내기가 어려웠다. 3주 후

종강을 하고 가야 한다. 일리야는 오래전부터 연금을 받고 있었다. 열 개가 넘는 여러 협회와 편집국의 명예회원직을 맡고 있지만, 마음만 먹으면 언제든지, 어디로든지 떠날 수 있었다.

최근 3년 동안 일리야는 유대인의 성서 토라를 독일어와 영어로 읽고 있었다. 토라를 읽으며 일리야는 부모님이 자신을 유대인 학교에 보내지 않은 것에 대해 무척 안타깝게 생각하고 있었다. 86세의 나이에 히브리어를 공부하기란 여간 어려운 일이 아니었다. 하지만 그에게 공부하는 어려움쯤은 아무것도 아니었다. 그를 정말 힘들게 하는 것은 파벨과 같은 친구가 없으며, 죽는 날까지 그런 친구를 만나지 못할 것이라는 사실이었다. 비록 자주 싸우기는 했지만, 그것이 그들을 더 단단하게 묶어주는 끈이기도 했다. 일리야는 지금 **최고의 이성**을 믿는다. 성경은 그 **최고의 이성**이 암호로 보낸 메시지라고 인정하고 있었다. 뿐만 아니라 인류가 그 암호를 풀 수 있을 만큼 아직 성숙하지 않았다고 보았다. 일리야는 뉴욕에 살고 있는 게나디이와 종종 신에 대한 문제를 논하고 싶었지만, 동양 문화에 심취한 게나디이의 이야기는 중국음식으로 시작해 가라테로 끝나기 일쑤였다. 쉐나가 아들을 낳았고 일리야가 모스크바로 갈 것이라는 말을 듣고, 게나디이는 거의 경악을 했다.

"아버지 그 연세에 어떻게 모스크바까지 가실려고요? 차라리 그 돈을 쉐냐에게 보내주세요. 물론 나도 보낼 참이고요⋯⋯."

일리야는 분명히 말했다.

"날 가르치려 드는구나! 난 줴냐의 할아버지고, 나에게 증손자가 태어났어! 어디든 못 가겠니? 파벨이 없는 게 정말 유감일 뿐이야."

잃어버린 가족을 찾는 여정

이수연(경희대 국제캠퍼스 연구교수)

울리츠카야는 매년 러시아의 권위 있는 문학상 수상자 후보로 거론되는 작가이다. 무엇보다 울리츠카야의 작품은 문학적 예술성과 대중성이라는 두 마리 토끼를 동시에 잡았다는 평가를 받고 있다. 일상에 대한 섬세하고 세밀한 관찰, 투명하고 친숙한 문체, 소비에트 시대에 대한 풍자와 익살, 정신적 공황에 시달리는 현대인들에 대한 애정과 연민 등이 담긴 그녀의 소설은 독자들에게 감동을 선사한다.

울리츠카야는 1943년 2월 23일 2차대전 당시 가족들이 피난을 갔던 바슈키리에서 태어났다. 그녀의 아버지는 농기계 전문 기술자였으며, 어머니는 생물학자였다. 전쟁이 끝나고 모스크바로 돌아왔고, 울리츠카야는 1966년 모스크바 국립대학교의 생물학부를 졸업했다. 졸업 후 국립 유전자 연구소에서 일했으나, 얼마 되지 않아 해고당했다. 해고 사유는 사미즈다트(지하출판소)에서 나온 금서를 복사하여 소유하고 있었기 때문이었다. 이 사건 이후 울리츠카야는 더 이상 정부기관에서 일하지 않을 것을 결심하고, 1979

년부터 1982년까지 유럽실내음악극장에서 문예 감독으로 일하기 시작했다. 문예 감독으로 일하는 동안 울리츠카야는 특히 어린이를 위한 희곡, 인형극이나 라디오 방송 대본, 희곡 평론 등을 썼으며, 몽골의 시를 번역하기도 했다. 영화 시나리오 작가로 활동하기도 했다. 대표적인 시나리오로는 1990년 블라지미르 그람마치코프가 감독을 맡은 『리베르치의 자매들』(Сестрички Либерти)과 이듬해 1991년 아나톨리 마제쉬코가 감독을 맡은 『모두를 위한 여자』(Женщина для всех)가 있다.

1983년 울리츠카야는 처음으로 단편소설 「100개의 단추」(Сто пуговиц)를 발표했다. 하지만 아무런 주목도 받지 못했다. 산문뿐만이 아니라 이 당시 썼던 연극 시나리오 또한 무대에서 상연되지 못한 채 한동안 묻혀 있어야 했다.

무명의 울리츠카야가 문단의 관심을 받기 시작하고, 작가로서 입지를 굳히게 된 것은 1992년 계간지 〈신세계〉에 『소네치카』(Сонечка)가 발표된 이후이다. 이 작품은 네오 감상주의의 지평을 열었다는 평가를 받았으며, 당시까지 남성 작가들의 전유물로 여겨졌던 '러시아 부커' 문학상 수상이라는 영예를 안겨주었다. 곧이어 『소네치카』는 연극 시나리오로 각색되어 '체호프 모스크바 예술극장'에서 상연되기 시작했으며, 오랫동안 체호프 극장의 단독 공연 프로그램이라는 영예를 차지했다. 이 외에도 『소네치카』는 1994년 프랑스에서 번역되었는데, 우수한 번역 작품으로 선정되어 프랑스의 '메디치' 문학상을 수상하기도 했다. 그런가 하면 울리츠카야의 최초의 단편 모음집 『가난한 친척들』(Бедные родственники)은 러시아에서 출간되기도 전에 프랑스어로 번역되어 프랑스에서 먼저 출간되기도 했다. 작가로서 유명세를 얻기 시작하면서 종이더미로 묵혀 있던 울리츠카야의 연극 시나리오도 빛을 볼 수 있게 되었다. 그 중 「브류호 마을에서 온 7명의 사제」(Семеро святых из деревни Брюхо)가 2003년 블라지미르 미르조예프의 연출로 무대에 처음으로 상연되었다.

　『소네치카』 발표 이후, 울리츠카야는 장편소설을 세 편 출간했다. 『메데이아와 그녀의 아이들』(Медея и ее дети,

1996), 『쿠코츠키의 경우』(Казус Кукоцкого, 2001), 『당신의 슈릭 올림』(Искренне ваш Шурик, 2003) 등이다. 『쿠코츠키의 경우』는 2001년 러시아 부커 문학상을 수상했고, 단행본으로 출간되기 전 〈신세계〉에 '세상의 7번째 면으로의 여행'(Путешествие в седьмую сторону света)라는 제목으로 발표된 것이다. 『당신의 슈릭 올림』은 2008년 이탈리아의 문학상을 받았다. 울리츠카야의 최근작으로는 2007년 '위대한 책' 문학상을 수상한 『번역가, 다니엘 슈타인』(Даниэль Штайн, переводчик)과 2011년 출간된 『녹색의 천막』(Зеленый шатер)이 있다. 장편소설 이외에도 울리츠카야는 어린이들을 위한 작품을 출간하기도 했다. 『이그나시야 고양이, 굴뚝청소부 페쟈, 외로운 미쉬에 대한 이야기』(Сказка История про кота Игнасия, трубочиста Федю и одинокую Мышь, 2004)와 『쿠레뱌킨 할아버지, 울보 암말 밀랴, 망아지 랍킨에 대한 이야기』(История о старике Кулебякине, плаксивой кобыле Миле и жеребёнке Равкине,

2004) 등이 있다.

한편 울리츠카야는 2007년 인문학의 부흥을 위해 재단을 설립하기도 했다. 그 재단의 주요 업무 중의 하나는 "좋은 책"의 선정이다. 울리츠카야는 직접 그 책을 선정한다. 그리고 선정된 책을 러시아 전 지역의 도서관으로 보낸다.

울리츠카야는 한 인터뷰에서 자신의 창작은 유년 시절의 폭넓은 독서와 함께 시작된 것이라며 자신의 유년 시절을 다음과 같이 소개한 바 있다.

"나는 독서광이라 할 만한 꼬마였다. 어린 시절 우리 가족은 코무날카에서 친척들과 함께 살았다. 나의 친할아버지, 그리고 작은할아버지는 평생을 한 아파트에서 함께 살았고, 그들은 엄청나게 많은 책을 소유하고 있었다. 책은 대부분 혁명 이전에 출간된 작품들이었다. 그 작품들은 1950년대 소비에트 어린이들이 읽어야 하는 것들과는 사뭇 다른 인상과 감동을 선사했다. 그때 내가 심취했던 작가들

은 세르반테스, 오 헨리, 파스제르나크, 나보코프, 플라토
노프 등이었다."

울리츠카야의 가정환경이 작가로서의 삶에 대단한 영향
을 끼쳤던 만큼 그녀는 가정의 중요성을 누구보다 절감하
고 있다. 이러한 경향은 작품에 대한 작가 자신의 언급에
서 극명하게 드러난다.

"인간의 성장은 주로 가족이라는 울타리 안에서 이루
어진다. 물론 어느 나라, 어느 도시에서 사는지도 중요하지
만, 무엇보다 가족이 인간의 성장에 가장 중요한 영향을 끼
친다고 생각한다. 소비에트 시대에 그와 같은 가족 개념은
붕괴되었고, 가정의 일상은 국가적 이념에 종속되어야 했
다. 나의 소설은 바로 우리가 잃어버린 가족의 의미를 찾는
것으로 가족과 가정에 대한 나의 진혼곡이라 할 수 있다."

따라서 울리츠카야에게 '가족'은 작품 창작을 위한 핵심

모티브이다. 주요 작품들 모두 한 가족을 중심으로 이야기가 전개되고 있는데, 이러한 특성으로 울리츠카야의 소설은 '가족 소설', '가족 연대기', '가족사가' 등으로 규정된다. 울리츠카야에게 가족은 '불확실한 것만이 확실하다'는 말로 요약될 수 있는 현대 사회가 양산하는 소외와 고독, 존재론적 불안으로부터 벗어날 수 있는 유일한 탈출구이자 피난처이다. 울리츠카야에게 가족은 '신성한 조직', '사랑과 보호의 요람', '삶의 터전'이며, 국가의 일방적인 정치적 이데올로기가 야기하는 파행을 막고 인간의 '참된 가치'를 회복하고 보전할 수 있는 통로이자 매개이다. 그러므로 가족의 상실은 존재의 기원이나 뿌리를 상실한 것과 같으며, 삶의 비극성으로 연결된다. 울리츠카야는 가족만이 개인에게 참된 인간성을 함양시켜줄 수 있는 자연적 집단이며, 그 가족의 회복만이 도덕 불감증이 만연한 현대사회의 병폐를 치유할 수 있는 유일한 길이란 것을 거듭해서 강조한다.

그러므로 울리츠카야는 가족을 타도해야 할 부르조아적 산물로 여기고, 개인과 가족보다 이념을 우선시하며, 이데올로기를 위해 친부를 고발하는 인물을 영웅으로 추앙했던 소비에트 시대를 가족의 가치를 붕괴시킨 '배반'의 시대로 규정한다. 그 결과 울리츠카야의 작품에는 소비에트 시대의 가족 풍경과는 확연하게 다른 이상적인 가족의 형상과 반소비에트적 성향을 지닌 인물이 창조되고 있다. 여기에 울리츠카야의 작품을 과거에 대한 향수, 개인적 삶의 드라마로 집약된 네오감상주의적 소설로 해석하는 근거가 존재한다.

무엇보다 울리츠카야는 신성하고도 이상적인 가족을 형성하는 데 중추적인 역할을 하는 인물의 창조에 심혈을 기울인 작가이다. 그 대표적인 인물이 『쿠코츠키의 경우』의 파벨, 『메데이아와 그녀의 아이들』의 메데이아, 그리고 『소네치카』의 소네치카이다. 이 주인공들은 이상적인 가족을 만들고 지키기 위한 자애와 용서, 인내의 화신이며, 고귀한 정신세계의 소유자이다. 그들은 내면의 자유와 엄격한 자신만의 도덕률과 세계관을 지니고, 불의한 세상에 휩쓸리지 않는 삶을 영위한다. 이때 울리츠카야는 그들이 거부했던 불의한 세상을 소비에트 시대로 환치시키기도 한다. 소비에트 시대의 법과 제도를 초월한 삶을 영위하는 주인공들의 반소비에트적 형상을 부각시키는 가운데 울리츠카야는 사회적, 집단적 제도에 따라 억압되는 개인의 일상적 삶의 회복, 이를 통한 개인의 감정적, 도덕적 자유를 꿈꾼다. 그런가 하면 『쿠코츠키의 경우』에서와 같이 임신과 출산, 양육과 관련한 자연주의적 색채가 뛰어난 묘사들은 몸과 정신에 대한 위계적이고도 이분법적인 사고를 깨고자 하는 여성주의적 세계관을 대변하기도 한다.

결론적으로 울리츠카야가 지향하는 이상적인 가족상은 논란의 가치조차 퇴색해버린 '절대적 가치'를 찾으려는 작가의 문학적 세계관을 총체적으로 보여주는 것이라 할 수 있다.

번역에 사용된 원본은 2003년 엑스모 출판사(모스크바)에서 간행한 것이다.

우리 모두는 신의 세계에 사는 '특별한 경우'입니다

다음은 2006년 5월 류드밀라 울리츠카야의 소설과 그녀의 남편 안드레이 쿠라슐린의 조각품이 함께 어우러진 작품 전시회에서 행해진 인터뷰의 일부이다. 인터뷰는 타치야나 마르튜세바(저널리스트)가 진행했다.(http://www.erfolg.ru/culture/ulizkaya.htm)

Q. 다른 어떤 작품보다 『쿠코츠키의 경우』에서 받은 인상이 강렬하더군요. 읽은 지 오래됐지만, 지금도 그 인상이 선명하게 남아 있습니다. 소설의 내용과 작가님의 실제 삶이 일치하는 부분이 많은가요? 아니면 모델로 삼은 실제 인물이 있는가 궁금합니다.

A. 그 질문에 대답은 '그렇다'와 '그렇지 않다' 모두 맞습니다. 하나의 작품은 완전히 무(無)에서 탄생하지는 않으니까요. 물론 살아오는 동안 저는 소설 속 인물들과 같은 삶을 살았던 사람들을 많이 만났습니다. 주인공 쿠코츠키의 직접적인 모델은 없지만 그와 유사한 삶을 살았던 인물들은 얼마든지 찾을 수 있어요. 이미 고인이 된 분들도 있지

요. 예를 들어 제 친구의 아버지도 산부인과 의사였어요. 쿠코츠키가 의사로서 살아온 삶은 그 친구의 아버지와 많이 비슷합니다. 그의 이름도 파벨 알렉세예비치였어요. 제 작품의 주인공처럼요. 그리고 저 역시 의사 가족 출신이라 많은 의사들을 알고 있었어요. 특별한 집안의 사람들도요. 그러한 사람들과의 교제가 많은 영향을 주었지요.

Q. 소설에서 의학이나 유전학, 철학에 대한 폭 넓고 깊은 지식에 놀라워하는 독자들이 많더군요.

A. 전공이 생물학인 덕 좀 봤지요. 좀 더 구체적으로 말씀드리자면 유전학입니다. 물론 도중에 중단하기는 했지만 결코 짧지 않은 시간 동안 공부하면서 많은 지식을 얻었어요. 지금까지 창작에 많은 영향을 주고 있지요. 작품에서 타냐가 실험쥐들을 두고 고민하고 갈등을 하는데, 실제로 제가 오랫동안 겪었던 경험이기도 해요. 이 소설에는 제 주변 사람들의 실제 이야기가 있기도 하고, 제가 만들어낸 이야기도 있어요. 만들어진 이야기 중에는 성공적인

A. '경우'란 복잡한 사건이나 일, 놀라움, 예외 등 다양한 의미를 함축합니다. 저는 쿠코츠키에게 일어난 많은 복잡한 사건들을 이야기했어요. 그의 사건은 우리 각자의 사건이이기도 합니다. 『쿠코츠키의 경우』는 우리 모두가 헤엄치고 있는 신의 세계에서 각각의 인간이 '특별한 경우'라는 것을 보여주기 위한 소설이라고 할 수 있어요. 그리고 소설의 주인공 쿠코츠키는 당당하고 정직하게 세상을 바라보고 사려 깊게 삶을 성찰하는 사람들의 사건 자체라 할 수 있죠.

상처를주는소설 일루저니스트 027

쿠코츠키의 경우

ⓒ들녘 2012

초판 1쇄 발행일 2012년 10월 31일

지 은 이 류드밀라 울리츠카야
옮 긴 이 이수연 · 이득재
펴 낸 이 이정원

출판책임 박성규
편집책임 선우미정
편집진행 김상진
표지그림 최용호
디 자 인 김지연 · 김세린
마 케 팅 석철호 · 나다연 · 도한나
경영지원 김은주 · 김은지
제   작 송승욱
관   리 구법모 · 엄철용

펴 낸 곳 도서출판 들녘
등록일자 1987년 12월 12일
등록번호 10-156
주   소 경기도 파주시 교하읍 문발리 출판문화정보산업단지 513-9
전   화 마케팅 031-955-7374 편집 031-955-7381
팩시밀리 031-955-7393
홈페이지 www.ddd21.co.kr

I S B N 978-89-7527-600-2(set)
        978-89-7527-625-5(04890)

것도 있고 그렇지 못한 것도 있죠. 가끔 사람들이 나에게 "이보다 더 완벽한 인물을 만들어 낼 수는 없을 거야!"라고 말하곤 합니다. 이건 주로 처음부터 끝까지 제가 만들어낸 인물들에 대한 평가입니다. 일반적으로 상상의 인물이나 이야기를 만들어낼 때 저 자신이 더 자유롭다는 것을 느낍니다. 실제 있었던 일을 이야기할 때는 많은 제약이 따르니까요. 상상력이 더 많은 자유를 주고, 그것이 독자들에게 더 큰 인상을 주는 것 같아요. 그리고 글을 쓰다 보면 재미있는 일을 겪게 됩니다. 실제 이야기를 재료로 삼았다가 그 이야기의 결말이 기억이 나지 않을 때가 있어요. 그럴 경우엔 결말을 지어내는데, 오히려 더 현실적인 이야기로 끝을 맺기도 합니다. 달리 말하면 상상력으로 과거를 바꾸어 놓는 겁니다.

Q. 작품의 시대적 배경이 주로 2차대전 전후와 소비에트 시대였던 1960년대인데, 특별히 그 시대를 선택한 이유가 있나요?

A. 생물학에 '각인'이란 용어가 있어요. 첫 인상의 중요성을 말하는 거지요. 예를 들어 갓 태어난 병아리에게 펠트 장화를 보여주면 그 병아리는 그 장화가 자기 부모라고 생각하는 거죠. 사람에게는 절대 잊을 수 없는 기억이 있어요. 특히 유년 시절의 기억은 깊고 강하게 남는다고 생각합니다. 그 기억에 많은 것들이 덧칠해지기도 하지요, 마치 새로운 색과 소리를 만들어 내듯 말입니다. 저 역시 어린 시절에 받은 많은 인상들을 고스란히 기억하고 있습니다. 작품의 시대적 배경이 바로 제 유년 시절과 맞물리거든요. 1970년대와 80년대가 지금과 더 가깝기는 하지만 그때 기억은 오히려 희미합니다. 전쟁 후 1960년대 겪은 제 유년 시절의 기억이 더욱 입체적으로 지금까지 남아 있습니다.

Q. 특히 이 작품의 2부가 매우 인상적이었어요. 어떤 의미를 담고 있는 건가요? 단순히 환상이라고 해야 하나요?

A. 사실 2부 때문에 비난을 많이 받았어요. 소위 요즘 유행하는 문학기법을 흉내 낸 것에 불과하다는 악평도 있었

고요. 하지만 2부가 없다는 이 작품은 의미가 없습니다. 2부 때문에 처음 제가 구상했던 소설의 제목이 '세상의 일곱 번째 면으로 여행'이었어요. 그런데 나중에 생각해보니 그 제목이 2부의 의미를 설명하기보다 더 많은 의문을 만들어낸다는 사실을 깨닫고 제목을 수정했습니다. 저는 모든 사람들의 삶에는 현실과 또 다른 세계의 실제성이 공존한다고 생각합니다. 다른 세계의 실제성이란 직감이나 예감으로 느끼는 거지요. 혹은 꿈을 통해 알게 된 것들입니다. 즉 합리성이 배제된 본성이 마음껏 발현된 결과로 인식되는 겁니다. 저는 경이로운 꿈을 많이 꾸었어요. 요즘은 그렇지 않지만. 한때 거의 꿈속에 살았다고 해도 과언이 아니에요. 그렇게 본성으로 알게 된 것들을 저는 작품에서 초현실적인 어떤 것으로 표현하지만, 때로는 전혀 표현이 불가능한 것들도 있습니다. 어려운 작업입니다. 날카로운 면도날에 베이는 듯한 고통을 느끼기도 하고요. 몇몇 사람들은 그런 고통의 대가로 나온 것이 별 볼일 없다고 비난하기도 하지만요.

Q. 초현실적인 어떤 것을 느낄 때 두렵지는 않으셨나요?

A. 가끔은 두려웠어요. 끝도 없는 심연을 헤매는 것 같은……. 하지만 두려움은 일종의 죄일 수 있어요. 그것은 삶을 좀먹게 하지요. 우리 누구나 두려움을 극복하는 방법을 터득해가야 한다고 생각해요. 저는 당면한, 피할 수 없는 상황들과 정면으로 부딪히려고 노력하는 편이에요. 나이 들어 병들고 기억은 쇠퇴하고, 점점 삶의 의미를 찾기 힘들어지는 것처럼 여겨지는 노년의 삶도 당당히……. 저는 독자들이 『쿠코츠키의 경우』를 읽고 난 다음 자신들의 고유하고도 소중한 삶의 의미를 깊이 깨닫고 "그래, 바로 이거야!" 하고 말할 수 있었으면 좋겠어요. 삶이란 난해한 문제들에 대해 제가 답을 줄 수는 없어요. 다만 제가 보고 느끼는 그 삶의 지난한 과정을 통해 독자들이 그 답을 각자 찾아갈 수 있었으면 하는 바람이죠.

Q. 류드밀라 예브게이예브나! 『쿠코츠키의 경우』라는 작품의 핵심을 간략하게 정리한다면 어떤 내용이 될까요?

A. '경우'란 복잡한 사건이나 일, 놀라움, 예외 등 다양한 의미를 함축합니다. 저는 쿠코츠키에게 일어난 많은 복잡한 사건들을 이야기했어요. 그의 사건은 우리 각자의 사건이이기도 합니다. 『쿠코츠키의 경우』는 우리 모두가 헤엄치고 있는 신의 세계에서 각각의 인간이 '특별한 경우'라는 것을 보여주기 위한 소설이라고 할 수 있어요. 그리고 소설의 주인공 쿠코츠키는 당당하고 정직하게 세상을 바라보고 사려 깊게 삶을 성찰하는 사람들의 사건 자체라 할 수 있죠.

상처를주는소설 일루저니스트 027

쿠코츠키의 경우

ⓒ들녘 2012

초판 1쇄 발행일 2012년 10월 31일

지 은 이 류드밀라 울리츠카야
옮 긴 이 이수연 · 이득재
펴 낸 이 이정원

출판책임 박성규
편집책임 선우미정
편집진행 김상진
표지그림 최용호
디 자 인 김지연 · 김세린
마 케 팅 석철호 · 나다연 · 도한나
경영지원 김은주 · 김은지
제　　작 송승욱
관　　리 구법모 · 엄철용

펴 낸 곳 도서출판 들녘
등록일자 1987년 12월 12일
등록번호 10-156
주　　소 경기도 파주시 교하읍 문발리 출판문화정보산업단지 513-9
전　　화 마케팅 031-955-7374　편집 031-955-7381
팩시밀리 031-955-7393
홈페이지 www.ddd21.co.kr

ISBN 978-89-7527-600-2(set)
　　　 978-89-7527-625-5(04890)